HET MEISJE MET DE HALV.

EERDER VERSCHENEN VAN JUDITH VISSER BIJ HARPERCOLLINS HOLLAND

Zondagskind
Zondagsleven

JUDITH VISSER

HET MEISJE MET DE HALVE STER

HarperCollins

MIX
Paper | Supporting responsible forestry
FSC® C021394

Voor het papieren boek is papier gebruikt dat onafhankelijk is gecertificeerd door FSC®
om verantwoord bosbeheer te waarborgen.
Kijk voor meer informatie op www.harpercollins.co.uk/green.

HarperCollins is een imprint van Uitgeverij HarperCollins Holland, Amsterdam.

Omslagontwerp: Villa Grafica
Omslagbeeld: © Shutterstock; © Adobestock
Foto auteur: © Michael Risse
Zetwerk: MatZet B.V., Huizen
Druk: ScandBook UAB, Lithuania, met gebruik van 100% groene stroom

ISBN 978 94 027 1353 4
ISBN 978 94 027 6936 4 (e-book)
NUR 301
Eerste druk oktober 2023
Derde druk januari 2024

HarperCollins Holland is een divisie van Harlequin Enterprises ULC.

www.harpercollins.nl

Als de klok acht uur geslagen heeft en het donker komt, begint voor onze Joodsche medeburgers het ondraaglijke, martelende wachten. Elke voetstap doet hen schrikken, elke auto is een naderend oordeel, elke bel is een vonnis! De overval-auto's zijn erop uitgetrokken, de grüne Polizei en de Hollandsche jodenbeulen beginnen hun satanistisch nachtelijk bedrijf. Elke avond worden de deuren geopend, vrouwen, kinderen, grijsaards, zieken enz. enz. weggevangen als visschen uit de fuik, weerloos, rechteloos, zonder hoop, zonder hulp. Elke avond opnieuw! Elke nacht honderden! Op transport gesteld met allen en altijd een en dezelfde bestemming: de dood! Als de morgen komt, mogen de achtergeblevenen hun familie en vrienden langs gaan om te zien wie er gemist wordt. Daarna komen de verhuiswagens om de bezittingen weg te sleepen. Tegen den avond begint het opnieuw...

– *Vrij Nederland*, oktober 1942

To look into the eyes of a wolf is to see your own soul – I hope you like what you see.

– Aldo Leopold

Chaver, uitgesproken als ha-vèr: een Hebreeuwse term met als betekenis 'vriend'.

DEEL I

1940

DEBRA

Het laatste scheutje daglicht liet zich maar moeizaam uitschenken over de krant. Vader had zijn stoel dicht naar het raam geschoven, maar ook al bleef de voorjaarszon elke avond langer aan de hemel staan, nu het bijna halftien was, zat haar voorstelling erop en maakte ze een laatste buiging naar haar publiek. Vader leek het niet te merken; zijn gezicht ging nog altijd verscholen achter de papieren muur van zwarte inkt en grijze korrelige foto's. En hoewel hij zich al zeker een kwartier niet had bewogen, had hij nog niet één bladzijde omgeslagen...

Het leek alsof hij alleen maar naar de voorpagina kon staren.

Moeder liep naar hem toe en plaatste zachtjes een hand op zijn schouder. 'Gideon?'

Hij reageerde niet.

Ze nam de krant uit zijn handen, legde hem op tafel.

Vader tuurde voor zich uit, uit het raam, zijn ogen wazig alsof de woorden die hij gelezen had nog altijd over zijn netvlies kropen. Eerder op de avond had hij zich beziggehouden met het nakijken van de proefwerken die hij dagelijks mee naar huis nam vanaf de hbs waar hij biologieles gaf. Toen leek er nog niets met hem aan de hand. Wat het ook was wat hem nu zo zwijgzaam maakte, het had iets te maken met de krant van vandaag.

Ik liep naar de tafel en boog me tegelijk met moeder over de voorpagina.

De kleine letters waren in het halfdonker niet te ontcijferen, maar de grote, vetgedrukte kop erboven schreeuwde ons tegemoet.

DUITSE TROEPEN HEBBEN DE NEDERLANDSE GRENS OVERSCHREDEN.

Moeder duwde het nieuws bij ons vandaan alsof het in haar vingers beet.

De krant viel op de grond. Daar keek het artikel provocerend naar ons op.

'Ze komen eraan,' klonk vader mat, nog steeds in zijn stoel bij het raam.

Ik ging bij hem staan en volgde zijn blik naar buiten, alsof we verwachtten dat de Duitse soldaten elk moment onze straat in zouden marcheren.

CHAVER

De jonge wolf had geen naam. Zijn ouders, broer en twee zusjes evenmin. Het maakte niet uit, want de jonge wolf dacht niet in namen. Hij dacht in geuren. In smaken. Gevoelens. Hij wist hoe iets rook, hoe het aanvoelde, of het eetbaar was of niet. Wat kon hem het dan schelen welk woord daar in de mensenwereld aan gekoppeld was? Mensen vonden het nodig om alles een naam te geven, niet alleen dingen maar ook elkaar. Als zij iets niet konden benoemen, bestond het niet. Wolven hadden daar helemaal geen behoefte aan.

Zij spraken hun eigen taal.

Elf maanden was hij. Over enkele dagen, op 12 mei 1940, zou hij jarig zijn, maar ook daar was hij zich niet van bewust. Net als woorden en namen was ook leeftijd voor de jonge wolf niet van belang. Nog niet zo lang geleden had hij niet eens geweten of hij mannelijk of vrouwelijk was. Hij en zijn nestgenootjes hadden toen altijd de typische welpgeur bij zich gedragen. In de neus van andere wolven maakte hem dit onzijdig, wat hem beschermde tegen conflicten met oudere seksegenoten. Pas toen enkele maanden geleden zijn geslachtshormonen zich gingen ontwikkelen, was ook zijn geur veranderd. Tegenwoordig hing er een onmiskenbare lucht van testosteron om hem heen, twintig keer zoveel zelfs als bij een volwassen reu.

Niet alleen híj had deze ontwikkeling doorgemaakt, ook zijn broer was zich anders gaan gedragen. Plotseling tilden ze allebei hun achterpoot op tijdens het urineren, zoals ze Vader Wolf zo vaak hadden zien doen. Daarna schraapten ze met hun achterpoten over de grond om vanuit de klieren op hun voetzolen hun persoonlijke geur voor andere wolven achter te laten, een duidelijke grens die zei: *dit hier is ons leefgebied, houd afstand!*

Alleen... er waren hier helemaal geen andere wolven.

Hier waren alleen maar Vader Wolf, Moeder Wolf en de vier welpen, die nu bijna jaarlingen waren.

Moeder Wolf was in verwachting van haar volgende worp. De jonge wolf merkte dat haar plas vreemd rook en dat ze anders uit haar ogen keek, al kon hij niet precies begrijpen wat dit betekende. Dat er in de dikke ronding van haar buik nieuw leven groeide, kleine welpjes die blind en hulpeloos op de wereld zouden komen zoals hijzelf een jaar geleden, zou hij pas beseffen wanneer het zover was.

In de lente, altijd in de lente.

Moeder Wolf wist het wél. Zij was al enkele weken druk in de weer met het gereedmaken van het nest waar zij de jongen op de wereld zou zetten. Ook wilde ze niet meer eten.

Rusteloos liep ze heen en weer door het wolvenperk.

Het voorjaar had ook invloed op de rest van de dierentuin. Alles bloeide en groeide. De zon verwarmde de lommerrijke lanen met hun hoge bomen en dicht struikgewas. Ze scheen op de sierlijke bruggetjes en weerkaatste op de vijvers. Bij een van die vijvers, in de buurt van het zeeleeuwenbassin, zat een zwarte zwaan te broeden op haar nest. Ze hield haar lange nek gestrekt en keek met haar helderrode ogen trots om zich heen. Elders in de tuin liepen zes jonge struisvogels achter elkaar aan. Ze waren net overgebracht uit Parijs en pikten schuchter met hun snavels op de grond. In het roofdierenverblijf werd een tijgerwelpje zo grondig door zijn moeder gewassen, dat hij zijn nagels in de grond moest haken om niet omver te kukelen.

Toch was deze lente anders dan die van voorgaande jaren: de jonge wolf merkte dat de wereld buiten het wolvenperk zich de afgelopen maanden afwijkend gedroeg. De stoet mensen die hij, vanaf het moment waarop hij met anderhalve maand voor het eerst uit zijn hol was gekropen, dagelijks voorbij had zien trekken, bleef de laatste tijd weg. De jonge wolf had de dierentuinbezoekers geaccepteerd als onderdeel van zijn wereld, en nu ze er opeens niet meer waren, bleef er een vreemde stilte achter die hij niet kon plaatsen.

Al waren er gelukkig altijd nog de apen.

Het hoge apenhuis stond tegenover het wolvenperk. Vaak hingen de apen met hun lange armen aan de tralies van de ronde buitenkooien. De jonge wolf keek er dan gefascineerd naar. De binnenhokken kon hij niet zien. Daar brachten de bavianen hun dagen door met op de grond speuren naar voedselresten. Ook ontdeden ze met hun dikke vingers elkaars huid van schilfers en viezigheid. De resusaapjes, stokstaartjes en kapucijnapen hadden het vooral druk met alles in de gaten houden. En dan waren er nog de doodshoofdaapjes, de orang-oetans en natuurlijk de chimpansees. In de tijd voordat alles stil was geworden, waren het vooral de chimpansees geweest waar de bezoekers nooit op uitgekeken raakten. Sommige mensen wisten zelfs precies te vertellen hoe ze heetten.

'Kijk, daar zit Marco,' zeiden ze dan. 'En daar heb je August en Josephine.'

Josephine had een bijzonder talent: zij kon schrijven. Op mooie dagen zetten de dierenverzorgers vaak een tafeltje op het gras bij het apenhuis. Eén tafeltje en twee stoelen. De verzorger ging op de ene stoel zitten, Josephine tegenover hem. In haar poot hield ze een potlood waarmee ze in een schrijfblok schreef. Hele vellen kraste ze vol. De bezoekers verzamelden zich dan altijd rond het grasveld, waar zij Josephine met hun 'Phientje! Phientje!' enthousiast aanvuurden.

De jonge wolf bleef op die momenten op veilige afstand van het hek.

Niet omdat hij reden had om bang te zijn; geen mens had hem ooit kwaad gedaan. Hij kwispelde zelfs wanneer de verzorgers kipkarkassen, hertenpoten en andere maaltijden over het hek gooiden. Maar toch... Iets in hem, een intuïtie zo oud als de natuur, waarschuwde hem voorzichtig te zijn. Want hoe vredig en veilig zijn kleine afgebakende wereld in de dierentuin ook was, de ervaringen van zijn voorouders leefden voort in zijn genen. En dus gluurde hij, half verscholen achter zijn rotsblok, argwanend naar de menigte bij het gras. En wanneer de opgetogen mensen begonnen te juichen en klappen, verlangde hij naar het moment waarop de zon onderging en de toegangspoorten van de Rotterdamsche Diergaarde zich sloten voor de nacht. De jonge wolf hield van de maan, die alleen in de duisternis haar gezicht toonde en met een natuurlijk gezag de dag tot afscheid dwong. Daarna kon de jonge wolf tot wel zestien kilometer in de wijde omtrek luisteren naar de symfonie van het nachtleven. De diergaarde lag midden in de stad, dus er viel altijd wel íéts te ontdekken. Hij hoorde voorbijrijdende trams klingelen, en vanuit het naastgelegen station klonk het geluid van de treinen die binnenkwamen en wegtrokken. Ook rook hij de auto's die door de Kruisstraat reden. Maar die geuren en geluiden kwamen van ver, niet vanuit het park zelf. En als hij er lang genoeg naar luisterde, werden zijn ogen vanzelf zwaar, tot hij de maan niet meer zag en de nachtklanken niet meer tot hem doordrongen.

Dan was er rust.

De enige verstoring daarvan waren de Duitse vliegtuigen die 's nachts overvlogen en hem deden opschrikken uit zijn slaap...

In de ochtend kwam de dierentuin weer tot leven. Althans, zo was het voorheen altijd gegaan. De dierenverzorgers, gekleed in hun donkere pakken en met een pet op, hadden veel te doen. De jonge wolf keek graag toe hoe ze jonge orang-oetans lieten kopjeduikelen op het gras of wanneer ze de chimpansees een voor een mee uit wandelen namen.

Bij mooi weer werden zo nu en dan ook de olifanten Sonny en Rimba op zo'n wandeling meegenomen.

Wat de jonge wolf niet wist, was dat dit stel ooit zorgeloos door de wouden van Sumatra had gezworven. Dagelijks sjokten ze kilometers door de jungle om de honderdvijftig kilo groenvoer die ze elke dag nodig hadden bij elkaar te sprokkelen. Jagers hadden echter een abrupt einde aan hun vrijheid gemaakt: Sonny en Rimba werden gevangen en op een boot naar Nederland gezet om daar aan hun leven in de Diergaarde te beginnen. Tegenwoordig stonden ze dag en nacht in een krappe houten keet. Een buitenweide ontbrak. Er was alleen een soort voortuintje zonder gras. De verzorgers bedachten een oplossing voor dit probleem: tochtjes door de dierentuin.

Rimba wilde er niets van weten, maar Sonny kreeg met leren riemen een soort zadel om zijn lijf gebonden. Daarbovenop werd een bankje geplaatst, waar wel zes kinderen tegelijk op konden. Terwijl de kinderen schaterden, sjokte Sonny met hangend hoofd en doffe ogen door de groene laantjes.

Deze ritjes waren heel populair.

De dierenverzorgers keken tevreden toe.

Behalve de wolven, apen en olifanten leefden er nog veel meer dieren in de dierentuin. De jonge wolf hoorde ze, rook ze. Er waren leeuwen, ijsberen en zebra's. Papegaaien, spitssnuitkrokodillen en nimmerzatten. Elke diersoort had zijn eigen geur, zijn eigen geluid. Samen vormden ze voor de jonge wolf de klanken en het aroma dat hoorde bij de andere kant van het hek.

Eén dierentuinbewoner kon men vanaf de straat al zien zitten: de mandril. Die woonde in een hoekkooi van het apenhuis, schuin tegenover het wolvenperk en niet ver van de ingang, waar de portiers met goud gebiesde uniformen in hun hokjes zaten. Met zijn rode neus, gele baard, blauwe wangen en lichtgevend paarse kont was deze mandril een opvallend uithangbord van de dierentuin.

Maar de hoofdingang was nu gesloten en de portiers waren weg.

De jonge wolf wist niet waarom de poorten tegenwoordig dicht bleven, maar de reden was heel eenvoudig. De Rotterdamsche Diergaarde was gebouwd op een stuk groen naast het treinstation. Aan de ene kant tuften stoomtreinen over het spoor, aan de andere kant kabbelde het water van de Diergaardesingel. Tussen die treinen en het water woonden de dieren. De bezoekers van de diergaarde noemden deze plek hun paradijs, midden in de stad. Maar de dieren ervaarden dat anders. De veel te kleine hokken, roofdieren die binnen achter de tralies zaten terwijl ze in hun hart wisten dat er meer moest zijn dan dit, het gebrek aan buitenleven...

De schuifpui die 's zomers open kon, leverde voor veel van hen alle frisse lucht.

Eigenlijk waren de wolven de enige roofdieren die het een beetje goed voor elkaar hadden: in 1931 had een rijk lid van de dierentuin een groot wolvenperk cadeau gedaan, waar nu de familie Wolf leefde. Van zulke bewegingsvrijheid konden de andere dieren alleen maar dromen.

Het was dus niet gek dat men enkele maanden geleden besloten had dat het tijd was voor een nieuwe ontwikkeling. De boel werd gesloten, ter voorbereiding op een verhuizing. De Diergaarde zou naar een nieuwe locatie vertrekken, waar alles moderner en ruimer was. De dag van de grote verhuizing beloofde een spectaculaire feestdag te worden, eentje waarover men in Rotterdam nog lang zou napraten, daar waren de verzorgers van overtuigd. Vol verlangen werd ernaar uitgekeken. De dierenkaravaan zou in een feestelijke optocht naar de nieuwe locatie in de Blijdorppolder trekken, met in het midden de bestuursleden op kamelen en daarachter de versierde dierenwagens.

Helemaal voorop zou de directeur rijden.

Op Sonny.

Zo kwam het dat de diergaarde afgelopen najaar voorgoed haar hekken had gesloten voor bezoekers. Nu zou niemand in de weg lopen bij de voorbereidingen voor de verhuizing. Maar hierdoor was er een bijzondere situatie ontstaan: de nieuwe dierentuin was nog niet open, terwijl de oude wel al dicht was. Toch zat er niets anders op. Er moesten gebouwen worden afgebroken, hekken neergehaald, en daar was ruimte voor nodig.

De nieuwe dierentuin zou Diergaarde Blijdorp gaan heten.

En wat zou het allemaal mooi worden...

DEBRA

Moeder tikte met haar vinger op de rand van Siems bord. 'Ook je witlof eten.'

'Lust ik niet.'

'Dat denk je maar. Gewoon opeten.'

Siem prikte met zijn vork in de witte reepjes en zei: 'Vies.'

'Ik begrijp het wel, hoor,' merkte vader op. 'Witlof is voor grote jongens. Kleine jongens kunnen de lekkere smaak nog niet proeven. En Siem is natuurlijk nog heel klein.'

'Nietes! Ik ben een grote jongen.'

'Echt?' Vader trok verbaasd zijn wenkbrauwen op. 'Laat eens zien dan? Een grote hap, voor een grote jongen.'

Siem bracht de vork naar zijn mond. Even wachtte hij, maar zodra hij er zeker van was dat we allemaal keken, nam hij een flinke hap, kauwde een paar keer en slikte met samengeknepen ogen het bittere spul door.

'Goed zo,' zei moeder met een glimlach.

Het was de eerste keer vandaag dat ik haar gezicht zag opklaren. De hele maaltijd hadden zij en vader gezwegen. Ook ik wilde niet over de naderende oorlog praten, niet waar Siem bij was. Hij was pas zes, de onverwachte benjamin die geboren werd toen ik al veertien was, en oorlog was niet iets waar hij zich mee bezig zou hoeven houden. Zijn wereld bestond uit schoolvriendjes, speelgoed en de kinderboeken die ik uit de bibliotheek voor hem meebracht.

De ongewone stilte aan tafel leek hem niet op te vallen.

Normaal gesproken was ons avondeten het moment waarop we druk in gesprek waren, vader die vertelde wat hij die dag op school had meegemaakt, moeder die mij vroeg hoe mijn werkdag in de leeszaal geweest was. Maar vandaag was moeder tijdens het eten van tafel weggeglipt om een grammofoonplaat uit de hoes te halen en onder de naald te leggen.

Siem neuriede zachtjes mee met The Andrew Sisters.

Na het eten kwam vader naar de keuken om moeder te helpen met de afwas. Weer iets ongebruikelijks, want dit was iets wat ík altijd deed zodat hij aan het nakijken van zijn proefwerken kon beginnen.

'Houd jij Siem maar even bezig,' zei vader nu, terwijl hij de mouwen van zijn overhemd opstroopte en een sponsje pakte.

In de woonkamer ging ik bij mijn broertje op de grond zitten, waar hij zijn tol steeds snellere rondjes liet draaien. Onze Schotse collie Tess keek gefascineerd naar het houten ding dat maar bleef zwieren. Siem lachte. Ik hoopte maar dat hij niet hoorde hoe vader en moeder in de keuken op gedempte toon met elkaar spraken. Hoe duidelijk het was dat vader zich steeds meer zorgen maakte. De wereld was al acht maanden in oorlog, maar Nederland had zich tot nu toe afzijdig weten te houden. Vader vroeg zich af hoelang dit nog zo zou blijven.

Moeder zei weinig.

Een jaar geleden, op 17 mei 1939, had ze meegelopen in de vredesmars in Rotterdam. Samen met andere vrouwen was ze in beweging gekomen uit angst voor de grote oorlog die Europa opnieuw dreigde te gaan verscheuren. De vrouwen hadden hevig geprotesteerd tegen de overdracht van burgervliegveld Waalhaven aan het ministerie van Defensie, omdat ze dit als een ernstige bedreiging zagen voor de stad. Ik kon me moeders strijdlustige houding van destijds goed herinneren. Maar ik had me ook afgevraagd waar ze zich toch zo druk om maakte.

Want zo'n vaart zou het allemaal heus niet lopen.

Nooit had ik kunnen vermoeden dat ik een jaar later zou terugverlangen naar haar vurige opstandigheid van toen. Waarom riep ze nu niets?

Het was bijna alsof ze haar krachten spaarde, en dat was vele malen beangstigender dan haar spandoek en gebalde vuist in de lucht.

Toch had ik vanmiddag, tijdens mijn werk in de Gemeentebibliotheek Rotterdam, de indruk gekregen dat andere mensen zich helemaal niet zo druk maakten om de oorlogsdreiging. Eigenlijk merkte ik aan de opmerkingen van de bibliotheekbezoekers dat bijna iedereen geloofde dat Nederland wel weer neutraal zou blijven, net als in de vorige grote oorlog. Ze gaven toe dat het er nu misschien wat onheilspellend uitzag, maar de donkere wolken zouden heus vanzelf over ons land voorbijtrekken. Hooguit zouden we het in de verte horen rommelen.

'Wat denk jij?' had ik aan Jo gevraagd, die op de kinderleeszaal werkte.

'Lastig te voorspellen. We zullen het moeten afwachten.'

Jo was ongeveer tien jaar ouder dan ik. Haar broer werkte bij de krant, waardoor Jo vaak op de hoogte was van het laatste nieuws.

'Vader zegt dat we moeten hopen op het beste, maar rekening houden met het ergste,' zei ik.

Jo knikte. 'Slimme vader.'

Wat ik er zelf van moest denken, wist ik niet. Het was allemaal zo onlogisch. Sinds augustus vorig jaar maakte Nederland zich al klaar voor wat 'de gewapende neutraliteit' werd genoemd, maar tegelijkertijd had iedereen instructies ontvangen om bij dreiging van luchtaanvallen meteen met zwart papier de ramen te verduisteren. En waarom waren er soldaten gemobiliseerd, schuilkelders aangewezen en hamsterverordeningen van kracht, als Nederland onpartijdig zou blijven?

Telkens wanneer ik de soldaten door onze stad zag marcheren, vroeg ik me af hoe het voor hen moest zijn om te weten dat het allemaal maar voor spek en bonen was, dat ze oefenden voor een oorlog waar zijzelf buiten zouden blijven. De rest van Rotterdam zag de opzichtige marsen door de stad vooral als een bron van vermaak, vooral omdat die ook nog eens omlijst werden met muziek van het Korps Mariniers. Trots liepen deze Tamboers en Pijpers voorop en maakten op hun eigen manier de poppenkast compleet.

Hoe konden we een dergelijke vertoning serieus nemen?

Volgens Jo hadden de Nederlandse soldaten een belabberde uitrusting en waren ze onvoldoende getraind. Slechts een zeer klein deel had enige militaire ervaring.

Dat zei toch wel genoeg?

Alles wees erop dat vader de enige was die werkelijk vreesde voor een aanval.

Toen vader klaar was in de keuken, ging hij alsnog aan zijn bureau zitten. Zijn werk als biologieonderwijzer hield niet op zodra hij het schoolgebouw uit liep, zei hij altijd. En de buik van de grote bruinleren tas aan zijn schouder zag er inderdaad elke dag opnieuw volgevreten uit, dik van de stapels papierwerk die hij mee naar huis nam.

We waren er allemaal aan gewend dat de keukentafel een dubbelleven leidde als werkplek.

En nooit klaagde vader erover. Lesgeven over de natuur was zijn grote passie. Ik kon nog maar net lopen toen hij me al achterop zijn fiets meenam naar Rockanje, een tocht van ruim twee uur. Eenmaal in de duinen aangekomen mocht ik op zijn rug klimmen wanneer het zand te mul werd voor mijn korte beentjes, of de klim naar een duintop te steil. Tijdens deze wandelingen wees vader voortdurend planten, bomen en struiken aan en vertelde er iets over. Ook later, toen ik zelf kon fietsen, trokken we eropuit naar het duinbos, waar we ons direct in een heel andere wereld waanden. In Rockanje stonden geen hoge gebouwen zoals in de stad, er was geen druk verkeer, er waren geen lange winkelstraten. In plaats daarvan stapte je een plantenrijkdom binnen, waar mijn vader om de haverklap stilstond en vroeg: ‘Debra, wat is dit voor plantje?’

‘Eh... een madelief?’

‘Nee, dit is geen madelief. Dit is een zomerfijnstraal.’

En dan tien minuten later: ‘Debra, wat was nou ook alweer de naam van dat plantje?’

Wat was ik trots als ik het juiste antwoord gaf!

Vader kon eindeloos vertellen over alles wat maar met de natuur te maken had. Bessen, struiken, diverse soorten mossen, grassoorten. Elke struik moest benoemd worden, elke grasspriet gezien.

‘In het groen raak je nooit uitgekeken,’ zei hij altijd. ‘Je hoort alles, je ziet alles, je ruikt alles. En het kost niets, je hoeft het alleen maar te beleven.’

‘Waarom gaan we hier dan niet gewoon wonen?’ had ik tijdens een van onze wandelingen gevraagd.

‘Omdat de school waar ik werk in Rotterdam staat, en daar kom ik óók heel graag.’

Met mijn zeven jaar had ik zo begrijpend mogelijk geknikt. Door tijdens de werkweek in Rotterdam te zijn en in de weekenden zijn geliefde natuur te bezoeken had vader een voor hem perfecte balans gevonden.

‘Bovendien is Rockanje een boerendorp,’ had hij er nog aan toegevoegd, ‘en jouw moeder is een echt stadsmeisje.’

Moeder ging inderdaad zelden met ons mee het duinbos in, maar ze was blij met de huisgemaakte lavendelzeep die vader in de zomer voor haar kocht bij een van de huisjes achter de dijk. Ze gebruikte die zeep nu nog steeds. Zelf kon ik me na al die jaren nog het bruine poedeltje herinneren waar ik mee speelde terwijl vader afrekende en dat ik stiekem veel leuker vond dan de bloemen en planten die we zagen.

In mijn geheugen zag ik ons nog altijd lopen samen, vader met de verrekijker om zijn hals, ik met kaplaarzen aan mijn voeten die mijn sokken in propjes veranderden. Toch begreep ik nu, al die jaren later, vaders passie pas echt. Want ook ik had iets gevonden waar ik me werkelijk mee verbonden voelde. Telkens wanneer ik bezoekers van de leeszaal een favoriet boek aanraadde of thuiskwam na een werkdag en me eindelijk zélf met een nieuwe titel op de bank kon installeren, voelde ik in het diepst van mijn wezen dat dit was waar ik gelukkig van werd. Lezen was míjn passie, zoals biologie de passie van vader was.

Hoe meer ik als kind het lezen ontdekte, hoe minder vaak ik nog met vader meeging. Want hoe fijn het samen in het duinbos ook was, nog prettiger was het boek dat thuis op me wachtte. Waar vader me had voorgesteld aan de parels van het Zuid-Hollandse duinlandschap, liet moeder me kennismaken met de rijkdom van de bibliotheek, en het duurde niet lang voordat ik begrepen had dat dáár de echte schatten te vinden waren. Met een boek in de hand had je een vinger op de schakelaar die je naar een andere wereld bracht. De vreugde die ik als jong meisje voelde wanneer ik met een nieuwe verzameling boeken in mijn armen naar onze woning aan de Beukelsdijk liep, was waarschijnlijk wat vader ervaarde als hij een ijsvogel over het water zag scheren. En hoe ouder ik werd, hoe meer mijn leeshonger toenam. Het was dus niet moeilijk geweest te bedenken wat ik na de hbs zou gaan doen.

Ik wilde in de bibliotheek werken.

En na een opleiding van twee jaar ging die wens in vervulling.

Inmiddels was ik al bijna een halfjaar bibliotheekassistente in de Gemeentebibliotheek op de Nieuwemarkt. Er was geen plek op de wereld waar ik me meer zou thuis voelen dan daar.

Om halftien legde ik mijn boek weg. Het was tijd voor het avondrondje met Tess. Sinds het moment waarop zij vier jaar geleden onze familie had verrijkt, was ons wandelingetje voor het slapengaan mijn favoriete moment van de dag. Samen door de stille straten wandelen, rustig reflecteren op de verstreken dag, zorgde ervoor dat ik daarna met een voldaan gevoel in bed stapte.

Nu ik een baan had, kon ik overdag niet meer met haar uit, dat deed moeder tegenwoordig, maar in de weekenden nam ik haar graag mee naar het Vroesenpark. De afgelopen maanden hadden we vanuit daar de aanleg en bouwvorderingen kunnen zien van wat binnenkort de nieuwe dierentuin zou worden. De oude was al meer dan een halfjaar dicht.

Siem keek reikhalzend uit naar de grote opening. We zouden er samen naartoe gaan.

Ik vloekte zachtjes toen mijn knie, niet voor de eerste keer, een paaltje raakte. Nu de straatverlichting uit stond, was het tegenwoordig zo donker overal. Gelukkig waren de trottoirbanden en lantaarnpalen wit geschilderd, voor de veiligheid van voetgangers en ook om het verkeer niet te veel te ontwrichten. Dat scheelde in elk geval iets.

Voetje voor voetje liep ik verder, naast Tess die nergens last van had.

In de duisternis was het soms lastig voor te stellen dat deze buurt overdag bruiste van licht en leven. Maar het toneel waar lachende kinderen hadden gespeeld en waar de melkboer met zijn paard en wagen voorbij was gekletterd, was nu leeg. Het doek was gevallen.

Langzaam raakten mijn ogen op het maanlicht ingespeeld en namen de contouren van huizen en bomen hun donkere vorm aan. Mijn stappen werden groter. Voorheen had ik hier, een paar minuten bij de Beukelsdijk vandaan, altijd even omhooggekeken bij het huis van Miriam. Net als ik woonde zij in een portiekwoning, samen met haar ouders en twee jongere zussen, en als ik in haar kamer licht zag branden, stelde ik me altijd voor hoe ze in haar dagboek schreef dat ze al jarenlang trouw bijhield. Maar nu zag ik niets. Haar raam werd, net als alles eromheen, opgeslokt door de verplichte zwartheid.

Hoelang zou het nog duren voordat alles weer normaal was?

Gelukkig woonden we in Rotterdam, had Miriam vorige week opgemerkt. ‘Hier zitten we tenminste veilig, zegt vader. Dankzij al het water om ons heen kunnen de Duitsers maar moeilijk in dit gebied komen. Dus áls het misgaat in ons land en er gebeurt iets vreselijks, dan is dat in elk geval ver bij ons vandaan.’

Haar vaders aanname klonk logisch. Geruststellend zelfs.

We moesten er maar gewoon het beste van hopen.

Tess liep voor me uit onze straat weer in. Ook in het donker wist ze precies waar we moesten zijn.

Samen klommen we de trappen op. Toen ik naar binnen stapte en mijn jas en de hondenriem aan de kapstok hing, schalde de blikkerige stem van de minister-president uit de radio. Snel liep ik de woonkamer in, waar vader en moeder aan tafel zaten en aandachtig luisterden naar wat er werd gezegd.

'Gaat u maar rustig slapen,' klonk het vanuit de ether. 'De overheid waakt over u.'

Die nacht sprong Tess wild van mijn bed. Ze stootte een hoge, dringende blaf uit. Met een ruk schoot ik overeind, wrijvend in mijn ogen. Buiten klonk er een rommelend geluid, een soort aanhoudend gedreun. Het leek op dat van onweer of vuurwerk maar toch anders. Dit was lager, dieper. Ik sloeg de dekens van me af en stoof mijn kamer uit.

In de gang stond vader, gekleed in zijn grijze pyjama.

Moeder stond achter hem, net als ik in een lange, witte nachtjapon.

'Wat gebeurt er?' vroeg ik.

Ook Siems kamerdeur ging open. Zijn gezicht was bleek in het licht dat vader had aangeknipt en hij leek ongelooflijk klein zoals hij daar in zijn geruite kinderpyjama in de deuropening stond. Zijn mond viel open toen hij ons allemaal zag staan. 'Wat doen jullie?'

We wisten het niet.

Allemaal waren we wakker geschrokken, maar geen van allen wisten we waarvan precies.

Tess drukte zenuwachtig haar neus tegen mijn been. Ik streek haar tussen haar oren en maakte kalmerende geluidjes.

'Ik zet de radio aan.' Vader liep naar de keuken. 'Misschien is er een nieuwsuitzending.'

Snel pakte ik Siems hand. 'Kom. We gaan luisteren.'

Even later stonden we rond de radio, die op zijn eigen kleine tafel in de keuken stond. Siem stond dicht tegen me aan met zijn slaaptijger in zijn hand. Aan mijn andere kant stond Tess. Allemaal keken we met ingehouden adem toe hoe vader aan de knoppen draaide tot het statische geruis veranderde in een mannenstem.

Vanuit een nachtmerrie werden de woorden die we zo vreesden de realiteit in geslingerd.

Nederland was in oorlog.

Vrijwel meteen kringelde het geluid van stemmen op straat omhoog naar ons raam. Moeder deed het licht uit, waarna we de gordijnen opzijschoven en naar buiten gluurden. Hele groepen mensen stonden daarbeneden, gewoon zo, in hun nachtgoed. Ondanks de duisternis waren sommige schimmen duidelijk te herkennen. Daar had je Truus, en even verderop zag ik mevrouw Verhallen van de overkant.

'Wij blijven binnen,' klonk moeder direct, nog voordat iemand van ons iets had gezegd.

'Maar misschien is Miriam ook wel buiten,' zei ik. 'Misschien –'

'Morgen kunnen jullie elkaar weer zien.' Vader sloeg zijn arm om me heen. 'Nu blijven we inderdaad hier.'

Beneden ons stootten mensen elkaar aan en tuurden met open mond naar de hemel.

'Die mensen staan elkaar alleen maar paniek aan te praten,' zei moeder. 'Daar schiet niemand wat mee op.' Ze trok de gordijnen weer dicht.

Nu kon het licht weer aan.

'Wat is er gebeurd?' wilde Siem weten. 'Wat doen al die mensen buiten?'

'Niets,' zei vader. 'Kom, knul, terug naar bed met jou.'

Met wijdopen ogen lag ik onder de dekens. Vader en moeder bleven op – het was immers al bijna ochtend – en ik vroeg me af of ik me niet beter ook alvast had kunnen aankleden. Het was duidelijk dat slapen niet meer zou lukken vannacht.

Of ooit nog.

Want ineens was daar het woord geweest met de afschuwelijke klank en de nog afschuwelijkere betekenis: oorlog. Vliegveld Waalhaven, op Rotterdam Zuid, was gebombardeerd. Het was medegedeeld op de radio, het was echt. Het gebeurde.

Oórlog!

Ik hoorde aan de oppervlakkige ademhaling van Tess, aan mijn voeteneind, dat ook zij nog wakker was. Zij begreep natuurlijk helemaal niets van deze situatie. Nog minder dan ik.

Oorlog, klonk het opnieuw koortsig in mijn hoofd. Oorlog.

Hoe kon dit waar zijn?

Oorlog was iets uit het buitenland. Iets uit het nieuws, de radio, de kranten. Iets van vroeger. Iets van ver weg. Oorlog was bommen en granaten, brand, puin, pijn, schrik. Lawaai.

Maar... dat lawaai was er al.

En de bommen ook, niet eens zo heel ver hiervandaan. Vliegveld Waalhaven lag dan wel aan de andere kant van Rotterdam, maar toch was het Rotterdam. Onze stad.

Nog steeds klonk het gedempte geluid van opgewonden stemmen op straat. Bij de buren onder ons stond de radio hard aan. Nu zou iedereen het weten: Rotterdam was aangevallen!

Oorlog. Hoe vaker mijn gedachten het woord vormden, hoe abstracter het werd. Want wat was dat nu eigenlijk, oorlog? Niemand die ik kende was zo oud dat hij of zij een oorlog had meegemaakt. In Nederland was het al meer dan honderdvijftig jaar vrede.

En niemand wist wat we moesten doen nu er bommen op onze stad vielen.

Deze keer was het niet nodig om tijdens het avondeten de platenspeler aan te zetten. We hielden ons niet langer stil, want het was eenvoudigweg onmogelijk om nu nog te zwijgen over wat er in ons land gebeurde. Hoe klein Siem ook was, we konden hem niet langer in de waan laten dat er niets aan de hand was. Ook al leek het normale leven door te gaan – vader en ik waren allebei naar ons werk gegaan en moeder had Siem net als op een gewone vrijdag naar school gebracht – iedereen sprak over afgelopen nacht. Het liet geen twijfel dat er ook op Siems school van alles over de Duitse aanval was gezegd.

In de bibliotheek was het vandaag in elk geval het gesprek van de dag geweest.

We wisten inmiddels dat de bommen op vliegveld Waalhaven slechts het begin waren geweest. Vader had gehoord dat er daarna op die plek honderden Duitse parachutisten naar beneden waren gekomen. En dat niet alleen. In de Maas waren vanmorgen in alle vroegte watervliegtuigjes geland, en de soldaten waren vervolgens in rubberbootjes naar de kant gepeddeld. Vader had het op weg naar zijn werk zelf gezien. Hij was van zijn fiets gestapt en had ongelovig toegekeken. De brutaliteit! Maar wat hem nog het meest verbouwereerd had, was dat sommige militairen hun hand naar hem hadden opgestoken.

Ze zwaaiden, alsof ze dachten dat ze welkom waren.

'Ongelooflijk,' mompelde moeder hoofdschuddend toen ze het hoorde.

Vader vertelde nog meer. Hoe hij mensen had gezien die net als hij op weg waren naar hun werk, maar die de Willemsbrug niet over konden omdat deze al was ingenomen. Hoe de arbeiders vervolgens best bereid waren geweest om terug naar huis te keren, maar dat ze daarbij wel om een briefje hadden gevraagd dat ze later als bewijs aan hun werkgever konden overhandigen. Want tja, dat ze niet op het werk konden verschijnen, was natuurlijk niet hún schuld.

'Een officier tekende alle briefjes die hem werden voorgehouden,' zei vader. 'Het leek wel een klucht. Ik kon mijn ogen niet geloven.'

Hij was niet de enige die er moeite mee had deze bevreemdende nieuwe realiteit te erkennen. Hóé kon dit echt zijn? Het leek allemaal zo onwerkelijk, als een beroerd toneelstuk waarbij de hoofdrolspelers zo dicht bij hun publiek hadden gestaan dat vader hun gladgeschoren wangen en glimmende laarzen had gezien.

Maar een voorstelling was bedoeld als vermaak, terwijl dit...

Het enige wat we wilden, was de zaal verlaten.

CHAVER

Ook in de diergaarde trok de oorlog elk gesprek als een magneet naar zich toe. De bommen op het vliegveld van Rotterdam Zuid waren slecht nieuws, want het kon niets anders betekenen dan dat de Duitsers het verkeer rond de stad probeerden plat te leggen. De kans was dus groot dat hierna de stations aan de beurt waren. En de dierentuin lag náást een station...

Voor de dieren zou zo'n aanval een direct gevaar betekenen.

Maar wat konden de verzorgers doen? Wisten ze het maar. Het was vandaag precies een jaar geleden dat er begonnen was met de bouw van de nieuwe diergaarde, maar die was helaas nog steeds niet klaar. Er was dus geen plek waar de dieren voor de veiligheid alvast naartoe konden. Daarom zou er vanaf nu extra worden gepatrouilleerd, besloot de directeur.

Op dit moment was dat het beste plan.

Met spoed werden er twintig Nederlandse militairen in de dierentuin ondergebracht, die zowel het station als de nabije omgeving moesten bewaken. Zo zouden ze er snel bij zijn als er door bommen of beschietingen ergens brand uitbrak. En verder konden ze er alleen maar het beste van hopen.

Met deze gedachte ging iedereen maar weer gewoon aan het werk.

De jonge wolf rook de onrust die om de mannenlijven hing, hoorde de onderliggende spanning in hun stemmen, maar hij dacht er niet veel van. Zolang de mensen hem en zijn familie met rust lieten, vond hij alles prima. Hij speelde net als altijd met zijn broertje en zusjes, gluurde naar de apen met hun dwaze capriolen en krabde met zijn lange nagels de laatste plukken van zijn dikke wintervacht weg.

Vader Wolf was daarentegen duidelijk minder gerust. Hij cirkelde langs het hek en hield zijn kop laag bij de grond.

Voor de jonge wolf leek het alsof hij het gedrag van de militairen imiteerde, die met strakke gezichten hun rondes door de dierentuin liepen. Of voelde Vader Wolf aan dat er gevaar dreigde en wist hij dat hij en zijn gezin dan geen kant op konden?

DEBRA

Ik kneep met mijn ogen tegen het felle lamplicht in de foyer, nogal een ommezwaai na de verduisterde filmzaal. Ook Miriam knipperde driftig. Zaterdagavond was onze vaste filmavond, en gelukkig trok de bioscoop zich er niets van aan dat het nu oorlog was. We hadden *Rebecca* gezien, een verfilming van een van mijn lievelingsboeken. Al sinds de eerste aankondiging had ik me op de door Alfred Hitchcock geregisseerde voorstelling verheugd. Maar nu...

Ik schudde een paar keer met mijn hoofd om de beelden kwijt te raken.

'Wat is er?' vroeg Miriam.

'Die vlammen... Zag je die?'

'Natuurlijk. Ze leken wel van het doek te spatten, zo levensecht. Knap gedaan, vind je niet?'

'Ja,' zei ik. Het dramatische einde van de film, waarin het kasteel Manderley in vlammen opging, had me doen huiveren. Het knetterende vuur, de sissende vonken, het had allemaal zo dichtbij geleken dat ik de hitte bijna kon voelen. Niet eerder had een filmscène zo'n uitwerking op me gehad. Toen we naar buiten stapten, snoof ik diep de frisse avondlucht in.

Het was vanaf de bioscoop een paar minuten lopen naar ons favoriete café op de Coolsingel, en toen we eenmaal aan ons vaste tafeltje zaten, was ik het vuur vergeten. Hier in de hoek bij de jukebox was de wereld knus en gezellig en leek de oorlog maar een gerucht. Vanavond was alles nog precies hetzelfde als altijd.

'Joh, waarschijnlijk valt die hele oorlog reuze mee,' zei Miriam. 'Nu de wereld gewoon doorgaat alsof er niets aan de hand is, kan het allemaal zo erg niet zijn, toch?'

Ik knikte.

Zoals altijd bereikten we Miriams straat als eerste. Nadat we elkaar gedag hadden gezegd, versnelde ik mijn pas, plotseling verlangend naar mijn bed. Vanavond waren de zorgen van de afgelopen dagen verdampt als de opgeblazen luchtbellen die het blijkbaar waren geweest, en pas nu de spanning weg was, voelde ik hoe moe die me had gemaakt. Op dit moment wilde ik alleen nog maar het avondrondje lopen met Tess en dan slapen.

Maar toen ik de Beukelsdijk in liep, zag ik een gestalte voor ons portiek staan.

Het was een man, aan zijn hoed te zien. Hij stond met zijn gezicht naar de straat toe en...

Ik ging nog wat sneller lopen. Was dit Jilles?

Ja, het was hem.

Zodra hij mij zag, kwam hij me met grote stappen tegemoet.

Miriam, Jilles en ik kenden elkaar al sinds de lagere school, waar ik naast hem in de klas had gezeten. Hij was goed met cijfers, ik met letters, en we hadden al snel besloten dat hij mij zou helpen met rekenen en ik hem met taal. Na schooltijd zochten we elkaar op om te vliegeren, steltlopen of voor een paar cent de honden uit de buurt uit te laten. Toen we ouder werden, hield onze vriendschap stand. Ook vader en moeder zagen hem graag.

Maar nu stond zijn gezicht, waar zo vaak een geamuseerde lach op lag, ernstig.

'Is alles in orde?' vroeg ik direct. 'Wat doe je hier?'

'Moet je nog met Tess naar buiten? Misschien kan ik een stukje met je meelopen?'

'Prima. Kom je even mee naar boven, of wacht je hier?'

'Ik wacht hier.'

Even later, nadat Jilles en Tess elkaar enthousiast hadden begroet, liepen we de straat uit. Tess trippelde voor ons uit, de Heemraadssingel op. De zon stond laag, het soort schemer waarin alle dingen hun kleur verloren.

'Waarom stond je op me te wachten?' vroeg ik. 'Is er iets gebeurd?'

Hij schudde zijn hoofd. 'Ik ben vooral bang voor wat er gáát gebeuren.'

'De oorlog, bedoel je?' Ik keek hem van opzij aan en gaf hem plagend een duwtje tegen zijn schouder. 'Dacht je soms dat ik nog niet wist dat de Duitsers er zijn?'

Jilles zweeg.

'Ook ik schrok flink toen de Waalhaven werd gebombardeerd,' gaf ik toe. 'Maar ik probeer me er verder niet zo'n zorgen om te maken.'

Nu stond Jilles abrupt stil. 'Maar dat moet je wél doen. Dat kom ik je juist vertellen.'

Ik gebaarde naar een bankje bij een van de bruggetjes en zei: 'Laten we even gaan zitten.'

Jilles staarde voor zich uit, duidelijk zoekend naar de juiste woorden om mee te beginnen.

Tess sprong tussen ons in op het bankje, en hij aaide haar afwezig.

'Heb je gewerkt vandaag?' vroeg ik om de stilte te verjagen. Ik wist dat hij als trambestuurder vaak ook in het weekend en 's avonds dienst had.

Hij knikte, maar zei nog steeds niets.

Soms zag ik hem rijden, in de stad, in zijn okergele rijtuig. Met zijn grijze ronde pet, waar met gouden letters RET voorop prijkte, de afkorting van de Rotterdamsche Electrische Tram, stond hij achter het stuur als een kapitein aan het roer. Altijd stak hij lachend zijn hand naar me op. Toen we jonger waren, had Jilles gedroomd van een opleiding tot technisch tekenaar, maar zijn ouders hadden daar niets van willen weten. Doorleren? Dacht hij soms dat hij een professor was? Hij moest maar gewoon gaan werken, als een echte Rotterdammer de mouwen opstropen en een eerlijke boterham verdienen. Dus nu –

'Debra.' Hij deed zijn hoed af en liet hem rondgaan in zijn hand. 'Ik sprak vandaag met een collega. Gabriel heet hij. Hij komt uit Duitsland, waaruit hij een paar jaar geleden is gevlucht vanwege het afgrijselijke regime daar. Je hebt gehoord van de Kristallnacht, neem ik aan?'

'Ja, ja, natuurlijk. Maar wat heeft dat met mij te maken?'

'Gabriel denkt dat hier, in Nederland, hetzelfde gaat gebeuren. Hij heeft me verteld hoe ze in Duitsland met de Joodse bevolking omgaan en...' Er verscheen een diepe frons in zijn voorhoofd. 'Ik denk dat jij en je familie het beste even een tijdje weg kunnen gaan. Gewoon, tot alles weer normaal is. Hebben jullie ergens familie waar je terechtkunt? Of misschien heeft je vader spaargeld en kunnen jullie naar Amerika? Daar ben je echt veilig. Je vader kan daar ook lesgeven, en jij kunt er in een bibliotheek werken, net als hier. Aan je Engels zal het niet liggen, daar haalde je altijd tienen voor op school. Misschien kunnen jullie zelfs –'

'Zeg, houd eens op!' Ik pakte de hoed, die steeds harder rondging, en legde hem rustig in zijn schoot. 'We gaan helemaal nergens heen, hoe kom je erbij? Waarom zouden we? Dit is Nederland. Hier gebeurt ons niets, hoor.'

'Gabriel voorspelt dat het hier straks dezelfde kant op gaat als in Duitsland. En dan is het echt beter voor je als... als...'

'O, Jilles, laat je toch niet gek maken door alle verhalen die nu rondgaan. Die zullen de komende tijd alleen nog maar erger worden terwijl het niets anders is dan opgeklopte paniek. Maak je geen zorgen en al helemaal niet over mij.'

'Maar de Joden in Duitsland –'

'Dit is Nederland!'

'Ook als de Duitsers het hier straks voor het zeggen hebben?'

'Dat gaat niet gebeuren. En bovendien is bij ons alleen mijn vader Joods. Feitelijk gezien is iemand pas Joods als de moeder Joods is en dat is bij mij dus niet het geval.'

'De Duitsers zien dat anders. In hun ogen ben jij gewoon half-Joods.'

'Hou op. Als je echt graag iemand wilt adviseren om te emigreren, dan kun je beter even naar Miriam lopen. Ik weet alleen niet hoe haar moeder op jouw idee zal reageren. Die vindt Amsterdam al ver weg, laat staan Amerika.'

Nu schoot hij in de lach. 'Goed, misschien heb je wel gelijk. Ik hoop het.'

'Beloof me dat je je niet meer zo laat opjutten.'

'Ik zal het proberen.'

'Heb je hier ook met Stans over gesproken?' vroeg ik. 'Wat vindt zij ervan?'

Stans en Jilles hadden elkaar leren kennen in de tram, waarmee zij elke ochtend naar haar werk als coupeuse bij Peek & Cloppenburg reed. De verlegen Jilles had er maanden over gedaan voordat hij haar eindelijk had durven aanspreken, maar daarna was er slechts één afspraakje voor nodig geweest om te ontdekken dat de verliefdheid wederzijds was.

'Ik heb haar vandaag nog niet gezien,' zei hij. 'Maar zij denkt dat het allemaal wel meevalt. Dat we de ergste schok nu gehad hebben.'

'Precies wat ik ook zeg, dus.'

'Zij weet alleen nog niet wat ik van Gabriel gehoord heb.'

'Als je haar maar duidelijk maakt dat jullie je over mij geen zorgen hoeven te maken, goed? Voordat zij straks ook ineens doodsbenauwd bij me op de stoep staat.'

Nu lachten we allebei.

'Toch heb ik er geen goed gevoel over,' zei Jilles toen ik hem gedag zei. 'Ik vertrouw die moffen voor geen meter.'

'Ik ook niet. Maar ik laat me niet gek maken.'

CHAVER

Met een ruk schrok de jonge wolf wakker. Hij spitste zijn oren. Wat waren dit voor oorverdovende knallen, donderend door de vroege ochtend?

Hij sprong met vier poten tegelijk overeind vanuit de opgerolde houding waarin hij had liggen slapen. Naast hem zag hij de gele ogen van Vader Wolf heen en weer schieten in de richting van de overkapping waarin Moeder Wolf de laatste tijd verkoos te slapen. Met lenige sprongen rende Vader Wolf ernaartoe. De jonge wolf volgde. Daar zat zijn moeder, trillend weggekropen tegen de achterkant van het wolvenhol.

Toen er opnieuw een knal klonk, kromp ze piepend ineen.

De andere jonge wolven, die bij het horen van het vreselijke kabaal naar het hek van het wolvenperk waren gerend om te zien wat er aan de hand was, kwamen nu hard teruggerend. Hun ogen flikkerden van onrust. Aan het constante likken van hun neuzen konden ze van elkaar zien dat ze deze situatie niet vertrouwden.

RATATATA! klonk het. De demonische herrie leek wel van vlak boven hun hoofden te komen. Nu schoten ze allemaal het hol in, bij Moeder Wolf. Ze kropen dicht tegen elkaar aan, waarbij de jonge wolven piepten van angst.

Vader Wolf gromde dreigend naar de exploderende buitenwereld.

Zijn grote witte tanden blonken in het donker.

Kogels vlogen door de dierentuin. Een onvoorstelbaar hard glasgerinkel deed de apen krijsen van razernij. Het geluid kwam uit de roofdierengalerij, realiseerden de dierenverzorgers zich. Meteen zetten ze het op een rennen, en daar zagen ze het al: een vliegtuig had het glazen gebouw onder vuur genomen en alle bovenramen kapotgeschoten. Er was over de hele breedte van de galerij geen ruit meer heel.

Met open mond keken de mannen omhoog, verstijfd van schrik.

Binnen klonk het gebrul van machteloze dieren. Nog steeds werd er geschoten. De verzorgers drukten zich tegen de wand van het gebouw en staarden elkaar met grote ogen aan. Het zweet stond bij ieder van hen op de bovenlip. Toen het schieten eindelijk stopte, haastten ze zich langs de kooien, schietgebedjes prevelend dat de schade alsjeblieft mee mocht vallen. Ze keken koortsachtig de verblijven in, controleerden zo goed als het ging de luipaarden, de tijgers en de andere roofdieren. Nadat alle hokken waren nagekeken, slaakten ze ietwat ongelovig een diepe zucht van opluchting. Het leek een wonder, maar het was waar: de roofdieren leefden nog.

Allemaal.

Anderhalve meter boven de ligplanken van de leeuwen en de tijgers hadden de genadeloze kogels diepe gaten geslagen, dat wel, maar de dieren zelf waren godzijdank niet geraakt. Ze liepen zenuwachtig langs de tralies, waar ze naar de verzorgers grauwden. Het was duidelijk dat elke cel in hun lijf schreeuwde dat ze weg moesten hier. Hun instinctieve drang om zichzelf in veiligheid te brengen was zo sterk dat sommige tijgers met hun reusachtige poten tegen de spijlen sloegen.

Het metaal schudde ervan.

Eén verzorger deinsde achteruit.

Maar de dieren konden geen kant op, en snel gingen de mannen verder met de inspectie om er zeker van te zijn dat ze écht geen van alle konden ontsnappen. Toen duidelijk werd dat het roofdierengebouw dan wel zwaar beschadigd was, maar dat er gelukkig geen ontsnappingsgevaar was, lachten ze wat beverig naar elkaar.

De vliegtuigen waren weg.

Iedereen was met de schrik vrijgekomen.

Maar de dieren bleven van slag. Ook de wolven konden hun onrust niet van zich afschudden. Hun gehuil galmde de rest van de ochtend door de dierentuin. Vader Wolf zette met zijn diepe, zware stem de toon. Moeder Wolf, die voorzichtig uit het wolvenhol naar buiten was gekropen, viel in, een paar tonen hoger. De jongen maakten het koor compleet.

Hun zang was loepzuiver en sneed dwars door alles heen.

De dierenverzorgers waren aan het geluid gewend: de wolven zongen ook altijd mee met sirenes en met het luchtalarm. Maar ze waren het er met elkaar over eens dat het ditmaal anders klonk. Dringender. Urgenter.

Onheilspellend.

DEBRA

'Dam!' riep Siem triomfantelijk uit. 'Ik ga winnen, Debra.'

'Jij wordt veel te slim voor mij, joh,' zei ik, terwijl ik de situatie in me opnam. Mijn broertje had bijna al zijn witte stenen nog op het bord staan, terwijl er van mijn zwarte nog maar een paar over waren.

Siems borst zwol van trots.

Gelukkig had hij niet door dat mijn gedachten helemaal niet bij ons spel waren. Dat ik in plaats daarvan steeds moest terugdenken aan wat Jilles gisteravond had gezegd. Ik kon me niet voorstellen dat het echt een probleem zou worden dat wij Joods waren. Vader was gewoon in Nederland geboren. Zijn ouders ook, al waren zij uiteindelijk wel naar Palestina verhuisd om bij een familielid te zijn. Maar we waren hoe dan ook gewoon Nederlanders. Net als Jilles, Stans, Jo en zoveel anderen. Bovendien stond niemand er bij ons thuis ooit bij stil dat vader Joods was. Moeder kwam uit een christelijke familie, ook al ging ze nooit naar de kerk. En haar ouders, die helaas voor mijn geboorte aan de Spaanse griep waren overleden, hadden geen probleem gemaakt van vaders afkomst. Het was eenvoudigweg niet relevant. Siem en ik werden volstrekt niet Joods opgevoed. Als ik dat eens vergeleek met hoe het er bij Miriam thuis aan toeging...

Toen ik klein was, werd ik vaak uitgenodigd om daar de Joodse feestdagen, zoals Pesach en Chanoeka, te vieren. Die dagen waren mijn enige ervaring met het Jodendom, al verheugde ik me in die tijd vooral op de enorme hoeveelheid smakelijk eten dat er een vast onderdeel van was.

Tijdens zo'n dag had ik als tienjarige eens aan Miriams vader gevraagd: 'Zijn Joden echt het uitverkoren volk?'

De vraag had hem doen glimlachen. 'Kind, al zou dat zo zijn, dan betekent dat in elk geval niet dat wij beter zijn dan anderen.'

'Maar waarom hebben jullie dan allemaal van die speciale rituelen en bijzondere dagen?'

Hij had een haal van zijn pijp genomen, een paar tellen nagedacht en toen verteld: 'Ik denk dat het hierop neerkomt... Wij willen graag het gevoel vasthouden dat wij als Joods volk ervaarden toen wij bevrijd waren uit Egypte en voor God stonden bij de berg Sinaï. Toen onze voorouders daar aan de voet van die berg stonden, wisten ze dat ze in aanwezigheid van God verkeerden. Dat was natuurlijk enorm inspirerend, want ze werden op dat moment aangemoedigd om de beste versie van zichzelf te zijn. Maar... je kunt niet je hele leven bij die berg blijven staan, begrijp je? Vroeg of laat keer je terug naar de echte wereld. Dus hoe houd je dan tóch dat speciale gevoel vast? Dát is de reden waarom wij die bijzondere dingen doen.'

Ik vroeg me af of vader het ook op die manier zou hebben uitgelegd als ik het hem had gevraagd. Hij leerde Siem en mij ontzettend veel, maar nooit over het Jodendom. Toen ik hem eens vroeg of hij dan wel echt Joods was, zei hij: 'Natuurlijk. Ik zie Joods zijn als een soort groot buffet waar iedereen kan kiezen hoe veel of weinig hij op zijn bord wil hebben. Je hoeft er niets op te leggen wat je niet wilt.'

Zou vader een antwoord hebben op de vraag waarom de Duitsers zo'n hekel hadden aan ons? Zou Miriams vader het weten?

'Je zit helemaal niet op te letten.' Siem hief zijn beide armen hoog in de lucht. 'Ik heb gewonnen!'

CHAVER

Het was zondag 12 mei. Eerste pinksterdag. En hoewel het in de diergaarde op deze dagen normaal gesproken nog drukker was dan normaal, was er vandaag geen publiek. Er renden geen kinderen rond en niemand klapte voor de schrijvende Josephine.

De dierentuin was verlaten, op de verzorgers, militairen en natuurlijk de dieren zelf na.

Vandaag waren de jonge wolf en zijn broertje en zusjes precies één jaar oud, maar er was niemand die bij deze mijlpaal stilstond. Het krokodillenkoppel Hakuna en Matata lag verscholen tussen de waterlelies. Ze bewogen niet, waren roerloos als altijd. De ironie van de betekenis van hun namen – geen zorgen – ontging de dierenverzorgers niet. Niet op een dag als vandaag, nu de ruiten van het roofdierengebouw aan gruzelementen lagen. Nog steeds stonden de mannen ervan versteld dat de leeuwen en tijgers het er afgelopen nacht zonder kleerscheuren van af hadden gebracht. Dit was te danken aan de dieren zelf, die hun intuïtie hadden gevolgd en hoog in de kooien waren gekropen om het splinterende glas te ontwijken.

Hiermee hadden ze zichzelf veilig gehouden.

De dierenverzorgers waren bezig met het opruimen van de scherven, en toen ze de patrouillerende Nederlandse soldaten zagen, groetten ze elkaar zoals gebruikelijk. Maar tot een onderhoudend praatje kwam het deze ochtend niet. Iedereen droeg te veel zorgen met zich mee. Aan de horizon doemden namelijk opnieuw vliegtuigen op.

Ze cirkelden wat in het rond en vertrokken toen weer.

Een enkele verzorger waagde het een zucht van verlichting te slaken.

Maar de soldaten fronsten hun voorhoofd diep en werden nog zwijgzamer.

Al met al paste het zonnetje dat zo vriendelijk aan de lucht stond in het geheel niet bij de bezorgde stemming die er in de dierentuin heerste. De jonge wolf was moe van de gebeurtenissen van de afgelopen nacht. Bekaf was hij, maar toch kon hij niet slapen. Steeds weer keek hij omhoog, vastgeklemd tussen vrees en verwachting dat er opnieuw iets engs zou gebeuren. Maar ondanks alle onrust gingen de meeste dingen in de dierentuin voorzichtig weer door als altijd, zoals de verzorger die hij nu zag langslopen met Tammo, de makke leeuw met wie er elke dag een wandelingetje over het terrein werd gemaakt. Net als de jonge wolf was ook Tammo in de dierentuin geboren. Het dier was een halfwees, want toen hij vier weken oud was, stierf zijn moeder. De directeur van de dierentuin had de welp daarna zelf grootgebracht – in zijn eigen huis, met een flesje, en altijd in het trouwe gezelschap van Black, een zwarte herdershond.

De dierenverzorgers waren niet bang voor Tammo.

De leeuw was rustig en met zijn drie jaar nog niet helemaal volgroeid. Bovendien konden de verzorgers altijd rekenen op Black, die elk rondje meekuierde.

Black en Tammo waren dikke vrienden. Ze sliepen zelfs samen in de roofdierengalerij.

Moeder Wolf maakte altijd een laag, grommend geluid achter in haar keel als ze Black voorbij zag lopen maar de jonge wolf deed dat niet. Integendeel, hij kwispelde wanneer hij de zwarte herdershond zag en maakte blije piepgeluidjes. Black was ongeveer even oud als Moeder Wolf en zwaaide trots met haar dikke, zwarte staart heen en weer terwijl ze haar rondes liep. De jonge wolf wenste hartstochtelijk dat hij dichter bij Black in de buurt kon komen, zodat hij zich door zijn poten kon laten zakken en Blacks bek kon likken. Als hij die kans toch eens zou krijgen!

Ook nu weer stak hij enthousiast zijn lange spitse snuit door de spijlen, tot grote ergernis van zijn brommende moeder. Met zijn voorpoot tikte de jonge wolf een paar keer tegen het hek, in de hoop nu toch eindelijk eens te worden opgemerkt door die trotse, zwarte soortgenoot.

Maar zoals altijd werd hij volledig genegeerd.

Teleurgesteld keerde de jonge wolf zich weg van het hek, en met een snelle hap reageerde hij zijn frustratie af op de kont van zijn grootste zusje, die op dat moment toevallig voor hem langsliep. Bingo! Direct stoof ze briesend achter hem aan, het wolvenperk door.

Vader Wolf sloeg het jonge grut gade en liet zich met een lome zucht in het zand ploffen.

Hij wist zeker dat híj nooit een jaarling was geweest.

Rond elf uur namen twee verzorgers een korte pauze van het glas ruimen. Ze haalden het chimpanseeduo Vick en Jim uit hun hokken en speelden met hen in het gras. Enthousiast rolden de dieren over elkaar heen, terwijl de dierenverzorgers hun boterhammen aten. De zon scheen steeds feller, de chimpansees scharrelden voor het apenhuis in het rond, en een klein ogenblik lang bestond er geen oorlog.

Maar toen stopten de apen plotseling met stoeien.

Zenuwachtig keken ze omhoog, waar het onmiskenbare gebrom van naderende vliegtuigen te horen was.

Meteen sprongen de dierenverzorgers overeind.

Drie Duitse vliegtuigen kwamen over. Alwéér. Deze keer kon het niet anders zijn dan dat ze het op station Delftsche Poort gemunt hadden, precies zoals iedereen al had voorspeld. Maar hoe dicht het station ook bij de diergaarde lag, het was toch niet nodig dat ze precies híér zo dreigend bleven rondcirkelen, als een buizerd boven zijn prooi? Haastig pakten de verzorgers allebei een chimpansee bij de poot en renden met de dieren terug naar het apenhuis. Zo vlug als het ging, werden de dieren weer opgeborgen in hun kooi. Intussen hadden ook de andere apen de ronkende vliegtuigmotoren opgemerkt, en een angstig gegil galmde door de ruimte. Een orang-oetan trok krijsend van paniek een jutezak over zijn hoofd, een andere groef wild met zijn poten in het hooi op zoek naar een uitweg die er niet was.

De verzorgers keken naar elkaar en toen omhoog, waar de Duitse vliegtuigen nog steeds boven de dierentuin cirkelden.

Plotseling klonk er een scherp, gierend geluid, gevolgd door een klap die de grond deed trillen alsof de aarde openbarstte. Achter het hooigebouw verscheen een stofwolk. En meteen klonk daar wéér het gierende geluid, met opnieuw een oorverdovende klap. En nog een! De dreunen werden steeds zwaarder. Plotseling was er ook een enorme explosie in de buurt van het zeeleeuwenverblijf. Nu was er geen houden meer aan. Het ene na het andere gebouw ging met een afgrijselijk kabaal de lucht in. De wereld verging. Doodsbange dieren probeerden wanhopig de onophoudelijke stroom inslagen te ontvluchten, maar opnieuw konden ze nergens naartoe. De olifanten, met een aangeboren alertheid voor grondtrillingen zodat ze hun soortgenoten voelden naderen, schreeuwden het uit van angst. Hun woeste getrompetter ging verloren in het lawaai. Vogels fladderden luid kwetterend heen en weer in hun volière, hun bonkende borst hard en opgezwollen van stress. Sommigen knalden met zo'n vaart tegen de tralies, dat ze dood neervielen.

Vader Wolf, Moeder Wolf en de jaarlingen waren naar hun hol gerend en zaten daar opnieuw dicht tegen elkaar aan, bevend en piepend en met hun ogen zo wijd opengesperd dat ze elkaars glimmende oogwit zagen. De beschutte plek die altijd veiligheid had geboden, hun eigen wolvenhol waar de jonge wolven vandaag een jaar geleden geboren waren en waar ze zich op elk moment van de dag onzichtbaar konden maken voor de starende blikken van de mensen buiten het hek, beefde en trilde nu alsof een grote bruine beer er met zijn klauwen op aan het beuken was.

Mama Wolf snauwde en hapte naar de opening van het hol. *Klap, klap* deden haar kaken. Haar rugharen stonden recht overeind. Ze gromde naar de ingang, waarbuiten een onbekend maar reusachtig gevaar loerde dat ze uit alle macht op afstand wilde houden.

De jonge wolven kropen zo ver mogelijk naar achteren, ver bij de opening vandaan. Ze piepten, trillend over hun hele lijf terwijl het veilige wolvennest op zijn grondvesten schudde.

De dierenverzorgers zagen intussen het dak van de winterstal de lucht in gaan, de winterstal waar de beren zaten. Alles werd hier voor hun ogen verwoest! Even staarden ze ernaar, misselijk van afschuw, toen beseften ze dat ze op dit moment niets anders konden doen dan zichzelf in veiligheid brengen. Met hun gezichten stijf van radeloosheid renden ze naar de stookkelder onder het apenhuis, en terwijl ze daar zaten, volgden er nog meer inslagen in de dierentuin. Het ene na het andere gebouw stortte in. Er brak brand uit. Overal klonk gebrul, geloei, gekrijs. Maar de verzorgers waren machteloos. Zij konden de kelder van het apenhuis pas verlaten wanneer de vijandige vliegers vertrokken waren. Ze knepen hun ogen dicht... en wachtten.

Pas na de achttiende dreun werd het stil.

De bommenregen had de paradijselijke dierentuin getransformeerd tot een gruwelzone, waarin vooral de hoefdieren er slecht aan toe waren. Verslagen verzorgers struikelden over de dode kamelen en alpaca's. Andere dieren waren zo ernstig gewond dat ze uit hun lijden zouden moeten worden verlost. Van de jonge struisvogels was geen veertje meer over.

De jonge leeuw Tammo had, als in een wonder, de ramp wél overleefd. Voor de tweede keer. Met Black aan zijn zijde stond hij verdwaasd in de roofdierengalerij, net als de andere leeuwen tot aan zijn nek in het puin.

En dat puin was niet alleen daar.

De dierenverzorgers voelden tranen van machteloosheid in hun ogen springen. Het gigantische slagveld was nog gruwelijker dan ze hadden gevreesd. De meeste bommen waren in het midden van de tuin terechtgekomen, waar nieuwe dieren in tijdelijke hokken hadden zitten wachten op de verhuizing naar Diergaarde Blijdorp. Degenen die het hadden overleefd, brulden onophoudelijk. En intussen brak op steeds meer plekken brand uit. In de ooit zo vredige, groene laantjes gaapten nu bomkraters. Hekken waren vernield, tralies verbogen. Ruiten waren uit hun sponningen gedrukt. Dieren liepen voor het eerst in hun leven los rond in de tuin, met de glazige blik van dronkenmannen in hun ogen. Bijna allemaal waren ze gewond. De zeeleeuwen waren verdwenen. Koortsachtig keken de dierenverzorgers om zich heen in hun pogingen de onmetelijke schade in zich op te nemen, maar het was amper te bevatten.

Van sommige bommen wisten de mannen precies waar ze waren ingeslagen, zoals die bij de roofdierengalerij. Ook in het damhertenverblijf was er zo te zien een neergekomen. En het wolvenperk was eveneens geraakt. Van de wolvenfamilie zelf was niets te zien, en de verzorgers hoopten maar dat de roedel zo slim was geweest zich te verschuilen in hun hol. Maar het bleef bij hopen, want er was nu geen tijd om te kijken of dit echt zo was.

De totale ravage was te groot.

De dierenverzorgers zagen in elkaars blik de verbijstering en woedende machteloosheid die ze allemaal voelden. Om hen heen renden zebra's en bizons heen en weer. Van de zwarte zwaan die zo parmantig had zitten broeden, was zelfs het nest verdwenen. Er was alleen nog maar een gapend gat te zien. Herten waren door de enorme luchtdruk tegen hun hek verpletterd. Andere hoefdieren lagen stuiptrekkend in hun eigen bloed. De mannen haastten zich van de een naar de ander.

Waar moesten ze in vredesnaam beginnen?

Tot hun grote schrik zagen ze nu ook dat het dak van het roofdierengebouw deze keer volledig was ingestort. Het was een enorm wonder dat de dieren wederom ongedeerd waren gebleven. Niezend en wit van het stof stonden ze met hun poten tussen de stukken puin.

En godzijdank waren de tralies nog intact.

De dierenverzorgers haastten zich naar het apengebouw. Ook dat leek er nog redelijk aan toe te zijn, al waren door de luchtdruk alle ruiten die de eerdere beschietingen hadden doorstaan nu alsnog gesneuveld. In hun gehavende hokken slingerden de apen in het rond. Ze gilden naar elkaar en trokken gekke bekken van de spanning.

Eén chimpansee was ontsnapt en naar het dak geklommen.

Daar keek het dier hoofdschuddend neer op de gebombardeerde tuin.

De verzorgers stroopten de mouwen op. Er was geen tijd om te wanhopen. Ze moesten opschieten. De loslopende dieren moesten worden gevangen; zij die nog te redden waren moesten zo goed mogelijk worden verzorgd. Voor de andere hield het helaas op. Ook waren er met spoed tijdelijke noodhokken nodig. Er moest ongelooflijk veel gebeuren.

En iemand moest echt even kijken hoe de wolven eraan toe waren.

De mannen sleepten net een overleden zebra weg die met een diepe hoofdwond voor het roofdierenverblijf op de grond lag, toen de schok en het verdriet nog groter werden.

Het was de boodschap van de directeur.

Hij kwam de dierenverzorgers persoonlijk mededelen dat er door de militaire commandant besloten was dat alle roofdieren die het bombardement hadden overleefd zo snel mogelijk moesten worden gedood. Vol ongeloof staarden de mannen hem aan. Dus deze arme dieren, die nog altijd in hun gehavende verblijf zaten, zouden alsnog komen te overlijden?

Dit kon niet waar zijn.

De commandant zelf voegde zich nu ook bij hen. 'Luister,' zei hij, 'ik snap dat dit niet leuk is. Maar als er nóg een aanval komt, is de kans groot dat het roofdierenverblijf helemaal vernield wordt. Er is nu al amper wat van over. En dan heeft Rotterdam er een onvoorstelbaar groot gevaar bij. Niet alleen de bevolking, maar ook onze militairen zijn niet veilig als er beren, tijgers, leeuwen en wolven in doodsangst door de stad rennen.'

'Hoe verschrikkelijk het ook is, hij heeft gelijk,' zei de directeur. 'De dieren moeten uit voorzorg worden afgeschoten. Het risico is gewoon te groot.'

Achter hem kwamen drie soldaten aanlopen.

Met grote stappen en ernstige gezichten liepen ze het roofdierenverblijf in, hun geweren over hun schouder.

Black, die duidelijk aanvoelde dat er opnieuw gevaar dreigde, blafte verontrust.

De soldaten negeerden haar en liepen naar de beren toe. Toen de eerste soldaat van het executiepeloton zijn loop door de tralies van de kooi stak, moesten de verzorgers zich beheersen om hem niet tegen te houden. Ze slikten krampachtig en vertelden met schorre stem waar de dieren het beste konden worden geraakt om de pijn zo kort mogelijk te laten duren.

Ook de andere geweren gingen door de tralies.

Met een knal sneuvelde Hans, de geliefde bruine beer. Bij de volgende knal viel ook Grietje op de grond.

De dierenverzorgers krompen in elkaar en wendden hun gezicht af.

Na de beren werden ook negen tijgers, vier panters, zeven leeuwen en drie jaguars voor de lopen gedreven. Black, die inmiddels donders goed begreep wat er gebeurde, ging voor haar maatje Tammo staan en blafte nog harder dan eerst. Woest sprong ze met alle vier haar poten tegen de tralies op. Ze landde hard in de brokstukken van het puin en sprong opnieuw. Iedereen moest weten dat ze haar vriend met haar leven zou verdedigen, als het moest.

Maar ze had zich geen zorgen hoeven maken.

De driejarige leeuw kreeg zowaar gratie van de militaire commandant. Tammo werd, zijn naam zei het al, immers als 'tam' beschouwd. Samen met een tijgerin en haar twee welpen, een kwartet kleine ijsberen en nog wat jong spul mocht de publiekslieveling blijven leven.

In allerijl werden ze naar de noodhokken overgebracht.

Tijd om de dode dieren te begraven was er niet, want de verzorgers hadden hun handen vol aan de nog levende. En zo gebeurde het dat de gesneuvelde kamelen in een bomkrater werden gegooid en de lichamen van de roofdieren op hopen tussen de kapotte hokken belandden. Tegelijkertijd werden er halsoverkop pogingen gedaan om met sloophout de overige dierenverblijven te repareren. Wie geen hokken herstelde, ging achter de losgebroken dieren aan.

De chimpansee op het dak van het apenhuis bleek Josephine te zijn.

Maar niet alle dieren waren zo eenvoudig te vinden...

De zeeleeuwen waren er bijvoorbeeld vandoor gegaan. Een van de bommen was aan de rand van de vijver terechtgekomen, niet ver van de zeeleeuwenrots vandaan. De dierenverzorgers vermoedden dat de zeeleeuwen door de kracht van de explosie uit hun bassin waren getrokken. En zo was het inderdaad gegaan. Het ene moment hadden de zeeleeuwen nog in het water gelegen, het volgende moment hadden ze met wijd opengesperde ogen door de lucht gevlogen. Met een plof waren ze op het pad naast het bassin terechtgekomen. Daar hadden ze een ogenblik verbaasd om zich heen gekeken, waarna ze er op hun flippers snel vandoor waren gegaan.

Via de Diergaardesingel waren ze naar de Westersingel gezwommen.

De familie Wolf had zich intussen buiten hun hol gewaagd, en de jonge wolf keek toe hoe zijn ouders onrustig rondjes liepen door het wolvenperk. Zijn broer en zusjes piepten onophoudelijk. Altijd hadden ze bij Vader Wolf en Moeder Wolf terechtgekund voor sturing, voor veiligheid. Nu leken voor het eerst ook hun ouders niet te weten wat ze moesten doen.

En als zij het al niet wisten... wie dan wel?

Steeds weer keek de jonge wolf naar het ingestorte dak van het apenhuis. Hoelang hij er ook naar staarde, hij kon niet begrijpen wat er was gebeurd. Een hert sprong over het pad en verdween in de bosjes. Hij hoorde de leeuwen brullen. En er klonken knallen.

Vreemde, harde knallen.

Ineens waren er stemmen. Mannenstemmen.

Ze kwamen dichterbij.

'Voor deze dieren geldt hetzelfde,' zei een van de mannen, gekleed in een groen uniform. 'Want als ze ontsnappen, zijn ook zij een gevaar. Niet alleen voor ons, maar voor alle mensen in de stad.'

De dierenverzorgers zwegen. Ze hadden een terneergeslagen blik in hun ogen.

De onbekende mannen droegen zwarte laarzen. De jonge wolf was niet gewend dat ze zo dichtbij kwamen. Het harde geluid dat uit hun mond kwam, leek in niets op de vriendelijke stem van de dierenverzorger die elke dag 'Goedemorgen!' naar de wolven riep wanneer hij eten kwam brengen. Wat déze mannen zeiden, begreep de jonge wolf niet, maar toen een van hen zich naar hem omdraaide en hem daarbij recht in zijn ogen aankeek, verstijfde hij.

Dit donkere gevoel kende hij niet.

Hij schudde zich wild uit, maar de dringende onrust in zijn kop bleef.

Die vertelde hem dat hij weg moest. Ver weg van hier, weg van de plek waar hij tot aan dit moment altijd veilig en gelukkig was geweest. Weg!

Maar... weg van zijn familie? Dat kon toch helemaal niet?

Daar was hij nog veel te jong voor.

De mannen waren intussen in een verhitte discussie verwikkeld geraakt.

'Met alle respect,' zei een van de dierenverzorgers nu, een man die de jonge wolf al zijn hele leven kende, 'maar van wolven heeft men niets te vrezen. Die zullen juist afstand houden van mensen.'

'Ook deze dieren, die juist aan mensen gewend zijn? En die straks van paniek wellicht niet meer weten wat ze doen?' vroeg de commandant.

'Hebben we nog noodhokken over?' wilde de directeur weten.

De verzorger schudde spijtig zijn hoofd.

'Luister,' zei de commandant. 'Ons leger staat onder zware druk. Ze krijgen al meer dan genoeg te verduren, en ik dacht dat we het erover eens waren dat ze niet ook nog eens mogen worden blootgesteld aan het gevaar van een aanvallend roofdier.'

'Maar de échte beesten zijn degenen die ons vanuit de lucht aanvallen!' riep de verzorger uit.

De directeur legde zijn hand op de arm van de verzorger en zei zacht: 'Zonder noodhokken houdt het op. Er zit helaas niets anders op.'

'In positie!' brulde de commandant.

De soldaten hieven hun wapens.

Boos veegde de verzorger een traan uit zijn oog, en –

KNAL!

Vader Wolf zakte met een verbijsterde kreet ineen.

'Wacht!' De dierenverzorger wees naar Moeder Wolf. 'Zie je haar buik? Ze is hoogzwanger. We verwachten dat haar welpjes een dezer dagen geboren zullen worden.'

De soldaat met het vuurwapen keek vragend naar de commandant. Maar die gaf slechts een kort, klein knikje met zijn hoofd.

KNAL! klonk het opnieuw.

Moeder Wolf vloog achteruit en stortte tegen de grond. Een rode vlek verspreidde zich door haar dikke, lichtgrijze vacht.

De jaarlingen stonden doodstil, versteend van angst.

Wat gebeurde hier? Wat moesten ze doen? Ze wilden op Vader en Moeder Wolf afrennen, hun bek likken. Ze wilden met hun snuit zachte duwtjes tegen hun lichamen geven zoals ze 's ochtends deden om ze wakker te maken.

Maar Vader Wolf en Moeder Wolf bewogen niet.

Het leek wel alsof ze waren vastgezogen in het moment, in dit monsterlijke ogenblik waarin overal herrie was, en vuur, en waarin de onmiskenbare geur van angst dik als stroop in de lucht hing. De jaarlingen wilden zich achter hun ouders verschuilen, dekking zoekend. Moeder Wolf wist altijd precies wat er moest gebeuren, ze zouden haar nadoen.

Alleen, er klopte iets niet.

Want waarom dreef Moeder Wolf hen niet allemaal het wolvenhol in, waar ze veilig zouden zijn, dicht bij elkaar, opgerold in warme bolletjes en met hun staarten verstrengeld? Waarom bleef ze daar maar liggen, net als Vader Wolf?

De jaarlingen keken om zich heen.

Het hek waarmee een deel van het wolvenperk was afgezet, was in de uiterste hoek omgevallen. Toch was het bij geen van de jaarlingen opgekomen om eroverheen te springen. De wereld was plotseling een uiterst onvoorspelbare plek geworden, dus wie wist wat voor ijzingwekkend gevaar er aan de andere kant van het hek schuilging? Nee, het was beter om hier te blijven, in hun vertrouwde wolvenperk. Hun leefgebied.

Maar een van hen dacht er toch anders over.

Híj had namelijk, als enige, de blik in de ogen van de soldaat gezien.

Voortgedreven door het stuwende, dringende gevoel in zijn borst haastte de jonge wolf zich naar de rand van het wolvenperk. Hij rende met grote sprongen en uitgestrekte poten.

Binnen een paar tellen had hij de omgevallen afzetting bereikt.

Daar keek hij om naar zijn broer en zusjes, die nog altijd als aan de grond genageld bij elkaar stonden.

KNAL! klonk het opnieuw.

De jonge wolf sprong.

Voor het eerst in zijn leven stond de jonge wolf aan de andere kant van de afrastering. Hij wierp een blik over zijn schouder. Zijn ouders, zijn broer en zusjes waren dáár, achter hem. Zijn hele wéreld was plotseling achter hem. In het wolvenperk.

Maar hij had het gevaar gevoeld, hij had het gezien. Hij had het gerőken. En hij wist dat als hij niet wegging, ook hij op de grond zou vallen.

Een scherp gekerm bereikte zijn oren.

Met een ruk keek de jonge wolf weer achterom. Zijn blik haakte zich in die van zijn kleinste zusje. *Laat me niet achter*, leek ze te smeken, en even voelde hij een woeste aandrang om direct terug te rennen. Maar terwijl zijn zusje en hij elkaar aankeken, zag hij dat ze langzaam door haar poten zakte. Toen schoot haar gepijnigde blik plots de andere kant op, naar een beweging in de buurt van het hek.

De jonge wolf rook de soldaat al voordat hij hem zag.

De man kwam met snelle stappen dichterbij. 'Ik zie hem!' riep hij naar de anderen.

Een waarschuwend gegrom steeg op vanuit het wolvenperk.

De militair hief zijn wapen en kneep zijn linkeroog samen, klaar om te richten.

Maar de jonge wolf was niet van plan om te wachten tot er weer zo'n vreselijke knal volgde. Zo snel als hij kon, wurmde hij zich door een nabijgelegen laurierhaag, stoof als een windstoot door de verwoeste dierentuin, glipte langs een verbijsterde verzorger, die met een stuk hout in zijn handen stond, en rende zo hard als hij kon door naar de uitgang. Hij keek niet om, niet eens opzij, alleen maar voor zich uit, aangedreven door een oerinstinct dat al het andere uitschakelde. Weg, weg, wég, was alles wat nu telde.

Hijgend stond hij stil. De diergaarde lag nu achter hem, uit het zicht maar nog duidelijk te ruiken. Zijn razende vluchtdrang gierde nog altijd door zijn kop, maar nu het meest directe gevaar geweken was, kon hij in elk geval voorzichtig nadenken. Trillend op zijn poten stond hij op de West-Kruiskade, zonder een idee waar hij naartoe moest. Tegen beter weten in keek hij om, zich vastklampend aan het kleinste sprankje hoop dat zijn familie hem gevolgd was. Achter elkaar aanrennen was immers wat ze altíjd deden. Gisteren nog hadden ze in hun spel op elkaar gejaagd, een fysieke ontlading van alle onrust van de afgelopen dagen. Zelfs Vader Wolf had uiteindelijk meegedaan. Groot en sterk als hij was had hij zich met een geweldig gevoel voor drama omver laten rennen door zijn kinderen, om ze het gevoel te geven dat ook zij fors en krachtig waren. Daarna was hij vliegensvlug overeind gesprongen en had hij zélf de achtervolging ingezet, want ook hun reflexen moesten getraind worden. De jonge wolf had zo hard gerend dat zijn tong uit zijn bek wapperde.

In de Westersingel zwommen de zeeleeuwen nog altijd onwetend in het rond, voor het eerst in hun leven in de buitenwereld in plaats van hun bassin. Een verzorger was bezig ze naar de kant te lokken en rammelde met een emmertje vis.

Hij zag de jonge wolf niet, die eerst sjokkend en toen op een drafje als een aswolk uit beeld verdween.

DEBRA

Ik huiverde toen vader me het nieuws vertelde. 'Wat verschrikkelijk.'

Zelf had hij het vreselijke verhaal vanmorgen gehoord, tijdens het koffiedrinken in zijn favoriete café op de hoek. Meteen was hij terug naar huis gekomen, alle trek was hem vergaan.

'Arme diertjes.' Siem trok een gezicht alsof hij elk moment kon gaan huilen.

Troostend streek ik hem door zijn krullen. Hij was blond, net als moeder, en had ook haar blauwe ogen geërfd in plaats van bruine, zoals ik. Het waren ogen waar nu tranen in blonken. Dat het niet goed was voor een kind van zes om al een paar dagen achter elkaar dit soort akelige berichten te horen was duidelijk. Maar als hem thuis niets verteld werd, zouden de berichten vanzelf wel op school tot hem komen.

Het was onvermijdelijk dat iedereen het erover had.

Vandaag was het tweede pinksterdag, de scholen waren gesloten. Ook de bibliotheek was dicht, ik was vrij. Maar morgen zou ook daar de verwoeste dierentuin ongetwijfeld het gesprek van de dag zijn. Zelfs in de leeszaal, waar het toch echt stil moest zijn, zou een verontwaardigd gefluister in het rond gaan. En dat was zo ontzettend begrijpelijk. Want: bommen! Op de diergaarde nog wel.

Wie deed zoiets?

'Eigenlijk denk ik dat het een ongeluk was,' merkte vader op. 'Er is geen enkele reden voor de Duitsers om zoiets met opzet te doen. Ze zijn niet in oorlog met beren, leeuwen en kamelen. Een dode aap brengt hen niet dichter bij de overwinning, maar een kapot treinstation wél. Als ze dat voor elkaar krijgen, dan saboteren ze de bevoorrading. Daarom weet ik vrijwel zeker dat de bommen voor het station bedoeld waren.'

'Ze zijn te dom om zelfs maar te zien waar ze hun bommen moeten droppen.' Moeder snoof laatdunkend. 'Stelletje stomkoppen.'

'Stomkoppen!' herhaalde Siem. Hij moest er hard om lachen.

Maar het was absoluut niet grappig. Want voor de dieren in de dierentuin maakte het niet uit of de bommen daar expres of per ongeluk waren gedropt. Zij konden nergens naartoe toen de hel losbrak. Wat moesten ze in paniek zijn geweest.

In mijn hoofd laaiden de heftige vlammen op uit de laatste minuten van *Rebecca*. Ik zag het huis dat instortte, de wanhopige vrouw die geen kant op kon. Niet eerder was een scène uit een speelfilm zo lang door mijn hoofd blijven spoken. En dat was niet eens echt. Wat er in de diergaarde was gebeurd, wél. Echte slachtoffers, met een echt bestaan dat nu abrupt beëindigd was. Onschuldige levens die zomaar werden afgekapt. Dieren die er nooit om hadden gevraagd om in kooien gevangen te zitten en die dat nu ook nog eens met de dood hadden moeten bekopen.

En alsof het allemaal nog niet erg genoeg was, was er ook nog eens besloten om de overlevende roofdieren af te schieten. Zoiets was toch niet te geloven? Omdat ze zo 'gevaarlijk' waren.

Zelfs de wolven hadden een kogel gekregen.

Weer trok er een rilling door me heen.

Vlak voordat de dierentuin vorig jaar haar deuren sloot, had ik Siem er nog mee naartoe genomen. Toen waren er bij de wolven net welpjes geboren, nog maar een paar maanden oud. Ik had aan Siem uitgelegd wat ik van vader had geleerd, dat de familie die hij daar zag net als een roedel in het wild bestond uit papa wolf, mama wolf en hun kroost. Dat het in sommige andere dierentuinen weleens fout ging omdat zij wolven aankochten uit andere diergaardes en ze vervolgens bij elkaar plaatsten in een afgezet gebied waar ze elkaar niet konden ontlopen. Zoiets was riskant, omdat wolven vaak geen volwassen soortgenoten van hetzelfde geslacht in hun territorium duldden. In het wild verliet zo'n wolf rustig de roedel om op zoek te gaan naar een eigen leefgebied, maar opgesloten in een dierentuin konden ze geen kant op.

'Mensen begrijpen steeds minder van de natuur,' had vader mij verteld toen ik Siems leeftijd had. Hoe ouder ik werd, hoe meer ik inzag wat hij bedoelde.

En nu was zelfs dat stukje nagebootste natuur dat men 'dierentuin' noemde kapotgemaakt.

CHAVER

De jonge wolf dwaalde in cirkels, geen moment zo ver bij de diergaarde vandaan dat hij zijn vertrouwde omgeving niet meer rook. In zijn hart wilde hij niets liever dan terugkeren naar de plek waar hij thuishoorde, waar hij met zijn familie in het wolvenhol zou liggen, waar ze met zijn allen één warme, ronkende massa vormden. Maar hij wist ook dat die plek niet meer bestond.

Dat zijn thuis voorgoed verdwenen was.

Van het ene op het andere moment was hij een *lone wolf* geworden, maar niet omdat hij de wijde wereld in ging om een partner te zoeken, gezegend met de gelukwensen van twee trotse ouders. Nee, hoe anders was deze situatie... De jonge wolf schudde met zijn kop om zijn herinnering aan de mannen-met-laarzen-en-knalstokken kwijt te raken.

Hij had geen idee waar hij naartoe moest, wist alleen maar dat hij ervoor moest zorgen dat niemand hem zag.

Mensen waren niet te vertrouwen, dat was hem vandaag zeer duidelijk geworden.

Hij sloop door een straat met aaneengeschakelde woningen, dicht langs de muren om maar zo min mogelijk op te vallen. Hij keek de mensen die buiten liepen niet aan, al hield hij vanuit zijn ooghoeken alles strak in de gaten.

Niemand leek hem op te merken.

Toen hij langs een openstaande benedendeur kwam, stopte hij. Even snoof hij aan de lucht. Er lag een stille, donkere ruimte achter deze opening. Die trok hem aan, dus uiterst voorzichtig stapte hij naar binnen. Daar zag hij dat er een stenen trap de hoogte in ging, maar ook één naar beneden. De jonge wolf snuffelde aan de harde, koude treden en stak zijn neus in de lucht. Boven hem rook het naar mensen, onder hem niet. Niet recent, in elk geval. Behoedzaam plaatste hij een poot op de trap naar beneden, en nog één. Toen daalde hij de hele trap af, naar een donkere plek waar niemand was. Onder de trap vond hij een schuilplek, een dak boven zijn hoofd. Dat dit dak schuin afliep en van beton was, maakte hem niet uit. Hij was uitgeput en kon nu in elk geval uitrusten tot hij zijn krachten terug had.

Hij krulde zich zo strak mogelijk op, begroef zijn neus in zijn staart en hield één oog open.

Zijn oren sliepen niet, die bleven gespitst, al was het zachte gesnurk van zijn familie nergens te horen.

De jonge wolf werd wakker van honger en dorst. Zijn hele leven waren de dierenverzorgers eten komen brengen en was er de grote waterpoel geweest, waar de wolven uit dronken en in rond spetterden. Maar nu? Langzaam kwam hij overeind, en hij keek slaperig om zich heen in dit donkere hol waar hij de nacht had doorgebracht. Het was hier precies groot genoeg voor hem en de muizen, die hij wel geroken had maar niet gezien. De harde koude vloer leek in niets op het zachte zand dat hij gewend was en zijn spieren waren stijf, maar hij had zich beschut gevoeld, en dat was het belangrijkste.

Hij rekte zich uit. Nu hij volledig wakker was, joeg een intense drang om terug te keren naar het wolvenperk door zijn kop. Misschien zocht Moeder Wolf hem, liep ze druk snuffelend door het perk en begreep ze niet waar hij was. Instinctief wierp hij zijn kop in zijn nek, klaar om haar met zijn roep te laten weten waar ze hem kon vinden, maar zijn adem stokte nog voordat er ook maar het kleinste piepje uit zijn keel kwam.

Want hij wist het weer.

Hij kon Moeder Wolf helemaal niet roepen. In een flits zag hij de mannen voor zich. Hij hoorde de knallen, rook het bloed. De woeste kreet van Vader Wolf echode in zijn hoofd.

Zachtjes jankte hij.

DEBRA

Er hing een vreemde stilte in de stad, merkte ik toen ik van de Beukelsdijk naar de Nieuwemarkt liep. De halfuur durende wandeling naar de bibliotheek leidde dwars door het centrum, maar tijdens de route die normaal gesproken zo druk en levendig was, leken vandaag zelfs de duiven hun adem in te houden. En toch scheen ook nu weer de zon. Als ons land niet in oorlog was geraakt, zou men zelfs kunnen zeggen dat het een buitengewoon mooie dinsdag was. Een dag waarop er op het eerste gezicht niets aan de hand leek. Er werd niet langer hevig gevochten en er vielen ook geen bommen meer. Mensen gingen, net als ik, na twee vrije pinksterdagen terug naar hun werk. De melkboer reed zijn ronde, winkels openden hun deuren. Alles leek normaal. Behalve dan die drukkende stilte, alsof er een deksel op de wereld was geschroefd.

En er was nog iets.

Onze koningin was ervandoor, had vader vanmorgen tijdens het ontbijt verteld. Ze had haar spullen gepakt en was vertrokken. Weg uit Nederland.

'Dat Wilhelmina naar Engeland vlucht, kan maar één ding betekenen,' zei Jo. 'Blijkbaar staan we er slecht voor. Zó slecht zelfs dat de regering niet eens meer gelooft in een overwinning.'

'Lekker hoopgevend,' merkte ik op.

Jo knikte grimmig. 'Het ziet er inderdaad niet goed meer uit.'

Tijdens mijn lunchpauze dacht ik terug aan haar woorden. Ondanks het mooie weer had ik er vandaag voor gekozen om binnen te blijven. Er was een leeg hoekje in de leeszaal waar ik ongestoord kon zitten om verder te lezen in *De graaf van Monte-Cristo.* Ik had het dikke boek enkele weken geleden van tante Rika en oom Levie voor mijn verjaardag gekregen en vandaag hoopte ik de laatste bladzijde te bereiken. Het verhaal over Edmond, die veertien jaar lang onschuldig opgesloten zat en zinde op wraak, had me volledig in zijn greep. Ik móést weten hoe het afliep. Maar toch klonk zelfs tijdens het lezen steeds weer Jo's stem in mijn hoofd.

Nederland staat er slecht voor...

Zou het echt zo ernstig zijn?

Een paar minuten voor één uur, vlak voordat mijn pauze voorbij was, had ik mijn boek uit. Even streek ik met mijn vingers over de bladzijden, langs de hoofdstukken die me zoveel leesplezier hadden geschonken, toen vouwde ik de roman eerbiedig dicht.

De zon scheen nog altijd scherp naar binnen. Ze deed de grote houten tafels, waarop de meest recente dag- en weekbladen lagen uitgespreid, glanzen. De plek zag er net als altijd uitnodigend uit, maar vandaag was het ook in de leeszaal ongewoon rustig. En niet alleen op onze verdieping, het hele gebouw was stiller dan anders. In de bibliotheek hing dezelfde bedrukte sfeer als vanmorgen op straat, alsof men vreesde dat zelfs het kleinste geluid een buitensporige reactie tot gevolg zou hebben. Met het boek in mijn handen liep ik terug naar mijn plek. Misschien was dit hoe het voortaan zou zijn, de wereld vastgeklemd in een benauwde stilte waarin –

Een luid naargeestig geloei brak los.

In een schok herkende ik de gillende sirenes van het luchtalarm. Mijn boek viel uit mijn handen en landde op de grond. De doffe klap die het normaal gesproken zou maken, klonk nu niet. Het aanzwellende gehuil overheerste alles. Een paar tellen bleef ik bewegingloos staan, niet eens in staat de roman op te rapen.

Toen riep iemand hard: ‘Bommen!’

CHAVER

Langzaam beklom de jonge wolf de stenen treden. Twee stappen nog en dan was hij weer in het portiek bij de nog altijd openstaande deur, en de straat. De honger in zijn maag vertelde hem dat hij niet eeuwig in het donkere hol onder de trap kon blijven. Voorzichtig stak hij zijn neus naar buiten. Overal rook hij mensen. Hij keek de straat op. In de paniek van gisteren had hij weinig gezien, blind als hij was geweest van de schrik, van angst. Nu zag hij het straatleven. Een paard-en-wagen, die voorbij denderde. *Klik-klak, klik-klak*, galmden de hoefijzers op de straatstenen. De jonge wolf deinsde achteruit. Een jongen op een fiets reed langs. Dat was niets nieuws, dat had hij in de dierentuin ook gezien. Maar, wat was dit nu? Aan de rechterkant kwam een oude man aangelopen, met naast hem een... een...

De jonge wolf fronste en snoof grondig aan de lucht. Deze geur was niet die van hem en zijn familieleden, maar kwam er wel bij in de buurt. Eigenlijk rook het nog het meeste naar Black, de zwarte herdershond. Alleen zag dit dier er heel anders uit. Dit wezentje was uiterst klein, terwijl de jonge wolf kon ruiken dat het toch duidelijk geen welp meer was. Het had zulke korte pootjes dat de buik zowat over de grond sleepte, en... Goeie genade, wat was er met de oren gebeurd? In plaats van fier overeind te staan hingen ze langwerpig naar beneden. Hoe kon hij dan goed horen? Die oren deden niets. Ze draaiden niet alle kanten op en konden ook geen signalen naar soortgenoten vormen. Het diertje waggelde naast de man mee, die een soort touw in zijn hand hield dat met een brede lus om die eigenaardige kop heen zat.

De jonge wolf snoof verontwaardigd.

Hij wachtte tot de man en het vreemde beest voorbij waren, toen stapte hij de straat op.

Opnieuw schuurde hij dicht langs de huizen, op de stoep, zo ver mogelijk bij de weg en het verkeer vandaan. Zijn kop hield hij laag bij de grond. Zijn goudkleurige ogen tuurden vanonder dikke, witte wenkbrauwen strak voor zich uit.

Toen brak er plots een vreselijk gehuil los.

Het zwengelende gejank kwam uit de lucht, zó luid dat de haren op zijn rug ervan overeind schoten. De mensen op straat stoven wild uit elkaar en renden alle kanten op.

'Zoek dekking!' riepen ze. 'Vliegtuigen! Moffen! Bommenwerpers!'

De jonge wolf verstond er niets van. Hij was als versteend; elke spier in zijn lijf was op slot gesprongen. Zijn brein, nog lang niet hersteld van de vorige schok, kon niet bevatten wat er nu weer gebeurde. Doodstil bleef hij staan, en hij begon zo hevig te beven dat zijn tanden ervan klapperden. Toen keek hij omhoog.

Boven hem, ver weg in de lucht, zweefde iets donkers en reusachtigs.

Hij herkende het. Dit had hij eerder gezien.

Terwijl hij keek, zag hij dat de buik zich opende. Een langwerpig voorwerp gleed eruit en viel met een fluitend geluid en een razende snelheid naar beneden. Recht op hem af.

De jonge wolf begon te rennen.

In alle paniek had hij niet eens door dat hij recht op de dierentuin afstevende.

DEBRA

De bibliotheek stroomde vol met vluchtende mensen, allemaal even zenuwachtig en angstig. De eerste bommen waren al gevallen en meteen viel ook de stroom uit. De lichten doofden, de telefoons stopten, de tijd stond stil. Alleen de bommenwerpers, die vlogen door.

'Kom, snel!' Jo greep me bij mijn arm. 'Naar de kelder!'

Ik liet me meevoeren, de witte marmeren trap af, dwars door de stroom hysterische mensen, door al het kabaal, met het gevoel dat de wereld explodeerde en de vrees dat ook wij op elk moment in rondvliegende deeltjes konden veranderen.

In de kelder maakte ik me samen met mijn collega's zo klein mogelijk. Hoe was het mogelijk dat ik een paar dagen geleden nog had geloofd dat het allemaal wel meeviel? Hoe had ik me zo kunnen vergissen?

We gaan eraan, dacht ik nu alleen maar. *We gaan er allemaal aan.*

Niemand leek te weten wat we moesten doen. Moesten we gaan staan? Of juist blijven zitten? Moest je jezelf tegen de muur drukken of vooral in het midden blijven? Pas toen mijn ogen aan het donker gewend raakten, zag ik dat er klapstoeltjes stonden. Ook lagen er dekens.

Jo stak een kaars aan. Ondanks haar kalme manier van doen zag ik haar handen trillen.

'De andere mensen...' bracht ik uit, 'die nog boven zijn.'

'Alle medewerkers zijn hier, in de kelder,' zei Jo rustig. 'Precies zoals we geleerd hebben. We weten allemaal dat de kelder helaas niet groot genoeg is om iedereen die op dat moment toevallig in het gebouw is in onder te brengen. We kunnen alleen maar hopen dat ook zij veilig en gespaard mogen blijven.'

Veilig en gespaard, veilig en gespaard. Ik reeg de woorden aan een ketting en bond ze om mijn gedachten. Veilig en gespaard. De bezoekers van ons gebouw. En wij. En vader en moeder en Siem en Tess. Hadden zij de sirenes ook op tijd gehoord? Hadden ze een schuilplaats kunnen vinden in deze vreselijke bommenstorm?

Het bibliotheekgebouw schudde alsof er een aardbeving plaatsvond. Ergens klonk het kletterende glasgerinkel van een gesneuveld raam. Jet, van het uitleenbureau, kreeg een hoestbui toen een luchtschok, puin en stof in de kelder terechtkwamen. Ze klapte dubbel. Jo drukte mij de kaars in handen, greep Jet stevig vast en klopte met vlakke hand op haar rug. Boven ons hoofd klonk gedonder en gedreun van alles wat neerviel.

Ik klemde mijn vingers om de kaars en sloot mijn ogen.

Dreunend sloegen de bommen in, opnieuw en opnieuw en opnieuw.

De wereld verging, ik wist het zeker. Dit was het einde.

Ik voelde vaag dat Jo de kaars uit mijn trillende handen nam, dat ze haar arm om me heen sloeg, dat ze zelf ook beefde. Of was ik het, die steeds heviger begon te rillen? Intussen bleven de bommen maar vallen. Ze kwamen dichterbij.

Ze vielen steeds vlugger achter elkaar.

En toen... was het ineens over.

Langzaam en beverig liepen we de kelder uit, onze stappen voorzichtig, aftastend, alsof we geen van allen durfden te geloven dat het echt voorbij was. Niemand wist wat we boven zouden aantreffen.

'Laat mij maar voorgaan,' zei Jo.

In een lange, stille rij liepen we achter haar aan.

Pas toen ik achter mij verschillende mensen hun ingehouden adem hoorde uitblazen, durfde ik goed om me heen te kijken. Het was ongelooflijk: de schade viel zowaar mee. Een grote wandkast was omgevallen. Overal lagen boeken op de grond, wijdopen, de vleugels gespreid tijdens hun onverwachte noodlanding. Maar tot ieders verbazing leek het gebouw zelf de vreselijke aanslag te hebben doorstaan. Hier en daar zagen we een gebroken raam en waren de wandlampen van de zuilen gevallen. Blijkbaar was ook het daktorentje in vlammen opgegaan, maar het waren allemaal slechts schaafplekken vergeleken met de diepe wonden die we hadden gevreesd. In de grote hal waren mensen zelfs al bezig naar buiten te stappen, wellicht in de hoop dat ze ergens nog konden redden wat er te redden viel.

Jo bleef in de deuropening staan en draaide zich naar me om.

'Het is erg,' waarschuwde ze me met haar hand op mijn arm. 'Weet je zeker dat je niet nog even binnen wilt blijven? Even bijkomen?'

'Ik wil naar huis. Ik moet weten hoe het met mijn ouders gaat, met mijn broertje.'

'Dat begrijp ik.' Jo stapte opzij om me erdoor te laten.

Ik glipte langs haar heen, en...

Lieve hemel.

Automatisch deed ik een stap terug en knipperde een paar keer wild met mijn ogen. Hier kon geen mens zich op voorbereiden. Nooit. Dit was... Dit was eenvoudigweg niet te bevatten. Ik leek in een totaal andere wereld terecht te zijn gekomen. De stad, die er vanmorgen nog zo zonnig en vredig bij had gelegen, zag er nu uit alsof de bommen haar hadden opgeslokt en vervolgens met een onvoorstelbaar geweld weer hadden uitgebraakt. Overal was alleen nog maar puin. Mensen renden alle kanten op, dwars door de brokstukken heen. Ik zag moeders met kinderwagens, mannen op fietsen, wanhopige mensen die karretjes voortduwden of meetrokken, alles volgeladen met wat ze nog hadden kunnen redden. Kleine kinderen liepen er huilend naast.

'Nee,' fluisterde ik. 'Dit kan niet echt zijn.'

'Wil je dat ik met je meeloop?' vroeg Jo. 'Ik weet niet hoe de rest van de stad eraan toe is.'

Ik kon alleen maar voor me uit staren. Alles was weg. Hoe kon dit waar zijn?

En dan die brandende stank!

'Debra?' Jo kwam naast me staan en vroeg weer: 'Zal ik met je meelopen?'

'Nee.' Ik slikte. 'Ga jij maar naar je eigen huis. We weten geen van allen wat er... of het...'

Of het er nog staat, wilde ik zeggen, maar ik kreeg de woorden niet uitgesproken.

Jo omhelsde me. 'Kijk goed uit.'

Ik knikte en liet haar hetzelfde beloven.

De stroom mensen hield maar niet op. Waar ze allemaal vandaan kwamen? Ik kon het niet zeggen. Wel was duidelijk dat er in de richting van de Coolsingel een heftige brand woedde. Om mij heen riepen mensen dat het ziekenhuis daar gebombardeerd was. Ik hoopte dat het niet waar was, maar niets was meer onmogelijk. Het ondenkbare was immers gebeurd: Rotterdam was verwoest.

De mensen op straat renden rond in hun bestoven kleren. Ook ik liep zo hard als ik kon, terwijl de wereld om me heen met een voortdurend kabaal alsmaar verder bleef instorten en afbrokkelen. Iedereen was ingesloten in een hels tumult, en door alle rook en stof kon niemand verder dan een paar meter vooruitkijken. En als je dan toch wat zag, dan wenste je dat je het niet gezien had. Huizen die zomaar in elkaar zakten. Stenen die los over de straat rolden. En het vuur, het vuur... De vlammen kwamen nu niet meer alleen bij de Coolsingel vandaan, maar leken plotseling vanuit elke richting te komen.

Het zorgde ervoor dat de door elkaar rennende mensen steeds harder gingen gillen.

Sommigen vielen, stonden weer op. Anderen bleven liggen.

Dit gebeurt niet, dit gebeurt niet, bleef de stem in mijn hoofd roepen.

Maar het gebeurde.

Ik drukte de mouw van mijn vest tegen mijn mond en neus en liep door. Overal lagen stukken metaal na te gloeien, en ik besefte tot mijn afschuw dat dit hoogstwaarschijnlijk smeulende, overgebleven stukjes bom waren. Terwijl ik er met een grote boog omheen liep, zag ik dat sommige mannen er zand op gooiden. Af en toe struikelde ik, maar ik krabbelde telkens snel weer overeind. Mijn kousen waren gescheurd, mijn krullen waren uit hun spelden losgeraakt en kleefden aan mijn bezwete gezicht. Ik duwde mijn haar achter mijn oren en hompelde verder. Naast mij schreeuwde een vrouw over gebouwen die ze voor haar ogen als kaartenhuizen in elkaar had zien zakken. Niemand schonk haar enige aandacht en ook ik liep stug door, langs straten die ik al duizenden keren was gepasseerd maar die nu ineens halverwege ophielden te bestaan, door een grijs landschap van wanhoop en puin, voorbij bruggen die waren ingestort.

'Betty! Betty!' riep een man. 'Waar ben je?'

Even verderop klampte een huilende jonge vrouw iedereen aan die ze tegenkwam. 'Hebt u mijn zoon gezien? Hij is pas vier jaar! Hij heeft rood haar, en...'

Maar mensen maakten zich van haar los en renden door, blind en doof door hun eigen zorgen, hun eigen problemen, hun eigen wereld die in brand stond, hun eigen dierbaren die zich ook ergens in deze nachtmerrie bevonden, maar waar? Waar?!

Ik hoestte van de rook en wreef in mijn brandende ogen. Meteen begonnen ze nog erger te prikken. De brand was overal om ons heen nu, en de mensen die nog huizen hadden, kwamen er in paniek uit gestormd.

'Blussen!' schreeuwde iemand.

'Gaat niet!' riep een ander. 'De bommen hebben de waterleiding vernield!'

Werkelijk alles was kapot.

Intussen vrat het vuur met steeds grotere happen om zich heen. Ik begon nog harder te rennen. De rookwalmen prikten nu zo erg in mijn ogen dat de tranen over mijn wangen stroomden. Duizelig stond ik stil, opgeslokt door een verstikkende, grijze wolk. Ik had geen flauw idee meer welke kant ik uit moest. Overal waar ik keek, zag ik rook, en vlammen, en hitte. Er was het krakende geluid van huizen die bezweken en met een oorverdovende klap de grond raakten. En nog steeds was er waar je maar keek de horde van hysterische mensen te midden van een kolkende massa. De vlammen vlogen van links naar rechts, en mijn hoofd voelde aan alsof ook daarin een bom was afgegaan, want ik kon niet meer denken. Ik kon niet meer kijken. Ik kon niet...

Nee, wacht.

Ik drukte de mouw van mijn vest nog steviger tegen mijn mond. Met korte teugen probeerde ik door de wol heen toch wat lucht te krijgen. Het was extreem belangrijk dat ik rustig bleef, anders vond ik nooit de weg naar huis. Ik ging rechtop staan, sprong net op tijd opzij voor een stuk brandend hout dat uit de lucht kwam vallen en keek door tranende ogen om me heen of ik iets zag, wat dan ook, wat me kon vertellen waar ik was. Knipperend tuurde ik tussen de aswolken door, en...

Daar zag ik wat.

Een hek.

Het was de hoge gietijzeren toegangspoort van de Rotterdamsche Diergaarde! Dat betekende dat ik in de Kruisstraat was. Nu wist ik welke kant ik op moest.

Hoestend boog ik mijn hoofd naar de grond en begon weer te lopen.

Het was niet ver meer nu. Bij elke klap, elke wanhopige schreeuw die ik hoorde, kromp ik ineen, maar ik liep door, voorwaarts, zo goed als het ging. Ik probeerde niet te denken aan de mogelijkheid dat ons huis er niet meer stond. Nee, de Beukelsdijk zou er gewoon nog zijn, en moeder en Tess, die als enigen overdag thuis waren, waren veilig. En vader en Siem ook.

Dat móést.

Langzaam maar zeker werden de dikke rookwolken om mij heen dunner. Hier en daar werd de lucht zelfs weer doorzichtig. En hoe dichter ik onze buurt naderde, hoe meer huizen en gebouwen nog gewoon overeind stonden.

Ergens diep in mijn keel kraste een rauwe kreet van opluchting.

Ik begon te rennen, harder, sneller, happend naar adem, tot ik moeder zag staan. Ze stond voor de deur op straat, haar gezicht zo strak alsof ze elk moment kon breken.

'Debra!' Moeder vloog op me af en sloot me in haar armen. Ze huilde.

Ook ik snikte.

'Waar is Siem?' vroeg ik schor. 'En vader?'

CHAVER

In de dierentuin konden ze het geluid van de explosies niet bijhouden. Deze keer bleef de diergaarde zelf gelukkig buiten schot, maar de branden die in Rotterdam ontstonden, sloegen vrijwel direct over naar het dierenpark. Zo snel als ze konden, renden de verzorgers rond in hun pogingen de dieren te redden. 'Hokken open!' werd er geschreeuwd. 'Alle beesten eruit!'

Maar het vuur was sneller.

Overal om de verzorgers heen vielen dieren levend ten prooi aan de vlammen.

Tammo brulde het uit en sloeg woest met zijn poten tegen de tralies van zijn kooi. Ook Black zag de vlammen alsmaar dichterbij komen en blafte zo hard ze kon. In de kleine ruimte waarin ze zaten opgesloten, sprong ze rond in een wanhopige poging aan het vuur te ontsnappen. Maar de hitte kwam onverbiddelijk dichterbij, tot de knetterende vlammen met uitgestrekte klauwen het hok binnendrongen.

Black en Tammo keken elkaar een ogenblik verstijfd aan.

Toen kroop de zwarte herdershond jankend weg tegen de borst van haar beste vriend. De tamme leeuw boog zijn reusachtige kop tot Black schuilging achter een gouden gordijn van manen.

Het laatste wat ze beseften, was dat ze in elk geval samen waren...

Intussen draafden harige vluchtelingen over de brokstukken in de stad. Damherten sprongen tussen de vlammen door de Coolsingel op. Zebra's renden door de Coolsestraat. En bij de verbrande wagons van het spoorwegemplacement van station Delftsche Poort keken twee bizons ontredderd om zich heen. Andere zebra's stonden, alsof er niets aan de hand was, te grazen op het hellende grasvlak van de Westersingel. Sommige mensen beweerden zelfs dat ze een wolf hadden gezien, al legden ze zich er al snel bij neer dat het een hond geweest moest zijn. Het dier zag er door alle rook en as natuurlijk grijs uit, net als alles en iedereen.

De jonge wolf zelf had de geschrokken blikken niet in de gaten gehad.

Hij stond stil, zijn hele lichaam was gespannen. Waar moest hij heen nu het gevaar plotseling van alle kanten kwam? Het liefst wilde hij zich klein maken en wegkruipen, dekking zoeken. Maar waar? Overal renden schreeuwende mensen in het rond, en waar hij ook keek, schoten er vlammen door de lucht.

De zwarte rookwolk die opsteeg was zo groot dat die de zon compleet verduisterde.

Met zijn voorpoot wreef de jonge wolf langs zijn prikkende ogen.

Hij zag huizen instorten, veranderen in een smeulende berg van losse stenen.

In de verte klonk een harde *KNAL!*, en de jonge wolf dook in elkaar. Hij gromde naar de wereld die een hel geworden was. Toen rende hij weg, met zijn staart onder zijn buik, zo snel alsof er een beer achter hem aan zat. Hij holde zonder te zien, zonder te weten, alleen maar weg. Na een paar blinde sprongen kwam hij in een tuin terecht, waar hij via de schutting naar de volgende tuin sprong, en de volgende, en de volgende. Hij bleef springen, tot hij de laatste tuin had bereikt. De laatste schutting. Toen was er geen begrenzing meer.

De wereld was opnieuw opengegaan, wijd en diep.

En die wereld stond in brand.

Glasgruis knisperde onder zijn voetzolen, en een scherpe punt sneed in het kussentje van zijn achterpoot, dieper en dieper bij elke stap. Hij jankte. Hinkend bewoog hij zich voort, over tramrails die verwrongen lagen in een tapijt van steenstof.

Waarheen?

Hij wist het niet.

DEBRA

'Waar is Siem?' herhaalde ik dringend.

Tranen stroomden over moeders gezicht. 'Vader is hem zoeken. Siems school staat midden in het getroffen gebied.'

'Dan pak ik mijn fiets. Ik ga ze vinden.'

'Nee!' Moeder ging voor me staan, haar ogen stonden wild. 'Nee, Debra. Het is levensgevaarlijk daar. Je zou gék zijn om nu weer terug die kant op te gaan. Wij werden hier net allemaal gewaarschuwd in onze huizen te blijven. De hele binnenstad is één grote vuurzee aan het worden.'

'Des te meer reden om Siem daar weg te halen.' Ik rende de keldertrap af. Dit móést ik doen.

Moeder keek met een spierwit gezicht toe hoe ik mijn fiets de fietsgoot op duwde. 'Blijf bij mij,' smeekte ze. 'Ga niet.'

Maar ik sprong op mijn fiets.

Over mijn schouder riep ik: 'Pas goed op en houd Tess binnen!'

De Coolsingel stond nu aan drie kanten in brand. Siems school bevond zich nog twee straten verderop, daar waar zwarte rookwolken de strakblauwe hemel verduisterden. Sissende vuurtongen kringelden door de rook omhoog als gifslangen uit een mand. Straten waren door hopen puin versperd, of waren er simpelweg niet meer. Nog steeds vluchtten mensen dol van angst alle kanten op, soms zelfs dwars door een gordijn van vlammen. Anderen struikelden over de op straat hangende bovenleidingen van de tram, of hadden zoveel last van de rook dat ze hoestend neervielen. Ik dwong mezelf door te trappen, ook op de momenten waarop ik niets zag.

Telkens opnieuw moest ik remmen voor de vele rennende mensen. Degenen die roerloos op de grond lagen, sommigen met maar één been, anderen met een bebloed hoofd, ontweek ik steeds ternauwernood.

'Waar denk jij dat je heen gaat?' Een vrouw gebaarde wild met haar armen. 'Je moet weg hier!'

Maar ik fietste door en –

Met een ruk zwenkte ik mijn stuur opzij. Een hond schoot hinkend zo dicht langs me heen, dat ik hem bijna had geraakt. Het dier was grijs en erg groot, en zijn openhangende bek maakte duidelijk dat hij wanhopig op zoek was naar zuurstof.

'Stop!' Een jonge man sprong voor mijn fiets en greep met beide handen het stuur beet om me tot remmen te dwingen. 'Het is niet veilig hier. Je moet omkeren!'

'Laat los!' schreeuwde ik in zijn oor. Met mijn elleboog gaf ik hem een harde dreun tegen zijn schouder. 'Mijn broertje is daar.'

Hij trok zijn armen terug.

Ik fietste verder.

De hinkende hond was verdwenen.

Op de plek waar ooit Siems school had gestaan, was nu alleen nog maar een berg rokende stenen, omringd door vlammen. Ik gooide mijn fiets neer en rende ernaartoe.

'Siem?' Ik hoestte. 'Siem!'

De brandende hitte sprong tegen me op en spuwde knetterend zijn waarschuwing uit: *maak dat je wegkomt, of ik verzwelg je.*

'Siem!' riep ik nogmaals, maar mijn stem kwam niet boven het oorverdovende lawaai van ineenstortende bakstenen en glasgerinkel uit.

Vlak voor mijn voeten kletterde een dakpan op de grond.

Ik sprong achteruit.

Siem was hier niet... En vader ook niet.

De mensen hadden gelijk: ik moest hier zo snel mogelijk vandaan.

Hoe ik er uiteindelijk in slaagde terug naar huis te fietsen, wist ik niet meer. Maar toch was ik daar, op de Beukelsdijk, waar mijn ogen zo hevig prikten dat ik zeker wist dat ik blind werd. Mijn longen voelden aan alsof ik de brand persoonlijk had ingeslikt, en mijn gloeiende hoofd kon niets anders betekenen dan dat ik elk moment in een hoopje as zou veranderen.

Wankel stapte ik van mijn fiets, die meteen op de stoep neerviel. Ik liet het.

Ik kon niet meer.

Door een waas keek ik naar mijn armen, die eruitzagen als die van een ander, de mouwen gescheurd en alles grijs.

Moeder kwam naar buiten gestormd. Ze sloeg haar armen zó stevig om me heen dat ik een ogenblik vreesde dat ze zich zou branden aan mijn hitte. Toch liet ik me tegen haar aan vallen. Ik had geen enkele kracht meer over. Moeders lichaam schokte. Huilde ze van opluchting, omdat ik terug was? Of betekende het...

Een golf van duizeligheid gutste over me heen.

'Ik...' Met moeite schraapte ik het laatste restje stem uit mijn verschroeide keel. '...heb... hem... niet... gevonden.'

Alles werd zwart.

Langzaam opende ik mijn ogen.

Moeder zat op de rand van mijn bed.

Tess lag naast me en likte mijn hand. Ze piepte bezorgd.

Ik ging rechtop zitten. 'Waar is –' begon ik, maar mijn woorden werden meteen onderuitgehaald door een hoestbui.

'Siem is hier,' zei moeder snel, zodra ik was uitgehoest. 'Hij is thuis, hij is veilig. En vader ook.'

Draaierig viel ik achterover, mijn hoofd terug op mijn kussen, en probeerde een schorre rasp te laten klinken als: 'Echt?'

'Ja. Siem ligt nu te slapen, maar morgenochtend kun je hem zien. Toen het luchtalarm ging, heeft zijn juf de hele klas meteen meegenomen naar de schuilkelders bij de Bijenkorf. Dat is ook waar vader hem uiteindelijk heeft gevonden.'

'Maar...' *Daar stond alles in de fik*, wilde ik zeggen. Ik had het zelf gezien. Hoe kon de schuilkelder ongeschonden zijn gebleven?

'Ssst,' zei moeder. 'Zeg maar niets. Neem je rust.'

Nu kwam ook vader mijn kamer in. Hij sleepte met zijn been. Maar hij was er. We waren er allemaal. Zachtjes streek hij over mijn voorhoofd, zijn hand aangenaam koel op mijn warme huid.

Ik sloot mijn ogen weer.

Er was zoveel om te zeggen, te vragen, om over te vloeken.

Maar we waren alle drie stil.

Later die avond dreven de gruwelijke details stukje bij beetje naar de oppervlakte. Over een dodental was nog niets bekend, maar de vrees was dat zo'n duizend van onze stadsgenoten het bombardement niet hadden overleefd. Ook werd er op de radio verteld dat er tweehonderdachtenvijftig hectare binnenstad was verwoest, en dat naar schatting bijna tachtigduizend mensen hun huis waren verloren. Zomaar, van het ene op het andere moment. Ik kon het niet eens bevatten. Wat moesten die mensen nu? En het was nog niet voorbij, want met de kapotte waterleidingen waren de branden niet te stoppen.

Hoe was het mogelijk dat dit allemaal echt gebeurde?

Ik zat op de bank met Tess dicht tegen me aan. Siem lag nog steeds op bed. Vader zat met zijn voet omhoog. Zijn enkel was paars en zo enorm gezwollen dat het leek alsof er een tennisbal onder zijn huid zat. Tijdens zijn zoektocht naar Siem was hij door de luchtdruk van een explosie in de lucht geworpen en tegen de gevel van een groentezaak gesmakt. De winkel ernaast, waar hij een paar tellen daarvoor nog langs was gelopen, was veranderd in een berg losse stenen en glasscherven. Ook de groentewinkel schudde als een schip in de storm, en terwijl vader daar lag, was er een stuk betonpuin naar beneden gevallen, boven op zijn been. Toen hij eronder vandaan probeerde te komen, bleef hij met zijn enkel klem zitten. Een voorbijganger hielp hem, maar het werd meteen duidelijk dat vader bijna niet meer op zijn voet kon staan. Hinkend en slepend met zijn been was hij verder op zoek gegaan naar Siem.

Moeder had nu een koud kompres op zijn enkel gelegd, maar we wisten natuurlijk allemaal dat hij eigenlijk naar een dokter moest.

'Niet nu,' zei vader stellig. 'Er zijn duizenden mensen die er veel erger aan toe zijn dan ik. De ziekenhuizen die nog over zijn puilen uit. Dan kom ik niet zeuren over een zere enkel.'

'Toch moet je ernaar laten kijken, Gideon,' zei moeder. 'Zei je niet zelf dat ze op het politiebureau een Rode Kruispost hebben ingericht?'

'Maar dan zou ik nu weer de straat op moeten. Lijkt me een slecht plan.'

Hij had een punt. Buiten was het nog steeds chaos.

Een dokter bellen ging ook niet, want al het telefoonverkeer lag plat.

'Maak je nou maar geen zorgen, Anna. Ik weet zeker dat ik met koelen en hooghouden een heel eind kom,' zei vader. 'Dit gaat vanzelf weer over. En... O, hier komt weer een bericht.'

Alle drie keken we naar de radio, die speciaal voor deze gelegenheid uit de keuken was gehaald en op de lage tafel stond.

De mededeling was kort maar afgrijselijk: Nederland had zich overgegeven.

'Daar gaan we,' zei vader toonloos.

Moeder draaide de radio uit.

Een moment lang keken we elkaar zwijgend aan.

Toen sneed het onverwacht scherpe geluid van de deurbel door de stilte.

CHAVER

Met ogen die steeds meer prikten, zocht de jonge wolf zijn weg door de dikke nevelsluiers. Hij sprong met zijn zere poot over puin en ontweek de kraters in de grond zonder te begrijpen wat hij nu eigenlijk allemaal zag. Een zwaar brokstuk viel uit de lucht naar beneden. Hij kon maar net op tijd opzij duiken en landde met zijn poten op een gloeiende metaalscherf.

Hij jankte hard.

De snee in zijn achterpoot deed met elke stap meer pijn, en uiteindelijk hield hij zijn voet opgetild. Op drie poten kon hij ook lopen. Maar was hij dan snel genoeg? Het gevaar kwam van alle kanten. De stekende rook belemmerde zijn zicht zo erg dat hij bijna niets meer zag, en ook zijn belangrijkste zintuig, zijn reukvermogen, werd er flink door aangetast.

Bij elke ademteug brandde de binnenkant van zijn neus.

Flarden van wat achter hem lag, spookten door zijn hoofd. Hij zag zichzelf samen met zijn familie spetteren in de waterpoel, verstopte botten opgraven, vredig in de zon liggen, turend naar de capriolen van de slingerende chimpansees in het apenhuis.

Hij wist dat hij al strompelend steeds verder bij die wereld vandaan raakte.

In de dichte rook viel zijn grijze verschijning amper op. Wie hem toch zag schrok, maar haastte zich daarna snel verder. Men had helemaal geen tijd om zich af te vragen of ze zojuist écht een wolf hadden gezien. Waar hij onder normale omstandigheden een bezienswaardigheid zou zijn geweest, drong zijn gestalte op dit moment amper tot iemand door.

Hoe kon dat ook, nu de stad in brand stond?

De jonge wolf zag mensen die op zoek waren naar elkaar, die namen van hun dierbaren riepen, die met tranende ogen recht het gevaar in fietsten of er juist hard bij vandaan renden. Hij zag een oud dametje voorbijstiefelen met een grote vogelkooi in haar armen. Op de bovenste stok zat een papegaai, verstijfd van schrik. Even verderop klonk een luid geschreeuw. En vanuit het niets kwam er een meisje op een fiets aangesneld, donkere krullen plakkend tegen haar gezicht.

Hij sprong opzij, nog altijd op drie poten, en zag hoe het meisje een buurt in reed waar alle andere mensen juist zo ver mogelijk bij vandaan probeerden te komen. Tranen stroomden over haar wangen.

Een man in gescheurde kleding rende met een kwaad gezicht naar haar toe.

De jonge wolf hinkte verder.

Hij wist niet meer waar hij was. Wíé hij was. Hoe langer de jonge wolf door het rampgebied dwaalde, hoe meer zijn zintuigen uitdoofden. Zijn achterpoot was er nu zo slecht aan toe dat de pijn uitstraalde naar zijn heup. Nog altijd sleepte hij zijn vermoeide lichaam op drie poten voort.

En hij kon niet meer.

Zó uitgeput en gewond was hij, dat hij alleen nog maar wilde liggen. Zijn ogen sluiten.

Hoe en wanneer hij in deze hel terecht was gekomen, kon hij zich niet eens meer herinneren. De rook was in zijn hoofd gekropen.

Met zijn laatste krachten trok hij zichzelf voort en volgde zijn innerlijk kompas, terug naar de enige plek waar hij in al deze gekte veilig was geweest.

DEBRA

Moeder vloog overeind. ‘Mijn hemel, wie kan dat nou zijn?’

‘Laat mij maar.’ Voor moeder kon protesteren, hinkte vader naar de deur.

Misschien was het Miriam, schoot het door me heen. Ik had zojuist al naar haar huis willen lopen, om zeker te weten dat ook zij en haar familie veilig waren. Maar moeder had me ervan weerhouden en gezegd: ‘Dat kan morgen ook.’

Natuurlijk had ik tegengesputterd. Miriam werkte als telefoniste bij een kantoor in een van de gebouwen die zo vreselijk getroffen waren. Hoe kon ik níét gaan kijken hoe het met haar was?

Moeder had voet bij stuk gehouden. ‘Vanavond gaan wij geen van allen nog naar buiten. Tot nu toe hebben we geluk dat de brand onze straat niet heeft bereikt, maar met deze wind en gezien het feit dat er niet geblust kan worden, ben ik er allesbehalve gerust op dat dit zo blijft.’

Nu stond ze op en bleef argwanend in de woonkamer staan. Ook ik kreeg het benauwd. Wat als de persoon die aan de deur stond níét Miriam was? Wat als het de vijand was, kwaad dat er nog steeds huizen overeind stonden? Een dag geleden zou een dergelijke gedachte niet eens in me zijn opgekomen, maar nu wist ik het niet meer.

Tess liep wel met vader mee, haar kwispelende pluimstaart aangestuurd door een blind vertrouwen in de wereld. Zij was het bewijs dat er, ondanks het immens grote kwaad dat mensen elkaar konden aandoen, toch ook nog onschuld bestond.

Vader opende de deur.

‘Rika!’ hoorden we hem toen geschrokken zeggen.

Samen droegen vader en moeder tante Rika naar binnen. Ze was bijna onherkenbaar. Haar japon was gescheurd, haar altijd zo keurig opgestoken haar hing in losse strengen langs haar gezicht, en ze was van top tot teen grijs van het stof, de as, de rook.

Ze probeerde wat te zeggen, maar meer dan een droge kuch kwam er niet uit haar keel.

‘Debra, laat jij het bad vollopen?’ vroeg moeder.

Ik haastte me naar de badkamer, waar we sinds enkele jaren een tobbe en een wateraansluiting hadden, ontzettend modern. Snel duwde ik de stop erin en draaide de kraan open, hopend dat ons deel van Rotterdam niet ook plots zonder water zat. Maar gelukkig kletterde er een stevige straal naar buiten. Ik stak mijn hand erin om de temperatuur te voelen. Ondanks de warmte rilde ik bij de gedachte aan tante Rika. Wat was er met haar gebeurd waardoor ze hier zo verstijfd en zonder oom Levie voor de deur stond?

Zou hun huis, en hun hoedenwinkel, in de Hoogstraat nog bestaan?

Hun zoon Matz was vorig jaar gaan werken bij een meubelmaker op Zuid, waar hij tevens een kamer huurde. Hopelijk waren er op dat deel van Rotterdam geen bommen gevallen. De laatste keer dat ik Matz had gezien, was op de verjaardag van Jilles geweest, met wie ook hij bevriend was. O hemel, Jilles. Hoe ging het met hem? Had hij vanuit de tram op tijd dekking kunnen zoeken? Mijn hoofd voelde te klein voor alle vragen die ik bij me droeg.

Duizelig droogde ik mijn handen af en legde moeders lavendelzeep klaar op de rand van de tobbe.

In de woonkamer zat tante ineengedoken op de bank, haar vieze handen voor haar gezicht geslagen. Ze huilde zoals ik nog nooit iemand had zien huilen. Haar hele lichaam schokte, en uit haar keel kwamen lange, rauwe uithalen, alsof iemand haar hart in stukken scheurde.

Moeder zat naast haar en wreef over haar rug.

Vader kwam uit de keuken met een kopje thee. Hij zette het op de lage tafel en ging toen aan de andere kant naast zijn zus zitten.

'Het bad is klaar,' zei ik zacht.

Tante keek op. Er lag een troebele waas over haar bruine ogen.

'Kom.' Voorzichtig trok moeder haar overeind. 'Een warm bad en schone kleren zullen je goeddoen. Dan kun je ons daarna rustig alles vertellen.'

De hele nacht lag ik klaarwakker in bed, net zoals waarschijnlijk iedereen in Rotterdam, in elk geval zij die nog een bed hádden.

Tante was de enige die wel sliep.

Moeder had haar een kalmerend anijsdrankje geven, en nu doolde haar krakende ademhaling door mijn kamer, zwevend op de lavendelwolk die om haar heen hing. Met het extra matras dat wij in de kelderopslag bewaarden en meerdere warme dekens had moeder een noodbed voor haar gemaakt. Tante was er bleek en stilletjes in gekropen.

Ze was alles kwijt.

Van het ene op het andere moment was haar leven leeggeroofd, zo meedogenloos dat er niet eens een huls van was achtergebleven. Met natte haren en gehuld in de troostende zachtheid van moeders roze kamerjas had ze ons tussen het hoesten door verteld wat er was gebeurd. Haar handen hadden zo erg getrild dat moeder haar het tweede kopje thee voorzichtig uit handen had genomen. Maar tante had het niet in de gaten gehad. Ze had met doffe ogen voor zich uit gestaard terwijl ze sprak, de ogen van iemand die geen tranen meer overhad, de huid eromheen droog en poreus als Chinese klei.

Zij en oom Levie hadden vanmiddag net als altijd in hun hoedenwinkel gestaan. Iedereen in de omgeving die een fraai nieuw hoofddeksel nodig had, wist dat Chapeau op de Hoogstraat de zaak was waar ze dat konden vinden. Omdat het vandaag erg druk was geweest, ging tante pas om kwart over één naar buiten om voor haar en oom Levie verse kibbeling te halen voor de lunch.

'Dat doen we eigenlijk nooit,' had ze verteld. 'We eten om één uur altijd gewoon een boterham. Maar we hadden er allebei opeens zo'n trek in. Dus daar ging ik... naar de visboer.' Terwijl ze dit vertelde, was ze opnieuw gaan huilen. 'Waarom ben ik toch niet gewoon bij Levie gebleven?'

Vader en moeder hadden een stille blik met elkaar gewisseld.

Tante leek zich niet te realiseren dat zíj er nu dan ook niet meer zou zijn.

Draaiend in mijn bed klonken de echo's van haar verhaal opnieuw door mijn hoofd. Mijn gedachten vulden haar woorden aan met beelden, sommige zo scherp dat het leek alsof ik rechtstreeks in tantes geheugen kon kijken. Ik zag haar bij de visboer vandaan lopen, met de warme kibbeling in een papieren zak omhoogstekend uit haar handtas. Vervolgens zag ik hoe ze op de hoek van de straat werd aangesproken door een kennis, die zich zorgen maakte om de Duitse invasie en veel te lang bleef doorpraten. In mijn hoofd keek ik toe hoe tante zich eindelijk uit het gesprek wist los te wurmen en zich terughaastte richting de hoedenwinkel voordat de vis koud zou worden. Maar... en hier werd het beeld zo pijnlijk dat ook míjn ogen begonnen te tranen... ze had nog maar een paar stappen gezet of er loeiden plotseling sirenes. Tante had het geluk dat ze zich op dat moment precies in de buurt van een openbare schuilkelder bevond, waardoor ze vrijwel direct werd meegesleurd in een stroom van benauwde mensen die elkaar met hun ellebogen opzijduwden om maar als eerste de lange steile trap af te kunnen rennen. En daar, diep onder de grond en in het gezelschap van wildvreemden, had tante biddend en bevend het bombardement uitgezeten.

'O, Levie,' had ze zachtjes gepreveld. 'Wees ongedeerd.'

Ook haar zoon had ze in haar gebed meegenomen, hopend dat de bommen niet ook op Rotterdam Zuid zouden vallen. Matz zou veilig zijn, dat moest, dat móést.

Terwijl tante probeerde rustig te blijven, nam de paniek om haar heen toe.

'Mijn dochter!' gilde een vrouw, die er nu pas achter kwam dat het meisje haar blijkbaar niet de kelder in was gevolgd. 'Waar is mijn dochter?'

Een andere vrouw zat hardop te snikken.

Verderop in de kelder telde een man stoïcijns de dreunende, oorverdovende inslagen. Hij moest ermee stoppen toen de bommenregen niet meer was bij te houden.

Toen het bombardement eindelijk voorbij was, baande tante zich dwars door alle vlammen en het instortingsgevaar een weg terug naar haar winkel, naar haar man. Vastberaden vocht ze zich door de stroom hysterische mensen heen, maar toen ze de Hoogstraat eindelijk bereikte, dacht ze een moment lang dat ze verkeerd gelopen was. Want waar was hun winkel?

En waar was hun wóning, boven de winkel?

Er was... helemaal niets meer van over.

Haar geliefde Levie, hun huis, hun zaak... Ze waren van de aardbodem verdwenen.

En dat terwijl tante alleen maar even gebakken vis was gaan halen.

Ik werd wakker met het gevoel alsof ik houtskool had ingeslikt. De binnenkant van mijn neus brandde nog altijd van de rook die ik had ingeademd. Ik slikte een paar keer, het hielp niet.

Tante lag bewegingloos op haar buik, haar gezicht diep weggedrukt in het hoofdkussen.

Ik kon me niet voorstellen hoe het voor haar moest zijn om straks een nieuwe dag te aanvaarden, de realiteit in de ogen te kijken. Om zich te herinneren wat haar was afgenomen.

Dit was dus wat oorlog was, besefte ik. Alles moest kapot.

Stilletjes stapte ik uit bed en sloop op mijn tenen de gang op.

Tess liep met me mee.

Vader en moeder waren ook al op. De deur van hun slaapkamer stond open, en het bed was opgemaakt.

Waarschijnlijk hadden ook zij geen oog dichtgedaan.

Tijdens de ochtendwandeling keek ik voortdurend naar de lucht. Bij elk geluid, hoe zacht ook, verwachtte ik opnieuw Duitse bommenwerpers te zien overvliegen. Weer een luchtalarm te horen. Dat dit niet aannemelijk was, maakte niet uit.

Na gisteren was niets logisch meer.

De zon deed verwoede pogingen om door de dikke rookwolken te dringen die boven onze gehavende stad hingen, maar slaagde er niet in. Er waren veel mensen op de been, veel meer dan anders. Ze liepen met bezorgde gezichten en haastige pas, wankelend tussen vrees en hoop. Iedereen was wel iemand kwijt, en nog steeds kon niemand elkaar bereiken. Op straat waren overal kisten neergezet waar men spullen in kon doen voor hen die alles verloren waren. Sommige waren al helemaal vol. Tess keek met grote ogen toe hoe er matrassen en dekens uit ramen werden gegooid. Grote wagens reden voortdurend door de straat om alles op te halen.

Binnen bekeek ik samen met moeder wat we zelf konden missen.

Kleding, borden, kopjes, ondergoed. We sjouwden het allemaal naar beneden. Siem liep met ons mee en legde met een plechtig gezicht een van zijn favoriete slaapknuffels in de kist.

Ik vroeg me af of de bibliotheek de vlammenzee had overleefd, maar volgens moeder was het beter om niet te gaan kijken. 'Je komt er niet doorheen,' zei ze. 'Alles is één grote chaos.'

Wel kon ik eindelijk bij Miriam gaan kijken.

Op weg naar haar toe reden er Duitse militairen voorbij, op motoren en in auto's. Onder hun grijs getamponneerde pothelmen zagen ze er met hun gegroefde gezichten uit als oude mannen. Snel sprong ik opzij, Tess dicht bij me houdend.

Ik wilde de soldaten naschreeuwen, ze vervloeken voor wat ze hadden aangericht.

Maar ik hield wijselijk mijn mond en stopte een paar tellen met ademhalen om de stank van hun uitlaatgassen niet te hoeven ruiken.

Toen ik bij Miriam aankwam, trok haar moeder me direct naar binnen. Ze omhelsde me, stevig en lang, en over haar schouder zag ik Miriam met haar ogen rollen in een poging luchtig te doen. Maar haar gezicht was net zo bleek als dat van haar moeder, en toen ze 'hoi' zei, trilde haar stem.

'Je ouders?' vroeg Miriams moeder dringend. 'Je broertje? Allemaal veilig?'

'Die wel. Maar...' Ik ging zitten en vertelde met mijn nog altijd schorre stem over tante Rika en oom Levie.

Miriams vader nam driftige halen van zijn pijp, schudde voortdurend zijn hoofd en mompelde verwensingen aan het adres van de Duitsers. Ook hij had een eigen zaak, een stoffenwinkel een paar straten verderop, die gelukkig gespaard was gebleven.

'En Matz?' vroeg Miriam. 'Heeft die het wel gered?'

'We weten verder nog niets,' zei ik. 'Maar Zuid is niet geraakt, dus ik ga ervan uit dat hij in orde is. Ik denk niet dat tante het zal aankunnen als hij ook...' Het lukte me niet mijn zin af te maken. Ik wreef in mijn ogen.

'Arme mensen,' zei Miriams moeder. 'Zoveel verlies... Zoveel verdriet.'

Met die woorden vatte ze de oorlog perfect samen.

's Middags was de watervoorziening in de binnenstad nog steeds niet hersteld waardoor er nog altijd niet geblust kon worden, maar de wind was gelukkig gaan liggen waardoor de brand nu vooral bestond uit nasmeulende ruïnes van wat ooit huizen en gebouwen waren geweest. De radio stond al sinds vanmorgen aan, en steeds weer klonken er dezelfde berichten. Dat er geschat werd dat onze stad ruim vierentwintigduizend woningen was verloren. Dat hierdoor minstens tachtigduizend Rotterdammers hun huis en al hun bezittingen waren kwijtgeraakt. En dan waren er ook nog eens zo'n achthonderd doden. Ik hoorde het nieuws aan, telkens opnieuw, maar het waren cijfers, getallen die mij vreemd en onwerkelijk voorkwamen.

De opluchting dat Miriam en haar familie in orde waren bracht in elk geval iets van rust in mijn hoofd, maar we konden Matz op geen enkele manier bereiken en ik wist ook nog niet hoe het met Jilles ging. Waren de bommen ook bij hem gevallen? Had hij nog een huis?

Net als zoveel anderen bleef ik in onzekerheid.

Maar misschien was dat op dit moment wel het beste. Niet-weten bood in elk geval hoop. Alles was beter dan de zwarte duidelijkheid waar tante in leefde. Het was onmogelijk om naar haar te kijken en niet aan oom Levie te denken. In gedachten zag ik zijn ronde wangen, zijn joviale lach. Oom Levie, die zichzelf van plezier op de knieën kon slaan wanneer hij lekker op dreef was tijdens de klaverjasavonden met vader en moeder.

Die met glimmende ogen 'Vooruit! Nog één dan!' riep wanneer vader hem vroeg of hij nog een glaasje lustte.

En wat was hij trots geweest op Chapeau, de winkel die hij samen met tante vijfentwintig jaar geleden vanaf niets had opgebouwd en waarmee ze zo succesvol waren geworden. Moeder had daar de eerste jaren gewerkt als winkelhulp. Het was daar dat vader en zij elkaar voor het eerst hadden ontmoet. En o, wat kon ik me oom Levies verdriet herinneren toen enkele jaren geleden duidelijk werd dat Matz de zaak niet zou overnemen maar in plaats daarvan kenbaar maakte een toekomst als meubelmaker te ambiëren. Het was tante die als eerste over die teleurstelling heen was gestapt en dapper had verklaard dat ze altijd bewondering had voor mensen die hun hart volgden.

Oom Levie had zich achter zijn vrouw geschaard. 'Ze heeft gelijk,' had hij gezegd, en daarmee was alle hoop dat Chapeau een familiebedrijf zou blijven voorgoed verdwenen.

'Ach,' had oom Levie geroepen, 'ik blijf die tent gewoon zelf runnen, net zo lang tot ik er dood bij neerval!'

Niemand had kunnen vermoeden hoe snel dat laatste werkelijkheid zou worden...

Na twee dagen was mijn stem hersteld. De verstreken tijd liet een grijze wolk achter in mijn hoofd waarin ik me het ene moment afvroeg of ik droomde en me het volgende moment afvroeg of ik ooit nog zou kúnnen dromen.

Het enige constante was de realiteit: Rotterdam was verwoest.

De zon leek niet te weten wat ze met ons aan moest. Soms zagen we een snelle glimp van haar door de donkere lucht heen, maar telkens was ze meteen weer weg. Het was moeilijk voor te stellen dat we op een dag haar stralen weer zouden zien en voelen, dat de lucht die we inademden weer schoon zou zijn en de hemel blauw. Kon dat ooit nog mogelijk zijn, nu alles kapot was?

Voor tante waren de zorgen het grootst.

Ze was nog altijd gehuld in moeders roze kamerjas, zat ineengedoken op de bank voor zich uit te staren en leek niet eens te merken dat Tess regelmatig troostend haar kop op haar knie legde. Vader was gisteren ondanks zijn zere enkel naar Rotterdam Zuid gefietst om er zeker van te zijn dat mijn neef het bombardement had overleefd en hem in te lichten over wat er met oom Levie was gebeurd. Toen vader bij terugkomst vertelde dat Matz morgen langs zou komen, mompelde tante iets onverstaanbaars.

'Rika?' vroeg vader. 'Hoorde je wat ik zei?'

Tante keek op en knikte langzaam.

Ik weet niet wat we hadden verwacht. Dat ze zou opspringen, juichen dat haar zoon nog in leven was? Dat ze hém nog wel had? Het nieuws leek niet eens echt tot haar door te dringen.

'Ze heeft tijd nodig,' zei moeder.

Er was geen risico meer dat de brand zich nog naar onze buurt zou uitbreiden. Slechts individuele vuurtjes gloeiden na, de nabroeiende stuiptrekkingen van een weggevaagde stad.

Vader had gehoord dat er tussen alle ravage een wolf gesignaleerd was. 'Onzin, natuurlijk. In hun paniek weten mensen niet meer wat ze zien, en al die rook maakt dat er niet beter op.'

'Wacht eens, volgens mij heb ik dat dier ook zien lopen,' herinnerde ik me. 'Toen ik naar Siem op zoek was. Het was inderdaad een flinke jongen. En hij leek gewond.'

'Ik vrees dat hij bij lange na niet de enige is,' zei vader. 'Arm beest.'

'Hebben jullie het over die wolf?' vroeg moeder vanuit de keuken. 'Truus van hiernaast had het er ook al over.'

Vader schoot in de lach. 'Let maar op, straks heeft iedereen hem gezien. Dan weer zien ze hem in hun achtertuin, dan weer zwemt hij rondjes in de Maas.'

Moeder kwam de kamer in en veegde haar handen af aan haar schort. 'Het is geen verzinsel. Hij schijnt uit de dierentuin ontsnapt te zijn.'

'Ik wil hem ook zien!' riep Siem uit. 'Laten we hem gaan zoeken!'

'Als hij echt een ontsnapte wolf is, dan kunnen mensen hem maar beter gewoon met rust laten,' zei vader, ernstig nu. 'Hopelijk komt hij snel in een buitengebied terecht en kan hij vanaf daar doortrekken naar een land waar nog wilde soortgenoten leven.'

'Maar gaat hij het wel redden, in zijn eentje?' vroeg moeder bezorgd. 'Een dier dat is opgegroeid in een dierentuin en nooit heeft hoeven jagen, nooit geleerd heeft hoe hij moet overleven...'

'Sommige dingen zal hij intuïtief weten, maar eerlijk gezegd betwijfel ik of hij het er levend van af gaat brengen. Met alles wat er nu aan de hand is...'

Siems onderlip begon te trillen. 'M-M-Maar het k-k-komt toch wel goed met h-h-hem?'

'Vast wel,' zei ik, en ik gaf een kneepje in zijn hand.

Vader keek bedenkelijk, maar zweeg.

Gelukkig waren er ook goede berichten. Zo stond Jilles ineens voor mijn neus toen ik met Tess wilde gaan lopen. Hij was net zo opgelucht om mij te zien als ik hem. Op het moment dat de bommen vielen was hij thuis geweest, vertelde hij. Als in een wonder was hij precies die dag vrij. En gelukkig viel zijn buurt net als de Beukelsdijk buiten de brandgrens.

'Maar wat zie je eruit, joh,' merkte ik op. Zijn kleding was besmeurd, en hij had vlekken en vegen op zijn gezicht. De pet op zijn hoofd was met as besmeurd.

'Ik ben samen met wat andere mannen aan het puinruimen,' legde hij uit. 'De tram rijdt voorlopig toch niet, dus als ik op deze manier kan helpen, dan doe ik dat. Maar nu de branden eindelijk gedoofd zijn, wilde ik eerst even bij jou komen kijken.'

'Hoe is het met Stans?' vroeg ik. 'Heeft zij het ook doorstaan?'

Hij knikte. Toen kroop er vanuit zijn nek een rode kleur naar zijn gezicht. 'Ik ga haar ten huwelijk vragen.'

Ik vloog hem om zijn hals. 'O, Jilles, dat is geweldig.'

'Ja. Het voelt goed. Vooral nu het ineens zo duidelijk is dat alles echt in één klap afgelopen kan zijn...' Hij boog zich om Tess te aaien en vroeg toen: 'Denk je dat ze ja zegt?'

'Dat weet ik zeker.'

Jilles grinnikte en tikte tegen zijn pet. 'Dan ga ik nu weer verder. Er moet nog een hoop gebeuren.'

Ik keek hem na terwijl hij wegsprintte en begon toen rustig aan de wandeling met Tess. De eerste paar minuten liep ik in gedachten verzonken, waardoor ik al een paar straten verder was toen het pas tot me doordrong dat er ineens overal aanplakbiljetten hingen.

'Wat krijgen we nou...' mompelde ik.

Ik keek om me heen. Op elk van de biljetten stond dezelfde tekst. Het waren woorden afkomstig van onze burgemeester Pieter Oud, en tijdens het lezen ervan werd ik zo misselijk dat ik me abrupt omdraaide. 'Kom, Tess,' zei ik. 'We gaan terug naar huis.'

Maar hoe hard ik ook liep, de alarmerende boodschap achtervolgde me als een mug die warm bloed rook. Mijn geheugen bleef de woorden herhalen.

'...Iedere daad van vijandelijkheid tegenover deze troepen is in strijd met de overeenkomst die de commandant van Rotterdam met den Duitschen commandant heeft gesloten. Het is onze plicht die overeenkomst in alle opzichten eerlijk na te komen. Handelingen in strijd daarmede, door wie ook verricht, zullen de grootste ellende over onze stad brengen. Laat ieder, zoveel als mogelijk is, gewoon aan het werk gaan. Ik heb mij er met mijn leven borg voor gesteld dat de burgerij van Rotterdam zich rustig zal gedragen.'

Thuis vertelde ik verontwaardigd wat ik had gezien, maar vader wist er al van. Hij had de plakbrief zelf ook gelezen.

'Maar daar schrik ik van,' zei moeder. 'Staat dat er echt?'

'Ja.' Vader snoof minachtend. 'Ik vraag me af hoe hard ze het pistool tegen zijn hoofd hebben gehouden om Oud dat te laten schrijven.'

CHAVER

'Je gaat naar Rotterdam?' Sauls buurman keek Saul met gefronste wenkbrauwen aan. 'Hoe wil je daar komen dan? Die stad is volledig onbereikbaar, dat weet jij toch zeker zelf ook wel? Wegen zijn onbegaanbaar, bruggen zijn opgeblazen.'

Saul Meijer knikte alleen maar.

Toen Jan hem zojuist om een heggenschaar was komen vragen, was Saul al op weg naar buiten geweest.

Nu staarde Jan naar de grote leren tas in Sauls handen, zijn frons nog dieper, en merkte op: 'En of de Spijkenisserbrug inmiddels weer open is weet ik niet, maar daar zou ik ook maar niet van uitgaan.'

'Daar kom ik dan vanzelf achter.' Saul sloot de voordeur.

Hij was een gepensioneerde veearts, die onder andere voor de Rotterdamsche Diergaarde had gewerkt. De route vanaf zijn huis naar de dierentuin kon hij zowat met zijn ogen dicht afleggen. Hoe vaak was hij immers niet midden in de nacht uit bed gebeld omdat er een apenjong geboren werd, een edelhert gewond was geraakt door het gewei van een tegenstander of omdat een van de roofvogels een allergische reactie had? Maar zeven maanden geleden, toen Saul de pensioengerechtigde leeftijd had bereikt, was dat gestopt. Kort daarna was de dierentuin begonnen met het voorbereiden van hun grote verhuizing.

'Ik zeg het je, Saul, je komt de stad niet in met de auto,' zei Jan opnieuw.

'Daarom ga ik ook op de fiets,' zei Saul kort, waarna hij naar de grote schuur naast het weiland liep.

Terwijl hij zijn banden oppompte, deed hij alsof hij niet doorhad dat Jan bij hem kwam staan.

Hij had gekozen voor de bakfiets, dat leek hem op dit moment het meest praktisch. Saul had nog geen idee wat hij in de verwoeste stad zou aantreffen, maar de kans dat er zwaargewonde dieren op straat zouden liggen, aan hun lot overgelaten, was groot. Iedereen had het de hele tijd maar over de vele burgerslachtoffers, en natuurlijk was dat inderdaad verschrikkelijk, maar zij waren niet de enigen die van het ene op het andere moment dakloos of gewond waren geraakt. Wat te denken van de vele katten die overdag buiten mochten schooieren om dan rond etenstijd naar binnen te komen en die nu plotseling ontdekt hadden dat hun huis er niet meer stond en dat hun baasje van de aardbodem verdwenen was? Om maar niet eens te denken aan het onvoorstelbare trauma dat die dieren hadden opgelopen van de explosies.

Ze waren radeloos van paniek, dat kon niet anders.

En dan waren er nog de vele honden die alleen thuis waren geweest toen de bommen vielen, omdat hun baasje aan het werk was. De onvoorstelbare schrik die zij hadden doorgemaakt... De honden die hadden weten te vluchten zaten hoogstwaarschijnlijk onder de brandwonden, waren uitgedroogd van de dorst en misschien wel erger.

Twee dagen lang had Saul hierover lopen prakkiseren, en nu kon hij de gedachte niet langer verdragen.

Hij moest wat doen.

Het zou vanuit Rockanje op zijn minst twee uur fietsen zijn naar Rotterdam. In het verleden had hij er met de auto slechts een klein halfuur over gedaan. Maar zoals de wegen er nu aan toe waren, was de fiets zijn enige optie. Hij had een paar warme dekens in de fietsbak gelegd, en in zijn medicijntas zaten, naast de gangbare verbandjes en ontsmettingsmiddelen, ook verschillende bedwelmings- en verdovingsspuiten. Hij was zich er goed van bewust dat een dier dat in doodsangst verkeerde zich niet zomaar door een vreemde zou laten verplegen. De vreselijke gedachte aan wat ze de afgelopen dagen hadden moeten doorstaan, zorgde ervoor dat Saul stevig doortrapte, vastberaden om zo snel mogelijk in het rampgebied aan te komen en te redden wat er te redden viel.

Misschien kon hij deze lange fietstocht gebruiken om eindelijk zijn gedachten wat op orde te krijgen. Want net als de rest van Nederland was ook hij nog steeds met stomheid geslagen door wat er in Rotterdam was gebeurd. Hij kon zich nog goed herinneren hoe verbaasd hij was geweest toen hij afgelopen dinsdagmiddag, op weg naar huis na een middag in zijn favoriete café Rockanjes Rots aan de Dorpsweg, plotseling getuige was geweest van een angstaanjagend schouwspel dat zich in het noordoosten voltrok. Want daar leek een enorme grijswitte wolk op te stijgen, steeds hoger. Was het onweer? Dat leek onlogisch op zo'n stralende dag.

Saul had er niets van begrepen.

Hoe langer hij ernaar had gekeken, hoe meer er bij hem een vermoeden was ontstaan dat er ergens een enorme brand woedde.

Maar waar?

Steeds meer rookwolken werden naar boven gestuwd. Hoger en hoger hadden ze zich opgestapeld en uiteindelijk waren ze uitgewaaierd om een gigantische bloemkool te vormen in de lucht. Saul had zich naar huis gehaast en de radio aangezet.

Daar hoorde hij een ernstige, gedragen stem uit de radio komen: generaal Winkelman sprak. Saul ving woorden op als 'capitulatie' en 'aan de eer voldaan'. Nederland legde de wapens neer. Ze moesten wel, werd er gezegd. De Duitsers hadden gedreigd anders ook Utrecht en Amsterdam te bombarderen.

Er was geen keuze.

Vanuit zijn raam had Saul in de verte een felle vuurgloed gezien, gloeiend langs een breed stuk van de horizon. Rotterdam ging in vlammen op!

Het was niet te geloven.

Natuurlijk had Saul, net als iedereen, geweten dat het oorlog was. Er stonden immers al maandenlang verdedigingswerken opgesteld langs de kust, met Nederlandse militairen erin, in een poging het binnenvaren van vijandelijke schepen tegen te gaan. De soldaten sliepen in een grote barak in de duinen, gewoon hier in Rockanje. Maar toen Saul zojuist zijn fietsbanden had staan oppompen, had Jan hem verteld dat de Nederlandse militairen sinds vanmorgen verdwenen waren. Dat hun plek was ingenomen door Duitse soldaten. De leidinggevenden hadden zich geïnstalleerd in hotel De Dreef, nabij het strand.

Had Saul zich vergist of had er iets van triomf in de stem van zijn buurman doorgeklonken? Met die vent wist je het maar nooit.

Maar Duitsers in Rockanje...

Alles zou nu gaan veranderen, wist Saul. Hoe precies, dat zou nog moeten blijken, maar het onbestemde gevoel in zijn onderbuik loog niet.

In elk geval nam hij zich heilig voor de moffen geen blik waardig te keuren als hij ze ooit in het dorp tegenkwam.

Na tweeënhalf uur stevig doortrappen bereikte Saul eindelijk de stad. Wat hij daar aantrof, was nog erger dan hij had gevreesd. Wát een puinhoop. Hij herkende Rotterdam niet eens meer. Een eenzame muur stond overeind in een berg van losse stenen. Daar stond een piano, zomaar midden tussen de brokstukken op straat. Uitgebrande fauteuils lagen eromheen, een scheefgezakte stapel borden leunde ertegenaan. Een stuk keuken hing over het riet van een uiteengereten plafond. Werkelijk alles was vergaan tot puin.

De intensiteit van deze verwoesting, daar kon geen mens zich op voorbereiden.

Het stof was óveral. Het wervelde door de straten. Al snel prikte het in Sauls ogen, jeukte het op zijn hoofd. Hij kuchte terwijl hij naar de dikke aswolken staarde die als stille getuigen boven de kapotte stad hingen. Overal waren puinruimers. Ze veegden het zweet van hun gezicht, maar leken ondanks hun harde werk geen steek op te schieten. Het was een oneindige, bijna onmogelijke klus.

Saul zou het nooit toegeven, maar het had er akelig veel schijn van dat Jan gelijk kreeg: de stad was inderdaad onbegaanbaar. Zelfs op de fiets. Meerdere keren moest Saul omkeren omdat de straat waar hij reed ineens ophield te bestaan en er alleen nog maar een gapende, met as bedekte greppel was waar ooit stoeptegels hadden gelegen. Waar nog wel bestrating was, lag vaak zoveel puin dat het onmogelijk was er te fietsen.

Hij zette zijn bakfiets neer op de hoek van de Mauritsweg, nam zijn dokterstas in de hand en besloot om vanaf daar lopend verder te gaan. Met samengeknepen ogen tuurde hij door de korrelige sluiers, speurend naar de halfverbrande en aan hun lot overgelaten honden en katten die hij in groten getale verwacht had te zullen vinden.

Maar hij zag ze niet.

Wat hij wel zag, waren mensen met verslagen gezichten, verschroeide plekken op hun huid, gescheurde kleren. Kinderen die speelden op puinhopen waar nog altijd dode lichamen onder vandaan werden gehaald. En, ongelooflijk als het was: groepjes mensen met fotocamera's, op zoek naar de meest fotogenieke ravage om op beeld vast te leggen.

Hij stond nu voor de West-Kruiskade, die redelijk gespaard leek te zijn. Maar de nabijgelegen Kruiskade, of beter gezegd, dat wat ooit de nabijgelegen Kruiskade was geweést, bleek verdwenen. Er was werkelijk niets van over, behalve hier en daar een eenzame afgebrokkelde muur die nog deels overeind stond. Stilletjes begon Saul te vrezen dat hij voor niets gekomen was. Waar de honderden en misschien wel duizenden dieren zich bevonden die slachtoffer waren geworden van de bommen en de daaropvolgende brand wist hij niet, maar ze waren duidelijk niet hier.

Hij kon alleen maar hopen dat dit betekende dat andere mensen zich intussen al over de stakkers ontfermd hadden.

Toch kon hij, nu hij hier was, net zo goed de mouwen opstropen. Want hulp konden de Rotterdammers op dit moment goed gebruiken, dat was helder. En als hij dat niet deed, dan zou hij geen haar beter zijn dan de vele dagjesmensen die naar het rampgebied waren gekomen om zich te vergapen aan het drama. Ramptoeristen die niet alleen foto's maakten om later te verkopen, maar ook souvenirs in de vorm van stukjes puin in hun jaszak stopten en mee naar huis namen.

Je wist immers maar nooit wat een verzamelaar er later voor zou geven...

Saul stond stil en keek om zich heen. Daar, bij die portiekwoningen, stond iemand die eruitzag alsof hij leidinggaf aan de groep mannen die daar aan de overkant bezig was met stenen wegruimen. Deze voorman zou ongetwijfeld weten op welke manier Saul het best kon helpen. Want Saul mocht dan wel niet meer de jongste zijn, hij was nog lang niet bejaard.

Maar wacht eens even.

Wat hoorde hij daar?

Saul draaide zijn hoofd eerst naar links, toen naar rechts. Waar was het geluid vandaan gekomen? Het had piepend geklonken, kermend zelfs. Saul bekeek de woningen links van hem. Die stonden allemaal nog overeind, ongehavend als een van de weinige in dit gebied, behalve dan dit portiek hier, waarvan de trap die naar de kelder leidde volledig was ingestort. Vermoedelijk was die al een tijd aan onderhoud toe geweest en had hij zich niet kunnen weren tegen de kracht van een nabije explosie. Saul deed een paar stappen richting de entree. Omdat zich onder die trap alleen maar een kelder bevond en geen woonruimte, had het puinvrij maken van dat stuk blijkbaar geen prioriteit gehad. Logisch, de ernstige gevallen gingen voor.

Maar Saul had iets gehoord, hij wist het zeker.

Hij zette een stap het open portiek in en staarde neer op de gebroken stukken beton en steenpuin die ooit een trap waren geweest. 'Hallo?' Zijn stem had hier een vreemde, doffe klank. 'Is daar iemand?'

Niets.

Verdomd, hij vergiste zich toch niet? Ging zijn verbeelding met hem aan de haal?

Of was het geluid wellicht ergens anders vandaan gekomen?

Hij duwde met de neus van zijn schoen tegen een groot stuk afgebroken steen. Als er daar werkelijk iemand onder bedolven lag, dan was het al een wonder dat hij of zij het had overleefd. Maar om dan nu, na ruim twee dagen, nog steeds in leven te zijn... Dat was vrijwel onmogelijk.

En toch...

Met zijn blote handen begon Saul aan een blok beton te sjorren wat de onderzijde van een traptrede moest zijn geweest.

Er was geen beweging in te krijgen.

Saul vloekte luid.

Hij rende de straat op. 'Jij daar!' riep hij tegen de man met de kruiwagen. 'Ik heb hulp nodig om een berg puin weg te tillen. Snel! Volgens mij ligt er hier iemand.'

Meteen kwam de man naar hem toe gerend. Een andere volgde.

'Waar?' riep de voorste, een jonge knul nog.

Saul wees de plek aan.

De achterste man keek het portiek in en schudde zijn hoofd. 'Dat gaat ons zo niet lukken. Jilles, ren jij even naar Koos om een breekijzer te halen.'

Jilles haastte zich weg.

Na flink wat wrikken lukte het de drie mannen eindelijk om het grootste en zwaarste deel van de puinhoop weg te tillen. Jilles en de andere man droegen speciale werkhandschoenen. Saul niet, en toen ze met zijn drieën het brokstuk de straat op slingerden, waar het met een harde dreun neerkwam, scheurde hij een stuk huid van zijn duim.

Zonder aandacht aan de wond te schenken ging hij verder.

Met zes handen tilden ze het resterende puin weg.

Direct boog Saul zich voorover. Hij had gelijk gehad: er lag inderdaad iets.

'Niet te geloven!' riep Jilles uit. 'Het is een hond!'

De andere man maakte een spijtig bromgeluid. 'Morsdood, zo te zien. Arme sloeber.'

'Opzij!' Saul duwde de twee mannen met zijn ellebogen uit de weg en hurkte neer bij het zwaargehavende dier. 'Ik ben veearts. En ik hoorde hem net nog piepen, dus hij leeft wel degelijk.' Met zijn wijsvinger tilde hij de bovenlip op om het slijmvlies te controleren. Zeer bleek. Het dier was ernstig verzwakt, zoals hij al dacht.

Er klonk een zwak gegrom.

'Kolere, wat een enorme tanden,' zei de oudste man. 'Lijkt wel een vampier, joh.' Toen ging hij rechtop staan en zei: 'Nou, aangezien verder niemand hier onze hulp nodig heeft, gaan wij weer verder.'

'Ja, ja,' zei Saul afwezig. Hij opende zijn tas.

Jilles boog zich over het dier heen en zei zacht: 'Houd je taai, ouwe schooier.'

De mannen sloegen het gruis van hun broek en liepen weg.

Saul pakte de verdovingsspuit erbij. 'We moeten jou hier zo snel mogelijk weghalen, vriend. Jij bent in deze stad niet veilig. Ik heb gehoord wat ze met jouw familie hebben gedaan.'

De jonge wolf kermde toen de spuit in zijn flank verdween.

Toen sloot hij zijn ogen.

Met de bewusteloze wolf in zijn armen liep Saul terug naar de bakfiets. Hij lette extra goed op waar hij zijn voeten neerzette. Het laatste wat hij nu wilde was struikelen over de vele brokstukken. De wolf was zwaar, Saul schatte dat hij minstens vijfenvijftig kilo woog.

'Hulp nodig?' klonk het achter hem.

Hij keek om.

Het was Jilles. 'Zal ik hem even overnemen van u? U ziet eruit alsof u elk moment om kunt vallen.'

'Voorzichtig,' zei Saul, terwijl Jilles zijn armen onder die van hem schoof en het gewonde dier van hem overnam. 'Hij heeft meerdere wonden.'

Jilles knikte en vroeg: 'Waar gaan we heen?'

Saul ging hem voor naar de bakfiets.

De wonden zouden straks behandeld moeten worden. Bij Saul thuis, niet hier. Niet op een plek die slechts een paar honderd meter verwijderd was van de plaats waar ze hem zouden doodschieten als ze de kans kregen.

Waanzin, dat was het. Een gevaarlijk roofdier... een bedreiging voor de burgers... Hoe kregen ze het verzonnen? Saul had de jaarlingen nota bene zelf geboren zien worden. De diergaarde had hem voor de zekerheid ingeschakeld toen de bevalling te lang dreigde te gaan duren. Maar gelukkig was zijn hulp niet nodig geweest en waren de vier welpen gezond en wel op de wereld gekomen. Toen de pups vijf weken waren, was hij nog een keer komen kijken. Moeder Wolf had het zelfs goed gevonden dat Saul, kalm en rustig, in het wolvenperk was gaan zitten. Hij had de welpjes niet uit zichzelf benaderd, maar de nieuwsgierigste van hen was naar hém toe gekomen. Het jonge dier, met een klein zwart stipje op zijn bruingrijze voorhoofd, had vrolijk aan Sauls vingers geknabbeld en over zijn benen heen geklauterd.

En nu dit.

Saul wees naar de fiets. 'Kun je hem in de bak leggen? Voorzichtig.'

Jilles boog zich voorover en legde het dier behoedzaam neer. 'Sterkte met hem,' zei hij tegen Saul. 'Ik hoop dat-ie het redt.'

Saul bedankte hem.

Toen bedekte hij de wolf met een dikke, zachte deken en fluisterde: 'Nog even volhouden, vriend. Het komt goed.'

Tijdens de lange tocht terug naar Rockanje bewoog het dier niet. De warme deken bedekte alles behalve zijn kop en die maakte duidelijk dat de wolf in diepe slaap was: de gesloten ogen, de bek die half open was gezakt, de roze tong die slap uit zijn mond hing. Twee keer stopte Saul met fietsen om af te stappen en te voelen of de wolf nog wel ademde.

Starend naar de lange spitse snuit vroeg hij zich af wat er precies met het dier gebeurd kon zijn. Dat hij een telg uit de wolvenfamilie van de Rotterdamsche Diergaarde was, was in elk geval duidelijk. Ten eerste leek de jaarling als twee druppels water op zijn vader, en ten tweede had Saul al direct gezien dat dit dezelfde wolf was als degene die hem als welp was komen begroeten. Hij had namelijk een zwart figuurtje op zijn voorhoofd, wat uiterst ongewoon was voor een wolf. Een dergelijk symbool werd bij paarden 'bles' genoemd en was dan meestal wit, en bij honden heette het een ster. Bij een wolf ook, besloot Saul. Het was niet langer een stipje, zoals toen de wolf klein was, maar nam nu meer plek in op de grijsbruine kop. De lijnen waren scherper geworden, en het bijzondere was dat de zogeheten ster maar aan één kant van zijn voorhoofd zat en qua vorm ook nog eens echt léék op een ster. Een halve.

Hoe dit dier aan de kogel had weten te ontsnappen, wist Saul niet.

Maar hij was blij dat het hem was gelukt.

'Goed gedaan, vriend,' zei hij, terwijl hij zich bleef inspannen om het extra gewicht vooruit te trappen.

Toen Saul zijn erf op fietste, zag hij dat Jan nog steeds bezig was in de tuin.

Hun duinhuisjes lagen niet heel dicht naast elkaar, ieder van hen had er voldoende grond omheen, maar ze stonden toch nabij genoeg om de ander te kunnen zien.

Saul deed alsof hij niet doorhad dat Jan toekeek terwijl hij voorzichtig de in dekens gewikkelde wolf uit de fietsbak tilde. Alleen de dikke staart, die slap naar beneden hing, kwam nu onder de ingepakte bundel vandaan. De zwarte punt was grijs van het stof.

Jan deed een paar stappen Sauls kant op. 'Wat heb jij daar nou, joh?' vroeg hij, zijn hals nog wat meer strekkend.

'Een gewonde hond,' zei Saul kort. Hij liep naar zijn voordeur. Ongelooflijk, wat was het dier zwaar. Na de intensieve fietstocht voelden Sauls benen verzuurd aan en prikte het zweet in zijn nek.

'Zeg, je bent met pensioen, hoor!' riep Jan Spaan hem na, toen hij het dier naar binnen tilde.

Saul keek om en zei: 'Een veearts is nooit met pensioen.'

DEBRA

Eindelijk kon ik gaan kijken hoe de bibliotheek ervan afgekomen was. Toch liep ik langzaam, misschien omdat ik wist dat het soms beter was om iets níét te weten. Want wat als er niets meer stond? Toen ik het gebouw direct na het bombardement verlaten had, was het er nog goed aan toe geweest, maar dat was absoluut geen garantie.

Ik zag al direct dat de ooit zo kleurrijke Binnenrotte geheel verwoest was, zomaar als een krijttekening van het bord geveegd. Ook de Pannekoekstraat was weg. Hun restanten lagen als uitgedrukte peuken in de as. En hier aan de Gedempte Botersloot, waar een enorme berg losse stenen lag, alsof het cement er spontaan tussenuit was gesprongen en alles ter aarde was gestort, had de grote synagoge gestaan waar Miriam en haar familie zo vaak naartoe gingen. Ook weg. Alleen de mikwe, het ritueel bad, stond nog overeind.

Duizelig liep ik verder, naar de Nieuwemarkt, maar daar werd ik tegengehouden.

‘U mag hier helemaal niet zijn,’ zei een agent streng. ‘Het bergingswerk is nog volop in gang. Ik raad u aan om terug naar huis te gaan.’

Terug? Nu ik zo dichtbij was?

Ik peinsde er niet over.

‘Ja, meneer,’ zei ik beleefd, maar zodra hij wegkeek, glipte ik snel achter het stenen geraamte van wat enkele dagen geleden nog een winkelpand was geweest. Daar wist ik via een omweg alsnog mijn route naar de Nieuwemarkt te vervolgen.

En... zag ik dat goed? Ja, het was werkelijk waar.

De bibliotheek was er nog!

Het gebouw stond overeind als een opgestoken duim. En dat niet alleen, afgezien van wat kapotte ramen en het gesneuvelde torentje leek het pand helemaal gespaard te zijn.

Ik staarde ernaar en drong mijn tranen terug.

Dit was een wonder. Een licht wonder in een donkere vloek.

Nadat Matz op bezoek was geweest, had tante zich eindelijk aangekleed. Ze droeg een rok en blouse van moeder, maar was nog steeds stil. De bruisende, goedlachse vrouw bij wie de klanten in de hoedenwinkel zich onmiddellijk welkom hadden gevoeld, leek voorgoed verdwenen. Maar ze kroop in elk geval weer terug in haar lichaam, en dat was al heel wat. Het licht in haar ogen stond weer aan, al was het dan op een waakvlam.

We wisten allemaal dat we haar de tijd moesten geven die ze nodig had, dat haar wonden te groot waren om ooit te genezen. Met de tijd zou er misschien een breekbaar korstje op komen, maar daaronder zou tante altijd het gemis bij zich dragen van wat haar was afgenomen. Tante had geen huis meer, geen kleding, geen foto's, geen boeken... maar wél de ondraaglijke gedachte dat oom Levie ergens onder al dat puin begraven lag.

En om dan op zesenveertigjarige leeftijd bij je jongere broer en zijn familie te moeten intrekken... Om daar een kamer te moeten delen met je nichtje van twintig en te zien hoe ons leven doorging, hoe wij langzaam de draad weer oppakten, terwijl tante niet eens wist hoe en of er een afscheidsdienst voor oom Levie kon komen.

Matz had haar gevraagd of ze bij hem wilde komen wonen, op de kamer die hij huurde van zijn werkgever, maar tante had zwijgend haar hoofd geschud. Het was niet moeilijk haar gedachten te raden: wat moest ze daar, op Rotterdam Zuid, waar haar zoon overdag aan het werk was en zij hem 's avonds alleen maar in de weg zou zitten?

Toen Matz na het eten terug naar huis ging, had tante hem in het halletje bij de voordeur zo lang en stevig omhelsd dat een bezorgde Tess piepend een rondje om hen heen liep.

CHAVER

Over iets meer dan een halfuur zou de bedwelming uitwerken. Saul wilde er liever niet nog een spuit bij geven, dus hij moest snel te werk gaan. Eerst moest de wolf gewassen worden, dat was duidelijk. Het dier zat zó gigantisch onder het stof, as, gruis en ander vuil dat dit niet alleen gevaarlijk was voor de open wonden, maar het ook nog eens moeilijk maakte om te kunnen zien waar deze verwondingen allemaal zaten en welke behandeling er nodig was.

Hij tilde het bewusteloze dier in de tobbe die, sinds Katharina een jaar geleden was overleden, niet meer was gebruikt. Saul was er de man niet naar om met zijn blote lijf in een tobbe te gaan zitten, hij had wel wat beters te doen met zijn tijd. Een ruwe washand en de koude kraan waren altijd goed genoeg geweest. In de grote steden waren er mensen die zelfs een dóúche hadden laten installeren in hun huis. Gekkenwerk!

Saul draaide de kraan open, liet Katharina's lavendelzeep schuimen en wreef de wolf ermee in.

Het letsel bleek gelukkig minder erg dan hij vreesde. De wolf had een schaafplek op zijn knie, een smalle maar langgerekte wond op zijn rug, waarschijnlijk ontstaan door pogingen zelf onder het ingestorte beton vandaan te kruipen, en in het voetzooltje van zijn linkerachterpoot zat een diepe snee.

'Oei, die staat wel heel ver open, vriend,' zei Saul zacht. 'Die moet gehecht worden.'

Vermoedelijk was het dier met zijn volle gewicht in een stuk glas getrapt en had de scherf zijn voetzool gemeen doorboord. Gezien het opgedroogde bloed in de mondhoeken van de wolf én de nog maar net genezen snee op zijn tong leek het erop dat hij het pijnlijke glas eigenhandig uit zijn poot getrokken had. Daarna was hij, zo nam Saul aan, verder gestrompeld, tot het echt niet meer ging. Blijkbaar had hij uiteindelijk beschutting gezocht in de kelder aan de Kruiskade, waar hij gelegen had toen de trap instortte en boven op hem terecht was gekomen.

'Arme jongen... Maar je gaat het redden, en dat is het belangrijkste.'

Saul had de wolf voorzichtig afgedroogd en op een dikke warme deken in de woonkamer gelegd. Zelf was hij naast hem gaan zitten, waar hij de verwondingen een voor een zorgvuldig ontsmette. Toen hechtte hij de rugwond en tot slot de wijde snee in de achterpoot. Deze bond hij af met een stevig zelfklevend verband, dat hij om de gehele poot wikkelde. Daarna pakte hij een oud hemd uit zijn kast en trok dit bij het dier aan, zodat de rug schoon en beschermd zou blijven. Hij pinde het vast met veiligheidsspelden. Zo, klaar.

Ideaal was het niet, maar het moest.

Saul liep naar buiten, naar de schuur waar hij nog steeds alle paardenspullen had liggen. Sinds het ongeval waarbij zowel Katharina als hun merrie Cleo was omgekomen, had hij daar niet meer naar gekeken. Zelfs nu was alleen de geur van het leer al genoeg om hem terug in de tijd te slingeren, naar die vreselijke dag dat...

Nee. Saul klemde zijn kaken op elkaar. Hij stond zichzelf niet toe er wéér aan te denken.

In de hoek van de schuur zag hij het hok dat hij meer dan dertig jaar geleden had gebouwd en waar regelmatig een gewonde vos, gans of ander wild dier dat door hem was verpleegd in verbleven had. De bodem zat met stevige pennen in de vloer geschroefd zodat het hok op zijn plek bleef. Erboven hing een warmtelamp om de dieren op temperatuur te houden. Maar voor de wolf was dit geen optie. Niet alleen was het hok te krap voor zo'n groot dier, het leek Saul hoe dan ook beter om de wolf binnen te houden. Bij hem, in huis. Wilde dieren die geen mensen gewend waren, zouden enorm angstig zijn als ze midden in een woonkamer werden opgesloten, en daarom was de schuur altijd een rustige, veilige plek geweest. Maar door de dierentuin was deze wolf niet echt wild, en in zijn geval was het juist belangrijk hem níét in isolatie te plaatsen. Saul moest ervoor zorgen dat het dier zo snel mogelijk met hem en zijn nieuwe leefsituatie vertrouwd raakte, want voor het eerst in zijn leven zou hij een dier dat hij had gered en verpleegd niet vrijlaten zodra het genezen was. Dat was simpelweg geen optie.

Er zouden alleen maar problemen van komen.

Dus pakte Saul het paardenhalster van de haak en nam het mee terug naar binnen.

Met wat slimme aanpassingen moest het lukken hier een tijdelijke halsband van te maken.

Saul had ook een echte halsband in huis. Van Mazzel, de hond die Katharina en hij vroeger gehad hadden. Zelfs na al die jaren kon Saul het nog niet over zijn hart verkrijgen de halsband weg te doen. Alleen zou dat bandje nooit om de nek van de wolf passen, dat wist hij al zonder het te proberen. Mazzel was een krullerige bastaard geweest met vermoedelijk een hoog aandeel poedel in zijn bloedlijn.

Een schat van een beest, maar een speelgoedhondje vergeleken bij het dier dat nu in de woonkamer lag.

Saul had het halster over de kop van de wolf geschoven. Een kop die een flink stuk groter was dan die van de herdershond waar hij tijdens zijn vlucht door Rotterdam ongetwijfeld mee verward was. Saul zag de duidelijke verschillen, maar hij wist ook dat een leek deze niet zou opmerken. De dichtbehaarde oren, die kleiner waren en verder uit elkaar stonden dan bij een hond. De spitse snuit. De bijzonder lange poten. Je zag het als je wist waar je op moest letten.

'Zo,' zei Saul, terwijl hij een touw aan de geïmproviseerde halsband bevestigde. Het andere uiteinde knoopte hij om de poot van de massieve eikenhouten wandkast. 'Dit is voor je eigen veiligheid, vriend.' Het klonk als een verontschuldiging, en met zijn duim streek Saul over de halve ster in de zachte kophaartjes. 'Ik heb nu eenmaal geen idee hoe jij straks gaat reageren als je wakker wordt in deze onbekende omgeving.'

Hij had uiteraard wel een vermoeden. Waarschijnlijk zou de wolf in eerste instantie willen vluchten. Angst was een natuurlijke reactie. Maar wanneer dat niet ging, was er een groot risico dat de schrik omsloeg in agressie. Wie een dier de kans om te vluchten afnam, moest ook rekening houden met de gevolgen daarvan.

Saul vermoedde dat de jonge wolf tot een week geleden nooit reden had gehad om bang te zijn. Zijn leven was immers altijd veilig en overzichtelijk geweest, daar in het wolvenperk. Maar het dier had de afgelopen dagen erg veel meegemaakt, en de angst voor mensen was aangeboren, altijd sluimerend onder de oppervlakte en klaar om door de schijnveiligheid heen te breken. Die angst was aan de wolf doorgegeven door zijn voorouders, door de duizenden generaties wolven die hem waren voorgegaan. Hún bloed was het, dat door zijn aderen stroomde, en hun voorzichtigheid die ervoor zorgde dat hij voortdurend alert bleef, op zijn hoede waar hij ook was.

'Rust nog maar even goed uit.' Saul stond op. 'Dan maak ik wat te eten voor je klaar, zodat we je snel weer op krachten krijgen.'

DEBRA

Vanuit het raam keken moeder en ik toe hoe vader op zijn fiets stapte. Zijn school stond buiten het getroffen gebied, en nu de aanplakbiljetten iedereen opriepen om 'gewoon weer aan het werk te gaan', liet hij zich dat geen twee keer zeggen.

'Maar weet je zeker dat je dit kunt, met je zere been?' had moeder gevraagd.

Volgens vader was het geen probleem, ook al had de dokter gezegd dat zijn zenuwen dusdanig beschadigd waren geraakt dat zijn enkel nooit meer hetzelfde zou zijn. Voor vader hield dit in dat hij tijdens zijn lessen wat vaker aan zijn bureau zou moeten zitten in plaats van voor het bord te staan. Er werd een beenbeugel voor hem gemaakt.

Een prima oplossing, vond hij zelf, want van ziekmelden wilde hij niets weten.

We keken hem na terwijl hij de straat uit fietste, zijn grote tas zoals altijd stevig ingesnoerd onder zijn snelbinders. Vanaf morgen zou ook Siem terug naar school gaan.

De bibliotheek ging volgende week weer open.

Iedereen die dat kon, zou weer aan boord van het leven stappen, terug op het schip alsof we niet in vijandige wateren waren terechtgekomen.

CHAVER

Er klopte iets niet.

De jonge wolf rook het al toen zijn ogen nog gesloten waren en hij nog half in slaap was.

Hij was niet langer in het wolvenperk, hij was weg bij zijn familie. Koortsig zocht hij door de flitsen in zijn hoofd, flarden die een mens 'herinneringen' zou noemen, en hij kromp ineen toen hij zijn moeder zag liggen met een rode vlek in haar hals. Hij jankte, want alles wat hij in zijn hoofd zag, gebeurde nú, op dit moment. In zijn beleving bestond geen 'toen'. Er waren alleen maar de flitsen, een eindeloze aaneenschakeling van geuren, geluiden en beelden. Maar wacht, daar was nog een flits, een andere, waarin hij zichzelf zag wegrennen. Hij voelde zijn poten meebewegen, en vaag drong het tot hem door dat ze anders aanvoelden dan normaal, dat er iets om zijn achterpoot heen zat, maar het besef was niet sterk genoeg om hem uit de flits te trekken. Sneller en sneller schoten de flarden door zijn hoofd, de een na de ander nu, en opnieuw piepte hij. Want daar lag hij, in een koud, donker hol, helemaal alleen. En daar stond hij, op straat, terwijl gillende mensen heen en weer renden. Boven hem, hoog in de lucht, schoof een schaduw voorbij. Er viel iets uit, hij hoorde een harde klap, voelde de hete klauwen van het vuur naar hem grijpen. Ook hij rende weer. Daar was nog een klap! En nog één en –

Hij trapte in iets. Snijdende pijnscheuten in zijn poot!

De flitsen werden donker, brachten een duizelige duisternis in zijn hoofd. Af en toe schoot er nog eentje naar boven, als een bliksemschicht waarin de jonge wolf zag hoe hij zichzelf had teruggesleept naar het donkere, koude hol, de plek waar hij veilig was geweest.

Maar toen...

De duisternis sprong op slot. Er was niets meer. Niets, tot aan...

Nu.

De jonge wolf opende zijn ogen.

Meteen zag hij iets bewegen. Iets wat recht op hem afkwam.

Een man.

Als er iets was wat de jonge wolf de afgelopen dagen had geleerd, dan was het wel dat mannen gevaarlijk waren.

Woest grommend sprong hij overeind.

DEBRA

De schitterende gebrandschilderde ramen van de bibliotheek boden uitzicht op een kale, woeste vlakte. De binnenstad was als een ansichtkaart waar happen uit genomen waren. Zelfs de kleuren waren als die op een foto: grijs en grauw en korrelig.

'Die prachtige synagoge is ook weg,' merkte Jo op, die naast me was komen staan. 'Ging je daar vaak heen?'

'Nee,' bekende ik, en ik legde haar uit wat vader mij ooit verteld had. Dat zelfs een aantal van de grootste en bekendste namen in de Joodse gemeenschap, zoals Einstein en Freud, vrijwel nooit naar de synagoge gingen. 'Volgens mijn vader gaat Joods zijn meer om verbinding dan om geloof, niet zozeer om wat we God verschuldigd zijn maar om wat we voor elkáár kunnen betekenen. Omdat God het belangrijker vindt dat we onze tijd besteden aan het goed behandelen van andere mensen dan aan het bestuderen van teksten.'

'Een mooie gedachte,' zei Jo.

Samen staarden we naar de ruïnes van de stad.

Toen draaiden we ons er tegelijk van weg, nog lang niet klaar voor deze nieuwe realiteit.

Niet alle collega's waren teruggekeerd. Lennie de catalogusmaker was er niet. Ook Marja van de binderij was afwezig. Niemand wist waar ze waren of hoe het met ze ging.

'Ik zal vanavond bij ze langsfietsen om te kijken hoe ze eraan toe zijn,' zei Jo.

Haar eigen huis was gelukkig gespaard gebleven en bood nu onderdak aan een jong gezin met twee kleine kinderen dat alles was kwijtgeraakt.

'Het minste wat ik kan doen,' zei ze.

Jo huurde een kleine bovenverdieping ergens in het westen, en de gedachte dat ze die kleine ruimte nu vrijwillig deelde met vier andere mensen terwijl ons vak allesbehalve goed betaalde, vond ik niet 'het minste' wat Jo kon doen, maar meer.

Veel meer.

Die eerste dagen dat we weer open waren, was iedereen in de bibliotheek vooral bezig met nieuws en ervaringen uitwisselen. De dagbladen die ik net als voorheen netjes, met de voorpagina naar boven, op de juiste tafel legde, hadden het allemaal maar over één ding: Hitler en zijn intenties.

In ons statige gebouw, waar altijd diepe stilte had geheerst en waar we ons nog net niet op onze tenen hadden voortbewogen, was het nu ineens druk en rumoerig.

Op de met leer beklede banken in de hal, waar vroeger de lezers op hun boeken wachtten, rustten nu puinruimers uit van hun werk. Ook waren er veel nieuwe gezichten bij gekomen. Het Adviesbureau Stadsplan Rotterdam, kortweg de ASRO, en de DIWERO, de Dienst voor de Uitvoering van den Wederopbouw van Rotterdam, werden ondergebracht in ons gebouw. Tot in de gangen stonden de bureaus en tekentafels, waar mannen en vrouwen bedolven waren onder enorme vellen papier met daarop tekeningen van gebouwen en waar ze bijna dag en nacht doorwerkten aan een plan voor de herrijzenis van onze stad. In hun hand hielden ze een potlood en vaak ook een liniaal. Passers, vergrootglazen en meetapparatuur lagen overal om hen heen verspreid.

Ook in de leeszaal was het een stuk drukker dan voorheen, vooral bij de krantentafel.

Er heerste een onverzadigbare honger naar de actualiteit, naar steeds weer en meer nieuws, terwijl het allemaal toch niet bij te houden was omdat de wereld op dit moment elke minuut wel leek te veranderen.

Jo waarschuwde me dat ik niet alles moest geloven wat er geschreven werd.

'Niet alle kranten zijn zuiver,' zei ze zacht. 'De invloed van de bezetter is overal.'

Het was precies wat vader ook zei.

'Ik zag Jilles vanmiddag,' vertelde moeder tijdens het avondeten. 'Toen ik samen met Truus soep ging brengen bij de puinruimers.'

Dat ze dit met de buurvrouw was gaan doen en niet met tante, was geen verrassing. Ook nu weer lag tante op bed, in plaats van dat ze bij ons aan tafel zat. Ik wist dat moeder na het eten bij haar zou gaan kijken, haar een dienblad zou brengen, maar vaak kwam datzelfde dienblad later die avond terug de keuken in, het eten onaangetast.

Dit weekend zou Matz weer bij ons langskomen. We hoopten allemaal dat het tante goed zou doen eraan herinnerd te worden dat ze in elk geval haar zoon nog had.

'Ik was verrast om Jilles te zien,' ging moeder verder. 'Ik dacht dat het vooral havenarbeiders waren die dat zware werk verrichtten.'

'Zolang de trams nog niet kunnen rijden, helpt Jilles mee waar hij kan.'

'Ja, hij zei het. Het schijnt dat er vijf miljoen kubieke meter puin moet worden afgevoerd. Dat is toch ongelooflijk? Jilles vertelde dat ze nog steeds lichamen tegenkomen. Sommige zijn helemaal...' Moeder wierp een snelle blik op Siem en maakte haar zin niet af.

Even prikten we allemaal zwijgend in ons eten, onze gedachten bij oom Levie.

Met een iets te nadrukkelijk opgewekte stem ging moeder verder: 'Gelukkig had Jilles ook iets leuks te vertellen.'

‘Wat dan?’ vroeg Siem direct.

Er waren momenten waarop het leek alsof mijn broertje nog niet goed kon begrijpen wat er allemaal gebeurde. Maar als hij dan zo’n vraag stelde en plotseling wat meer rechtop in zijn stoel ging zitten, benieuwd naar dat ene leuke nieuwtje tussen alle somberheid, besefte ik dat hij waarschijnlijk meer meekreeg dan wij allen dachten. Hield hij zich op andere momenten dan bewust stil?

‘Hij zei dat ze een hond gevonden hadden,’ zei moeder. ‘Die had schijnbaar ergens in een portiekkelder liggen schuilen voor al het geweld en is klem komen te zitten onder een ingestorte trap. Het arme dier was op sterven na dood.’

‘Dat is toch niet leuk?’ Siem keek haar niet-begrijpend aan. ‘Dat is zielig.’

‘Ik was nog niet klaar met vertellen. Er was gelukkig ook een veearts in de buurt. Die heeft hem meegenomen, dus hopelijk redt hij het.’

‘Laten we daar dan maar van uitgaan,’ zei vader.

En dat deden we, want elke opsteker die aan de miserie wist te ontkomen, moest gekoesterd worden.

‘Zo fijn om even met jou en Tess mee te lopen op jullie avondrondje.’ Miriams stem verried hoe moe ze was. Nu het kantoorgebouw waar zij werkte verwoest was, hielp ze haar moeder met vrijwilligerswerk in het overvolle Bergwegziekenhuis. De lijsten met opgenomen patiënten waren zo enorm dat het eigen personeel het niet kon bijhouden. Miriam en haar moeder sprongen bij met het verwerken van patiëntgegevens en het sorteren en verdelen van de vele binnengekomen giften zoals extra bedden, wiegjes, luiers en matrassen. Met een zucht vertelde ze: ‘Zelfs na een hele dag in het ziekenhuis kan mijn moeder alleen maar over deze stomme oorlog praten.’

Ik knikte. Bij ons thuis was het niet anders.

Met een zacht fluitgeluidje liet ik Tess weten welke kant we op gingen. Sinds het bombardement liepen we een andere route dan ze gewend was; ik bleef liever in een buurt waar de huizen en straten nog intact waren.

‘Familie van ons heeft het zelfs over vluchten,’ ging Miriam verder. ‘Naar Amerika of Engeland. Kun je dat geloven?’

‘Jilles had het daar vorige week al over.’

‘Jilles? Maar hij is niet Joods.’

‘Nee, hij bedoelde dat *wij* moeten vluchten. Hij heeft van een collega verhalen gehoord over Duitsland.’

Meer hoefde ik niet te zeggen. Het was allemaal te lelijk, te akelig om uit te spreken.

Een paar minuten liepen we zwijgend verder.

Toen zei Miriam: ‘Ach, weet je, vader zegt dat dit bombardement het ergste was wat de Duitsers konden doen en dat het vanaf nu dus allemaal mee zal vallen.’

'Laten we het hopen.'

'Maar moeder gelooft hem niet. Zij is zo bang voor nóg een luchtaanval dat ze het liefst wil dat we allemaal in onze kleren slapen. Bij het kleinste geluidje roept ze dat we in de kelder moeten gaan zitten met een pan op ons hoofd.'

Nu schoot ik in de lach. Ook Miriam giechelde.

Wat er vanaf nu ook zou gebeuren, het zou vooral een politiek machtsspel zijn. Iets waar wij als burgers buiten stonden. Dan kon je maar net zo goed vrolijk blijven... en wachten tot alles weer normaal was.

CHAVER

Saul was zich er heel goed van bewust hoe fout dit had kunnen aflopen. Hij had een gigantisch risico genomen, iets wat Katharina vertwijfeld haar hoofd zou hebben doen schudden.

Is dat nou wel wijs, Saul? zou ze hebben gevraagd.

Tja. Was het wijs?

Saul wist het niet.

Hij wist wél dat er een reden was geweest voor de sterke drang die hij had gevoeld om naar het rampgebied te reizen. Dieren helpen was immers zijn taak. Dat zou het altijd blijven. Het feit dat hij met pensioen was, veranderde daar niets aan. Het hield alleen maar in dat hij er niet langer voor betaald kreeg. Maar de voldoening die het hem bracht, zoals toen hij twee maanden geleden de gans met de gebroken vleugel had weten te genezen en daarna weer had vrijgelaten, was alle moeite meer dan waard. Hij zou de rest van zijn leven dieren blijven helpen die dat zelf niet konden. Dus wat had hij anders kunnen doen, toen hij had begrepen dat Rotterdam in puin lag? Hij wist dat er tijdens zo'n onvoorstelbaar grote ramp maar weinig mensen waren die zich over het lot van getroffen dieren konden bekommeren.

Maar jij wel, klonk Katharina in zijn hoofd, zo duidelijk alsof ze naast hem zat en ondanks haar eerdere twijfels. *Jij redde als kind al vossen uit klemmen en nam zieke egels mee naar huis om ze beter te maken. Dus... of het nu wijs is of niet... je zou Saul niet zijn als je dit niet had gedaan.*

En zoals gewoonlijk had ze gelijk.

Op dat moment liet de wolf, die zojuist ontdekt had dat het touw om zijn nek hem belemmerde om Saul te bespringen, opnieuw zijn reusachtige tanden zien. Zijn grom was zo diep dat het ondergronds klonk, zijn bovenlip zo hoog opgetrokken dat er diepe rimpels in zijn snuit sprongen.

'Sorry, vriend,' zei Saul zo rustig mogelijk, 'maar je begrijpt vast wel dat het beter voor mij is om even een beetje afstand van je te bewaren tot we elkaar wat beter kennen.'

Met een nieuwe grom en een uithaal van zijn voorpoot liet de wolf weten daar toch echt heel anders over te denken. Opnieuw gaf hij een ruk aan het touw, maar toen voelde hij blijkbaar een pijnscheut in zijn gewonde achterpoot, want met een ontstemde jank dook hij ineen en begon er wild aan te snuffelen.

'Heb je al naast je gekeken?' ging Saul zacht verder. 'Zie je die heerlijke kippenbout? Die is helemaal voor jou.'

Het leek zowaar alsof de wolf hem verstond, want Saul was nog niet uitgesproken of het dier boog zich over de kip die Saul op een krant van vorige week naast hem had neergelegd.

DUITSE TROEPEN HEBBEN DE NEDERLANDSE GRENS OVERSCHREDEN, kopte de voorpagina. **HET LEGER VECHT TERUG.**

De wolf keek van de kip naar Saul en weer terug.

Toen, sneller dan een cheeta die zijn prooi besprong, dook hij erop en schrokte de kippenbout in twee happen naar binnen.

DEBRA

Langzaam leek het normale leven terug te keren. Een schijnwereld, want het oude normaal was verdwenen en in het nieuwe normaal kon je zomaar op elke hoek van de straat een groep geüniformeerde Duitsers tegenkomen, die zich gedroegen alsof ze de vriendelijkheid zelve waren en iedereen beleefd een '*guten Tag*' wensten.

Alsof ze onze vrienden waren.

Alsof ze niet met hun eigen ogen zagen wat ze allemaal kapotgemaakt hadden.

Maar vader had een logische verklaring voor het amicale gedrag van de bezetter: 'Het Duitse bestuur in Nederland is civiel, in plaats van militair zoals in België en Frankrijk. Die dwazen zien ons land aan voor een soort provincie van het Rijk, voor een gouw waar Nederlandse Germanen wonen.'

'Kijk maar gewoon de andere kant op als je ze tegenkomt,' adviseerde moeder.

Dat deed ik.

En ik nam me heilig voor om ze in elk geval nooit terug te groeten.

Toch leken onze dagelijkse bezigheden steeds meer op die van voorheen. Siem zat weer in de klas, vader gaf weer les, en ik gaf onze bibliotheekleden advies bij het zoeken naar het juiste boek. Ik hield het stamboek voor ingeschreven titels bij, zorgde ervoor dat alles op de juiste plek stond en schreef in het verplicht aangeleerde bibliotheekhandschrift boekkaarten voor de nieuw binnengekomen collectie. In de pauze trok ik me terug in een rustig hoekje en las daar mijn eigen boeken, zoals ik altijd had gedaan. De lichte beschadigingen die ons gebouw had opgelopen werden gerepareerd, alle afdelingen waren weer open, en we hielden met de rest van de medewerkers een droevig moment stilte voor onze omgekomen collega's Lennie en Marja.

Iedereen wandelde zo goed en kwaad als het ging weer door het gewone leven.

Miriam en ik gingen zelfs weer naar de bioscoop.

Maar terwijl ik terugviel in mijn oude patroon en daar het contact met mijn eerdere zelf probeerde te herstellen, wist ik niet of ik haar moest waarderen of minachten. Wat leek de Debra uit het oude normaal plotseling belachelijk onwetend...

Ze had zich veilig gewaand in een wereld die zomaar kon ontploffen.

Tante woonde nu officieel bij ons in en hielp met koken en ander huishoudelijk werk. Moeder had de meid die ons voorheen twee keer per week kwam helpen laten gaan.

Matz was al meerdere malen komen eten. Dat waren de zeldzame avonden waarop tante zo nu en dan glimlachte en er iets van haar vroegere vrolijkheid door het verdriet heen brak.

Ook had ze inmiddels een eigen bed: een houten ledikant dat we tegen de muur hadden geschoven. Mijn eigen bed stond nu tegen de andere muur. Met ook nog een bureau en een kledingkast in diezelfde ruimte was mijn kamer nu echt vol.

’s Nachts, als tante weer eens een nachtmerrie had, sprong Tess van mijn bed en liep naar haar toe om haar met een zacht neusduwtje tegen haar arm uit de droom te halen.

Wanneer Tess daarna weer bij mij kroop, zuchtte ze tevreden en sliep rustig verder.

Zij leek het nieuwe normaal prima te vinden.

CHAVER

Het was zijn derde dag in Rockanje, maar dat wist de jonge wolf zelf niet. Voor hem was 'tijd' iets heel abstracts. Zijn brein wist niet hoelang het geleden was dat hij zijn familie verloren was, hoeveel dagen er verstreken waren sinds de wereld in stukken brak en in vlammen opging. En hij vroeg zich dat ook niet af. Hij wist alleen maar dat zijn rug vreemd en strak aanvoelde, dat zijn poot zeer deed en dat daar bovendien iets omheen gebonden zat wat uiterst smerig smaakte. Toen hij eraan likte, was zijn tong zuur geworden.

Daarna had hij het niet nog eens geprobeerd.

Maar bovenal wist hij dat hij op een plek was waar hij niet eerder was geweest. Dat er hier een man was die hij in eerste instantie als een groot gevaar beschouwd had, maar nu niet meer. Want toen de man was gaan praten, was de jonge wolf langzaam gaan beseffen dat zijn stem, en ook zijn geur, hem bekend voorkwam. Waarvan of van wanneer, dat wist hij niet. Maar dat het iets positiefs was, dat wist hij wel. Verder was het ongrijpbaar, zoals de flitsen die tijdens het slapen in zijn hoofd dansten en hem soms deden kwispelen, dan weer deden janken, maar die in een onverklaarbare duisternis oplosten zodra hij zijn ogen opende.

Toch had de jonge wolf de afgelopen dagen ook flitsen gezien wanneer hij wakker was. Sommige flarden bestonden alleen maar uit geluid, andere uit een geur. Maar één was heel duidelijk, heel gedetailleerd, en keerde telkens terug. In die flits lag hij bedolven onder iets zwaars en scherps. Het gewicht drukte en duwde op zijn hele lichaam tot hij bijna niet meer kon ademhalen. Op dat moment had hij gevoeld hoe het leven uit hem wegsloop, langzaam en stilletjes. En hij kon zich niet bewegen.

Het ging gewoon niet.

Uiteindelijk had de jonge wolf zijn ogen gesloten. Hoelang, dat wist hij niet.

Maar toen... was daar plotseling die stem geweest. Déze stem, de stem die hem nu ook toesprak, die hem 'vriend' noemde, en wiens geur hier overal om hem heen hing, samen met nog een andere, van iemand anders, iemand die de jonge wolf niet kon zien.

Maar het was goed, deze stem, en de man die erbij hoorde.

Want deze geur én deze stem hoorden ook nog bij een andere flits, van nóg langer geleden, toen de jonge wolf nog melk dronk bij zijn moeder. Hij begreep niet wat deze stem en die flarden met elkaar te maken hadden, maar het voelde... veilig.

Híj was veilig.

Nog steeds wist hij niet waar hij was, maar hij werd niet langer verpletterd onder een ingestorte wereld. Hij kon weer ademhalen, en op de een of andere manier had deze oude man dat mogelijk gemaakt.

DEBRA

Het was bijna drie kwartier lopen naar Kralinger Hout, maar Tess en ik kwamen er graag. De omgeving was er groen en weids en het bos in aanbouw was een verademing vergeleken met de drukte van de stad. We konden er uren doorbrengen, zij kauwend op een stok in het gras, ik op een bankje met een boek. Vandaag had ik een van mijn favoriete romans bij me: *Tess of the D'Urbervilles*.

Het was de derde keer dat ik dit boek las, over de dappere jonge vrouw die ondanks alle tegenslagen overeind bleef, en het was dit personage naar wie ik mijn hond naar vernoemd had.

De lentezon van vandaag, samen met het geluid van de fluitende vogels overal om ons heen, deed me denken aan de zondagen met vader vroeger, in Rockanje. Nu hij slecht ter been was geraakt, zaten lange wandelingen er voor hem niet meer in.

'En als we gewoon een rustig plekje in de duinen opzoeken en daar gaan zitten?' had ik vanmorgen tijdens het ontbijt voorgesteld. 'Zou dat wel gaan?'

Maar hij had zijn hoofd geschud. 'Zelfs al mankeerde ik niets, dan nog zou ik daar nu niet naartoe gaan. Veel te veel Duitsers in dat gebied. We gaan wel een keer terug wanneer deze ellende achter de rug is. Na de oorlog.'

Na de oorlog...

Dat werd de laatste tijd een soort wapenkreet. Na de oorlog zouden alle zorgen voorbij zijn. Na de oorlog waren er geen wanstaltige uniformen meer op straat, geen vlaggen met hakenkruizen meer. Na de oorlog, na de oorlog...

Nog een paar maanden, hooguit, en anders toch zeker wel voor het eind van de zomer, dan zou het zover zijn. We waren het er allemaal over eens dat we spoedig ons eigen land weer terug zouden hebben. Zó machtig waren die Duitsers nu ook weer niet.

Bovendien zou de rest van de wereld heus niet gewoon toe blijven kijken.

CHAVER

Met gefronste wenkbrauwen staarde Saul naar de inhoud – of, beter gezegd: het gebrék aan inhoud – van zijn keukenkastje. Hij moest echt even de deur uit om boodschappen in te slaan. Er zat niets anders op. Gelukkig had hij vorige week nieuwe bonnen opgehaald op het distributiekantoor. Voedselbonnen, uiteraard. Benzinebonnen gingen sinds kort alleen nog maar naar vrachtwagenbezitters, maar dat was geen probleem, want sinds Saul met pensioen was, gebruikte hij zijn auto toch niet meer. Waarschijnlijk zou het ding binnenkort gevorderd worden, zoals ook al met de vele paarden in de regio was gebeurd. Voor het eerst sinds Katharina's overlijden voelde hij een vreemde mengeling van dankbaarheid en opluchting dat hun geliefde Cleo dit in elk geval niet hoefde mee te maken. De gedachte alleen al dat zo'n gevoelige, zachtaardige merrie in handen van de bezetter zou zijn gekomen, was niet te verdragen.

Eten werd met de week spaarzamer nu de Duitsers ook steeds meer voedselvoorraden opeisten. Maar voorlopig redde Saul zich wel. Wat wel een probleem leek te worden, was dat zowel hondenvoer als vlees op de bon ging, net nu hij een wolf had om voor te zorgen. Dat het dier hier bij hem zou blijven, werd hem namelijk steeds duidelijker.

Hij kon nergens anders naartoe.

Een andere dierentuin zat niet te wachten op een puber, omdat de daar reeds aanwezige reuen niets van hem heel zouden laten. De enige optie was om hem uit te zetten, ergens in Oost-Europa, Polen of de Karpaten, waar nog wolven in het wild leefden. Daar bestond in elk geval de mogelijkheid dat hij een teefje zou vinden dat zich onlangs had losgemaakt van haar familie om een partner te zoeken en haar eigen roedel te stichten.

Maar aan dat idee kleefden te veel risico's.

Het was op dit moment onmogelijk om de grens over te gaan, al helemaal als Jood. Ook Saul had gehoord wat zich in Duitsland en Polen afspeelde... Hoe de nazi's daar met de Joodse bevolking omgingen. Hij deed er daarom goed aan om maar gewoon hier, in Rockanje, te blijven en zich zo rustig mogelijk te houden tot deze ellende weer voorbij was. Geen aandacht trekken. Gelukkig was Rockanje een klein dorp en kon hij hier prima onder de radar blijven. En als het in Nederland, God verhoede het, tóch onverhoopt dezelfde kant op zou gaan als in die andere landen, dan nog kon Saul zich niet voorstellen dat de Duitsers hém zouden opmerken.

In de grote steden was het een ander verhaal, maar hier? In dit boerendorp? Waarom zouden ze zich voor hém interesseren?

Hij was de enige Jood in een kleine badplaats met een bevolking van slechts een paar duizend mensen. In de omliggende dorpen woonden wat meer Joden, maar ook daar ging het nog steeds slechts om een handjevol gezinnen. Het stelde allemaal niet zo heel veel voor.

Nee, Saul zat goed hier. Hij ging nergens heen.

En die wolf... Tja, ze moesten er samen maar gewoon het beste van maken. Hier, in Sauls gelijkvloerse huisje aan de rand van het duinbos. Zodra de poot van het dier geheeld was, zou hij in de wei kunnen leven waar Cleo vroeger gestaan had. De weide stond sinds haar overlijden leeg, en als gevolg daarvan was het gras nog nooit zo hoog geweest. De wolf zou zich er heerlijk tussen kunnen verschuilen. Bovendien zou hij daar ruimte hebben om te rennen, om zich te bewegen. Wel zou Saul de omheining moeten aanpassen, want zoals het hekwerk er nu bij stond, was het absoluut niet geschikt. Maar zodra hij dat eenmaal op orde had, zou de wolf zich er hopelijk veilig en beschut voelen. Net zoals in het wolvenperk waar hij altijd had geleefd.

Maar eerst moest de poot genezen.

Het was zó'n diepe snee en tijdens de beproeving in Rotterdam was die zó ontstoken geraakt, dat het echt nog minimaal twee of zelfs drie weken zou duren voor hij geheeld was. Weken waarin de wolf er niet mee mocht rennen, en waardoor hij nu dus nog steeds aan een touw lag. Maar Saul was in elk geval blij dat er – veel sneller dan hij had durven hopen – vooruitgang te merken was. Dat het getraumatiseerde dier hem langzaam maar zeker begon te vertrouwen.

Het leek vooral goed te gaan wanneer Saul tegen hem sprak.

Iets in zijn stem kalmeerde het dier. Hij sprong nu ook niet langer geschrokken op wanneer Saul onverwachts bewoog of langsliep. Dankzij de azijnmix die Saul op het touw had gesmeerd, hetzelfde goedje dat hij ook op de buitenzijde van het pootverband had aangebracht, probeerde de wolf niet langer het touw door te bijten. Verder at hij nu al het eten dat Saul hem gaf zonder aarzeling op, waarna hij hem aankeek met een blik die van een hond had kunnen zijn en die in alle talen hetzelfde betekende: is er nog meer?

Elke dag zat Saul naast hem op de grond, lezend of luisterend naar de radio, en telkens schoof hij een stukje dichterbij.

De wolf liet het toe.

'We komen er wel, vriend,' zei Saul tevreden. 'We komen er wel.'

Maar toch, de wolf nu al alleen laten ging een stap te ver, hoe leeg de keukenkastjes ook waren. Wat als hij het op een huilen zette? Een dergelijk geluid zou in de wijde omtrek te horen zijn. Het laatste wat Saul wilde, was dat Jan met zijn nieuwsgierige kop kwam gluren wat er aan de hand was. Die man had al meer dan genoeg ellende veroorzaakt. Als het aan Saul lag, zou hij zijn buurman nooit meer zien.

Maar er zou nog meer fout kunnen gaan.

Wat bijvoorbeeld als de wolf verstrikt raakte in zijn touw, zoals meerdere keren per dag gebeurde? Zonder Saul die meteen toesnelde om hem weer uit de knoop te helpen zou het dier in paniek raken, en dan? In het ergste geval zou hij, ondanks de azijn, misschien zelfs aan zijn voetwond gaan bijten, terwijl het juist zo belangrijk was dat die diepe snee rustig kon genezen. Nee, er zat maar één ding op: Saul moest een beroep doen op zijn buren.

Niet op die aan de rechterkant, natuurlijk.

Jan Spaan nooit meer zien had hij zelf niet in de hand, maar hij kon er in elk geval voor zorgen dat hij nooit meer op eigen initiatief een woord met die man hoefde te wisselen, dus daarom zou hij daar in elk geval níét aankloppen. Het was natuurlijk mogelijk dat Jans vrouw degene was die de deur opendeed, maar dat maakte amper verschil. Saul ging ervan uit dat zij er dezelfde overtuigingen op nahield als haar echtgenoot. Het was immers ook háár huis waar die vreselijke vlag hing.

De familie Zoon, daarentegen, links van hem, was wel geschikt. Ellie, moeder van drie bijna volwassen kinderen, was zelfs vriendinnen met Katharina geweest. Regelmatig waren ze bij elkaar over de vloer gekomen voor een kopje thee.

Ja, besloot Saul, terwijl hij zijn jas aantrok en in zijn klompen schoot, daar zou hij heen lopen.

Tegen de wolf op het vloerkleed zei hij: 'Ik ben zo terug. Gedraag je.'

Twee vragende ogen keken hem aan.

Saul haastte zich de deur uit. Hij zou terug zijn voordat het dier goed en wel besefte wat er gebeurde. Zijn klompen knarsten op het grind terwijl hij achteromliep, het erf van de buren op, waar hij op het ruitje van de keukendeur klopte.

Ellie deed met een verontrust gezicht open. Ze had een pollepel in haar hand en veegde haar andere hand af aan haar schort. 'Saul? Is alles in orde?'

'Ja, ja,' mompelde hij snel. Allemachtig zeg, ze hoefde toch niet zo te schrikken? Alleen maar omdat hij zich verder nooit liet zien. 'Zeg, Ellie, ik vroeg me af of jullie toevallig vlees in huis hebben. Het maakt niet uit wat. Als je daar iets van kunt missen... Ik heb nog wat bonnen die je mag hebben... Of anders krijg je het de volgende keer van me terug als ik zelf bij de slager ben geweest. Maar ik kan nu even niet weg en...' Hij krabde op zijn hoofd. 'Begrijp je? Dus heb je misschien wat vlees voor mij?'

Ellie trok haar wenkbrauwen op. 'Vlees?'

'Ik heb een gewonde hond in huis,' legde hij uit.

'Aha! Zeg dat dan gelijk, joh. Je mag van ons wel een paar brokjes hebben die we voor Bello in huis hebben, hoor.'

Brokjes. Droge, doorgekookte pepernoten vol met graan en andere vulstoffen en zonder smaak. De wolf zou hem recht in zijn gezicht uitlachen.

‘Eh… dat is heel aardig, maar daar zal deze het denk ik niet zo goed op doen. Heb je niets anders in huis? Echt vlees, bedoel ik?’

‘Het spijt me.’ Ellie keek om, naar de keuken waar een grote pan op het fornuis stond. ‘Ik hád een runderbot, maar daar ben ik nu bouillon van aan het trekken. Misschien wil je hem daarna –’

‘Nee,’ kapte hij haar af. Gekookte botten waren levensgevaarlijk, want door de verandering van de structuur tijdens het koken ontstonden er scherpe splinters die het maagdarmkanaal ernstig konden beschadigen. ‘Bedankt, Ellie. Echt. Dan ga ik nu weer.’

Haar blauwe ogen stonden bezorgd in haar ronde gezicht. ‘Je weet me te vinden hè, als er nog eens iets is? We staan altijd voor je klaar.’

Saul knikte en liep weg.

Helaas zat er niets anders op dan de kruipkelder in te gaan, waar hij verschillende muizenvallen had staan. Katharina had een hekel gehad aan de vallen, die ze ‘een verschrikkelijke dood voor die arme beestjes’ noemde. Als je in de natuur woonde, waren muizen onvermijdelijk, en dat was wat Saul betrof helemaal prima – ze mochten zelfs in zijn schuur komen als ze dat wilden – maar hij wilde ze niet in zijn huis. Niet sinds hij er enkele maanden geleden eentje had aangetroffen in zijn keukenkastje, waar het brutale wezentje op zijn gemak het kleine beetje brood zat op te eten dat Saul nog had. Op dat moment had hij besloten dat er niets anders op zat. Hij was naar de kelder gegaan, die door de muizen werd gebruikt als toegangspoort naar de rest van het huis, en had daar vallen geplaatst.

Twee vallen waren leeg, maar in de laatste lag een dode bruine veldmuis.

‘Sorry, stakker,’ zei Saul, terwijl hij het kleine knaagdier aan zijn staart uit de val tilde en ermee terug naar boven klom. ‘In elk geval is jouw dood nu niet voor niets geweest.’

Hij pakte de voerbak van Mazzel, die na al die jaren nog steeds onder in het keukenkastje stond, en legde het muisje erin.

Het was beter dan niets.

DEBRA

'Tot morgen,' zei Jo, toen we samen de bibliotheek uit liepen, terug de kale vlakte op.

Ooit zou hier een nieuwe stad opstaan, was ons verteld, maar dat was op dit moment nog niet voor te stellen. Niet nu men nog elke dag van 's ochtends vroeg tot 's avonds laat bezig was met puinruimen. Nu de trams weer reden, was Jilles gestopt met helpen, maar er waren nog altijd duizenden mannen die niets anders deden dan brokstukken wegslepen en stenen op wagens laden.

'Fijne avond,' zei ik, en nu pas drong het tot me door dat Jo vandaag eerder dan gebruikelijk stopte. Ze nam haar werk als bibliothecaresse uiterst serieus en was normaal gesproken een van de laatsten die nog aanwezig waren in het gebouw.

Alsof ze mijn gedachten kon raden, vertelde ze: 'Die familie die ik in huis heb, vertrekt morgen. Ze hebben een adresje in Gouda gevonden waar ze terechtkunnen. Dit is hun laatste avond bij mij, dus het leek me wel aardig om een goede maaltijd neer te zetten. Als een soort afscheid, zeg maar.'

'Lief van je.'

Ze haalde haar schouders op. 'Het is niet meer dan vanzelfsprekend.'

Jo, halverwege de dertig, was nooit getrouwd. Wel had ze een kat, boeken en was ze dol op haar werk. Met haar donkerrode haar en ronde heupen waren er genoeg mannen die hun blik op haar lieten vallen, zelfs de vaders die soms met hun kroost naar de kinderleeszaal kwamen, maar Jo toonde zelden interesse. Heel af en toe liet ze zich door een van haar aanbidders mee uit eten nemen of naar het theater, maar ze bleef net zo lief gewoon thuis met een mooie roman. Jo wist wat haar gelukkig maakte en hechtte geen waarde aan wat de maatschappij van vrouwen verwachtte. 'Misschien zal ik de ware ooit nog tegenkomen,' had ze eens gezegd, 'maar als dat niet gebeurt, dan is het ook goed.'

Een zienswijze om te onthouden, vond ik.

Ook ik had in de loop der jaren afspraakjes gehad, maar niet eenmaal was de vonk echt overgeslagen. Nog nooit had ik naar iemand gekeken zoals Stans naar Jilles keek, of een jongen gemist wanneer ik hem niet zag, of iets gevoeld wat ook maar in de buurt kwam van wat Jane Eyre voelde voor Mr. Rochester. Wellicht zou dat nog komen. Ik had er genoeg over gelezen om er op zijn minst nieuwsgierig naar te zijn. Maar als het niet zo mocht zijn...

In de natuur waren er ook dieren die het in hun eentje geweldig voor elkaar hadden.

CHAVER

De tijd was gekomen om het touw los te maken, besloot Saul. De wolf was intussen zo met hem vertrouwd geraakt, dat hij niet langer vreesde door hem te worden aangevallen. Het arme dier was echt toe aan iets meer bewegingsvrijheid, zonder daarbij telkens met zichzelf in de knoop te raken. Sauls huis was dusdanig klein dat er onmogelijk in gerend kon worden, waardoor er gelukkig geen risico was dat de voetwond door wilde capriolen weer zou openspringen.

En het zou niet goed zijn om nog langer te wachten.

Telkens zag Saul de wolf om zich heen kijken, met zijn neus in de lucht om informatie over zijn omgeving te verzamelen. Een wolf had driehonderd miljoen reukcellen en leefde in een wereld van geuren die mensen zich niet eens konden voorstellen. Het zou hem goeddoen eindelijk eens écht te snuffelen, om alles op zijn gemak te kunnen onderzoeken hier op deze plek, zijn nieuwe thuis. Bijkomend voordeel was dat het neuswerk hem moe zou maken, een gunstige ontwikkeling nu langzaam maar zeker zijn kracht terugkwam. Saul zag dat aan de manier waarop de goudgele ogen, eerst dof en bloeddoorlopen, nu zo scherp en helder waren dat ze van geslepen glas leken. Elk uur nam zijn energie verder toe, het soort levenslust dat hoorde bij de kersverse jaarling die hij was.

Alleen moest al die energie wél ergens naartoe...

Zolang dat fysiek niet mogelijk was, zou Saul hem mentaal moeten bezighouden, besefte hij. De wolf vrijheid geven om zelf op ontdekking te gaan was daarbij een goede eerste stap.

Daarom was het nu echt zover.

Met kalme bewegingen liep Saul naar het vastgebonden dier toe.

Vanaf hun trouwfoto aan de muur leek Katharina hem gade te slaan. Zelfs in de zwart-wittinten binnen de omlijsting kon Saul haar donkergroene ogen geamuseerd zien twinkelen, terwijl hij wederom iets deed waar zij haar bedenkingen bij had. Maar Saul wist dat hij hier goed aan deed. Hij hurkte neer bij de wolf en streek met vlakke hand zacht over zijn kop.

'Zo, vriend,' zei Saul rustig. 'Ik ga je losmaken. Ben je er klaar voor?'

De jonge wolf draaide met zijn oren. De stem die tot hem sprak, was de afgelopen tijd een prettig, vertrouwd geluid geworden. Hij bekeek het gezicht van de oude man, snuffelde aan zijn handen. Die handen roken elk moment van de dag anders. Dan weer naar eten, dan weer naar dat bittere, zwarte vocht waar hete stoom vanaf kwam en dat de oude man meerdere keren per dag bij zichzelf naar binnen goot.

Maar de jonge wolf raakte eraan gewend. Aan hoe de oude man sprak, wat hij deed, hoe hij rook. Soms zaten ze een hele tijd naast elkaar op de grond, waarbij de oude man vaak een dik blok papier in zijn handen hield dat hij 'boek' had genoemd. Dat boek rook helemaal niet bijzonder en toch kon de oude man er urenlang naar staren, waarbij hij steeds een velletje van het papier omsloeg, om er dan opnieuw lang naar te turen. Zijn ogen gingen op die momenten heen en weer, heen en weer, heen en weer, en als de jonge wolf daar lang genoeg naar keek, voelde hij zijn eigen ogen vanzelf zo zwaar worden dat hij ze met een diepe zucht sloot.

De laatste keer was hij zelfs met zijn kop op de schoot van de oude man in slaap gevallen.

Op de een of andere manier was hij het samenzijn gaan waarderen. Het was fijn om te weten dat de oude man er was. Hij was dan wel niet Vader Wolf, maar toch... Hoe het precies kon, was niet helemaal duidelijk, maar de oude man zorgde ervoor dat de pijnlijke plekken op zijn rug en onder zijn voet elke dag minder zeer deden.

Blijkbaar deed het hem goed om hier te zijn, in dit wolvenhol waar niemand anders kwam.

Voorzichtig was de jonge wolf gaan geloven dat dit misschien zijn nieuwe veilige plek was.

'Weet je wat, vriend?' zei de oude man, terwijl hij met rustige vingers aan het touw friemelde. 'Het wordt óók tijd dat je een echte naam krijgt. Vind je niet?'

De jonge wolf begreep de woorden niet, maar iets in de klank ervan plezierde hem. Hij drukte zijn oren blijmoedig naar achteren.

'Ik zat er eens over na te denken, en wat dacht je van... Chaver? Dat betekent "vriend". Ik vind het bij jou passen. Dus zeg het maar, Chaver, ben je het ermee eens?'

Tevreden luisterde de jonge wolf naar de prettig klinkende woordenstroom. Ook al verstond hij nog steeds niet wat de oude man zei, hij merkte wel dat er op één woord nadruk werd gelegd. Dat deze klank meer urgentie had dan de rest. Dit woord herhaalde hij in zijn hoofd, al registreerde hij zelf alleen maar de klank.

Ha-vèr.

Ja, de jonge wolf begreep het.

Verheugd duwde hij zijn neus tegen de hand van de oude man.

Toen het touw van zijn nek gleed, ging hij staan en schudde zich zo onstuimig uit dat zijn haren in het rond vlogen.

DEBRA

Op de zaterdagavonden dat Jilles niet hoefde te werken, gingen ook hij en Stans mee naar de film, maar het bleef vreemd dat onze favoriete bioscoop op de Coolsingel er nu niet meer was. Gelukkig had Luxor Pallast aan de Kruiskade de bommen wel overleefd.

Ze waren het enige nog overgebleven filmhuis in het centrum van Rotterdam.

Toch zou ook hier de pret binnenkort voorbij zijn, vertelde Jilles toen we na afloop van de voorstelling door de verwoeste buurt slenterden. 'Vanaf volgende maand staan alle films onder controle van de bezetter. Dan draaien er alleen nog films die door de moffen goedgekeurd zijn.'

Ik stond stil. 'Dit kun je niet menen.'

'Moeten ze nou echt álles kapotmaken?' zei Miriam. 'Wat maakt het hun uit welke films wij kijken?'

Het was algemeen bekend dat de Duitsers een grondige afkeer hadden van Amerikaanse en Engelse invloeden, maar dat ze dit zó ver zouden doortrekken, hadden we geen van allen verwacht.

Voorzichtig merkte Stans op: 'Maar er is ook goed nieuws...'

'O?' Ik keek haar vragend aan.

Stans bloosde en zei: 'Jilles en ik gaan trouwen.'

'Na de oorlog,' zei Jilles, 'zodat we het echt kunnen vieren.'

'Gefeliciteerd!' Ik omhelsde Stans, en toen Jilles, en plots vielen we elkaar met zijn vieren lachend in de armen.

Ook in de allerdroogste woestijn bloeiden bloemen, had vader me ooit verteld.

CHAVER

Met de rug van zijn hand veegde Saul het zweet van zijn voorhoofd. Hij was bijna klaar; alleen het laatste stuk moest nog. Na een snelle slok uit de melkfles pakte hij de hamer weer op, en met zijn pet ver naar beneden getrokken om de zon uit zijn ogen te houden ging hij verder met het verhogen en dichttimmeren van het hekwerk rondom de weide.

Een noodzakelijk karwei.

Er mocht geen enkel risico zijn dat Chaver zou ontsnappen. De buitenwereld was veel te gevaarlijk voor hem, met al die moffen overal. Maar de andere reden waarom hij de omheining aan het dichttimmeren was, lag dichter bij huis.

Saul wilde namelijk niet dat iemand Chaver zou zien.

En dan vooral Jan niet.

Hij wist natuurlijk dat de betreffende buurman hem op dat moment al een tijdje stond gade te slaan. En hij wist ook dat er vanzelf een moment zou komen waarop Jan zich niet langer kon beheersen en hem zou komen vragen wat hij aan het doen was.

Toen dit uiteindelijk gebeurde, gaf Saul geen antwoord.

Maar Jan gaf niet op. 'Zeg,' riep hij vanaf zijn eigen erf, 'je weet toch hopelijk wel dat alle paarden hier op het eiland voor Duits gebruik bestemd zijn, hè?'

Nog harder ramde Saul met zijn hamer op de spijkers. De spieren in zijn nek verstarden van ingehouden woede. Het gore lef van die schoft. Om daar te staan en over páárden te beginnen. Na alles wat er, door zíjn vervloekte schuld, was gebeurd! Katharina en Cleo zouden er nog zijn geweest als hij niet... als hij niet...

Saul moest zich inhouden om de hamer niet naar Jans hoofd te gooien.

Maar Jan was nog niet klaar. Hij liep zijn tuin uit en die van Saul in, tot hij op slechts een paar meter afstand van de schutting stond. Zijn onaangename kop was duidelijk zichtbaar. De omheining moest dus nóg hoger. 'Zo, dat praat wat gemakkelijker, niet?' zei hij.

Saul ging zwijgend door met timmeren.

'Ik dacht alleen maar: laat ik het even vragen. Voor het geval je het niet wist. Aangezien ik je zo druk bezig zie in je paardenwei, en –'

Saul smeet zijn hamer neer. 'Zoals je volgens mij weet, héb ik geen paard meer, Jan.'

'Ja, ja, dat klopt natuurlijk, maar het kon toch zijn dat je van plan was om –'

'Doe me een lol en bemoei je met je eigen zaken.' Saul stormde de weide uit, langs Jan heen, stapte naar binnen en smeet met een binnensmondse vloek de deur achter zich dicht.

Chaver sprong direct enthousiast tegen hem op. De wolf had vanachter het raam staan toekijken wat Saul allemaal deed en likte nu Sauls gezicht alsof ze elkaar een week niet hadden gezien.

Samen zagen ze Jan teruglopen naar zijn eigen erf.

'Akelige vent,' mompelde Saul. 'Ik denk er hard over na om tussen zijn huis en dat van ons ook een omheining te bouwen.' Deze gedachte deed hem ondanks alles grinniken. Wat zou Jan zuur op zijn neus kijken als hij het inderdaad deed.

Chaver kwispelde. Zijn dikke staart zwiepte tegen Sauls been.

'Kijk,' zei Saul, en hij wees naar het weiland. 'Hoe vind je het worden? Dit wordt de perfecte plek voor jou als ik even weg moet. Daar heb je een stuk meer ruimte dan hier in dit kleine huis.'

Want een hok, zelfs een groot hok, was geen optie.

Iemand als Chaver kon je niet in een kooi stoppen. De grote weide zou hem hopelijk een illusie van ruimte bezorgen. Nu zijn poot eindelijk genezen was, kon hij er zelfs rondjes rennen. En misschien kon Saul er binnenkort ook iets van een gedeeltelijke, lage overkapping bouwen, een donkere en beschutte plek, waar de wolf zich desgewenst in kon terugtrekken. Niets van dit alles zou zijn familie terugbrengen... dat wist Saul ook wel. Chavers oude wereld was immers voorgoed verwoest.

Maar hopelijk kon dit nu zijn nieuwe wereld worden.

En Saul zijn nieuwe familie.

DEBRA

Ik keek om me heen, waar alles er nog hetzelfde uitzag als altijd. Dezelfde kasten, dezelfde boeken. Dezelfde vazen met bloemen die de leeszaal haar warme, welkome uitstraling gaven. En toch was er net onvoorstelbaar lelijk nieuws bekendgemaakt. 'Ik kan het niet geloven,' zei ik.

'Het is helaas echt zo.' Jo mompelde een onverstaanbare verwensing. 'En in de landen om ons heen gebeurt hetzelfde.'

Er was een lijst binnengekomen van 'te verwijderen' boeken. Boeken die niet meer mochten bestaan, die vernietigd moesten worden. Ik begreep het niet. Hoe kon iemand bóéken verbieden? Hoe kon je mensen beletten zelf te kiezen wat ze wilden lezen? En het gebeurde gewoon hier, in ons moderne Nederland. Boeken van Joodse auteurs moesten weg, maar ook die van communistische, Franse, Britse, Russische en Amerikaanse schrijvers, evenals titels over het koningshuis. En verder van iedereen die zich op wat voor manier dan ook kritisch uitliet over het regime.

Ik dacht aan sommige boeken die ik thuis op de plank had staan, dierbare favorieten zoals *Tess* en *Jane Eyre*, de eerste romans die ik in het Engels had gelezen. Het lezen van de woorden in de oorspronkelijke taal, precies zoals de schrijver ze zelf op het papier had gezet zonder dat ze gekleurd waren door de interpretatie van de vertaler, had me nóg dieper in het verhaal getrokken. Voor zover ik wist, gold de nieuwe regel niet voor boeken in privébezit, maar dus wel voor de bibliotheek. En dat was nu juist dé plek waar mensen deze prachtige werken konden ontdekken.

'De bezetter wil niet alleen ons land, maar ook onze geest beheersen,' zei Jo. 'Al gaat dat ze natuurlijk nooit lukken.'

Alles bij elkaar moesten er meer dan tweeduizend aanwezige werken uit de circulatie. We hoorden dat het bestuur de bevelen 'met zeer grote tegenzin' opvolgde. Volgens Jo vroegen verschillende bestuursleden zich zelfs af of ze nog wel moesten aanblijven.

'Maar... tja... ze beseffen ook dat er juist in deze donkere tijd een sterke behoefte is aan lectuur. Ze zien de grote toeloop naar de leeszaal, de stijging van het ledental en de uitleencijfers. Het probleem is natuurlijk ook dat als zij aftreden als bestuurder, hun plek onmiddellijk wordt ingenomen door nazimannen. Dan zal de leeszaal haar bestaansrecht verliezen, reken daar maar op. Dan zal ze niets meer zijn dan een instituut voor nazipropaganda. En dat wil natuurlijk niemand.'

'Nee,' mompelde ik. 'Dat wil niemand.'

'Dus,' ging Jo verder, in een perfecte imitatie van een van de heren, inclusief de denkbeeldige sigaar die ze tussen haar vingers klemde, 'ook al lijkt het alsof we meewerken, het is niet echt zo.' Ze sprak plechtig, nam een haaltje van haar gefingeerde sigaar. 'We buigen alleen maar een beetje mee om te voorkomen dat de bezetter het hier zelf komt regelen.'

Ik wist niet of ik moest lachen of huilen.

De beweegredenen van het bestuur waren logisch. Natuurlijk. Als ze zich zouden verzetten, dan zou het inderdaad allemaal nog veel erger worden. Maar... als iederéén zo dacht, dan zou alles óók erger worden. En snel.

Jo's peinzende blik leek duidelijk te maken dat zij hetzelfde dacht.

Maar wat konden we eraan doen? Verzet had alleen maar zin als iedereen tegelijk opstond, en riep: *vergeet het maar, hier werken wij niet aan mee!* En dat gebeurde niet.

Zolang er door hooggeplaatste heren voor gekozen werd om 'mee te buigen', zouden we vroeg of laat zo ver kantelen dat we omvielen.

Dan konden de Duitsers met hun glimmende laarzen volledig over ons heen stampen.

Toch was er ook een lichtpuntje.

Een paar dagen later, tijdens het archiveren van de oude tijdschriften, boog Jo zich naar me toe en fluisterde in mijn oor: 'De boeken zijn veilig, hoor.'

'De boeken?' Even wist ik niet wat ze bedoelde, toen dempte ook ik mijn stem. 'Echt?'

'Ja.' Jo knipoogde.

Ik vroeg niet verder. Het was beter om geen details uit te spreken. Nu het jonge gezin uit haar woning was getrokken, was er blijkbaar ruimte vrijgekomen om opnieuw onderdak te bieden.

Zachtjes neuriënd sorteerde ik de tijdschriften op datum en vervolgens op alfabet.

Zolang er mensen als Jo waren, konden we de oorlog niet verliezen.

CHAVER

De zomer was haar hoogtepunt voorbij, Saul zag het niet alleen aan de kalender, maar ook aan de avondschemering die telkens dichter naar de dag kroop. De herfst kwam eraan, en daarmee ook de sterfdag van zijn Katharina. Bijna een jaar geleden was het nu, maar voor Saul voelde het als gisteren.

Het was in september geweest. Op een vrijdag, hij wist het nog goed. De nazomer rekte haar toegift lang uit en had de zonnebloemen in het perkje naast de voordeur zo hoog laten groeien dat ze bijna tot de dakgoot reikten. Het was een zwoele namiddag geweest toen Katharina op de rug van haar geliefde Cleo het duinbos in was gegaan. Saul had toegekeken hoe ze samen wegreden en had het zoals altijd bewonderd dat zijn vrouw ondanks haar leeftijd nog kaarsrecht in het zadel zat.

Vanuit zijn ooghoek had hij gezien dat Jan bezig was iets in de grond te slaan. Het leek wel een buis, of een paal, Saul kon het niet goed zien. Hij had er verder geen aandacht aan besteed en was terug naar binnen gegaan.

Maar Katharina bleef langer weg dan gebruikelijk, en toen Saul naar buiten stapte om de klapperende schuurdeur dicht te doen die open was blijven staan, trok de plotseling opkomende wind hard aan zijn overhemd. Het kon vooral aan zee stevig waaien, dus Saul hoopte maar dat Katharina al op de terugweg was en niet nog op het strand galoppeerde. De laatste keer dat Cleo door dit soort windvlagen zand in haar ogen had gekregen, had ze er wekenlang last van gehad.

Hij zag dat Jan nog steeds bezig was met de paal in zijn voortuin, inmiddels bijgestaan door zijn vrouw, maar sloeg er geen acht op. Weer ging Saul terug naar binnen, om alvast de ketel op het vuur te zetten zodat er warme thee voor Katharina klaarstond wanneer ze weer terugkwam.

Maar Katharina zou de thee nooit proeven...

Toen ze aan kwam rijden, met blozende wangen en grijze lokken die de wind uit haar vlecht had getrokken los om haar gezicht, steigerde Cleo plotseling. Knijpend met haar ogen, waar dus toch zand in was gewaaid, stond ze een paar tellen lang op haar achterbenen, terwijl Katharina vooroverboog in het zadel en pogingen deed haar te kalmeren. Het mocht niet baten. Cleo landde hard met alle vier haar hoeven op de grond, keerde zich daar met een scherpe ruk om en ging er toen in volle galop vandoor.

In haar paniek gleed ze uit in een modderige greppel en ging hard onderuit.

Ze landde boven op Katharina.

Geen van beiden overleefden het vreselijke ongeluk.

En zelfs nu, een jaar later, werd Saul nog steeds geconfronteerd met de oorzaak van dit alles. Het nieuwe voorwerp, groot en onverwachts, waar Cleo met haar belemmerde zicht zó van geschrokken was dat ze in paniek op hol sloeg, hing nog steeds bij de buren in de tuin.

Saul zag hem elke dag opnieuw.

De NSB-vlag, die op die winderige namiddag zo wild gewapperd had.

DEBRA

Alle boeken van 'verboden' schrijvers waren weg, maar dat betekende niet dat de Duitsers nu klaar waren met de bibliotheek. Want we waren nog geen maand verder toen er plotseling een bevel werd uitgeroepen dat 'al het personeel van de overheid en daaraan gerelateerde organisaties' een zogenaamde ariërverklaring moesten ondertekenen.

'Een wat?' vroeg ik. 'Wat is dat?'

Jo was zo kwaad dat haar gezicht rood werd. 'Een verklaring waarin mensen aantonen niet Joods te zijn,' zei ze tussen haar opeengeklemde tanden.

'Maar... waarom? Waarom willen ze dat weten?'

'Hopelijk zullen we daar nooit achter komen,' zei Jo alleen maar, en ze reikte me een vulpen aan.

Ik las de tekst op het formulier. Wie geen Joodse voorouders had, moest formulier A invullen. Wie wel Joodse voorouders had, formulier B.

'Ik begrijp er niets van,' zei ik, terwijl ik mijn ingevulde formulier B aan Jo gaf, die de taak had alle verklaringen te verzamelen en ze in te leveren bij Personeelszaken. 'Gaan ze straks soms alle Joodse medewerkers "verwijderen", net zoals ze met de boeken deden?' Ik trok er een mal gezicht bij, zodat het duidelijk was dat ik een grapje maakte.

Maar Jo lachte niet.

'Wacht!' riep ik haar na, toen ze met onze formulieren in haar handen de afdeling af liep.

Ik wilde de mijne terug, wilde het verscheuren, hier helemaal niet aan meedoen.

Maar Jo was al te ver weg en in de bibliotheek mochten we onze stem niet verheffen.

Thuis bleek dat ook vader zo'n verklaring had moeten invullen.

'Dat had je niet moeten doen,' zei tante. 'Ze kunnen je niet dwingen.'

'O nee?' Vader keek haar met een frons aan. 'Denk je niet dat ze de mensen die weigeren hieraan mee te werken gewoon keihard ontslaan?'

Tante opende haar mond om antwoord te geven, maar moeder brak haar af met een sussend geluid. 'Joh, het is gebeurd,' zei ze, terwijl ze het eten op onze borden schepte. 'Blijkbaar is het voor de Duitsers belangrijk om te weten wie er Joods is. Nou, nu weten ze het. Dus hopelijk is het nu klaar.'

Tante schudde haar hoofd. 'Het is nog lang niet klaar.'

In stilte aten we onze aardappelen, bonen en het kleine stukje vlees, maar het smaakte niet.

Tantes voorspelling lag als een zure saus over de maaltijd.

Nog eerder dan gevreesd kwam haar verwachting uit.

Het was Jo die de brief in mijn handen drukte, en ditmaal keek ze niet kwaad, maar verdrietig. Binnenlandse Zaken had een memo rondgestuurd. 'De schoften,' zei ze fel.

Verschillende mensen keken op van de leestafel.

In sneltreinvaart liet ik mijn ogen over de kille, getypte woorden op het papier gaan. De tekst was niet aan mij gericht, maar blijkbaar vond Jo het toch nodig dat ik het bericht las. Alleen... wat hier stond kon simpelweg niet waar zijn. Ik dwong mezelf de memo nog eens te lezen, langzamer nu. Toch, hoelang ik ook naar de woorden staarde, de tekst bleef hetzelfde:

'Er dient voor te worden gezorgd dat de Nederlandsche Bestuursorganen en de openbare publiekrechtelijke lichamen voortaan geen personen die geheel of gedeeltelijk van Joodschen bloede zijn, in vasten of tijdelijken dienst zullen benoemen of aanstellen.'

Geschokt keek ik naar Jo. 'Moet ik...'

Jo schudde haar hoofd. 'Nee, nee, maak je geen zorgen. Zoals ik het begrijp, mogen er vanaf nu geen Joodse mensen meer worden aangenomen. Jij bent er al, dus jij bent veilig. Maar dan nog, Debra! Dit is toch ongehoord?'

Ik knikte huiverend.

De rest van de dag lukte het me niet meer om me op mijn werk te concentreren. Ineens kon er blijkbaar elke dag een brief komen, of een memo, over een nieuwe wet. Niemand wist wat er morgen zou gebeuren. Of overmorgen.

Zelfs Jo niet.

Want een paar dagen later bleek al dat ze het mis had: ik was níét veilig.

Ook degenen die al in dienst waren, of ze nu vol-Joods waren of half-Joods, moesten weg.

Het was besloten... En weer koos het bestuur ervoor om mee te buigen.

CHAVER

Saul merkte dat Chaver onrustig werd. Als hij hem niet voortdurend bezighield, zorgde de wolf zelf voor interessante activiteiten, iets waar Sauls duinhuisje niet altijd even goed tegen bestand bleek. Zo had Chaver onder andere ontdekt hoe hij de voorraadkast kon openmaken, hoe de bank er ondersteboven uitzag en dat het vloerkleed na lang genoeg graven vanzelf in allemaal losse draadjes veranderde.

Om nog meer schade aan zijn huis te voorkomen bedacht Saul hersenspelletjes voor de wolf. Denkwerk zorgde voor mentale verzadiging, waarna Chaver zich tevreden oprolde en in slaap viel. Steeds weer liet Saul hem in huis speuren naar stukjes voer, maar ook naar hemzelf: hij verstopte zich achter de gordijnen, onder het bed en achter de open deur van de woonkamer. Als Chaver naar de keuken liep om water te drinken, ging Saul snel op zijn hurken onder de tafel zitten, zodat Chaver bij terugkomst weer naar Saul moest zoeken. Op die momenten stak hij zijn neus in de lucht, zette hem daarna tegen de grond en liep in één rechte lijn kwispelend naar de plek waar Saul zich schuilhield. Wie het onstuimige herenigingsritueel zou zien dat dan volgde, zou geloven dat de jonge wolf en de oude man jaren van elkaar gescheiden waren geweest, in plaats van nog geen minuut. Zodra Saul gevonden was en onder de tafel vandaan kroop, sprong Chaver tegen hem op, plaatste zijn enorme poten op Sauls schouders en likte zijn gezicht. Saul sloeg op zijn beurt zijn armen om de hals van de wolf en lachte een bulderende lach die al een jaar niet meer in het duinhuisje had geklonken.

Stoeiend rolden ze samen over de grond.

Ja, ze hadden het goed met zijn tweeën, de gepensioneerde veearts en het tamme roofdier.

Nu Chaver niet langer aan het touw lag, was de eettafel zijn favoriete plek geworden. Hij sprong er met vier poten tegelijk op, lenig als een kat, zo vanaf de grond. De hoge tafel stond bij het raam, waardoor Chaver er het beste overzicht had van alle plekken in huis: vanaf daar kon hij niet alleen de complete woning overzien, maar ook nog eens in de gaten houden wat er buiten gebeurde. Je wist immers maar nooit of er ineens een eekhoorn voorbij kwam huppen. Het tafelblad, dat onder Katharina's handen zo proper geglommen had, vertoonde tegenwoordig groeven en krassen van Chavers nagels. Maar Saul vond het prima. Het was nu ook Chavers huis, en een huis was bedoeld om in te leven. Hij had zelfs een deken op de tafel gespijkerd, zodat de wolf op een zachte ondergrond lag.

Als Saul 's avonds aan tafel zat om de krant te lezen, lag Chaver tevreden bij hem.

En toen Chaver hem op een ochtend trots liet zien hoe diep het gat was dat hij helemaal zelf in de zitting van de bank had gegraven, zo diep dat de wolf er bijna helemaal in kon wegkruipen, grinnikte Saul alleen maar en zei: ‘Knap werk, vriend.’

Hij had besloten niet langer waarde te hechten aan spullen.

Blijkbaar was dat een van de eerste lessen die je leerde wanneer je ervoor koos met een wolf samen te leven.

DEBRA

De dag dat de eerste vorst van het najaar viel, was mijn laatste werkdag bij de bibliotheek. Vorig jaar had ik meegemaakt dat Hetty, die er maar liefst veertig jaar had gewerkt, met pensioen ging. Er waren bloemen geweest, slingers, taart. Ook werd er een toespraakje gehouden. Mijn eigen afscheid had toen nog heel ver weg geleken. Ik had geen idee gehad wanneer het zover zou zijn. Als ik kinderen kreeg, misschien? Of wellicht zou ook ik hier tot mijn pensioen werkzaam blijven, nooit getrouwd maar toch gelukkig met mijn leven, net als Jo. Het waren van die vragen die geen urgent antwoord vereisten, die met het verstrijken van de tijd vanzelf duidelijk zouden worden. De gedachte dat mijn leven zich meerdere kanten op kon ontvouwen, had me benieuwd gemaakt naar de toekomst. Nieuwsgierig, maar niet ongeduldig.

Ik zou het immers vanzelf meemaken.

Maar nu...

Elk moment van deze laatste dag voelde onwerkelijk. Telkens verwachtte ik dat iemand zou zeggen dat er een fout was gemaakt. Er zouden excuses komen, er zou me op het hart gedrukt worden dat ik tóch mocht blijven. Want hoe konden ze mij wegsturen terwijl ik mijn werk goed deed, hier op de plek waar ik me altijd zo gelukkig had gevoeld? De bibliotheek was mijn tweede thuis; de duizenden boeken om me heen voelden als vertakkingen van mijn familie. Wist het bestuur dat dan niet? Had ik hun misschien moeten vertellen hoe graag ik hier was, hoe mijn hart blije vonkjes afvuurde wanneer ik bij het uitleenbureau zag dat een van mijn favoriete boeken weer 'op reis' ging, hoe trots ik was om alles op mijn afdeling op orde te houden zodat de plek waar zoveel mensen hun heil in verhalen zochten ook voor hen aanvoelde als een veilig toevluchtsoord?

'Ik begrijp het niet,' had Jo gezegd. 'Bij de bibliotheek in Schiedam werkt ook iemand met twee Joodse grootouders en daar trekken ze de grens pas bij drie Joodse grootouders. Jij hebt er toch ook maar twee?'

'Ja,' zei ik. 'Ik ben "gedeeltelijk van Joods bloed", zoals ze dat noemen. Maar dat is voor de bezetter blijkbaar genoeg reden om mij op straat te zetten. Ik vrees dat die kennis van jou in Schiedam alleen maar uitstel heeft gekregen. Vroeg of laat zal die ook weg moeten.'

'Waanzin is het.'

'Toch ga ik liever nu meteen dan dat ik me elke dag maar moet afvragen wanneer het zover is.' Dit laatste had ik zo dapper mogelijk gezegd, met mijn kin in de lucht, maar er klopte niets van. Want ik wílde helemaal niet weg.

Nu niet, nooit.

En toch was het nu zover.

Toen we die avond naar buiten liepen, omhelsde Jo me lang en stevig. Ik drong mijn tranen terug. Niemand zou mij zien huilen. Ik was niet de enige die dit overkwam, ook Miriam was ontslagen. Het kantoor waar zij werkte en dat na het bombardement op een andere locatie was verdergegaan, was in dienst van de overheid, dus moest zij er net als ik uit. En vader was niet langer welkom op de school waar hij al meer dan twintig jaar lesgaf.

We waren niet de enigen.

Met zijn allen moesten we een manier vinden om ons hierdoorheen te slaan.

'Hebben ze jou ook verteld dat het geen écht ontslag is?' vroeg Miriam een week later. Ze prikte in haar appeltaart, die tegenwoordig vooral bestond uit ongezoet deeg met slechts een paar stukjes vulling. Het voelde vreemd om aan een tafeltje in het café te zitten, zomaar op een doordeweekse dag. Bijna alsof we nog op de hbs zaten en onverwacht vroeg uit waren. 'Want dat moeten we natuurlijk wel goed onthouden: we zijn niet ontslagen. We zijn "uit onze functie ontheven", dat is heel wat anders.'

Ik knikte overdreven. 'Stel je eens voor dat we écht ontslagen waren. Dat zou pas erg zijn.'

Allebei probeerden we te lachen om een grap die om te janken was.

Maar wat konden we anders? We moesten hier hoe dan ook doorheen komen, zodat we na de oorlog de draad weer konden oppakken. Het was nu november en er werd druk gefluisterd dat de oorlog voor het eind van dit jaar voorbij zou zijn. We klampten ons eraan vast. Ook gingen we er allemaal van uit dat de Duitsers nu wel klaar waren met de Joden.

We waren massaal 'uit onze functie ontheven', dus wat wilden ze nog meer?

Vader vertrok nu elke ochtend naar het speciaal opgerichte Joodsch Lyceum, een mistroostig gebouw midden in een platgebombardeerde wijk aan de Speelmandwarsstraat in Kralingen.

Maar hij droeg zijn lot met trots en herinnerde mij eraan dat dit allemaal maar tijdelijk was.

We moesten laten zien dat we niet zo gemakkelijk te breken waren.

Ja, en nu? Plotseling had ik zeeën van tijd. Ik probeerde het te zien als een cadeautje: nu kon ik eindeloos lange wandelingen maken met Tess, uren achter elkaar lezen, en ik hoefde me geen enkele ochtend meer te haasten om mijn krullen in fatsoen te brengen en op tijd op mijn werk te verschijnen. Maar na de eerste paar weken begon ik me toch onrustig te voelen. Nu tante er was, had moeder thuis mijn hulp niet meer nodig. Bovendien was onze keuken te klein om met zijn drieën in te staan. Hoe kon ik me nog nuttig maken?

Stilletjes zat ik op de bank.

Siem ging gewoon naar school, vader bracht zijn dagen door op het Joodsch Lyceum, Jilles en Stans waren ook aan het werk, en Miriam hielp haar ouders in de stoffenwinkel. Soms stuurde moeder me om een boodschap, waarna ik even in de stad bleef hangen en samen met Tess de opruimwerkzaamheden bekeek die nog steeds in volle gang waren. Maar vanmorgen liep ik in gedachten verzonken door, alsmaar verder, tot ik abrupt stilstond.

Zonder het in de gaten te hebben gehad was ik naar de hoek van de Gedempte Botersloot en de Nieuwemarkt gelopen.

Ik had de route gevolgd die ik ző vaak had afgelegd, een weg die zo vertrouwd was dat mijn benen me er blindelings naartoe hadden gebracht. Met Tess aan mijn zijde bleef ik staan, starend naar het brede bakstenen gebouw van drie verdiepingen, met het dak dat dan weer grijsgroen en dan weer grijsblauw leek, afhankelijk van de lucht erboven. De ingang waar ik zo vaak door naar binnen was gestapt.

Zou er nu iemand anders aangenomen zijn om mijn werk te doen?

Iemand zonder Joodse grootouders?

Tante zette een grote mok thee voor me neer en kwam naast me zitten.

'Ik heb net met je moeder zitten praten, Debra. We kunnen het niet aanzien dat jij zo met je ziel onder je arm loopt.'

'O,' zei ik, en ik voelde mijn wangen branden.

Zag ik er echt zo miserabel uit? Had ik me zo erg laten kennen?

Tante legde haar hand op mijn arm en zei zacht: 'Lieverd, ik begrijp het heus wel. Maar we willen je graag helpen.'

Langs haar heen keek ik naar moeder. Waar ging dit naartoe?

'Wat tante wil zeggen, is dat wij denken dat het goed voor je zal zijn om weer iets omhanden te hebben,' zei ze.

Ja, dat wist ik ook wel.

Het was heus niet zo dat ik niet had nagedacht over ander werk. Ik had zelfs overwogen om aan Stans te vragen of er misschien extra naaisters nodig waren bij Peek & Cloppenburg, maar dat idee had ik snel weer laten varen. Ik was vreselijk onhandig met naald en draad. En ik had verdorie niet voor niets een tweejarige opleiding tot bibliotheekassistente gevolgd. Dáár hoorde ik thuis! Tussen de boeken.

Toch kon ik niet werkloos blijven.

Ik nam een slok van mijn thee en bedwong de neiging op te staan en de kamer uit te lopen. Moeder en tante vonden natuurlijk dat ik ergens aan de slag moest als hulp in de huishouding of iets anders vreselijks. Er waren immers niet veel opties. Zoveel ervaring op andere gebieden had ik niet. Ja, vroeger had ik in de schoolvakanties weleens bij oom en tante in de winkel geholpen, waardoor je met een beetje overdrijven zou kunnen stellen dat ik ervaring had als winkelmeisje. Als dank had ik destijds, boven op mijn salaris, een baret mogen uitkiezen uit de nieuwste collectie die net uit Parijs was binnengekomen. Die droeg ik nu nog steeds vaak. Dus zou dát dan misschien wat voor me zijn, werken in een winkel? Miriam deed het immers ook. Plotseling fleurde ik op. Ja, waarom had ik daar niet eerder aan gedacht? Ik zou alle boekwinkels in Rotterdam kunnen afgaan: Amesz in Kralingen of Van Rietschoten op Zuid en zo waren er nog veel meer. Aan ieder van hen zou ik vragen of er behoefte was aan een winkelhulp. Ergens zou er heus wel iemand ja zeggen. Ik zou al tevreden zijn met een baantje in het magazijn. De hele dag dozen vol met nieuwe boeken uitpakken leek me geweldig. Dan zou ik weer omringd zijn door de geur van papier, door verhalen en –

'Debra,' klonk moeder scherp. 'Waar zit je met je gedachten? Tante praat tegen je.'

Ik schrok op.

Moeder en tante staarden me aan, moeder met iets van bezorgdheid op haar gezicht.

'Heb je soms een liefje?' vroeg tante nu, met iets van de voormalige twinkeling in haar ogen. 'Ben je daarom steeds zo lang weg?'

'W-Wat?' stamelde ik. 'Nee!'

'Nou, goed, luister.' Moeder vouwde haar handen in haar schoot en zei: 'Tante en ik willen iets aan je voorleggen.'

Toen ze waren uitgesproken, keek tante me verheugd aan. 'Wat denk je? Ik zei tegen die mensen: "Dat is nou echt wat voor mijn nichtje." Dus zeg het maar: heb ik gelijk of niet?'

'Eh...' begon ik. 'Het overvalt me een beetje.'

'Je zou er die arme man echt een groot plezier mee doen,' zei tante. 'En aangezien je zo bezeten bent van boeken... en van taal...'

Naast haar zat moeder enthousiast mee te knikken.

Ik zette mijn thee neer en liet het onverwachte nieuws even op me inwerken. Op de Heemraadssingel woonde de bekende schrijver Hendrik Pacht. Hij was inmiddels een oude man, die al boeken schreef voordat ik geboren was. Moeder had drie van zijn werken in haar kast staan. Een paar jaar geleden had ik ze getracht te lezen, maar het eerste boek had ik na enkele hoofdstukken aan de kant gelegd en daarna had ik geen poging meer gedaan. Het waren ongetwijfeld boeiende verhalen, maar te getooid voor mijn smaak. Gelukkig voor hem waren er zeer veel mensen die zijn werk wel wisten te waarderen. Tante had verteld dat meneer Pacht gewond was geraakt door vliegend glas en puin toen hij tijdens het bombardement op de verkeerde plek was. Het had hem aan beide ogen blind gemaakt. De afgelopen maanden was hij in een speciaal verpleeghuis bezig geweest met revalideren. Nu was hij weer thuis, in zijn eigen woning, waar hij zich dankzij een inwonende verpleegster en hulp in de huishouding min of meer kon redden.

'Gelukkig maar,' had tante gezegd. 'Want iemand als hij zou krankzinnig worden als hij de rest van zijn leven in een verpleeghuis zou moeten doorbrengen. Hij heeft echt zijn eigen ruimte nodig, en rust om te kunnen denken. Hoe kan hij anders zijn boeken schrijven?'

Maar dat schrijven, dat was juist lastig geworden nu hij niets meer zag.

Toch zat zijn hoofd nog altijd vol met verhalen en ideeën die eruit moesten, had hij laten weten. Die moesten verteld worden, opgeschreven, anders zou hij na zijn zicht geheid ook zijn verstand verliezen.

Volgens tante had meneer Pacht eerst nog geprobeerd om zelf te typen, maar het lukte eenvoudigweg niet. Hij vroeg zich alleen maar voortdurend af of hij met zijn vinger wel op de juiste toets zat en niet per ongeluk op de letter ernaast, of de inkt niet op was en of er nog wel genoeg ruimte over was op het papier. Al die vragen leidden hem zo erg af van het schrijven zelf dat ze het creatieve proces in zijn hoofd volledig blokkeerden.

En dat terwijl hij zijn gedachten juist vrij wilde laten vloeien.

Maar nu kwam het. 'Het oorspronkelijke plan was dat meneer Pacht zijn verhalen aan zijn dienstmeid zou dicteren en dat zij het zou uittypen,' had tante me verteld. 'Maar toen hij enkele pagina's van haar werk aan een bevriende schrijver toonde, liet die hem weten dat er geen touw aan vast te knopen was. Er ontbraken hele zinnen, alsof ze hem simpelweg niet had kunnen bijhouden. Dat is ook niet verwonderlijk, want zij is zelf waarschijnlijk nooit verder gekomen dan de lagere school. Maar. . toen ik dat vanmiddag allemaal zo hoorde... Tja, Debra... Je zult begrijpen dat ik toen zei dat ik iemand ken die misschien wél zou kunnen helpen.'

Ja. Dat begreep ik inderdaad.

'Het zou gaan om drie uurtjes per dag, in de ochtend, wanneer meneer Pacht net wakker is en zijn eerste koffie opheeft. Dan is zijn hoofd namelijk het helderst en kan hij zijn gedachten het best onder woorden brengen. Je zou hem er echt mee uit de brand helpen. En beeld je eens in, je werkt dan mee aan de creatie van een boek!'

Ik dronk het laatste slokje van mijn thee op en voelde me vreemd kalm worden, alsof de rusteloosheid die me de afgelopen dagen zo in haar grip had gehad langzaam uit mijn lichaam wegvloeide. Misschien was dit idee zo gek nog niet.

Het klonk warempel wérkelijk als iets voor mij.

'En?' vroeg nu ook moeder. 'Lijkt het je wat?'

CHAVER

De wolf toonde zoveel plezier in het leren van nieuwe dingen, dat Saul zijn best deed de lat steeds hoger te leggen. De tijd van 'zit', 'blijf' en 'kom' lag allang achter hen, die woorden waren inmiddels stevig verankerd in Chavers brein. Tegenwoordig waren de oefeningen van een heel ander niveau. Dat was niet omdat Saul van de wolf een circusdier wilde maken, maar omdat hij inzag hoe gigantisch slim Chaver was en dat het daarom verwaarlozing of zelfs mishandeling zou zijn om die scherpe hersenen niet bezig te houden. Om vooruit te blijven komen maakte hij Chaver telkens opnieuw duidelijk dat de training hem wat opleverde.

Een wolf deed immers niets voor niets.

Saul zorgde er daarom voor dat er aan het eind van elke trainingssessie een smakelijke beloning volgde, meestal een van de botten die Saul voor hem haalde bij de slager in het dorp.

Chaver sprong ermee op de tafel, kauwde erop, maakte een tevreden indruk.

Maar toch...

Het leek wel alsof hij steeds vaker langdurig uit het raam naar buiten staarde, naar het weiland waarin Saul hem achterliet wanneer hij naar het dorp moest. De omheining was nu dusdanig hoog en dichtgetimmerd dat niemand erdoorheen óf eroverheen kon kijken. Waar het oorspronkelijke houtwerk anderhalve meter hoog was geweest, met slechts twee dwarsbalken rondom, stond er tegenwoordig een dichte schutting van drie meter.

Knappe buurman die dáár wat mee kon.

'Waar kijk je naar, vriend?' vroeg Saul, en hij kriebelde Chaver achter zijn oren.

Chaver hield zijn strakke blik op de buitenwereld gericht. Hij piepte zachtjes.

'Wil je naar buiten?' vroeg Saul. 'Even lekker de weide in? Vooruit dan.'

Hij lijnde Chaver niet aan toen ze samen vanaf de voordeur naar de wei liepen. Nooit gedaan ook. Het was niet nodig. Saul en Chaver hadden een sterke connectie. Het dier zou bij hem blijven, dat wist hij zeker. Er was voor Chaver geen enkele motivatie om eigenhandig op verkenning te gaan, na alles wat hij had meegemaakt. Het enige wat hem hiervandaan kon lokken, wist Saul, zou de nabijheid van een loopse teef zijn. Die geur was op wel negen kilometer afstand te ruiken, en hij wist dat sommige reuen dat met de beste wil van de wereld niet konden weerstaan. Maar Saul verwachtte niet dat hij zich daar zorgen over hoefde te maken. Het was pas over een paar maanden januari, de tijd waarin het paringsseizoen van wolven begon. Tegen die tijd zou hij misschien wat voorzichtiger moeten worden. Gelukkig had geen van zijn buren een hond. Links van hem hadden ze alleen wat kippen scharrelen, en Jan Spaan en zijn vrouw hadden een geit. Eerst hadden ze ook twee paarden gehad, maar die hadden ze bereidwillig aan de Duitsers overgedragen.

Terwijl Saul en Chaver de omheinde weide in liepen, zag hij de wolf voor zich uit turen, naar iets voorbij de schutting, richting de dijk waarachter het duinbos lag. Sinds Chaver hier was, was hij nog niet verder dan Sauls weide geweest. Veiligheid boven alles.

Maar... zouden ze het misschien gewoon eens moeten proberen, samen?

Saul dacht er even over na. Een klein, kort rondje door het bos, niets bijzonders. Het zou Chaver goeddoen als zijn wereld geleidelijk aan iets groter werd. Ja, besloot hij. Het was absoluut iets om in overweging te nemen. Maar het kon niet nu. Niet zonder voorbereiding. Het wemelde in het duinbos van de Duitsers, hun bunkers en zelfs landmijnen.

Dus voor het zover was, zou Chaver eerst iets nieuws moeten leren.

Het was tijd om de betekenis van 'pas op' met hem te oefenen.

DEBRA

Negen uur moest ik er zijn. Het was niet ver lopen naar de Heemraadssingel, tien minuten hooguit, maar toch was ik om halfnegen al van huis gegaan. Nu slenterde ik zo langzaam mogelijk en stond telkens even stil op de sierlijke houten bruggetjes, diep weggedoken in de kraag van mijn wintermantel. Ik keek naar de futen op het water, die in de zomer kuifjes hadden en rode wangen, maar nu wit en grijs waren. Vader had me geleerd dat futen zich 's winters graag op open water verzamelden, maar dit was blijkbaar een eigenwijs stel.

Als eenden dobberden ze rond in de koude singel.

Voor jullie is het vandaag een dag als alle andere, vertrouwde ik de watervogels in gedachten toe. *Maar voor mij niet.*

Een kennismakingsgesprek...

Was dat net zoiets als een sollicitatiegesprek?

Hoe moest je een goede indruk maken op iemand die jou niet eens kon zien? Het betekende dat alles afhing van wat ik zéí. Van het gevoel dat meneer Pacht van mij kreeg.

Zou ik hem ervan kunnen overtuigen dat ik de geschikte persoon was voor deze baan?

Tante was er in elk geval zeker van geweest dat het goed ging komen.

'Straks heb je fijn weer iets om invulling aan je dagen te geven, meid,' had ze tevreden gezegd. 'Lekker elke dag met je neus in de letters, precies wat jij prettig vindt. En je helpt een ander er nog mee ook.'

Ik had het statige herenhuis bereikt.

Het was vijf voor negen.

Ik haalde diep adem, liep de fraaie bordestrap op en belde aan.

Een blonde dienstbode, iets ouder dan ik, deed open. Ze keek me vragend aan.

'Hallo,' zei ik. 'Mijn naam is Debra Davidson. Ik heb een afspraak met meneer Pacht.'

'Ah. Jij bent de typiste.' Ze deed de deur verder open en gebaarde dat ik verder kon komen. 'Volg mij maar.' Ze ging me voor naar een zitruimte, waar ze zei: 'Als je hier even wilt wachten, dan komt meneer Pacht zo bij je.'

Terwijl ze wegliep, nam ik plaats op de hoek van een lederen bankstel en keek om me heen. Wat een huis. De kroonluchters aan het plafond, de glanzende parketvloer met Perzisch tapijt, de erkers. Ingelijste olieverfportretten aan de muur. En dan die enorme boekenkastenwand. Wat ontzettend droevig dat meneer Pacht deze werken zelf niet meer zou kunnen lezen. Ik kon me niet voorstellen hoe het moest zijn om in complete duisternis te leven, om nooit meer –

'Laat mijn arm maar los, Nellie, ik kan vanaf hier prima zelf lopen,' klonk ineens een zware stem achter mij. 'Ik ben blind, maar mankeer niets aan mijn benen.'

Ik keek om.

Meneer Pacht kwam de zitkamer in, een kloeke verpleegster aan zijn zijde. Hij was gekleed in een donkergrijs overhemd. Zijn zwarte haar was maar gedeeltelijk achterovergekamd, alsof hij de verpleegster halverwege haar taak opzij had geduwd. Dikke, zwarte wenkbrauwen fronsten zo diep dat ze een v vormden boven bruine, tevergeefs zoekende ogen. 'Mijn stok,' zei hij kort.

De verpleegster reikte hem de stok aan. 'Alstublieft, meneer Pacht.'

'Hallo.' Ik stond op. 'Mijn naam is –'

'Ik weet wie u bent. Juffrouw Davidson, is het niet? Debora Davidson.'

'Debra,' mompelde ik.

'Wat zegt u? U moet duidelijk praten, anders ga ik straks geloven dat ik ook nog doof ben.'

'Ik heet Debra Davidson.'

En nu? Mijn hand uitsteken had geen zin, want dat zou hij niet zien.

Maar iets in hem vertelde hem blijkbaar dat ik voor hem stond, want met een ongeduldig wuifgebaar zei hij: 'Neem plaats, neem plaats.' Hij wendde zich tot de verpleegster en zei: 'Zou je zo vriendelijk willen zijn ons alleen te laten?'

Met een vriendelijk hoofdknikje naar mij liep ze weg.

Meneer Pacht deed een paar stappen naar voren en tastte met zijn vrije hand om zich heen tot zijn vingers de rugleuning van een grote, hoge fauteuil raakten. Daar liet hij zich in zakken, zijn wandelstok rustend in zijn schoot.

Alsof ze vanuit de deuropening had staan toekijken, kwam het dienstmeisje de kamer in. 'Kan ik iets voor u inschenken, meneer Pacht?'

'Whisky,' zei hij. 'Met ijs.'

'En juffrouw Davidson?'

'Ik hoef niets, dank je wel.'

Het dienstmeisje had het glas whisky op een bijzettafeltje naast de stoel gezet. Ik zag meneer Pacht ernaar tasten en wilde bijna opstaan om hem te helpen toen hij het eindelijk vond. Zijn vingers sloten zich om het glas alsof hij het wilde verbrijzelen. Hij nam een grote slok.

Niemand leek dat vreemd te vinden om negen uur in de ochtend.

'Zo, juffrouw Davidson, vertel mij eens iets over uzelf.' Meneer Pacht drukte zich achterover in de stoel en keek langs me heen. De ochtendzon scheen op zijn gezicht en benadrukte een lang, smal litteken, dat van zijn wenkbrauw naar zijn wang liep.

'Hoe komt u hier zo terecht? Wat doet uw vader, wat doet uw moeder, waar woont u?'

'Eh... Nou, ik –'

'Eh is geen woord. Denkt u alstublieft aan uw taal.' Hij nam nog een slok van zijn sterkedrank. 'Ga verder.'

Ik schraapte mijn keel, ging wat meer rechtop zitten. 'Ik ben hier omdat mijn tante hoorde dat u op zoek bent naar een typiste aan wie u uw nieuwe boek kunt dicteren. Ik woon op de Beukelsdijk. Mijn vader is onderwijzer en mijn moeder huisvrouw.'

'En u? Wat deed u zelf voordat u plaatsnam op het zitmeubel van een blinde schrijver?'

'Ik werkte in de Gemeentebibliotheek op de Nieuwemarkt, meneer.'

'Geweldige plek!' Hij hief zijn glas in de lucht alsof hij een toost uitbracht. 'Ik heb de opening nog meegemaakt, bijna twintig jaar geleden. Maar... kan ik hieruit opmaken dat het net als de rest van Rotterdam met de grond gelijk is gemaakt?'

'Nee, meneer. Het gebouw staat er nog.'

'En toch bent u op zoek naar nieuw werk?'

'Ja, meneer.'

Met een klap zette hij zijn glas terug op het tafeltje. 'Ja meneer, nee meneer, heremetijd, prááát alstublieft! Zo valt er toch geen gesprek te voeren? Als ik alle antwoorden altijd maar uit u moet trekken, dan kan ik u nu al vertellen dat onze samenwerking op niets zal uitlopen. Dat is veel te vermoeiend, en ik ben al een oude man.'

Zo oud was hij nu ook weer niet. Ik schatte hem midden vijftig, maar ik zweeg.

'Dus? Vooruit ermee, waarom bent u weg bij de bibliotheek? Is er iets wat ik moet weten?'

'Ik ben... uit mijn functie ontheven.' Mijn keel werd droog. Had ik nu toch maar om een kopje thee gevraagd. 'Omdat ik half-Joods ben.'

'Verdomme nog aan toe!' Met een ruk schoot zijn hand opzij om zijn whisky weer te pakken, maar in plaats daarvan stootte hij het glaasje omver. Het landde met een dof geluid op het vloerkleed.

'O!' Ik stond op.

'Blijf zitten. Dat ruimt Lena straks wel op. Heeft ze eindelijk wat te doen. Ze drentelt de hele dag maar om me heen, net als Nellie.'

Ik zakte terug op de bank en probeerde te luisteren of de zitting kraakte of piepte onder mijn gewicht. Maar er was niets te horen. Toch had meneer Pacht gehoord dat ik overeind was gekomen. Blijkbaar ving je dat soort geluiden pas op als je niet meer kon zien.

'U bent aangenomen. Morgen om negen uur begint u.'

Het was niet het blonde dienstmeisje dat met mij mee terug naar de voordeur liep, maar Nellie, de verpleegster.

'Trek je niets van Pacht aan als hij zich een beetje bruusk gedraagt, hoor,' zei ze vriendelijk. 'Het is een koppige man en hij heeft nog niet helemaal verwerkt dat hij blind is. Iedereen raadt hem aan om een tijd rust te nemen, maar hij moet en zal eerst dit boek afmaken.' Ze rolde met haar ogen en zei: 'Schrijvers...'

Ik glimlachte.

'Lena en ik helpen hem zo goed mogelijk, maar als je het mij vraagt, is dit huis te groot voor hem zoals hij er nu aan toe is. Lena werkt hier al vijf jaar. Ik heb van haar begrepen dat het voorheen anders was. Pacht is natuurlijk een gevierd schrijver en hij organiseerde regelmatig feestelijke bijeenkomsten. Of dat ooit weer gaat gebeuren...' Ze zuchtte. 'Ik weet het niet.'

'En jij woont bij hem in?'

'Ja, hierbeneden. Het souterrain strekt zich onder de gehele woning uit. Lena en ik hebben daar ieder onze eigen vertrekken. Er is daar ook een aparte dienstingang.'

Een harde, zware stem bulderde onze kant op. 'Nellie! Waar ben je?'

'De plicht roept.' Ze knipoogde. 'Tot morgen, Debra.'

CHAVER

'Pas op!' zei Saul.

Meteen stond Chaver stil, zijn oren gespitst en zijn blik alert.

'Terug.' Saul sprak rustig, maar duidelijk.

Chaver keerde zich om en draafde, bijna zwevend op zijn hoge poten, weer naar Saul toe.

'Goed zo.' Saul streek de wolf over zijn kop en gaf hem een stukje worst.

Elke dag stond nu in het teken van serieus samenwerken, van oefenen binnen de omheining, allemaal om Chaver zover te krijgen dat ze binnenkort hun eerste wandeling konden gaan maken. Saul constateerde tevreden dat het nu niet lang meer zou duren. De wolf had geleerd hoe hij verdachte situaties moest vermijden en om te luisteren naar Sauls suggesties. Zijn aangeboren instinct zou er vanzelf voor zorgen dat hij op veilige afstand bleef van mensen die hij niet kende, dus dat hoefde Saul hem niet bij te brengen. Verder –

Chaver gromde plotseling.

Saul keek om.

De wolf staarde strak naar de ingang van de omheining.

De planken waren zo dicht op elkaar getimmerd dat het onmogelijk was om erdoorheen te kijken, ook vanaf de binnenzijde. Maar dat iets of iemand zich op dat moment aan de andere kant bevond, was duidelijk.

'Blijf,' zei Saul zacht, een van de vele aanwijzingen die hij de wolf had geleerd.

Terwijl Chaver nog altijd grommend bleef staan, liep Saul naar de deur van de omheining en opende deze op een kier.

'Aha, dus daar ben je,' klonk het direct. 'Ik dacht al dat ik jouw stem hoorde.'

'Hallo, Jan.' Saul deed geen moeite zijn zucht te onderdrukken.

'Met wie was je aan het praten?' Jan deed een stap opzij in een poging over Sauls schouder te kijken, maar Saul stapte de weide uit en sloot de deur van de omheining stevig achter zich. 'Joh, wat heb je daar toch? Het lijkt de muur van Jericho wel, dat bouwwerk dat je eromheen hebt getimmerd.' Jan lachte hard om zijn eigen grap.

Saul zuchtte opnieuw. 'Wat kan ik voor je doen?'

'Nou zeg, kan het niet wat vriendelijker? Ik mag toch hopen dat je intussen wel inziet dat wat er met Katharina is gebeurd niets meer dan een zeer onfortuinlijk ongeluk was. Ze was een lieve vrouw en we missen haar allemaal, maar je neemt mij toch hopelijk niet kwalijk dat die ongetemde knol van jullie –'

'Zeg gewoon wat je hier komt doen.'

De buurman deed een stapje achteruit. 'Niets bijzonders. Ik, eh... Ik vroeg me alleen maar af wat je aan het doen was, dat is alles. Wij buren moeten een beetje op elkaar letten, niet dan?' Weer deed hij een poging om over de schutting te gluren. 'Je hebt daar toch geen paard staan, helemaal verstopt? Je weet dat we die allemaal hebben moeten uitlenen.'

'Uitlenen.' Saul spuwde het woord uit. 'Houd toch op, idioot dat je er bent. En hier hebben we het al over gehad, of lijd je soms aan geheugenverlies? Dus als je verder niets hebt, dan kun je nu gaan.'

Een diep gegrom steeg op vanachter de omheining.

'Aha!' Jans ogen werden groot. 'Je hebt een waakhond in huis gehaald?'

'Correct.' Saul trok zijn pet van zijn hoofd, wreef door zijn haar en keek zijn buurman strak aan. 'Om ongewenste gasten van mijn erf te houden.'

Op dat moment ging Chavers lage gegrom over in een loeiende brul, een diep oergeluid dat in de verste verten niet leek op het blaffen van een hond.

Jan trok wit weg.

'Ik ga al. Maar ik zou maar oppassen als ik jou was. Onze Duitse vrienden zijn dol op waakhonden. Als zij horen dat jij er hier eentje verborgen houdt...' Nasputterend liep hij weg, terug naar zijn eigen woning waar de vlaggenmast nog altijd in de voortuin stond. Er hing tegenwoordig niets meer aan, maar dat was ook niet nodig.

Het hele dorp wist waar Jans sympathieën lagen.

'Lamlul,' mompelde Saul.

DEBRA

Een dikke eikenhouten trap, die over de gehele lengte bekleed was met dik rood fluweel, leidde me naar de tweede verdieping en de werkkamer van meneer Pacht. Lena ging me voor naar binnen. 'Juffrouw Davidson is er.'

'Mooi,' klonk het. 'Dan kunnen we beginnen.'

'Kan ik iets voor jullie betekenen?' vroeg Lena.

'We willen vooral niet gestoord worden,' zei meneer Pacht. 'De zaken zijn vanaf nu weer net zoals voorheen, Lena. Je begrijpt wat ik daarmee bedoel?'

Lena knikte, maar leek zich toen te realiseren dat hij dat niet kon zien. 'Ja, meneer,' zei ze snel. 'Van negen tot twaalf bent u aan het werk en niet bereikbaar. Voor niemand.'

'Correct. Al hangt de koningin aan de telefoon, ik ben er niet.'

Lena glipte stilletjes weg en sloot de zware mahoniehouten deur.

Op een tafel tegen de muur stond een glimmende schrijfmachine. Ik trok de stoel die bij de tafel stond naar me toe en ging zitten.

Meneer Pacht zelf zat aan een groot bureau, omringd door losse vellen papier, stapels boeken, een opengeslagen atlas en een wereldbol. Vulpennen stonden rechtop in een gietijzeren beker. Zijn vingers trommelden onrustig op het bureaublad. Deze keer had hij niet alleen een glas whisky naast zich staan, maar ook de hele fles. 'Zo,' zei hij.

Ik zweeg.

'Hallo? Bent u daar nog?'

'Ja, meneer.'

'En bent u er klaar voor? Er is papier in de machine gedraaid. Zit u goed? Hebt u genoeg licht?'

'Alles is in orde.'

'Mooi.' Hij tastte met zijn vingers naar de fles, daarna naar het glas. De spieren in zijn nek verstrakten terwijl hij de drank in uiterste concentratie inschonk. Het lukte. 'Zo,' zei hij weer.

Ik schoof mijn stoel wat verder aan, trok de machine wat dichter naar me toe. Het was duidelijk dat Lena, die een stuk langer was dan ik, hier als laatste gezeten had. Toen ik mijn gezicht opzij draaide, naar meneer Pacht, zag ik hem met zijn donkere, nietsziende blik langs mij heen staren.

Een minuut verstreek. Toen twee, toen vijf.

De stilte werd alleen doorbroken door de rinkelende ijsblokjes in het whiskyglas wanneer meneer Pacht een slok nam. Intussen werden de rimpels in zijn voorhoofd dieper.

Uiteindelijk zuchtte hij en schoof wild zijn stoel naar achteren. Hij stond op. 'Dit wordt niets. Bedankt voor uw tijd, juffrouw Davidson, we zijn klaar voor vandaag.'

'Klaar? Maar we zijn nog niet eens begonnen.'

Hij sloeg met zijn vuist op het bureau. 'Het wordt niets, zei ik toch? Er komt verdorie niets in mijn hoofd. Ik krijg mijn gedachten niet geordend. Ik...'

Voorzichtig liep ik naar hem toe en zei: 'We hebben alle tijd. Als u wilt, kan ik even weggaan zodat u rustig kunt nadenken, en dan over een halfuurtje terugkomen. Echt, dat is helemaal prima.'

Hij zocht naar zijn glas, peinsde even en nam opnieuw een slok.

Toen besloot hij: 'Nee, we gaan het nu doen. Gaat u maar weer zitten.'

Meneer Pacht dicteerde langzaam en duidelijk; ik kon hem zonder moeite bijhouden. Op de momenten waarop hij stilviel, keek ik opzij en zag ik hem voor zich uit staren. Het was dan net alsof zijn donkere ogen hun zicht niet echt verloren waren. Toen besefte ik dat hij wel degelijk nog kon zien. Wat hij zag, bevond zich alleen niet hier, in de tastbare wereld. Zijn zinnen, de weldoordachte woorden die hij aan elkaar reeg, schiepen een ándere wereld.

Ik kreeg de indruk dat meneer Pacht het hele verhaal in zijn hoofd al af had, van het eerste tot en met het laatste woord. Dat het 'alleen nog maar' geschreven hoefde te worden. Maar juist dat was lang niet zo eenvoudig als het leek. Want waar moest je beginnen? Hoe kon je die enorme berg aan informatie in je brein zó ontleden dat het in precies de juiste stukjes werd gehakt, dat de inhoud gedoseerd aan de oppervlakte kwam zonder dat het geheel uit balans raakte en kapseisde? Daar lag het grote verschil tussen de lezer en de schrijver. De lezer bewoog zich ontspannen door het verhaal, stapte nieuwsgierig in de trein, liet zich meevoeren en kon zich onderweg laten verrassen door de route en de landschappen die de schrijver had uitgekozen voor deze reis. Maar de schrijver... die moest al bij voorbaat weten waar de rit naartoe ging. Elk station, elke splitsing, elke tegenligger vervlocht zich met zijn hersenen. Het tempo mocht niet te snel, maar ook zeker niet te langzaam zijn. En als hij even niet oplette, zou de hele boel ontsporen.

Ondanks de moeizame start raakten we goed op stoom, deze eerste ochtend.

De whisky werd niet meer aangeraakt.

Toen het twaalf uur was, stond er zowaar een proloog op papier.

1941

CHAVER

De jonge wolf kon zijn ogen niet geloven. Plotseling bevond hij zich in een wereld zonder afbakening. Het maakte niet uit welke kant hij op keek, nergens werd hij begrensd. Op geen enkele plaats botste zijn blik tegen een muur of een schutting die hem afschermde van wat daarachter lag.

Alles was... open.

Hij was omringd door een oneindige weide waarin hij kon rennen zonder ooit te hoeven stoppen. Natuurlijk schoten er beelden door zijn kop van een eerdere ervaring waarin alle hekken waren weggevallen. Hij kende die flits maar al te goed, want het waren de flarden waarin hij wegrende uit het wolvenperk en bij het omkijken zag hoe zijn familie tegen de vlakte ging. Nog steeds kon hij die momenten niet herbeleven zonder dat er een schok door zijn lijf ging. Maar de oneindige ruimte waar hij toen in terecht was gekomen, had anders gevoeld dan die van nu. Toen was hij bang geweest. Alleen en verward, niet wetend waar hij naartoe moest, en kort daarna was ook nog eens alles ontploft, in brand gevlogen...

De jonge wolf schudde zich driftig uit om de flitsen kwijt te raken.

Daar was hij niet meer.

Hij was híér. Bij de oude man, die de weg wist in deze grenzeloze wereld.

Chaver zorgde ervoor dat hij dicht bij de man in de buurt bleef en hem met zijn neus aan bleef tikken, zodat de oude man wist dat hij er was. Want ja, hij was híér, hij heette Chaver, en de oude man was zijn familie. Chaver wist dat hij veilig was. Dat hij in dit universum – dat groter was dan hij ooit had kunnen vermoeden – een eigen plekje had, een veilig hol waar de oude man en hij na deze wandeling naar zouden terugkeren.

Een plek waar eten was. Drinken.

En waar ze 's nachts dicht tegen elkaar aan kropen zoals de jonge wolf gewend was.

DEBRA

Een nieuw jaar was aangebroken, en nog steeds was er oorlog.

Dit had niemand verwacht.

Om het allemaal nog erger te maken hadden de Duitsers bedacht dat er een zogeheten 'registratieplicht' voor Joden moest komen. Er werden geen uitzonderingen gemaakt. Iedereen moest eraan geloven, of je nu vol-Joods was, of half-Joods, kwart-Joods, orthodox of zoals vader liberaal. En volgens de nieuwe wet was men geheel of gedeeltelijk van Joodse bloede wanneer men van 'tenminste één naar ras vol-Joodsche grootouder' stamde.

'Waarom willen ze dit per se weten?' vroeg ik me hardop af.

Vader wist het niet. 'Maar het is maar een registratie,' zei hij. 'Zo erg is dat niet. Joods zijn is niets om je voor te schamen.'

'Toch zou ik weleens willen weten waar dit toe leidt,' mompelde tante. 'Wat gaat hiervan komen?'

Dit was dezelfde vraag die ik mezelf had gesteld toen ik afgelopen najaar bij de bibliotheek formulier B had moeten invullen.

We wisten helaas allemaal wat dáárvan gekomen was.

Later die dag, toen tante en moeder bezig waren met de bereiding van het avondeten, hoorde ik tante zachtjes praten. Siem was aan het spelen met de houten jojo die Matz voor hem had gemaakt en hoorde het niet, maar ik zat met een boek op de hoek van de bank en kon prima verstaan wat er in de keuken werd gezegd.

'Je had die rij moeten zien daar bij het bevolkingsregister,' zei tante. 'Debra heeft het volgens mij niet gemerkt, maar het stikte er van de mensen met verbonden polsen, bedekte halzen. Allemaal stumperds die geprobeerd hebben zichzelf van het leven te beroven. Is dat normaal als het echt alleen maar gaat om een registrátie? Als je het mij vraagt, voelen deze mensen aan dat dit nog maar het begin is van héél veel ellende.'

Moeder, die beter was in fluisteren dan tante, zei iets wat ik niet verstond.

'En dan lieten ze ons ook nog allemaal een gulden betalen om dat verrotte aanmeldingsbewijs te mogen ontvangen,' ging tante verder, die er nu al helemaal niet meer in slaagde haar volume laag te houden. 'Dus er wordt ook nog eens goed geld verdiend aan deze ellende.'

Ze smeet een kastje dicht.

Snel keek ik naar Siem, maar die zwaaide nu met zijn jojo voor de neus van een gefascineerde Tess en had niets in de gaten.

Maar tante had het mis als ze dacht dat ik nergens van op de hoogte was. Ook ik hoorde akelige berichten. De collega van Jilles had hem verteld dat Joodse mensen in Amsterdam van wanhoop in de grachten waren gesprongen en het niet hadden overleefd.

Het waren beelden zo gruwelijk dat ik het me niet eens kon voorstellen.

CHAVER

Saul grinnikte in zichzelf terwijl hij de wolf gadesloeg. Het was hun vierde wandeling, en net als de vorige keren waren ze vroeg in de ochtend vertrokken. Saul vermeed de duinen en het strand, waar het wemelde van de Duitse soldaten, en liep in plaats daarvan langs boerderijen, weilanden en akkers. Samen met Chaver wandelde hij over zandweggetjes langs duinhuisjes zoals het zijne, waar hij wuifde naar een vrouw die bezig was de klinkers voor haar huis te schrobben.

De wolf, die bij de eerste wandeling zo strak achter hem had gelopen, dat Saul telkens een natte neus in zijn knieholte had gevoeld, liep nu een paar meter voor hem uit en nam alles wat hij zag, hoorde en rook uitgebreid in zich op. Saul zag hoe hij elke tak, elke steen op de weg nauwlettend bestudeerde. En wanneer Chaver bij een pad kwam dat hij herkende, keek hij triomfantelijk naar Saul om alsof hij zeggen wilde: *volg mij maar, hier weet ik de weg!*

Een halfuur geleden waren ze ingehaald door een luidruchtige tractor en Saul had werkelijk niet trotser kunnen zijn. Want in plaats van in paniek weg te stuiven, wat hij had verwacht dat Chaver zou doen, was de wolf alleen maar dicht achter hem gaan lopen. Een duidelijk signaal dat hij zich veilig voelde bij Saul.

De boer die de tractor bestuurde, had ter begroeting zijn hand naar Saul opgestoken. Saul had hem vriendelijk toegeknikt. Naar Chaver had de boer niet eens gekeken. Als hij hem al had gezien, dan dacht hij waarschijnlijk dat het dier een nogal uit de kluiten gewassen herdershond was. Meer niet.

En dat was precies waarop Saul had gehoopt.

Chaver zelf trok ook geen aandacht naar zich toe. Hij liep met een nadrukkelijke boog om mensen heen. Eén keer, toen ze in de buurt van de dijk een kroegvriend van Saul tegenkwamen en de twee mannen met elkaar in gesprek raakten, was Chaver rustig achter een boom gaan staan, kalm wachtend tot Saul en hij weer verder konden, zijn blik al die tijd voortdurend op Saul gericht.

'Mooi dier,' had Aad gezegd, met een knikje naar Chaver.

'Zeker,' had Saul alleen maar geantwoord.

'Kom je binnenkort weer eens een biertje doen? We missen je in de Rots.'

'Doe ik,' had Saul gezegd.

Daar hadden ze het bij gelaten.

De enige persoon aan wie Chaver echt een hekel leek te hebben, was de buurman. Als de wolf Jan alleen al hóórde, sjokkend met zijn klompen over het grindpad rond zijn huis, begon hij direct te grommen.

Saul kon dat goed begrijpen.

DEBRA

'Pauze?' stelde meneer Pacht voor.

'Goed idee.' Ik schoof de typemachine bij me vandaan en knipperde een paar keer met mijn vermoeide ogen. De afgelopen twee uur waren in een soort trance aan me voorbijgetrokken. Er was niets anders geweest dan de stem van meneer Pacht, het ritme waarmee hij zijn zinnen formuleerde, op de voet gevolgd door het geluid van de toetsen die onder mijn vingers het papier raakten, als in een muziekstuk, een meerstemmige compositie in perfecte canon.

Ik was er duizelig van.

'Volgens mij hebben we hoofdstuk twee staan,' klonk het tevreden vanachter het mahoniehouten bureau. 'Goed gedaan, juffrouw Davidson.'

'Dat hoopt u maar. Misschien heb ik er wel een bende van gemaakt!'

'Daar maak ik me niet zoveel zorgen over. Al na uw eerste werkdag heb ik een goede vriend de door u getypte vellen laten lezen, en hij was zeer onder de indruk van uw nauwkeurigheid.' Hij grinnikte een beetje schuldbewust, en de plotselinge jongensachtige uitdrukking op zijn gezicht liet een glimp zien van wie hij in zijn jongere jaren moest zijn geweest.

Achteroverleunend in mijn stoel masseerde ik mijn handen, dankbaar voor het moment van rust.

'Misschien wilt u een kleine versnapering?' opperde hij. 'Thee, iets van zoetigheid? Lena heeft altijd wel iets klaarliggen in de keuken, zelfs in deze moeilijke tijd.'

'Ik heb niets nodig,' zei ik, 'maar ik ben blij met de korte onderbreking.'

Zelf dronk meneer Pacht al enkele dagen koffie, was me opgevallen. De whiskyfles stond niet langer op zijn bureau. Blijkbaar was Hendrik Pacht het soort schrijver dat ook echt daadwerkelijk móést schrijven om zich goed te voelen. Wat een radeloosheid moest hij hebben ervaren toen hij had geloofd zijn vak nooit meer te kunnen uitoefenen.

En wat was ik blij dat ik er dankzij hem een wereld bij kreeg om me in te verliezen, een wereld die híj weliswaar bouwde maar waarbij ik hielp om de stenen op de juiste plek te leggen.

Een kleurrijke omgeving waarin ik de grauwe werkelijkheid kon vergeten.

Tante was Siem ophalen, die bij zijn vriendje Jaron was blijven eten vandaag. Ik zat op de bank met een boek van meneer Pacht. Nu ik vertrouwd was geraakt met zijn stijl, zijn manier van vertellen, vond ik de roman die ik jaren geleden aan de kant had gelegd plotseling wél mooi. Waarschijnlijk was ik er destijds gewoon nog niet aan toe geweest of had ik het uit ongeduld geen eerlijke kans gegeven. Maar nu liet ik me meeslepen door de kracht waarmee hij zijn verhaal tot leven bracht, en ging ik er helemaal in op.

Pets! Vader smeet met een kwaad gezicht *Het Joodsche Weekblad* op tafel.

Mijn boek glipte uit mijn handen en landde op mijn schoot.

'Wat is er?' vroeg moeder, en haar vraag klonk alsof ze bedoelde: *wat is er nú weer?* Elke dag leek er wel iets nieuws te zijn om ons over op te winden.

Vader wees naar de krant. 'Ze zijn gek geworden. Volslagen gek geworden.'

Met tegenzin las ik de tekst, een pijnlijke overgang na de mooie woorden uit het boek van meneer Pacht. Ook moeder nam het bericht tot zich.

'Joden mogen vanaf nu niet meer naar de bioscoop?' Ze keek vader niet-begrijpend aan. 'Maar zoiets mag toch niet verboden worden? Dat kunnen ze toch niet maken?'

'Blijkbaar wel.'

Anders dan ik ging vader nooit naar de film, maar we wisten allemaal dat dit het punt niet was. Waar het om ging, was dat er nu alwéér een nieuwe wet was bedacht die alleen voor Joden gold.

Ik pakte het boek weer op, maar het verhaal drong niet langer tot me door.

De werkelijkheid schreeuwde te hard.

'Het is werkelijk het belachelijkste wat ik ooit heb gehoord,' zei Miriam tijdens het avondrondje met Tess. Zelfs in het maanlicht zag ik de nijdige blos die hoog op haar wangen lag. 'Waarom doen ze dit?'

'Het is pestgedrag,' zei ik. 'Net zoals uit je functie ontheven worden. De moffen hebben momenteel de macht om dit soort idiote wetten in te voeren, en dus doen ze dat. Volgens tante gaan ze er nog veel meer bedenken.'

'Maar de bioscoop...' Miriam kreunde.

'Ach, er draaide de laatste tijd toch alleen maar Duitse troep,' zei ik. 'Daar wíllen we niet eens naartoe. Na de oorlog gaan we wel weer, wanneer de goede speelfilms terug zijn.'

'Geldt deze wet eigenlijk ook voor diegenen die half-Joods zijn?' vroeg Miriam zich af. 'Misschien mag jij nog wel gewoon.'

Ik stak mijn arm door die van haar. 'Zonder jou? Ik dacht het niet.'

Bovendien was vader van mening dat het verstandig was dat ik me aan alle maatregelen hield. Voor de zekerheid.

'Het is het beste als we ons gedeisd houden tot deze ellende voorbij is,' had hij gezegd toen hij over zijn eerste boosheid heen was. 'Laat ons maar de langste adem hebben.'

'Na de oorlog gaan we een maand lang elke avond naar de bioscoop,' zei Miriam nu. 'Sommige films gaan we tien keer achter elkaar zien als we dat willen.'

‘Twintig keer, zelfs.’

‘Dertig!’

We lachten. De toekomst werd niet alleen steeds meer ons favoriete gespreksonderwerp, maar ook onze vriend. Een vriend met een koffer vol beloftes, een vriend die nu nog ver weg was, maar die ons vanzelf zou vinden. We hoefden alleen maar op hem te wachten. Na de oorlog waren er geen rantsoenen meer en zouden we eten tot we misselijk waren. Na de oorlog zouden we ons in onze mooiste jurk hijsen voor de bruiloft van Jilles en Stans. Na de oorlog zou het er niet meer toe doen hoeveel Joodse grootouders iemand had. Na de oorlog zouden we nooit meer uit onze functie ontheven worden.

Na de oorlog...

Toen ik de volgende dag thuiskwam van mijn werk bij meneer Pacht, lag er een brief op me te wachten. *Gemeentebibliotheek Rotterdam* stond als afzender op de witte envelop.

Moeder legde haar hand op mijn schouder terwijl ik de brief, gericht aan Mej. Debora Susanna Davidson, eruit trok en openvouwde. Waarschijnlijk wist zij net als ik al voordat ik begon met lezen wat erin zou staan.

En we kregen gelijk.

Het speet het bestuur om mij dit te moeten mededelen, maar ik was per heden officieel ontslagen uit mijn functie als bibliotheekmedewerker.

Zo rustig mogelijk vouwde ik de brief weer op, stopte hem terug in de envelop en gooide hem in de vuilnisbak.

‘Debra?’ klonk moeder zacht.

Ik veegde met mijn mouw langs mijn ogen.

Natuurlijk wist ik heus wel dat de bibliotheek zelf mij niet kwijt wilde. Niet écht. Ik wist dat ze dit móésten doen, dat ze gedwongen werden. Maar toch. Het voelde alsof een geliefde me aan de kant zette omdat zijn ouders mij niet goed genoeg vonden.

Moeder sloeg haar arm om me heen. ‘Dit is allemaal maar tijdelijk, onthoud dat goed. Na de oorlog smeken ze je om terug te komen.’

‘Wanneer is dat dan? We zitten nu al bijna een jaar in deze rottigheid! Hoelang nog?’

Haar ogen vulden zich met tranen. Ook zij wist het niet.

CHAVER

Hun wandeling was nu een vast onderdeel van de dag. Elke ochtend na het ontbijt liepen de oude man en de jonge wolf het zandpad af tot ze de dijk bereikten, waar ze het stenen trappetje beklommen dat naar het duinbos leidde. Telkens weer viel het Saul op dat Chaver zijn tempo aanpaste aan dat van hem. Chavers vloeiende gang maakte duidelijk dat hij zich net zoals zijn wilde soortgenoten moeiteloos met zestig kilometer per uur zou kunnen voortbewegen, maar telkens keek de wolf om, zocht met zijn blik die van Saul en kwam weer naast hem lopen.

Behalve wanneer hij mensen rook.

Nog altijd was Chaver weg zodra hij hun geur opmerkte. Op die momenten hield hij Saul vanuit de struiken of vanachter een boom scherp in de gaten, en pas wanneer hij er zeker van was dat de wandelaars die hij geroken had ver genoeg bij hem vandaan waren, kwam hij weer tevoorschijn.

Saul zelf lette vooral goed op dat ze geen Duitsers tegenkwamen.

Nu de bezetter zo druk bezig was met het bouwen van bunkers in de duinen en in het bos en er ook hun rondes liepen en God mocht weten wat ze er nog meer allemaal uitspookten, was het verstandig om maar gewoon zoveel mogelijk aan de rand van het bos te blijven of langs de landerijen te wandelen. Daar was de kans het kleinst dat hij een soldaat tegen het lijf zou lopen.

Vorige maand had Saul in de *Nieuwe Brielsche Courant* de mededeling gelezen dat alle mensen die '*geheel of gedeeltelijk van Joodschen bloede zijn en hun verblijf hebben in het bezette Nederlandsche gebied*' zich moesten melden.

Hoofdschuddend had hij de krant aan Chaver gegeven om te verscheuren.

Sauls familie woonde al generaties lang in Nederland. Hij was gewoon een Hollander.

Die verdraaide moffen konden zijn rug op.

DEBRA

'Meneer Pacht is nog niet klaar,' liet Lena me weten terwijl ze me binnenliet. 'Maar hij zei dat je alvast in de werkkamer kunt plaatsnemen.'

'Prima, dan wacht ik daar op hem.'

Lena ging niet mee naar boven, maar liep met haar stofdoek de zitruimte in. Soms vond ik het jammer dat ze zo zwijgzaam was. Er waren genoeg dingen die ik haar wilde vragen. Bijvoorbeeld hoe het hier vroeger geweest was, toen meneer Pacht nog kon zien. Lena was slechts een paar jaar ouder dan ik. Het was vreemd dat ze nooit meer dan een paar woorden tegen me zei terwijl we elkaar elke ochtend zagen.

Hoe anders was dat geweest met Jo...

Ik miste haar. In de schok vanwege mijn gedwongen vertrek was ik vergeten haar naar haar adres te vragen. Stom, besefte ik nu. Het zou fijn zijn geweest om haar te kunnen schrijven. Maar misschien zou ik eens een briefje naar de bibliotheek kunnen sturen, ter attentie van haar. Dan zou ze –

'Sorry, Debra.' Nellie kwam de werkkamer binnen, zoals altijd gekleed in haar witte verpleegstersuniform. Ze had donkere schaduwen onder haar ogen. 'Meneer Pacht kan vandaag niet komen.'

Ik stond op. 'Er is toch niets ergs gebeurd, hoop ik?'

'Nee, dat niet, maar hij is niet in staat om te werken. Hij heeft de hele nacht lopen spoken. Ik kon hem maar net op tijd tegenhouden toen hij zonder te voelen waar hij liep de trap af wilde gaan. Wat een geluk dat ik wakker was en het hoorde. Hij had zijn nek wel kunnen breken.'

'Wat erg. Heeft hij dit vaker?'

'Soms, maar niet meer zo vaak als vlak na het bombardement. Ik weet niet of hij je er iets over heeft verteld, maar meneer Pacht is toen niet alleen zijn zicht verloren, maar ook zijn geliefde. Ze woonde in de Helmersstraat, waar hij op dat moment bij haar was, en...' Nellie schudde haar hoofd. 'Vreselijk is het, echt vreselijk.'

'Wat erg... Dat wist ik niet.'

Nellie leunde met haar rug tegen de muur en blies een lok haar uit haar verhitte gezicht. 'Fran, heette ze. Francine. Meneer Pacht kende haar pas een paar jaar. Ze was een Joodse vrouw, pianolerares. Volgens Lena kon ze werkelijk prachtig spelen. Heb je die grote witte vleugel weleens zien staan, beneden? Daar speelde ze op, tijdens de etentjes die meneer Pacht organiseerde.'

'Dit heb je allemaal van Lena gehoord?'

'Ja. Zelf werkte ik hier toen natuurlijk nog niet.'

Goh. Met haar sprak Lena dus wél.

Een luid gestommel klonk boven ons hoofd, en Nellie keek geschrokken omhoog. 'Ik moet weer naar hem toe. Ga jij maar naar huis. Morgen zal het wel weer beter gaan.'

Terug naar de Beukelsdijk nam ik een omweg zodat ik langs de stoffenwinkel van Miriams ouders kwam. Als het rustig was in de zaak, kon ik misschien even naar binnen stappen voor een praatje met Miriam. Bij de ingang aangekomen keek ik naar binnen. Zelfs vanaf hier rook ik de geur van nieuw textiel, die zo kenmerkend was voor deze plek. Het was een mengeling van het aroma dat vrijkwam wanneer moeder aan het strijken was, van verf en van pas gewassen lakens.

Net als altijd lagen de hoge stellages volgestapeld met stof op de rol. Ze vormden een regenboog aan kleuren, maar Miriam zag ik niet. Haar vader stond achter de toonbank, haar moeder liep rond met een meetlint om haar nek, en –

Ah, daar stapte Miriam achter een grote stapel wit katoen vandaan.

Maar... ze was niet alleen.

Een Duitser, volledig in uniform, liep naast haar. Ze wees hem iets aan, en hij knikte.

Ik voelde dat ik koud werd.

Snel, voordat ze mij zouden opmerken, liep ik weg.

Die avond legde Miriam uit wat ik had gezien. 'Dat was Ludwig. Hij is sinds gisteren onze *Verwalter*.'

'Jullie wat?'

'Een door de nazi's aangestelde zaakwaarnemer. Dat is tegenwoordig verplicht.'

'Maar jouw ouders zijn er toch gewoon? Waarom is er dan een zaakwaarnemer nodig?'

'Tja. We zijn een Joods bedrijf, dus...' Plotseling begon ze te snikken.

Snel trok ik haar op een bankje langs de singel.

'Stil maar,' zei ik. 'Het komt vast wel goed.'

Maar Miriam schudde wild haar hoofd. 'Nee, dat komt het niet. Vader heeft het er vreselijk moeilijk mee. Alles heeft hij uit handen moeten geven aan Ludwig. De kasboeken, alles! Hij heeft niets meer in te brengen. Mijn ouders zijn plotsklaps niets meer dan personeel in hun eigen zaak! Hun winkel, hun trots! En als die moffen besluiten om de boel te sluiten of te verkopen, dan kunnen ze dat zomaar doen.'

Tess likte troostend aan Miriams handen.

'Ze zullen de winkel niet verkopen,' zei ik stellig. 'Jullie zaak loopt goed. Dat geld willen ze niet mislopen.'

Miriam pakte een zakdoek uit haar handtas en snoot haar neus. 'Maar het is óns geld. Het is niet eerlijk.'

Ik zweeg.

Niets was meer eerlijk.

'Gelukkig lijkt Ludwig tot nu toe redelijk aardig te zijn.' Miriam borg haar zakdoek op en ging wat meer rechtop zitten. 'Het had erger gekund, dat besef ik ook wel. Hij betrekt vader overal bij en vraagt telkens zijn mening. We krijgen de indruk dat deze hele toestand in elk geval niet zíjn idee is. Hij volgt ook alleen maar orders op.'

'Houd vol dan,' was alles wat ik wist te zeggen. 'En je ouders ook.'

'Ze proberen ons van de buitenwereld af te sluiten,' zei vader nadat hij ons radiotoestel had ingeleverd. De plek op het tafeltje in de keuken waar de radio altijd had gestaan, zag er nu kaal en een beetje reddeloos uit. 'Maar zal ik jullie eens wat vertellen? Dat gaat ze niet lukken.'

Hij wenkte ons met zich mee en liep met grote stappen de gang in tot we bij de deur van Siems kamer stonden. Siem was aan het spelen bij Jaron, en zwijgend volgden we vader naar binnen. Ik keek naar het ledikant, met Siems pluche tijger op het kussen. Op de grond lag zijn tol, met het zweepje ernaast. Het telraam met de gekleurde kralen stond in de vensterbank en daar, in de hoek van de kamer, stond het grote houten hobbelpaard dat Matz jaren geleden voor Siem had gemaakt toen hij nog echt klein was. Het was een van de eerste dingen die Matz zelf had getimmerd, en ik kon me nog goed herinneren hoe trots oom Levie en tante Rika destijds op hem geweest waren. Er zat zelfs een houten zadel op, met stijgbeugels en al.

Vader liep naar het raam, schoof de gordijnen dicht en tilde het zadel op.

Moeder, tante en ik keken toe hoe hij een ouderwetse, rechthoekige radio tevoorschijn haalde. 'Kijk,' zei hij trots. 'Dit ding is nog van mijn vader geweest, en hij doet het nog steeds.'

Tantes ogen glansden. 'Ik kan me nog herinneren dat we hiernaar luisterden.'

Vader keek ons om beurten triomfantelijk aan.

Een oude radio verstoppen leek misschien banaal, maar voor ons was het een onbetwiste daad van verzet. Met deze handeling spraken we stilzwijgend af dat we niet meer zomaar overal mee akkoord zouden gaan.

Het was precies wat we op dit moment nodig hadden.

'Hebt u het gehoord?' vroeg meneer Pacht de volgende ochtend, nadat hij plotseling was stilgevallen tijdens het dicteren. 'Van het Boekenweekgeschenk?'

Ik keek op van de schrijfmachine. 'Hebben ze u gevraagd om het volgend jaar te schrijven?'

De gedachte trok een opgetogen gloed door mijn hoofd. Wat een eer zou dat voor hem zijn, als kroon op zijn indrukwekkende oeuvre. Het Boekenweekgeschenk was voor vele tienduizenden lezers, onder wie ikzelf, elk jaar weer iets om naar uit te kijken. Om te lezen en op je plank te zetten naast de uitgaves van voorgaande jaren.

'Nee, helaas is het geen goed nieuws.' Even zag ik zijn arm opzij schieten, in een onbewaakt ogenblik tastend naar de fles whisky die er niet meer stond. Toen zei hij: 'Het Boekenweekgeschenk van dit jaar ligt pas één dag in de winkels maar is op

Duits bevel teruggehaald en moet nu vernietigd worden. En wilt u weten waarom? Puur en alleen maar vanwege de Joodse afstamming van twee van de betrokkenen.'

Langzaam haalde ik mijn handen van de toetsen, en ik liet mijn armen langs mijn lichaam naar beneden hangen. Ik wilde vooroverleunen, mijn hoofd op de schrijftafel leggen, mijn ogen sluiten. Ik was moe, zo moe.

Zo ontzéttend moe van dit alles.

'We moeten iets doen,' zei ik. 'Iets om deze waanzin te stoppen. Maar wat?'

Meneer Pacht dacht een tijdlang na. 'Ik denk dat we het moeten hebben van kleine, persoonlijke overwinningen. Zoals deze roman, waar wij samen aan werken.'

Even begreep ik niet wat hij bedoelde, toen drong het besef met een klap tot me door.

Ook zíjn boek zou, door mijn medewerking eraan, straks feitelijk verboden zijn.

Maar de Duitsers wisten dit niet. Dus dat het uiteindelijk toch in de winkels zou komen te liggen was meer dan een stille triomf. Het was een zegepraal.

Dit inzicht zorgde ervoor dat ik nog harder wilde werken om meneer Pacht te helpen dit zijn beste boek ooit te maken.

CHAVER

Saul had Chaver geleerd om dekking te zoeken, onder de tafel of achter in de kledingkast, als hij in de lucht herrie hoorde naderen. Steeds vaker vlogen er vliegtuigen over op weg naar Duitsland, en ook al waren het geallieerden, je wist maar nooit wat er zou gebeuren.

Chaver, die zich de gevolgen van de bommenwerpers boven Rotterdam nog maar al te goed kon herinneren, had direct de bedoeling van deze oefening begrepen en kwam pas weer uit zijn schuilplaats tevoorschijn wanneer het lawaai boven zijn hoofd verdwenen was.

Saul, daarentegen, keek regelmatig omhoog.

Om enkele van de belangrijkste doelen in Duitsland te bereiken was een aanvliegroute over Nederland de aangewezen weg, en het bleef telkens opnieuw een akelig gezicht om te zien hoe Britse vliegtuigen in stralenbundels van vijandige zoeklichten gevangen werden. Het licht kwam op zo'n moment van alle kanten, niet alleen uit Rockanje maar ook vanuit Oostvoorne, Zwartewaal, Rozenburg en nog veel meer gebieden, en in hun kruispunt blonk dan die kleine zilveren vogel. Telkens wanneer de Duitse kogels als verlichte ballen op de bommenwerper werden afgeschoten, keek Saul met ingehouden adem toe hoe het geallieerde vliegtuig verwoede pogingen deed aan het spervuur te ontkomen door omhoog of omlaag te duiken.

Uiteraard hoopte Saul vurig dat de Duitsers misten. Ook zond hij steevast een stil gebedje uit dat de bemanning zich niet genoodzaakt zou voelen hun bommen vroegtijdig te lossen in een poging sneller weg te komen. Saul wist dat er in de omgeving al verschillende woningen getroffen waren door 'verloren bommen', zoals die boerderij langs de Noorddijk. En vorige week nog was er een bom gevallen bij het Pesthuis aan het Kreekpad.

Chaver en hij zouden compleet weerloos zijn als er een bom op hun duinhuisje viel.

De truc die hij het dier had aangeleerd bood natuurlijk geen enkele bescherming. Dus waarom bleef hij het dan toch met de wolf oefenen, en waarom beloonde hij hem met een trots 'goed zo, vriend', elke keer wanneer Chaver bij een naderend luchtgeronk kalm en beheerst naar de kledingkast liep of onder de tafel wegkroop?

Omdat het hem op deze manier gelukt was Chaver van zijn angst af te helpen.

Voorheen had de wolf met grote ogen naar het plafond gestaard wanneer hij de vliegtuigen hoorde naderen, zijn grote lijf strak van spanning en zijn staart tegen zijn buik. Eén keer had hij van blinde paniek zelfs zijn plas laten lopen, iets wat hij tegenwoordig alleen nog maar buitenshuis deed, met uitzondering van de plasjes rond de voordeur dan. Van de voordeur had Saul nooit een punt gemaakt. Dit huis hoorde nu immers bij het territorium van de wolf, en het afbakenen daarvan was simpelweg natuurlijk gedrag. Dat kon je zo'n dier niet kwalijk nemen. Maar angstplasjes kwamen niet meer voor. Chaver had zijn vrees overwonnen, want nu wist hij wat hij moest doen. Omdat hij een handeling te verrichten had, kreeg angst minder kans de overhand te nemen. Dat hij vervolgens van Saul de bevestiging kreeg dat hij het goed deed, vergrootte zijn zelfvertrouwen.

Al met al was het een geweldige ontwikkeling.

Nu keek Chaver vanonder de tafel naar Saul met een blik die zei: *kijk eens hoe goed ik het weer doe!*

Het was dit soort gedrag, het duidelijke plezier dat Chaver toonde in het 'samenwerken', dat Saul deed denken aan Mazzel. Al leek Chavers fysieke gestalte in niets op die van Mazzel, hun lichaamstaal kwam op sommige momenten toch echt zeer sterk overeen.

Bij Chaver was het alleen allemaal tien keer zo intens.

Saul vroeg zich af wat Chaver ervan zou vinden als hij wist dat hij met een poedel vergeleken werd, en de gedachte amuseerde hem zo dat hij hardop moest lachen. Voor de derde keer vandaag schudde zijn buik van plezier, en dat terwijl hij er niet zo lang geleden nog van overtuigd was geweest nooit meer opgewekt te zullen zijn.

'Je bent een echte vriend,' zei hij tegen Chaver.

Als de jonge wolf kon praten, zou hij tegen de oude man precies hetzelfde hebben gezegd.

DEBRA

Sinds enkele weken was vader geabonneerd op *Het Joodsche Weekblad*, zodat hij de krant niet meer telkens in de winkel hoefde te kopen. Iedereen wist dat deze wekelijkse uitgave van de Joodsche Raad onder Duitse censuur stond, maar toch werd het door vrijwel alle Joden in Nederland gelezen. Er zat ook eigenlijk weinig anders op, aangezien alle andere Joodse publicaties sinds vorig jaar verboden waren. Een tijdlang was het volstrekt onmogelijk geweest ergens een bericht te plaatsen als er iemand stierf, trouwde of geboren werd. Dankzij *Het Joodsche Weekblad* kon dat nu weer wel. De volgedrukte advertentiepagina's bewezen dat daar dankbaar gebruik van werd gemaakt. Soms bladerde ik er zelf ook even doorheen, maar ik was het altijd snel zat.

De vele advertenties en aankondigingen, zelfs de artikelen op het gebied van Joodse kunst, geschiedenis en educatieve activiteiten, konden niet verbloemen dat de krant vooral een doorgeefluik was van de door de nazi's bedachte reglementen voor ons.

Ook deze week weer werd er aangedrongen op de noodzaak dat iedereen zich toch echt aan alle regels diende te houden, niet alleen voor ons eigen bestwil, maar ook om 'de andere Joden niet in gevaar te brengen'.

Wie geloofde dit nog?

Zonder nog verder te lezen vouwde ik de krant dicht en legde hem weg.

Intussen kwam het manuscript van meneer Pacht bijna tot een eind.

De verhaallijnen, die aan het begin zo los van elkaar waren opgeklommen, toen naar elkaar toe waren gegroeid en halverwege het boek ineens verstrengeld waren geraakt, leken nu hun uiteindelijke bestemming te naderen. Meneer Pacht ging naar het einde toe steeds langzamer dicteren, alsof hij niet wilde dat het ophield. Niet nóg een afscheid, ditmaal van zijn geliefde personages.

Dat een van hen Florine heette en pianolerares was, kon geen toeval zijn...

Mijn eigen werk was echter nog lang niet klaar.

Allereerst zou de hele boel straks moeten worden overgetypt, de complete stapel papier, om het leesbaar te maken. Het gebeurde namelijk meerdere keren per dicteersessie dat meneer Pacht zichzelf plotseling onderbrak en dingen uitriep als: 'Stop! Ik krijg ineens een inval. Juffrouw Davidson, kunt u terug naar hoofdstuk drie, en daar de tweede scène in zijn geheel schrappen, daarna de dialoog verplaatsen naar hoofdstuk vijf, en door het gehele boek de naam Pieter veranderen in Pjotr?'

Het resultaat van zo'n ingeving was dat vrijwel alles herschreven moest worden en dat het domino-effect ervoor zorgde dat ook veel van wat er daarna in het verhaal gebeurde niet meer klopte en opnieuw moest. Deze opwellingen van meneer Pacht staken bij vrijwel elk hoofdstuk de kop op, waardoor de verzameling getypte vellen intussen een nauwelijks beklimbare berg van chaos was. Dat we intussen al bij hoofdstuk negentien waren maakte het er niet eenvoudiger op.

Soms staarde ik tijdens meneer Pachts stille denkmomenten naar de kluwen van volgetypte paperassen op de hoek van de schrijftafel, vellen papier waarop ik met plakband nieuwe stukken tekst over oude had geplakt, waarop allerlei pijlen en doorhalingen stonden en waaruit bovenal niemand wijs zou kunnen worden behalve ik en – als hij nog had kunnen zien – meneer Pacht zelf. Op elke bladzijde bestond niet alleen de kantlijn maar ook de ruimte tussen de regels uit pengekriebel van losse opmerkingen. Terwijl ik verwoede pogingen deed de boel bij elkaar te houden en meneer Pacht van hot naar her schoot met zijn 'plotselinge ingevingen', liet hij soms een ongeduldige uitroep ontsnappen: 'Maar juffrouw Davidson, kunt u dan wérkelijk niet sneller typen?'

In zijn hoofd bewogen de personages op muziek die alleen hij hoorde.

Ik kon alleen maar proberen zijn onstuimige dans bij te benen.

De zware toetsen raasden met hun *pang-pang-pang* over het papier als tapschoenen op de dansvloer. Ik was Ginger, meneer Pacht was Fred. En het was heerlijk. In een wereld waarin steeds meer verdween, werkte ik mee aan de schepping van iets níéuws. Een universum waarin oorlog niet bestond. Waarin meneer Pachts Francine nog leefde, voor altijd onsterfelijk als zijn elegante Florine. Een plek waar mensen niet werden gestraft voor het feit dat ze een andere religie hadden of omdat deeltjes van hun stamboom niet overeenkwamen met het ideaalplaatje van een krankzinnige heerser.

Aan het eind van elke ochtend borg ik het werk van die dag veilig op in meneer Pachts bureau. Daarna dekte ik de schrijfmachine af met de donkergrijze hoes en zei vriendelijk gedag tegen Nellie en Lena. De eerste liep vaak met me mee naar beneden, waar we soms nog een kopje thee dronken in de zitkamer voordat ik echt wegging.

Maar Lena zei steeds minder.

'S Ochtends liet ze me met een strak gezicht binnen en keerde me dan haar rug toe.

Eén keer, toen ik nadrukkelijk 'Goedemorgen, Lena!' zei, bitste ze alleen maar: 'Is dat boek nu nog niet af? Je loopt de boel toch niet te saboteren, mag ik hopen?'

Haar valse opmerking had me zo verbaasd, dat ik niet eens gereageerd had.

Desondanks voelde ik me thuis op de Heemraadssingel aan de schrijftafel bij meneer Pacht. Wanneer ik het buitentrappetje voor zijn woning af liep, terug de straat op en de realiteit in, hield ik me soms steviger dan nodig was vast aan de leuning om nog een paar tellen langer verbonden te zijn met de plek die niet meedeed met de werkelijkheid.

Maar uiteindelijk liet ik altijd los.

In de echte wereld ontvingen Joodse mensen, volgens tante althans, doodsberichten van zoons die slechts enkele maanden eerder kerngezond naar een werkkamp in het buitenland waren gestuurd. Jonge, gezonde mensen die plotseling bij bosjes tegelijk overleden. 'Knullen in de leeftijd van Matz,' vertelde ze. 'Hartstilstand, wordt er als reden opgegeven. Wat een apekool toch weer. Elk hart stopt ermee als je wordt vermoord.'

Ik wenste dat tante niet alles wat ze hoorde meteen maar geloofde.

Want als ze het geloofde, was het misschien wel waar.

CHAVER

Een jaar geleden was Saul begonnen met het aanleggen van een tuintje achter zijn huis. Kool, boontjes en alles wat verder maar groeien wilde. Aan groenten geen gebrek.

Maar Chaver haalde zijn neus op voor bonen.

Het vlees dat Saul van de distributiebonnen kocht, ging rechtstreeks naar de wolf, maar nu dat alsmaar schaarser begon te worden, wist hij niet meer hoe hij Chaver goed gevoed moest houden. Nog altijd kon hij bij de slager op het dorp terecht voor botten en slachtafval, maar ook die porties werden kleiner.

Gelukkig at Chaver de laatste tijd in elk geval het kleine beetje hondenvoer dat op de bon te koop was. Hondenbrood, werd het genoemd. Het zag er een beetje verdacht uit, en de eerste paar keer had Chaver het dan ook laten staan en was verontwaardigd de keuken uit gelopen.

Maar bij gebrek aan iets beters schrokte hij het bruine spul tegenwoordig toch maar naar binnen, vooral wanneer Saul het mengde met vlees.

Nog steeds trokken ze er samen elke dag opuit, in alle vroegte wanneer er nog niet veel mensen op de been waren. Nu het warmer werd, vond Saul het jammer dat hij Chaver niet mee naar het strand kon nemen. Met de zee op nog geen twintig minuten loopafstand wist hij dat het dier de golven dagelijks hoorde, dat hij het zout rook en dat hij de zeemeeuwen zag overvliegen. Wat een vreemde gewaarwording moest het wel niet zijn om de Noordzee wel te kunnen ruiken maar geen idee te hebben hoe die eruitzag! En wat gunde hij het zijn vriend om te ontdekken hoe het voelde wanneer je voeten wegzakten in een zuigend zandtapijt, telkens aangetikt door de golven. Om de aangespoelde schuimkoppen te zien die bij sterke wind sprintjes trokken langs de kust.

Wat zou hij graag Chavers reactie willen zien wanneer de wolf deze wonderen voor de eerste keer aanschouwde. Wat zou het heerlijk voor hem zijn als hij de zandkorrels kon besnuffelen, de schelpen in zijn bek kon nemen, vissen kon vangen. Ze zouden zelfs samen kunnen gaan zwemmen, zoals Saul vroeger met Mazzel deed.

Maar het ging niet.

Wie het op dit moment waagde het strand op te gaan speelde met zijn leven. De Duitsers waren begonnen met de bouw van een verdedigingsstelsel langs de kust van heel West-Europa, in hun voortdurende poging de geallieerden tegen te houden. Ze noemden het bouwwerk de Atlantikwall. De laatste keer dat Saul in Rockanjes Rots was geweest, had Aad hem verteld dat er langs de hele laagwaterlijn een versperring was gebouwd, bestaande uit rijen palen die onderling met prikkeldraad verbonden waren. Het strand, dat altijd zo'n betoverende plek was geweest, was nu een monster met landmijnen als schubben en de lelijke, wijd opengesperde bek van een onverzadigbare vijand. Zelfs als het geen verboden gebied was geweest, zou Saul zijn Chaver daar niet aan blootstellen.

Maar ooit... nam hij zich voor.

Na de oorlog.

DEBRA

'Gabriel had dit voorspeld,' merkte Jilles op. 'Mijn collega uit Duitsland, weet je nog?'

Ik knikte. Een deel van mij wenste dat ik naar Jilles had geluisterd op die lenteavond vorig jaar, een herinnering die plotseling veel langer geleden leek. Maar wat had ik kunnen doen? Ik zou vader en moeder er nooit van hebben weten te overtuigen dat we het land moesten verlaten. Want waar hadden we dan naartoe gemoeten? Naar opa en oma Davidson in Palestina? We wisten allemaal dat moeder dat niet wilde. Bovendien was er toen nog geen enkele dreiging geweest.

Dat begon nu wel anders te worden...

Met zijn vieren zaten we op het dakterras van Stans' woning op de Noorderhavenkade, waar we op deze hete zomeravonden graag afspraken om bij te praten en elkaar moed in te spreken. Vanavond hadden Miriam en ik daar extra behoefte aan. Er was namelijk bekendgemaakt dat een deel van Rotterdam voortaan verboden was voor Joden. De Coolsingel, Nieuwe Binnenweg, Heemraadssingel, Mathenesserlaan en nog negen andere straten waren vanaf nu verboden gebied.

'Ik begrijp niet dat die schoften hier zomaar mee wegkomen,' zei Stans fel. 'En het is toch ook helemaal niet praktisch? Want wat nu als je ergens moet wezen?'

'Tja, dan hebben we pech,' zei Miriam.

'Meneer Pacht woont op de Heemraadssingel,' vertelde ik, terwijl ik een slok nam van het koude water dat de moeder van Stans voor ons had ingeschonken. Augustus was broeierig als altijd. Zelfs de avondzon gloeide door mijn blouse. 'Dus handig is het niet, nee.'

'Dus nu raak je alwéér je baan kwijt?' Stans' stem vloog verontwaardigd de hoogte in.

'Nee,' zei ik. 'Ik blijf gaan. Meneer Pacht heeft mij nodig. We waren bijna klaar met de eerste versie van zijn manuscript, maar een groot deel ervan is weer helemaal overhoopgehaald. Een nieuwe typiste zal geen touw kunnen vastknopen aan al mijn gepriegel, dus ik moet dit echt zelf blijven doen. Ik kan hem niet in de steek laten nu.'

Stans kwam wat dichter bij me zitten en sprak zacht. 'Wat als je gepakt wordt? Ik ben gisteren maar liefst twee keer staande gehouden om mijn persoonsbewijs te laten zien. Twee keer op één dag!'

Dat was wel een klein beetje te begrijpen. Stans was een prachtige jonge vrouw, maar ze had gitzwart haar. Ook haar hoge wenkbrauwen, die vol en trots in haar gezicht lagen, waren zwart. Haar ogen waren dan wel groen, maar haar donkere haar, dat in perfect gerolde krullen tot net boven haar schouders viel, maakte haar in de ogen van Duitsers verdacht. En dat terwijl Miriam, die juist zo Joods was als het maar zijn kon, steil blond haar had, wat ze meestal in twee vlechten droeg. Met haar blauwe ogen zag ze eruit als het wandelend toonbeeld van Hollands glorie. Het liet maar weer zien dat de meeste Duitsers geen idee hadden hoe 'een Jood' eruitzag. We zagen er immers net zo uit als ieder ander. Donker of blond, met prominente gelaatstrekken zoals tante of met hartvormige lippen zoals ik, alles was mogelijk.

En toch waren vader, tante en ik vorige maand verplicht naar het Feyenoordstadion afgereisd, want Joodse mensen moesten een stempel in hun persoonsbewijs. Ik had een G1 gekregen, vader en tante allebei een grote, zwarte J.

Jood, betekende dat.

Siem was gelukkig buiten schot gebleven; hij was te jong.

Mijn G1 hield in dat ik twee Joodse grootouders en dus één Joodse ouder had: ik was wat ze een eerstegraads *Mischling* noemden. Mensen die maar één Joodse grootouder hadden en dus kwart-Jood waren, kregen een G2-stempel. Zij waren een tweedegraads Mischling.

Nu al merkten we de gevolgen van de stempel. Op elk moment kon je op straat worden aangehouden en verried die letter dat je plots niet meer door straten mocht lopen waar je al je hele leven kwam.

'Stans heeft wel een punt,' zei Jilles. 'Is het niet te gevaarlijk voor je om daar elke dag naartoe te gaan?'

'Ik vind van niet. Het is nog steeds niet exact duidelijk welke regels er voor half-Joden gelden. Dit mag wel, dat mag niet, dat mag misschien. Zelfs de Joodsche Raad weet het niet. Dus ach, hoe kan ík het dan weten?'

Maar veilig was het ook niet. Vooral niet nu er op de Heemraadssingel allemaal panden gevorderd waren door de Sicherheidsdienst en de Wehrmacht en het er stikte van de Duitsers.

Gelukkig had ik ze daar tot nu toe alleen vanuit de verte gezien.

Ze zouden me niet nogmaals mijn werk afnemen, had ik besloten. Echt niet.

Het najaar was altijd mijn favoriete jaargetijde geweest. De roodtinten in de natuur, knallend op het toppunt van hun schoonheid, deden me terugdenken aan de herfstwandelingen met vader vroeger: de zondagen waarop we naar Rockanje gingen en bestrooid werden met confetti van vallende blaadjes. Vader wees paddenstoelen aan, liet me de vogeltrek zien, en ik had in mijn glimmende kaplaarzen vrolijk door de plassen gespetterd.

Maar nu?

Deze herfst viel er weinig te vieren. Alweer waren er nieuwe regels voor Joden afgekondigd, en al probeerden we ons er niet door te laten raken, één regel trof ons toch bijzonder hard: Siem mocht niet langer naar zijn eigen school. Er was nu een wet dat Joodse kinderen naar aparte scholen moesten. Of dit ook voor gedeeltelijk Joodse kinderen gold, verschilde blijkbaar nogal: Siems vriendje Jaron, die in Rotterdam-Zuid op school zat, hoefde niet weg. Maar Siem, die een NSB'er als schoolhoofd had, wel.

Hij moest Joods onderwijs gaan volgen, op de Joodse lagere school.

Dat dit besluit tijdens de zomervakantie naar buiten was gekomen, kon geen toeval zijn. Zo probeerden de Duitsers natuurlijk onrust te voorkomen. Joodse klasgenootjes werden op deze manier niet van school gehaald, maar waren tijdens de vakantie gewoon plots 'verdwenen'.

Siem zelf begreep er helemaal niets van.

'Maar wat is dat dan, Joods?' vroeg hij, terwijl ik zijn boterhammen smeerde. Het waren er tegenwoordig twee, in plaats van de vier stuks van voorheen. 'En waarom moet ik daarvoor naar een andere school?'

'Nou...' begon ik.

'Dat leg ik je straks wel uit,' zei moeder. 'Daar heeft Debra nu geen tijd voor.'

Ik glimlachte dankbaar naar mijn moeder en streek Siem over zijn bol. Er bestonden gewoon geen woorden om aan mijn broertje uit te leggen waarom hij niet meer in zijn eigen klas mocht zitten, bij zijn eigen juf, aan zijn eigen lessenaar, tussen zijn eigen vriendjes. Waarom hij in plaats daarvan straks aan moeders hand ineens een heel andere route moest gaan lopen dan hij gewend was, naar een gebouw dat hij niet kende en waar hij les zou krijgen in zaken waar hij zich nooit mee had hoeven bezighouden.

En dat gold natuurlijk niet alleen voor hem.

Ik vermoedde dat het merendeel van de kinderen die ineens naar een 'Joodse school' moesten, zich van hun Joods-zijn nauwelijks bewust waren geweest. Hun ouders waarschijnlijk ook niet. Contact met de Joodse gemeenschap hadden veel van die mensen slechts bij bruiloften of begrafenissen, soms zelfs dan niet eens. En toch werden ze nu apart gezet en van de ene op de andere dag buiten hun vertrouwde wereld en de maatschappij geplaatst.

Natuurlijk begreep Siem dat niet.

Wie wel?

Ik keek toe hoe moeder zijn haren uit zijn gezicht kamde, hoe ze zijn bretels vastklikte. Het waren handelingen die ik haar al duizend keer eerder had zien uitvoeren, maar vandaag was het anders. Vandaag trilden haar handen.

Vader zag het ook, want hij stopte met het inpakken van zijn tas en fluisterde in moeders oor: 'Weet je wat ik denk? Ik denk dat als de bezetter zoveel moeite doet om speciaal Joods onderwijs in te richten, er dus een behoorlijk toekomstperspectief voor de Joden is.'

'Ja.' Moeder stopte een laatste opstandige krul kordaat weg achter Siems oor. 'Dat denk ik ook.'

Maar die avond, toen Siem op bed lag, bracht tante het onderwerp weer ter sprake. 'Alle Joodse kinderen naar aparte scholen... Dat is toch niet te doen? In de grote steden is het misschien niet zo'n probleem, maar hoe moet dat gaan in plaatsen zoals bijvoorbeeld Goeree Overflakkee, waar er op het hele eiland misschien maar één Joodse leerling woont?'

'Tja,' zei moeder.

'Dat gáát eenvoudigweg niet. Die kinderen komen nu dus thuis te zitten, zonder onderwijs, zonder –'

'Genoeg, Rika.' Vader zuchtte vanachter zijn stapel proefwerken. 'Wíj wonen gelukkig in Rotterdam en hier is gewoon een goede Joodse school. Siem zal er snel genoeg wennen.'

'Hij zal wénnen? Jullie hebben die knul nog geen dag in zijn leven Joods opgevoed. Hoe kun je verwachten dat hij –'

'En nu is het klaar!' Vader smeet zijn pen neer. 'Genoeg erover. Ik wéét het, verdorie. Ik weet het! Maar wat doen we eraan? Zeg me dat eens?'

Tante zweeg.

'Wist ik het maar,' mompelde ze uiteindelijk, na een heel lange tijd.

Dat was waar het telkens weer op neerkwam. We voelden met zijn allen dat wat er gebeurde niet deugde, dat het eigenlijk niet zou mogen. Maar wat deden we eraan?

Wat kónden we eraan doen?

Moeder pakte haar breiwerk weer op. Weer trilden haar handen.

Het driftige getik van haar naalden was als het geluid van een tikkende tijdbom die we alsmaar bij ons vandaan duwden, voor ons uit, voor ons uit, zo ver mogelijk voor ons uit zodat er maar genoeg afstand bewaard bleef.

We moesten wel.

Want als je niet wist hoe je een bom moest ontmantelen, was de kans groot dat hij in je gezicht ontplofte.

'Maar ik wil het gewoon niet,' klonk een nijdige stem. Het was Lena. 'Op deze manier brengt zij óns ook in gevaar, besef je dat wel?'

Ik keek op en luisterde. Meneer Pacht had de werkkamer al verlaten, moe van urenlang de in zijn hoofd herschreven hoofdstukken dicteren, en ik was nog even blijven zitten om de papieren chaos op orde te brengen. Als ik dat niet deed, zou ik er morgenochtend geen wijs meer uit worden. Maar blijkbaar dacht Lena dat ik weg was.

'Dan moet je dat tegen meneer Pacht zeggen,' hoorde ik Nellie antwoorden. 'Maar ik kan je nu al vertellen dat hij daar anders over denkt. En ik ook.'

'Zijn jullie soms niet goed wijs, of zo? Je hebt toch zelf ook wel van die nieuwe regel gehoord: Joden mogen niet langer voor niet-Joden werken. En Debra is Joods! Ze mag sowieso niet eens in deze straat komen. Door hier toch te zijn overtreedt ze de wet, en omdat wij hier ook zijn, maakt ze ons automatisch medeplichtig.'

'Debra is maar half-Joods, en –'

'Wat maakt dat nou uit? Ik heb nooit begrepen wat ze hier doet. Als meneer Pacht mij gewoon wat meer tijd had gegeven, had ik heus wel kunnen leren hoe zo'n schrijfapparaat werkt. Dan was dat boek van hem nu allang af geweest!'

'Geloof je dat echt?'

'En wat vind jij er dan van dat zij altijd maar via de voordeur naar binnen komt, terwijl wij de dienstingang moeten gebruiken?' tierde Lena verder. 'Het deugt van geen kant.'

Zorgvuldig legde ik de gesorteerde vellen in de la en sloot het bureau af.

Toen ik de kamer uit kwam, liep ik kalmpjes langs de twee vrouwen en wenste ze een goede avond.

Lena werd vuurrood.

De volgende dag was het niet Lena die mij binnenliet, maar Nellie.

In de keuken zag ik vieze ontbijtspullen op het aanrechtblad staan. In de zitkamer was de haard nog niet aangestoken. Nellie zag mijn blik en zei: 'Lena komt niet meer.'

'O,' antwoordde ik alleen maar.

Of Lena uit zichzelf was opgestapt, of dat meneer Pacht haar ontslagen had, vroeg ik niet.

Maar de dag erna was er een nieuwe dienstbode.

Annemarie droeg haar lange bruine vlechten in een knot, had een vriendelijk, rond gezicht en kletste honderduit.

Het donkere huis leek meteen een stuk lichter.

CHAVER

De jonge wolf kwispelde. Hij wist wat het betekende als de oude man zijn jas aantrok. In een opgewonden uitbarsting van energie sprong hij alvast tegen de voordeur op en maakte er met zijn scherpe nagels mooie, diepe krassen in. Kom nou, waar wachtte de oude man nog op?

Sinds de jonge wolf had ontdekt dat de buitenwereld ook een fijne plek kon zijn, dat het eigenlijk een oneindige verzameling van interessante luchtjes was, waren de wandelingen het hoogtepunt van zijn dag geworden. Telkens weer kwam er een berg aan informatie vrij. Door zijn neus aan de grond te zetten wist Chaver precies waar iemand had gelopen, wie het was geweest en hoelang geleden dat was. Wanneer hij uitwerpselen besnuffelde, wist hij vrijwel direct van welk dier ze afkomstig waren, hoe oud het dier was, wat het had gegeten en of het gezond of juist verzwakt was. Zo nu en dan rook hij een geur die hem deed denken aan Black. Hierdoor wist hij dat er in deze buurt blijkbaar soortgelijke dieren rondliepen, al had hij ze nog niet gezien.

Maar van leeuwen, olifanten of apen was geen enkel geurspoor.

Die waren hier niet.

Mensen, daarentegen, waren overal.

Chaver rook ze, hij zag ze, hij hóórde ze.

En hij zorgde ervoor dat hij afstand hield tot iedereen behalve tot Saul.

DEBRA

Plotseling doken er overal VERBODEN VOOR JODEN-bordjes op. Niet alleen in het park, het zwembad en hotels waren Joden niet langer welkom, ook in de bibliotheek mochten ze niet meer komen. Het was blijkbaar niet genoeg dat we er niet langer mochten werken, nu mochten we er ook geen boeken meer komen lenen. Ik dacht aan de vele trouwe bezoekers van de leeszaal, mensen die ik zo vaak had mogen begroeten en adviseren, gepassioneerde lezers van wie ongetwijfeld een deel Joods was. Ineens was het voor hen strafbaar geworden om een plek te bezoeken waar ze zo vaak kwamen.

'Er blijft weinig over op deze manier,' merkte tante op. 'Straks mogen we ons huis niet eens meer uit.'

Dat de Duitsers steeds verder gingen met hun getreiter, verbaasde me niet. Wat ik wél verrassend vond, was dat iedereen eraan meedeed. Wat ging er door een restauranteigenaar heen als hij zo'n bordje ophing? Voelde hij zich medeplichtig aan onze ellende of stond hij er niet eens bij stil, was het voor hem gewoon het zoveelste ongemak van de oorlog, zoals het rantsoen en de verduisteringsplicht?

'Soms wilde ik dat de moffen er maar gewoon gelijk een eind aan maakten,' ging tante verder. 'Als ze zo graag van ons af willen, waarom doen ze dat dan niet direct? Waarom gaat het zo langzaam en wordt de strop om onze nek elke dag een klein stukje strakker aangetrokken? Het is om gek van te worden.'

'Wees maar blij dat het zo langzaam gaat,' zei ik.

Tante trok haar wenkbrauwen op. 'Waarom?'

Ik legde haar uit dat de traagheid waarmee de vijand te werk ging juist een voordeel was. Zelf dachten de Duitsers ongetwijfeld dat door de nieuwe maatregelen een voor een in te voeren ze de meeste kans van slagen hadden, omdat het op deze manier voor de gewone bevolking niet zo opviel waar ze mee bezig waren.

Maar ik zag het anders.

Want hoe langer dit allemaal gerekt werd, hoe meer kans er was dat ons land bevrijd zou worden voordat de Duitsers hun plannen volledig hadden kunnen uitvoeren.

'Laten we het hopen, kind,' zei tante. 'Laten we het in godsnaam hopen.'

CHAVER

Sauls zus woonde niet in Rockanje. Ze was met een Amsterdammer getrouwd en woonde al meer dan dertig jaar in de hoofdstad. Van haar hoorde Saul voor het eerst over de grimmige toestand in Amsterdam. In haar brief beschreef Beth de razzia's, de mensen die op straat in elkaar werden geslagen, de huizen die werden leeggeroofd. Met afschuw las Saul dat alle Joden van zestien tot veertig jaar werden opgeroepen om zich te verzamelen in de Joodsche Schouwburg. Dat er daar vervolgens elke nacht hele groepen tegelijk werden afgevoerd. In het donker, zodat de achterblijvers niet zouden gaan rellen...

Waar ze naartoe gingen? Dat wist Beth niet.

Saul schreef haar onmiddellijk terug. Zittend aan de hoge tafel, met Chaver naast hem, liet hij zijn zus weten dat ze meer dan welkom was om bij hem te komen tot de oorlog voorbij was. Dat het, ondanks de vele Duitsers in de omgeving, toch redelijk veilig was in Rockanje. In elk geval was de toestand in het dorp niet te vergelijken met die in de grote stad, waar overal zo nadrukkelijk de VERBODEN VOOR JODEN-bordjes hingen. In Rockanjes Rots hing deze verplichte tekst op een zo donker mogelijk plekje aan een zijmuur, waar die bijna onzichtbaar was.

En helemaal niemand had er wat van gezegd dat Saul er vorige week eindelijk weer eens een biertje was gaan drinken.

Aad had hem op de schouders geslagen en gezegd: 'Goed je te zien, maat.'

Dat Saul er minder lang bleef hangen dan voor de oorlog kwam niet doordat de grammofoon niet langer de gezellige Amerikaanse muziek liet horen en in plaats daarvan verplichte Duitse liedjes uitbraakte, of omdat het bier tegenwoordig een slap en piskleurig brouwsel was, maar simpelweg omdat hij niet te lang van huis wilde zijn.

Hij wist dat Chaver niet graag alleen was.

Het antwoord dat Beth hem in de volgende brief stuurde, was spijtig: haar man en zij bleven in Amsterdam. Thomas was tandarts, en aangezien Joodse tandartsen alleen nog maar Joodse patiënten mochten ontvangen, zou er in Rockanje geen werk voor hem zijn. En om in deze moeilijke en onvoorspelbare tijd ook nog eens zonder inkomsten te raken...

Met een zucht zette Saul zijn leesbril af en legde de brief weg.

Hij moest haar keuze respecteren. Er was niets wat hij verder nog voor zijn zus kon doen.

Het enige wat overbleef was hopen dat ze op de een of andere manier veilig zou blijven daar, in een buurt die inmiddels *Judenviertel* werd genoemd. Hopelijk kon

Thomas' werk hen lang genoeg uit de problemen houden tot deze ellende voorbij was.

Chaver, die languit op tafel lag te slapen, snurkte zacht.

Saul keek naar hem en bedacht dat het misschien ook maar beter was zo. Beth was bang van honden, vooral van grote. Dat was altijd al zo geweest.

Saul wilde niet weten wat het met haar arme hart zou doen als ze oog in oog kwam te staan met een wolf.

DEBRA

Eindelijk waren meneer Pacht en ik toe aan het afronden van de tweede versie van zijn manuscript. Ik had de afgelopen maanden een diepe bewondering voor zijn vak ontwikkeld. Nu ik zo nauw betrokken was bij de totstandkoming van een boek, had ik voor het eerst de verschillende fases van het schrijfproces leren kennen. In de eerste versie werden er vooral veel woorden verzameld, zoveel zelfs dat ik er soms zeker van was geweest dat dit het dikste boek ter wereld ging worden. Daarna had ik ontdekt dat er in de tweede versie juist weer veel tekst werd weggeslagen, dat er gekneed en geschaafd werd tot de juiste vorm ontstond.

En de derde versie? Dat gingen we nu zien.

Een interessante bijkomstigheid van deze fase was dat de rollen nu omgedraaid waren: het was niet langer meneer Pacht die aan het woord was, maar ik, al waren het natuurlijk nog steeds zíjn woorden die ik uitsprak. Ik las het manuscript hardop aan hem voor, en telkens wanneer ik even opkeek van het papier, zag ik hem aandachtig luisteren, zijn bruine ogen starend in het niets en zijn mond golvend tussen dan weer een kritische, smalle streep en dan weer een tevreden grijns. Regelmatig haakte hij in en zei dingen als 'Ho, dat halen we weg!' of 'Ai, dat kan beter, denkt u niet?'

Maar soms was hij onverwacht in zijn nopjes met zichzelf en riep hij uit: 'Briljant! Toen ik dit schreef, had ik blijkbaar een goede dag.'

De verbitterde man met het ongekamde haar en de whisky op zijn bureau leek een gesneuvelde schim uit een vorige versie.

Wanneer ik aan het eind van zo'n geslaagde sessie de trap af daalde, mijn mantel aantrok en nog even napraatte met Nellie en Annemarie, kon het zomaar zo zijn dat ik een paar uur lang niet aan de oorlog had gedacht.

CHAVER

De jonge wolf was intussen tweeënhalf jaar, en de flitsen van zijn leven in het wolvenperk begonnen steeds meer te vervagen. Af en toe schoten ze als onverwachte vlammen door zijn brein, zoals net toen er plotseling sirenes klonken en hij zonder erbij na te denken zijn kop achterover had geworpen en luidkeels had meegehuild, zijn oren plat in zijn nek.

Zingen hadden ze altijd samen gedaan, hij en zijn familie, dat wist hij nog goed.

Maar nu kwam er geen bijval, geen antwoord.

Nu was het alleen zíjn stem, die loepzuiver doorklonk toen het geluid van de sirene allang vervlogen was en zijn geloei zelfs in zijn eigen oren een wanhopige klank kreeg. Hij ging er zo in op, dat hij een ogenblik lang niet meer wist waar hij was. Wíé hij was. Hij wist alleen maar dat hij zijn familie riep, dat hij op de een of andere manier van hen verwijderd was geraakt en dat hij moest huilen, blijven huilen, zodat ze hem misschien zouden horen.

Maar wacht, wat was dit?

Er klonk tóch een antwoord.

En het was dichtbij, zo dichtbij zelfs dat de jonge wolf verbaasd opzij keek.

Daar, het was de oude man! Hij was naast Chaver komen zitten, hield zijn handen als een lange snuit voor zijn mond gevouwen en zijn hoofd achterovergekanteld. Met gesloten ogen zong ook hij de muziek van Chavers familie, eerst zacht maar geleidelijk steeds harder.

Even keek Chaver alleen maar toe.

Toen vond hij zijn stem terug en viel weer in. Ze zongen samen, de oude man en de jonge wolf, verbonden in een lied zo oud als de tijd.

Saul veegde zijn tranen weg. Hij had niet verwacht dat hun samenzang hem zó zou raken. En verdorie, nu schoten zijn ogen alweer vol.

Chaver zag het en likte de emotie uiterst voorzichtig van Sauls gezicht.

Een paar tellen lang sloot Saul zijn ogen.

Hij was zich er heel goed van bewust dat hij, als mens, tekortschoot in wat hij voor Chaver kon betekenen. Een wolf was een roedeldier en had daardoor een sterke behoefte aan soortgenoten, aan familie. Saul wist dat hij Chaver nooit alles zou kunnen geven wat hij nodig had. Maar hij zou wél alles doen wat in zijn beperkte vermogen lag om daar zo dicht mogelijk bij in de buurt te komen.

Ondanks zijn ongebruikelijke leefomstandigheden was Chaver gelukkig; daar was Saul van overtuigd. Hij zag het aan de manier waarop de wolf verheugd kwispelde wanneer hun blikken elkaar onverwacht troffen. Hij merkte het aan de onstuimige passie waarmee Chaver tegen hem opsprong en zijn dikke voorpoten op zijn schouders legde wanneer ze elkaar heel even niet hadden gezien. Elke hereniging, zelfs wanneer ze niet langer dan een paar minuten van elkaar gescheiden waren geweest, was een ritueel dat feestelijk werd uitgevoerd en waarbij Chaver zachte, blije piepgeluidjes maakte. Regelmatig lag de huid op Sauls handen en armen open van de wonden die Chavers vlijmscherpe tanden maakten wanneer hij op zijn eigen wilde manier genegenheid toonde. Dat Sauls oude huid, broos als vloeipapier, hier niet tegen bestand was, leek de wolf niets uit te maken. Soms nam Chaver zelfs Sauls hele pols in zijn bek om hem mee te nemen op een rondje door de kleine woonkamer, telkens opnieuw om de lage tafel heen als een kind in de draaimolen, iets waar de wolf blijkbaar ongelooflijk veel plezier aan beleefde. Tijdens dit spel maakte hij uitzinnige jankgeluidjes van pret.

Saul accepteerde de vele littekens op zijn armen als de liefdesbrieven die het waren.

Allebei waren ze hun dierbaren verloren...

Maar samen hadden ze iets nieuws opgebouwd.

DEBRA

Er werd verwacht dat de oproepen die de mensen in Amsterdam kregen binnenkort ook hier in de bus zouden vallen. Steeds meer Joodse kennissen spraken over onderduiken, maar vader zei dat dit voor ons geen optie was. Onderduiken was vluchten, en dat deed je niet als je een zuiver geweten had. De gefluisterde geruchten dat een deportatie de dood betekende, verwees hij naar het rijk der fabelen. In een oorlog sneuvelden soldaten, maar gewone burgers wegvoeren om ze vervolgens om te brengen bestond niet. Zelfs de grootste vijand zou zoiets niet doen.

De verhalen konden simpelweg niet waar zijn en daarom schonken we er geen aandacht aan. Zelfs tante had er na die ene keer niet meer over gesproken.

Maar het woord 'onderduiken' bleef om ons heen zoemen als een mug in een zomernacht.

Het was natuurlijk een ontzettend vaag begrip, want hoe of waar ging men onderduiken dan? Waar moest je heen? Voor zoiets had je connecties nodig, je moest mensen kennen die bereid waren je in huis te nemen. Ik zou niet weten aan wie wij zo'n gigantisch grote gunst konden vragen, helemaal niet aangezien iedereen ervan op de hoogte was dat er zeer strenge straffen stonden op het verlenen van hulp aan onderduikers.

Wij dronken onze surrogaatthee en knikten instemmend toen vader weer zei dat het allemaal zo'n vaart niet zou lopen. Niet hier, niet met ons.

Dit was immers Amsterdam niet.

Op oudejaarsavond zaten we met zijn zessen dicht bij elkaar. Tot grote vreugde van tante was Matz ook gekomen. Hij zou bij ons blijven slapen vannacht, op een matras bij Siem op de kamer. Siem, die 's middags drie uurtjes op bed had gelegen, mocht vandaag de hele avond opblijven en voelde zich een enorme meneer.

Moeder en tante hadden oliebollen gebakken van het deeg en vet dat we speciaal voor vandaag hadden opgespaard, en we brachten de avond door met eten, spelletjes, en vooral niet over de oorlog praten. Matz had een verrassing voor Siem meegebracht: een kistje vol met kleine, houten boerderijdieren, door hem zelf gemaakt. Siem ging er verrukt mee op de grond zitten en spreidde de dieren om hem heen uit. Een koe, een varken, een kip, een geit.

'En...' zei Matz, terwijl hij iets uit zijn broekzak toverde. 'Als laatste nog deze, want die mag natuurlijk niet ontbreken.'

'Wauw...' zei Siem, toen hij het diertje van hem aannam. 'Kijk, Debra, het is Tess!'

Ik keek naar de kleine houten Schotse collie in Siems uitgestoken hand en glimlachte toen de echte Tess, opgetogen dat haar naam ineens zo blij door de kamer klonk, kwispelend heen en weer dribbelde en druk aan de houten diertjes snuffelde. Plotseling vuurde mijn hart de tintelende pijltjes af die ik herkende als geluk.

Het bestond dus nog, dit gevoel.

Even sloot ik mijn ogen en concentreerde me op het moment.

Op straat was het stil. Maar binnen was het knus, met de kachel aan, de lampen ontstoken, de zoete geur van het kleine beetje poedersuiker dat moeder had weten te bemachtigen aan onze vingers en Siem die met een plechtig gezicht verkondigde dat hij later ook houtwerker wilde worden, net zoals zijn grote neef Matz.

31 december was altijd een avond geweest van terugblikken naar wat achter ons lag, maar ditmaal deden we dat niet. Er was ons dit jaar te veel afgenomen. En in plaats van daar boos om te zijn, kozen we ervoor dankbaar te zijn voor wat we nog wél hadden.

We waren samen.

Toch, gehéél gerust zijn lukte ons niet. Het woeste geraas van de wereldzee drong zelfs vanavond genadeloos tot onze behaaglijke ruimte door. Steeds weer bekeek ik ons kleine gezelschap: Matz die Tess het vet van zijn vingers liet likken, tante die voor het eerst in lange tijd weer grapjes maakte, Siem die rode wangen van opwinding had van het lange opblijven, vader en moeder die als verliefde tieners dicht tegen elkaar zaten. Op de achtergrond van dit alles wist ik dat er op dit moment ook veel mensen waren die níét samen konden zijn, zoals tante Rika en oom Levie. Of de vele mannen en vrouwen die met gewonde zielen naar een onbekende verte keken, daar waar de geliefde die zij misten ergens moest zijn… of niet meer was.

We moesten hoop houden, had vader gezegd. Volhouden.

Maar was dat dan echt het hoogst haalbare op deze laatste avond van het jaar?

Toen de klok middernacht sloeg en we elkaar in de armen vielen, zei vader plechtig: ‘1942 is hier. Het jaar dat ons eindelijk vrede zal brengen.’

‘Vrede op aarde,’ zong Siem, een lied dat hij op zijn vorige school had geleerd. ‘In de mensen… een wel-be-ha-gen!’

‘Zo is dat, knul,’ zei tante met glinsterende ogen. ‘Volgend jaar om deze tijd vieren we de jaarwisseling in vrijheid.’

1942

DEBRA

'Het eind komt in zicht,' zei ik terwijl ik de beschermhoes terug over de typemachine legde. 'Nog een paar van dit soort ochtenden en dan is uw manuscript af, meneer Pacht.'

'Dan is mijn derde versie af, zult u bedoelen.'

'Maar het verhaal is nu goed, toch? Het staat als een huis.'

'Ik vind het erg lief dat u dat zegt, maar zo eenvoudig is het niet. Nee, houdt u er maar rekening mee dat we er nog een keer helemaal doorheen zullen moeten.'

Ik staarde van de dikke stapel papier naast de schrijfmachine naar het vastberaden gezicht van meneer Pacht en viel stil. Was hij werkelijk serieus? Ik kon me niet voorstellen wat we nú nog aan het boek zouden kunnen veranderen. Elke zin, elk woord was onder de loep genomen, gewogen, gekanteld, weggehaald en weer teruggezet, vervangen of verplaatst. We waren klaar.

Zag hij echt niet in dat we nu op het punt waren gekomen dat mijn taak erop zat?

Dat ik daardoor zonder werk zou komen te zitten, was iets waar ik maar niet aan probeerde te denken. Het zou in deze tijd niet meevallen iets nieuws te vinden. En wat als ik –

'Nee, hoor,' zei meneer Pacht opnieuw, alsof hij mijn gedachten kon horen. 'Wij zijn hier nog lang niet klaar, juffrouw Debra. Nog lang niet.'

Een moment lang wist ik zeker dat hij mijn dankbare glimlach kon zien.

Aan alle Joden in Nederland,

Wij voelen ons verplicht alle in Nederland woonachtige Joden dringend aan te manen, om de voorschriften en bepalingen, door de Duitsche autoriteiten ten opzichte der Joden uitgevaardigd, stipt na te komen en zich niet op eenigerlei wijze daaraan te onttrekken.

Immers, door in strijd met de voorschriften te handelen, loopt men niet alleen de kans zichzelf te benadelen, maar kan men ook het lot en de veiligheid van groepen van andere Joden in ernstige moeilijkheden brengen.

DE VERKEERDE DAAD VAN DEN ENKELING KAN DE GEMEENSCHAP TREFFEN.

Wij onzerzijds staan paraat om de belangen van alle Joden in Nederland, zonder enig onderscheid, te behartigen. Maar wij vermogen dit alleen, als wij kunnen rekenen op het vertrouwen en de medewerking van alle Joden, zonder uitzondering. Wij vragen u deze medewerking ook in dien zin, dat gij aan deze aanmaning voldoet en anderen daartoe opwekt, waar en wanneer dit noodig mocht zijn.

Wij bouwen op de medewerking van elken Jood in het bijzonder.

Het Joodsche Weekblad, 20 februari 1942

De echo van vaders woorden, voorgelezen in zijn onderwijzersstem, sloeg ons om de oren.

Uiteindelijk was het tante die als eerste de stilte verbrak. 'Ze doen verdorie alsof we een stel kleine kinderen zijn die bij de grote juf op het matje worden geroepen.'

Vader legde de krant op tafel, behoedzaam, alsof het papier zou breken als hij zijn emoties de vrije loop liet. Alsof híj zou breken. Een spiertje in zijn nek trilde.

Ik keek naar zijn gezicht, naar de hoge jukbeenderen die zo op de mijne leken maar die me bij hem nooit eerder waren opgevallen, de bruine krullen die we ook deelden maar waar bij hem steeds meer grijze draden in verschenen. In twee jaar tijd leek hij tien jaar ouder te zijn geworden.

Hij liep naar de bank, nog altijd slepend met zijn been, ging zitten en vouwde zijn handen in elkaar. Nu pas viel het me op hoe wijd zijn overhemden geworden waren. Hoe het witte katoen van zijn schouders hing. Toen hij sprak, was zijn stem laag en nadenkend. 'Ernstige moeilijkheden,' zei hij. 'Ernstige moeilijkheden, als ik zou besluiten een hapje te eten in een restaurant. Of een wandelingetje te maken in het park.'

Moeder ging naast hem zitten en sloeg haar arm om hem heen.

'Ernstige moeilijkheden,' zei vader weer, alsof na al die tijd van gebukt lopen en ons hoofd laag houden die ene term nu een muur was waar hij tegenaan bleef botsen. 'Ernstige moeilijkheden. Zoals wat?'

'Dan zetten ze je gevangen,' zei tante. 'En niemand ziet je ooit nog terug. Voor het betreden van een bibliotheek. Voor een kopje koffie drinken in een café. Voor het per ongeluk de verkeerde hoek omgaan waardoor je in een verboden straat terechtkomt...'

'Ernstige moeilijkheden,' mompelde vader opnieuw. 'Ernstige moeilijkheden!'

Het was voor het eerst dat we hem zo zagen. Natuurlijk had hij zich eerder kwaad gemaakt, maar altijd had hij zich snel weer herpakt. Niet eerder was hij vastgelopen, werden de struikelblokken te groot om te relativeren. Ook vader kon er niet langer omheen.

Hem zo te zien was verontrustender dan alle krantenberichten bij elkaar.

CHAVER

Saul trok zijn sjaal wat dichter om zijn hals. Katherina had het kledingstuk, net als de handschoenen die hij droeg, jaren geleden voor hem gemaakt. Maar zelfs de warmte van de liefdevol gebreide wol kon zijn huid niet beschermen tegen de scherpe noordenwind.

Zijn handen sprongen open als knopjes in de meimaand.

'Heb jij gelukkig geen last van, vriend,' zei hij tegen Chaver.

De wolf, die voor hem uit liep, keek blij om. Met zijn extreem dikke wintervacht leek hij nog groter. Het verschil met de dunne, kortharige zomervacht was enorm. En de kou deed hem zichtbaar goed. Chaver droeg zijn staart hoger dan anders en draafde zelfverzekerd over de bevroren paden. Zijn bewegingen leken moeiteloos als een stromende rivier. Zo nu en dan keek hij hoopvol op naar de witgrijze februarilucht boven hem.

Saul grinnikte. 'Je wou dat het sneeuwde, is het niet?'

Soms waren wolven net kinderen.

Toen ze terug richting hun erf liepen, zag Saul een beweging bij het huis naast hen. Het was Jan, die blokken hout naar binnen sjouwde.

'Chaver,' zei Saul direct. 'Achterom.'

De wolf verliet Sauls zijde en schoot achter het duinhuisje langs, naar de keukeningang.

Net op tijd.

'Hallo daar!' riep Jan hem tegemoet. 'Je was er alweer vroeg opuit, buurman.'

Saul knikte kort.

'Waar is die hond van je? Ik zie hem soms uit de verte, maar het is volgens mij niet bepaald een allemansvriend, of heb ik het mis?'

'Nee.'

'Groot beest wel, hoor. Poolhond? Berghond?'

'Zoiets.'

Jan legde de houtblokken terug op de stapel en liep Sauls kant uit. 'Ik begrijp het natuurlijk wel,' zei hij. 'Zo heb je tenminste een beetje aanspraak, hè? Ik bedoel, nu je natuurlijk niet meer in je stamkroeg komt...' Hij knipoogde overdreven.

Saul staarde hem alleen maar aan.

Wist Jan dat hij ondanks het verbod nog steeds in de Rots kwam? Is dat wat hij Saul op deze achterbakse manier probeerde te vertellen?

'Dág, Jan,' zei Saul, en hij liep naar zijn voordeur.

’s Middags was het tijd voor een nieuwe oefening. Saul wilde dat Chaver leerde zich ongezien uit de voeten te maken wanneer Jan, of wie dan ook, onverwachts aan de deur zou staan. Hij vertrouwde zijn buurman steeds minder. Wat had die vent een tijd geleden nou ook alweer tegen hem gezegd? *Pas maar op, de Duitsers zijn dol op waakhonden.*

Boos schudde Saul zijn hoofd.

‘Maak je maar geen zorgen, vriend,’ zei hij tegen de wolf. ‘Jou gaat niets gebeuren. Daar zorg ik voor.’

Hij keek de kamer rond en bedacht een plan.

Nog geen halfuur later had Chaver de eerste beginselen van hun nieuwe truc onder de knie.

DEBRA

‘Wilt u even wachten, juffrouw Davidson?’ vroeg meneer Pacht, toen het werk er voor die ochtend weer op zat en ik de bureaulades afsloot. ‘Ik heb hier iets voor u.’

Ik keek toe hoe hij opstond. Dat deed hij steeds zelfverzekerder, een scherp contrast met zijn wankelende bewegingen van vorig jaar. Het was alsof al zijn nog wel werkende zintuigen besloten hadden voor hem in de bres te springen in hun vastberadenheid hem overeind te houden.

‘Eens even voelen... Waar ligt het? Waar ligt het? Aha, hier zul je het hebben. Kom eens bij me staan, als u wilt?’

Ik liep naar hem toe. ‘Hier ben ik.’

De vingers van meneer Pacht klemden zich om de rand van een duur uitziende, bruine koffer, die iemand blijkbaar op zijn bureau had gelegd. De schuifsloten waren dicht, maar het was duidelijk te zien dat het valies goed gevuld was. Meneer Pacht schraapte zijn keel en zei: ‘Ik kan me voorstellen dat deze koffer te zwaar voor u is om mee te nemen, dus ik wil graag voorstellen dat ik de inhoud aan u schenk, maar dat u de koffer voor uw gemak hier laat staan, in de wetenschap dat het u toebehoort en dat u er telkens iets uit mee naar huis kunt nemen.’

‘Ik begrijp er niets van,’ zei ik. ‘Wat is het dan?’

Meneer Pacht deed een stap opzij. ‘Maak maar open.’

Ik schoof de zware sloten open, tilde de bovenkant omhoog, en...

‘O,’ bracht ik uit. Ik knipperde een paar keer met mijn ogen. De hele koffer was tot de rand gevuld met boeken. Dikke, zware boeken.

‘Voor u.’ Meneer Pacht glimlachte.

‘Maar... dit kan ik toch niet aannemen? Het zijn er zoveel.’

‘Luister, juffrouw Davidson...’ Meneer Pacht tastte achter zich tot hij zijn bureaustoel vond en liet zich er toen voorzichtig in zakken. ‘Ik heb zelf nooit een dochter gehad. Wel een zoon, maar die houdt niet van lezen. Kunt u het geloven?’ Hij grinnikte even. ‘Maar als ik wel een dochter zou hebben gehad, dan zou ik hopen dat ze zo was als u. En daarom...’ Ik zag zijn donkere ogen zoeken, zag hoe ze in een oneindige ruimte tuurden. ‘Ziet u, ik kan deze boeken zelf niet meer lezen. Nooit meer. En ik weet dat ú zeer van lezen houdt. Daar hebben we samen over gepraat, nietwaar? Ik weet helaas ook dat u de toegang tot de bibliotheek is ontzegd. En... Nou, goed, enfin, de boeken die u hier aantreft zijn stuk voor stuk persoonlijke favorieten. Ik ben samen met de dienstbode bij mijn boekenkast gaan staan en heb haar precies verteld welke titels ze moest pakken. Ik hoop dat deze romans net zoveel voor u zullen gaan betekenen als ze voor mij hebben gedaan.’

O, maar dat deden ze nu al.

Ik pakte een van de bovenste boeken op en keek ernaar. *Anna Karenina*, stond erop. Met mijn vingers streek ik over de dikke rug, over het met bloemen bedrukte stofomslag.

'Dank u,' zei ik schor. 'Echt, dank u wel.'

Tante zat aan de keukentafel met *Het Joodsche Weekblad* opengevouwen voor haar.

'Nieuwe verordening,' zei ze bij wijze van groet.

Haar stem was toonloos, alsof haar emoties de puf niet meer hadden op het toneel te verschijnen. Het was simpelweg te vermoeiend geworden. We zaten intussen in het voorjaar. Er was de afgelopen maanden zóveel gebeurd dat we het bijna niet meer konden bevatten. Het werd steeds moeilijker te geloven dat het land waarin wij leefden Nederland was.

Een beschaafd land.

Ik legde het boek van meneer Pacht dat ik wilde gaan lezen alvast op de bank om straks in te beginnen – het was het zevende al – en rolde met mijn ogen. 'Waar mogen we nu weer niet meer komen?'

Maar tante schudde haar hoofd. Donkere wallen lagen als plassen regenwater onder haar ogen. 'Deze keer is het anders. Je gaat werkelijk niet geloven wat ze bedacht hebben.'

'Ach, ik kijk nergens meer van op,' zei ik, terwijl ik de keuken in liep. 'Wilt u ook thee?'

Tante gaf geen antwoord.

Ik liep terug de kamer in en vroeg nogmaals of ze thee wilde.

Maar tante schoof de krant in mijn richting en zei alleen maar: 'Lees.'

Ik wilde het bericht helemaal niet lezen. Er lag een nieuw boek op me te wachten, een manier om juist aan deze lelijke realiteit te ontsnappen. Maar vooruit, om tante een plezier te doen liet ik mijn blik over de tekst gaan. Het was ongetwijfeld weer een...

Wát? Met een ruk pakte ik de krant op om de tekst beter te kunnen zien.

De woorden die ik las zweefden tussen het papier en mijn ogen. Ik wilde ze bij me wegslaan, zo hard dat ze gaten in het krantenpapier maakten. Ze toelaten in mijn hoofd zou betekenen dat ik toegaf aan de waarheid ervan, en dit wás niet waar, dit kon niet waar zijn.

'Ik zei het toch?' zei tante. 'Dit is niet te geloven.'

We konden er allemaal niet over uit. Het was gewoon te absurd, te belachelijk. Een slechte grap.

Joden moesten voortaan een ster dragen.

Het ging om een gele davidsster, zwart omlijnd, waarin met zwarte letters 'Jood' stond, geschreven in een soort imitatie-Hebreeuwse letters. We moesten het bespottelijke ding dragen op de linkerkant van jas, blouse of vest, op borsthoogte.

En het was echt waar.

De volgende dag waren de sterren al te koop, voor vier cent per stuk. Mevrouw Paardekooper van een paar deuren verderop was een van de eersten die ermee rondliep. Vanuit het raam zag ik hoe ze trots haar borst vooruitstak alsof ze een eremedaille opgespeld had gekregen. Ze werd meteen bestormd, want iedereen wilde de ster zien. En dat terwijl het pas vanaf morgen echt verplicht was om hem te dragen.

Tante stond naast me en keek stilletjes mee naar het tafereel op straat.

Nog steeds was er niemand die opstond en riep dat dit te ver ging. Natuurlijk begreep ik ook wel dat mensen in hun eentje niets konden beginnen tegen een leger van gewapende nazi's, maar als we nu eens massaal in opstand kwamen, als we met zijn allen zouden zeggen 'En nu is de maat vol!' dan zou dit getreiter toch moeten ophouden?

Maar hoe zette je zo'n actie op touw? Ik wist het niet.

'Ongelooflijk, wat een vertoning.' Tante schudde kwaad haar hoofd en keerde zich van het raam weg. 'Nou, ik doe er in elk geval niet aan mee, als je dat maar weet. Ik leef verdorie niet in de middeleeuwen.'

'En ik?' vroeg ik. 'Ik ben half-Joods. Moet ik dan soms met een halve ster gaan rondlopen?'

Ik bedoelde het als een soort grapje, maar tante keek alleen maar nog kwader. 'Schei toch uit met dat half-Joods,' zei ze. 'Dat de Duitsers dat hebben bedacht wil nog niet zeggen dat het waar is. Je bent Joods als je moeder Joods is, punt. En je kunt geen halve moeder hebben, of wel soms? Het is allemaal te krankzinnig voor woorden.'

Al snel werd duidelijk dat ook ik en zelfs mijn broertje niet aan de ster konden ontsnappen. Iedereen vanaf zes jaar, vol-Joods of half-Joods, moest er een dragen. De ster moest goed zichtbaar en vast opgenaaid gedragen worden. De regel gold niet alleen op straat, maar ook op binnenplaatsen, in tuinen, voortuinen en aan huis- en straatdeuren. Wie hem niet droeg, kreeg duizend gulden boete.

Dat was zo'n beetje heel vaders jaarinkomen.

Wie dat niet kon betalen, ging doodleuk zes maanden de cel in.

Er zat dus niets anders op. Die avond zat ik samen met moeder en tante aan tafel, naald en draad in onze handen en de gele sterren op een hoopje voor ons.

'Gekkenwerk is het,' mompelde tante. 'Ze merken de Joden als vee dat naar de slacht gaat. En weet je wat het ergste is? Wij werken er gewoon aan mee.'

'Ja, wat wil je anders?' zei vader. 'De gevangenis in? Als we door het dragen van zo'n ster tenminste weer normaal door kunnen met ons leven, dan moeten we dat ervoor overhebben.'

'Normaal door kunnen? Zeg je dat nu echt? Niets is normaal meer, Gideon, niets. En je denkt toch niet dat het hierbij blijft? Met zo'n ster maken we onszelf tot een buitengewoon gemakkelijk mikpunt voor iedere mof die toevallig een slechte dag heeft. Als er twee mensen voorbijlopen, waarvan een met ster en een zonder, op wie denk jij dan dat hij zijn rothumeur zal afreageren?'

'Dan draag je hem niet.' Vader zuchtte. 'Wat jij wilt.'

'Wat ik wíl is dat deze ellende gewoon een keertje ophoudt!' Tantes stem sloeg over. Ze smeet haar naald en draad neer en veegde met de mouw van haar blouse langs haar ogen.

'Dat willen we allemaal,' zei moeder zacht.

CHAVER

'Zeg, vergeet je niet iets?' Jan stapte zijn deur uit, precies op het moment dat Saul voorbijliep om naar de slager te gaan, waar een verse zak met botten en slachtresten voor hem klaarlag.

Saul keek zijn buurman geïrriteerd aan. 'Waar heb je het over?'

'Dat je wat vergeten bent.' Jan tikte nadrukkelijk op zijn eigen linkerborst.

'Ach man, ik ga alleen maar even boodschappen doen.'

'Tja, míj maakt het natuurlijk niet uit,' zei Jan met een uitgestreken gezicht. 'Maar als je toevallig de verkeerde Duitser tegenkomt... Je weet het, hè, regels zijn regels.'

'Krijg het heen en weer met je regels.'

Saul liep door.

Natuurlijk wist hij het, van de Jodenster. De nieuwe regel had op zijn zachtst gezegd nogal nadrukkelijk in de krant gestaan. Maar Saul had de sterren nog niet in huis gehaald. Hij weigerde om met zo'n merkteken te gaan rondlopen, als enige in heel Rockanje ook nog.

Jan zou eens wat meer op zichzelf moeten letten.

Sterker nog, die landverrader had een flinke stomp op zijn neus nodig. Wedden dat hij dan wél sterretjes zag?

DEBRA

In juli lag er een gele envelop in de brievenbus met tantes naam en geboortedatum erop.

Ze trok wit weg toen ik met de brief naar boven kwam.

'Maak jij hem maar open,' zei ze. 'Ik ga toch niet.'

Voorzichtig begon ik te lezen. Misschien was het niet wat we vreesden. Misschien...

Ik slikte. Het was wel zo.

Tante had een oproep gekregen.

In de brief stond dat tante 'voor nader persoons- en geneeskundig onderzoek' naar een doorgangskamp te Westerbork zou worden overgebracht, om te beoordelen of ze in aanmerking kwam voor 'eventuele deelname aan een onder politietoezicht staande werkverruiming in Duitsland'.

Ik liet de brief zakken en legde mijn hand op tantes arm. 'U moet zich volgende week om vijf uur 's middags melden bij Loods 24,' zei ik zacht.

We wisten allemaal waar dit was: een reusachtige houten loods die achter een ruim twee meter hoge muur lag, op een afgesloten haventerrein tussen de Spoorweghaven en de Binnenhaven. Op het terrein lagen rails die aansluiting gaven op het nationale spoorwegnet. Ik was er één keer met Tess langsgelopen. Die hele plek gaf me de kriebels.

Tante trok de brief uit mijn handen. Zonder hem te lezen verscheurde ze hem en gooide de snippers in de prullenbak. 'Ik ga helemaal nergens heen. Ze kunnen de pot op.'

'De pot op.' Siem schaterde het uit.

Maar ik lachte niet.

Het gevaar had onze brievenbus bereikt.

We waren net klaar met eten toen de deurbel ging.

'Verwachten we iemand?' vroeg moeder.

Vader schudde zijn hoofd. 'Niet dat ik weet.'

Een paar tellen bleven we allemaal aan tafel zitten, starend naar elkaars geschrokken gezichten. Dit was dus wat oorlog met je deed, besefte ik, dat zelfs iets doodnormaals als je deur voor iemand opendoen ondraaglijk spannend werd. Wie kon het zijn? En wat wilden ze van ons? Waren het Duitsers, die verhaal kwamen halen omdat tante niet was komen opdagen op de datum die in de brief had gestaan?

Tante greep de rand van de tafel vast. 'Daar zul je ze hebben.'

'Wie?' vroeg Siem direct. Gisteren had hij nog gevraagd waarom we tegenwoordig geen visite meer ontvingen. 'Wie, wie?'

'Niemand,' antwoordde ik.

Wat moesten we doen? Konden we tante ergens verstoppen? Waarom, o waarom, hadden we dit niet voorbereid?

Moeder liep met opgeheven hoofd naar de deur. Wat zou ze zeggen? Dat tante er niet was?

Ik strekte mijn hals om vanaf tafel de gang in te kijken en te zien wie er aan de deur stond, toen ik een grote, lange gestalte naar binnen zag stappen.

Meteen schoot tante overeind. 'Matz!'

Hij kwam afscheid nemen. Ook Matz had een oproep gekregen, en hij peinsde er niet over om deze te negeren. Onderduiken was geen optie.

Zelfs niet nu tante hem zowat smeekte dit wél te doen.

'Waarom zou ik me ergens gaan verstoppen?' zei hij. 'Ik heb niets verkeerds gedaan.'

'Lieve jongen, daar gaat het niet om,' zei tante. 'Het gaat om je véiligheid.'

'U hoeft zich geen zorgen te maken. In de oproep staat dat het werk daar onder politietoezicht staat, dus dat lijkt me behoorlijk veilig. Ik ben jong en sterk, dus ik ga gewoon. Van hard werken is nog nooit iemand doodgegaan, en bovendien, zo zie ik nog eens wat van de wereld.'

'Ze is je vader ook al kwijt, Matz,' zei vader zacht. 'Besef dat goed.'

'Waarom zegt u "óók"? Míj raakt ze niet kwijt. Ik kom heus wel weer terug.'

Tante maakte een gepijnigd geluid.

'Is er niemand bij wie je terechtkunt?' vroeg moeder. 'Ergens buiten de stad?'

'Nee, want dat wíl ik niet,' zei Matz langzaam. Hij werd rood. Waarschijnlijk had hij zich dit afscheid anders voorgesteld. Misschien had hij verwacht dat zijn moeder hem om de hals zou vallen, dat ze zou zeggen dat ze trots op hem was. Maar niet dit. 'Ik weet dat er mensen zijn die zich liever verstoppen. Maar ik kan er niet tegen om maanden of misschien zelfs wel jaren ergens ondergedoken te zitten. Op een plek waar ik me niet mag laten zien, waar ik misschien niet eens de buitenlucht kan inademen en mensen in gevaar breng. Dát zou pas mijn dood worden. Dus laat mij maar naar zo'n werkkamp gaan, dat lijkt me een stuk aangenamer.'

Tante schudde wild haar hoofd. 'Nee, nee, nee, ze nóémen het werkkamp, maar er gaan geruchten dat het eigenlijk –'

'Ik weet ook wel dat het zwaar zal worden, dat het geen vakantie gaat zijn. Maar dan zal ik in elk geval niet wegkwijnen in een donker, stoffig kamertje. Ik zal léven. Ik wil leven, moeder.'

'Dat is nou juist het probleem.' Tantes onderlip begon te trillen.

'Luister, Matz,' zei moeder. 'Ook ik heb de verhalen gehoord. Het schijnt –'

'Ik weet het allemaal. Maar ik geloof niet in die wilde theorieën. Die zijn alleen maar bedoeld om ons angst aan te jagen. Dat begrijpt u toch zeker zelf ook wel?'

Moeder zweeg.

'Ik vertrouw op de overheid,' ging Matz verder. 'Waarom zou zij tegen ons liegen?'

Tante sloeg haar handen voor haar gezicht. 'Wil je alsjeblieft hier blijven, bij mij?'

'Denk nou eens rustig na,' zei Matz sussend. 'Het ergste wat me daar te wachten kan staan is dwangarbeid... En ik ben jong, dus dat zal ik heus wel doorstaan.'

Tante klampte zich snikkend aan hem vast.

Matz keek ons over haar hoofd met een hulpeloze blik aan. We moesten iets zeggen. Ik wist het. Iets om hem te helpen.

Maar niemand sprak.

Zelfs vader niet.

CHAVER

Na zijn laatste brief had Saul niets meer van zijn zus vernomen. Eerst dacht hij dat haar antwoord, of wellicht het zijne, was zoekgeraakt in de post, maar het blééf stil. En nu was het mooi geweest! Het was afgelopen met dat wachten, met niet weten hoe het met zijn enige overgebleven familie en haar gezin ging. Saul ging naar Amsterdam.

Reisverbod voor Joden of niet.

Hij moest het erop wagen. Die vervloekte ster droeg hij toch niet, en hij zou zich gewoon razendsnel uit de voeten maken zodra hij ergens een soldaat zag.

'Ik kan jou helaas niet meenemen, vriend.' Saul hurkte bij Chaver neer en kriebelde hem op zijn borst. 'Ik denk niet dat jij het heel erg naar je zin zou hebben in de trein, ingesloten tussen al die mensen.'

Chaver drukte zijn wang tegen die van Saul.

Even sloot Saul zijn ogen en genoot van de liefkozing.

Zijn leven lang had hij met dieren gewerkt, maar de manier waarop Chaver zijn genegenheid liet blijken was anders dan wat hij ooit had meegemaakt. Het was intenser. Twee zielen die verkleefd raakten, aan elkaar vastgroeiden. Hij besefte dat hij Chaver ging missen vandaag. Zó gewend was hij eraan geraakt om de wolf aan zijn zijde te hebben, zó sterk had hij zich aan hem gehecht, dat de gedachte om hem hier alleen achter te laten bijna voelde alsof zijn lichaam het vandaag zonder hart moest stellen.

Een tijdlang bleven ze zo zitten, wang tegen wang. Saul was tijd aan het rekken, dat wist hij zelf ook wel. Hij zag op tegen de reis. Maar hij móést bij Beth gaan kijken, zichzelf ervan verzekeren dat ze zich overeind hield daar. Hij zou haar moed inspreken, haar omhelzen, haar ervan overtuigen dat ze hierdoorheen zouden komen met zijn allen.

Saul stond op.

De keren dat hij maar kort wegging, bijvoorbeeld om boodschappen te halen, bracht hij Chaver meestal naar de omheinde weide. Daar was ruimte, daar konden er geen ongelukken gebeuren. Maar vandaag ging dat niet. Saul zou te lang wegblijven. Stel dat het ging regenen? Of dat Jan het in zijn kop haalde om toch eens te kijken wat er achter die omheining zat? Nee, binnen in het duinhuisje was Chaver veiliger.

Voor het eind van de dag zou hij weer terug zijn.

'Tot straks, vriend.' Hij gaf Chaver een aai over zijn kop.

Het was een halfuur fietsen naar Den Briel, waar hij met een handelaar die voor zaken in Rotterdam moest zijn, had afgesproken om mee te rijden naar de grote stad. De handelaar had als een van de weinigen nog de beschikking over een auto. Aan het eind van de middag zou Saul ook weer met hem mee terugrijden naar Den Briel en vandaar terug naar Rockanje fietsen.

De rit verliep in stilte.

Ook nadat ze de Spijkenisserbrug hadden bereikt en Saul had toegekeken hoe de handelaar de op de wacht staande Duitse soldaat gunstig had gestemd met een fles drank zodat ze verder konden, werd er in de auto niet gesproken.

Saul vond het best.

Hij had de man, een kennis van Aad, zeven gulden betaald om hem mee te nemen, en zolang hij zich ook vanmiddag aan de afspraak hield, was het wat hem betrof prima.

De trein was drie kwartier te laat, maar Saul had al begrepen dat dit tegenwoordig heel normaal was. Terwijl hij in de ijskoude derdeklaswachtkamer stond van station Rotterdam Delftsche Poort, vroeg hij zich af hoe hij zijn zus straks zou aantreffen. Hij had haar geschreven dat hij binnenkort langs zou komen, maar dat hij niet precies wist wanneer. Alles was zo lastig geworden met alle regels, en steeds kwamen er weer nieuwe bij. Het was bijna niet meer bij te houden.

Ook had hij geen idee of ze die brief had ontvangen.

Soms, heel soms, betrapte hij zichzelf op de gedachte dat hij blij was dat Katharina deze ellende niet hoefde mee te maken. Al was 'blij' niet echt het juiste woord. Opgelucht? In elk geval was het goed dat haar dit allemaal bespaard bleef. Dat ze geen flauw vermoeden had gehad wat er op het punt stond met de wereld te gebeuren.

Toen Katharina nog leefde, waren zij en Saul een graag gezien echtpaar geweest, alom gerespecteerd. Katharina was geliefd om haar vrijwilligerswerk, om de maandelijkse leesclub die ze organiseerde, en niet te vergeten om de lavendelzeep die ze zelf maakte en 's zomers op hun erf verkocht. Zelfs dagjesmensen uit Rotterdam wisten haar te vinden en keerden elk jaar terug om een nieuwe voorraad in te slaan, zoals het kleine meisje dat met haar vader meekwam en zo leuk met Mazzel speelde.

Katharina's begrafenis was door bijna iedereen uit het dorp bezocht.

Saul en Katharina kwamen beiden uit een Joodse familie, maar hadden daar zelf weinig mee gedaan. Het merendeel van de dorpsgenoten wist niet eens van hun Joods-zijn af.

Katharina zou het vreselijk hebben gevonden om plotseling als een soort derderangsburger beschouwd te worden. Om op zoveel plekken geweerd te worden. De haat te voelen die zich als een kwaadaardig gezwel uitzaaide naar alle organen van de wereld.

En er was niets wat Saul had kunnen doen om haar daartegen te beschermen.

In de trein zat hij naast een jonge moeder die een baby in slaap wiegde. De geel geverfde houten banken voelden hard en koud aan. Een man tegenover hem rookte een pijp en staarde naar buiten. Saul dacht aan Chaver.

Er was tijdens de hele rit niemand die sprak.

In Amsterdam was de grote stationshal prachtig als altijd. De grote klok, het glas-in-lood, je kon wel zien dat er hier geen bommen waren gevallen. Terwijl Saul over het brede trottoir van het Damrak liep, viel het hem op dat er meer mensen op straat waren dan hij had verwacht.

Of leek dat maar zo omdat hij zelf nog maar zo zelden iemand zag?

Hij liep met stevige pas door, zijn blik zoveel mogelijk op de grond gericht. Na een halfuur bereikte hij eindelijk de Sarphatistraat. Snel beklom hij de portiektrappen en belde aan.

Het duurde lang voordat er werd opengedaan.

Saul keek om zich heen. Ze zou er toch wel zijn? Wat als hij te laat was, en ze...

Maar de deur ging open.

Een bleek, oud vrouwtje staarde hem aan. 'S-S-Saul?'

'Hoi, Beth,' zei hij zacht. Voorzichtig sloeg hij zijn armen om haar heen. Zijn zus, die als kind 'toet' werd genoemd omdat ze zulke ronde wangen had, was nu zo dun dat hij haar botten kon voelen.

'Waar is Thomas?' vroeg Saul, terwijl Beth hem een kopje surrogaatkoffie aanreikte.

'Bij het kantoor van de Joodsche Raad, om te vragen of er al nieuws is over Jonas en Hannah.' Ze vertelde hem dat hun zoon en zijn vrouw vorige maand met hun kinderen naar Kamp Westerbork waren gebracht en haalde een briefkaart van de schoorsteenmantel. 'Kijk, dit ontvingen we enkele dagen na hun vertrek. Het is geschreven door Hannah en verstuurd vanuit Westerbork.' Beth schraapte haar keel en begon met voorlezen:

Lieve vader en moeder, met ons gaat alles goed, hoor. We houden de moed erin en zijn hier al wat oude bekenden tegengekomen. Emanuel heeft vriendschap gesloten met een jongen van zijn leeftijd. Hij heet Matz en is net als Emanuel in de leer om meubelmaker te worden. Toevallig staan ze allebei op de lijst van mensen die morgen op transport gaan. Wij gaan ook mee want de Duitsers vinden het belangrijk om families bij elkaar te houden. Dat is dan wel weer aardig van ze. We gaan naar een kamp in Polen, maar meer weten we nog niet. Nou, ik zal jullie vanaf daar snel weer schrijven. Daaag!

'Hierna heb ik niets meer gehoord. Maar ja, de post doet er natuurlijk wel een tijdje over, helemaal vanuit Polen...'

Saul knikte en deed zijn best niet te nadrukkelijk naar zijn zus te staren. Het was lastig voor te stellen dat dit oude vrouwtje met het ingevallen gezicht hier tegenover hem op de bank daadwerkelijk Beth was. 'Ga met mij mee terug naar Rockanje,' zei hij. 'Doe het gewoon.'

Maar Beth schudde meewarig haar grijze hoofd. 'Thomas wil dat echt niet. Bovendien moet ik bereikbaar zijn als er bericht komt uit Polen, dat snap je.'

Saul begreep het, en hij wist ook dat hij weinig méér kon doen dan een luisterend oor bieden terwijl Beth dezelfde zorgen uitte die ze in haar brieven ook al met hem had gedeeld. Hoe ze elke avond weer in het duister voor het venster zat, terwijl om haar heen de mensen als beesten werden weggesleept, hoe haar lijf op die momenten rilde van spanning omdat elk ogenblik de beurt aan haar en Thomas kon zijn. Hoe daarbeneden de grote overvalwagens stonden, volgeladen met van angst kermende mensen, van wie alleen een hopeloze kluwen benen zichtbaar was. Hoe Thomas voortdurend ingespannen zat te luisteren en bij het geringste geluid overeind kwam om daarna, voor een paar tellen weer gerustgesteld, vermoeid in zijn stoel terug te vallen. Avond aan avond was het een af en aan rijden van overvalwagens. Telkens opnieuw hoorden ze het dichtslaan van de deuren als de prooi gepakt was en kon worden weggevoerd. Beth vertelde hoe een van haar benedenburen had gegild toen men haar kwam halen en hoe er gedreigd werd haar te zullen neerschieten. Soms zag ze zelfs hoe weerloze mensen zomaar werden meegenomen terwijl ze gewoon op straat liepen en niets deden. Puur en alleen omdat ze Joods waren.

Saul luisterde, en knikte, en luisterde, en knikte.

Ja, inderdaad, het waren verschrikkelijke tijden. Ja, ook hij vond het ongelooflijk dat dit echt gebeurde. Ja, ze leefden inderdaad met zijn allen in de hel. Ja, wie had dit ooit kunnen voorspellen? Ja, het zou waarschijnlijk wel koud zijn in Polen, maar ach, daar konden ze zich op kleden en ze kregen er heus wel een extra deken. Ja... Ja... Ja, ze moesten er maar het beste van maken.

'Maar toch,' zei Beth plotseling peinzend. 'Hannah heeft al maanden erg last van haar rug. Wat voor zware arbeid kan zij daar nou verrichten in zo'n kamp?'

Ook Saul wist het niet.

Wat hij wel wist, was dat de Duitsers een slim systeem hadden bedacht. De Joden kwamen zich niet uit zichzelf melden? Nou, dan werden ze toch gewoon uit hun huizen opgehaald? Daar moesten ze dankzij de avondklok vanaf acht uur 's avonds immers toch al zijn, erg handig, want op deze manier konden de Duitsers ze zo meenemen. Wie niet thuis was, had de voorschriften overtreden en kon dus al meteen de zwaarste straf verwachten. De val was intussen wel zo goed als dicht...

Saul boog zich voorover om zijn lege kopje op de salontafel te zetten, een beweging die de mouw van zijn overhemd deed opkruipen.

Beth slaakte een geschrokken kreet. 'Hemeltjelief, wat is er met je arm gebeurd?'

Hij keek haar verbaasd aan en begreep pas na een ogenblik wat ze bedoelde. 'O, dat. Niets ernstigs.'

'Maar je zit helemaal onder de krassen en blauwe plekken! Dat is toch niet normaal? Wie heeft dat gedaan?'

'Ik leg het je nog wel een keer uit.' Snel trok Saul zijn mouw weer terug naar beneden. Zelf was hij al helemaal gewend geraakt aan hoe zijn huid er tegenwoordig uitzag. Wolven communiceerden nu eenmaal met hun bek, met hun tanden. Saul wist dat, hij accepteerde dat. Als hij Chaver verbood hem bij zijn handen en zijn armen beet te pakken, dan zou het zijn alsof Saul zijn liefde afwees. Daarmee zou hij het dier diep krenken. Dat was nergens voor nodig. Maar om dat nu, hier, terwijl ze zoveel andere dingen aan haar hoofd had, aan zijn zus te gaan uitleggen... Vroeger werd ze al panisch wanneer hij, als kind, een gewonde eekhoorn mee naar huis nam. Beth ervaarde de dierenwereld anders dan hij.

'Weet je, Saul...' klonk ze ineens. Ze zuchtte. 'Soms denk ik, laten ze ons ook maar gewoon komen ophalen. Dan zijn we ervanaf. Want dit is toch ook niet vol te houden? Er is werkelijk geen pijl op te trekken waar ze gaan aanbellen. De overvalwagen is nu al zo vaak bij ons in de straat geweest... Misschien komt het omdat Thomas tandarts is, maar onze deur zijn ze tot nu toe steeds voorbijgegaan.'

'Ik hoop dat dit zo blijft,' zei Saul. Het koesteren van die hoop was het enige wat hij nog voor zijn zus kon doen, begreep hij.

Als het ophalen en afvoeren van mensen op deze manier doorging, zouden er straks geen patiënten meer voor Thomas over zijn. Dan werd hij niet langer als uitzondering gezien. En dan...

Sauls blik kruiste die van zijn zus, en hij wist dat zij hetzelfde dacht.

Tot straks, vriend.

Dat was wat de oude man had gezegd. Chaver wist wat dat betekende. De oude man ging jagen. Dat deed hij vaker, en dan kwam hij terug met een tas vol met stukken vlees en botten. Chaver moest op die momenten achterblijven, buiten in de wei of hier in het wolvenhol, en wachten. Dat was geen probleem, daar was hij inmiddels aan gewend. Bovendien wist hij dat de oude man weer terugkwam.

De jonge wolf sprong op de hoge tafel, nestelde zich voor het raam en ging liggen wachten. En wachten...

En wachten.

Hm, dit was vreemd. Chaver had de zon van links naar rechts zien glijden, uiterst langzaam, en toch was de oude man nog steeds niet terug. Normaal verschoof de zon maar een klein stukje in de tijd dat Chaver alleen was, maar nu was ze niet alleen helemaal naar de andere kant verplaatst, ze begon ook nog te zakken.

Dat klopte niet.

Chaver stak zijn neus in de lucht. Misschien was de oude man zich aan het verstoppen. Dat deed hij immers wel vaker; het was een van hun favoriete spelletjes. Deze keer had de oude man blijkbaar besloten het hem extra moeilijk te maken, want hij had niet alleen zijn lichaam verstopt, maar ook zijn geur. En...

Chaver draaide zijn oren van links naar rechts.

Ook de geluiden die bij de oude man hoorden waren helemaal weg.

Er was niets van zijn aanwezigheid te bespeuren hier.

Chaver jankte zachtjes.

Zo kende hij dit spelletje niet.

Maar... toch zou hij hem gaan zoeken. Gewoon, voor de zekerheid. Wat zouden ze een pret hebben wanneer hij hem vond!

Chaver piepte opnieuw. Overal had hij gekeken, gesnuffeld en geluisterd.

De oude man was nergens.

Maar wacht, misschien had hij niet goed genoeg gezocht. Het was nooit eerder gebeurd dat hij hem niet kon vinden. Hij kon beter dan dit, dat wist de jonge wolf zeker! Met een sprong wierp hij zich op de bank, waar hij het gat in de zitting voor de zekerheid nog wat breder en dieper uitgroef, voor het geval de oude man zich daar had verscholen. Van pure opwinding beet hij zelfs een paar keer in de houten poten. Hij keek nogmaals achter de gordijnen, en toen hij daar opnieuw niemand aantrof, nam hij de lange lappen stof in zijn bek en gaf er een harde ruk aan.

Kleng! klonk het.

Het volgende moment stortten de gordijnen met rails en al naar beneden.

Chavers bek hing open van inspanning.

Hij had het er maar druk mee!

Wat nu? Misschien moest hij onder de vloer kijken? Daar had hij vaak genoeg muizen geroken, en ook gehoord, dus als díé er konden zijn, dan zou het zomaar kunnen dat de oude man daar ook was. Chaver zette zijn neus aan de grond, trippelde over de houten planken en zette toen zijn scherpe tanden erin. In een mum van tijd had hij een gat in de vloer gebeten dat groot genoeg was om zijn snuit doorheen te duwen. Hij snoof de muffe lucht op.

Nee, daar was de oude man ook niet.

Achter de muur dan? Chaver sprong ertegenop en kraste met zijn voorpoten net zo lang tot er een klein stukje behang losliet. Dat puntje papier greep hij beet tussen zijn tanden en trok. Met een scheurend geluid kwam het los van de muur. Dit was eigenlijk best leuk! Chaver sprong een paar stappen opzij en kraste ook daar het behang los. Met zijn bek scheurde hij de losgeraakte snippers in het rond. En nog eens, en nog eens!

Hij maakte een hoog, opgewonden geluid dat op een hondenblaf leek.

Maar er was nog steeds geen spoor van de oude man.

Chaver beet nog twee gaten in de vloer, hapte een hoek van de tafel af en begon langzaam te accepteren wat hij in zijn achterhoofd allang wist: de oude man was hier niet. Echt niet. Er waren alleen wat oude luchtjes achtergebleven, maar de man zelf was buiten, waar het nu donker was.

Met een teleurgestelde grom sprong Chaver terug op tafel en staarde de duisternis in.

Zijn kop werd zwaarder en zwaarder, maar juist toen het hem bijna niet meer lukte zijn ogen open te houden, hoorde hij eindelijk de sleutel in het slot van de deur.

Hij vloog met vier poten tegelijk van tafel.

Nog nooit was hij zó blij geweest.

DEBRA

Elke keer dat we een café passeerden waar we vroeger theedronken en taartjes aten, keek Miriam nadrukkelijk de andere kant op. Ik keek soms juist opzettelijk naar binnen. Want het was niet alleen Miriam die haar blik afwendde, de mensen die wél binnen zaten deden dat net zo goed. Zij hadden de bordjes VERBODEN VOOR JODEN geaccepteerd alsof het niets voorstelde. Dat was óók wegkijken. En dat intrigeerde me. Wie waren dat, die daar gewoon zaten omdat er voor hen niets veranderd was? Die ons met de sterren op onze jas voorbij zagen lopen en het blijkbaar prima vonden dat er nu zo'n duidelijk onderscheid tussen mensen werd gemaakt?

Ook vandaag, op zondagmiddag, draaide Miriam haar gezicht weg en keek ik juist naar binnen toen we de ijssalon passeerden waar we afgelopen zomer nog met Jilles en Stans gezeten hadden. Toen we weer voor ons keken, botsten we bijna tegen iemand op. Het was Clara, een Joods meisje dat op de hbs bij ons in de klas had gezeten.

'O, hoi Clara,' zeiden Miriam en ik tegelijk.

We wisselden de verplichte 'Hoe gaat het met jou en je familie?' en 'Is iedereen nog veilig?' uit, de standaardbegroeting van de laatste tijd die feitelijk nergens op sloeg want het was óórlog, niemand was 'veilig'. Maar de ware betekenis was natuurlijk: is je familie nog in Nederland, of zijn ze 'ter werk gesteld'?

Clara vertelde dat haar familie nog geen oproep had ontvangen. 'Wat doen jullie?' vroeg ze toen.

Ook dit was codetaal. Het betekende: gaan jullie wel of niet onderduiken?

Nu pas zag ik dat Clara haar lange, donkere vlecht over de gele ster op haar blouse had gedrapeerd, waardoor je hem bijna niet zag. Dit gold als een misdrijf, want de ster moest altijd goed zichtbaar zijn.

'Wij doen niets,' zei Miriam.

Precies op dat moment passeerde een groep van vier soldaten ons. Ik zag nooit verschil tussen de verschillende soorten Duitsers. Voor mij was het gewoon één grote groep van geüniformeerde vijanden. Dit viertal keek naar ons, en even was ik bang dat Clara in de problemen zou komen met haar verborgen ster, maar ze liepen door.

Eentje trok nadrukkelijk zijn neus op alsof hij iets viezigs rook, maar dat was het.

'En jij dan?' vroeg Miriam aan Clara. 'Doen jullie wel wat?'

Clara knikte alleen maar, kort en nauwelijks zichtbaar, mompelde toen dat we goed op onszelf moesten passen en liep snel door.

'Die is een dezer dagen dus ineens pleite,' constateerde Miriam. 'Als het aan mij lag, zou ik ook gaan. Maar mijn vader wil de zaak niet achterlaten. Ook al heeft hij daar helemaal niets meer te zeggen want die Duitser bepaalt alles en neemt 's avonds het geld uit de kassa mee.'

'Ik dacht dat het een aardige man was?'

'Alleen de eerste paar dagen.'

'Ik begrijp jouw vader niet. Als jullie worden opgeroepen, dan moet hij de zaak immers óók achterlaten?'

'Hij hoopt nog steeds dat het zover niet komt.'

Ik dacht aan de ouders van Clara, ongetwijfeld druk bezig met de voorbereidingen voor hun verdwijning. Waren zij slimmer dan Miriams ouders? Slimmer ook dan vader?

Of was het juist andersom, omdat ónze ouders zich tenminste niet lieten gek maken?

Clara en haar familie waren lang niet de enigen die 'verdwenen'. Steeds meer mensen waren ineens weg, al wisten wij vaak niet of ze in het geheim waren vertrokken of gehoor hadden gegeven aan een oproep.

Ook onze buurvrouw Truus was van de ene op de andere dag weg. Een grote verhuiswagen kwam de straat in om al haar spullen mee te nemen.

'Waarom doen ze dat?' vroeg ik, terwijl ik vanachter het raam toekeek hoe zelfs de grote meubels in de vrachtwagen verdwenen. 'Truus blijft toch niet voor altijd weg? Straks heeft ze niets om naar terug te keren.'

'Sommige dingen kun je maar beter niet weten,' zei tante.

Sinds Matz weg was, sprak ze haar angsten en vermoedens niet meer uit.

Ze had nog steeds niets van hem gehoord.

Bij vader ontstonden er wekelijks meer lege plekken in zijn klas. De stapels proefwerken die hij mee naar huis nam werden steeds kleiner, en ik vroeg me af wat er zou gebeuren als er straks helemaal niemand meer naar het Joodsch Lyceum kwam. Dan zou hij geen werk meer hebben, terwijl lesgeven precies hetgeen was dat hem overeind hield. Jonge mensen vertellen over de natuur was zijn lust en leven. Zelfs nu we allemaal zo moe waren van onzekerheid hoorde ik hem nooit klagen over het papierwerk waar hij na het eten mee aan de slag moest. Avond na avond zat hij daar met zijn vulpen in zijn hand, zachtjes meeneuriënd met Glenn Miller op de platenspeler.

Ik moest er niet aan denken wat het met hem zou doen als dat stukje houvast wegviel.

CHAVER

'Dat ze jou daar nog steeds laten wonen, joh,' zei de slager, toen Saul er de wekelijkse zak met restjes voor Chaver kwam ophalen. Saul was lopend gekomen, want zijn fiets had hij moeten inleveren. Joden mochten nu geen enkel vervoermiddel meer bezitten.

Saul keek bij deze opmerking op van de tas in zijn handen. Verbeeldde hij het zich nou, of keek Bert écht even onderzoekend naar de plek op Sauls jas waar volgens de regels die afzichtelijke gele ster zou moeten prijken?

Verdorie zeg, dit had hij van Bert niet verwacht.

'Bemoei jij je met je eigen zaken,' antwoordde hij kortaf. 'De moffen beseffen zelf ook wel dat ik te oud ben om ergens in Polen in de vrieskou aan het werk te gaan, denk je niet?'

Bert kreeg een kleur. 'Dat bedoel ik toch helemaal niet, Saul, ouwe gek dat je er bent. Ik sta aan jullie kant. Dat weet je toch?'

Júllie. Nu hoorde Saul ineens bij 'jullie'.

Alsof hij niet langer een gewone burger was, een Rockanjenaar zoals Bert.

'Nou, wat bedoel je dan wel?'

'Heb je het niet gehoord dan? De boerderijen en duinhuisjes daar bij jou worden allemaal gevorderd. In beslag genomen als woongelegenheid. De meeste mensen hebben al een brief ontvangen. Alleen Karel niet, daar stonden ze gewoon ineens onaangekondigd aan de deur met de mededeling dat hij drie weken de tijd had om ander onderdak te vinden.'

Saul staarde hem aan, de zak met botten plotseling zwaar in zijn hand.

Hij wist natuurlijk dat de duinhuisjes midden in het gebied stonden waar de stellingbouw plaatsvond. Saul had zelf gezien hoe het Duitse *stacheldrad* in rollen werd neergelegd en bevestigd aan die gemene, puntige piketpaaltjes. Dat mensen uit hun huis gezet werden was evenmin nieuws, want eerder waren de bewoners van huizen aan de Swinsedreef ook al de klos geweest. Iedereen die in de huizen het dichtst bij de zee woonde, had een brief gekregen dat ze weg moesten, zodat er hoge Duitse militairen gehuisvest konden worden. Maar dat de bezetter ook bij hém zou kunnen komen aankloppen, was geen moment in hem opgekomen.

Hij tikte tegen zijn pet en verliet de slagerij.

Peinzend liep hij terug naar huis, maar wel met stevige pas. Na de ravage die Chaver had aangericht tijdens Sauls bezoek aan Amsterdam wilde hij hem niet te lang alleen laten.

Maar hij had werkelijk geen idee waar de wolf en hij naartoe moesten als de Duitsers hun huis kwamen inpikken. Zover zou hij het niet laten komen.

Hij moest een plan bedenken.

DEBRA

Tante at bijna niet meer van de spanning en werd steeds magerder. Toen een kennis van haar het gevreesde doodsbericht ontving over haar zoon die naar een werkkamp was gestuurd, kon ze alleen maar voor zich uit staren. De hangende schouders samen met de doffe blik in haar ogen deden me denken aan hoe ze er de eerste dagen na het bombardement aan toe was geweest, toen ze oom Levie net verloren was.

'Gaat het, tante?' vroeg ik voorzichtig, toen ze voor de derde avond op rij zwijgend op de bank zat. Zelfs Siem kon haar niet bereiken. Enkele weken geleden had hij op zijn nieuwe school *Farao in zijn pyjama* geleerd, een humoristisch Joods kinderliedje. Toen hij het de eerste keer voor tante gezongen had was ze gaan stralen; ze herinnerde zich het lied uit haar eigen jeugd. Lachend had ze met hem meegezongen, waarbij hun vrolijke stemmen als zoete wierook door onze kleine woonkamer hadden gekringeld. Maar nu reageerde ze niet eens, hoe hard Siem ook zong.

Ik legde mijn hand op haar arm.

Langzaam draaide ze haar gezicht mijn kant op. 'Laat mij maar even, Debra.'

Vader keek op van zijn dunne stapeltje huiswerk. 'In de put gaan zitten betekent jezelf overgeven, Rika. En dat is precies wat Hitler wil. Dus daar mag je niet aan toegeven, hoor je? We moeten onze rug recht houden en doorgaan.'

'Terwijl de doodsberichten ons om de oren vliegen?'

Siem stopte met zingen en keek verward op.

'Genoeg daarover,' zei vader. 'Wij laten ons niet gek maken.'

Tante sloeg haar handen voor haar gezicht. 'Waarom hoor ik niets van Matz?'

Moeder legde haar breiwerk neer en ging aan de andere kant naast tante op de bank zitten. 'We moeten gewoon vertrouwen hebben,' zei ze zacht.

Maar misschien had die kennis van tante ook wel 'vertrouwen' gehad.

En die had nu een dode zoon.

CHAVER

‘Wel verdomd,’ knarste Saul tussen zijn opeengeklemde kaken door. Door zijn keukenraam zag hij een vijftal soldaten recht op zijn huis aflopen, alle vijf in uniform. De voorste en zo te zien tevens het hoogste in rang had een smalle, donkere snor. ‘Daar komen ze, hoor.’

Chaver, die zoals altijd op de hoge tafel bij het zijraam lag, kwam grommend overeind.

‘Het is beter dat ze jou niet zien, vriend.’ Saul dacht snel na. ‘Luister, ik weet niet of ze naar binnen komen, dus je zult je voor de zekerheid even moeten verstoppen. Weet je nog wat we laatst geoefend hebben?’

Chaver gaf hem een lik over zijn wang.

‘Goed, daar gaan we.’ Saul opende het zijraam en zei kalm en duidelijk: ‘In de struik!’

Dit hadden ze tot in perfectie getraind. De wolf wist wat hij moest doen.

Saul trok zijn arm weg, gaf Chaver een bemoedigend knikje en keek toe hoe het dier met een zwierige sprong het raam uit vloog en aan de zijkant van het huis in het gras landde. Daar schudde hij zich uit, maakte zich laag en kroop onder de lavendelstruik die twintig jaar geleden met zoveel liefde door Katharina was geplant en gekoesterd.

Snel sloot Saul het raam en zette zijn cactus weer terug in de vensterbank.

TRRRING!

Nooit eerder was het Saul opgevallen wat een dreigend geluid die bel eigenlijk maakte.

Even overwoog hij om gewoon niet open te doen. Ze konden hem wat.

Maar de vijand liet zich natuurlijk niet afschepen.

Saul moest de confrontatie aangaan... en ervoor zorgen dat hij slimmer was.

Na een laatste blik uit het raam om er zeker van te zijn dat Chaver echt uit beeld was, haalde hij diep adem, liep naar de deur en deed zo kalm mogelijk open. *‘Guten Tag,’* zei hij in zijn beste gymnasium-Duits. *‘Was kan ich für Dich tun*?’

‘Guten Tag...’ De Duitser met de snor wierp een blik op de papieren in zijn hand. ‘... Herr Meijer. Wij hebben geconstateerd dat uw huis op een voor ons belangrijke plek staat en ik kom u daarom vertellen dat ik er een paar van mijn mannen in zal onderbrengen. U wordt verzocht elders woonruimte te zoeken.’

‘Aha,’ zei Saul op een overdreven beleefde toon. ‘Maar weet u zeker dat deze woning geschikt is voor uw mannen?’ Hij keek veelbetekenend om zich heen terwijl hij zijn plan in werking stelde. De gordijnen had hij weer teruggehangen, maar ze waren natuurlijk nog steeds stuk. De omgegooide bank had hij weer overeind gezet, maar het reusachtige gat zat er nog altijd in. En de stukgebeten vloer, de kale plekken op de muur, alles droeg de sporen van Chavers dagje alleen thuis. Hij maakte een uitnodigend armgebaar en zei: 'Ik nodig u graag uit om even binnen te kijken.'

Zonder zelfs maar de moeite te nemen de modder van hun laarzen te vegen stampten de mannen langs hem heen naar binnen.

'Goeie genade!' riep de voorste uit.

'Allemachtig,' klonk een ander. 'Wat is hier gebeurd?'

'Ah, u bedoelt de vloer?' Saul zuchtte diep en schudde zijn hoofd. 'Ik heb dat al zo vaak gerepareerd, maar het is hopeloos. Om over de muren nog maar te zwijgen. Er zitten hier meerdere rattennesten, begrijpt u? Wat ik ook probeer, ik kom er maar niet vanaf. Ze vernielen alles, maar dat is nog niet eens het ergste. Het vervelendste is natuurlijk dat ze de vreselijkste ziektes bij zich dragen en overbrengen.' Hij wees naar de ingelijste foto van Katharina en liet zijn hoofd hangen. 'Mijn lieve vrouw is er helaas aan bezweken.'

'Uw vrouw werd... ziek?' vroeg de man met de snor.

'Ja.' Saul slikte een paar keer en wreef langs zijn ogen. 'De ratten hadden haar natuurlijk al een paar keer flink gebeten, 's nachts in bed. Toch, met die wonden viel nog wel te leven, al werden het verschrikkelijke infecties. Maar toen mijn vrouw eenmaal besmet raakte met het gevlekte rattenvirus... tja, toen was er geen kans meer voor haar.'

'Het... wát zegt u?'

Zo ernstig mogelijk zei hij: 'Het gevlekte rattenvirus. Dat is een afgrijselijke en zeer besmettelijke ziekte waarbij je over je gehele lichaam zweren en blaren krijgt. Open wonden, vol met pus. Kijk, op mijn armen zijn ze ook bezig geweest. Maar vooral de geslachtsdelen zijn er zeer gevoelig voor.' Saul rilde en liep een paar stappen met O-benen. 'Zeer pijnlijk.'

Twee Duitsers deinsden naar achteren, richting de deur.

Het plan werkte!

Een van de mannen trok zijn neus op. 'Wat ís dat voor een ongelooflijke stank?'

Deze soldaat stond vlak bij de voordeur, zag Saul, de plek die door Chaver meerdere keren per dag werd gemarkeerd. De urine had een zeer sterke, penetrante geur, vooral binnenshuis, al was Saul er zelf wonderlijk genoeg aan gewend geraakt.

'Tja, die ratten pissen natuurlijk overal,' legde Saul uit. 'Dus dat krijg je er ook nog eens bij. Ze leven hier met tientallen tegelijk, misschien zelfs wel honderden, en dat ruik je!' Hij zag de Duitsers met open mond de aan flarden gescheurde gordijnen in zich opnemen, de zitting van de bank, de aangevreten tafelpoten, het behang dat op meerdere plekken van de muur was gescheurd. 'En tja, het zijn knaagdieren, hè? Ze móéten de hele dag door knagen om hun tanden kort te houden, want die groeien hun leven lang door, dus dat doen ze op alles wat voorhanden is. Kleding scheuren ze graag kapot om mee naar hun nest te slepen, maar uw wapens zijn ook niet veilig voor ze. Dus ik raad u wel aan om –'

'Houd maar op!' snauwde de man met de snor. 'U mag hier blijven wonen, Herr Meijer. Tussen de ratten. Dat is precies waar uw soort thuishoort, nietwaar?'

Saul krabde driftig aan zijn dijbeen alsof er iets onder zijn broek kroop.

Een voor een stampten de mannen de deur uit.

Saul keek ze door het raam na, zag hoe ze naar het volgende huis liepen.

Zo, dat was mooi geregeld.

Hij opende het zijraam om Chaver terug naar binnen te fluiten.

Meteen kwam de wolf uit de struik gestoven, zijn ogen groot en wild van opluchting. Deze keer duurde de oefening wel erg lang! Hij nam een aanloop, sprong en landde met vier poten tegelijk op tafel. Veilig binnen.

'Goed gedaan,' zei Saul.

Chaver plaatste zijn enorme voorpoten op Sauls schouders en drukte zijn natte neus tegen die van hem.

Saul sloot zijn ogen, zoals hij altijd deed in dit tedere moment, maar toen begon hij onbedaarlijk te lachen, steeds harder. Het gezicht van die moffen! Hun naar beneden gedrukte mondhoeken, die ontsteltenis in hun ogen.

Dit zou hij nooit meer vergeten.

Chaver hijgde van plezier. Als Saul vrolijk was, dan was hij het ook.

'Je hebt me gered, vriend,' zei Saul. 'Dank je wel.'

Drie dagen later was Saul zijn erf aan het aanvegen toen hij Jan Spaan en zijn vrouw naar buiten zag komen. Ieder droegen ze twee koffers. Ze hielden hun hoofd gebogen.

Saul keek toe hoe ze met hangende schouders wegliepen.

Hun NSB-lidmaatschap had hen blijkbaar niet geholpen.

Plotseling keek Jan om. Zijn blik boorde zich in die van Saul. Een diepe haat blonk in zijn samengeknepen ogen.

DEBRA

Met ingehouden adem opende ik de brievenbus. Pas toen ik zag dat er niets in lag, liet ik een opgeluchte zucht ontsnappen. Elke dag opnieuw, wanneer ik thuiskwam van meneer Pacht, was het weer spannend of de gevreesde envelop gekomen was: we waren allemaal bang dat tante een herhaaloproep zou ontvangen. Om mezelf maakte ik me geen zorgen, half-Joden hadden zich tot nu toe niet hoeven melden. Maar vader? Dankzij zijn huwelijk met moeder leek hij veilig.

We wisten alleen niet voor hoelang.

Bij Miriam thuis was de sfeer minstens zo gespannen, had ze verteld.

'Niets doen' werd steeds gevaarlijker.

Toch kende ook Miriam niemand aan wie ze kon vragen: *zeg, zou je het misschien goed vinden als mijn familie en ik ons tot de oorlog voorbij is in jouw huis komen verstoppen?*

We wisten dat Jilles direct zou helpen als hij kon, maar hij woonde nog bij zijn vader en moeder, in een klein huis zonder extra kamers, dus daar kon niemand naartoe. En ook Stans woonde bij haar ouders, samen met haar zus. Daar was evenmin plek. Natuurlijk waren er ook nog de vrienden van vroeger, evenals vage kennissen, oud-klasgenoten... maar hoe wist je wie je wel of niet kon vertrouwen?

Het risico was te groot.

Elke vrijdag, wanneer de nieuwste editie van *Het Joodsche Weekblad* verscheen, zag ik hoe vader de krant traag van tegenzin opensloeg. Tante vroeg telkens: 'Als ze ons echt allemaal dood willen hebben, waarom is het dan nodig om ons eerst nog tot het uiterste te treiteren?'

Miriam liep niet langer mee op het avondrondje. Haar vader vond het te riskant. Je wist volgens hem maar nooit wie je 's avonds op straat tegen kon komen. En dus liepen Tess en ik in ons eentje buiten, vroeg op de avond zodat we op tijd binnen waren voor de avondklok, onder een hemel waar de zomerzon haar stralen nog rijkelijk over de stad uitstrooide. Alwéér was het zomer.

En nog steeds was het oorlog.

Toen ik de Beukelsdijk weer op liep, kwam mevrouw Verhallen van de overkant naar buiten. Ze zag er opgedirkt uit, alsof ze een avondje uitging. Voor haar gold de avondklok natuurlijk niet, zij was niet Joods.

Ik groette haar vriendelijk als altijd, maar ze zei niets terug.

Abrupt wendde ze haar hoofd af en liep snel door alsof ik er niet was.

'Niets van aantrekken,' zei ik zacht tegen Tess. 'Op deze manier leren we hoe sommige mensen echt in elkaar steken.'

Tess had geen idee van de betekenis van de ster op mijn blouse, van de reacties van mensen op straat. Mevrouw Verhallen was niet de eerste die haar gezicht afwendde en ik wist dat ze ook zeker niet de laatste zou zijn.

Moeder was net bezig Siem ervan te overtuigen dat het toch echt bedtijd was, toen de bel ging.

Van opwinding liet Siem een van de boerderijdieren waar hij mee aan het spelen was op de grond vallen. 'Wie is dat? Is Matz terug?'

Tante pakte het gevallen houten geitje op en keek ernaar. Toen liep ze met een strak gezicht naar de voordeur, het speelgoeddiertje in haar vuist geklemd.

'Rika, nee.' Moeder snelde achter haar aan. 'Laat mij maar opendoen.'

Tante stootte een hol lachje uit. 'Wat maakt het uit? Als ze me komen halen, dan komen ze me halen. Wíé er ook opendoet.'

Maar toen ze de deur opende, waren het niet de gevreesde Duitsers die er stonden.

Het was Jilles.

Hij nam zijn hoed af en groette ons.

'Kom binnen, knul,' zei moeder. 'Kunnen we iets voor je betekenen?'

Ook vader stond op, en hij trok snel de deur achter Jilles dicht. 'Heeft niemand je gezien?'

Niet lang geleden had er een streng stuk in de krant gestaan over dat niet-Joden niet meer met Joden mochten praten en dat wie dat wel deed ernstig zou worden gestraft.

'Volgens mij niet,' zei Jilles.

Moeder leidde hem naar de woonkamer en zei: 'Als iemand je wel gezien heeft en er wordt wat van gezegd, dan zeggen we gewoon dat je hier voor míj bent. Ik woon hier immers ook!'

'Ik kon niet bellen...' begon Jilles, en dat begrepen we. Alle telefoons van Joodse of gedeeltelijk Joodse families waren tegenwoordig afgesloten. Van openbare telefoons mochten we ook geen gebruikmaken, wat dus betekende dat we op geen enkele manier meer konden telefoneren. Zelfs als er een groot noodgeval was, konden Joodse mensen niemand bellen. 'Maar ik kom gedag zeggen.'

'Gedag?' vroeg ik. 'Waar heb je het over?'

'Ga zitten,' zei moeder, en ze drukte hem een kopje surrogaatkoffie in handen. 'Vertel eens rustig wat er aan de hand is.'

'Ik moet naar Duitsland.'

Tante greep naar haar hart. 'Daar gaan we weer.'

Ook ik voelde de felle steek door me heen gaan. De afschuwelijke herinnering, de vrijwel exacte herhaling die hier werd afgespeeld... Het was allemaal zo pijnlijk.

Alleen was het nu niet haar Matz die 's avonds zo onverwachts langskwam om afscheid te nemen, maar mijn oude schoolvriend.

Ik ging naast Jilles zitten. 'Maar jij bent niet Joods.'

'Daar gaat het ook niet om. Er zijn in Duitsland veel trams kapot door bombardementen, en ze zijn al een tijdje bezig om Rotterdamse trams daarnaartoe over te brengen. Alleen hebben die sukkels daar geen idee hoe ze onze trams moeten besturen.'

'Dus daar hebben ze jou voor nodig.' Vader knikte spijtig.

'Ja, mij en natuurlijk nog meer jongens van de RET.' Jilles vertelde het rustig, alsof het allemaal niet zoveel voorstelde, maar ik kende hem lang genoeg om te zien dat hij zich wel degelijk druk maakte. Zijn vingers, die het kopje in zijn handen nerveus in het rond lieten gaan. Zijn been, dat de hele tijd wiebelde. 'Ik heb al twee keer eerder een oproep gekregen, maar die heb ik genegeerd. Toen kreeg ik een paar maanden later opnieuw een oproep om me te melden bij de Arbeidsdienst. Maar die heb ik ook weggegooid.'

Tante gniffelde. 'Heel goed.'

'Ongelooflijk dat je me dit nooit hebt verteld,' merkte ik op.

'Nou, dat begrijp je toch wel? Jij hebt al genoeg zorgen aan je hoofd. Wat maakt zo'n stomme oproep dan uit? Ik had niet verwacht dat...' Jilles zette zijn kopje neer en wreef met zijn hand over zijn vermoeide gezicht. 'Nu moet ik wel.'

'Ze kunnen je niet dwingen,' zei tante direct. 'Als jij niet –'

'Dat kunnen ze dus wel. Ik heb een dwangbevel ontvangen me te melden en daar staat een duidelijke aantekening bij dat als ik er wéér geen gehoor aan geef er maatregelen tegen mijn ouders getroffen gaan worden.'

Even vielen we allemaal stil.

'Kom,' zei moeder tegen Siem, die met grote ogen naar Jilles had zitten luisteren. 'Nu echt naar bed met jou.'

We keken allemaal toe terwijl moeder en Siem de kamer uit liepen.

'Ik ben al door de keuring heen,' vertelde Jilles, 'wat natuurlijk een lachertje is, want niemand wordt ooit afgekeurd.'

'Waar in Duitsland is het?' wilde vader weten.

'Bremen. Overmorgen vertrek ik al.'

'Houd je goed, knul,' zei vader toen Jilles na zijn tweede kopje koffie wegging. 'Zorg dat je heelhuids weer terugkomt.'

'Ik doe mijn best, meneer.' Jilles schudde vader, moeder en tante de hand en voegde er met een ernstig gezicht aan toe: 'Passen jullie ook goed op elkaar, alstublieft.'

We beloofden het.

'Denk erom dat je me schrijft,' zei ik. 'En wens je Stans veel sterkte van me?'

Jilles en zij zouden morgenavond hun voorlopig laatste avond samen doorbrengen. Wat een zorgen moest die arme Stans hebben. Ik durfde er bijna niet aan te denken. Hoe dapper Jilles er ook over sprak, de realiteit bleef dat hij ergens naartoe ging waar bommen vielen. Op dit soort momenten was ik blij dat ik zelf geen geliefde had. Ik wist niet of ik de voortdurende ongerustheid aan zou kunnen.

'Tot snel,' zei Jilles.

We wisten allemaal dat 'snel' niets minder betekende dan het zo begeerde 'na de oorlog', het paradijselijke vooruitzicht dat een soort hiernamaals voor levenden was geworden. Het oord waarvoor je niet dood hoefde te gaan om er te komen...

Je moest alleen wel eerst door de hel.

CHAVER

Om moeilijkheden te voorkomen was Saul toch maar een ster gaan dragen. Hij moest wel, nu de Duitsers bij hem aan de deur waren geweest en zo duidelijk hadden laten merken dat ze wisten dat hij Joods was. Gelukkig was hij, door de vele wonden die hij als veearts had gehecht, redelijk handig met naald en draad. Hierdoor zat de ster niet scheef en slordig op zijn jas, zoals men van een oude weduwnaar wellicht zou hebben verwacht, maar netjes en strak.

Als het dan toch moest, dan meteen maar goed.

Saul hoopte maar dat het kookpunt nu bereikt was, want het werd hem de laatste tijd iets te heet onder de voeten. Gelukkig was hij nog op tijd naar zijn zus gegaan, want het algehele reisverbod voor Joden werd steeds strenger gehandhaafd. Een arrestatie moest hij hoe dan ook zien te voorkomen, want wie moest er dan voor Chaver zorgen?

Het dier was volledig van hem afhankelijk.

Saul zou er alles aan doen om Chavers veiligheid te waarborgen.

En als dat betekende dat hij met zo'n bezopen merkteken op zijn kleding moest lopen, dan was dat maar zo. Het hield helaas ook in dat hij voorlopig niet meer naar Rockanjes Rots kon gaan. Hij ging zijn stamkroeg en de gesprekken met Aad missen, maar het was nu beter om even niet op te vallen.

Om de dreiging dan toch serieus te nemen.

DEBRA

Meneer Pacht en ik waren inmiddels een flink eind op weg met de derde versie van zijn roman, al stonden mijn ochtenden daar allang niet meer in het teken van dicteren en typen. Steeds vaker wilde meneer Pacht weten welk boek ik op dit moment aan het lezen was en wat ik ervan vond. Dit mondde regelmatig uit in lange gesprekken. Natuurlijk waren er nog steeds momenten waarop we aan zijn eigen verhaal werkten, en ik wist dat zijn uitgeverij al een paar keer had gevraagd waar het bleef, maar stilletjes hoopte ik dat er eerst nog een vierde versie zou komen, en een vijfde, een zesde, zodat hij me nog heel lang nodig had.

Zolang ik elke dag nog een baan had om naartoe te gaan, bleef ik overeind.

Vader en moeder maakten zich zorgen om de regels die ik brak, maar stonden het toe. Ook zij wisten hoe belangrijk dit werk voor me was. Dat Joden niet bij niet-Joden thuis mochten komen en dat meneer Pacht ook nog eens in een 'verboden straat' woonde, gold bovendien maar half voor mij, had ik beredeneerd.

Krankzinnige regels verlangden krankzinnige uitzonderingen.

Uiteraard lette ik goed op of ik soldaten zag lopen. Als dat zo was, glipte ik snel de hoek om naar een straat die niet verboden was. Ik droeg mijn ster op deze ochtenden niet, want daar zou ik alleen maar meer mee opvallen. De berichten over de razzia's in Amsterdam, waarbij Joodse mensen zo vanaf de straat in overvalwagens werden gesleurd, voelden als een brand die steeds dichterbij kwam en waarvan de vlammen al bijna ons gezicht aantikten. We roken het vuur, voelden de hitte.

En we hoopten maar dat we ook ditmaal buiten de brandgrens bleven.

Dat vaders oude radio kraakte en piepte maakte niet uit; hij werkte nog, en daar ging het om. Nog altijd zat het antieke ding verstopt in het hobbelpaard op Siems kamer, waar vader hem zonder dat Siem het in de gaten had telkens uithaalde om mee naar de keuken te nemen. Om beurten moesten we Siem afleiden, meestal door een spelletje met hem te doen, terwijl de rest zich in de keuken verzamelde en luisterde naar de uitzending op de BBC, de enige plek waar je nog op écht nieuws kon hopen.

Vader wilde niet dat Siem wist dat wij nog steeds een radio hadden. Het risico dat hij er op school of ergens anders per ongeluk over zou praten was te groot. Een radio in bezit hebben was tegenwoordig zó streng verboden dat je meteen werd gearresteerd als de Duitsers erachter kwamen.

Vandaag was het mijn beurt om Siem bezig te houden.

Samen gingen we Tess uitlaten.

'Churchill zegt dat dit de tijd is waarin ze gaan laten zien wat ze kunnen,' vertelde moeder, toen we weer terug waren en de radio veilig was opgeborgen. 'Hij zegt dat de oorlog in 1943 is afgelopen.'

'Gut, dan al?' Ik rolde met mijn ogen. 'We zitten nog volop in de zomer. Is dat soms bedoeld om ons hoop te geven? De belofte dat deze ellende volgend jaar dan eindelijk voorbij is? Het moet nú stoppen.'

'Als er werkelijk nog zoveel tijd overheen gaat, dan ziet het er voor ons slecht uit,' zei tante langzaam. 'De kans is groot dat ik voor die tijd word opgepakt.'

Ik wilde haar zeggen dat we dit niet zouden laten gebeuren, maar wist dat dit een valse belofte zou zijn. Wat konden wij doen als de Duitsers hier op de stoep stonden? Het was bovendien niet de eerste keer dat tante zo sprak. Soms leek het bijna alsof ze erop zat te wachten. Haar oude vechtlust was volledig weggevreten door haar voortdurende zorgen om Matz.

Maar was het waar wat Churchill zei? Zou volgend jaar om deze tijd alles weer normaal zijn?

Soms wist ik niet of we bij het aanbreken van een nieuwe dag dichter bij het einde van de oorlog waren... of alleen maar dichter bij het einde.

Aan tafel prikten we tegenwoordig de kleinst mogelijke hapjes aan onze vork, waar we als een stel herkauwers op bleven smakken. Toch waren onze borden elke avond in een mum van tijd leeg.

Moeder deed haar schrale inkopen nu alleen, zonder tante. Aangezien Joden niet langer in niet-Joodse winkels mochten komen, was het handiger dat moeder in haar eentje op pad ging. Vaak stond ze uren in de rij, en voor wat? Het werd steeds moeilijker om voor te stellen dat er ooit een tijd was geweest dat ze met volle, dampende schalen uit de keuken kwam, met haar schort nog omgeknoopt en haar wangen blozend van de warme baklucht.

Die mooie, beschilderde keramieken schalen gebruikten we nu allang niet meer.

Moeder schepte onze magere porties rechtstreeks op vanuit de zwartgeblakerde kookpan.

Ook vanavond staarden we weer naar onze veel te snel leeg geschraapte borden.

'Nou, nog even volhouden tot 1943 dan maar,' zei ik overdreven opgewekt.

De nieuwste editie van *Het Joodsche Weekblad* lag in de brievenbus. Elke week voelde de krant dunner en lichter aan, een logisch gevolg van het alsmaar slinkende aantal kopers en abonnees.

Gelukkig had vader nog steeds niets gehoord.

Zijn uitzonderingspositie had hij niet alleen te danken aan het feit dat hij gemengd-gehuwd was, maar kwam ook omdat hij onderwijzer was. Dit werd gezien als een 'essentieel beroep'. Het hebben van kinderen met een Arische vrouw gaf hem tot slot nog een extra stukje bescherming.

Maar om tante maakten we ons steeds meer zorgen.

De verhalen die eerst alleen uit Amsterdam kwamen, speelden zich steeds vaker ook hier af. Gewoon in onze eigen stad. In feite kon tegenwoordig iedere Jood 's avonds de bel verwachten, het signaal voor de wegvoering. Dit hield in dat elke auto in de straat dé auto kon zijn, vooral wanneer hij leek te stoppen. En het betekende ook elke avond weer het klaarzetten van de ingepakte rugzak, gevuld volgens de voorschriften van de Joodsche Raad.

Ook tante had haar rugzak klaarstaan. En ja, zelfs vader.

'De rugzak' was inmiddels zo'n belangrijk begrip geworden, dat de advertentiepagina's in *Het Joodsche Weekblad* bijna alleen nog maar dáárom draaiden. Ook nu weer sprongen de reclames je om de oren.

HET BESTE EN MEEST VERTROUWDE ADRES VOOR RUGZAKKEN!

SPOEDGEVALLEN IN ÉÉN DAG GEREED!

Iedereen bereidde zich blijkbaar voor op het ergste.

Miriam was een wollen muts aan het breien, voor als ze naar Polen moest. Ze had er een oud vestje voor uitgehaald. Haar zussen deden hetzelfde. En ook zij zetten elke avond hun ingepakte rugzak klaar.

'Ik hoop op het beste, maar houd rekening met het ergste,' zei Miriam.

Ze had nog steeds geen oproep ontvangen, maar er werden tegenwoordig ook mensen uit hun huizen gehaald die níét eerst gevraagd waren zich te melden. De vijand ging onvoorspelbaar te werk, waardoor eigenlijk niemand meer wist waar hij of zij aan toe was.

Toch geloofden we niet alles wat we hoorden.

De aanzwellende geruchten bijvoorbeeld dat de mensen die naar Polen gingen daar vermoord werden, plaatsten we stellig in de categorie onzin.

De Nederlandse politie werkte immers aan de deportaties mee.

Dat zouden ze niet doen als ze daarmee hun eigen landgenoten in gevaar brachten.

Toch nam, donker en dreigend als langzaam stijgend troebel water, ook de bezorgdheid om vader toe. Enkele maanden geleden was er een wet ingesteld die het Joden verbood om met niet-Joden te trouwen. Ook 'buitenechtelijke seksuele omgang' tussen Jood en niet-Jood werd vanaf nu zwaar bestraft. Gemengd-gehuwde mannen die nog geen kinderen hadden, werden massaal opgepakt en naar een kamp gebracht waar ze de keuze kregen tussen zich te laten steriliseren of op transport naar Polen te gaan. Tijd om over zo'n enorme beslissing na te denken of om eerst te overleggen met hun echtgenotes kregen ze niet.

Het gebeurde. Blijkbaar kon dit allemaal.

'Het liefst zouden ze ons verbieden om te ademen, zodat we vanzelf allemaal dood neervallen,' merkte tante op.

Snel drukte ik een vinger tegen mijn lippen en maakte een hoofdgebaar naar Siem, die in een hoek van de kamer met zijn tol speelde. Maar gelukkig leek hij niet te horen wat tante zei. Hij sloeg met zijn zweepje tot de tol danste, zijn wangen rood van plezier.

Volgens de huidige wetten mochten kinderen zoals Siem niet meer geboren worden.

En ikzelf ook niet.

Als je die gedachte echt tot je door liet dringen, kon je het niet helpen je af te vragen hoelang het nog zou duren voordat de Duitsers zouden terugdraaien dat wij wél geboren waren, dat we al bestonden.

Hoelang nog?

CHAVER

Tot Sauls grote opluchting gunden de soldaten die hun intrek hadden genomen in de huizen om hem heen hem geen blik waardig. Sterker nog, ze keken snel de andere kant op als ze onverwacht toch een glimp van hem opvingen. Ze waren natuurlijk doodsbang voor het uiterst besmettelijke gevlekte rattenvirus. Saul grinnikte.

Hij had er een gewoonte van gemaakt om telkens met een gekweld gezicht driftig in zijn nek te krabben, en over zijn benen, zelfs in zijn kruis, wanneer hij ergens liep waar de Duitsers hem konden zien. Zolang dit trucje werkte om de moffen bij hem uit de buurt te houden, zou hij het blijven doen.

Saul vroeg zich af of deze mannen wisten dat hij onlangs een oproep had ontvangen om zich 'te melden voor werkverruiming in het buitenland'. Dat hij daar geen gehoor aan had gegeven. Als ze er inderdaad van op de hoogte waren, dan zat hij hier niet best, midden in het hol van de leeuw. Maar er gebeurde niets... Niemand sprak hem erop aan... en Saul vermoedde dat die lui allemaal langs elkaar heen werkten en dat de ene afdeling zich niet met de andere bemoeide. Kwam hem dat even mooi uit.

Chaver kon zich, nu Jan er niet meer was, overdag eindelijk vrij rond het huis bewegen. Daar ving hij muizen of lag languit in de zon. Dat kon allemaal prima, want de soldaten waren er overdag niet. Tijdens de wandelingen zorgde Saul er nog steeds voor dat ze bij de wandelpaden uit de buurt bleven. Eén keer hadden ze in de verte een hond zien lopen, een herder. Het dier droeg een kokertje aan zijn halsband. Saul wist dat deze honden door de Duitsers gebruikt werden om berichten over te brengen van de ene plek naar de andere.

Chaver keek de hond zacht grommend na, maar maakte zich verder niet druk.

Pas toen de herder volledig uit zicht was, sloop hij naar de plek waar het dier gelopen had en snuffelde er driftig aan de grond.

Binnen de privacy van de hoge omheining oefenden Saul en Chaver nog elke dag in de weide.

Enkele dagen geleden was Saul erin geslaagd om een van de doodskopvlaggetjes die in de duinen her en der uit de grond staken te pakken te krijgen. De Duitsers gebruikten deze vlaggetjes om zichzelf te waarschuwen voor hun eigen landmijnen. Saul plantte het vlaggetje nu telkens op een andere plek in het weiland en leerde Chaver meteen rechtsomkeert te maken zodra hij er eentje zag.

De wolf had al snel door wat de bedoeling was en kwam telkens trots zijn beloning halen.

Saul hoopte met heel zijn hart dat het geleerde niet van pas zou hoeven komen, dat Chaver nooit zonder hem in de duinen terecht zou komen.

Maar als het toch zover kwam, dan wist de wolf in elk geval waar hij op moest letten om veilig te blijven.

DEBRA

Er was zoveel tijd verstreken sinds tantes eerste oproep dat we al bijna niet meer verwachtten dat er nog een tweede zou komen. Toch kwam hij. In een gele envelop, net als de vorige keer.

De oproepen gebeurden soms op alfabetische volgorde, maar andere keren ook weer niet. Tante had van kennissen wier achternaam met een B begon gehoord dat die nog niets hadden ontvangen, terwijl zij, Rika de Vries-Davidson, zich nu voor de tweede keer moest melden.

Opnieuw stond er in de brief dat ze zich samen met de andere opgeroepenen diende te verzamelen bij Loods 24.

En weer ging ze niet.

Op de opgegeven datum bleef tante thuis, met haar gezicht diep weggedoken in een van meneer Pachts boeken. Ik had gehoopt dat de roman haar af zou leiden, maar niet eenmaal zag ik haar een bladzijde omslaan. Ze zat daar alleen maar, op de bank, met het boek in haar schoot, frunnikend aan de trouwring die ze nog altijd droeg. In gedachten zag ik de trouwfoto voor me die ingelijst in hun woonkamer had gehangen, tante gesluierd in haar lange japon, oom Levie met zijn keppeltje op. Jong en stralend hadden ze in de camera gekeken, klaar voor de toekomst.

'Als jullie maar weten dat als ze hier aan de deur komen, ik direct meega,' zei ze. 'Ik zal jullie geen ellende bezorgen.'

'Dat zien we dan wel weer.' Vader klonk rustig. 'Tot nu toe zijn er in onze straat geen razzia's geweest.'

Maar steeds weer keek tante naar de klok, opschrikkend bij elk geluid op straat.

Uiteindelijk stond moeder op en legde een plaat op de grammofoon. Ze draaide de volumeknop hoger dan anders, tot de sentimentele bas-baritonstem van Bing Crosby alle andere geluiden verdrong. Het hielp niet.

Toen ik die avond naar bed ging, bleef tante op de bank zitten.

De gordijnen waren dichtgeschoven, de ramen gesloten zodat niemand ons kon zien óf horen. We zaten rond de radio. Alle vier ditmaal, want Siem was niet thuis.

Ik had hem naar Jaron gebracht, zodat zijn beste vriendje en hij nog één keer samen konden spelen voordat het arme knulletje morgen samen met de rest van zijn familie 'op reis' ging, zoals we het aan Siem hadden uitgelegd. Mijn broertje geloofde dat Jaron een machtig avontuur tegemoetging en had, toen ik hem aan de deur bij de familie Koster had afgezet met de mededeling dat ik hem over drie uurtjes weer kwam ophalen, gevraagd of hij ook mee mocht.

Toen ik snel, en veel te luid, 'Absoluut niet!' had geroepen, had hij me geschrokken aangestaard. Snel had ik mijn armen om hem heen geslagen en een paar keer krampachtig geslikt.

'Ik wil ook op reis,' had hij gezegd, zijn stem gedempt omdat hij met zijn gezicht in mijn jurk stond gedrukt. 'Waarom staat er thuis wel een rugzak klaar voor vader en tante, maar niet voor mij?'

Ik liet hem los en zei: 'Weet je wat? Na de oorlog gaan we samen kamperen. Hoe vind je dat? Jij en ik en Tess! Dát is pas een avontuur.'

Mevrouw Koster had intussen de deur opengedaan en glimlachte flauwtjes naar ons. Haar ogen waren roodomrand.

'Hup, nu gaan spelen, joh,' zei ik tegen Siem. 'Jaron wacht op je.'

Nadat ik mevrouw Koster en ook haar man het allerbeste had gewenst, was ik terug naar huis gelopen, waar vader, moeder en tante al rond de radio zaten. En nu, in het halfdonker luisterend naar de BBC, die ons hoop moest geven maar dat zelden deed, dacht ik terug aan Siems opgetogen gezicht bij mijn belofte dat we zouden gaan kamperen, bij zijn volle overtuiging dat hem nog zoveel moois te wachten stond.

Kindertijd was een roze bril met oogkleppen.

De radio-uitzending begon zoals altijd met de luidende klokken van de Big Ben, het geluid dat ons eraan moest herinneren dat er in elk geval nog één land in Europa was dat nog niet onder de voet gelopen was door de Duitsers. Maar het bericht op Radio Oranje zelf was zoals altijd omgeven door ruis. We hielden onze adem in en luisterden naar de krakende woorden die illegaal onze oren bereikten.

'Tienduizenden Nederlanders worden weggesleept uit het land van hun vaderen en voorvaderen,' klonk een blikkerige mannenstem. 'Uit het midden van het volk, waarin zij waren opgegaan, waarmee zij in wezen waren versmolten. Leeggeschud en kaalgeplukt, in een hoek getrapt en afgezonderd, worden de Joden nu overgeleverd aan een ondraaglijk lot...'

Mijn gedachten dwaalden af. Ik dacht aan Jaron, die op dat moment samen met Siem op het vloerkleed zat, spelend met een houten treintje. Binnenkort zou hij in een echte trein zitten. Hoe kon het toch dat de Nederlandsche Spoorwegen zo klakkeloos aan deze gruwelijkheden meewerkten? Wisten ze dan niet aan hoeveel ellende zij op deze manier medeplichtig waren?

Ik schrok op toen vader de radio weer uitzette en ermee wegliep.

Moeder opende de gordijnen.

De zon scheen naar binnen alsof er niets aan de hand was.

CHAVER

De ingestelde avondklok werd steeds vroeger. Niet langer alleen voor Joden, maar voor iedereen. NSB'ers controleerden of men zich er wel aan hield en fietsten over de Zeeweg met een geweer op hun rug. Wie gesnapt werd, moest meekomen en zat minstens een nacht vast. Ook moest er verduisterd worden. Alle vensters moesten bij zonsondergang donker zijn gemaakt, en overtredingen werden streng bestraft. Desnoods werd de lamp door de ruit van buitenaf kapotgeschoten.

Saul hield zich aan alle voorschriften.

Hij besefte heel goed dat hij niet nog meer aandacht van de vijand moest trekken.

En zo werd de wereld buiten de muren van Saul en Chavers duinhuisje donkerder en grimmiger. De jonge wolf en de oude man bleven steeds vaker en langer binnen.

Teruggetrokken in hun wolvenhol.

Ze hadden zichzelf een nieuw ritme aangemeten, waarbij ze elke avond al om halfnegen naar bed gingen. In het donker lagen ze dicht tegen elkaar aan, twee hoofden op één kussen, ieder dolend door zijn eigen dromen. Soms lag Saul wakker, luisterend naar Chavers zachte gesnurk, de warme zoete wolvenadem in zijn gezicht.

Op die momenten beschouwde hij zichzelf ondanks alles als een gelukkig mens.

DEBRA

Te vaak zag ik tijdens een wandeling met Tess groepjes mensen lopen, bepakt en bezakt en overduidelijk op weg naar Loods 24. Sommige gezichten kende ik. Meiden met wie ik op school had gezeten, jongens met wie ik had gedanst, hun families. Enkele mensen herkende ik als bezoekers van de bibliotheek. Er waren gezinnen met kinderen, met manden, koffers, speelgoed voor de kleuters. En vandaag ook mevrouw Paardekooper.

Ik keek naar haar, wilde haar sterkte wensen, maar ze staarde strak naar de grond.

Aan de overkant van de straat kwam een groenteverkoper naar buiten toen hij de treurige aftocht zag. 'Houd jullie goed!' riep hij hen na. 'Tot na de oorlog.'

Ik wist niet of hij het tegen iemand in het bijzonder had, of zomaar tegen de hele groep.

Sommige mensen staken hun hand naar hem op en zwaaiden terug.

'Tot gauw!' riep een zwangere vrouw. 'We blijven niet lang weg, hoor!'

Helemaal achteraan liep een hoogbejaarde man, met kromme rug en een wandelstok in zijn hand. Elke paar meter stond hij even stil en keek over zijn schouder naar iemand.

Ik volgde zijn blik.

In de deuropening van een portiekwoning stond een oud dametje, met witgrijs haar in een knotje boven op haar hoofd. Onafgebroken zwaaide ze naar haar man, terwijl ze met een zakdoek haar gezicht depte. Was zijzelf misschien niet-Joods en bleef ze daarom achter?

Was het afvoeren van de gemengd-gehuwden dan toch begonnen?

Ik draaide me abrupt weg van het hartverscheurende tafereel en liep naar huis.

Bij de Beukelsdijk aangekomen zag ik een grote verhuiswagen bij mevrouw Paardekooper voor de deur staan. Haar hele inboedel werd naar buiten gesjouwd en in de vrachtwagen geladen.

Ik zag haar schilderijen, haar prachtige Chinese vazen, haar glanzende salontafel.

'Tot na de oorlog,' mompelde ik. 'Er wordt goed op je spulletjes gepast, hoor.'

'Een klein moment, graag.' Meneer Pacht drukte zijn vingertoppen tegen elkaar en boog zijn hoofd. 'Ik moet heel even nadenken.'

Ik leunde achterover in mijn stoel en wachtte.

Gisteren hadden we de derde versie van zijn manuscript echt afgerond, en net als bij de vorige ronde las ik nu de stapel bijeengebonden vellen papier aan hem voor. Maar waar hij mij tijdens de tweede versie vrijwel elke paar regels in de rede was gevallen om dingen aan te passen – die zin moest eerder, en die gebeurtenis moest later, en dat personage heette niet zo maar zo – liet hij me nu pagina's lang ongestoord doorlezen en kwam hij slechts hier en daar nog met een kleine verbetering. Het leek er akelig veel op dat dit de definitieve versie ging zijn.

'Een manuscript is nooit écht klaar,' had hij een tijdje terug gezegd. 'Er zullen altijd zaken zijn die beter kunnen. Maar er komt wel een moment waarop je als schrijver zélf klaar bent met het boek. En wanneer dat gebeurt, wanneer het verhaal je – om het zo maar te zeggen – de strot uit komt, dan weet je dat je er nog één laatste keer doorheen moet gaan en het daarna moet loslaten.'

'Om vervolgens snel weer aan een nieuw manuscript te beginnen,' had ik hoopvol gezegd.

Maar meneer Pacht had zijn hoofd geschud. 'Nee, juffrouw Davidson, om het op te sturen naar je redacteur. Een frisse blik doet wonderen voor het verhaal en zorgt er bovendien voor dat je er toch wéér een keer doorheen gaat. En weer... en weer...'

Aha, dat klonk goed. Opgelucht had ik mijn adem uitgeblazen.

'En dán, als het dan eindelijk echt af is, ja dan begint het hele proces weer van voren af aan, met... u raadde het zojuist al... het volgende boek. Och, och, het leven van een schrijver.'

Samen hadden we gelachen.

Nu stond zijn gezicht ernstig. Hij zei nog steeds niets.

'Wilt u toch nog iets veranderen?' vroeg ik uiteindelijk, toen hij maar stil bleef.

Meneer Pacht maakte een vreemd geluid, een soort geforceerd lachje, dat niet overeenkwam met de donkere blik in zijn lege ogen.

'Wil ik wat veranderen?' herhaalde hij. 'Ja, dat wil ik. Ik zou álles wel willen veranderen, als ik dat kon.'

'Nee toch, meneer Pacht? Juist nu uw manuscript bijna voltooid is en u –'

'Ik heb het niet over mijn boek.' Hij schudde terneergeslagen zijn hoofd. 'Ik heb het over de wereld, ik heb het over deze vervloekte tijd waarin we leven.'

'O,' zei ik zacht.

'De reden waarom ik u zojuist vroeg om even te stoppen,' zei hij, 'is omdat ik voel dat u er met uw gedachten niet bij bent. U bent afwezig. Er zit u iets dwars, heb ik gelijk?'

Ik zweeg.

'Ik ben dan wel blind, maar ik ben niet blínd, als u begrijpt wat ik bedoel. Ik merk het aan uw stem, aan de manier waarop u ademhaalt.'

Toen ik nog steeds niets zei, vroeg hij: 'Heb ik gelijk?'

'Ja.'

'Wilt u er misschien over praten?'

Ik beet op mijn lip. Toen vertelde ik het hem. De zorgen om tante, de mensen die ik met hun rugtassen op straat zag lopen, de huizen die werden leeggehaald. De angst dat ook vader zou worden opgehaald, ondanks zijn essentiële beroep en zijn status als gemengd-gehuwde.

Meneer Pacht luisterde, en toen ik was uitgesproken, zei hij: 'Ze hebben mijn zoon opgepakt.'

'De Duitsers?'

'Ja. Mijn zoon zit in het verzet. Vraag me niet wat hij precies doet want dat weet ik niet en mag ik ook niet weten. Hij houdt mij er, omwille van mijn eigen veiligheid, volledig buiten. Een van zijn kornuiten is me het slechte nieuws komen vertellen.'

'Wat vreselijk,' was alles wat ik wist te zeggen.

Zijn zoon... Ik wist dat meneer Pacht, lang voordat hij zijn geliefde pianiste ontmoette, ooit getrouwd was geweest en dat zijn vrouw hem had verlaten voor een Franse kunstenaar die in Parijs woonde. Hij had er het boek *De Franse slag* over geschreven. Maar zijn zoon woonde dus nog steeds in Nederland.

'Hoe dan ook,' ging hij verder, 'ik heb dus... connecties, om het zo maar te noemen. Mensen die... mocht u dat willen... u zouden kunnen helpen met het vinden van een veilige plek voor u en uw familie.'

Mijn ogen vulden zich met tranen. 'Dat is echt ongelooflijk aardig van u. Maar mijn vader vindt dat niet nodig. Ons gezin is slechts half-Joods, en hij gelooft nog steeds dat dit ons zal redden.'

'En toch gelden de maatregelen ook voor u,' zei hij. 'Ook u moet zich houden aan de spertijd, ook u mag bepaalde winkels niet in, ook u mag niet sporten of op een bankje in het park zitten, of telefoneren, of naar de kapper, het museum of een treinstation. Ja, ik ben op de hoogte.'

'Het geldt voor mij niet altijd,' zei ik. 'Het is ontzettend vaag. De ene keer mag iets wel, de andere keer niet. Geen mens weet precies hoe het zit.'

'Maar laat mij u dan met klem adviseren om thuis even goed en rustig na te denken over wat ik heb gezegd en het ook met uw ouders te bespreken. Alstublieft.'

'Dat zal ik doen,' zei ik, en mijn stem was plotseling schor. 'Dank u wel.'

'Joh, dat kunnen wij toch helemaal niet betalen,' zei tante. 'Denk je dat zoiets gratis is?'

'Meneer Pacht zei niets over geld. Misschien is het wel mogelijk om –'

'Het is niet nodig,' besloot vader. 'Wij gaan helemaal nergens heen. Ik denk dat we er juist goed aan doen om zo lang mogelijk bij elkaar te blijven, want samen staan we sterk. Als we ons nu gaan opsplitsen, waarbij de een hier onderduikt en de ander daar...' Hij trok vage cirkels met zijn vingers in de lucht. '...dan raken we elkaar kwijt.'

'Maar...' begon ik.

'En bovendien brengen we anderen ermee in gevaar. Wat denk je dat er met mensen gebeurt die Joden laten onderduiken? Dat wil ik al helemaal niet.'

Ik zweeg.

'Toch is het wél heel aardig van meneer Pacht dat hij aan ons denkt,' zei vader, milder nu. 'Dat waardeer ik. Ik hoop dat je hem morgen namens mij wilt bedanken, Debra.'

'Doe ik,' mompelde ik.

We waardeerden het. We waren dankbaar. Maar wat hadden we daaraan?

Geen van die dingen bood ons veiligheid.

Tante had nog steeds niets van Matz gehoord. De brieven die ze hem schreef, bewaarde ze onder haar hoofdkussen, aangezien ze geen adres had om op de envelop te schrijven. Ik zag de stapel groeien. Soms schreef ze dagenlang niets en leek ze alle hoop te hebben opgegeven, maar een andere keer merkte ze op dat het eigenlijk heel logisch was dat Matz nog niets had laten horen. Hij werd daar in Polen natuurlijk heel hard aan het werk gezet, dan was er geen tijd om een bericht naar huis te sturen.

Ik knikte wanneer ze dit zei en gaf haar een lint om de stapel brieven mee bijeen te binden.

Over de berichten op de BBC spraken we niet meer. We hoorden het nieuws aan, maar zwegen er verder over. Vader schudde soms alleen maar verbijsterd zijn hoofd wanneer hij de radio weer opborg.

In de laatste uitzending hadden ze beweerd dat er in Polen vermoedelijk al zevenhonderdduizend mensen waren vermoord. Zulke getallen waren niet eens voor te stellen. En Radio Oranje had eergisteren ineens een afgrijselijk nieuw woord laten vallen: gaskamers.

Gáskamers. Het bericht ging ons verstand compleet te boven.

Toch kwamen nu ook vanuit andere hoeken de afgrijselijkste verhalen naar buiten. Zo had de illegale verzetskrant *Het Parool* geschreven:

'Thans weten wij, welk lot onze Joodse landgenoten in den Duitsche kampen te wachten staat, en het gaat niet om achthonderd jonge mannen, maar om onze gehele Joodsche bevolking.'

Maar wat moesten wij met dat soort nieuws?

We sloegen de berichten op in ons hoofd, maar plakten er etiketten op die we 'desinformatie' noemden, en verzinsels. Het kon niet waar zijn. Het lag in de menselijke aard om te overdrijven. Want als zoiets wél echt was, dan zou de hele wereld alles op alles zetten om een eind aan die gruweldaden te maken. Er kon onmogelijk bericht worden over een georganiseerde massamoord op onschuldige mensen, zonder dat iemand daar iets aan deed.

Het was stemmingmakerij, meer niet.

CHAVER

BELANGRIJK

In verband met de bepaling dat men tussen 20 en 6 uur in zijn eigen woning moet vertoeven, wordt onze aandacht erop gevestigd dat het ingevolge deze beschikking niet geoorloofd is uit het venster te hangen of zich te bevinden op balkons en in tuinen aan de straatzijde: het vorenstaande geldt niet voor de achterzijde van het huis. Vóór open ramen moet de ster gedragen worden.

Het Joodsche Weekblad, 10 juli 1942

De straatzijde. Saul schudde vermoeid zijn hoofd. Zijn duinhuisje hád niet eens een 'straatzijde'. Het had een erf, met daarna de lange, kronkelende zandweg waar ook de andere woningen aan lagen. Maar hij mocht dus na acht uur 's avonds niet eens meer op zijn eigen erf lopen? Of iets uit zijn eigen schuur pakken? Of, als hij daar om wat voor reden dan ook ineens zin in kreeg, uit zijn eigen raam hangen? Wat een onvoorstelbaar gezanik toch weer.

Hij vroeg zich af in hoeverre de Duitsers die hier gestationeerd zaten op de hoogte waren van al deze regels. Ze hadden ongetwijfeld wel wat anders te doen dan controleren of de enige Jood in heel Rockanje zijn ster droeg als hij zich toevallig voor een open raam bevond.

Saul legde de krant opzij.

Hij kon deze onzin werkelijk niet meer aan.

In zichzelf mopperend stond hij op van tafel en raapte de losgelaten plukken wolvenhaar op die overal op de grond lagen. De wolf sprong op en danste rond Sauls benen, verheugd met de plotselinge activiteit.

'Je zit nog vol met energie, is het niet, vriend?' Saul kriebelde hem op zijn rug. 'Morgen gaan we weer een flink stuk lopen.'

Ze waren de volgende ochtend nog maar net de dijk over toen Chaver ineens de bosjes in dook.

Saul stond stil en keek om zich heen.

De wolf was niet achter een konijn of ander klein wild aan gegaan, want als Chaver jaagde, stond zijn staart strak naar achteren en stoof hij weg in een plotselinge eruptie van energie. Dit was anders. Toen hij uit beeld verdween, liep hij met zijn rug hol en zijn staart laag.

Hij was duidelijk ergens van geschrokken.

Een onverwachte hand op zijn schouder deed Saul verstijven.

'Niet schrikken, maat,' klonk een bekende stem. 'Ik ben het.'

Saul draaide zich om. ‘Godsamme man, je bezorgt me bijna een hartstilstand.’

‘Sorry.’ Aad grinnikte en trok Saul aan zijn mouw een stukje met zich mee naar achteren, van het pad af, de bebossing in. ‘Laten we even uit het zicht gaan staan.’

‘Wat loop jij hier de struikrover uit te hangen, joh. Waar is dat goed voor?’

‘Ik... maak een wandelingetje,’ zei Aad. ‘Net als jij.’

‘Hm.’ Saul keek om zich heen of hij Chaver ergens zag.

‘Eerlijk gezegd hoopte ik al dat ik je hier zou zien, tijdens een van je wandelingen met dat monster van je.’

‘Chaver is geen monster, hij is –’

‘Ik maak maar een grapje, makker. Om eerlijk te zijn ben ik blij voor je dat je weer wat gezelschap hebt na... Nou goed, je weet wel.’

Saul knikte. Hij wist wel.

Aads gezicht werd ernstig. ‘Heb je het gehoord, van de Joodse families in Oostvoorne en Den Briel?’

‘Nee.’ En ook al vreesde hij het ergste, toch vroeg hij: ‘Wat dan?’

‘Ze zijn naar Loods 24 gebracht.’

‘Zijn ze uit hun huis gehaald?’

‘Nee, ze kregen een oproep en hebben zich gemeld. Daarna zijn ze met een tram naar Rotterdam vervoerd.’

Saul vloekte binnensmonds.

‘Maar de reden waarom ik naar je op zoek was... Ik kan natuurlijk niet zomaar bij je aankloppen nu je van die “gezellige buren” hebt...’ Aad dempte zijn stem en keek snel om zich heen. Ze bevonden zich hier tussen dicht op elkaar groeiende bomen en kreupelhout en waren vanaf het pad bijna niet te zien. ‘Ik kan je helpen, Saul, als je dat wilt. Ik kan onderduik voor je regelen.’

Saul schudde zijn hoofd.

‘Luister nou eerst even naar me. Ik kan een plek voor je regelen, ver weg, gewoon bij iemand thuis. Daar zit je beter dan hier, geloof me, want nu ze de omliggende dorpen al Jodenvrij hebben gemaakt, vrees ik dat het nog maar een kwestie van tijd is voordat –’

‘Ik kán niet weg,’ onderbrak Saul hem. ‘Dus ik waardeer wat je zegt, en je bent een echte kameraad, maar het gaat niet.’

‘Waarom in vredesnaam niet?’

Saul maakte een hoofdgebaar naar rechts.

Daar, deels verscholen achter de brede stam van een beukenboom waardoor alleen zijn kop zichtbaar was, stond Chaver naar hen te gluren.

‘Je hond? Joh, er is heus wel iemand die hem tijdelijk in huis wil nemen tot de oorlog voorbij is. Daar zou ik me niet zo druk om maken als ik jou was.’

‘Hij is geen hond. Hij kan niet zomaar bij iemand in huis. Ik laat hem niet in de steek, Aad, geen haar op mijn hoofd die daaraan denkt.’

‘Hoe bedoel je: hij is geen hond?’

Op dat moment kwam Chaver, alsof hij wist waar ze het over hadden, langzaam naar de mannen toe gelopen. Hij hield zijn kop laag bij de grond, de situatie aftastend. Als hij zo sloop, dan was het alsof de dikke spieren onder zijn vacht zich met vertraging voortbewogen, en nu de zon recht op zijn grote kop scheen, waren zijn ogen niet goud maar felgeel.

Het was voor het eerst dat Aad hem van zo dichtbij zag, en zijn mond zakte open.

‘Goeie genade...’ bracht hij uit.

DEBRA

Gaan of niet gaan. Onderduiken of niet onderduiken. Er leken geen andere vraagstukken of gespreksonderwerpen meer te bestaan. Miriam en haar familie hadden nog steeds geen oproep ontvangen, maar de wetenschap dat de gevreesde envelop elk moment op de mat kon vallen én dat er steeds meer mensen verdwenen, maakte haar met de dag nerveuzer.

'Tante heeft nu al twee oproepen genegeerd en er is niets gebeurd,' zei ik, in een poging haar op te beuren. 'Dus dat kan ook.'

'Volgens vader is het een kwestie van tijd tot ze haar komen halen. Of erger. En dan...'

Ik liet haar stem naar de achtergrond vervagen.

Keer op keer hadden we hetzelfde gesprek, onze dialoog gevangen in een cirkel die zich steeds strakker om mijn hoofd sloot, en toch leken we geen van beiden nog in staat ergens anders over te praten. Miriam en ik waren twee jonge vrouwen van begin twintig; dit zou een tijd moeten zijn van onze weg vinden in de wereld, ontdekken wie we werkelijk waren, onze vleugels uitslaan.

Maar ons leven stond stil.

Alles moest wachten tot na de oorlog.

CHAVER

Om de druk nog meer op te voeren was er voor de zoveelste keer een 'extra editie' van *Het Joodsche Weekblad* verschenen. Met zeer grote letters stond een waarschuwing afgedrukt dat wie niet onverwijld gehoor gaf aan de tot hen gerichte oproep, óf zij die zonder toestemming van woning veranderden, de onderduikers dus, zonder uitzondering naar een concentratiekamp zouden worden gebracht.

Voor het eerst in zijn leven was Saul blij dat het Katharina en hem nooit was gelukt om kinderen te krijgen. Als vader wilde je je gezin beschermen, maar hoe was dat mogelijk in deze tijd? Langzaam vouwde hij de krant dubbel. Het liefst wilde hij het ding kwaad in de hoek smijten, maar hij wilde Chaver niet laten schrikken. Soms leek het wel alsof elke emotie die Saul voelde rechtstreeks bij de wolf tot uiting kwam, en dan ook nog tien keer uitvergroot.

Het dier had een zesde zintuig voor het opmerken van Sauls humeur.

Saul moest nadenken. Er moest iets gebeuren, maar wat? Hij had zich nog steeds nergens gemeld en dat ging hij niet doen ook. Lang had hij geloofd dat dit soort berichten in de krant alleen maar bedoeld was voor Joden in de grote steden, maar nu wist hij beter. Hij werd misselijk bij de gedachte aan de Joodse families in Oostvoorne en Den Briel...

Wég.

Dat was hier verdorie vlakbij. Oostvoorne schuurde zelfs zo dicht tegen Rockanje aan dat het op sommige plekken niet eens precies duidelijk was in welke van de twee dorpen je je nu eigenlijk bevond. Maar hij moest ook niet vergeten dat Aad hem had verteld dat deze arme mensen zélf vertrokken waren... Dat ze, waarschijnlijk uit angst voor uitvoer van de dreigementen, gehoor hadden gegeven aan de oproep zich te melden. En dat ging Saul dus mooi niet doen.

Maar toch.

Hij was er niet gerust op.

Misschien kon hij Aad vragen of er een boerderij was met een groot weiland waar hij terechtkon. Waar Chaver buiten kon leven. Toch besefte hij al op het moment dat hij deze gedachte had dat dit niet zou gaan. Op een boerderij leefden kippen, misschien zelfs wel koeien of ander vee. Dat zou niet samengaan met Chaver. Hem daar in een omheind weiland laten leven, gescheiden van Saul, zou er alleen maar toe leiden dat hij de hele dag door luidkeels zijn wolvenzang liet horen. Dat zou te veel aandacht trekken. En Saul en Chaver dan maar sámen in een klein kamertje laten onderduiken ging ook niet, want Chaver zou de hele boel slopen en dan zouden ze direct worden weggestuurd en nog slechter af zijn dan nu.

Toch, dat er iets moest gebeuren was duidelijk.
Saul kon alleen niet bedenken wat.

DEBRA

Het vreselijkste, het afschrikwekkendste was gebeurd.

De dreigende, zwarte wolk die zich steeds voller had gezogen, was gebarsten.

Miriams vader, moeder, zussen en zijzelf hadden een oproep ontvangen.

Van het ene op het andere moment was er van 'gaan of niet gaan' geen sprake meer. Er viel niets te kiezen; Miriams ouders hadden zich totaal niet voorbereid op de mogelijkheid om niet te gaan.

Ze werden opgeroepen, dus ze gingen.

Miriam knikte de hele tijd terwijl ze het mij vertelde, haar hoofd ging maar op en neer, alsof er ergens in haar een vraag klonk die voortdurend een bevestigend antwoord verlangde.

'Maar je hóéft niet te gaan,' zei ik. 'Jullie kunnen de oproep ook gewoon negeren.'

'En dan lijdzaam afwachten tot ze ons met geweld komen halen? Nee, wij houden de eer aan onszelf. Wij gaan ons melden, en wel met opgeheven hoofd.' Ze dreunde de ingeprente zinnetjes met betraande ogen op.

Tess, die tussen ons in liep, keek bezorgd van Miriam naar mij zonder te begrijpen wat er aan de hand was. Ik gaf haar een geruststellend klopje op haar rug.

'En als jíj nou blijft?' stelde ik voor. 'Alleen jij. Denk je nou echt dat die Duitsers wakker liggen van één persoon meer of minder?'

'Nee, Debra.' Ze keek me spijtig aan. 'Ik laat mijn ouders en zusjes niet in de steek. We gaan met zijn allen.'

'Maar, luister...' Ik keek om me heen om er zeker van te zijn dat niemand op straat ons kon horen en zei toen zacht: 'Wist je dat meneer Pacht mensen kent die kunnen helpen? Ik kan hem vragen om –'

'Néé.' Miriam kreeg tranen in haar ogen. 'Vaders besluit staat vast. Over drie dagen moeten we ons verzamelen, en dat is dat.'

Ik wendde mijn gezicht af zodat ik niet in tranen zou uitbarsten.

'Vader en moeder willen het risico niet nemen,' ging ze verder. 'Zij denken dat als we meewerken... als we ons gewoon koest houden... als we doen wat er van ons gevraagd wordt... dat we dan op die manier de grootste kans hebben om hier zo goed mogelijk doorheen te komen.'

'Koest houden!' Ik snoof verontwaardigd. 'Je bent toch geen hond? Kijk eens om je heen, niemand hoort nog iets van de mensen die zo gehoorzaam waren.' Ik greep Miriam bij de schouders en schudde haar heen en weer. 'Ik wil niet dat je gaat, oké? Luister alsjeblieft naar me en blijf hier. Laat die rotmoffen toch stikken!'

Miriam bewoog zich niet.

Haar armen hingen slap langs haar lichaam naar beneden.

Ik liet haar voorzichtig los. 'Sorry,' mompelde ik. 'Maar ik heb er gewoon echt een slecht gevoel over.'

'Ik móét gaan.' Miriam slikte een paar keer. 'En ik zou jouw steun goed kunnen gebruiken nu.'

'Die heb je hoe dan ook.' Ik omhelsde haar en voelde haar lichaam schokken.

Een tijdlang stonden we zo, midden op straat en op klaarlichte dag, terwijl Miriam geluidloos huilde en ik zo hard op mijn lip beet dat ik bloed proefde.

'Einde.' Langzaam, plechtig bijna, legde ik de laatste pagina terug op de stapel. 'Gefeliciteerd meneer Pacht, uw manuscript is nu echt af.'

De afgelopen weken had ik de vierde versie van zijn boek aan hem voorgelezen, en deze keer waren er geen wijzigingen meer nodig geweest. Eindelijk kon het worden opgestuurd naar zijn uitgeverij.

Meneer Pacht zei niets.

'Het verhaal is klaar voor de volgende fase,' zei ik. 'Dit is een groot moment. Nu gaat uw redacteur ernaar kijken, toch?'

Meneer Pacht schraapte zijn keel en zei zo zacht dat de woorden nauwelijks hoorbaar waren: 'Mijn redacteur is naar Polen gestuurd.'

'Jeetje,' zei ik geschrokken. 'Dat wist ik niet.'

'Ik werk al meer dan twintig jaar met hem; we hebben samen de mooiste boeken gemaakt. Hij was erg benieuwd naar mijn nieuwste werk en verheugde zich erop om er samen mee aan de slag te gaan.' Meneer Pacht tastte met zijn vingers tot hij een pen gevonden had, liet hem even rondgaan tussen zijn vingers en legde hem toen met een klap terug op het bureau. 'Mijn uitgever, die hem ook al heel lang kent, belde me op om het persoonlijk te vertellen. Het schijnt allemaal nogal abrupt te zijn gegaan. En ze hebben nu een vervanger voor hem in dienst genomen. Tijdelijk, want Matthieu komt natuurlijk weer terug.'

'Uiteraard,' zei ik snel.

'Maar u zult begrijpen, juffrouw Davidson, dat ik nu niet sta te springen om de volgende fase in te gaan, niet nu de persoon met wie ik dat zou doen is weggevoerd als een afgekeurd stuk vee, puur en alleen vanwege de familie waarin hij geboren is.'

'Ik... begrijp hoe u zich voelt.'

Even spraken we geen van beiden.

Dit was het soort stilte waarin personages in een boek plots het tikken van de klok hoorden, of een hond die ergens in de verte blafte, maar in het echt gebeurde dat niet. Niet nu, niet hier. Er was te veel ruis in mijn hoofd. Een statische storm van onrust, van een naderende orkaan die alles uit de grond rukte en meesleurde.

Niemand bleef gespaard.

Met mijn vingers duwde ik het lijvige manuscript tot een nette stapel en legde het op de hoek van de tafel. Zó hard hadden we hieraan gewerkt. Zo trots was ik geweest, op mijn eigen kleine bijdrage aan dit verhaal. Zo dankbaar, al die tijd, voor de ontsnapping die me hierdoor geboden werd. Maar nu...

'Wat hoor ik daar?' vroeg meneer Pacht.

'Niets.' Met de mouw van mijn blouse veegde ik langs mijn ogen.

'Och, juffrouw Davidson, het spijt me dat ik voor zo'n domper zorg. Dit is inderdaad een groot moment, en het is net zo goed uw prestatie als de mijne. Daar mogen we best even bij stilstaan.'

Maar mijn gevoelens waren vergruisd. De Duitsers zouden niet rusten voordat alles kapot was. Het werd steeds duidelijker.

'En nu?' vroeg ik, mijn stem zo vast mogelijk. 'Hoe gaat het nu verder? Mijn taak hier zit erop, denk ik?'

'U vraagt zich af of ik u nog wel nodig heb?'

'Zoiets,' gaf ik toe.

'Hier heb ik uiteraard over nagedacht. Het zou mij zeer verheugen als u langs bleef komen, niet om te werken maar om me te vertellen welk boek u gelezen hebt en wat u ervan vond. Ik heb de indruk dat we allebei veel voldoening halen uit die gesprekken. Alleen...' Hij duwde zijn vingertoppen tegen elkaar en fronste zijn wenkbrauwen. 'Er is mij verteld dat er steeds meer Duitsers op de Heemraadssingel lopen. Dat de situatie met de dag onveiliger wordt. Daarom lijkt het me op dit moment niet verstandig om dit van u te vragen. U kunt hier waarschijnlijk beter even uit de buurt blijven.'

'O,' zei ik, mijn stem schor van schaafplekken door het heen en weer ketsen tussen hoop en realiteit.

'Maar... als ik zo vrij mag zijn... bij een volgend project zou ik bijzonder vereerd zijn als ik wederom van uw diensten gebruik zou mogen maken.'

Dit was zíjn versie van 'na de oorlog', besefte ik, en weer liepen mijn ogen vol. 'Heel graag.'

Hij knikte tevreden. 'Dat is dan afgesproken, juffrouw Davidson.'

'Debra,' zei ik zacht. 'Gewoon Debra.'

Meneer Pacht stond op, zocht tastend zijn weg naar mij tot hij de hoek van de schrijftafel voelde en stak zijn hand uit. 'Het was me een waar genoegen, juffrouw Debra.'

'Mij ook.' Ik veegde mijn tranen weg en waagde het een grapje te maken. 'U hebt werkelijk een Páchtig boek geschreven.'

Meneer Pacht glimlachte.

Vanuit de verte zag ik de menigte al.

'O, hemel,' bracht ik uit.

Ik had niet moeten komen. Ik had hier uit de buurt moeten blijven. Ik had hier niets te zoeken. Maar het was alsof ik er door een ziekmakende drang naartoe getrokken werd. Alsof ik het moest zien, met mijn eigen ogen, om te kunnen geloven dat dit werkelijk gebeurde.

Dat mijn beste vriendin wegging.

Bovendien wilde ik haar nog één keer spreken. Haar een goede reis wensen, elkaar in de ogen kijken en 'tot na de oorlog' zeggen. Daarom was ik samen met Tess over de straatkeien naar Loods 24 gelopen. Maar nu...

Er waren zo ontzettend veel mensen.

Sommigen waren gekleed in sportieve kleding en hadden een rugzak bij zich, anderen stonden in hun beste kledij met een koffer in de hand. Ik zag mannen en vrouwen met wit weggetrokken gezichten, de lippen smal in een ontsteld gezicht. Andere mensen huilden vrijuit. Weer anderen probeerden vrolijk te kijken, de wij-laten-ons-niet-kennen-lach op hun gezicht zo stroef dat hij bijna brak. Vrouwen wiegden baby's in hun armen. Mannen spraken met gedempte stem. Oudere jongens speelden met knikkers. Meisjes lieten elkaar hun poppen zien. Duitse militairen stonden in groepjes, met hun vuurwapens over de schouder.

Met een ruk draaide ik me om. Dit kon ik niet aanzien.

'Debra?'

Ik keek over mijn schouder. Miriam!

We renden op elkaar af, maar zeiden niets. Haar twee jongere zussen spraken honderduit. Hoe ze de afgelopen dagen alles hadden gedaan: de juiste kleding kiezen, labeltjes maken, naar de Joodsche Raad voor de laatste inlichtingen... Ze ratelden maar door, ademloos, met wilde armgebaren en huppend van hun ene been op het andere. Allebei waren ze, net als Miriam, gekleed in een trainingsbroek en windjack.

Miriam zelf was stil.

'Hallo, Debra,' zei hun moeder. Ze zag er rustig uit, verdoofd bijna.

'Hallo,' zei ik, en ik bracht mezelf in herinnering wat ik geoefend had. 'Goede reis.'

'Dat komt vast wel goed.' Ze ging wat dichter bij haar dochters staan en zei: 'We houden de moed erin, hoor.'

Miriams gezicht werd met de seconde bleker. Nog steeds zei ze niets.

Haar vader kuchte en zei luid, alsof hij het niet alleen tegen mij had maar tegen wie het ook maar horen wilde: 'We trekken ons niets aan van de kletspraatjes, hoor. Je zou er gek van worden. Het zijn vaak zeer onbetrouwbare bronnen die zoiets publiceren.'

'Zo is dat,' zei Miriams moeder.

'En het is echt niet zo dat buiten Nederland de wereld ineens ophoudt te bestaan,' ging Miriams vader verder. 'In andere landen wordt ook brood gebakken.'

'Juist,' zei ik. 'Ja. Dat is natuurlijk zo.'

'We houden de moed erin,' zei hij nu ook, en ik vroeg me af hoe vaak ze dit simpele zinnetje vandaag al tegen elkaar geroepen hadden, hun enige houvast.

Miriam merkte zachtjes op: 'Duitsland verliest momenteel gigantisch in Rusland. Heb je dat al gehoord? Wie weet is deze ellende nu echt snel voorbij.'

Voordat ik wat kon terugzeggen, klonk er een harde Duitse stem uit de luidsprekers. 'Attentie, attentie! Wil eenieder die hier niets te zoeken heeft, weggaan!'

Miriam pakte mijn hand en zei: 'Tot gauw.'

Het was bijna halftien toen ik de Beukelsdijk weer op liep, ver na spertijd. Ik had langzaam gelopen, mijn benen zwaar alsof verdriet zich had omgezet in gewicht. Bij elke stap zag ik Miriams wit weggetrokken gezicht weer voor me. Ik haatte het dat ik niets kon doen om haar te helpen en wilde de onmacht die door mijn bloed gutste uit mijn lichaam rukken, in een zak met stenen stoppen en in de Maas gooien.

Niets meer voelen.

Het was niet te bevatten dat ze weg was. Wat zou er nu met haar gebeuren? En zou hun huis ook worden leeggehaald, zoals bij de andere woningen was gebeurd? Hun dierbaarste kostbaarheden hadden ze aan goede vrienden gegeven, waar ze veilig zouden worden bewaard tot ze weer terug waren. Maar de rest zou ongetwijfeld in grote verhuiswagens verdwijnen.

En dat terwijl de 'werkverruiming' maar tijdelijk was.

Er zwommen zoveel vraagtekens in mijn hoofd dat het me duizelde.

Langzaam volgde ik Tess de trappen op naar onze voordeur en stapte naar binnen, waar het veilig en warm was. Het voelde fout, oneerlijk zelfs, om hier te zijn terwijl Miriam met honderden of misschien wel duizenden vreemden op reis ging naar een plek waar...

Ik kon er niet eens aan denken.

Met hangend hoofd liep ik de woonkamer in en begon te huilen.

Vader sloeg zijn armen om me heen.

Moeder kwam erbij staan. 'Miriam is flink,' zei ze. 'Die redt zich wel.'

Die avond kon ik niet in slaap komen. Ik probeerde te lezen, maar kon alleen maar aan Miriam denken. Aan haar huis, dat nu verlaten was. Haar bed, dat vannacht onbeslapen zou blijven.

Was ze nog steeds in die verschrikkelijke loods, of waren ze al naar een andere plek gebracht? En waar was dat dan?

Ik wist zeker dat zij ook wakker lag.

Er moest iets zijn wat ik voor haar kon doen, maar wat?

Misschien zou ze snel schrijven, dan konden we elkaar in elk geval op de hoogte houden hoe het ging. Dan zou ik haar af en toe een pakketje kunnen opsturen, een boek of een trommel met de koekjes die moeder soms bakte van de weinige ingrediënten die nog verkrijgbaar waren. Al wist ik dat ik er niet op moest rekenen.

Tante zuchtte in haar bed.

Ik deed alsof ik het niet opmerkte. Vannacht had ik genoeg aan mijn eigen zorgen en gedachten. Bovendien begon de angst dat tante zou worden weggehaald voorzichtig af te nemen. Nu er nog steeds niemand bij ons aan de deur was geweest, durfden we te hopen dat de Duitsers haar waarschijnlijk gewoon als onderdeel van ons gemengde gezin waren gaan beschouwen.

Dan was ze veilig.

Ook al vroegen we ons tegelijkertijd af: voor hoelang?

Joodse mensen werden nu in zo'n hoog tempo opgepakt dat het niet lang meer zou duren voordat er geen volbloed Joden meer over waren, en het was niet moeilijk te raden wie dan de volgende op hun lijstje waren. De nazi's zouden waarschijnlijk pas tevreden zijn wanneer ze álle mensen die een ster droegen hadden afgevoerd.

Het enige wat hun nog de pas kon afsnijden, was de langverwachte bevrijding.

Als die geallieerden toch eens wat meer opschoten!

CHAVER

Saul streek met zijn vingers door Chavers dikke bontkraag. 'Je wintervacht is nog dikker dan die van vorig jaar, vriend.'

De wolf rolde zich op zijn rug en liet zich op zijn buik kriebelen.

'Gekke jongen.' Saul hees zich in zijn pyjama. Het was goed te merken dat het november was, de dagen werden korter. Dat maakte het gemakkelijker om vroeg naar bed te gaan. Onder de wol was het behaaglijk warm, met Chaver die dicht tegen hem aankroop en zijn grote kop naast Saul op het hoofdkussen legde.

Soms werd Saul wakker van Chaver die druk met zijn poten tegen hem aan trappelde, en dan wist hij dat de wolf droomde dat hij achter een konijn aan rende. Vaak ving hij hem, want dan klonken er niet veel later smakkende geluiden in het donker. Ook in het echt was Chaver nogal bedreven geraakt in het vangen van haasachtigen, waaraan er in de duinen al tientallen jaren een overschot was. Het kwam goed uit, want het werd steeds moeilijker voor Saul om aan genoeg eten voor de wolf te komen.

Toen hij na het tandenpoetsen in bed stapte, lag Chaver er al, uitgestrekt op zijn kant. Saul grinnikte. 'Niemand die jou zo ziet, zou geloven dat je een gevaarlijk roofdier bent. Wat heb ik met je gedaan?'

Chaver gaf Saul een stevige lik over zijn wang.

'Welterusten, vriend,' zei Saul voordat hij het licht uitknipte.

De jonge wolf hoorde wel vaker geluiden rondom het wolvenhol, daar was hij aan gewend geraakt. Stemmen, voertuigen, hij keek nergens meer van op.

Maar dit was anders. Deze geluiden kwamen dichtbij. Té dichtbij.

Hij gromde.

'Wat is er, vriend?' klonk de oude man slaperig. 'Lig je weer te dromen?'

Chaver legde zijn voorpoot op de schouder van de oude man. Opnieuw gromde hij.

Nu ging de oude man overeind zitten. 'Wat is er? Wat hoor je?'

Chaver sprong uit bed, stoof naar de voordeur en kraste daar woedend met zijn nagels in het hout. Dáár, daarachter gebeurde het!

Maar het was donker, en de oude man, die niet zulke goede ogen had als Chaver, zag niet wat hij deed. Gelukkig ging het licht aan. Het grijze haar van de oude man piekte alle kanten op. Zijn ogen speurden de kamer af.

De jonge wolf keek strak terug en gromde daarna nadrukkelijk tegen de deur.

'Ga maar terug naar bed,' zei de oude man rustig. 'Het is vast niets. Ik kijk wel even.'

'*AUFMACHEN!*' werd er plotseling geschreeuwd. Iemand schopte hard tegen de deur.

Chaver sprong achteruit.

Het gezicht van de oude man werd zo wit als de lakens op zijn bed. Hij keek snel om zich heen. Toen zei hij dringend: 'Chaver. Luister. Het is tijd voor onze oefening.'

Chaver verstond niet alles wat de oude man zei, maar hij begréép hem wel.

Met snelle, grote stappen liep de oude man naar het zijraam. 'Weet je wat je moet doen?'

Chaver piepte. Natuurlijk wist hij het. Dit oefenden ze elke week.

Maar waarom nu? Dit voelde absoluut niet als het juiste moment voor zoiets.

'OPENDOEN!' klonk het vanachter de voordeur. 'NU!'

De oude man schoof het gordijn opzij en deed met trillende handen het raam open. Tranen blonken in zijn ogen.

Chaver twijfelde. Er stonden mannen aan de deur, bóze mannen. Hij kon niet verstaan wat ze zeiden, maar hij herkende het gevaar dat van hun stemmen uitging. En hij herinnerde zich een soortgelijk gevoel in zijn binnenste, de gewaarwording dat er iets ergs ging gebeuren. Iets slechts. Er schoten flitsen door zijn hoofd van lang, láng geleden, flarden die hij al jaren niet had gezien. Van Vader Wolf, Moeder Wolf... De mannen...

De knallen.

Chaver jankte en sprong wild van wanhoop tegen de oude man op.

'Chaver, lúíster,' zei de oude man, op een strenge toon die hij nooit eerder had gebruikt. 'In de struik. Nu!'

De jonge wolf voelde iets breken. In zijn hart, in zijn kop, hij wist niet waar. Maar hij wist wel, ook al kon hij niet begrijpen hóé, dat voor de tweede keer in zijn leven alles wat hij had gekend zou verdwijnen. Dat híj zou verdwijnen.

'DOE! OPEN!'

'In de struik,' fluisterde de oude man. Zijn tranen stroomden vrijuit nu.

Chaver voelde dat hij niet moest gaan, dat hij bij de oude man moest blijven en zijn verdriet moest weglikken tot hij weer lachte, maar hij wist ook wat ze zo vaak getraind hadden en wat de oude man nu van hem vroeg.

Toch bleef hij nog steeds staan.

'Nu,' smeekte de oude man. In zijn stem herkende Chaver de radeloosheid die hij zelf ook voelde. 'Vooruit!'

De voordeur werd ingetrapt. Grote zwarte laarzen stampten naar binnen.

Chaver sprong.

DEBRA

Vader en tante vielen abrupt stil toen ik met Tess terugkeerde van onze wandeling. Vader aaide Tess reflexmatig over haar kop, maar zijn blik was afwezig.

'Wat is er?' vroeg ik direct. 'Waar is Siem?'

'Geen zorgen. Siem is even met moeder mee.'

Ik trok mijn jas uit, hing mijn baret aan de kapstok en keek vader en tante om beurten aan. 'Maar er is iets goed mis. Ik zie het aan jullie gezichten.'

'Ze hebben in Engeland bevestigd dat de berichten die daar al zo lang binnenstromen waar zijn,' zei tante. De wallen onder haar ogen leken nog dieper en donkerder. 'Er speelt zich in Polen een massamoord af onder de Joden.'

Vader schudde zijn hoofd. 'Dat kun je ook op een andere manier zeggen, Rika.'

'Hoe ik het zeg, verandert geen fluit aan deze ellende en dat weet jij net zo goed als ik.' Tante wendde zich tot mij en zei: 'Het schijnt dat de Engelse en Amerikaanse regeringen nu aan het protesteren zijn en dat een Palestijnse rabbijn alle Joden ter wereld bijeenroept om in verzet te komen.'

'Maar dat is goed, toch?' vroeg ik voorzichtig. 'Eindelijk komt er opstand.'

'Ach kind, wat helpt het?' Tante wrong in haar handen. Haar altijd zo verzorgde nagels waren tegenwoordig kort en dof. 'Meneer Hitler doet toch wat hij wil. We hoorden net dat anderhalf miljoen Joden in Polen al hun dood hebben gevonden, en dagelijks komen daar nog eens duizenden bij.'

In een plotselinge stilte vlogen de onuitgesproken namen van Matz, van Miriam, van buurvrouw Truus en zoveel anderen ons naar de keel tot ik niet alleen tante en mezelf zwaar hoorde slikken, maar zelfs vader. Tante liet haar hoofd hangen. Lange grijze haren raakten los uit haar knot en vielen langs haar gezicht.

'Is het waar, vader?' vroeg ik zacht.

Vader zuchtte lang en moeizaam. Toen hij sprak, kwam zijn stem van ver achter in zijn keel, een plek waar woorden zich ophielden die niet uitgesproken wilden worden, geen waarheid wilden zijn. 'Ik weet niet hoe het kan, maar... Engeland is er behoorlijk zeker van. Ik denk dat het waar is. Hoe ongelooflijk het ook lijkt.'

Het was alsof ik met geweld naar achteren werd geduwd.

Na zo'n lange tijd van wegkijken en ontkennen gaf vader eindelijk toe dat hij de berichten geloofde. De schok was bijna groter dan ik aankon.

'Maar waarom?' bracht ik uit. 'Waaróm gebeurt dit?'

'Waarom,' herhaalde tante, maar háár waarom was geen vraag. Het was een dof geluid, een lade die moedeloos werd dichtgeschoven omdat de inhoud te afgrijselijk was.

CHAVER

Hijgend van spanning zat de jonge wolf in de lavendelstruik.

Zijn hele lijf stond strak van onrust.

Hij wist dat hij hier moest blijven totdat de oude man hem terugriep, waarop hij naar binnen zou springen en wat lekkers kreeg. 'Goed gedaan, vriend,' zou de oude man zeggen, en Chaver zou tegen hem opspringen en zijn gezicht likken.

Maar nu ging het anders.

Nu werd hij niet terug naar binnen geroepen.

In plaats daarvan hoorde hij boze stemmen, stampende laarzen en een doffe klap. Nog meer stemmen, nog meer voetstappen. De luide dreun van iets wat hard werd dichtgesmeten. Het geronk van een auto en de stank die daarbij hoorde.

Hij kromp ineen.

En toen... stilte.

Chaver trilde over zijn hele lijf. Maar hij bewoog zich niet.

Hij hield zijn oren gespitst tot hij eindelijk geroepen zou worden.

Langzaam stak Chaver zijn kop uit de struik. Hij snoof aan de lucht, nieste een paar keer. Toen zette hij een voorzichtige stap naar voren, laag bij de grond, kruipend bijna. En nog één.

Hij keek om zich heen. Er was niets bijzonders te zien.

Behalve de vogels waren er geen geluiden te horen.

Chaver kwam nu helemaal uit de struik. Hij piepte zachtjes. Dit was niet hoe ze het hadden geoefend, maar hij kon werkelijk niet nóg langer wachten tot hij eindelijk geroepen werd. Niet nu alles in hem schreeuwde dat er iets heel erg mis was.

Met behoedzame passen sloop hij terug naar het zijraam. Daar maakte hij zich klaar om weer naar binnen te springen, maar...

Het raam was dicht.

Dit klopte niet. Hij begreep er niets meer van. Het enige wat hij wist, was dat hij naar de oude man moest, zo snel mogelijk, want pas zodra hij bij hem was zou alles weer in orde zijn. Ze moesten samen zijn, bij elkaar, zoals het hoorde.

Weg uit deze vreemde situatie die zo alarmerend aanvoelde.

Chaver zette het op een draven. Hij rende om het huis heen tot hij bij het erf was. Maar ook daar was niemand. Hij bracht zijn neus naar de grond, en meteen schoten zijn haren overeind. De geur van de mannen was zo vers dat hij kwaad gromde.

Waar was de oude man?

Chaver sloop naar de wijd openstaande voordeur.

Piepend liep hij door het huis. De bank was verschoven, een stoel lag op de grond met de poten omhoog. De stinkende lucht van de vijand was overal. Chaver stond bij het bed, het warme, veilige wolvenhol waar de oude man en hij zo kort geleden nog in diepe slaap waren geweest. Hij snoof aan de opengeslagen dekens en jankte zachtjes toen hij de achtergebleven afdruk van zijn kop en het hoofd van de oude man naast elkaar op het grote kussen zag.

Wild sprong hij op het bed en boorde zijn neus in het kussen.

Hij rook de oude man en zichzelf, in de zoetheid van slaap en geluk.

Wild trok hij de lakens los, smeet de dekens op de grond en groef met zijn poten in het matras tot er een diep gat in zat en de gele schuimige ingewanden naar buiten puilden.

Toen wierp hij zijn kop achterover en huilde.

DEBRA

‘Kom je ook slapen, tante?’ vroeg ik zacht.

Enkele minuten geleden hadden vader en moeder ons al goedenacht gewenst, maar tante had geen aanstalten gemaakt om naar bed te gaan.

‘Ga jij maar,’ zei ze. ‘Ik blijf nog even op.’

Gisteravond waren er, in een Rotterdamse wijk niet ver bij ons vandaan, om middernacht nog mensen weggehaald. Zó uit hun bed gewipt. Misschien zou ik, in tantes situatie, ook besluiten dat het beter was om maar gewoon wakker te blijven. Klaar voor wat komen zou, in plaats van weerloos onder de wol te kruipen.

Maar hoelang hield ze dit vol?

Stilletjes liep ik de kamer uit, op de hielen gevolgd door een geeuwende Tess. Het kleine lichtje liet ik branden. Toen ik omkeek, zag ik tante voor zich uit staren, met vermoeide ogen en kapotgebeten lippen zich afvragend of ze vannacht nog bij ons mocht blijven of dat elk ogenblik de bel zou klinken en ze gedwongen werd op reis te gaan.

Toen ik de volgende ochtend de woonkamer in kwam, lag ze met opgetrokken benen op de bank.

CHAVER

De jonge wolf opende zijn ogen.

Het was niet langer nacht.

Schemer kroop via de openstaande voordeur het duinhuisje in, behoedzaam alsof die net zo weinig van de nieuwe situatie begreep als Chaver. In zijn eentje lag de jonge wolf in het bed, of wat daar nog van over was, met zijn kop op het kussen dat zo sterk naar de oude man rook. Hij piepte zachtjes. Nooit eerder was hij hier wakker geworden zonder dat de oude man hem tussen zijn oren kriebelde en 'Goedemorgen, vriend' zei.

Normaal gesproken zou de oude man nu uit bed stappen en de gordijnen openschuiven, terwijl Chaver op bed bleef liggen en vanaf daar loom de bezigheden gadesloeg. Hij zou toekijken hoe de oude man het zwarte vocht klaarmaakte dat hij elke ochtend dronk, hoe hij zijn gezicht inzeepte en daarna met een mes de stoppelige vacht van zijn wangen schraapte.

Uiteindelijk zouden hij en Chaver samen gaan wandelen, het hoogtepunt van elke dag.

Al deze zaken hadden zich zo stevig verankerd in Chavers brein, de routine had zo'n solide ritme gevormd, dat het abrupte wegvallen ervan een gat achterliet in zijn kop. Altijd had de voorspelbaarheid van zijn dagen hem rust en vertrouwen gegeven omdat hij wist wat hij kon verwachten. Maar nu...

Plotseling waren het alleen nog flarden.

Toch bleef Chaver wachten.

De oude man zou terugkomen. Hij was immers altíjd teruggekomen.

Zelfs die ene keer toen hij werkelijk heel lang wegbleef en Chaver hem overal in huis had gezocht, was hij er ineens weer geweest. Daarom zweefde zijn blik telkens weer naar de open deur, naar de gapende wond die maar niet dicht wilde. Hij zag de wereld achter de opening donker worden en verroerde zich niet.

De gebruikelijke mannenstemmen keerden terug, in en om de andere duinhuisjes. Het waren harde stemmen. Lelijke stemmen. Maar het waren niet dezelfde als van afgelopen nacht.

En zolang ze niet bij de wolf in de buurt kwamen, kon hij het geluid negeren.

Hij legde zijn kop weer op het hoofdkussen.

Hier zou hij blijven. Zolang als nodig was tot de oude man er weer was.

Zonnestralen kropen als lange spinnenpoten de woning in, nu al vrijmoediger dan gisteren.

Chaver bekeek ze fronsend.

Waar bleef de oude man toch?

Hij liet zich van het bed zakken. Langzaam sloop hij door de woning. Hij snuffelde in alle hoeken en voelde zijn haren overeind springen bij de nog steeds veel te penetrante geur van de mannen-met-laarzen. Daar waren ze weer, de flitsen in zijn hoofd. Hij gromde. Toen schudde hij zich wild uit in een poging de beelden kwijt te raken, maar ze bleven door zijn geheugen schieten. Hij zag het verkrampte gezicht van de oude man. De deur die met zoveel kabaal openvloog. Chaver trilde bij de herinnering.

Opnieuw sprong hij op het bed.

Hij wreef met zijn wang over het hoofdkussen, probeerde eronder te kruipen. Het kussen viel op de grond. Chaver staarde ernaar. Een zacht gejank ontsnapte uit zijn keel.

Weer huilde hij, harder nog dan de vorige ochtend. Dringender.

Hij zong hun gezamenlijke lied met alle wanhoop die hij voelde.

Maar de oude man kwam niet terug.

Toen de avondschaduw opnieuw over het duinhuisje viel, lag Chaver in de deuropening. Zijn lijf lag binnen, zijn kop lag buiten. Hier zou hij het als eerste zien wanneer de oude man terugkeerde.

Een voor een floepten de sterren boven zijn hoofd aan.

Chaver keek omhoog naar de maan, die telkens maar weer terugkwam terwijl de oude man wegbleef. Om hem heen waren ook de mannen-met-laarzen teruggekeerd van waar ze overdag waren. Hij hoorde ze, hij rook ze, en hij kon een grom niet inhouden. Hun hele aanwezigheid was als een aanval op zijn ziel. Opnieuw hadden mannen-met-laarzen, mannen-met-harde-stemmen, hem afgenomen wat hem het dierbaarst was: zijn familie.

Chaver hoorde ze praten, lachen, in het rond lopen.

Soms kwamen de stemmen iets te dichtbij, dan schoot hij terug naar binnen en kroop onder het bed. Pas als de mannen weer ver genoeg bij hem uit de buurt waren, sloop hij terug naar de voordeur en ging weer in de opening liggen.

Slapen deed hij niet. Dat lukte niet meer, dat stonden zijn zintuigen niet toe. Nooit eerder hadden zijn oren zich zó gespitst, hadden zijn neusvleugels zó getrild, in hun verlangen de terugkeer van de oude man te ontwaren.

Maar plotseling hief hij zijn kop en tuurde met zijn strakke blik de duisternis in.

Wat als de oude man helemaal niet meer terugkwam? Wat als Chaver hier niet op hem moest wachten, maar hem moest gaan zóéken? In het duinbos, waar ze samen zo vaak gewandeld hadden.

De jonge wolf kwam overeind.

Hij stak zijn neus in de lucht en snoof een paar keer om er zeker van te zijn dat de mannen ver genoeg bij hem vandaan waren om hem niet te zien. Nog één keer keek hij achterom, naar het wolvenhol, de plek waar de oude man en hij zo gelukkig waren geweest.

Chaver ging hem zoeken. Hij ging hem vinden.

Met het maanlicht op zijn vacht rende hij het erf over en de dijk op.

Het volgende moment verdween hij als een grijze schim tussen de bomen.

DEBRA

'Weg bij dat raam.' Vader trok me opzij. 'Laat ze je niet zien.'

'Wat maakt het uit? Alsof ze niet allang weten dat we hier wonen.'

'Dat wil niet zeggen dat we niet voorzichtig moeten zijn.'

Ik ging weer op de bank zitten en pakte mijn boek, een van de laatste uit de koffer van meneer Pacht, maar lezen lukte me niet. Telkens weer trok mijn blik richting het raam, in afwachting van het vreselijke moment waarop de straatrazzia die vandaag onze buurt had bereikt ook op de Beukelsdijk zou arriveren. We wisten dat het onvermijdelijk was. Het maakte niet langer uit dat het klaarlichte dag was, de avondklok nog uren bij ons vandaan. Iedere Jood die op straat liep werd opgepakt en meegenomen. Blijkbaar vond de vijand het niet meer nodig om te wachten tot de stad verduisterd was voordat ze hun misdaden pleegden. Ook de doorzichtige smoes dat het ging om jonge mensen die zogenaamd te werk moesten worden gesteld ging niet langer op, want iederéén moest nu mee. Ouden, gebrekkigen, zieken, ze werden voor de ogen van iedereen die het zag uit hun huis gesleept.

Tante had het ons zelf verteld.

Ze was naar buiten gegaan om een brief te posten en was nog maar net de straat uit geweest toen er een oudere dame naar haar toe was gekomen die haar had gesmeekt om toch alsjeblieft snel terug te gaan, want op de Essenburgsingel werden mensen een overvalwagen in geduwd.

Nu hoorden we het geronk van de auto's. Het geschreeuw.

Er klonken zelfs geweerschoten.

Ik zag dat tante bij elk geluid in elkaar kromp en dwong mezelf om rechtop te blijven zitten, rustig adem te halen, niet in paniek te raken. Het voelde in alle opzichten fout om hier met zijn allen maar te blijven wachten tot het onze beurt was. We leken wel idioot! Maar waar konden we naartoe? Er was geen enkele plek om ons te verstoppen.

Hooguit konden we doen alsof we niet thuis waren.

De deur gesloten houden, wat er ook gebeurde.

Helaas was moeder precies op dat moment buiten om Siem van school te halen. Wat als ze midden in de razzia's terechtkwamen?

Ik kon er niet eens aan denken.

Vader keek voortdurend op de klok. Hij was vandaag stom toevallig eerder naar huis gekomen, nadat zijn laatste twee lessen niet doorgingen. Er waren in die klas geen leerlingen meer over. In de andere klassen was elke nieuwe kale tafel als een klap in zijn gezicht. Elke dag vroeg hij zich bij de nieuwe lege plekken af: ondergedoken of opgepakt?

Het invullen van de absentielijst werd een pijniging.

Toch bleek de lege klas vandaag een geluk bij een ongeluk, want anders zou hij recht in de val zijn gelopen. Maar moeder...

Had ze de razzia op tijd opgemerkt en was ze terug de school in gegaan?

Juist toen ik ondanks vaders protest weer naar het raam wilde lopen, klonk eindelijk de sleutel in het slot. Vader sprong op en knuffelde een verraste Siem zo hard dat die ervan schaterde. Hij tilde hem hoog op in de lucht, zette hem op zijn schouders en vroeg intussen snel aan moeder: 'Niets gebeurd?'

Moeder zag bleek, maar schudde haar hoofd. 'Niets gebeurd.'

'Godzijdank.' Tante begon zachtjes te huilen.

Tijdens het eten was tante vreemd stil. Haar ogen waren roodomrand. Nu de razzia voorbij leek en de Beukelsdijk weer een dag gespaard was gebleven, zouden we opgelucht moeten zijn. Maar we durfden nog steeds niet vrijuit te ademen. Het was alsof we op geen enkele manier mochten laten merken dat we er nog steeds waren, uit vrees er onmiddellijk voor gestraft te worden.

Zelfs Siem, die aan tafel zo vaak het hoogste woord had, was stil.

Later die avond stond tante plotseling op van de bank en verkondigde: 'Genoeg is genoeg.'

We keken haar allemaal verbaasd aan.

'Ik ben er klaar mee,' zei ze, en ze greep naar haar hart.

'Wat is er, Rika?' Moeder legde met een bezorgde blik haar breiwerk neer. 'Moet ik een dokter halen?'

Vader stond op van tafel, waar hij bezig was geweest met het nakijken van het beetje huiswerk dat hij nog mee naar huis kon nemen. De ooit zo hoge stapel was de laatste weken lager dan een dinerbord. Hij liep naar tante toe. 'Ga eens rustig zitten.'

'Nee.' Haar stem klonk vreemd kalm.

Nu zagen we wat ze aan het doen was. Tante tornde met rustige, vastberaden handen de gele ster van haar blouse af. Toen het gewraakte ding los was, liet ze hem tussen haar vingers door naar de grond dwarrelen. Een vallende ster, maar niemand deed een wens. Tante liep eroverheen, trapte er zelfs even op en ging naar de kapstok, waar ze hetzelfde deed met de ster op haar mantel. Al die tijd bleef ze onbewogen, alsof ze doodnormaal aan een handwerkje bezig was.

Moeder en ik wisselden een onthutste blik met elkaar.

Vader ging weer zitten.

Moeder nam haar breiwerk weer terug op schoot, maar terwijl haar vingers verder werkten aan de wollen handschoenen voor Siem, volgde ze met haar blik tantes handelingen. Toen ze uit beeld verdween, richting mijn kamer, fluisterde moeder: 'Debra, ga eens kijken wat ze daar aan het uitspoken is?'

Ik glipte de woonkamer uit en stond binnen een paar tellen naast tante, die de kast opende waar onze kleding in hing. Ze trok haar vest tevoorschijn en peuterde ook daar de ster van los. Haar bewegingen bleven langzaam, nog steeds als de handelingen van iemand in trance.

Maar ze wist wat ze deed. Ze wist het heel goed.

Tranen trokken lange, zigzaggende sporen over haar ingevallen gezicht.

'Dat was dat,' zei ze, toen de laatste ster op de grond viel. 'Ik doe niet meer mee.'

CHAVER

Hij liep de routes die hij voorheen samen met de oude man had afgelegd. Dat leek hem de beste manier om hem terug te vinden. Maar hoe nauwgezet hij ook snuffelde, hoe strak hij zijn oren ook gespitst hield en hoe scherp hij elke beweging om hem heen ook in de gaten hield, de oude man leek onvindbaar. Chaver rook hem, zijn geur was overal, maar dat waren oude sporen. Een neusherinnering van toen ze nog samen waren geweest.

Terwijl hij wilde weten waar de oude man nú was.

Voor de vierde keer die nacht sloop Chaver langs alle bekende plekken in het bos.

Weer vond hij hem niet.

Hij hijgde van vermoeidheid, zijn kop én zijn lichaam volslagen uitgeput. Zijn ogen werden zwaar, zijn bewegingen moeizaam alsof hij extra gewicht met zich meedroeg.

Slapen, dat moest hij.

Terug naar het wolvenhol.

Tegen de tijd dat hij de dijk had bereikt, was de donkerste lucht aan het optrekken. Langzaam werd de nacht weer doorzichtig. Door een waas van ochtendmist klom hij het duinbos uit. Daarna draafde hij snel en lichtvoetig over het zandpad, de weg die hij zo goed kende.

De wetenschap dat hij bijna terug bij het wolvenhol was, gaf hem nieuwe energie. Hij verwachtte niet meer dat hij de oude man daar zou aantreffen, maar hoopte het wel. Hoop was hardnekkiger dan verwachting en voedde zijn hongerige hart precies genoeg om hem voorzichtig te doen kwispelen bij de gedachte aan het zo gewenste weerzien.

Hij was er nu bijna.

Daar zag hij de boerderijen verderop al, de akkers en weilanden en toen... eindelijk... de duinhuisjes. Chaver bleef draven tot hij bij het pad kwam dat naar hún huisje reikte, maar minderde daarna vaart. Hoezeer hij er ook naar verlangde de oude man weer te zien, hij was niet vergeten wat er was gebeurd.

Met zijn oren naar voren gericht en zijn neus stevig in de lucht sloop hij verder.

Hij zag de hoge schutting van wat de oude man 'speelweide' had genoemd, de plek waar ze zo vaak samen nieuwe dingen hadden geoefend. Als ze dat toch eens opnieuw konden doen...

Chaver kwispelde bij het vooruitzicht.

Toen stond hij plotseling stokstijf stil. Razendsnel dook hij naar de grond en uit het zicht. Daar, bij het huisje, waren mannen-met-laarzen. Door samengeknepen ogen keek Chaver toe hoe ze bezig waren met het naar buiten sjouwen van spullen. Ze smeten alles op een grote hoop. Hij zag de tafel, zíjn tafel. Hij zag de bank. En het bed, waar hij altijd samen met de oude man in geslapen had.

Alles werd uit het huis getild en ruw het erf op geslingerd.

Chaver wilde grommen, maar het kwam eruit als piepen. Een hoog, klaaglijk geluid. Want terwijl hij toekeek, zag hij hoe de fik erin ging. Hoe hoge oranjegele vlammen zich als wurgslangen om de meubels klemden en sissend hun zwarte adem naar de hemel bliezen.

De meedogenloze brand vrat alles op.

Chaver voelde de hitte en deinsde achteruit. Een scherpe rook prikte in zijn neus. Dit herkende hij. Meteen wist hij dat hij weg moest, weg van alles wat alweer voor zijn ogen werd verwoest.

De wolf rende.

1943

DEBRA

Misschien kwam het door tantes sterreloze mantel. Of omdat ze gewoon weer eens ouderwets bij de bakker naar binnen wilde stappen, dezelfde bakker waar ze meer dan veertig jaar haar brood had gekocht. Beging ze daarna misschien de vreselijke misdaad om net als gewone Rotterdammers, stadsgenoten van wie velen trouwe klant in haar hoedenwinkel waren geweest, een wandelingetje door het park te maken? Werd er daar om haar persoonsbewijs gevraagd en was er vervolgens onrust ontstaan vanwege de grote zwarte J die zich minder eenvoudig liet verwijderen dan een opgenaaide ster?

Wat er precies was gebeurd, wisten wij niet.

Maar om even voor zessen belde een buurvrouw buiten adem bij ons aan met de mededeling dat tante was opgepakt en naar Loods 24 was gebracht. Vanavond nog zou ze naar Westerbork worden overgebracht, om daar te wachten op de trein naar het oosten.

'Rika heeft haar rugzak nodig,' zei de buurvrouw. 'Een van jullie moet hem gaan brengen.'

In mijn hoofd werd ik meteen weer teruggeslingerd naar die verschrikkelijke plek, waar mensen gilden toen de hekken zich sloten, maar waar Miriam zo hoopvol had gezegd dat het binnenkort misschien echt allemaal voorbij was.

Sindsdien had ik niets meer van haar gehoord.

Geen ansichtkaart, geen brief, helemaal niets.

De enige van wie ik af en toe een paar zinnetjes ontving was Jilles, die vooral vroeg hoe het met mij en mijn familie ging, maar weinig losliet over zijn belevenissen als trambestuurder in Bremen. Dat hij daar zo terughoudend over was, zei eigenlijk al genoeg. Het moest een vreselijk akelige situatie zijn waarin hij zich bevond. Maar Miriam leek net als Matz volledig verdwenen te zijn. Het enige positieve van geen nieuws was dat we in elk geval óók geen overlijdensbericht hadden ontvangen. Al betekende zelfs dit weinig. Misschien gingen er nu wel zoveel mensen dood dat de Duitsers maar gestopt waren met het uitsturen van doodsberichten. Of –

'Natuurlijk,' hoorde ik moeder zeggen. 'Ik ga direct.'

'Wacht.' Ik rende naar mijn kamer, pakte het boek waarin tante aan het lezen was geweest van haar nachtkastje en legde dit boven op de rest van haar spullen in de rugzak.

Misschien zou het steun bieden.

Lezen hielp altijd.

Toen moeder terugkwam, zag ze spierwit.

In de keuken, waar ik stilletjes tantes taak overnam en hielp met koken, snufte ze af en toe.

Aan tafel staarde ze naar haar bord zonder ook maar één hap te eten.

Vader legde zijn hand op haar arm en fluisterde iets wat ik niet verstond.

Moeder reageerde niet.

Allemaal deden we ons best niet naar de lege plek naast mij te kijken. Toch was hij daar, die lege stoel, de nadrukkelijke aanwezigheid van afwezigheid.

'Hebt u haar nog kunnen spreken net?' vroeg ik zacht, maar moeder gaf geen antwoord.

In stilte kauwden en herkauwden we onze kleine maaltijd.

Pas later, toen alles was weggeruimd, kwam er antwoord op mijn vragen.

Ja, moeder had tante gezien.

Nee, er was geen dramatisch afscheid geweest, geen paniek.

Tante had rustig geleken, opgelucht bijna, nu er eindelijk een einde was gekomen aan het eeuwige wachten, aan de onzekerheid en de voortdurende dreiging. Ze had zelfs de hoop uitgesproken dat ze Matz weer zou zien.

'O,' zei ik.

Moeder haalde diep adem. Ze keek om beurten van vader naar mij en weer terug. Toen zei ze: 'We zijn dom geweest. Ik zit er de hele tijd al aan te denken. Nee, laat me uitspreken, Gideon, dit is belangrijk. We zaten hier met zijn allen maar te wachten, in de hoop dat de ellende uiteindelijk zou overwaaien. Maar dat gebeurt niet, besef ik nu. Vroeg of laat pakt de wind je op en sleurt je mee. Tenzij je op tijd dekking zoekt.'

'We zijn allemaal geschrokken –' begon vader.

'Luister alsjeblieft naar wat ik wil zeggen.' Moeder slikte en sprak langzaam en duidelijk toen ze zei: 'Ik wil niet dat jij ook op die plek terechtkomt, Gideon. Ik wil het níét hebben. Het was er echt vreselijk. Mensen waren hysterisch. En dan te bedenken dat de narigheid daarna pas écht begint.'

'Maar, liefste, ik heb vrijstelling. Dat weet je toch?'

'O ja? En waarom heb je dan tóch een oproep ontvangen?'

'Wat?' Met een ruk keek ik vader aan. 'Hebt u een brief gekregen? Waarom weet ik daar niets van?'

Vader maakte een *tuttut*-geluid. 'Maak je niet druk, we hebben het jou expres niet verteld om je niet ongerust te maken. Die oproep is alleen maar een formaliteit, een administratieve kwestie. Ik ben gemengd-gehuwd en onderwijzer, dus geen prioriteit, dat weten we al heel lang.'

'Houd op,' zei moeder. 'Hoelang denk je dat dit nog iets betekent? Er is straks niemand meer over om les aan te geven!'

'Dan ben ik nog steeds gemengd-gehuwd.'

'Ook dat zegt straks niets meer. De nazi's willen álle Joden weg hebben en het gebeurt in een moordend tempo. De gemengd-gehuwden zijn alleen maar wat later aan de beurt, dat is alles.' Ze sloeg haar handen voor haar gezicht. 'Ik zag het eerst niet, maar ik zie het nu... Ik zie het zo duidelijk.'

'Wat is gemeen gehuurd?' klonk Siem ineens. 'En waarom is vader dat?'

Hij was gestopt met het op een rijtje zetten van zijn houten boerderijdieren en keek vragend naar ons op. Helaas was hij steeds vaker getuige van gesprekken waar hij op zijn leeftijd helemaal niets van zou moeten weten. Zijn wereld hoorde te bestaan uit tollen en jojo's, uit vriendjes, damstenen en boerderijdieren.

Maar ook zíjn wereld was in oorlog.

'Dat leg ik je later uit,' beloofde ik hem zachtjes. 'Goed?'

'En wanneer komt tante terug?'

'Dat weten we niet precies.' Moeders ogen liepen vol. 'Ze is even op reis.'

'Net als Jaron?' vroeg Siem.

'Ja,' zei ik. 'Net als Jaron.'

Siem smeet een geit op de grond. 'Dan komt ze niet terug!' brulde hij plotseling.

'Wat zeg je nou?' vroeg moeder met een geschrokken blik. 'Hoe kom je daarbij?'

Siems gezicht liep rood aan. 'Jullie denken allemaal maar dat ik niets weet en dat ik er niets van begrijp. Maar ik hoor jullie heus wel fluisteren, hoor. En ik weet ook waar Jaron naartoe is. Ik heb het op school gehoord.'

Vader liep naar Siem toe en ging bij hem op de grond zitten. 'Wat heb je op school gehoord?' vroeg hij rustig. 'En waarom heb je ons daar niets over verteld?'

'Omdat jullie mij ook helemaal nooit wat vertellen.' Hij begon te huilen. 'Omdat... Omdat...'

Vader sloeg zijn armen om Siem heen. 'Stil maar, jongen. Stil maar.'

Siem lag eindelijk op bed. Het had lang geduurd om hem te kalmeren. We hadden moeten beloven geen geheimen meer voor hem achter te houden.

'Ik ben geen baby, hoor,' had hij gezegd.

'Dat klopt.' Vader had zijn handen op Siems schouders gelegd en hem ernstig aangekeken. 'Maar soms gebeuren er dingen in de wereld die zo lelijk zijn dat we jou daartegen willen beschermen, snap je? Van sommige monsters kun je maar beter niet weten dat ze bestaan.'

'Toch bestaan ze.'

Vader had geknikt. 'Helaas wel.'

'Dus dan kan ik het maar beter wél weten.' Siems stem had plotseling ouder geklonken dan zijn negen jaar. 'Goed?'

'Goed,' had vader gezegd.

Nu hij sliep, zaten we met zijn drieën in de woonkamer. Moeder had theegezet. Haar ogen waren roodomrand, maar ze huilde niet meer.

Ze leek rustig nu. Uitgeput, maar kalm.

'Weet je wat ik hoorde, daar in die verachtelijke loods?' vroeg ze. 'Dat die schoften met vrachtwagens naar het Joods Ziekenhuis zijn gereden en daar iedereen uit hun bed hebben getrokken, zelfs mensen die in levensgevaar zijn. Medicijnen mochten niet mee. Daarna zijn ze weggereden, de wagens helemaal volgeladen. Er kwamen alleen nog wat handen onder het afdekzeil vandaan, ten afscheid. Nu moeten dus ook kinderen, zieken en hoogbejaarden weg. "Om te werken"... geloven jullie het nog? Als het nu nog niet voor iedereen duidelijk is wat er werkelijk aan de hand is, dan weet ik het ook niet meer.' Ze wendde zich tot mij. 'Debra, ik wil dat jij morgenochtend direct naar meneer Pacht gaat en hem vraagt naar die mensen die ons kunnen helpen. Ik meen het. Ik wil vader en jou en Siem op een veilige plek hebben. Niet hier, waar je zomaar van straat of uit je huis getrokken kunt worden en wordt afgevoerd.'

Vader sloot zijn ogen. Een diepe groef stond tussen zijn wenkbrauwen.

Maar moeder was nog niet klaar. 'Weet je wat Rika tegen me zei? Ik moest haar beloven dat ik ervoor zou zorgen dat jij jezelf in veiligheid brengt, Gideon. "Laat mijn broer niet in mijn voetsporen volgen," drukte ze me op het hart. En ik heb het haar beloofd.'

Vader knikte langzaam. 'Ik begrijp het.'

En met die woorden nam hij afscheid van het laatste sprankje valse hoop. Ik zag het uit hem wegvloeien, zag hoe zijn schouders hingen, zijn ogen dof werden. Al kwam er vrijwel direct iets anders voor in de plaats: de wetenschap dat we actie moesten ondernemen. Dat we werkelijk geen moment langer meer konden wachten.

Hij ging rechtop zitten, knikte nogmaals. Ja, hij begreep het.

Eindelijk begrepen we het allemaal.

Wat had ik deze route vaak gelopen. Ochtend na ochtend, op weg naar het toevluchtsoord waar geen oorlog bestond. Vandaag nam ik Tess mee. Meneer Pacht had me eens verteld dol op honden te zijn. Ik hoopte maar dat ik hem met mijn vraag niet in gevaar zou brengen. Maar hij had het zelf aangeboden, en op dit moment was hij de enige die ons kon helpen.

We hadden al veel te lang gewacht.

Tess en ik liepen stevig door, dwars door de verboden straten, zonder ster op mijn jas uiteraard, tot we eindelijk de Heemraadssingel bereikten. Daar liep ik het bekende trappetje op en drukte op de bel.

Ik wachtte... en wachtte.

Maar er gebeurde niets.

Nadat ik nogmaals had aangebeld, liep ik terug naar de straat en keek vanaf daar omhoog naar meneer Pachts werkkamer. Het was te ver bij me vandaan om erdoor naar binnen te kunnen kijken, maar ik wist wat zich achter het glas bevond. Dat daar de tafel met de typemachine stond, en het dikke houten bureau, de ruimte waar ik vele honderden uren had doorgebracht. Het had iets vreemds om nu aan de andere kant te staan, buitengesloten van de kraamkamer waar in mijn handen een boek geboren was.

Nog één keer drukte ik op de bel.

Misschien was Annemarie bezig met stofzuigen en had zowel zij als Nellie me niet gehoord. Maar nog steeds verscheen er niemand aan de deur.

Tess keek vragend naar me op.

We liepen weer naar beneden, waar ik nog eenmaal achteromkeek. Zou ik een briefje voor meneer Pacht achterlaten? Maar ik had geen pen bij me, geen papier. Ik zou dan eerst naar huis moeten, en –

'*Guten Tag.*' Een jonge soldaat kwam recht op me afgelopen en nam me onderzoekend op. '*Was machst du hier*?'

Meteen vlogen mijn wangen in de fik. 'Ik, eh... wilde iemand bezoeken,' stotterde ik in het beetje Duits dat ik me nog kon herinneren van de hbs. 'Maar hij is niet thuis.'

'Persoonsbewijs,' blafte hij.

Terwijl ik probeerde mijn handen niet te laten trillen, haalde ik mijn papieren uit mijn tasje en toonde ze hem. Was dit hoe het met tante was gegaan?

Werd ik nu ook opgepakt?

'Debora Susanna Davidson.' Hij staarde nadrukkelijk naar de plek op mijn mantel waar de ster had moeten zitten. 'En deze persoon die u wilt bezoeken, die is ook Joods?'

Ik schudde mijn hoofd.

'Maar u bent neem ik aan wel op de hoogte van het feit dat het u als Jood niet is toegestaan om het huis van een ariër te betreden?'

'Ik ben half-Joods,' zei ik, alsof de soldaat mijn status niet allang gezien had.

Hij mompelde iets wat klonk als 'Mischling' en bekeek me nog eens goed. Toen deed hij een stap dichterbij. 'En met welke helft had je hier naar binnen willen gaan?' Een scheef lachje kroop over zijn gezicht. Ik rook de uien op zijn adem toen hij uiterst traag een vinger over de kraag van mijn jas liet gaan. Een voor een tikte hij de knopen aan. 'De bovenste helft?' vroeg hij, terwijl zijn vinger rond de knoop op borsthoogte cirkelde. 'Of de onderste?'

Ik deed een stap naar achteren.

Tess gaf een rukje aan de lijn om aan te geven dat we uit deze situatie weg moesten.

Maar de soldaat was nog niet klaar. Hij strekte zijn hals om op het gouden naambordje naast de bel te spieken. 'Wat was de reden van uw bezoek aan Herr Pacht?'

'Ik kwam een boek lenen.'

Hij keek me strak aan. Als mijn Joods-zijn nu de doorslag gaf, dan had hij meer dan genoeg reden om me te arresteren. Ik droeg geen ster. Ik stond in een verboden straat. Ik wilde op bezoek gaan bij een niet-Jood. Ik wilde een boek lenen, terwijl bibliotheken verboden terrein voor Joden waren geworden en boeken lenen misschien dus wel op geen enkele manier meer mocht.

Maar hij maakte een vies geluid in zijn keel en liep zonder verder nog wat te zeggen weg.

Zijn laarzen dreunden over de Heemraadssingel.

Even dacht ik dat hij met een ruk zou omkeren, dat hij me voor de gek hield, dat ik alsnog gearresteerd zou worden. Toen zag ik dat zijn aandacht getrokken werd door soldaten aan de overkant van de singel, die een kring vormden om iets of iemand.

Hij liep werkelijk weg.

'Wat een geluk,' fluisterde ik tegen Tess. 'Kom, snel weg hier.'

Moeder stond me bij de voordeur op te wachten. Zodra ze hoorde dat ik meneer Pacht niet getroffen had, trok ze haar jas aan en toog naar de Vierambachtsstraat, waar sinds enkele jaren een telefoonhokje stond dat zij als enige van ons nog mocht gebruiken. Daar zou ze zich door de telefooncentrale laten doorverbinden met meneer Pacht.

Maar ze kwam terug met een spijtig gezicht.

'Er werd niet opgenomen,' vertelde ze, 'dus toen heeft de telefoniste me doorverbonden met zijn uitgeverij. Daar werd wel opgenomen, maar de medewerker die ik sprak, wist me helaas te vertellen dat meneer Pacht met vakantie is, wat niet ongebruikelijk schijnt te zijn als hij een manuscript heeft voltooid. Hij heeft zijn verzorgster met zich meegenomen. Toen ik vroeg of iemand wist waar hij verbleef, konden ze me niet helpen. En wanneer hij weer terugkomt weet ook niemand.'

Ik staarde haar aan, niet in staat te geloven wat ze zei. Al onze hoop hadden we op meneer Pacht gevestigd. Hij mócht niet weg zijn, niet nu! Want dat zou betekenen dat we te laat waren. Als we gewoon eerder hadden gehandeld, als vader naar me geluisterd had, maanden geleden al toen ik –

'Dan zit er nu niets anders meer op dan er maar het beste van te hopen,' zei vader.

'Nee!' Ik sprong op. 'Met er het beste van hopen redden we onszelf niet! We kunnen zo toch niet doorgaan? Denk aan wat tante heeft gezegd!'

'Ik ben het met Debra eens,' zei moeder. 'Ik ga níét lijdzaam afwachten tot ook jij wordt opgehaald en meegenomen, Gideon. En dat ze daarna voor Debra komen en voor Siem. Echt niet. We móéten iets doen.'

Met grote stappen liep ik naar de kapstok, trok mijn jas aan en stoof naar buiten.

Er was nog één iemand die misschien kon helpen. Eén iemand die ik vertrouwde.

CHAVER

De wolf stond op, zijn nek en rug bruin van de reeënuitwerpselen waar hij in had liggen rollen, en snoof een paar keer. Ja, hij rook precies goed: hij was erin geslaagd zijn eigen geur te maskeren. Dit zou hem helpen tijdens de jacht. Honger knaagde al de gehele dag aan zijn maag. Het werd tijd dat hij iets vond om hem te voeden. Er waren hier genoeg reeën. Hij rook ze overduidelijk, maar tot nu toe waren ze hem steeds te slim af geweest.

Vanaf nu hopelijk niet meer.

Chaver rende met de wind in zijn vacht. Hij raasde tussen de bomen door en langs de dijk, en zoals altijd wanneer hij jaagde, waren het hart dat in zijn borst klopte en het bloed dat door zijn aderen stroomde niet langer alleen maar zijn hart en zijn bloed, maar ook die van zijn voorvaderen.

Op dit soort momenten dacht hij nergens aan behalve aan zijn prooi.

Pas later, wanneer het tijd werd om te gaan slapen, rolde hij zich op in de duisternis en voelde een leegte waar hij niet tegenaan kon kruipen. Dan hoorde hij de stem die nog altijd 'welterusten, vriend' tegen hem zei.

Maar die stem was alleen maar aanwezig in zijn hoofd.

DEBRA

Het gebouw zag er nog hetzelfde uit. Dit was waar ik zo zenuwachtig naar binnen was gestapt op mijn eerste werkdag, vier jaar geleden en net klaar met mijn opleiding tot bibliotheekassistent. Ik wist nog precies hoe ik er die dag had uitgezien. Hoe ik met warme wangen aan mijn taken was begonnen, met een strik in mijn bruine krullen en mijn benen gehuld in de nieuwe nylonkousen die toen nog gewoon te koop waren. Net als vrijwel alle vrouwen droeg ik tegenwoordig vanwege de kou en het gebrek aan kousen geen rokken meer, maar een herenpantalon.

Het meisje van toen leek een eeuwigheid verwijderd van wie ik nu was.

Wat had ik me trots gevoeld om hier te mogen werken. De bibliotheek was als een paleis geweest, een heiligdom gevuld met verhalen, met wijsheid en lessen. En toch was het een plek waar ik nu niet meer mocht komen, zelfs niet als bezoeker.

Maar ik liet de vijand niet winnen.

Op geen enkel vlak.

Want diep in mijn hart voelde ik een zekerheid dat de vrouw die verboden boeken in haar huis had verstopt, dit ook met mijn verboden vader zou doen.

Waar bleef ze nou toch? Het was tien minuten over halfzes. Jo had al naar buiten moeten komen.

Ik stond zo verdekt mogelijk opgesteld achter het nieuwe bouwterrein bij de Botersloot, dat met paaltjes was afgezet. Vanaf daar hield ik de ingang van de bibliotheek scherp in de gaten.

Wat als Jo er niet meer was? Plotseling rilde ik in mijn sjaal. Wat als de verborgen boeken waren ontdekt en ze naar een strafkamp was gebracht? Wat als ook zij –

'Debra?'

Met een ruk draaide ik me om. 'Jo!'

Ze vloog op me af en omhelsde me snel en stevig. 'Ik wist direct dat jij het was. Zelfs van achteren herken ik die krullen van jou uit duizenden.'

We lachten, en een kort ogenblik waren we weer Debra van de leeszaal en Jo van de kinderboeken. Twee vrouwen, met ieder evenveel bestaansrecht.

Maar Jo's blik werd ernstig en ze zei: 'Het is hier niet veilig. Wat kom je doen?'

'Ik kom voor jou.'

Ze knikte kort. 'Volg mij en zorg dat je een paar meter achter me blijft lopen. Als een van ons wordt aangehouden, loopt de ander door. Goed?'

Ze nam me mee naar een voormalige overdekte fietsenstalling aan de Gaffelstraat, een pand dat nu met lange houten tafels was ingericht als een soort donker café. Jonge mensen zaten in een hoek met elkaar te praten, maar niemand keek op toen wij naar binnen stapten.

Jo wees naar het groepje en zei: 'Maak je daar geen zorgen om, die zijn te vertrouwen.'

Ik besloot geen vragen te stellen.

Ze trok twee stoelen naar een tafel, en we gingen zitten.

'Hoe gaat het?' vroeg ze. 'En met je familie? Ik heb vaak aan jullie gedacht, maar ik heb lange tijd goede hoop gehad dat jullie buiten schot zouden blijven dankzij jouw niet-Joodse moeder.'

'Niet buiten schot. We stonden inderdaad niet bovenaan de lijst, dus dat gaf ons iets meer tijd. Alleen nu...' Ik haalde diep adem en vertelde haar over vaders oproep.

'Verdorie,' zei Jo. 'Dus toch.'

'Ja, en als hij zich niet meldt, dan komen ze hem vroeg of laat thuis weghalen.'

Jo haalde een hand door haar rode haar en dacht even na. Toen zei ze: 'Je hebt er goed aan gedaan om naar mij te komen. Er zijn mensen die jou kunnen helpen. Wacht hier.'

Ze liep weg en sprak met een jongeman aan de lange tafel. Hij stak een sigaret op, zei een paar dingen tegen Jo, keek naar mij. Ze bleven zo'n tien minuten met elkaar in gesprek. Daarna liep hij even weg, en toen hij terugkwam, knikte hij.

Jo kwam weer bij me zitten.

'Luister goed,' begon ze, en zacht maar dringend vertelde ze me alles wat ik moest weten.

Buiten adem kwam ik thuis. 'Het is gelukt,' hijgde ik.

Tess rende kwispelend op me af.

Ik hurkte bij haar neer. 'Sorry dat ik je niet meenam, meis. Maar het leek me beter om zo min mogelijk op te vallen.'

'Vader en ik begrepen niet waar je ineens naartoe ging,' zei moeder. 'Wat is er gelukt?'

Ik hing mijn jas op en begon direct te vertellen, zo snel ik kon, nu Jo's verhaal nog woord voor woord in mijn hoofd zat.

'Maar...' Toen ik was uitgesproken, keek vader me ernstig aan. 'Hoe weet je dat we deze Jo kunnen vertrouwen?'

'Ik ken haar en ik weet het honderd procent zeker. Bovendien is ze op dit moment onze enige hoop.'

We gingen op de bank zitten. Ik zat in het midden, met vader en moeder aan weerszijden van mij, en opnieuw herhaalde ik alles wat Jo me had verteld. Nog steeds uit mijn hoofd, want ik had niets mogen opschrijven. Ook vader noteerde niets. Hij sprak het adres waar hij vannacht om twee uur klaar moest staan een paar keer zacht uit om het in zijn geheugen te prenten. Zijn ster moest hij afdoen, had Jo benadrukt. Er zou een zwarte taxi komen, en vader moest achterin instappen. In de voering van de achterbank was een snee gemaakt, als hij daar zijn vingers in stak, zou hij een envelop voelen. Daar zat een vals persoonsbewijs in. Die was er voor het geval ze onderweg werden aangehouden. Mocht dat inderdaad gebeuren, dan was het belangrijk dat vader zo min mogelijk zei. De chauffeur zou het woord doen.

'Heeft je vader net zulke krullen als jij?' had Jo gevraagd.

'Ja, maar zijn haar is uiteraard kort.'

'Mooi, mooi. We hebben momenteel een Italiaanse architect te gast in de bibliotheek, om te adviseren bij de nieuwe uitbouw. Hij heeft ook bruine krullen, en toevallig is hij gisteren zijn persoonsbewijs... "verloren".' Met een knipoog had Jo opgebiecht dat ze intussen aardig bedreven was geraakt in het achteroverdrukken van persoonsbewijzen van bezoekers die argeloos hun jas en hoed ophingen. 'Die mensen over wie ik je vertelde, kunnen dat soort documenten natuurlijk goed gebruiken.'

Vader liet alles op zich inwerken. Vannacht zou hij geen Gideon Davidson heten, maar Lorenzo de Carlo. Hij zou in de taxi op weg zijn naar het hotel dat door zijn Nederlandse zakenrelaties voor hem was geboekt. En omdat hij iets te diep in het glaasje had gekeken tijdens een diner met het bestuur van de bibliotheek, zat hij half slapend achter in de taxi.

De Duitsers zouden in principe geen reden moeten hebben om aan dat verhaal te twijfelen.

'Maar... waar gaat hij dan naartoe?' vroeg moeder met een klein stemmetje.

'Dat weet Jo zelf ook niet. Een veilige plek, in elk geval. Het is voor ons beter om geen details te weten. We moeten erop vertrouwen dat het allemaal goed zal gaan.'

Moeder knikte langzaam. Ze schoof een stukje naar voren op de bank om beter langs mij heen te kunnen kijken en zei dapper tegen vader: 'Dan kunnen ze je in elk geval niet meer komen halen.'

Terwijl vader zijn hand uitstak en moeder die stevig omvatte, leunde ik zo ver mogelijk naar achteren om ze ruimte te geven, mijn rug stijf tegen de leuning van de bank.

Alle drie waren we stil.

Uiteindelijk was ik de eerste die weer sprak.

'Er is nog meer.' Ik keek mijn ouders om beurten aan, duizelig van alles wat Jo me zo snel en dringend had toegefluisterd. Nog altijd hoorde ik haar stem in mijn oren, haar waarschuwing: 'Besef wel dat je váder dan veilig is, maar jij en je broertje nog niet. Je moet er rekening mee houden dat als ze je vader niet kunnen arresteren, ze in plaats daarvan voor jullie komen. En ze maken géén uitzondering voor kleine kinderen.'

Voordat ik tijd had gehad om na te denken over wat ze zei, had ze gevraagd: 'Hoe oud is je broertje?'

'Negen.'

'Dan hoeft het voor hem niet zo'n groot probleem te zijn. Hij gaat gewoon even gezellig uit logeren. Er zijn in Rockanje en Oostvoorne meerdere boerengezinnen die Rotterdamse bleekneusjes, zoals ze die noemen, opvangen. Kinderen die door de oorlog hun ouders zijn kwijtgeraakt, of die door de honger zo erg zijn verzwakt dat ze weer op krachten moeten komen. Niemand in de omgeving kijkt daarvan op. Ik kan zorgen dat jouw broertje daarnaartoe wordt gebracht. De boerenfamilie zelf zal als enige weten dat hij Joods is.'

'Half-Joods,' had ik automatisch gezegd.

'Lieverd, dat maakt voor de nazi's op dit moment echt niets meer uit.'

'En... maar... hoe komt Siem daar dan?'

'Er worden 's nachts overtochten georganiseerd over de Oude Maas. Per roeiboot, aangezien de Spijkenisserbrug dag en nacht bewaakt wordt.'

Ik was stilgevallen. De gedachte dat Siem in zo'n bootje zou zitten, helemaal alleen en midden in de nacht, op het donkere water van de Oude Maas en op weg naar een plek waar hij niemand kende...

'Gaat hij nog steeds naar school?' had Jo vervolgens gevraagd.

'Ja. Hij gaat naar de Joodse lagere school achter het Hofplein.'

'Heel goed. Zeg hem dat hij overmorgen uit school wordt opgehaald door...'

Hier keek moeder me met grote ogen aan. 'Tánte Jo?'

'Ja, dat wekt de minste argwaan. Ze haalt hem zelf op. En vanaf daar...' Ik haalde diep adem. 'Vanaf daar is het wederom voor onze veiligheid beter om geen details te weten.'

Moeder stond op van de bank en trok de mouwen van haar vest zo strak naar beneden dat de versleten plekken op haar schouders doorzichtig tevoorschijn sprongen. 'Dus ik moet zowel mijn man als mijn kind zomaar toevertrouwen aan iemand die ik nog nooit heb gezien en ik mag niet weten waar ze vervolgens naartoe gaan?'

'Het is óf dat, óf meegenomen worden door de moffen,' zei ik.

'Maar hoe weet je dat zij daar juist niet mee sámenwerkt? Er staat een fikse geldbeloning op iedere Jood die men aanlevert.'

'Zoals ik al zei: ik weet zeker dat Jo te vertrouwen is. We mogen ongelooflijk blij zijn dat ze dit allemaal kan regelen voor ons, en dan ook nog zo snel.'

Moeder wreef in haar ogen. 'Je hebt gelijk. Maar o, wat haat ik dit.'

'Dit is nog steeds niet alles, moeder. U moet ook iets doen. Als de Duitsers hier aan de deur komen en wij zijn allemaal weg, dan nemen ze u mee voor een verhoor. En dat gaat er volgens Jo niet bepaald zachtzinnig aan toe.'

'Ik ben niet bang.'

'Het heeft niets met bang te maken. Het is gewoon levensgevaarlijk. Daarom is het volgens Jo beter om valse scheidingspapieren te regelen, waarin staat dat u niet langer met vader getrouwd bent.'

'Dat wil ik niet!' riep moeder uit.

'Laat haar uitpraten, liefste,' zei vader zacht.

'U zegt dan dat vader bij u is weggegaan en dat hij de kinderen heeft meegenomen. Dat werkt. Volgens Jo gebeurt het tegenwoordig heel vaak dat de Joodse man onderduikt en dat de vrouw een scheidingsvonnis bij zich draagt. Voor de Duitsers is dat goed genoeg. En omdat het vonnis niet wordt ingeschreven, betekent het verder niets.'

Moeder schudde gepijnigd haar hoofd. Nog nooit had ze er zo moe, zo radeloos uitgezien. 'Waar houdt dit op?!'

'Dat weet ik niet,' zei ik rustig. 'Ik weet alleen dat we op dit moment maar één ding kunnen doen: zorgen dat we uit de handen van de vijand blijven. Dus begrijpt u wat ik net zei? Is het allemaal duidelijk?'

'Ja,' antwoordde ze, schor en nauwelijks hoorbaar.

'Maar wacht eens even,' zei vader toen. 'Waar ga jíj dan heen, Debra?'

'Ja maar, dat gaat toch niet?' Vader keek me geschokt aan. 'Weet je wel hoe koud het daar 's nachts is? En dan ben je ook nog eens helemaal alleen. Wat als er iets gebeurt?'

Moeder schudde haar hoofd en zei: 'Het is een krankzinnig plan, Debra.'

Ik was vastberaden.

'Waarom kan Jo niet ook voor jou een onderduikadres regelen?' wilde vader weten. 'Kun je haar niet vragen om –'

'Dat heeft ze aangeboden, maar dat wil ik niet.'

Hoe blij ik ook was dat er voor mijn vader een adres gevonden was, het idee om zélf voor onbepaalde tijd dag en nacht opgesloten te zitten stond me meer tegen dan wat dan ook. In de woning van een ander... Mensen die mijn aanwezigheid vroeg of laat zat zouden worden, want voortdurend opgescheept te zitten met een vreemde was voor niemand makkelijk. De onderduikverleners zouden constant waakzaam moeten zijn, voortdurend op hun woorden en daden moeten letten. Elke keer zouden ze moeten afwachten of het verzet aan extra voedselbonnen kon komen. Enzovoort, enzovoort. Wat als dit allemaal nog maanden duurde? Al die tijd zouden we dan op elkaars lip zitten. En bij verraad konden die mensen de doodstraf krijgen omdat ze mij een schuilplek hadden verschaft. Nee, dank je hartelijk.

Ik ging het bos in.

Rockanje was uiteraard de meest logische keuze. Het lag dicht bij Rotterdam, dankzij de vele wandelingen met vader was ik vertrouwd met het duinbos daar, én ik zou er bij Siem in de buurt zijn. Jo had me geen specifiek adres gegeven van waar hij zou verblijven, maar Rockanje was een klein dorp. Als ik me daar schuilhield, was ik hoe dan ook niet ver bij Siem vandaan.

'Is er in dat bos wel genoeg ruimte om je te verschuilen?' vroeg vader, die leek te denken dat hij me op andere gedachten kon brengen. 'Ik bedoel, als je echt in een bos wilt gaan zitten, waarom dan niet op een plek die daar veel geschikter voor is? Een ouder en uitgestrekter gebied, zoals de Veluwe? Dat is ruim zestig keer zo groot.'

'Gezellig tussen de wilde zwijnen? Mij niet gezien. Bovendien ken ik daar de weg niet. En hoe kan ik vanuit dat gebied een oogje op Siem houden?'

'Wacht dan in elk geval nog een paar maanden, tot de ergste kou voorbij is,' probeerde vader. 'Tot er weer eten groeit in het duinbos.'

'Ik vertrek overmorgen.'

'Overmorgen?!' echoden vader en moeder tegelijk.

'Ja, één dag na Siem. De tijd van wachten is voorbij. Daar waren we het toch over eens? Dat is de reden waarom vader vannacht al vertrekt. Het is hier eenvoudigweg niet veilig meer.'

Mijn beide ouders keken me verslagen aan.

Ze wisten dat ik gelijk had.

Jo had me verteld over de treinen die naar het oosten reden, goederenwagons waarin de mensen drie dagen en nachten lang als beesten op elkaar zaten gepropt, soms met duizenden tegelijk. Toen ik haar vroeg of de geruchten over wat er in de Poolse kampen gebeurde waar waren, had ze alleen maar gezegd: 'Sommige dingen kun je maar beter niet weten.'

Ik was vastbesloten dat ík daar niet terecht zou komen. Wij geen van allen.

'Maar kind, daar in Rockanje zit je midden tussen alle soldaten,' zei vader. 'Er staan in dat gebied overal bunkers.'

'Dat weet ik, en daarom denk ik dat die plek júíst geschikt is! Het zal namelijk nooit in de bezetter opkomen dat iemand zich zo dicht bij hen in de buurt durft te verschuilen.'

Vader en moeder keken elkaar peinzend aan.

'Ik zal Siem niet in gevaar brengen,' zei ik. 'Ik zal geen contact zoeken met de familie waar hij wordt ondergebracht. Maar ik wil wel bij hem in de buurt zijn.'

'Ik wou dat ik met je mee kon,' zei vader, die net zo goed als ik wist dat dit helaas niet mogelijk was. Zijn been was nooit helemaal hersteld van het letsel dat hij tijdens het bombardement had opgelopen. In een noodgeval zou hij zich niet snel genoeg uit de voeten kunnen maken. Voor hem was een onderduikadres wél de beste optie.

Dus zo zou het gebeuren.

Moeder had Siem, die in zijn kamer had zitten spelen, erbij geroepen en hem zo rustig en duidelijk mogelijk uitgelegd wat er morgen zou gaan gebeuren. Dat hij door een lieve mevrouw met rood haar die 'tante Jo' heette uit school werd gehaald en dat hij met haar mee moest gaan. Dat hij uit logeren ging. Op een heuse boerderij!

'Misschien zijn er zelfs wel geiten,' had ze zo opgewekt mogelijk gezegd.

Siem had haar alleen maar strak aangekeken.

'Wat is er?' vroeg vader. 'Vind je het niet leuk om op vakantie te gaan?'

'Het is geen vakantie,' zei Siem. 'Ik ga verdwijnen. Net als de kinderen in mijn klas. Die verdwijnen en komen niet meer terug. En dat gaat nu ook met mij gebeuren.'

'Jij komt wél terug, Siem,' zei ik scherp. 'Dat mag je niet vergeten.'

Hij knikte, al stonden zijn ogen dof, de ogen van iemand die zelfs op jonge leeftijd te veel had gezien. 'Ik weet dat ik niet echt op vakantie ga,' zei hij weer. 'Maar ik zal sterk zijn en hopen dat ik snel weer naar huis toe mag.'

Moeders ogen sprongen vol met tranen.

'Kom eens hier, jongen,' zei vader, en hij omhelsde Siem met alle liefde en wanhoop van iemand die wist dat zijn armen morgen leeg zouden zijn. Zijn stem was schor toen hij zei: 'Onthoud dat we in ons hart altijd bij elkaar zijn.'

'Altijd,' zei moeder.

'Altijd,' zei ook ik.

Toen vader hem losliet, zag ik dat Siems lip trilde. 'Ik wil niet weg,' zei hij nu, alle bravoure van een minuut geleden ten spijt. 'Ik wil dat we gewoon allemaal hier zijn.'

Ik pakte zijn hand en zei: 'Dat zal vanzelf weer gebeuren. We hoeven er alleen maar op te wachten. Goed?'

Siem knikte dapper.

In de stilte die viel, staarden we alle vier naar elkaar, alsof we in ons hoofd foto's maakten van dit moment omdat het heimwee al van tevoren aan ons knaagde.

Uiteindelijk liep vader de kamer uit en kwam terug met iets in zijn hand. 'Hier, Debra, ik wil dat je dit meeneemt.'

'Dat is uw zakmes! Waar u altijd zo zuinig op bent.'

'Jij zult het harder nodig hebben dan ik.' Vader vouwde zijn handen om de mijne, met het uitschuifzakmes erin. Er zaten meer dan tien functies in, zoals een schaar, een pincet en een blikopener. Terwijl ik er nog naar stond te kijken, verliet vader opnieuw de kamer en legde even later een verrekijker en knijpkat op tafel. 'En deze moet je ook meenemen.'

Moeder keek met een frons toe. 'Kun je écht niet gewoon bij iemand thuis gaan zitten? Ik heb er werkelijk geen goed gevoel over, jij helemaal alleen daar, aan je lot overgelaten in de natuur.'

'Dat komt heus wel goed. Vader heeft me lang geleden al alles geleerd wat ik moet weten.'

'Ik had alleen nooit verwacht dat het op deze manier van pas moest komen,' mompelde vader.

'Maar wat nou als het vriest 's nachts?' vroeg moeder nog.

'Dan zal ik tegen mezelf zeggen: alles beter dan Polen.'

'En Tess blijft hier, neem ik aan?'

Ik knikte spijtig. Tess kon niet mee. Het risico dat ze zou blaffen, of dat de honden van de Duitse soldaten haar geur op het spoor zouden komen...

Het zou voor ons allebei te gevaarlijk zijn.

Bij moeder was ze veilig.

En het was een prettige gedachte dat moeder dankzij haar niet helemaal alleen zou zijn.

Later die avond, toen moeder en Siem bezig waren een tas in te pakken, pakte ik het zakmes nog eens op en liet het door mijn handen gaan. Vader zag het en begon ineens heel snel te praten. Het leek alsof hij al onze zondagen in de natuur nu wilde samenvatten in een paar minuten. 'Weet je echt alles nog wat ik je heb geleerd? Zoals wat je moet doen als er geen eten meer is? Er zijn altijd insecten die je kunt eten.'

Ik knikte.

'Goed zo. En vergeet de pissebed niet. Dat is gewoon een soort kreeft die op land is gaan lopen, vandaar dat hij altijd vochtige plekken opzoekt. Hij smaakt zelfs naar kreeft. Nee, niet zo'n vies gezicht trekken, je weet zelf ook wel dat het een zeer schoon insect is. Hij wast zich altijd, en je kunt hem zo eten. De oorwurm ook, die smaakt nog beter dan een pissebed. Hij kan gewoon levend gegeten worden, al moet je natuurlijk wel goed kauwen. Als er niets anders voorhanden is, zal het je leven kunnen redden. Onthoud dat.'

Ik drong mijn misselijkheid weg en slaagde erin opnieuw te knikken.

'Je hebt ook onthouden dat je nooit mestkevers en dat soort spul moet eten?' ging vader verder. 'Die zitten op poep en daar kun je ziek van worden. Regenwormen kun je op zich wel eten, maar die kun je beter eerst laten drogen. Op die manier gaat het vocht weg, maar blijven de eiwitten behouden. Als je dat dan weer mengt met water, krijg je toch je eiwitten binnen. En...' Hij sprak en sprak en sprak maar door.

Ik luisterde. Het was belangrijk voor hem om mij dit allemaal te vertellen, ook al wist ik het meeste al. Voor zijn gevoel was dit het enige wat hij op dit moment nog voor me kon doen, terwijl ik eigenlijk wilde dat hij me in zijn armen nam zoals hij met Siem had gedaan.

Toen hij eindelijk was uitgesproken, vroeg hij: 'Dus je hebt dat allemaal goed in je hoofd?'

'Ja, vader.'

'Fijn. Want ik ben er straks niet bij om raad te geven. Je zult het zelf moeten doen. Zorgen dat je veilig bent, jezelf warm houden, jezelf voeden.'

Op dat moment kwam moeder de kamer in. Ze hoorde blijkbaar precies de laatste zin, want ze hief haar handen in de lucht en riep uit: 'Alsjeblieft, doe me toch een lol en ga bij iemand in huis zoals een normale onderduiker! Wat jij wilt gaan doen, is levensgevaarlijk.'

Ik legde mijn hand op haar verkrampte bovenarm. 'Moeder, álles is op dit moment levensgevaarlijk. Dan ben ik liever vrij, in de open lucht, dan dat ik me ergens tussen vier muren verstop, waar ik in de val zit als iemand me ontdekt. In het bos heb ik in elk geval nog kans om weg te komen én breng ik anderen niet in gevaar.'

Met zijn drieën brachten we Siem naar bed.

Hij had rode wangen van opwinding en slaap.

Vader dekte hem toe, boog zich over hem heen en kuste zijn wang. 'Welterusten, knul. We zien elkaar hopelijk snel weer terug. Wees jij maar een flinke jongen, daar op de boerderij.'

Siem viel direct in slaap.

Op onze tenen slopen we zijn kamer uit, vader en moeder met hun armen stevig om elkaar heen geslagen. Dit was het... Nu braken werkelijk onze laatste momenten samen aan. Over enkele uren zou vader in de nacht verdwijnen, door de klauwen van de vijand glippen en zichzelf eindelijk in veiligheid brengen.

Maar nu, nu waren we nog even bij elkaar.

Moeder had me op het hart gedrukt haar wintermantel mee te nemen, die langer en dikker was dan de mijne. Zo liet ze weten dat ze mijn keuze om het bos in te gaan eindelijk had geaccepteerd.

Zachtjes sloot ik Siems kamerdeur, en –

Het harde, onverwachte geluid van de deurbel verbrijzelde de stilte in duizend stukjes.

Versteend stonden we in de gang, te geschrokken om zelfs maar te ademen. 'Niet opendoen,' fluisterde ik dringend. 'Laat ze maar denken dat we niet thuis zijn.'

Maar dat zouden ze niet denken, want dankzij de avondklok wisten ze donders goed dat we er wél waren. We staarden naar de deur.

'OPENDOEN!' klonk een luide, zware mannenstem. 'POLITIE!'

Politie?

Moeders ogen flitsten van vader naar mij. Hóllanders. Die moesten voor rede vatbaar zijn, toch? Misschien konden we ze ervan overtuigen dat –

'DOE OPEN OF WE TRAPPEN DE DEUR IN!'

Tess blafte verontwaardigd.

Snel trok ik haar naar me toe. 'Sst,' fluisterde ik in haar oor.

Vader liep naar de deur.

'Nee, niet doen,' smeekte ik. 'Nee!'

Maar hij deed de deur open.

Direct stormden er zes politiemannen naar binnen.

Moeder en ik sprongen opzij. Vader bleef staan waar hij stond.

'Gideon Davidson?' brulde de voorste agent.

'Dat ben ik,' zei vader, met zoveel trots en waardigheid in zijn stem dat mijn hart binnenstebuiten keerde van pijn. Hier stond de vredelievendste man ter wereld, iemand die al bijna dertig jaar lang onderwijzer was, in zijn eigen woonkamer omsingeld door mannen die zo jong waren dat ze slechts een paar jaar scheelden met zijn leerlingen.

'Dan kom je met ons mee.' Een agent greep vader ruw bij zijn arm.

'Wacht!' riep ik. 'Er moet een fout gemaakt zijn. Mijn vader is gemengd-gehuwd, en hij is onderwijzer, én hij heeft een blessure aan zijn been, dus hij –'

'Wil jij soms ook mee?' vroeg de man, een jongen eigenlijk nog, tussen zijn opeengeklemde kaken door. Hij stond zo dicht voor me dat ik het vlassige blonde snorretje op zijn bovenlip kon zien.

Ik deinsde naar achteren.

'Dat dacht ik al,' smaalde hij. 'Houd dan je mond.'

'Maar...' begon ik weer.

'Het is goed, Debra,' zei vader.

Hij werd nu aan weerszijden strak vastgehouden en stribbelde niet tegen.

Moeder huilde.

'Lopen,' zei de agent die links van vader liep, en hij gaf hem een harde duw in zijn rug.

Vader verloor zijn evenwicht en zocht naar balans op zijn goede been.

'Doe voorzichtig met hem!' riep ik. 'Hij is geen crimineel, hoor.'

Opnieuw kreeg vader een duw, deze nog harder dan de vorige. De agent die het deed, keek over zijn schouder om naar mij. 'Nog één woord van jou en we smijten hem de trap af.'

Ik perste mijn lippen op elkaar.

Ook bij mij rolden de tranen nu over mijn wangen.

'Gideon!' Moeder rende naar voren, maar ze werd ruw bij vader weggetrokken.

Vader keek om en zei: 'Ik houd van jullie. Ik kom snel terug.'

'Bek dicht!' brulde de agent die hem telkens duwde. Hij hief zijn vrije arm en stompte met zijn vuist hard in vaders gezicht. 'Ik zeg het niet nog een keer.'

Tess schoot los uit mijn grip en vloog woest op de mannen af.

Een van de agenten greep naar zijn wapen.

'Tess, nee!' riep ik. 'Kom hier!'

Vertwijfeld bleef ze staan, starend naar de mannen die zo grof met vader omgingen. Toen kwam ze terug en drukte zich piepend tegen me aan. Samen keken we toe hoe vader, met bloed uit zijn neus en ingesloten door de politie, het portiek in verdween.

'Papa, papa!' Siem rende in zijn pyjama de woonkamer door. 'Papa?'

De achterste agent trok met een dreun de deur achter zich dicht.

DEEL II

DEBRA

De natuur trok zich niets van de oorlog aan. De duivelse achtbaan die al jaren door de wereld raasde was hier in het duinbos tot een abrupt einde gekomen. Uren, minuten, zelfs seconden kropen plotseling zo traag voorbij dat elke beleving van tijd vervloog, teruggebracht naar dag en nacht, donker en licht. Twee keer nu had ik de zon zien ondergaan, gevolgd door een duisternis zo intens dat het voelde als een zak over mijn hoofd.

Langzaam werden er luchtgaatjes in de zak geprikt, werden de sterren zichtbaar.

Als je omhoogkeek, was zelfs echte duisternis niet volledig zwart.

En uiteindelijk werd het altijd weer licht.

Het was mijn derde dag hier, en al was de natuur echt, de rust en stilte waren dat niet. Zij waren niet meer dan een dun laagje dat voortdurend werd weggekrast door de vliegtuigen die dag en nacht overvlogen. Ook hoorde ik de geluiden van het treintje met grondstoffen voor de bunkerbouw dat heen en weer door het duinbos reed. De lage wagons, voortgetrokken door een stoomlocomotief, reden op een smalspoorlijn en tuften een paar keer per dag richting de bunkerstellingen bij het grote duinmeer Breede Water en weer terug. En dan was er nog de voortdurende voorzichtigheid waarmee ik me hier moest voortbewegen omdat ik nu eenmaal niet alleen was, zelfs wanneer dat wel zo leek.

Ook hier was de vijand nooit ver weg...

Van tevoren had ik al besloten waar ik me de eerste dagen zou verschuilen: ik wist dat er een stuk duinbos was dat zó dichtbegroeid was dat geen Duitser het in zijn hoofd zou halen om daar landmijnen te plaatsen of er zelfs maar te patrouilleren. Je kon er eenvoudigweg niet lopen. Niet echt, in elk geval. Bij elke stap die ik zelf had gezet toen ik me er een weg naartoe baande, had ik takken opzij moeten duwen en moeten bukken, springen, klimmen en kruipen. Mijn haar voelde als een vogelnestje door de vele takjes en blaadjes die in mijn krullen achter waren gebleven. Doornen staken in de wol van moeders dikke wintermantel. Maar het was gelukt. Ik was er zelfs in geslaagd een kleine opening in stekelige begroeiing te bereiken, een open plek van enkele meters rond, volledig omringd door hoog struikgewas. Pas toen ik rechtop ging staan, zag ik waar ik me eigenlijk doorheen had gewurmd: een gigantisch dikke, zilvergroene duindoornstruik van ruim vijf meter hoog, zo te zien vele tientallen jaren oud.

'De duindoorn doet zijn naam eer aan,' had vader tijdens onze wandelingen gezegd. 'De scherpe stekels prikken je overal.'

Waar was vader nu? Zou hij intussen al in Westerbork zijn? En zouden ze hem daar houden of zou ook hij naar het oosten worden vervoerd? Vragen kregen pas rust als er antwoord op kwam, anders werden ze onrustig, alsmaar groter, alsmaar prangender.

Ook vragen konden stekels achterlaten.

Toch, het feit dat het een duindoorn was die me van de rest van het bos afscheidde, betekende dat er een eenvoudiger manier moest zijn om mezelf er de volgende keer doorheen te worstelen. Duindoorns hadden immers wildtunnels onderlangs, waar konijnen en soms zelfs reeën doorheen konden. Als ik een van die tunnels wist te vinden, en dan met vaders zakmes de begroeiing erboven wegknipte, dan kon ik een pad creëren. De voorste takken zou ik laten hangen, zodat het vanaf de buitenkant niet opviel. Ik moest het eerste stuk dan gewoon kruipend afleggen, daarna kon ik rechtop lopen.

En dat deze struik in het najaar bessen droeg die niet alleen eetbaar maar zelfs gezond waren, maakte de schuilplek des te beter. Hier kon ik slapen. Hier kon ik mijn dagen doorbrengen. Hier kon ik telkens naar terugkeren als ik eten en water was gaan zoeken.

Hier kon ik misschien veilig zijn.

De man die me in een roeiboot de Oude Maas had overgevaren, één nacht nadat Siem met hem diezelfde tocht had afgelegd, had zichzelf voorgesteld als Gerrit. Hij wist waar mijn broertje zou gaan logeren, maar had me het exacte adres niet willen geven.

'Een van de boerderijen achter de zanddijk,' was alles wat hij erover had gezegd.

Die informatie was voor mij genoeg geweest.

Ik wist namelijk welke dijk hij bedoelde: de begroeide verhoging die het duinbos scheidde van de landerijen, akkers, boerderijen en nabijgelegen duinhuisjes. Een dezer dagen zou ik, wanneer de schemer viel, daarnaartoe sluipen om vanaf een veilige afstand te zien of ik een glimp van Siem kon opvangen.

Niemand zou me zien.

Zolang de oorlog nog duurde, zou ik een schaduw zijn.

Ik leefde deze eerste dagen van de kaas en het brood dat moeder voor me had ingepakt. De appels, de ongezoete koek. Veel was het allemaal niet – er was simpelweg niet meer in huis geweest – dus ik nam telkens slechts een paar hapjes om de voorraad zo lang mogelijk te rekken.

Nu begon het eten op te raken.

Morgen zou ik voor het eerst op zoek moeten gaan naar ander voedsel.

's Nachts lag ik opgerold in de deken die ik in mijn rugtas had meegenomen. De winterkou had scherpe tanden en beet zich overal doorheen, maar ik had de kraag van moeders jas hoog in mijn nek getrokken. Haar lavendelgeur rook naar thuis.

Hoelang zou het duren voordat de mantel alleen nog naar aarde rook?

Soms rilde mijn hele lichaam zo hevig van de kou dat ik bang was dat iemand het geluid van mijn klapperende tanden zou horen. Ik klemde mijn kiezen met kracht op elkaar. In Polen was het ongetwijfeld nog veel kouder. Zouden vader en tante elkaar daar terugvinden? En Miriam? Ik weigerde te geloven dat het daar slecht met ze zou aflopen. Als ik de geruchten die we hadden gehoord erkende, zou het zijn alsof ik vader in mijn hoofd vermoordde. En dat bestond niet.

Vader was een overlever. Hij zou er het beste van maken, waar hij ook was.

Ik wist dat hij niet iemand was die zich zou afvragen: waarom ik?

Hij was iemand die zou vragen: wat nu?

CHAVER

Zonder ook maar het dunste twijgje te breken of het kleinste blad te raken bewoog ook de wolf zich als een schaduw door het bos, waarbij hij nog steeds de routes aanhield die hij met de oude man gewandeld had.

Met zijn neus aan de grond snoof hij de laatste restjes achtergebleven geur uit het zand.

Soms liet hij een korte, miserabele jank horen en sjokte dan verder.

Hij ving een konijn dat vlak voor zijn voeten het pad overstak. In minder dan één tel beet Chaver het leven eruit, schudde het losse vuil ervan af en nam een paar flinke happen uit het achterwerk. De rest van het dier begroef hij in het holletje naast een omgevallen boom, de plek waar hij zijn eerste nacht geslapen had. Daar zouden de aaseters zijn prooi niet vinden.

Chaver had geen honger meer.

Het spoor dat hij steeds maar weer volgde, leidde hem naar de plek die zijn thuis niet meer was. Waar nu mannen-met-laarzen rondstampten. Waar gevaar was.

De wolf keek ernaar, maar bleef op afstand.

Toch keerde hij telkens weer terug.

Hij had geen idee waar hij anders naartoe moest.

DEBRA

'Weet je echt zeker dat je dáár wilt gaan schuilen?' had schipper Gerrit me gevraagd.

Hij wilde weten of ik wel besefte hoezeer de vijand Rockanje in zijn greep had. Dat bewoners van de straten Swinsedreef, Duinzoom, Waaldrift en Ommeloop hun huis hadden moeten afstaan omdat het militair terrein zou worden. In de woningen die het dichtst bij het strand stonden, werden op zolderhoogte zelfs schietgaten in de muur gehakt, zodat de Duitsers vanuit de huizen de zee konden zien.

'Die straten liggen allemaal in de buurt van het dorp,' had ik geantwoord. 'Daar ga ik niet heen.'

'Waar ga je dan zitten? Ik was in de veronderstelling dat je bij iemand in huis ging.'

Ik zweeg. Hoe minder mensen mijn plan kenden, hoe beter.

'Besef goed dat er al honderden bunkers zijn gebouwd, en daar komen er steeds meer bij...'

Ik knikte alleen maar en de rest van de overtocht luisterde ik naar zijn waarschuwingen zonder zelf wat te zeggen.

Intussen had ik ontdekt dat Gerrit niet overdreven had. De bunkers waren inderdaad overal. Ik kon ze zien door op een duintop te gaan staan. Ze staken als paddenstoelen uit de grond, hoewel hun daken bedekt waren met groene camouflagenetten zodat ze vanuit de lucht niet opvielen. Hoe meer ik in de richting van de zee keek, hoe meer bunkers ik zag. Het strand, afgezet met prikkeldraad, was in geen enkel opzicht meer de vredige plek die het ooit geweest was. Het was lastig voor te stellen dat we daar ooit met het hele gezin in de golven hadden gezwommen, dat Siem en Tess er samen met een bal hadden gespeeld.

Net als in Rotterdam was ook hier alles veranderd.

CHAVER

Ook al liep de oude man niet langer naast hem, Chaver droeg de lessen die hij van hem had geleerd nog altijd bij zich. Hij vermeed de plekken waar doodskopvlaggetjes uit de grond staken en kroop weg wanneer er vliegtuigen overvlogen.

Weten wat hij moest doen bood houvast in een wereld waarin alles wat hij kende en liefhad onder zijn poten vandaan was getrokken. Het hielp hem overeind te blijven, zichzelf te herpakken. Langzaam voelde hij de paniek van die eerste dagen wegvloeien, voelde hij zich groeien, ouder worden. Chaver was op zichzelf aangewezen nu.

Hij was volwassen.

Steeds opnieuw stak hij zijn neus in de lucht. Er was hier zóveel te ruiken. Niet alleen de vogels, wormen, eekhoorns, konijnen, vossen en andere dieren die hier leefden, maar ook… mannen. Mannen-met-laarzen.

Ze waren overal.

De wolf zorgde ervoor dat ze hem niet zagen, maar hij zag hén wel. Hij hoorde ze. Hij róók ze. Af en toe rook hij ook de dieren die sommigen bij zich hadden, al waren dat er niet veel. 'Honden,' had de oude man hen genoemd. Hun geur fascineerde hem.

Ze roken zoals Black, uit de dierentuin.

Maar ze hoorden bij de mannen-met-laarzen.

De wolf sloop van boom naar boom, soms op een drafje, dan weer langzaam, maar altijd op zijn hoede. Hij passeerde een dichtbegroeid struikgewas in een gedeelte van het bos waar de mannen-met-laarzen geen stenen constructies hadden gebouwd. Het was rustig hier in dit stuk. Slechts heel af en toe liep er iemand voorbij, concludeerde hij toen hij de geursporen op de grond opsnoof.

Of dit tijdens de zon of de maan gebeurde, dat wist hij niet.

Maar misschien was dit wel een betere plek voor hem om de nacht door te brengen dan naast de omgevallen boom. Als hij zich een weg door het struikgewas baande, waar niemand hem kon zien, zou hij wellicht een plek kunnen vinden die de oude man 'bed' had genoemd. Hij zou zich opkrullen en zijn neus in zijn staart stoppen zodat zijn gevoelige reukorgaan niet bevroor terwijl hij sliep. Zijn spieren vertelden hem dat hij slaap nodig had. Hij moest…

Plotseling stond hij stil.

Alleen zijn neus bewoog nog.

Wat was dit ineens voor een geur?

De lucht deed hem vaag denken aan de lange gewaden die thuis in de kast hadden gehangen. Wat had de oude man ook alweer gezegd toen Chaver eraan snuffelde? 'Je ruikt Katharina, vriend.'

Was dat wat hij nu rook? Katharina?

Katharina was een mens, dat had hij begrepen. Hij wist hoe een mens rook. Hij wist ook dat ze soms een extra geur bij zich droegen die niet van henzelf was, zoals die op de lange lappen stof in de kast. En hier.

Toch, als dit een mens was, dan moest hij maken dat hij wegkwam. Mensen waren gevaarlijk.

Maar de oude man niet, en Katharina hoorde bij de oude man.

Even wist de wolf niet wat hij moest doen. Maar veiligheid woog altijd het zwaarst.

Chaver draaide zich met een ruk om en sprintte ervandoor.

DEBRA

De veldfles die moeder me had meegegeven was leeg. Ik had er zo lang mogelijk mee gedaan, had steeds slechts minuscule slokjes water genomen, maar nu zat er geen druppel meer in. Helaas was het donkere water dat door de vele smalle moerasjes kronkelde niet drinkbaar, maar gelukkig wist ik dat er niet ver hiervandaan een duinmeertje was. De wandeling ernaartoe had ik zo lang mogelijk uitgesteld: hoe minder risico soldaten tegen te komen, hoe beter.

Nu kon ik niet langer wachten.

Morgenochtend zou ik gaan, zodra de dikste duisternis oploste en er precies genoeg licht doorheen prikte om te kunnen zien waar ik liep. Ik kon me herinneren dat er rondom het water stevig riet groeide, waardoor ik zou kunnen doen wat vader me geleerd had: mijn fles vullen met het water dat voorbij het riet stroomde. Riet had immers een zuiverende werking. Als het me lukte de veldfles helemaal te vullen, zou ik er een paar dagen mee vooruit kunnen.

Maar dat was morgen.

Nu lag ik op de grond en kwam er een nieuwe nacht. Dat het nog niet geregend had was een meevaller maar morgen, als ik toch op pad was, zou ik op zoek gaan naar een plek waar ik kon schuilen als er een keer wél een stevige bui doorbrak. Ik draaide me om, een beweging waarbij de deken zich nog strakker om me heen wikkelde, en voelde hoe het wollen omhulsel dappere pogingen deed de kou op afstand te houden.

Toch kroop de vorst als onkruid uit de harde grond.

Het inpakken van mijn rugtas was een kwestie van improviseren geweest. Een slaapzak hadden we thuis niet in ons bezit, maar moeder had het tafelzeil opgevouwen en onderin gepropt, om 's nachts op te liggen. Dit vormde nu in elk geval íéts van een barrière tussen mij en de bevroren grond, ook wanneer het zou gaan dooien en de aarde vochtig werd. Terwijl ik opnieuw mijn kiezen op elkaar klemde om het tandenklapperen te stoppen, vroeg ik me af wat het geritsel was dat ik een paar minuten geleden had gehoord. Een soldaat kon het niet geweest zijn; daarvoor had het te zacht geklonken.

Een vos, misschien?

Wat het ook geweest was, het was uit zichzelf omgekeerd.

Ik sloot mijn ogen en wachtte op een slaap waarin ik de kou niet langer voelde.

CHAVER

Hij rook haar weer, tussen de bomen deze keer, het wezen met die herkenbare geur.

Chaver snoof aan de grond. Het spoor was vers.

Ze moest hier in de buurt zijn.

De constatering deed hem verstijven, elke spier in zijn lichaam klaar om opnieuw weg te rennen. Maar deze keer bleef hij staan. Haar geur had iets vertrouwds, alsof er een stukje van de oude man mee was teruggekomen. Chaver wist dat deze lucht de oude man zeer dierbaar was geweest. Hoe vaak had hij immers niet gezien dat hij zijn gezicht in de kleding drukte om er met gesloten ogen aan te ruiken?

'Ik mis je,' had de oude man op die momenten gefluisterd. Het waren woorden die de wolf niet verstond, maar waarvan hij de strekking en toon herkende, als emoties uit een duisternis die ook door zijn eigen kop spookte.

Chaver besloot het spoor te volgen.

Daar was ze. Hij kon haar duidelijk zien. Ze stond met haar rug naar hem toe, een beetje ineengedoken alsof ze zichzelf zo klein mogelijk wilde maken, en keek om zich heen. Steeds deed ze een paar voorzichtige stappen en stond dan weer stil.

De wolf volgde.

Haar geur bleek afkomstig van... Hoe had de oude man het ook alweer genoemd? Ja, haar jás. Een dikke, donkere jas, die haar bijna geheel omsloot. Want ze was klein, een stuk kleiner dan de mensen die Chaver in zijn leven had gezien. Maar dat ze geen kind was, rook hij ook. De geur van kinderen kende hij heel goed; die had hij in zijn eerste levensjaar bijna dagelijks geroken.

Plotseling stond het meisje stil en keek om.

Snel schoot hij achter een boom.

Maar ze zag hem, en haar ogen werden groot.

'Hé,' zei ze zacht.

Haar stem leek in niets op die van de mannen-met-laarzen die hij zo vaak hoorde praten en schreeuwen. Dit was niet het harde, zware geluid dat op een boze blaf leek. Toch bleef Chaver staan waar hij stond, met alleen zijn kop achter de boom vandaan, en kwam hij niet dichterbij.

Strak staarde hij terug.

Haar blik trof hem recht in de zijne.

Bijna keek hij weg. Zulk direct oogcontact was alleen te verdragen wanneer hij iemand goed kende en vertrouwde, zoals de oude man. In alle andere gevallen was het niet alleen onbeleefd, maar voelde het zelfs bedreigend. Alsof degene die zo rechtstreeks naar hem staarde hem wilde uitdagen. Toch ervaarde hij dat nu niet zo.

Hier was geen gevaar.

'Hallo,' zei ze, nog steeds met die lichte stem, zacht als wit zand. 'Ben je bij je baas weggelopen? Ik hoop niet dat hij je loopt te zoeken en hier straks ineens opduikt!'

Chaver begreep niet wat ze zei. Wel hoorde hij de prettige toon waarop haar woorden zweefden, een beetje melodieus, bijna alsof ze zong. Hij bewoog zijn linkeroor haar richting op om het beter te kunnen horen. Zijn rechteroor bleef naar achteren gericht, zodat hij het meteen zou merken als er achter hem gevaar dreigde.

'Wat ben je ongelooflijk mooi,' ging ze verder. 'Veel te mooi om voor de Duitsers te werken. Maar daar kun jij natuurlijk ook niets aan doen.'

Het woord 'Duitsers' kende hij. De oude man had dat woord regelmatig gebruikt en zich dan altijd flink kwaad gemaakt. Chaver piepte zachtjes.

'Nou, ga maar snel terug naar je eenheid voordat ze denken dat je een deserteur bent en ze je komen zoeken.'

Chaver draaide met zijn oren. Hij kende deze klank: ze wilde wat van hem, ze vroeg hem iets te doen. Maar hij wist niet wat.

'Hup!' riep ze, en ze maakte een wegwuifgebaar zijn kant op.

Daar schrok hij van.

Snel draaide hij zich om en verdween in het kreupelhout tussen de bomen.

DEBRA

De hond was allang weg, maar ik bleef staren in de richting waarin hij verdwenen was. Ik moest nóg voorzichtiger zijn, besefte ik. Want als er militaire honden in de buurt waren, dan waren de soldaten zelf ook niet ver weg.

Wat een schrik.

Voorlopig moest ik maar hopen dat het dier hen niet rechtstreeks naar mij toe zou leiden en me op die manier zou verraden. Hoe dan ook moest ik opletten. Als deze hond mij zo eenvoudig had gevonden, dan was het een kwestie van tijd voordat de andere honden hetzelfde deden, en er was een grote kans dat die minder vriendelijk zouden reageren. Dit dier had afstand gehouden. Hij had zelfs zo ver weg gestaan dat ik hem in de vroege ochtendschemer niet eens goed had kunnen zien. Gelukkig was zijn houding niet vijandig geweest. Niet eenmaal had hij zijn bovenlip opgetrokken of gegromd. Hij had me eigenlijk alleen maar rustig geobserveerd. En zelfs vanuit de verte had ik iets in zijn blik ontwaard wat ik herkende.

Het was bijna... alsof ook hij eenzaam was.

Zijn ogen waren bijzonder geweest, niet rond maar ovaal, en lichter dan die van de meeste honden. Een soort goudkleur. Zijn lichaam had ik niet gezien, maar dat hij enorm lange poten had, was gezien zijn hoogte overduidelijk.

Wat intens zonde dat zo'n schitterend en zachtaardig dier voor de bezetter moest werken.

Of was hij bij ze weggelopen? Zou dat het zijn? Was dat hoe hij in dit dichtbegroeide gedeelte van het bos was beland, helemaal alleen?

Plotseling voelde ik een steek van spijt dat ik hem had weggestuurd.

Maar ik schudde mijn hoofd. Nee, een hond vormde een risico en dat kon ik me niet veroorloven. Ik liep door en zette elke gedachte aan het dier resoluut uit mijn hoofd.

Dat ik Tess zo hevig miste, betekende niet dat ik dan maar moest aanpappen met honden van de vijand.

Als ik de normale route had gevolgd, zou de wandeling naar het meertje me ongeveer een halfuur gekost hebben. Maar omdat ik zorgvuldig elk pad vermeed en me in plaats daarvan door de bomen, struiken en het beetje begroeiing dat er 's winters nog te vinden was voortbewoog, deed ik er een stuk langer over. Elke paar seconden stond ik stil om te luisteren of ik iets ongewoons zag of hoorde, maar gelukkig leek ik nog altijd alleen te zijn. Toch kon het nu niet ver meer zijn, hooguit nog een paar honderd meter.

Plotseling hoorde ik stemmen. Heel veel stemmen!

Meteen dook ik weg in de bosjes.

Ik hield mijn adem in. Waren het soldaten?

Met samengeknepen ogen tuurde ik tussen de takjes door. Ja, daar kwamen ze. Maar... het waren geen soldaten. Het waren gewone mannen, burgers. Nederlanders! Jonge knullen en oudere mannen, een hele stoet. Sommigen van hen waren druk met elkaar in gesprek, anderen liepen zwijgend mee. Hier en daar neuriede of floot iemand iets. Ze waren gekleed in oude werkkleding, overalls, dikke jassen, en droegen petten op hun hoofd. Sommigen hadden een grote schop in hun handen of duwden een kruiwagen voort. Wat gingen ze in vredesnaam doen?

Er liep een Duitser naast de groep die voortdurend van voren naar achteren keek.

Ineens begreep ik het.

Dit waren natuurlijk de mannen over wie ik had gehoord: de dorpelingen die moesten helpen met de bouw van de bunkers. Sommigen werden ook ingezet voor het grondverzet en moesten palen in weilanden ingraven om te voorkomen dat geallieerde vliegtuigen er konden landen. Het waren gewone mannen, op weg naar een nieuwe werkdag.

Zo stil mogelijk bleef ik op mijn hurken in de struik zitten tot ze allemaal uit het zicht waren.

Toen kroop ik langzaam achteruit, plukte de takjes uit mijn haar en keek om me heen.

Ze waren echt weg.

Goed. Dat ik nu wist dat dit de route was die de bunkerbouwers liepen, was iets om rekening mee te houden. Voortaan moest ik eerder op pad gaan. Voorzichtig liep ik verder, klaar om me op elk ogenblik weer in een struik te werpen. Maar gelukkig hoorde en zag ik niemand meer, en toen ik eindelijk bij de plas aankwam, bleek ook díé omgeving verlaten. Snel en dankbaar schuifelde ik op mijn knieën tussen het riet, duwde de stijve, bevroren stengels opzij en hakte met mijn zakmes een wak in het ijs.

Met rode, verkleumde vingers propte ik de losgeraakte stukken ijs in mijn veldfles.

Mijn zucht van opluchting kwam als een witte wolk naar buiten.

CHAVER

Hij zag een stoet met werkmannen en hield zich schuil tot ze voorbij waren. Met zijn blik hield hij het meisje intussen strak in de gaten. Toen ze weer verder liep, volgde hij.

Wanneer zij stopte, stond ook hij stil.

De hele tijd zorgde hij voor genoeg afstand zodat ze hem niet zou opmerken.

Hij keek toe hoe ze door het riet kroop, knipperde verwonderd met zijn ogen toen ze in het ijs begon te prikken en voelde het puntje van zijn dikke staart trillen van genoegen toen ze haar zucht van verlichting slaakte. Het was alsof al haar emoties naar hem oversprongen.

Toch kwam hij nog steeds niet dichterbij.

Toen ze haar rugzak weer ophees, schichtig om zich heen spiedde en zich vervolgens snel weer uit de voeten maakte, wachtte Chaver een paar minuten voordat ook hij in beweging kwam. Deze keer volgde hij haar niet direct, maar liep eerst naar het meertje.

Hij volgde haar spoor door het riet, vond de door haar gemaakte opening in het ijs en dronk met gulzige slokken.

DEBRA

De bruine schutkleur van moeders dikke mantel vloeide zachtjes over in de donkere aarde. Plat op mijn buik lag ik op de dijk die de landerijen van het duinbos scheidde. Ik steunde op mijn ellebogen, turend door vaders verrekijker. Maar hoelang ik ook keek, geen van de boerderijen kwam scherp genoeg in beeld om door de ramen naar binnen te kunnen kijken.

Toch wist ik dat Siem daar ergens was, in een van die woningen.

De gedachte dat hij warm en veilig was, een gevulde maag had, was bijna genoeg om ook mij te verwarmen en mijn honger te stillen.

Ik stopte de verrekijker terug in mijn tas en wierp een blik omhoog, naar de lucht. Daglicht was inmiddels compleet doorgebroken. Maar in plaats van dat de zon scheen gleden er donkere wolken deze kant op. Geen best vooruitzicht.

Als ik met deze temperaturen natregende, zou ik levend bevriezen.

Ik klauterde van de dijk af. Een heel eind verderop was een trappetje, hetzelfde trappetje dat ik als klein meisje met vader was afgedaald wanneer we naar een van de duinhuisjes wandelden om moeders geliefde lavendelzeep te kopen. Die treden moest ik nu vermijden, want dat was waar het pad liep, een zandweggetje. Het risico dat daar mensen waren was te groot.

Hier was ik veiliger.

Nu ik beneden aan de dijk stond, waren de boerderijen niet langer zichtbaar: de hoge beuken van het duinbos sloten zich als een gordijn voor het toneel. Ik trok mijn handschoenen wat strakker om mijn vingers en keek om me heen. Zou ik teruglopen naar de kleine schuilplaats achter de duindoorn? Daar was ik in elk geval compleet onzichtbaar. Alleen zou er daar geen enkele bescherming zijn tegen de neerslag die zo te zien niet lang meer op zich liet wachten...

Een ogenblik staarde ik naar de dikke, hoge dijk waar ik zojuist vanaf geklommen was. De grond was geheel begroeid met mos en duinplantjes, ook de kant die schuin naar beneden toe afliep. Zou ik daar misschien een opening in kunnen graven?

Met de punt van mijn laars duwde ik tegen de zijwand aan. De dijk was volledig bevroren, zo hard als een muur. Het was onmogelijk om daar met blote handen in te gaan graven. Zelfs met een schep, die ik niet had, zou het niet te doen zijn. Toch was het idee op zich niet zo gek. Over een paar maanden zou de grond zachter zijn. Ik hoopte dat we tegen die tijd eindelijk bevrijd waren, maar als dat niet zo was, kon ik hier misschien een tweede schuilplaats maken, een soort bedstee uitgraven, een opening die ik vervolgens kon afschermen met hangend duingewas.

Ja, dat zou ik doen.

Maar nu moest ik op zoek naar iets anders. En snel, vóórdat de hemel openbarstte.

Ik had alleen geen idee waar. Zomaar ergens een schuur in glippen was een veel te groot risico, dan kon ik mezelf net zo goed meteen aangeven. Een hut bouwen zou veel te erg opvallen, dus dat was ook geen optie. Maar wacht eens, ik kon me iets herinneren. Was ik vanmorgen, op weg naar het riet, niet langs een omgevallen boom gelopen? Misschien zou díé mij bescherming kunnen bieden. De overwoekerde beuk was onderaan afgebroken en tegen de vlakte gegaan met de wortels nog in de grond. Als ik me daaronder zou oprollen, bij de aanzet waar hij gebroken was en de dikke stam de aarde nog niet raakte, zou ik droog zijn. Ook vanaf de zijkant, want de neerhangende overwoekering zou regen die van die kant kwam grotendeels tegenhouden.

Het was de beste schuilplek die ik op dit moment kon bedenken.

Ik dook nog dieper weg in moeders dikke jas en begon te lopen.

Als een opgerold balletje lag ik op mijn tafelkleed onder de omgevallen boom, mijn handen in mijn oksels om ze warm te houden. De regen kletterde aan weerszijden naast me neer. Voor rechtop zitten was geen plek, daar was de met paddenstoelen begroeide stam te laag voor, maar ik besloot dat dit niet erg was. Ik voelde me hier in elk geval beschut. De kevers, mieren, pissebedden en andere bewoners van deze plek hadden mijn gezelschap stilzwijgend geaccepteerd, en ik probeerde op mijn beurt niet moeilijk te doen over de kriebelende pootjes in mijn hals.

De kou bleek lastiger buiten te sluiten.

Met gesloten ogen riep ik herinneringen op aan regenachtige wintermiddagen op de Beukelsdijk. De kachel die brandde. Moeder die met een handwerkje op schoot zat. Siem die op het vloerkleed met Tess speelde. Vader, volledig verdiept in een van zijn natuurboeken.

Had ik destijds wel beseft hoe mooi de wereld was?

Had ik er wel écht bij stilgestaan?

Na de oorlog zou ik mijn herwonnen geluk op elk moment van de dag koesteren. Ik zou niet praten maar zingen, niet lopen maar dansen. Mijn hart zou licht aanvoelen, zwevend op een wolk van vrijheid.

Maar zelfs dit vooruitzicht maakte me nu niet warm.

Ik rilde zo hevig dat het voelde alsof mijn botten loslieten. In mijn laarzen bewoog ik mijn verkleumde tenen. Ik spande de spieren in mijn benen aan en liet ze weer los. Ik maakte vuisten van mijn handen en rolde mijn hoofd van links naar rechts, alles om de kou geen kans te geven mijn lichaam volledig in te kapselen.

Toen vielen langzaam mijn ogen dicht.

Ik moest bijzonder lang geslapen hebben want bij het ontwaken was alles donker en doodstil.

De regen was gestopt.

Op mijn rug schoof ik mezelf door het gordijn van overwoekering heen, waarna ik op de boomstam ging zitten. De koude natheid van de schors drong onmiddellijk door mijn jas, en ik schoof vooruit tot ik de stam alleen met het uiterste puntje van mijn billen nog raakte. Om me heen was niets dan duisternis, en de grond onder mijn laarzen was zo nat dat ze er een stukje in wegzakten. Het was dus gestopt met vriezen. Wat een geluk dat er regen gevallen was en geen sneeuw. Met sneeuw zou ik nog minder bewegingsvrijheid hebben dan nu. In het witte tapijt zouden mijn voetsporen direct opvallen. Een gevaarlijk risico, aangezien mijn kleine voeten onmogelijk voor die van een soldaat konden doorgaan. Iedereen die de afdrukken zag, zou direct beseffen dat er iets niet klopte. Burgers mochten hier immers niet komen. Een Duitser hoefde mijn sporen maar te volgen om me te vinden, en dan was alles voorbij.

Ik sloeg mijn armen om mezelf heen en bewoog mijn lichaam heen en weer om de kou te verjagen, maar de kilte sloeg hard terug. Mijn tenen en vingertoppen voelden bevroren, bijtend en gevoelloos tegelijk. Zelfs mijn ogen voelden koud.

De donkere nacht strekte zich eindeloos voor me uit.

Het was belangrijk om moedig zijn. Ik wist het. Niemand wist hoelang de oorlog nog duurde; er zouden misschien nog veel van dit soort nachten komen. Als ik overeind wilde blijven, mocht ik mezelf niet verliezen in radeloosheid door verkleuming en eenzaamheid.

Ik wurmde mezelf terug onder de stam, trok mijn armen los uit de mouwen van mijn jas zodat ik ze kruislings op mijn borst kon leggen en mijn handen in mijn oksels kon duwen, en sloot opnieuw mijn ogen.

De volgende ochtend zag ik pas hoe doorweekt de wereld werkelijk was. Elke wolk was volledig uitgewrongen. De bosgrond glinsterde. Er klonk een zuigend geluid onder mijn voeten toen ik bij de omgevallen boom vandaan liep. De afdruk van mijn laarzen tekende zich duidelijk in de grond af.

Meteen stond ik stil en staarde ernaar.

Dit was een ernstig probleem.

Mijn voetsporen vielen in de donkere grond dan wel niet zo erg op als in sneeuw, maar ze waren nog steeds veel te zichtbaar. Met een zucht ging ik weer op de stam zitten. Mijn plan om eten te zoeken zodra het droog was en dat mee terug naar mijn schuilplek achter de duindoorn te nemen, was nu onmogelijk.

Tegelijkertijd had ik honger en was er geen kruimeltje eten meer over in mijn rugtas.

Wat moest ik doen?

De echo van deze vraag rammelde in mijn lege maag. Ik wreef in mijn ogen en knipperde een paar keer in een poging de dansende zwarte vlekken te verjagen. Nu al was ik duizelig, alsof mijn hoofd losjes op mijn nek stond, losgeschroefd, wankelend, zo hol als mijn buik. Als het menselijk lichaam twee maanden zonder voedsel kon, waarom was ik dan na twee dágen al zo beroerd? Was het een kwestie van wennen?

Ik kon dit! Daar was ik van overtuigd.

Vader had me verteld dat er vele weken voor nodig waren voordat het lichaam de eigen vetten en eiwitten begon af te breken en je in een soort kannibaal van jezelf veranderde. Dat lot zou mij bespaard blijven. Er waren altijd wel kevers te vinden, en binnenkort begon het voorjaar. Dan zouden er overal zuurbessen groeien, evenals de kleine rode bes die naar aalbes smaakte en waarvan je de eerste maanden zelfs het blad kon eten. Het vooruitzicht alleen al deed me watertanden. Maar op dit moment had ik er nog niets aan.

Ik moest mezelf nú voeden, niet volgende maand.

En ik kon er geen moment langer meer mee wachten, want ik voelde met steeds meer zekerheid dat ik anders flauw zou vallen. Misschien was het niet eens de honger, misschien kwam het ook door de spanning, alles wat zich de afgelopen drie jaar had opgebouwd. Maar honger was het enige wat ik nu kon verhelpen, dus daar moest ik mee beginnen.

Aangezien de grond de komende uren nog wel te nat zou zijn om ongezien overheen te lopen en ik dus hier moest blijven, bleef er weinig anders over dan...

Ik stond mezelf een korte huivering toe.

Toen haalde ik diep adem, stond op en schopte met mijn laarzen tegen de omgevallen beukenstam tot de larven van de boomkever eronder vandaan kwamen. Alleen al bij hun aanblik gutste een zure smaak mijn mond in, en snel wendde ik mijn blik af van de glimmende, kronkelende massa. Als ik nu ging braken, dan zou mijn lege maag nog meer van streek raken.

Langzaam, met mijn lippen stijf op elkaar geklemd, keek ik weer terug.

Het werden er steeds meer.

'Oppakken en opeten,' had vader gezegd. 'Niet bij nadenken. Gewoon doen.'

Snel, voordat ik werkelijk zou braken, greep ik een handvol larven. Met gesloten ogen bracht ik mijn hand naar mijn mond. Goed dan. Daar ging ik. Eén, twee...

Ik gluurde door mijn wimpers, opende mijn mond.

Dikke slijmerige larven kronkelden over mijn handschoen.

Eentje viel van mijn hand en landde slijmerig op mijn kin. In een reflex sloeg ik hem weg, en tegelijkertijd klapte ik voorover, hevig kokhalzend. Ik trok mijn handschoen uit en mepte er hard mee op de grond, opnieuw en opnieuw en opnieuw, tot alle larven verdwenen waren.

Mijn ogen vulden zich met tranen, maar ik dwong ze terug.

Huilen bracht me niet verder. Het was mijn eigen keuze om me in het bos te verschuilen, en dus ik zou me hierdoorheen slaan. Op welke manier dan ook.

Alleen niet met larven.

CHAVER

Hij kon het niet helpen. Haar geur trok hem té erg aan. Die had zich vervlochten met gelukkige herinneringen, flarden waarin hij de oude man weer zag. Het meisje fascineerde hem. De manier waarop ze zich door het bos bewoog. Ze sloop bijna net zo geruisloos als hij.

Als een wolf.

Chaver had gezien hoe ze de dijk op was geklauterd. Hoe ze daar op haar buik was gaan liggen alsof ze een prooi in de gaten hield. Gebiologeerd had hij toegekeken hoe ze minutenlang in dezelfde positie was gebleven, met een vreemd zwart ding tegen haar ogen gedrukt. Bijna was hij gaan kijken wat ze deed, maar hij wist zich in te houden. In zijn kop was een flits tevoorschijn gesprongen van mannen-met-laarzen, bij het wolvenperk, die ook iets zwarts dicht bij hun oog hielden. Nog altijd hoorde hij de knal die daarop volgde. Die dag was hij iets kwijtgeraakt, iets wat hem dierbaar was geweest, ook al kon hij zich na al die tijd niet meer herinneren wat dan precies. Hij wist dat zijn leven, zijn thuis, zijn wolvenhol bij de oude man was geweest. Maar daarvóór was er ook een wereld geweest. Een andere wereld. Met een ander wolvenhol. Ook daar had hij familie gehad. En ook al kon hij in zijn hoofd niet op een rijtje krijgen hoe deze flarden met elkaar verband hielden, hij zou zijn eerste familieleden direct herkennen wanneer hij ze weer rook. Bij een weerzien zou de verstreken tijd wegvallen en zou allesoverheersende herkenning exploderen in zijn kop.

Maar nu had hij zijn volle aandacht nodig voor deze fase van zijn leven.

Het enige waar hij zich op dit moment mee bezighield, was haar geur. Het kostte hem geen enkele moeite haar spoor te volgen. Geduldig wachtte hij tot ze onder de liggende boomstam vandaan kwam. Om een of andere reden was ze opnieuw gaan slapen, wederom op klaarlichte dag. Maar Chaver was geduldig. Hij zou hier blijven liggen tot ze uit haar hol kroop, zoals hij voorheen op de oude man had gewacht wanneer die lang sliep.

Want het was niet alleen haar geur die hij herkende.

Iets vertelde hem dat ook zij onzichtbaar moest blijven voor de mannen-met-laarzen.

DEBRA

Direct op het moment dat ik, toch wat opgeknapt door mijn korte slaap, onder de stam vandaan kroop, wist ik dat hij er weer was. Het was alsof zijn starende blik de haartjes in mijn nek beroerde.

Ik ging rechtop staan en draaide langzaam mijn hoofd naar rechts.

Daar stond hij inderdaad.

Hij was een stuk dichterbij dan de vorige keer, op slechts een paar meter afstand, en nam me met zijn doordringende ogen aandachtig op.

'Daar ben je weer,' zei ik, opgelucht omdat hij zo te zien geen soldaten met zich mee had gebracht. Alweer was hij helemaal alleen. Nu hij niet langer verscholen stond, kon ik hem eindelijk goed zien. Hij was bijzonder mooi. Onder zijn dikke, grauwe vacht had hij duidelijk een zeer gestroomlijnd lichaam, en net als de vorige keer viel het me op hoe hoog hij op zijn poten stond. Een flink stuk hoger dan de herdershonden die ik in mijn leven had gezien. Sterker nog, hij leek bij nader inzien eigenlijk helemaal niet op een herder.

Het dier dat hier voor mij stond had meer weg van een...

Nee, dat kon niet.

Maar hij was in elk geval geen gewone hond. Zijn oren waren kleiner en ronder afgetopt en volledig gevoerd met een dikke, witte vacht. Ook het contrasterende wit rondom zijn bek had ik nooit bij een herder gezien, en zijn gemêleerde mix van grijs, bruin, zwart en wit zorgde hier in het bos ongetwijfeld voor een perfecte camouflage. En dan die ogen! Ze fonkelden met een licht dat rechtstreeks uit zijn ziel leek te komen.

Een tijdlang staarden we elkaar aan.

Ik ging op mijn knieën op de natte aarde zitten. 'Kom maar,' fluisterde ik. 'Ik doe je niets.'

Hij bewoog zich niet.

Rustig bleef ik zitten, laag bij de grond, mijn armen niet-bedreigend langs mijn lichaam.

Het dier liet zijn kop zakken en deed toen uiterst langzaam een paar behoedzame stappen mijn kant op. Daar bleef hij staan, net buiten mijn bereik, de afstand precies groot genoeg om te kunnen wegspringen. Vanonder dikke wenkbrauwen keek hij me strak aan.

Dit waren niet de ogen van een hond.

Dit waren de ogen van een wild dier.

Een wolf.

Maar hoe was dit mogelijk? Was dit dier met Duitsers meegereisd, op de vlucht voor de oorlog? Waarom was hij dan naar dit gevaarlijke bos gekomen, in plaats van dat hij zich ergens in Drenthe ophield? Het arme beest had waarschijnlijk geen benul dat er in ons land al meer dan honderd jaar geen wolven leefden, dat hij hier nergens een soortgenoot zou vinden. De enige wolven die Nederland nog had, leefden in dierentuinen.

O! Ineens hield ik mijn adem in, mijn gedachten in een stroomversnelling. De berichten die we aan het begin van de oorlog hadden gehoord... Het afschuwelijke nieuws dat de roofdieren in de diergaarde werden afgeschoten. Wat kon ik me nog goed herinneren dat er één wolf was geweest, een jaarling, die...

'Ben jij dat?' vroeg ik. 'Was je al die tijd híér?'

Het dier kantelde zijn kop alsof hij probeerde te ontcijferen wat ik zei.

'Maar hoe heb je dat dan gedaan, vanuit Rotterdam? Hoe ben je het water overgestoken? Heb je gezwommen? En waarom ben je niet doorgetrokken naar een leefgebied met meer ruimte?'

De wolf draaide met zijn oren en deed nog een stap naar me toe.

Ik trok mijn handschoen uit en stak langzaam mijn hand naar hem uit, met de palm naar boven.

De wolf snuffelde aan mijn vingers, maar hield zijn ogen nog steeds strak op mijn gezicht gericht.

'Ik doe je niets,' beloofde ik zacht.

Met zijn neus tikte hij kort tegen mijn hand.

Toen draaide hij zich om en vertrok, zijn drafje zo licht dat het leek alsof de aarde hem op handen droeg.

Even overwoog ik hem te volgen, maar ik deed het niet.

Ik zou wachten tot de grond droog genoeg was, voordat ik eindelijk naar mijn open plekje achter het struikgewas zou gaan. Op weg daarnaartoe zou ik zoeken naar paardenbloemen en bonte gele dovenetels. Daar groeiden er in de winter genoeg van, en als ik de schaduwrijke plaatsen in de gaten hield, zou ik ze vinden. Ik wist dat het eten van planten me niet grandioos zou vullen, maar het was in elk geval iets.

En alles was beter dan larven.

Het laatste stuk van mijn sluiproute veegde ik een tak over de grond achter me aan om eventuele sporen zoveel mogelijk te verdoezelen, ondertussen kauwend op de frisgroene blaadjes die dankzij de honger smaakten als een exotische salade. Ik kroop door de wildtunnel, en eindelijk was ik daar weer, terug op mijn veilige plek in een deel van het bos waar ik nog steeds geen soldaten had gezien. Geen bunkers, geen landmijnen...

Waarschijnlijk beschouwden de Duitsers dit stuk echt als onbegaanbaar.

Niemand liet zich hier zien behalve de dieren die er woonden.

Ik spreidde het tafelzeil uit en ging zitten, mijn armen om mijn opgetrokken benen geslagen, de wollen deken over mijn schouders. Als vanzelf gingen mijn gedachten terug naar de wolf. Waar was hij nu? Ook hij had ongetwijfeld een schuilplek waar de vijand hem niet zag.

Hopelijk was hij slim genoeg om uit hun buurt te blijven. Om de oorlog te overleven.

Dan kon hij daarna, zodra we ons weer vrij konden bewegen, verder trekken naar een land waar er ruimte voor hem was om gelukkig te zijn zoals de natuur het bedoeld had.

Samen met zijn soortgenoten.

Liggend op mijn zij tuurde ik de duisternis in waar schimmen en schaduwen zich spookachtig aftekenden. Ik zag de toppen van de bomen die aan de andere kant van het struikgewas stonden, een kring van donkere reuzen die in het maanlicht de wacht hielden.

Als ik nu ging staan en naar de zee keek, zou ik de grote zoeklichten zien, afkomstig uit de duinen waar de Duitsers onophoudelijk pogingen deden de overvliegende Britse vliegtuigen in hun lichtbundel te krijgen. De Engelsen vlogen 's nachts en de Amerikanen overdag, maar beide bommenwerpers hadden dezelfde bestemming: Duitsland.

Ik dacht er liever niet aan.

Hoe fijn het ook was dat de geallieerden ons probeerden te helpen, de wetenschap dat er bommen op Duitsland vielen, maakte me misselijk van bezorgdheid. Die arme Jilles was daar immers. En geen enkele tram was opgewassen tegen een exploderende bom...

Ik probeerde voor hem hetzelfde te doen als wat ik voor vader, tante, Miriam, Matz en al die anderen die zo ver weg waren deed: me zó helder het moment inbeelden waarop we elkaar weer zouden zien, waarop we elkaar in de armen vielen en dankbaar waren dat ieder van ons deze vreselijke tijd had overleefd, dat het wel waarheid móést worden.

CHAVER

De wolf lag op dat moment niet zo ver bij het duindoorngewas vandaan. Hij had een kuil gegraven onder de laagst hangende tak van een dikke boom en was daar gaan liggen. Vanaf hier kon hij het meisje ruiken. Hij kon haar zelfs horen ademen. Ze zuchtte diep, wachtend op een slaap die zo te horen van ver moest komen. Het waren geluiden die hij kende van de oude man.

Chaver wachtte tot haar ademhaling eindelijk het trage, diepe geluid aannam dat hem vertelde dat ze diep in de andere wereld verkeerde, die plek waar de flitsen in je hoofd zich steeds sneller aan elkaar regen en je niet langer merkte wat er aan de andere kant van je oogleden gebeurde. Toen klom hij uit zijn kuil en rekte zich uit. Eerst zijn voorpoten, toen zijn achterlijf.

Geruisloos sloop hij naar de lage ingang in de struik. Hij kroop erdoorheen tot hij in de open ruimte bij het slapende meisje was.

Daar krulde de wolf zich op, smakte een paar keer met zijn lippen en sloot zijn ogen.

Hij gluurde door zijn wimpers. Dun geworden duisternis trok weg om een nieuwe ochtend zichtbaar te maken. Een ochtend waarin het meisje hem met grote donkere ogen aanstaarde.

'Je bent er weer,' zei ze.

De wolf herkende de tedere toon waarop ze sprak en wist dat ze blij was hem te zien. Hij drukte zijn oren naar achteren in een poging haar glimlach te beantwoorden.

'Jeetje, wat ben je mooi.'

Dit verstond hij wel. Deze exacte woorden had hij namelijk eerder gehoord, de oude man had ze vaak uitgesproken wanneer hij Chaver over zijn kop aaide. Zijn staart begon te tintelen. Hij zwiepte er zachtjes mee heen en weer.

De lach op het gezicht van het meisje werd breder, als een bloem die opensprong.

Voorzichtig bewoog Chaver zich naar haar toe en snuffelde opnieuw aan haar hand.

Toen hij er zacht aan likte, deinsde ze razendsnel terug naar achteren.

'En je bent nog lief ook,' fluisterde ze.

Lief, hoorde de wolf. Weer een woord dat hij kende.

Nu drukte hij zijn hele neus in haar hand.

Het meisje aaide zijn snuit met rustige, langzame bewegingen.

Dit gevoel had hij gemist. Geliefkoosd te worden, te weten dat hij niet alleen was. Chaver sloot zijn ogen en wreef met zijn wang tegen haar been, hopend dat dit moment nooit zou stoppen.

'Wat een bijzondere kop heb je,' ging ze verder, alsof ze wist hoe fijn hij het vond om haar zangerige stem te horen. 'En wat heb je daar voor figuurtje op je voorhoofd? Wat een aparte vorm, het lijkt wel een...'

Hij opende zijn ogen en zag dat ze hem stralend aankeek.

'Ik weet hoe ik jou ga noemen! Het figuurtje op je voorhoofd lijkt op de helft van een ster. Dus dat is mijn naam voor jou: Halve Ster.'

Chaver kwispelde opnieuw. Het meisje sprak snel, en hoewel het te veel onbekende woorden waren om ze allemaal te begrijpen, herkende hij één ding duidelijk: ze wist zijn naam! Ze sprak het iets anders uit dan de oude man had gedaan, maar de klank was hetzelfde.

Het meisje wist wie hij was.

Chaver had zijn nieuwe familie gevonden.

DEBRA

Halve Ster was precies de juiste naam voor hem. Het deed me denken aan de boeken die ik als kind verslonden had, waarin indianen hun honden namen gaven die verwezen naar uiterlijke kenmerken: White Fang, One Eye, Long Nose.

Halve Ster sloot daar perfect bij aan.

Wonderbaarlijk genoeg reageerde de wolf bijzonder goed op deze naam, bijna alsof ik niet de eerste persoon was die hem zo noemde. Opnieuw vroeg ik me af wat hij allemaal had meegemaakt sinds de luchtaanval op de dierentuin. Was er misschien iemand geweest die voor hem had gezorgd? Alleen al het feit dat hij niet terugdeinsde wanneer ik hem aaide, en de manier waarop hij echt leek te luisteren wanneer ik tegen hem sprak, duidde daarop. Natuurlijk begreep ik dat hij in de dierentuin vanaf zijn geboorte mensen had gezien, maar toch was dit anders. Het gemak waarmee hij zich naast me voortbewoog kon niet ontstaan zijn vanuit een afgeschermd leven in het wolvenperk drie jaar geleden. Er moest daarna iemand anders zijn geweest.

Maar waar was die persoon nu dan?

Wat was er met hem of haar gebeurd?

Waarschijnlijk zou ik daar nooit achter komen. En dat was misschien nog wel het moeilijkste van deze manier van onderduiken: het feit dat ik op geen enkele manier nieuws kon vergaren, dat ik daarom ook geen idee had hoe het met vader ging of waar hij was. Als hij al brieven schreef, dan kon ik er hier niets van lezen. Soms probeerde ik te 'voelen' hoe het met hem ging, of hij überhaupt nog in leven was. Maar behalve de zorgen voelde ik niets. Ik hield mezelf voor dat dit een goed teken was: zolang ik niets voelde, was hij er nog. Want als hij er níét meer was, zou ik zeker iets merken. Als een van je ouders overleed, ontstond er een gat in je ziel, in de kern van je wezen, daar was ik van overtuigd. Dus hij leefde nog, en ik kon alleen maar hopen dat het naar omstandigheden goed ging met hem.

Moeder zat ongetwijfeld ook in vreselijke zorgen en onzekerheid. Over vader, over mij, over Siem. Ze kon ervan uitgaan dat Siem veilig was, maar wat betekende 'veilig' tegenwoordig? Er hoefde maar één persoon te zijn die niet geloofde dat Siem het neefje van de familie was, één iemand die hem vervolgens zou verraden, en dan zou niet alleen Siem ernstig gevaar lopen, maar ook het boerengezin dat hem in huis had genomen.

En hoe dichtbij ik ook was, er was helemaal niets wat ik kon doen om dat te voorkomen.

Opnieuw lag ik op de dijk, net als de vorige keer plat op mijn buik en met mijn verrekijker tegen mijn gezicht, maar vandaag had ik eerst goed naar de lucht gekeken en naar de vogels geluisterd.

Daar kon ik uit opmaken dat het ergens tussen zeven en acht uur in de ochtend was.

Jo had me verteld dat Siem hier gewoon naar school zou gaan: een school in Oostvoorne waar ook in de andere klassen een paar Joodse kinderen zaten, net als Siem onder een valse naam. Alleen het hoofd van de school was op de hoogte van hun ware identiteit. Maar het betekende dat Siem nu elk moment kon vertrekken om aan zijn schooldag te beginnen. Als ik het zandpad dat langs de boerderijen liep en uiteindelijk in het dorp uitkwam goed in de gaten hield, zou ik hem zien.

Ik bewoog mijn hoofd van links naar rechts om niets te missen, maar er gebeurde de vooralsnog weinig. Zo nu en dan hoorde ik in de verte een koe loeien. Verder bestond het land om de boerderijen heen voornamelijk uit akkerbouw, waar knollen en granen groeiden. Hun aanblik schoot door naar mijn maag, die meteen luidruchtig reageerde. Helaas was het geen optie. De knollenvelden waren te weids, te open, het risico dat iemand mij zou zien was te groot. En verlangen naar het graan was ook zinloos: van vader wist ik dat het menselijk lichaam geen rauwe granen kon verteren.

Beweging!

Snel bewoog ik mijn verrekijker opzij, richting de boerderij op de hoek, de laatste van het rijtje. En daar, het was echt waar, zag ik hem. Siem! Mijn broertje liep samen met een ander jongetje van zijn leeftijd voor een vrouw uit. Hij was gekleed in zijn eigen dikke winterjas, maar zonder ster. *Kijk omhoog*, dacht ik, maar meteen drukte ik mezelf nog platter tegen de dijk voor het geval hij dit inderdaad deed. Ik moest onzichtbaar blijven, zelfs voor hem.

Eén verkeerd woord of verheugde uitroep van Siem zou ons allemaal in gevaar brengen.

Met mijn blik volgde ik hem tot hij uit het zicht was, toen liet ik langzaam mijn verrekijker zakken. Nu pas zag ik de grote, donkere schaduw naast me op de dijk.

Halve Ster.

Samen slopen we terug naar de schuilplek, ik voorop en Halve Ster onhoorbaar achter mij. Als hij niet af en toe langs me heen schoot omdat zijn natuurlijke tempo hoger lag dan het mijne, zou ik niet geweten hebben dat hij er was.

Nu ik besefte dat hij naar alle waarschijnlijkheid de ontsnapte wolf uit de dierentuin was, kon ik uitrekenen hoe oud hij ongeveer moest zijn. Ik had hem immers al gezien toen hij nog maar een welp was, toen ik samen met Siem een bezoekje aan de diergaarde had gebracht. De wolvenpups waren toen een maand of drie en renden spelend door hun perk. Ik had zijn trotse vader gezien, waar Halve Ster nu zoveel op leek.

'Ze kijken helemaal niet naar ons,' had Siem teleurgesteld opgemerkt.

De wolven waren inderdaad vooral met zichzelf bezig geweest en hadden weinig interesse voor de wereld buiten hun afzetting. Wat een schok moest het voor Halve Ster zijn geweest toen alles wat hij ooit had gekend zo abrupt ophield te bestaan.

'Maar je hebt het gered,' zei ik, toen hij opnieuw naast me opdook en met een schuine blik naar me opkeek. 'Je wist te ontsnappen, net als ik.'

CHAVER

Het meisje heette Debra, had hij geleerd. Dat was hem nogal duidelijk geworden toen ze zichzelf maar bleef aantikken en daarbij 'Debra' zei. Chaver had het na de eerste keer al begrepen, maar ze had het blijkbaar nodig gevonden het meermaals te herhalen. Uiteindelijk was hij tegen haar opgesprongen, had zijn voorpoten op haar schouders gelegd en haar een lik over haar wang gegeven. *Debra*, bevestigde hij met die lik. *Debra*.

'En jij heet Halve Ster,' had ze tegen hem gezegd, en hij had gekwispeld, al vond hij nog steeds dat ze zijn naam wat vreemd uitsprak. Maar het leek er voldoende op om het in zijn oren hetzelfde te doen klinken als de naam die de oude man hem had gegeven, dus Chaver had tevreden gekwispeld.

Hij had ontdekt dat hij haar blij kon maken door naar haar toe te lopen wanneer ze zijn naam zei, waarna zij hem tussen zijn oren kriebelde en 'goed zo, goed zo' zei.

'Goed zo' kende hij, dat had de oude man ook vaak tegen hem gezegd.

'Nu weet ik zeker dat je bij iemand hebt gewoond,' zei het meisje, nadat hij haar trots had laten zien dat hij wist wat 'zit' betekende, en 'hier' en zelfs 'blijf'. Dit alles gebeurde op de open plek achter de duindoorn, waar hij een diepe kuil voor hen beiden had gegraven.

'Er is iemand geweest die jou dit allemaal heeft geleerd,' zei ze, en al verstond hij zoveel woorden achter elkaar niet, hij voelde aan wat ze betekenden. Kon hij Debra maar meenemen naar de oude man. Maar hij wist dat het daar niet veilig meer was en dat de oude man was verdwenen. Hoe het precies zat, kreeg Chaver nooit helemaal helder in zijn kop, daarvoor waren de flitsen van wat er was gebeurd te pijnlijk en inmiddels ook te lang geleden, maar hij wist wel dat ook dít wederom de schuld was van mannen-in-laarzen.

Chaver zou de rest van zijn leven zorgen dat hij uit de buurt bleef van dat allergrootste gevaar.

DEBRA

Langzaam vloeide dag over in nacht en andersom, de onophoudelijke estafette tussen zon en maan. De wolf was mijn schaduw geworden, die met me meegluurde in de ochtenden dat ik op de dijk ging liggen om naar Siem te kijken, die zijn lange snuit in het water stak wanneer ik bij het meertje mijn veldfles vulde en die samen met mij wegdook in de bosjes wanneer het goederentreintje met bouwmaterialen voorbijreed, niet veel later gevolgd door de wandelende stoet arbeidskrachten.

’s Nachts kropen we dicht tegen elkaar aan in de slaapkuil.

Ondanks zijn lichaamswarmte lag ik nog altijd te rillen. Ik probeerde me op die momenten voor te stellen dat ik thuis was, in mijn eigen bed in Rotterdam, met Tess die bij me lag. Dat het in mijn kamer behaaglijk warm was en dat mijn vingers punnikten aan het stukje loszittend behang boven mijn hoofdeind. Maar de ijzige nachtlucht sneed die fantasie de keel af.

Toch was de realiteit nu niet alleen meer iets om bij me vandaan te duwen, maar ook om heel voorzichtig te koesteren. Het feit dat ik een wolf aan mijn zijde had voelde als een wonder. Ik had me opgemaakt voor eenzaamheid, hier in het bos volledig aan mijn lot overgelaten te zijn. En toen was dit schitterende dier op mijn pad gekomen. Groot en sterk en misschien wel net zo dankbaar voor mijn gezelschap als ik voor dat van hem.

Hij was een geschenk.

Soms glipte hij vlak voor het ochtendgloren bij me weg, een koude leegte achterlatend in de kuil. Daarna kwam hij terug met een konijn of fazant in zijn bek. Terwijl ik me nog wat strakker in mijn deken wikkelde, luisterde ik naar het gekraak van botjes tussen zijn kaken en probeerde niet te denken aan mijn eigen honger, die met alle paardenbloemen van de wereld niet te stillen was.

De eerste paar keer liet Halve Ster een deel van zijn prooi liggen en keek me veelbetekenend aan. Maar ik at er niet van. Ik zou het gaar moeten maken, en dat ging niet, want rook zou mijn aanwezigheid hier meteen prijsgeven. Bovendien had vader, die me zo uitvoerig had geleerd wat we in een bos allemaal konden eten, me nooit uitgelegd hoe ik een konijn moest villen. We hadden de dieren liefdevol met rust gelaten; doden was immers niet nodig geweest.

Voor de wolf was dat anders.

En toen hij eenmaal doorhad dat hij zijn maaltijd niet met mij hoefde te delen, at hij zijn prooien met huid en haar op.

Geen botje bleef over.

De kou was geleidelijk aan in mijn lichaam gekropen, had zich in mijn botten genesteld en prikte voortdurend onder mijn huid. Dat alles maakte mijn bewegingen stroef, mijn spieren gevoelloos. Na een week moest ik stoppen met 's ochtends naar de dijk gaan, omdat ik niet langer de kracht had de verrekijker tegen mijn ogen te houden. In plaats daarvan bleef ik op de schuilplek achter de duindoorn en stopte mijn handen, nog altijd gehuld in dikke handschoenen, diep weg in mijn jaszakken of in mijn oksels. Mijn schouders waren zo hoog opgetrokken dat ze mijn oren raakten, mijn tanden klapperden onophoudelijk.

En het duurde zeker nog een maand voordat de lente zou aanbreken.

Hoe ging ik dit volhouden?

Opnieuw en opnieuw, alsof mijn hoofd een carrousel was, schoot de gedachte door me heen dat ik een beschuttere plek moest vinden voor 's nachts. Al was het maar voor één nacht in de week, zodat ik in elk geval héél even een dak boven mijn hoofd had. Een plek waar ik eindelijk kon ontdooien, waar ik zou voelen hoe de kou uit mijn lichaam wegtrok.

Maar het was onmogelijk.

Bij een boer aankloppen voor een slaapplek was levensgevaarlijk. Want ook al had ik van Jo begrepen dat Rockanje erg veel 'goede' inwoners had, mensen met het hart op de juiste plaats die graag anderen wilden helpen, ik had daar niets aan zolang ik niet specifiek wist wie deze mensen dan waren. En al zou ik het wel weten, dan nog kon ik ze moeilijk gaan opzoeken.

Tussen alle netjes gekamde boerenfamilies, in een dorp waar ook nog eens iedereen elkaar kende, viel een onbekend gezicht met wilde bruine krullen veel te erg op.

Elke ochtend trof ik het ijs dat ik met mijn mes bewerkt had opnieuw bevroren aan, en telkens weer stak ik vaders zakmes erin tot het water door de gaten naar boven sijpelde. Ik vulde mijn veldfles, ik dronk. Het water was zó koud dat ik steeds maar een paar kleine slokjes kon nemen zonder het gevoel dat mijn keel bevroor. Daarna vulde ik mijn fles tot de rand, terwijl naast mij de wolf zijn tong in de opening van het ijs stak en met gulzige slokken zijn eigen dorst leste.

Hij had geen last van het koude water en boog zijn grote kop gretig voorover, een beweging die rimpels in zijn voorhoofd maakte waardoor het zwarte halve sterretje leek te dansen van tevredenheid. Toen hij uitgedronken was, maakte hij een hikkend geluid dat me deed terugdenken aan het moment waarop ik afscheid had genomen van schipper Gerrit. Hoe hij toen we aan wal waren mijn hand had geschud, tegen zijn pet had getikt en daarbij een luide hik had laten horen. Het was zo'n onverwacht geluid geweest, dat ik hem verstomd had aangekeken.

Gerrit had gegrinnikt. 'Je kent het niet? De hik staat voor H.I.K.'

Nog altijd had ik hem niet-begrijpend aangestaard.

'Hitler ist kaput,' verduidelijkte hij.

'Aha,' zei ik. 'Was het maar zo'n feest, niet?'

'Ach, als je iets vaak genoeg herhaalt, wordt het vanzelf een keer waarheid.'

Wat hoopte ik dat hij gelijk had.

Ik schroefde de dop terug op mijn veldfles, plukte een handvol brandnetels en draaide ze tot balletjes. Terwijl de wolf en ik terugliepen naar onze schuilplek, zoog ik erop alsof het zuurtjes waren.

'Er komt weer regen aan,' zei ik aan het eind van de middag. 'Zie je het?'

Halve Ster keek op van de verdwaalde schelp waarmee hij aan het spelen was en leek zich niet druk te maken om mijn weersvoorspelling. Maar aan de donkere wolken boven ons hoofd te zien, zou het niet lang duren voordat de regen losbarstte. Als het keukenzeil waarop ik sliep niet zo'n felrode kleur had, dan zou ik daar iets van een dak mee kunnen maken, maar nu zou dat veel te erg opvallen.

Het holletje onder de omgevallen beuk dan maar weer.

Weer dacht ik aan de boerderijen in het gedeelte waar Siem woonde. Het waren er vijf in totaal, simpele huisjes met een klein lapje grond. Ze lagen allemaal langs de dijk, elk met hun eigen weilanden en akkers eromheen. Zou het werkelijk zo riskant zijn om in het donker de dijk af te klauteren en bij een van de boerderijen in een graanschuur te kruipen?

Nee, ik kon het er echt niet op wagen.

Wat als er waakhonden waren? Of een boerenknecht die precies op dat moment buiten liep? Of iemand anders die mij zag en direct de vijand alarmeerde? Gelukkig was ik donker gekleed en was duisternis in deze omgeving echt zwart. Zelfs de soldaten die 's nachts hun rondes liepen, mochten slechts bij hoge uitzondering een paar seconden met hun zaklamp schijnen. Elke lichtstraal kon immers door de overvliegende Engelsen worden opgemerkt. Dus als ik extreem voorzichtig was...

Nee, besloot ik opnieuw.

Als ik gesnapt werd, was alles voorbij, alles!

Dan stierf ik nog liever van de kou.

Als twee schimmen glipten de wolf en ik door het bos richting de omgevallen beuk. Vóór ons werden de bomen van achteren verlicht door de bijna ondergaande zon, die hun blaadjes deed fonkelen als lampjes. Het was een adembenemend mooi gezicht. Tegelijkertijd joeg een gemene zeewind om ons heen, die het laatste beetje warmte uit mijn mantel rukte en met koude klappen tegen mijn wangen sloeg. Maar ik zag in elk geval niemand, hoorde niets.

Halve Ster en ik waren alleen. De arbeiders waren naar huis, en het treintje had zijn laatste rit voltooid.

Toch bleven we voorzichtig en vermeden nog altijd de paden. Meerdere malen stond de wolf stil om zowel aan de lucht als aan de grond te ruiken voordat we verderliepen. Toen we eindelijk de liggende boomstam bereikten, begon het te druppelen.

Net op tijd.

'Kom jij ook hier liggen?' vroeg ik, terwijl ik mezelf op mijn buik onder de stam schoof.

Maar Halve Ster trok zich minder van de regen aan dan ik en ging naast mij liggen, waarbij hij alleen zijn kop door de overwoekering stak.

Twee gele ogen blonken in het donker.

Die nacht sliep ik niet. De regen die aan weerszijden als een waterval naast me neerkletterde, deed me beseffen dat ik een oplossing voor dit probleem moest bedenken. Ik kon niet bij elke regenbui onder deze boom wegkruipen. Ten eerste konden de wolf en ik hier niet tegen elkaar aan liggen, waardoor ik het nog kouder had dan anders. Ten tweede miste ik de veilige beschutting van onze duindoorn. Deze plek voelde plotseling veel te open aan, alsof er elk moment een soldaat voorbij kon komen.

'Zodra het licht wordt, gaan we terug naar onze eigen schuilplaats,' zei ik.

En al wist ik niet of de wolf me in al het kabaal van de regen kon horen, ik verbeeldde me dat hij instemmend bromde.

De volgende ochtend slopen we terug naar de duindoorn, waar ik besloot dat dit voortaan onze enige slaapplek zou blijven. De wolf en ik op onze eigen vierkante meter. Met takken en aangedrukte bladeren zou ik het windveilig maken. Als het opnieuw ging regenen, zou ik een stuk terug de struik in kruipen, daar waar ik de smalle doorgang had gemaakt, en daar een klein dakje maken. Op die manier zou er in elk geval één gedeelte zijn waar we een beetje droog bleven. Want hier zaten we goed. Het was hier zo stil, dat ik het al van verre zou horen als er toch iets of iemand aankwam. Ook zou ik mezelf aanleren om nog meer naar de vogels te luisteren, zodat ik het direct merkte wanneer de Vlaamse gaai alarm sloeg. Zij waren het luchtalarm van het bos; wanneer ik hun roep hoorde, zou ik weten dat er gevaar dreigde.

De omgevallen beuk was verleden tijd.

Door zoveel mogelijk híér te blijven, had ik de grootste kans om deze krankzinnige tijd te overleven. Regen of niet, ik zou deze schuilplek alleen nog verlaten om water te halen, eetbare planten bij elkaar te sprokkelen en vanaf de dijk een oogje op Siem te houden. Dat laatste hoogstens één keer per week. Nu ik hem een paar keer had gezien en wist waar hij verbleef, was het niet nodig risico te blijven nemen door telkens maar weer terug te keren.

Ik moest erop vertrouwen dat het goed ging met hem.

CHAVER

Hij liep nog steeds in cirkels als hij eropuit ging. In zijn eerste dagen waren dat kleine rondes geweest, een oneindige reprise van zijn wandelingen met de oude man. Maar na verloop van tijd werd de cirkel wijder en werd elke boom, elk stukje mos, elke struik en elke konijnenkeutel uitvoerig bestudeerd en in zijn geheugen opgeslagen. Hij koppelde elke geur aan een locatie, net zo lang totdat hij elk vossenhol en elke konijnenburcht in de omgeving blindelings wist te vinden.

Ook hield hij in de gaten waar de mannen-met-laarzen zich ophielden, welke routes zíj aflegden en hoe ver de honden die bij hen hoorden van de aangelegde paden afweken. Hij wist waar er doodskopvlaggetjes uit de grond staken en ook waar die stenen schuilplaatsen in de grond waren. En uiteraard wist hij eveneens waar ze hun enorme keukens hadden, plekken waar de verleidelijkste geuren in de lucht hingen maar die hij desondanks zorgvuldig vermeed.

Chaver wist dat het daar niet veilig was.

Hij liep zijn rondes in de schemering, wanneer het geen nacht meer was maar ook nog geen dag, en soms ook in de late avond. Zijn schutkleuren, en het feit dat hij achter bomen en tussen struiken door sloop, zorgden ervoor dat hij ongezien bleef. Maar zélf zag hij alles. En dat moest ook, dat was belangrijk. Op die manier kon hij er afstand van houden. Chaver wist dat hij hier niet werkelijk hoorde, dat hij hier niet thuis was. Niet zoals hij bij de oude man was geweest, wiens herinnering hij bij zich droeg als de wol in zijn ondervacht. Bij de oude man was hij veilig geweest. Hier moest hij voortdurend op zijn hoede zijn.

Behalve dan wanneer hij bij háár was.

Het meisje.

Chaver begon te draven, terug naar het wolvenhol, waar ze ook nu weer op hem wachtte.

DEBRA

'Als je maar oppast daar,' had Gerrit gezegd toen we in de boot zaten. 'Zoals ik al zei, lopen er overal Duitsers rond en is alles afgezet met prikkeldraad. De bunkers zijn verdekt opgesteld en...'

Telkens was zijn stem vervaagd. Zijn goedbedoelde woorden waren slechts bij vlagen tot me doorgedrongen. Mijn hoofd had te vol met zorgen om vader gezeten. En wat te denken van mijn zorgen om Siem, die in dezelfde roeiboot had gezeten? Bij een onbekende man, zonder mij, zonder moeder. Ik hoopte dat hij het als een spannend avontuur had gezien, maar het was waarschijnlijker dat hij doodsbang was geweest.

Uitkijkend over het donkere, rimpelige water had ik beseft dat er op dit specifieke moment een scheidslijn in mijn leven was gekomen. Niet een van vóór de oorlog en na de oorlog, maar van voordat ik op de vlucht sloeg en daarna. Van alles wat ik vroeger had meegemaakt en alles wat er vanaf nu zou gebeuren. En pas nu, twee weken later en zittend achter mijn zelfgemaakte muur van takken en bladeren, ervaarde ik die oversteek écht. Vanaf het moment waarop ik Jo had gesproken en zij alles in beweging had gezet, was alles zo snel gegaan dat er geen tijd was geweest om stil te staan bij wat er precies gebeurde. Jo had een zwiep aan de molen gegeven, en wij hadden niets anders kunnen doen dan ons aan de wieken vastklampen en hopen dat we niet zouden vallen.

Nu pas landde ik.

Want nu was er tijd. Méér dan tijd zelfs, er was een soort eindeloosheid die de uren rekte als elastiek. Hier, op mijn schuilplek, kon ik onophoudelijk terugblikken op alles wat er was gebeurd. Ik kon toegeven aan elke gedachte en alle vertakkingen daarvan tot ik niet meer wist of ik duizelig was van de honger of van het voortdurende overpeinzen.

Toch was het de honger die overheerste.

Ik pakte de schelp op waar Halve Ster mee had liggen spelen. Toen spreidde ik mijn zakdoek voor me uit op de grond, legde de schelp erop en stampte hem met mijn zaklamp zo goed mogelijk kapot. Toen er alleen nog maar gruis op de zakdoek lag, pakte ik mijn veldfles en liet het verbrijzelde poeder voorzichtig in het water glijden.

Na een paar keer schudden zette ik de fles aan mijn lippen en dronk.

Lekker was het niet, maar op deze manier kreeg ik in elk geval wat mineralen binnen.

Bij de laatste slok voelde ik een zacht duwtje in mijn rug, gevolgd door een stevige lik over mijn wang.

De wolf was terug.

Ook die nacht lagen we weer dicht tegen elkaar aan in de kuil, ik met de kraag van moeders dikke wintermantel ver over mijn oren getrokken en mijn rugtas als hoofdkussen. Of het door mijn zelfgemaakte 'muur' kwam of omdat de winter misschien eindelijk wat afzwakte, wist ik niet, maar het leek alsof ik het voor het eerst minder koud had. Nog steeds beet de vorst door mijn kleding heen, maar de knauw was minder heftig, de tanden minder scherp en de schade minder diep. Het voelde niet langer als een vleeswond, maar eerder als een schaafplek.

Dit was te verdragen.

De honger werd alleen niet minder. Het holle gevoel trok vanuit mijn buik door de rest van mijn lichaam, zodat het aanvoelde alsof mijn armen als dood gewicht op mijn borst lagen. Was dit hoe sterven voelde? Wanneer het verlangen naar eten het heftigst was, dacht ik zelfs aan de prooidieren van Halve Ster, aan zijn hazen en konijnen, zelfs aan zijn muizen. Op dit moment zou ik alles eten. Maar ik wist dat ik van rauw vlees erg ziek kon worden. Ook al waren de prooien van Halve Ster verser dan vers, ik durfde het risico niet te nemen.

Hier ziek worden zou mijn einde betekenen.

Ik zuchtte en nestelde me nog dichter tegen het warme wolvenlijf aan.

'O, nee,' fluisterde ik. 'Stop, niet verder lopen.'

Maar Halve Ster had het natuurlijk ook gezien, waarschijnlijk al veel eerder dan ik. Bij de plas, precies in de buurt van het riet, liepen twee Duitse soldaten. Ze leken druk in gesprek, en dat was in elk geval gunstig, want zolang ze aandacht voor elkaar hadden, waren ze niet bezig met hun omgeving.

Ze leken ons niet te hebben opgemerkt.

De bomen die hier stonden waren te smal om me goed achter te verschuilen, maar een paar meter terug had ik een eikvaren gezien. Op mijn knieën kroop ik ernaartoe en liet me erachter zakken. Halve Ster gaf me een bemoedigende lik over mijn oor, maar hield zijn blik strak op de mannen gericht. Zijn ogen waren bleek in het vroege ochtendlicht, als goudstukken met een waas erover. Zijn oren wezen naar voren, de donkere streep op zijn rug stond waarschuwend overeind.

Razendsnel dacht ik na.

Hier blijven wachten tot de mannen weg waren en dan alsnog water gaan halen was te riskant. Stel dat ze ineens terugkwamen, precies terwijl ik bij het riet zat? Er was ook nog een kans dat deze twee soldaten slechts vooropliepen en dat er achter hen nog veel meer Duitsers naar deze plek onderweg waren! Dan zou het onmogelijk zijn om nog ongezien weg te komen.

Ik tuurde voorzichtig boven de eikvaren uit.

De mannen liepen nu langs de oever. Ze hadden een sigaret opgestoken. Blauwgrijze rook kringelde om hun hoofden. Nog steeds in gesprek wandelden ze de andere kant op, met hun ruggen naar ons toe. Dit was onze kans. Nu.

'Kom,' zei ik zacht. 'We gaan terug.'

We zaten opnieuw in onze opening tussen de struiken, onze dorst niet gelest.

Halve Ster hijgde licht. Zijn neus zag er droog uit.

Ik haalde de veldfles uit mijn tas, hopend dat er toch nog iets in zat, al was het maar een druppel, om samen met hem te delen.

Maar de fles was leeg.

Wat nu? De plassen Breede Water en Quackjeswater waren compleet omgeven door militairen; daarheen lopen zou nooit een optie zijn. Wij moesten het hebben van kleine, onopvallende beekjes, van greppels, van ondiepe plassen en de vennetjes tussen de bomen, het water waar de reeën van dronken. Ik had alleen geen idee waar ik in dit gedeelte van het duinbos zulk water kon vinden, want hier leek alles vooral moeras te zijn.

Even keek ik omhoog naar de lichtgrijze lucht. Zou er regen komen?

Het was een gok waar ik niet op kon wachten.

Opnieuw tuurde ik naar boven. Wat had vader ook alweer gezegd? *Als vogels laag en in een rechte lijn vliegen, zijn ze op weg naar water. Na het drinken vliegen ze van boom tot boom.* Een tijdlang bleef ik staren, maar uitgerekend nu was er nergens een vogel te bekennen.

Halve Ster ging naast me zitten en staarde ernstig mee.

Toen er minuten verstreken en we nog steeds geen vogels hadden gezien, sjorde ik mijn rugtas op mijn rug en zei: 'Ik heb een ander idee.'

Het was verbluffend hoeveel informatie je in je leven opsloeg, kennis waar je nooit meer aan dacht tot je die ineens nodig had. Zoals nu. Want het observeren van het vlieggedrag van vogels was niet vaders enige les geweest over hoe je water kon vinden. Een berk zou me ook helpen! En als ik me niet vergistte, had ik gezien dat er niet ver hiervandaan drie berken langs het pad stonden. Hun locatie was niet ideaal, paden moesten we juist vermijden, maar op dit moment was er geen andere optie. Dan maar gewoon extra goed opletten dat niemand ons zag.

Bij de berken aangekomen liep ik direct naar de voorste toe, trok één handschoen uit en diepte vaders zakmes op uit mijn jaszak. Zo goed als ik kon, probeerde ik al wroetend een gat te boren in de stam.

Maar wat ik ook deed, ik kwam met geen mogelijkheid door het taaie hout heen.

Wat deed ik fout?

Ik blies in mijn verkleumde hand om er wat warmte in terug te brengen en boorde opnieuw mijn mes in de boom. Nog steeds gebeurde er niets. En dat terwijl dit zo simpel had geleken toen vader het uitlegde. Hij had het doen klinken alsof het berkensap zó in mijn fles zou lopen.

Maar de dikke stam verschafte geen enkele toegang.

'Kom op,' smeekte ik tussen mijn opeengeklemde kiezen door. 'Werk nou even mee!'

Zo hard mogelijk duwde ik op mijn mes, maar mijn handen trilden van de kou.

Plotseling klonk er een diepe zware grom naast mij.

Van schrik liet ik het zakmes opzijschieten, waar het zich met de punt vol in mijn handpalm groef. Ik beet uit alle macht op mijn tong om een pijnkreet te smoren. Intussen hoorde ik Duitse stemmen snel dichterbij komen, omlijst door het doffe gedreun van stampende laarzen. Ik dook naar de grond en hield mijn adem in, terwijl felrood bloed uit mijn hand stroomde. Zo stevig als ik kon, drukte ik mijn handschoen ertegenaan. Er was op dit moment werkelijk niets aan te doen. Eerst moesten die soldaten ons passeren. Het geluid van hun voetstappen liet er geen enkele twijfel over bestaan dat ook zij op het pad liepen, slechts een paar meter bij Halve Ster en mij vandaan.

Hoe was het verdorie mogelijk dat ik eerst wekenlang niemand zag en nu maar liefst twee keer op één dag? Waren dit misschien dezelfde mannen als eerder op de ochtend bij het meertje? Dat zou betekenen dat ze een soort ronde liepen, iets wat ze, voor zover ik wist, niet eerder in dit verlaten stuk hadden gedaan.

Als ik me muisstil hield, hier in de ondergroei, zouden ze me hopelijk voorbijlopen.

Gelukkig maakte ook Halve Ster geen geluid meer.

Blijkbaar was zijn gegrom niet tegen de Duitsers gericht geweest, maar een waarschuwing om mij te laten weten dat er onraad dreigde. Nu hij doorhad dat ook ik de mannen had opgemerkt, was er voor hem geen reden meer zich te laten horen.

De zware Duitse stemmen vormden zo'n sterk contrast met de stilte van het bos dat hun praten op bulderen leek. Het harde geluid sloeg tegen de bomen als stormgolven tegen een rots. Met hoeveel waren ze? Vier benen, zag ik.

Twee mannen.

Loop door, loop door, droeg ik ze in gedachten op. *Weitergehen!*

Veel te langzaam trokken de voetstappen voorbij. Twee meter werd drie meter, drie meter werd vier meter. De harde stemmen bleven evenals de sigarettenrook in de lucht hangen en vervaagden toen ook. Toch bleef ik op mijn hurken zitten en bewoog me niet.

Je wist maar nooit.

Vanuit mijn ooghoek keek ik naar de wolf. Ook hij hield zich nog altijd roerloos.

Toen stak hij zijn neus in de lucht en snoof. Ik zag hoe zijn spieren ontspanden, hoe de donkere vacht op zijn rug weer rustig terugzakte.

We waren veilig.

'Au,' zei ik eindelijk. Ik trok mijn handschoen van de wond en opende voorzichtig mijn samengeknepen vuist. Mijn handpalm was rood. De pijnlijke snee leek op het eerste gezicht niet al te diep, maar met al dit bloed kon ik het niet goed zien. En nog steeds had ik geen water. Ik keek om me heen. Duizendblad, wat bloedstelpend werkte, groeide in deze tijd van het jaar nog nergens. Dan maar wéér op zoek naar paardenbloemen, om met hun sap de wond te behandelen. Ik hield mijn hand vlak voor mijn gezicht om de snee zo goed mogelijk te kunnen bestuderen, zodat ik –

Met een onverwachte beweging sprong de wolf tegen me op.

Ik viel hard achterover en landde op mijn rug in het mos. Halve Ster stond boven me, reusachtig en wild. Hij greep de mouw van mijn jas beet, trok mijn arm omhoog en bracht zijn neus naar mijn gewonde hand. Voorzichtig ging ik rechtop zitten en drukte me met mijn rug tegen de berk. Halve Ster opende zijn enorme bek, en ik voelde mijn hartslag versnellen. Wat ging hij doen? Had de geur van bloed zijn roofdierinstinct aangewakkerd?

Was ik nu een makkelijke prooi?

'Wolven houden de natuur gezond door hoofdzakelijk op zieke en verzwakte dieren te jagen,' had vader me verteld. Op dit moment was ík verzwakt, dat leed geen twijfel. Niet alleen bloedde ik als een rund, de alsmaar toenemende honger maakte me extra kwetsbaar.

Moest ik worden uitgeschakeld?

Ik was zó uitgeput dat ik niet eens de kracht meer had om in paniek te raken of me zelfs maar te verweren, ook al hield ik het mes nog steeds in mijn andere hand. *Doe maar*, was alles wat ik dacht. *Doe maar. Het maakt me niet meer uit.*

Met zijn neus duwde Halve Ster de mouw van mijn jas een stukje omhoog.

Toen begon hij, uiterst zachtjes en voorzichtig, aan de wond te likken. Terwijl hij dit deed, keek hij door zijn halfgesloten oogleden naar me op. De blik in zijn ogen was zacht, en hij drukte zijn oren ontspannen naar achteren, een duidelijk signaal van liefde.

Mijn ogen vulden zich met tranen.

'Wolven zullen altijd zorgen voor hun familie,' had vader eveneens gezegd. 'Zij verzorgen en beschermen de zieke, gewonde en oude dieren in hun roedel.'

Ik liet het mes terug in mijn jaszak glijden en voelde de tranen over mijn wang rollen.

Zacht streek ik Halve Ster over zijn kop.

Dit slimme dier had het eerder geweten dan ik, maar nu besefte ik het ook: ik mocht dan tijdelijk gescheiden zijn van mijn familie, tegelijkertijd had ik er juist een familielid bij gekregen.

Later, toen ik een zakdoek om mijn hand had geknoopt en veilig terug op onze schuilplek was, besefte ik plotseling waarom het berktappen niet was gelukt. De sapstroom kwam pas in maart op gang: wanneer het warmer werd, maar vóórdat het eerste blad aan de boom kwam.

Het was nu simpelweg een paar weken te vroeg.

Ik zat voor niks met een diepe snee in mijn hand.

Maar mijn wanhoop was verdwenen.

Want de wolken boven ons hoofd waren wederom donker geworden, volgezogen met water dat eruit moest. En ditmaal was de regen meer dan welkom.

Ik zou mijn mond openen en hemelwater drinken.

Ik werd wakker van Halve Ster, die terugkwam van zijn ochtendjacht.

Op datzelfde moment vloog een troep ganzen over, hun vleugels en buiken oranje verlicht.

Een nieuwe dag was aangebroken, maar ik bleef liggen in de kuil. Nu mijn lijf zo weinig brandstof had, moest ik plotseling nadenken over zaken waar ik voorheen nooit bij stil had hoeven staan. Zou ik bewegen, of juist niet? Beweging zou me warm maken, waardoor mijn lichaam minder energie nodig had om op temperatuur te blijven. Maar bewegen kóstte ook energie, die ik dus juist weer zou besparen door níét te bewegen.

Langzaam ging ik rechtop zitten.

Mijn zakdoek had ik gisteren, na drie dagen, voorzichtig van mijn hand gewikkeld.

De snee was lelijk, donkerrood met een paarse rand eromheen, maar er was ook al een hard laagje op de wond aan het groeien en het deed bijna geen zeer meer.

Halve Ster gaf een lik over mijn wang, zijn manier om goedemorgen te zeggen. Zijn adem rook zoet, de geur van vers bloed. 'Heeft het je weer gesmaakt?' vroeg ik, en ik kriebelde hem over zijn snuit.

Ik miste hem wanneer hij in alle vroegte wegsloop en ikzelf nog half sliep.

De afwezigheid van zijn warmte en gezelschap beet zo sterk in mijn ziel dat ik me afvroeg hoe ik het hier die eerste dagen had volgehouden zonder hem. Nu hapte hij zachtjes in mijn armen in zijn eigen vreugde over onze hereniging, draaide een paar keer in het rond en krulde zich tevreden tegen me aan in de kuil.

Gelukkig had in elk geval een van ons een gevulde maag.

Vandaag zou ik me eindelijk weer eens naar de dijk wagen om Siem te observeren. Het zou me goeddoen te zien hoe hij samen met zijn nieuwe vriendje op weg ging naar een nieuwe schooldag. Siem hield van school. Alles eraan vond hij fijn: de lessen, de juffen, de meesters, het samenzijn met klasgenootjes. Moeder had weleens gezegd dat het haar niets zou verbazen als hij later in vaders voetsporen zou treden. Gelukkig zorgden Siems blonde krullen ervoor dat hij hier prima kon doorgaan voor het neefje van de boerenfamilie. Ondanks alles ging zijn leven zo normaal mogelijk door. Na de oorlog zou hij me er ongetwijfeld alles over vertellen.

Al vroeg ik me af hoe ik zou weten dat de oorlog inderdaad voorbij was.

Geen enkel nieuws bereikte me hier.

Maar zolang er bommenwerpers overvlogen en het bunkertreintje door het bos reed, was het duidelijk dat de bevrijding nog niet gekomen was.

Het natte duinbos verspreidde een zoete en tegelijk frisse mix van aarde, van leven en van kracht. En, als je de lucht diep genoeg opsnoof, van de naderende lente. Door de regen was het donkergroene mos dat over oude, afgevallen takken lag, veranderd in een glibberige deken, waardoor ik op weg naar de dijk telkens bijna uitgleed. Halve Ster, daarentegen, liep met zekere stappen voor me uit alsof hij zijn voeten op een luxueus beklede trap plaatste.

Toen we de hoge dijk eindelijk bereikten, voelde het gras zachter aan dan voorheen. Het knerpte niet meer onder mijn laarzen. Ook hier was de grond niet langer bevroren!

Het zoveelste teken dat de ergste kou nu echt voorbij was.

Ik klom naar boven en liet me net als de vorige keren op mijn buik zakken. De verrekijker hing al om mijn nek. Halve Ster ging naast me liggen. Zijn oren draaiden alle kanten op om geen enkel geluid te missen. Zodra er iemand onze kant op kwam, zou hij het weten.

Maar behalve een kip, die we in de verte hoorden kakelen, leken we alleen te zijn.

Met de kijker tegen mijn ogen tuurde ik naar Siems logeeradres, al schoot mijn blik af en toe ook naar de naastgelegen boerderijen, waar drie koeien in het kleine ronde zoekvenster verschenen. Een boerin liep heen en weer met een grote rieten mand in haar armen en zei iets tegen een knecht. Ik richtte de verrekijker weer op Siems adres. De blauwgrijze ochtendgloed gaf aan dat hij elk moment naar buiten kon komen, klaar voor een nieuwe schooldag.

Ook Halve Ster hield zijn blik die kant op gericht, alsof hij precies begreep wat we hier deden.

Eindelijk ging de achterdeur open.

De moeder van het gezin stapte naar buiten, met aan haar hand het jongetje van Siems leeftijd. Hij droeg vandaag een blauwe wollen muts. Nu zou Siem naar buiten komen en de deur achter zich sluiten. Hij zou met de boerin en het jongetje meelopen, waarna ik met een gerust hart terug naar de schuilplek kon gaan, in het besef dat mijn broertje nog steeds veilig en in orde was.

Alleen... Siem kwam niet.

Ik keek toe hoe de moeder zich omdraaide, de deur sloot.

En nu liepen ze weg, zij en het kind. Zonder Siem.

Wacht! riep ik bijna, maar ik wist mijn kreet in te slikken.

Waar was Siem? Was hij ziek?

Of was er iets anders aan de hand?

Zo scherp mogelijk richtte ik mijn kijker op het zoontje. Was hij misschien Siem? Had ik het door die blauwe muts wellicht niet in de gaten gehad? Maar nee, dit kind was duidelijk een stuk forser, en in plaats van blonde krullen staken er steile lichtbruine plukken onder zijn muts uit. Ook zijn manier van lopen was anders, niet licht en springerig zoals Siem bewoog, maar meer sloffend, alsof hij liever op de boerderij zou blijven dan dat hij naar school ging.

Moeder en zoon liepen het zandpad langs de tuinderijen af, gingen de hoek om richting Oostvoorne en verdwenen uit zicht.

Langzaam liet ik mijn verrekijker zakken.

Wat nu? Het was zeker een kwartier geleden dat ik de vrouw en haar kind had zien weglopen, en er was sindsdien niemand meer uit het boerderijhuisje gekomen. Ik kon nu toch niet zomaar terug naar mijn schuilplek gaan, terwijl ik helemaal niet wist waar Siem was en waarom hij vandaag niet naar school ging? Maar tegelijkertijd was elke seconde dat ik hier nog langer bleef, zonder enige beschutting, een risico voor mijn eigen veiligheid.

Halve Ster gaf me een nerveuze lik over mijn wang.

Toen deed hij een paar stappen achteruit en piepte zacht.

Hij had gelijk, natuurlijk. Ik keek om me heen, kwam overeind en klauterde achter hem aan naar beneden, terug het duinbos in. Er was op dit moment werkelijk niets anders wat ik kon doen.

Maar morgenochtend zou ik hier weer zijn.

Die nacht bleven mijn ogen open. Slapen was onmogelijk zolang ik niet wist wat er met mijn broertje aan de hand was en waarom hij niet naar school was gegaan.

Zou iemand hem verraden hebben?

Meteen wilde ik overeind schieten, hem zoeken, hem rédden. Maar het ging niet. Alles wat ik voor hem kon doen was... niets. Onzichtbaar zijn. Hopen dat er niets aan de hand was. Dat er een onschuldige reden was waarom ik hem niet had gezien. Hij had een koutje gevat. Hij was thuisgebleven om de boer te helpen met iets. Hij...

Ik wist het niet.

Klaarwakker draaide ik me op mijn zij, dicht tegen de slapende warmte van Halve Ster.

In de ochtend, klonk het opnieuw en opnieuw door mijn hoofd. In de ochtend zou ik weer naar de dijk gaan, en deze keer zou ik Siem wel zien. Aan de hand van de vrouw, op weg naar school. In mijn hoofd vormde ik het plaatje zo scherp dat het op een foto leek.

Ik zou ernaar blijven kijken, net zo lang tot het werkelijkheid werd.

In de ochtend.

Halve Ster was eerder op de dijk dan ik en lag al plat op zijn buik toen ik me bij hem voegde.

'Heel goed,' zei ik. 'Let jij ook op of je Siem ziet?'

Ik pakte mijn verrekijker, en opnieuw tuurden we samen voor ons uit.

Daar ging de deur weer open. En daar was de moeder weer. Het zoontje.

De deur die werd dichtgedaan.

'Nee, nee,' fluisterde ik. 'Nog niet weggaan. Wacht op Siem.'

Maar moeder en zoon liepen het zandpad op, kletsend alsof er niets aan de hand was.

Een zure smaak dreef mijn mond in. Deze situatie klopte voor geen meter. Al twee dagen op rij geen Siem, dat kón gewoon niet.

Ik kon nu niet langer wachten. Ik moest ontdekken waar mijn broertje was. Of hij in gevaar was. Of ziek. Of erger.

En er was maar één manier om erachter te komen.

Zodra de boerin terugkwam, moest ik haar zien te spreken. Zij was te vertrouwen, dat leek me duidelijk. Anders zou ze er nooit mee hebben ingestemd om Siem bij haar te laten onderduiken. Zij zou me niet verraden.

Ik moest er alleen voor zorgen dat niemand anders me zag.

Snel stopte ik de verrekijker terug in mijn rugtas en trok mijn dikke opstaande kraag ver over mijn oren. Hoe kon ik het best te werk gaan? Zou ik gewoon zo normaal mogelijk de dijk af lopen, dus een eind verderop bij het trappetje zoals vroeger, en vanaf daar rustig naar de boerderij wandelen alsof ik een normale burger was die geen enkele reden had zich te verschuilen? Als ik me gedroeg alsof het in zijn geheel niet erg was dat iemand me zag, zou ik het minst opvallen.

Maar aan de andere kant: wat als een Duitser me zag?

Wat als hij me aansprak en om mijn persoonsbewijs vroeg? Het was streng verboden om je zonder papieren buiten te begeven en uiteraard had ik die van mij, samen met mijn ster, in Rotterdam achtergelaten. Wegrennen? Dat zou me nóg verdachter maken. Misschien zou zo'n soldaat in dat geval zelfs schieten.

Toch moest ik die vrouw spreken.

Wachten tot het donker was dan? Vanavond terugkomen en dan aanbellen? Dat was in elk geval veiliger dan op klaarlichte dag, nu ook haar buren alles konden zien.

Nadeel van de avond was dan wel weer dat ook de Duitsers terug waren in de door hun bezette woningen, hier niet ver vandaan. Overdag waren ze in elk geval aan het werk.

Ik keek naar beneden. Op de zandweg onderaan de dijk was nu niemand te zien.

Halve Ster duwde zijn neus in mijn hand.

'Jij kunt het beste even hier blijven,' zei ik. 'Ik ben zo weer terug.'

Ik stond op het zandpad, schuin tegenover het erf van Siems onderduikfamilie. Een grindpad gaf toegang tot de keuken. Zou Siem daar zijn?

Of was er iemand anders binnen, iemand die mij misschien allang gezien had?

Even stond ik stil. Zonder om te kijken wist ik dat Halve Ster nog steeds boven op de dijk lag en mij vanaf daar strak in de gaten hield. Maar ik verwachtte niet dat hij me zou verdedigen als ik in gevaar was. Wolven waren niet te vergelijken met waak- of verdedigingshonden. Het waren vluchtdieren die conflict vermeden en pas tot aanval overgingen als er echt geen andere uitweg meer was. In geval van onraad zou Halve Ster er hoogstwaarschijnlijk voor kiezen zichzelf in veiligheid te brengen.

En dat was maar goed ook, want tegen een kogel was zelfs hij niet opgewassen.

Ik keek naar de keuken. Groen-wit geblokte gordijntjes hingen opengeschoven voor het vierkante raam. Op mijn tenen, om zo min mogelijk geluid te maken op het grind, sloop ik ernaartoe. In mijn hoofd zag ik voor me hoe Siem aan de keukentafel zou zitten, hoe hij zou opkijken wanneer hij plotseling mijn gezicht zag.

Maar toen ik het venster had bereikt en met bonzend hart naar binnen gluurde, half verwachtend oog in oog met een mogelijke vijand te staan, was de keuken leeg.

Geen vijand... maar ook geen Siem.

Teleurstelling zonk zo zwaar mijn lichaam in dat ik me bijna niet meer kon bewegen. Maar het moest. Ik moest me verdekt opstellen, wachten tot de vrouw terugkwam.

Er stond een grote eik op het erf. Daar kon ik me achter verschuilen en de richting waarin de vrouw was vertrokken in de gaten houden. Naar alle waarschijnlijkheid zou ze ook vanaf daar weer tevoorschijn komen.

Hoelang zou het lopen zijn naar het schooltje in Oostvoorne? Dertig minuten?

Dat betekende dat ze nu elk moment kon terugkeren.

Ik ging op de grond zitten zodat ik nog minder opviel en leunde met mijn rug tegen de dikke stam. In de verte, op een van de andere boerderijen, kwam een tractor grommend tot leven.

Hier bleef het stil, terwijl ik wachtte.

Wat als de vrouw niet rechtstreeks terug naar huis kwam? Misschien moest ze, nadat ze haar kind veilig op school had afgezet, nog wel andere dingen doen. Of wat als ze in werkelijkheid allang terug was, maar via de voorzijde naar binnen was gegaan en ik haar dus niet had gezien? Ik meende me te herinneren dat de vooringang in dit soort boerendorpen zelden werd gebruikt, dat mensen alleen bij bruiloften en begrafenissen naar de voordeur liepen, maar was dat wel echt zo? Het voelde ineens behoorlijk stom dat ik hier zat te wachten terwijl –

Links! Een beweging in mijn ooghoek.

Voorzichtig gluurde ik langs de stam.

Ja, het was de vrouw. Ze kwam met grote stappen het erf op en liep naar het grindpad.

Snel stond ik op en stapte achter de eik vandaan. 'Goedemorgen, mevrouw.'

Haar hoofd schoot met een ruk mijn kant op. Ze was jong, begin dertig of eind twintig, maar ze had donkere schaduwen onder haar ogen en een groef tussen haar wenkbrauwen. 'Hemeltjelief! Ik schrik me een ongeluk.'

'Neemt u me niet kwalijk.'

De vrouw herpakte zich en vroeg: 'Wat kan ik voor je betekenen?'

Haar vriendelijke houding deed me rustiger ademhalen. Ook al was ik er al van uitgegaan dat ze te vertrouwen was, nu pas besefte ik hoezeer ik desondanks had gevreesd dat ze me direct zou wegsturen of, nog erger, hard om hulp zou roepen. Dat was natuurlijk onzin. Een paar jaar geleden nog maar had ik in de bibliotheek gewerkt, was ik een "jongedame" geweest, een beschaafd mens te midden van andere beschaafde mensen. Voordat de wereld gek was geworden. Het was niet míjn schuld dat ik er tegenwoordig uitzag als een halve wilde, dat ik mijn krullen in verwilderde chaos met me meedroeg en dat mijn gezicht ongetwijfeld besmeurd was met vegen en vlekken. En niet alleen mijn gezicht. Door het liggen op mijn buik en het slapen op de grond, was moeders fraaie wintermantel intussen niet veel meer dan een besmeurd kleed. De kans was groot dat de boerin me aanzag voor een landloper.

'Ik, eh...' Ongemakkelijk keek ik om me heen, doodsbenauwd dat er ineens iemand in beeld kwam.

De boerin had geen woorden nodig om de situatie direct te begrijpen. 'Snel, volg mij.'

Ze haastte zich langs het huis, waar ze de dichtstbijzijnde schuur in dook.

Ik glipte achter haar aan naar binnen.

Het was een kleine houten berging met stro op de grond. Ik zag geen dieren maar het was ochtend; die waren natuurlijk buiten.

'Meid, je trilt helemaal,' zei ze.

Ik knikte alleen maar. Er was zoveel te zeggen, zoveel te vragen, dat ik niet eens wist waar ik moest beginnen.

De vrouw spiekte door het kleine raampje naar buiten. Met haar rug naar me toe zei ze: 'Luister, je moet zo snel mogelijk weer weg. Het is hier niet veilig voor je, dat begrijp je wel. Mocht er iemand aankomen, dan zal ik naar buiten gaan en ze afleiden. Niemand heeft ons hier naar binnen zien gaan, dus ze hebben geen reden om de stal te doorzoeken.' Ze wees naar een stapel hooibalen in de hoek en zei: 'Als het nodig is, kun je je daarachter verschuilen.'

'Waar is Siem?' bracht ik uit.

'Ach, meiske toch.' De vrouw keek weer uit het raam en zuchtte: 'Het heeft geen zin om te doen alsof ik niet weet wie je bedoelt. Jij bent zijn zus, is het niet?'

'Ja,' antwoordde ik schor.

'Dat dacht ik al. Hij praatte veel over je.' Ze draaide zich naar me toe en glimlachte. 'Het is een lieve knul. We vertelden iedereen dat zijn ouders zijn omgekomen tijdens het bombardement. Dat Steef, zoals hij hier heette, ons neefje uit de stad was. In die hoedanigheid ging hij ook met mijn zoontje mee naar school.'

'Ging?'

'Ja. Helaas is het drie dagen geleden helemaal fout gegaan. Mijn buurman is nogal goed bevriend met de heer Spaan, dat is een beruchte NSB'er hier in Rockanje, en heeft tegen hem gezegd dat hij nooit eerder iets gehoord had over familie van ons in Rotterdam. Dat hij ons plotselinge "neefje" nogal verdacht vond. Spaan is vervolgens gaan praten met een paar foute politiemannen, ja helaas hebben we die hier ook, en zij kwamen direct polshoogte nemen. Gelukkig was Steef op dat moment naar school, maar het was daarna niet meer veilig voor hem om hier te blijven, dat begrijp je.' Ze schudde verdrietig haar hoofd. 'Het spijt me.'

'Waar is hij nu?'

De vrouw zweeg.

'Waar?' drong ik aan.

'Ik weet niet of het handig is dat je dat weet. Als je daar ook ineens op de stoep staat, trekt dat geheid verkeerde aandacht, wat heel gevaarlijk kan uitpakken. Want Steef is daar niet alleen. Er zijn op die plek een stuk of twintig kinderen ondergebracht, en die wil ik niet in gevaar brengen.'

Dus Siem was niet alleen? Ik ging bijna juichen.

'Ik beloof dat ik daar niemand zal benaderen,' zei ik snel. 'Ik wil alleen maar weten waar hij is.'

Ze wrong in haar handen en keek weer uit het raam.

'Alstublieft...' smeekte ik.

'Goed dan. Ik zal het je vertellen, maar daarna moet je gaan, oké? Zoals ik al zei: het is gevaarlijk hier. Vroeger kon mijn zoontje gewoon zelf naar school lopen, maar zelfs dat vertrouw ik niet meer. En hij is niet eens Joods.'

'Ik ga direct weg, en dan zult u mij niet meer zien.'

De vrouw haalde een paar keer diep adem, leek nog heel even te twijfelen en vertelde toen op snelle fluistertoon: 'Steef zit verborgen in Huize 't Meertje, dat is een grote villa aan de Molendijk. Je moet je die plek voorstellen als een soort mengeling van rusthuis, herstellingsoord en vakantiehuis. Het pension staat onder leiding van twee vrouwen. Na het bombardement werden er al weeskinderen ondergebracht. Nu dus ook Joodse kinderen, al mag niemand dat weten. Ze zijn allemaal zogenaamd voor de honger naar Rockanje gebracht. Achter het huis staat een houten zomerverblijf, daar zijn de kinderen overdag. Bij mooi weer spelen ze in hun eigen stukje bos, want het perceel ligt tussen twee weilanden in en is dus veilig voor de vijand. Links en rechts wordt er wel op het land gewerkt, maar niemand let op de kinderen. En vóór het huis loopt de weg, daar kunnen ze zich niet vertonen.'

'O,' zei ik, terwijl haar woorden voorzichtig grond raakten in mijn hoofd. Dit had ik niet verwacht. Zou het werkelijk zo kunnen zijn? Het leek bijna onmogelijk dat twee vrouwen het klaarspeelden om zoveel Joodse kinderen te verbergen in een klein dorp dat wemelde van de Duitsers. Maar als het echt zo was... dan was Siem dus veilig. En samen met andere kinderen!

'Ze krijgen daar onderwijs aan huis,' ging de vrouw verder. 'Niet alleen als bezigheidstherapie, maar ook om de kinderen zo normaal mogelijk te laten leven. Elke woensdagmiddag en de hele zaterdag geeft het hoofd van de christelijke school in Oostvoorne, dat is dezelfde school waar Steef dus eerst op zat, de kinderen onderwijs. Dit doet hij in het houten gebouw en in het prieeltje achter de tuin.'

Ik voelde mijn ogen nat worden. Niets hiervan had ik ooit durven hopen.

De vrouw pakte mijn hand en gaf er een kneepje in. 'Ze doen er daar alles aan om van het onderduikadres een tehuis te maken waar de kinderen niet het gevoel krijgen opgejaagd wild te zijn. Er wordt ook veel gelezen. Een kennis van ons werkt bij de Rotterdamse Bibliotheek en zorgt regelmatig voor een verse aanvoer van kinderboeken.'

Jo, besefte ik met een brok in mijn keel.

'En de firma Gerzon in Rotterdam zorgt voor kleding.'

'Het is allemaal geweldig,' zei ik schor.

'En nu moet je gaan, hoor! Ik heb je alles verteld wat ik weet, omdat ik zo met je te doen heb. Maar het is niet verstandig om hier nog langer te blijven. O, maar wacht even.' Ze haastte zich weg en kwam even later terug met een groot stuk kaas. 'Neem dit mee. Je ziet eruit alsof je het nodig hebt.'

Ik zette direct mijn tanden in het stevige blok.

'Niet alles in één keer,' waarschuwde ze. 'Ik denk dat je lichaam dat niet aankan.'

Ik kauwde, slikte en stopte de rest van het blok met tegenzin in mijn jaszak.

'Meiske toch,' mompelde ze weer. 'Ben je helemaal alleen?'

Mijn gedachten sprongen naar wie er op de dijk op me lag te wachten, en ik schudde mijn hoofd. 'Nee. Niet alleen.'

CHAVER

Er werd een duel uitgevochten tussen zijn hart en zijn kop. Zijn hart wilde naar het meisje toe. Bij haar zijn. Maar zijn kop vertelde hem dat het daar niet veilig was.

Chaver stond op en draaide een nerveus rondje.

Toen ging hij weer liggen.

Ze zou terugkomen. Hij vertrouwde daarop. Hier zou hij wachten, boven op de dijk.

Maar gemakkelijk was het niet.

Deze omgeving was veel te open, zo hoog en zonder bomen om achter te schuilen. Chaver wilde weg, de beschutting van het duinbos in, maar hij wilde ook naar háár en kon niets anders doen dan wachten, wachten...

Hij vroeg zich af of Debra het gevaar van de mannen-met-laarzen wel echt begreep. Er waren momenten dat ze het leek te snappen, zoals de momenten waarop ze zich snel verschool wanneer er tijdens hun ochtendwandeling stemmen klonken. Ze dook dan net als hij weg onder een struik of achter een boom. Maar wat ze nu deed... Mensen bewust opzoeken...

Dat begreep hij niet.

Chaver strekte zijn nek, tuurde opnieuw naar de plek waar ze was verdwenen. Toen begon plotseling het puntje van zijn staart te trillen. Daar was ze!

Ze kwam terug.

De volgende ochtend gingen ze tot zijn grote opluchting niet naar de dijk.

En de ochtend daarna ook niet.

In plaats daarvan liep Debra na hun dagelijkse tocht naar het meertje terug naar het wolvenhol, waarbij ze onderweg alleen maar stopte om hier en daar wat van die plantjes uit de grond te trekken waar ze om een of andere reden zo dol op was. Maar juist toen Chaver begon te hopen dat ze verstandig was geworden en het gevaar niet langer opzocht, deed ze de volgende dag iets waarvan zijn rugharen recht overeind gingen staan.

Ze waren in hun wolvenhol toen het begon te regenen. Alleen kroop Debra ditmaal niet weg onder de krappe overkapping die ze had gemaakt, maar stond ze op alsof ze op dit weer had zitten wachten. En dat niet alleen, ze begon te lopen. Ze verliet de veiligheid van hun wolvenhol, zomaar op klaarlichte dag! Chaver volgde haar, zich afvragend of ze wellicht opnieuw water ging halen, iets wat ze tijdens een regenbui juist nooit deed. Maar nee, ze liep een heel andere kant uit. Weg uit de beschutting van het duinbos en dwars door de stromende regen richting de plek die de oude man 'het dorp' had genoemd. Chaver stond stil. Het dorp, dat betekende open vlaktes.

Met paden, en huizen en... mensen.

Hij wist dat niet alle mensen kwaadaardig waren, niet iedereen was zoals de mannen-met-laarzen. De mensen die hij op jonge leeftijd had bestudeerd waren ongevaarlijk geweest. En ook later, toen hij met de oude man uit wandelen was gegaan, had hij 'gewone' mensen vanaf veilige afstand kunnen aanschouwen. Nooit was er iets gebeurd.

Toch hield een beklemmend gevoel in zijn onderbuik hem tegen om met Debra mee te gaan nu ze het bos uit liep. In een poging haar te stoppen ging hij zelfs voor haar staan, drukte zijn lijf tegen haar benen aan, piepte zacht.

Maar ze stapte langs hem heen en zei iets wat hij niet verstond.

Na een laatste aai over zijn kop liep ze weg, haar hoofd gebogen tegen de regen.

DEBRA

Ik had bewust gewacht tot er een stevige bui losbrak, want slecht weer zou me helpen minder op te vallen. Om bij de plek te komen die de boerin had beschreven, moest ik namelijk een heel stuk door het dorp. Eerst had ik overwogen om in de vroege ochtend te gaan, voordat het licht werd, zodat ik echt onzichtbaar kon zijn. Maar als ik dán door een Duitser werd gezien, zou ik meteen opgepakt worden wegens het overtreden van de spertijd. In het dorp waren geen bomen of struiken waar ik snel achter kon wegduiken.

Dus dat risico was te groot.

Beter was het geweest om op regen te wachten, zodat er weinig mensen op straat waren en het bovendien logisch was om diep weg te duiken in de kraag van je wintermantel. Voor mijn vertrek had ik met mijn zakdoek zo goed mogelijk mijn gezicht geboend en de vlekken van mijn jas gepoetst. Maar het bleef natuurlijk gevaarlijk.

Dit dorp, waar iedereen elkaar bij naam en gezicht kende, was zó klein.

Ik liep met mijn hoofd gebogen en vermeed oogcontact met wie dan ook, omdat ik wist dat elke dorpeling die een glimp van me opving, direct zou beseffen dat ik hier niet thuishoorde. Het belangrijkste was echter dat ik geen soldaten tegenkwam. Maar met dit vieze weer, de regen die in mijn gezicht sloeg en mijn pantalon die aan mijn verkleumde benen plakte, nam niemand de tijd om uitgebreid om zich heen te kijken. Zelfs de Duitsers niet.

In de verte zag ik de eeuwenoude korenmolen al staan.

Ik was er bijna.

Door de waterval van striemende regen bestudeerde ik het pension. Dit was het dus, het nieuwe adres van Siem. De achterkant was onbereikbaar, omringd door weilanden. Ik liep door tot ik bij de voorzijde kwam, de door bomen omringde witte villa met het oranje puntdak waar boven het balkonnetje aan de voorzijde met sierlijke letters HUIZE ’T MEERTJE was aangebracht. Wat zou ik hier graag even blijven staan om alles op mijn gemak in me op te nemen...

Zo nonchalant mogelijk liep ik er voorbij, me bij elke stap realiserend dat Siem zich op slechts enkele meters afstand van me bevond. Als hij nu uit het raam keek, zou hij me zien!

‘Houd je goed, broertje,’ zei ik zacht. ‘Hopelijk tot snel.’

Rustig liep ik weer door, kalmer dan een halfuur geleden. Het was goed zo. Ik wist nu waar Siem was, hoe het er daar uitzag. Het hielp om er nu een beeld van te hebben in mijn hoofd. En ik geloofde de vrouw, toen ze zei dat hij het hier goed had. Meer dan goed, zelfs. Er waren andere kinderen, onderwijs, een tuin om in te spelen. En boeken.

Als Jo wist dat Siem een van de ondergedoken kinderen was, kon ze misschien zelfs briefjes van moeder naar hem overbrengen, verstopt in een van de boeken.

Mijn broertje zou weten dat we aan hem dachten.

Dat we in onze harten nog allemaal bij elkaar waren.

Langzaam werden de dagen langer. Kou verbrokkelde als overjarige kaas, handschoenen droeg ik niet meer, en mijn dikke jas hing zowaar open. Moeder Natuur toonde trots haar voorjaarscollectie, en de nieuwe smaken die tot leven kwamen, voelden als ongekende rijkdom. Plotseling kon ik distels plukken, en dovenetels, daslook. Vullen of verzadigen deed het nog steeds niet, wel leek ik de honger beter te kunnen verdragen: het rammelende geklaag van mijn lege maag werd achtergrondmuziek in plaats van een constante trompet in mijn oor.

Was mijn lichaam gewend geraakt aan de honger?

Of kwam het doordat er nu geen energie meer nodig was om op temperatuur te blijven?

Een nieuw seizoen... En toch was het nog steeds oorlog.

Wat als we nooit bevrijd werden? Ik kon onmogelijk de rest van mijn leven hier in dit kleine bos blijven zitten. Ik zag mezelf als oude vrouw met wilde grijze krullen al wegkruipen onder struiken en achter bomen, in een land waarin iedereen alleen nog maar Duits sprak en mij dood wilde hebben. Zover mocht het niet komen.

Aan de andere kant, had ik ooit gedacht dat ik in déze situatie zou komen?

Halve Ster wreef met zijn wang langs mijn hand en sloot zijn ogen, als een kat die kopjes gaf. Ik kriebelde hem tussen zijn oren.

'Gelukkig hebben we elkaar,' zei ik. 'Ik zou hier gek worden zonder jou.'

Nu het ook 's nachts niet meer vroor, waren we voor drinkwater niet langer afhankelijk van het meertje. Halve Ster liet me zien waar híj tegenwoordig dronk: bomen waarvan de stammen in een V-vorm waren vergroeid en die in het midden in een soort kommetje het regenwater vasthielden.

Het smaakte muf, anders dan het ijskoude water uit het meertje. Toch was het niet vies.

Ik nam een paar slokken maar vulde mijn fles er niet mee.

Er moest genoeg overblijven voor de andere dieren in het bos.

Het was op deze momenten altijd Halve Ster die als eerste merkte dat er gevaar dreigde. Vaak had ik zelf nog niets gehoord of gezien wanneer ik wegdook tussen de bosjes of achter een boom, volledig vertrouwend op zijn zintuigen. Ik was vertrouwd geraakt met zijn lichaamstaal. Als zijn oren plotseling naar voren schoten en zijn staart dik en strak omhoogkwam, bevond het gevaar zich vóór ons. Als hij met een ruk opzij keek en ik zijn oogwit zag, kwam het van naast ons. Bleef hij zacht grommend achteromkijken, dan was het zaak onszelf meteen onzichtbaar te maken en te hopen dat de soldaten die achter ons liepen geen honden bij zich hadden.

Ik wist zeker dat het door Halve Ster kwam dat geen militaire hond mij nog had opgespoord. Dankzij hem rook ook ik sterk naar wolf, en de meeste honden bleven daar instinctief ver bij uit de buurt.

Toen we na het water drinken terug onze schuilplaats in kropen, vroeg ik me af of het eigenlijk wel slim was om het grootste deel van de tijd op dezelfde plek door te brengen. Tot nu toe hadden de soldaten niet ontdekt dat er hier tussen al die struiken en bosjes een open plek was, maar hoelang zou dat nog zo blijven? Misschien zou het verstandig zijn om voorzichtig op zoek te gaan naar een extra plek, als reserve, voor wanneer we eens om wat voor reden dan ook niet hiernaartoe terug konden. En zodat we niet afhankelijk waren van slechts één schuilplaats.

Even dacht ik aan het holletje onder de omgevallen beuk, maar die optie zette ik snel van me af. Er was op die plek niet genoeg ruimte voor ons allebei, en nu ik er zo aan gewend was geraakt om Halve Ster 's nachts dicht tegen me aan te voelen, kon ik me slapen zonder hem niet meer voorstellen. Bovendien lag die boom niet ver genoeg bij de Duitsers vandaan. Het was een prima noodplek om me snel in te verstoppen wanneer er gevaar dreigde, maar hele nachten zou ik er niet meer doorbrengen.

Er moest iets beters te vinden zijn.

En morgenochtend, na het bij elkaar sprokkelen van mijn groenvoer, zou ik er voorzichtig naar op zoek gaan.

'Kijk nou,' zei ik zachtjes. 'Dit is nog steeds diezelfde dijk. Hij loopt verder door dan ik dacht.'

Ongemerkt waren we verder afgedwaald dan op andere dagen. De begroeiing hier was dunner en beter begaanbaar, en hoewel er nog steeds geen pad in de buurt was, zag ik in de verte wel open land met daarin de vage contouren van landerijen.

De twee gebieden werden van elkaar gescheiden door de dikke dijk die ik intussen zo goed kende.

Halve Ster draafde naar de dijk toe en snuffelde aan het gras.

Behoedzaam keek ik om me heen, toen stapte ik over reusachtige boomwortels en liep naar het meest beschutte deel van de begroeide dijk, gelegen in de schaduw van een handjevol hoge eiken. Daar duwde ik met de punt van mijn laars tegen de onderkant van de dijk.

Het voelde stevig, maar niet muurvast.

Perfect.

Hier kon ik mijn eerder bedachte plan ten uitvoer brengen. Meteen bukte ik en begon met blote handen een opening in de dijk te graven, niet in de grond maar ongeveer op kniehoogte. Halve Ster ging op zijn achterste poten staan en deed fanatiek mee. Al snel zat heel zijn neus onder het zand.

Na ongeveer tien minuten zei ik dat hij kon stoppen.

Samen staarden we naar de gleuf van ongeveer twee meter diep en minstens zo breed.

Ik klom erin.

'Het is net een bedstee,' fluisterde ik. 'Kom eens bij me?'

Meteen sprong hij boven op me, hijgend door de spanning van deze nieuwe ervaring. Hij liet zich naast me rollen, maar toen hij ontdekte dat de alkoof te laag voor hem was om rechtop in te kunnen staan of zitten, sprong hij er weer uit.

Vanaf de grond keek hij naar me op en nieste.

Ik grinnikte. 'Je begrijpt het niet. Maar dat komt nog wel.'

Even bleef ik liggen, in die koele maar tegelijkertijd verrassend zachte ruimte, omgeven door de geur van vers omgewoelde aarde. Toen slingerde ik mijn benen terug over de rand, sprong eruit en dekte de opening af met takken die ik er rechtop tegenaan zette.

Erbovenop drapeerde ik, als een natuurlijk gordijn, hangend duingewas.

Halve Ster en ik keken elkaar tevreden aan.

'Ons tweede wolvenhol,' zei ik.

Ik besloot de bedstee die nacht meteen uit te proberen.

CHAVER

De wereld rook anders. Geuren die de hele winter hadden geslapen, toegedekt onder harde, koude grond, ontwaakten en elke dag kwamen er nieuwe aroma's bij. De zon liet zich steeds eerder zien, en Chavers huid jeukte tijdens het loslaten van dikke plukken wintervacht. Hij hoorde dat de bomen hun sappen weer lieten stromen, dat krekels hun nachtlied zongen. Insecten zoemden druk in het rond, eekhoorns kwetterden, vogels zongen, spechten en patrijzen dreunden en klopten tegen de bomen. En de hele dag door ritselden ontelbaar veel kruipende wezens vanuit de bladeren omhoog richting de zon.

Hij hoorde het allemaal.

En voedsel vinden was nog nooit zo eenvoudig geweest. Uit het nest gevallen vogels konden nog niet vliegen, jonge hazen renden nog niet snel genoeg... Wanneer Chaver na zijn jacht in de late avond of vroege ochtend bij Debra in de dijk of hun kuil kroop, was hij verzadigd en voldaan.

Ja, hij hield van het voorjaar.

DEBRA

Overal dook witte dovenetel op. Nog even en de bloemetjes, de snoepjes uit mijn jeugd, zouden in een krans rond de bladeren terugkeren. Wat had ik het als klein meisje bijzonder gevonden toen vader me leerde dat je hun nectar kon proeven door aan het uiteinde te zuigen.

Deze keer zouden ze meer dan alleen maar lekkere snoepjes zijn.

Ze zouden helpen me in leven te houden.

En er waren meer manieren waarop de natuur me in dit nieuwe jaargetijde te hulp schoot. Nu de bomen en struiken in bloei kwamen, was er veel meer beschutting voor Halve Ster en mij. En wanneer het straks een tijdlang niet geregend had, kon ik hier en daar wat schors van bomen trekken en tussen mijn kleren en mijn lijf stoppen om mezelf droog te houden wanneer er wel weer een bui kwam. 's Nachts lag ik niet langer te rillen.

En Halve Ster kwam steeds sneller terug van het jagen.

Toch bracht het begin van de lente ook gevaar met zich mee.

Nu de zon elke ochtend eerder opkwam en 's avonds later onderging, waren er meer uren in de dag waarin we gezien konden worden. Wanneer het straks écht warm werd en ik mijn dikke mantel niet meer droeg, had ik niets meer om mijn gezicht deels mee te bedekken. Ik zou vreselijk opvallen als iemand me zag. Mijn krullen waren één grote klittenmassa, en dan mijn kleding! Een trui en een lange broek met laarzen, wat twee maanden geleden zo'n logische keuze had geleken, zou ontzettend vreemd overkomen op een zonnige dag.

Geen moment had ik er thuis aan gedacht om ook zomerkleding in te pakken.

Niemand had verwacht dat we in de zomer nog steeds niet terug zouden zijn. Wat zou er door Siem heen gaan als over een maand of drie de grote vakantie aanbrak en hij nog steeds niet terug naar zijn familie mocht? Zou hij begrijpen waarom?

Zou hij boos zijn, verdrietig?

Voor de zoveelste keer vroeg ik me af of ik misschien toch nog eenmaal naar de boerin moest gaan, zodat ik haar kon vragen of zij via haar contacten een bericht aan Siem kon overbrengen namens mij. Zodat hij wist dat hij echt niet alleen was.

Maar nog steeds wist ik dat ik het risico niet kon nemen.

Nogmaals naar de Molendijk toe gaan was niet veilig. Het was de vorige keer al veel te gevaarlijk geweest, al was ik desondanks blij dat ik het had gedaan. Het gaf rust om precies te weten waar hij was. Maar daar zou het bij blijven. De beste manier om mijn broertje te helpen was ervoor zorgen dat ik zelf ook in leven bleef, zodat hij nog steeds familie had wanneer deze ellende voorbij was. Dat was waar de oorlog nu op neer was gekomen: op wat voor manier dan ook zorgen dat we in leven bleven.

En was dat eigenlijk niet de krachtigste daad van verzet die er maar bestond?

CHAVER

Hij was er intussen helemaal aan gewend dat er nu twee slaapplekken waren: het wolvenhol achter de tunnel voorbij de struiken, en de lange gegraven opening in de dijk, waar ze steeds vaker de nacht doorbrachten. Bij die laatste was geen ruimte om te zitten, dus trokken ze er bij het wakker worden altijd direct weer weg.

Onderweg bukte Debra dan telkens om plantjes en blaadjes te plukken en die in de zak van haar jas te proppen. Soms snuffelde Chaver eraan, en een enkele keer trok hij met zijn tanden ook maar wat groens uit de grond om toch nog eens te proeven wat er nou zo bijzonder aan was. Hij spuugde het direct weer uit. Hij zou wachten op de vruchten en bessen die op den duur in het bos zouden groeien en die hij zich nog herinnerde van de eerdere zomers. Die lustte hij wél. Ook in reeënmagen trof hij regelmatig plantaardig voedsel aan wat hem prima smaakte. Maar dat bittere spul waar Debra op kauwde...

Nee, dat ging hem echt te ver.

Toen ze aankwamen bij hun wolvenhol achter de struik, gingen ze samen in hun kuil zitten. De vroege ochtendzon scheen krachtig, en Chaver genoot van de warme stralen op zijn kop. Hij luisterde naar het ritme van Debra's hart, terwijl ze voorzichtig de takjes en doorns uit zijn vacht trok, en gaf haar zachte beetjes van genegenheid.

Hij was tevreden.

Maar toen ze die avond hun slaapplek in de dijk naderden, rook hij het direct.

Gevaar.

Er was hier iemand geweest. Een mens.

Een mán.

Grommend stond hij stil.

'Wat is er?' Hij hoorde de schrik in Debra's stem. In het donker keek ze om zich heen, al waren haar ogen veel minder goed dan die van hem. Toch zag ook hij nu niets. Wat hij rook, was er nu niet meer. De bedreigende geur was oud, van een paar uur geleden.

Wie hier ook was geweest, hij was nu weg.

Langzaam liep Chaver door.

Bij de dijk sloop hij eerst meerdere keren heen en weer, met zijn neus aan de grond en zijn nekharen overeind, voordat hij zich bij Debra in de groeve nestelde. Ook schraapte hij een paar keer kwaad met zijn achterpoten door de aarde.

Hij hield zijn oren de hele nacht gespitst.

DEBRA

Halve Ster had niet meer gegromd.

Wat hij ook precies geroken, gehoord of gezien had, er leek nu niets meer aan de hand.

Toch was ik de volgende avond extra voorzichtig terwijl ik hem vanaf onze duindoorn weer volgde naar de dijk. De uitgegraven bedstee was me dierbaar geworden, een onverwacht knusse plek waar Halve Ster en ik precies in pasten. Door dáár te slapen en overdag in onze struik te zitten was er bovendien tenminste iets van afwisseling, wat me de illusie van bewegingsvrijheid gaf. Soms, wanneer ik bij het eerste ochtendgloren wakker werd, liggend op mijn rug en met mijn gezicht dicht bij de opening van de gleuf, staarde ik een moment naar de bomen die ondersteboven op mijn netvlies verschenen. Vaak wist ik niet meteen waar ik was, wat vooral kwam doordat ik in mijn slaap nog gewoon in Rotterdam leefde. In mijn droomuniversum was alles nog normaal en fietste ik onbezorgd door de stad, met mijn baret op mijn hoofd en niets dan vrijheid om me heen. Pas wanneer de omgekeerde boomtoppen bij het openen van mijn ogen langzaam tot me doordrongen, herinnerde ik me mijn werkelijke situatie.

Nu sloop ik langs diezelfde bomen, alert op eventuele late wachtlopers, en keek nog vaker dan anders om me heen. Een sterke avondwind trok aan vanaf de kust, zoute vochtdeeltjes zweefden rond mijn gezicht. De zee, hoe onbereikbaar ook, was nooit ver weg. Dat de uitnodigende strandduinen van vroeger nu streng bewaakt werden, gegijzeld door bouwwerken die er vanaf het hoogste punt op de heuvel uitzagen als zandbulten met schoorsteentjes erop, was een realiteit die ook na drie maanden nog steeds een vreemde gewaarwording bleef. Het was bijna niet meer voor te stellen dat het strand ooit nog een plek zou zijn waar gewone mensen konden genieten van zee en vrije tijd.

Rrrroets! klonk het laag in de struiken naast ons.

Halve Ster twijfelde geen seconde en dook erachteraan.

Ik bleef staan om op hem te wachten, maar hij bleef weg, de wereld om me heen plotseling doodstil. Roerloos bleef ik daar staan, wachtend, luisterend.

Hij kwam niet.

Met de gedachte dat in elk geval een van ons een goede maaltijd voor het slapengaan had, liep ik voorzichtig verder. Ik wist dat Halve Ster me altijd wist te vinden, en hoe eerder ik afgeschermd in de dijkopening lag, hoe beter. Vooral vandaag. De lucht leek deze avond wel extra helder, en ik voelde me veel te zichtbaar.

Gelukkig wist ik ook zonder Halve Ster hoe ik moest lopen.

Toen ik eindelijk onze plek in de dijk bereikt had en het hangend duingewas opzijschoof zodat ik in de bedstee kon klimmen, hoopte ik dat het niet lang zou duren voordat hij bij me sprong en zich tegen me aan vlijde. Ik liet mijn rugzak van mijn schouders zakken en legde die zoals altijd als eerste in de dijk om als hoofdkussen te gebruiken. Mijn zakmes legde ik eronder, binnen handbereik voor als het direct nodig was. Tot slot trok ik mijn lange jas iets omhoog om beter te kunnen klimmen, en –

Een plotselinge duw in mijn rug deed me met een kreet vooroverklappen.

Voor ik wist wat er gebeurde, sloot een harde arm zich vanachter om mijn middel. Een tweede klemde zich om mijn nek en trok me naar zich toe.

'Wie ben jij en wat doe je hier?' gromde een zware stem in mijn oor.

Godzijdank geen Duitser, schoot het koortsachtig door me heen. Maar niet elke Nederlander was automatisch te vertrouwen. Wat als het een NSB'er was?

'Ik vraag je wat.' De man trok zijn arm nog steviger onder mijn keel, zo hard dat het voelde alsof mijn luchtpijp werd dichtgeknepen. 'Wat doe jij hier? Loop je ons soms te bespioneren?'

Met mijn laars trapte ik hard op zijn voet. *Laat me los!* wilde ik roepen, maar door de wurggreep kwam er niet meer dan een gorgelend geluid uit mijn keel.

'Wat heb je gezien?' grauwde hij. Zijn grip verslapte geen moment.

Ik spartelde met mijn benen, happend naar adem.

Eindelijk trok hij zijn arm een beetje terug.

'Ik weet niet waar je het over hebt,' bracht ik uit.

'Wat doe je hier dan?'

'Ik slaap hier.' Het kwam er piepend uit. Ik had nog steeds het gevoel dat ik stikte.

De arm om mijn keel werd nog wat losser, en ik hoestte. De man greep me bij mijn schouders en draaide me ruw naar zich toe. Nu pas zag ik zijn gezicht. Hij was nog jong, eind twintig misschien. Hij droeg een zwarte wollen muts en had een hoekig gezicht met lichte, diepliggende ogen. 'Joods?' vroeg hij kort.

Ik knikte. 'Half.'

'Heel, half, dat maakt voor de moffen geen enkel verschil meer.' Hij snoof minachtend. 'Ze voelen dat ze aan het verliezen zijn en slaan steeds wilder om zich heen.'

Met mijn vingers wreef ik over de pijnlijke plek in mijn hals.

Eindelijk liet hij me helemaal los. 'Ben je alleen?' wilde hij weten.

Wegrennen was zinloos, besefte ik. Het was onmogelijk dat ik sneller zou zijn. Bovendien kon ik niet weg zonder eerst mijn rugzak te pakken. Mijn blik schoot langs de man heen om te zien of Halve Ster in de buurt was. Gelukkig zag ik hem niet. Het was beter als deze persoon niet van zijn bestaan wist.

'Ik vraag of je alleen bent.'

'Ja.'

'Je liegt,' zei hij tussen zijn opeengeklemde kaken door. 'Ik vraag het nog één keer. Ben. Je. Alleen?'

'Ja,' zei ik weer.

Hij klemde zijn vingers hard om mijn arm. 'Met wie ben je? Wat hebben jullie gezien?'

'Ik heb helemaal niets gezien! Ik heb geen idee waar je het over hebt.'

'Wat heb je gezien?' vroeg hij weer, alsof er vanzelf een ander antwoord zou komen als hij het maar vaak genoeg bleef vragen.

'Wat zou ik in vredesnaam gezien moeten hebben?'

'Ik stel hier de vragen. En ik vraag me sterk af wat je hier dan doet, op deze exacte plek, als je niets gezien hebt.'

'Dat zei ik je net al.' Ik draaide me om en wees naar het opzijgeschoven duingewas, de donkere opening in de dijk. 'Dat daar is mijn slaapplek. Dáárom ben ik hier.'

'En dat moet ik geloven?'

'Kijk maar, dan zie je het vanzelf.'

Met zijn blik nog steeds op mij gericht deed hij een stap naar de bedstee toe. Snel stak hij zijn hoofd naar binnen. Daar zag hij de onmiskenbaar uitgegraven opening, de rugzak. Hij stapte weer terug en vroeg: 'En waar slaapt de rest?'

'Er is geen rest.'

'Je liegt, verdomme. Ik hoor het aan je stem.'

'Goed dan. Ik ben hier samen met mijn hond. En die slaapt bij mij.'

'Je hónd?'

'Ja.'

Zijn ogen vernauwden zich. 'Waar is je hond nu dan?'

'Eten zoeken.'

De man schoot in de lach. 'Tuurlijk. Nou, helemaal prima hoor, dan wachten we hier gewoon samen tot jouw "hond" terugkomt, goed? Misschien dat híj me wat meer kan vertellen.'

'Je gelooft me niet?'

'Goed geraden.'

Ik trok een paar plukken van Chavers vacht los van mijn jas en gaf die aan hem.

In het schijnsel van de maan keek hij ernaar en zuchtte toen. 'Luister, hond of geen hond, en met wie je hier verder ook bent, je kunt hier niet blijven. Het laatste wat we kunnen gebruiken, is dat jullie hier met zijn allen rondhangen en aandacht trekken. Heb je iemand over deze plek verteld?'

'Nee, natuurlijk niet. Ten eerste heb ik met niemand contact, en ten tweede wil ik zelf óók geen aandacht trekken.'

'Dan raad ik je aan om een andere slaapplek te zoeken en je hier niet meer te laten zien.'

Ik griste mijn rugtas uit de bedstee en zwaaide hem over mijn schouder. 'Geen probleem.'

Maar toen ik weg wilde lopen, greep hij me opnieuw bij mijn arm. 'Hoelang ben je hier al, in het bos?'

'Wat maakt jou dat uit?'

'Hoelang?' vroeg hij, zijn stem iets milder nu.

'Drie maanden.' Toen hij niet reageerde, vroeg ik: 'En wat doe jij hier?'

Nog steeds geen antwoord.

Boven ons schoof een donkere wolk voor de maan. Nog meer wolken en de duisternis zou ons opslokken. Dan zou ik nooit de weg terug naar de duindoorn vinden.

De man hield nog steeds mijn arm vast. 'Ik weet niet of ik jouw verhaal geloof. Waar blijft die hond van je?'

'Die is waarschijnlijk allang in de buurt. Ik durf te wedden dat hij ons op dit moment in de gaten staat te houden. Maar zolang jij hier bent, zal hij zich niet laten zien.'

'Want?'

Snel dacht ik na. Misschien zou de waarheid ervoor zorgen dat deze lomperik me eindelijk liet gaan. 'Omdat hij een wolf is. Hij houdt afstand tot mensen die hij niet kent.'

'Aha, een wolf. Natuurlijk! Dat ik daar zelf niet aan heb gedacht.' Hij snoof. 'Zeg, heb je nog meer sprookjes te vertellen? Of kom je niet verder dan Joodkapje en de boze wolf?'

Ik trok mijn arm los en begon weer te lopen.

Opnieuw hield hij me tegen. 'Hoe weet ik dat je je mond zult houden?'

'Ik kan jou hetzelfde vragen,' beet ik hem toe.

Hij lachte honend. 'Ik ga nog liever dood dan dat ik ooit iets voor die schoften doe.'

'Waarom is het dan zo moeilijk om te geloven wat *ík* zeg?'

Er kwam geen antwoord. Was er dan geen enkele manier om hem te doen inzien dat ik de waarheid sprak? Dat ik niet een of andere verrader was? Plotseling wist ik het. Ik deed een stap naar hem toe en hikte. Hard en glashelder.

En het werkte.

Eindelijk liet hij me los. 'Dat is duidelijk, Joodkapje. Luid en duidelijk.'

Zonder verder nog wat te zeggen, en zonder om te kijken, liep ik weg.

Na een paar minuten voelde ik een zacht duwtje in mijn knieholte.

Samen liepen Halve Ster en ik terug naar onze struik.

Slaap bleef op afstand als een schuw dier. Ik lag op mijn zij in de kuil, mijn hoofd naast de grote kop van Halve Ster op mijn rugzak, onze neuzen tegen elkaar.

Joodkapje...

Opnieuw werd ik kwaad. Wie dacht die kerel wel niet dat hij was, om mij zo te wantrouwen? En wat had híj dan bij die dijk te zoeken gehad? Dat hij de H.I.K.-code kende en begreep maakte gelukkig duidelijk dat hij in elk geval niet slecht was, maar wat dan wel?

En waarom was hij maar zo blijven doorhameren op wat ik had gezien?

Ik moest ervoor zorgen dat ik hem nooit meer zou tegenkomen. Vanaf nu zou ik nóg voorzichtiger zijn, nog meer op mijn hoede, nog beter –

'O, nee!' zei ik hardop.

Halve Ster sprong op, meteen wakker, meteen alert.

'Alles is goed,' suste ik. 'Ik besef alleen maar dat ik ontzettend stom ben geweest.'

Stom was helaas nog zwak uitgedrukt.

Voor de zekerheid zocht ik met mijn vingers door mijn jaszakken, graaide in mijn tas. Maar het bevestigde alleen maar wat ik eigenlijk al wist.

Ik had mijn mes in de bedstee laten liggen.

Wat nu? Ik kon absoluut niet zonder mes. Zelfs wachten tot morgenochtend met het terughalen ervan ging niet, want zonder mes was ik simpelweg niet veilig. Er kon van alles gebeuren, ook vannacht, ook híér. Bovendien was er een kans dat die man de opening in de dijk nog eens goed bestudeerde. Dan zou hij het mes direct vinden en was ik het kwijt.

Nee, er zat werkelijk niets anders op: ik moest terug, nu direct, en hopen dat het zakmes er nog lag.

Opnieuw slopen we door het bos, twee schimmen in het holst van de nacht. Halve Ster liep geruisloos voor me uit, maar bij mij leek het wel of elk takje kraakte onder mijn laarzen. Elke struik die ik schampte, ritselde veel te hard. Een klein stukje nog maar en dan...

Halve Ster stond zo abrupt stil dat ik tegen hem aanbotste.

Uit zijn keel kwam een waarschuwend gegrom.

Meteen schoot ik weg achter de dichtstbijzijnde boom. Daar bleef ik staan, met ingehouden adem en een hart dat zo snel tekeerging dat het bloed door mijn hoofd ruiste. Ik zag weinig. Zelfs Halve Ster ging op in de duisternis. Alleen de bomen waren zichtbaar. Ze stonden als statige geesten om me heen, gekleed in de zwarte sluiers van de nacht. Ik drukte mijn wang tegen de stam en verroerde me niet. Ik wist bijna zeker dat het hier niet om een landwachter op een nachtelijke ronde ging. Ten eerste kwamen de soldaten zelden in dit gedeelte van het duinbos, ten tweede was het te kort na mijn confrontatie met die engerd een paar uur geleden.

Dat kon geen toeval zijn. Wie het ook was die zich nu in dit donkere stuk bevond, het was hoogstwaarschijnlijk iemand die specifiek naar mij op zoek was.

En ik had geen enkele behoefte opnieuw ondervraagd te worden.

Ik hoorde niets, zelfs geen geritsel van wegschietende nachtdiertjes. Alleen mijn razende hartslag en het aanhoudende gegrom van Chaver. Het was de grom die hij alleen liet horen wanneer er mensen in de buurt waren. En hij vergiste zich nooit...

Dat ik zelf niets hoorde betekende hopelijk dat de persoon nog ver genoeg bij ons vandaan was om mij de kans te geven ervandoor te gaan. Maar juist op het moment dat ik een stap opzij deed, zag ik een paar meter verderop iets bewegen: een vormloze schaduw glipte tussen de bomen door.

Mijn kant op!

Ik wachtte geen seconde langer meer en schoot weg alsof ik werd afgevuurd. Zo vlug als in het duister mogelijk was, bleef ik rennen, langs de dijk, een richting die ik normaal juist vermeed omdat de begroeiing daar dunner werd tot er uiteindelijk niets anders was dan kale open vlaktes. Velden, weilanden. Maar het was nu de enige kant die ik op kon en alles was beter dan me te laten grijpen door die schim. Nu er geen struiken meer waren, rende ik met grote sprongen. Mijn tas ketste tegen mijn rug. Halve Ster holde voor me uit en sprong een beekje over. Ik volgde. We schoten door een klein paadje tussen hoge, dichte heesters en sprintten verder tot we bij een greppel kwamen. Die was breder. Weer sprong Halve Ster, zijn beweging licht en sierlijk als een nachtvogel. Aan de overkant bleef hij staan, wachtend op mij. Tijd om na te denken was er niet. Ook ik sprong, één been opgetrokken en één vooruit, terwijl de nachtwind langs mijn gezicht raasde.

Maar de greppel was te breed.

Ik ging het niet redden.

Ik zou met een klap in het modderige water landen.

Met dichtgeknepen ogen strekte ik mijn armen alvast voor me uit om de smak op te vangen.

Maar... ik redde het wél. Ik landde aan de overkant, waar ik vervolgens direct uitgleed op de glibberige en schuin aflopende rand. Bijna viel ik alsnog in het water, maar ik kon me net op tijd vastgrijpen aan de stevige stengels van een moerasplant. Snel krabbelde ik overeind en holde verder, met Halve Ster nog steeds een paar meter voor me, tot hij opnieuw en met opgetrokken bovenlip achteromkeek, langs mij heen.

We werden dus inderdaad achtervolgd.

Ik moest sneller zijn, nog harder rennen!

Of me zó goed verstoppen, dat ik niet gevonden kon worden.

Voor me lag een hoog korenveld, en zonder er verder over na te denken sprintte ik ernaartoe. Daar aangekomen remde ik niet af maar liet me met een duikvlucht plat op mijn buik vallen. Halve Ster was met me meegerend. Hij stond stil, maar ging niet liggen.

Het koren was hoog genoeg om hem vanuit de verte aan het zicht te onttrekken.

Als we hier gewoon heel stil bleven wachten en ons niet bewogen...

Maar vervloekt nog aan toe! Daar kwam hij.

Met samengeknepen ogen tuurde ik door het koren. In het vage licht was slechts zijn silhouet zichtbaar, maar ik zag wel dat deze man groter leek dan die van een paar uur geleden. Het was dus inderdaad iemand anders. Zijn hoofd bewoog zoekend heen en weer.

Mooi, hij wist dus niet waar ik was.

Toch sprong hij over de greppel, waardoor hij nu aan onze kant was.

Niet bewegen, niet bewegen, droeg ik mezelf in gedachten op. Zolang ik me niet bewoog, kon hij me onmogelijk zien. *Niet bewegen...*

Naast me begon Halve Ster opnieuw te grommen.

'Ssst,' siste ik snel.

Maar het maakte al niets meer uit. De man liep rechtstreeks het korenveld in.

Woest grommend stond Halve Ster naast me. Zijn reusachtige tanden blonken in het maanlicht. Snel legde ik mijn hand om zijn voorpoot. Hij trilde van razernij.

'Hallo, Chaver,' klonk toen een heldere stem. Het was een vreemd geluid in de stilte van de nacht. Halve Ster stopte direct met grommen. 'Het is goed, Chaver,' ging de man op sussende toon verder. 'Rustig maar.'

Halve Ster piepte zachtjes.

Zijn oren wezen niet langer strak naar voren, maar draaiden verbaasd van voor naar achter alsof hij niet kon begrijpen wat hij hoorde. Ik snapte het zelf ook niet. Hóé noemde die man hem? Het klonk als Halve Ster, maar toch ook niet, alsof hij de helft van de letters inslikte.

Maar hij kon onmogelijk weten welke naam ik de wolf gegeven had.

Wat gebeurde hier?

'Alles is goed, Chaver,' klonk de stem opnieuw, nog altijd kalm en rustig. 'Je bent braaf.'

Nu hij dichterbij was, hoorde ik het duidelijker. Hij zei niet 'Halve Ster'.

Hij noemde de wolf 'Chaver', het Hebreeuwse woord voor 'vriend'. Ik kende de betekenis uit het liedje *Shalom, Chaverim*, dat ik als kind bij tante Rika en oom Levie thuis vaak hoorde.

'Hallo.' De man liet zich in het koren zakken tot hij op zijn hurken zat, op ooghoogte met mij, en keek me recht aan, alsof hij al die tijd precies geweten had waar ik was. In het donker zag ik zijn arm omhooggaan. Hij gooide iets naar me toe. 'Volgens mij is dit van jou?'

Het voorwerp landde vlak voor me op de grond.

Ik tastte met mijn vingers tussen het koren om het op te rapen.

Mijn mes!

Snel ging ik overeind zitten en stopte het in de zak van mijn jas.

Tot mijn verbijstering liep Halve Ster een paar meter bij me vandaan en ging daar op zijn gemak aan het graan snuffelen. Alsof er geen enkel gevaar meer was.

'Dus toch...' zei de man, nog steeds op diezelfde kalme toon.

'Dus toch wát?'

'Het is dus toch Chaver. Hier, bij jou. Ik moest het echt met mijn eigen ogen zien.'

Hij sprak zo ontspannen, dat het leek alsof hij niet wist dat de vijand zich overal om ons heen ophield. Terwijl we zelfs hier tussen het hoge graan niet echt veilig waren. Dat waren we immers nergens. Wie was deze eigenaardige man? Ik had zoveel vragen dat ik niet eens wist met welke ik moest beginnen.

'Waar ken jij de wolf van?' vroeg ik uiteindelijk.

'O, ik ken Chaver niet persoonlijk. Ik heb hem pas één keer eerder gezien, en dat was vanaf een afstand. Maar ik heb wel veel over hem gehoord.'

'Van wie dan?'

'Van Saul, bij wie hij tot aan een maand of vier geleden heeft gewoond. Saul is een gepensioneerde veearts die in een van de duinhuisjes woonde. Na het bombardement heeft hij de wolf in Rotterdam onder het puin vandaan gehaald en mee naar zijn huis genomen. Daar heeft hij hem opgelapt en verzorgd.' De man keek van Halve Ster naar mij en merkte op: 'Je hebt waarschijnlijk al begrepen dat dit de wolf is die uit de diergaarde is ontsnapt? De kranten stonden er drie jaar geleden vol van.'

'Ja.'

'Arm beest. Eerst vallen er bommen op de dierentuin, dan wordt zijn familie afgeschoten, en vervolgens gaat de hele stad naar zijn mallemoer. Het is een wonder dat hij het allemaal heeft overleefd.'

Terwijl ik naar hem luisterde, voelde ik mijn onrust langzaam wegvloeien. Een voorzichtig vertrouwen kwam er voor in de plaats. 'Waarom woont hij nu niet meer bij Saul?' vroeg ik.

De man maakte een geluid alsof de vraag hem pijn deed. Toen zei hij: 'Ik denk dat ik je beter het hele verhaal vanaf het begin kan vertellen...'

Chaver was gaan liggen.

Chaver... De naam stapte rustig maar niet onwennig door mijn hoofd. *Chaver*. Ja, natuurlijk. Het paste bij hem. Een krachtige, bijna plechtige maar o zo liefdevolle naam. Sommige mensen spraken het woord uit met een g-klank. Het Hollandse woord 'gabber' was er een verbastering van. Anderen, zoals deze man, gebruikten een soort harde h-klank, waardoor de naam wonderlijk genoeg sterk leek op de naam die ík de wolf had gegeven.

Nu lag hij kalm tussen ons in. Blijkbaar voelde hij zich veilig bij deze man. En na wat ik allemaal had gehoord, durfde ik te geloven dat zijn gevoel klopte.

Aad, heette de man, al wist ik niet of dit zijn echte naam was of een alias. Hij kende Saul van café Rockanjes Rots op het Dorpsplein, waar ze elkaar regelmatig hadden gezien. Aad had me verteld dat Saul door een zware tijd was gegaan toen zijn vrouw plotseling overleed – iets met een ongeluk en een paard en een buurman die zich had aangesloten bij de NSB – maar dat zijn vriendschap met de wolf hem er weer bovenop geholpen had. Saul was ook Joods. 'Een liberale Jood, dat wel,' zei Aad. 'Hij rookte op de sjabbat zijn beste sigaren.'

Maar liberaal of niet, in januari was hij thuis opgehaald en meegenomen.

'Niemand heeft daarna nog iets van hem gehoord. Ik ben bij zijn huis gaan kijken om te zien of Chaver er nog steeds zat, maar die was weg. Het hele huis was leeggehaald, alle meubels eruit en in de fik gestoken op het erf. Van de wolf was geen spoor te bekennen. Man, wat heb ik me een zorgen gemaakt om dat beest. Kun je nagaan hoe verbaasd ik dus was toen mijn broertje ineens vertelde dat een Joods meisje zich schuilhoudt in het duinbos en dat ze beweert samen te leven met een wolf.'

'Hij noemde me Joodkapje,' mompelde ik, nog steeds verontwaardigd.

Aad grinnikte. 'Flip is een lompe donder. Zo bot als een roestig keukenmes. Daar moet je je niets van aantrekken. En hij is nog een stuk harder geworden toen zijn vriendin, van wie hij dacht dat ze aan de goede kant stond, een verraadster bleek te zijn.'

'Dat is inderdaad een rotstreek.'

'Flip gelooft jouw verhaal niet. Hij denkt dat de wolf niet echt is, dat jij het je maar verbeeldt. We hebben namelijk niet zo lang geleden een onderduikster gekend die zichzelf had wijsgemaakt dat ze een kat bij zich had die haar overal volgde, maar niemand anders kon hem zien.'

'Je ziet het, hij is echt.'

'Zeker weten. En hij leeft nog. Goeie genade, wat geweldig is dit. Wat zou Saul daar blij om zijn.'

'De wolf heeft echt bij hem in huis gewoond? In een gewoon, normaal huis?'

Aad schoot in de lach. 'Ja, maar als je wist wat voor verhalen Saul me daarover vertelde... Dat beest heeft zo'n beetje alles gesloopt wat los en vast zat. Maar ach, uiteindelijk vonden ze er samen hun weg in, geloof ik. Kijk, Chaver is natuurlijk geen wilde wolf. Hij is opgegroeid in gevangenschap én wilde graag bij Saul zijn. Dus op die manier werkte het.'

Zachtjes streek ik Chaver over zijn kop. Wat moest hij geschrokken zijn toen Saul werd weggehaald. De gitzwarte herinneringen van vader die thuis werd 'opgehaald' spookten nog elke dag door mijn hoofd. Was het met Saul ook zo gegaan?

En had die arme Chaver dat allemaal moeten aanzien?

'Ik heb Saul meerdere keren aangeboden een onderduikadres voor hem te zoeken,' zei Aad, alsof hij wist waar ik aan dacht. 'Maar steeds sloeg hij het af. Hij wilde de wolf niet alleen laten.'

Ik knikte. Dat kon ik begrijpen.

'En jij... zit in het verzet?' vroeg ik voorzichtig.

'Ik en een groep van vijftien andere mannen uit Rockanje en omliggende dorpen. De plek waar jij gisteravond mijn broer hebt ontmoet, is een van de plaatsen waar we onze wapenvoorraad hadden.'

De manier waarop hij 'hadden' zei, maakte behoorlijk duidelijk dat ze die plek voortaan niet meer zouden gebruiken. Even wilde ik vragen of hij soms bang was dat ik er met hun spullen vandoor zou gaan, maar ik zweeg. Ik snapte het wel. Je kon nu eenmaal niet voorzichtig genoeg zijn. Zelf vertelde ik hem immers ook niets over Siem en het pension op de Molendijk, ook al wist hij ongetwijfeld allang van het bestaan daarvan.

'Luister...' Hij dempte zijn stem en schoof wat dichter naar me toe. 'Ik kan rondvragen of er ergens een boer is bij wie je kunt onderduiken, als je wilt? Dan heb je in elk geval een dak boven je hoofd, en eten.'

'Dat is heel aardig van je, maar ik red me wel.'

Aad fronste zijn voorhoofd. 'Hoe dan?'

'Door ervoor te zorgen dat ik niet gezien word en te leven van wat ik in de natuur kan vinden.'

'Klinkt als een wolf.'

'Het scheelt niet veel.'

Aad knikte kort, waar ik uit opmaakte dat hij mijn besluit respecteerde, ook al begreep hij het misschien niet. 'Het is gekkenwerk om je zo dicht bij de Duitsers op te houden. Maar aan de andere kant: ze zullen het nooit verwachten, dus in dat opzicht zit je hier misschien juist goed.' Hij stond op, keek snel om zich heen en zei: 'Laten we ervoor zorgen dat we weg zijn voordat het licht wordt. Morgenochtend liggen er schone, warme kleren en wat te eten in jouw opening in de dijk. Zorg dat je die spullen ophaalt.' Hij wees naar Chaver en vroeg: 'Ik neem aan dat jouw hondje voor zijn eigen maaltijden zorgt?'

Ik knikte.

'Mooi.' Hij begon te lopen, maar hield toen halt en zei over zijn schouder: 'En kijk goed uit. Niemand weet hoelang deze zooi nog duurt, maar de moffen zijn als een stel wespen die de winter voelen naderen: ze worden wanhopig en daardoor steeds agressiever.'

Voordat ik kon reageren, loste hij op in de duisternis.

Na alle ochtenden waarin ik had gezweefd tussen slapen en waken en de werkelijkheid een wazige, omgekeerde wereld was geweest, trok vandaag de mist direct weg zodra ik mijn ogen opende. Want ondanks de paar uurtjes slaap in het korte restant van de nacht, was ik direct helder. 'Schone, warme kleren en wat te eten,' had Aad gezegd.

Eten!

Het vooruitzicht landde in de leegte van mijn maag als een muntstuk op de bodem van een wensput. Snel kwam ik overeind, waste mijn gezicht met wat vochtige doornblaadjes en sloop terug naar de dijk.

Chaver liep achter me en drukte regelmatig zijn snuit in mijn onderrug, kleine contactmomentjes die om de een of andere reden altijd zo belangrijk waren voor hem.

Ik draaide me naar hem om en lachte. 'Schone kleren...' zei ik. 'Wat denk jij, zou het echt waar zijn? En eten, écht voedsel, in plaats van netels en look?'

Chaver keek met vrolijke ogen naar me op.

Toen we verder liepen, haalde hij me in en liep voor me uit richting de dijk, zijn ontspannen gang een duidelijk signaal dat de omgeving veilig was. Toch stond ik, een paar bomenrijen voordat we de dijk bereikten, stil en keek voorzichtig om me heen.

Chaver tuurde met me mee, maar zijn staart hing ontspannen naar beneden.

Snel legde ik het laatste stuk naar onze voormalige bedstee af.

Daar wees in eerste instantie niets erop dat er iemand was geweest; alles zag er nog precies zo uit als hoe ik het had achtergelaten. Zelfs het duingewas hing op exact de juiste plek over de takken heen, op zijn plaats gehouden door precies dezelfde stenen die ik er zelf altijd op legde. Voorzichtig schoof ik alles opzij en gluurde naar binnen.

De knagende honger vrat zich een weg door mijn hoofd terwijl ik fantaseerde over wat ik zou aantreffen. Warm brood? Kaas? Koek? Taart? Dat dit niet logisch zou zijn, aangezien de dieren in het bos zoiets al van ver zouden ruiken, maakte voor mijn verbeelding niets uit. De anticipatie alleen al was zalig en zoet. Ik stak mijn hoofd in de opening en liet het licht van mijn knijpkat door de donkere schaduw van de groef glijden.

Niets.

Maar toen viel mijn oog op de achterwand, waar zich een verdikking aftekende die er eerst niet was geweest. Ik strekte mijn arm om erbij te kunnen en raakte met mijn vingertoppen iets ruws, bijna harigs, aan. Snel trok ik mijn hand terug. Aad zou hier toch zeker niet een of ander dood beest hebben neergelegd? Ik scheen opnieuw met mijn knijpkat in de opening, gerichter nu, en zag eindelijk wat het was.

Een jutezak!

Ik trok de zware zak naar me toe en sleepte hem met beide handen uit de holte, tot hij met een zware plof op de grond landde.

Chaver sprong geschrokken naar achteren, maar kwam snel terug om eraan te snuffelen.

Mijn vingers raakten bijna met elkaar verstrikt in mijn gretigheid de zak te openen. Toen het eindelijk lukte, zoog ik mijn adem in. Aad had blijkbaar gezien dat er een blikopener in mijn zakmes zat want het waren blikken, allemaal blikken! Sperziebonen. Perziken. Ik tilde alles eruit en zette het op de grond. Erwten. Bruine bonen. Sardientjes.

Lieve hemel, dit was niet te geloven.

Chaver kwispelde toen hij mijn verrukking merkte en duwde met zijn neus tegen de blikken tot ze omvielen.

Ik lachte. Eindelijk kon ik eten, écht eten.

Helemaal onder in de zak lag een stapeltje kleding.

Schone, droge kleren.

Opnieuw lachte ik, en ik moest de neiging onderdrukken me hier direct om te kleden.

Zo snel ik kon, stopte ik alles terug in de zak, hees hem over mijn schouder en haastte me terug naar onze schuilplek achter de duindoorn.

Het leek wel sinterklaasavond. De jutezak, de geschenken die ik eruit tevoorschijn toverde, de kinderlijke blijdschap die door mijn hart joeg. Nooit had ik verwacht zo dankbaar te kunnen zijn voor een blik bruine bonen, maar op dit moment vormden de peulvruchten het beste cadeau dat ik ooit had ontvangen. Ik schroefde het blik open en likte gulzig het dikke, bruine vocht op dat langs de rand droop.

Toen zette ik het aan mijn mond en klokte de gehele inhoud in één keer naar binnen.

Met mijn mouw veegde ik mijn lippen af.

Ik wilde juichen, dansen, zingen! Maar ik liet het lege blik in het zand vallen en... begon te snikken. Ik huilde zonder te weten waarom, om alles en om niets, om honger en geen honger, om schone kleren, om de jutezak die het bewijs was dat er ook nog goede mensen bestonden, mensen die hun leven op het spel zetten om iets te kunnen betekenen voor een ander – in dit geval voor mij – zonder er iets voor terug te hoeven. Ik huilde om het verlangen naar een sinterklaasavond met gedichtjes, en met Siem, met moeders wollen pantoffels bij de warme kachel en Tess, die het verfrommelde inpakpapier uiterst fanatiek door de woonkamer sleepte. Ik huilde om de stekende buikkrampen die me duizelig maakten van pijn, de bruine bonen die aanvoelden alsof ze mijn lichaam net zo snel weer wilden verlaten als dat ze erin waren terechtgekomen. Ik huilde om Chaver, die bezorgd mijn betraande wangen likte, en om het plotselinge vertrouwen dat we het écht gingen redden hier, hij en ik. Dat ik het zou volhouden. Nu begon ik nog harder te snikken, als een troosteloos kind dat helemaal alleen was en toch ook juist niet, want er waren ongetwijfeld nog veel meer mensen zoals Aad, en Jo, en de schipper, en de boerin, en de onderwijzer in Oostvoorne, en de dames op de Molendijk, allemaal mensen die in stilte, in het donker, in het grootste geheim vochten tegen de Duitsers. Mensen die kinderen in veiligheid brachten en boeken van de brandstapel redden, die eten en kleding in een jutezak stopten en nog veel meer goeds deden, grote daden, levensreddende daden. Mijn tranen bleven stromen, mijn lichaam schokte. Drie jaar lang had ik tegen de vloed in gezwommen, maar nu liet ik me meevoeren tot ik eindelijk aan land spoelde. Want ik was er nog. Chaver en ik zouden onszelf in leven houden, en ik zou wachten op een teken van leven van iedereen die nog vocht tegen de golven.

Ik slikte een paar keer, wreef in mijn ogen en zei: 'Alles is goed.'

Chaver keek me net zo lang aan tot hij zag dat het waar was.

De kledingstukken die Aad onder in de zak had gelegd, waren verrassend.

Ik spreidde ze voor me uit op het tafelzeil en staarde ernaar.

Het was mánnenkleding. Of, beter gezegd, jongenskleding. Een bruine ribfluwelen broek, een donkergroen vest en een wit hemd. Dikke grijze wollen sokken. Er zaten zelfs bretels in. En een bruine corduroy pet. Ik schoot in de lach. Met deze kleding aan zou ik er, in elk geval vanuit de verte, uitzien als een boerenjochie. Een knul uit de polder. En dat was waarschijnlijk precies de reden waarom Aad hiervoor had gekozen. Als ik dan ooit, hopelijk alleen maar vanaf een grote afstand, door een Duitser werd opgemerkt, zou hij in elk geval geen jonge vrouw zien, alleen in het bos. Hij zou denken aan een jongen van een jaar of veertien, iemand die hier natuurlijk net zomin iets te zoeken had, maar over wie hij hopelijk de schouders zou ophalen en denken: ach, het is maar een kind.

Het was ontzettend slim bedacht van Aad.

Ik was altijd al tenger geweest, maar sinds mijn verblijf in het bos was ik ook nog eens veel afgevallen. Zoveel zelfs dat ik de tailleband van mijn broek tegenwoordig twee keer moest omrollen om te voorkomen dat hij langs mijn lijf naar beneden zakte. In ruimvallende kleding kon ik qua postuur best doorgaan voor een jongen. Alleen mijn haar... Ondanks de slechte staat waarin het verkeerde – de enorme krullenmassa was compleet onhandelbaar geworden en hing als een donker spinnenweb op mijn rug – verried het direct dat ik een vrouw was.

Er zat maar één ding op.

Ik trok het ingeklapte schaartje uit mijn zakmes en greep een lange streng beet.

Tijd om afscheid te nemen van wat moeder ooit mijn mooiste sieraad had genoemd.

Ik had gevreesd, verwacht zelfs, te moeten braken nadat ik de bonen zo onbeheerst naar binnen had geschrokt, maar dat gebeurde niet, een wonder dat hoogstwaarschijnlijk te danken was aan de enorme hoeveelheden daslook in mijn lichaam. Toch liet ik de rest van de conservenblikken dicht, om de voorraad zo lang mogelijk te rekken. Eens in de twee dagen zou ik een blik openmaken, en de inhoud ervan verspreiden over de dag. 's Ochtends een paar hapjes, 's middags wat, en 's avonds het restant. Op die manier kon ik er een paar weken mee vooruit.

Met mijn vingers streek ik door de gesnoeide krullen op mijn hoofd. Ze waren nu zo kort als die van vader, korter misschien zelfs. Door al het zand waren ze stroef en korrelig, en mijn nek en oren voelden ineens vreemd bloot, alsof elk zuchtje wind mijn huid zou binnendringen.

Op het rode zeil lag een pluizige hoop afgesneden haar.

Chaver snuffelde eraan en nieste.

'Nu zijn we allebei in de rui,' zei ik.

Chaver wierp zijn wintervacht de afgelopen dagen met steeds dikkere plukken af, iets wat de vogels niet ontgaan was. Steeds weer zag ik kauwen en koolmezen razendsnel naar de grond duiken, om vervolgens met een pluk wolvenhaar in hun snavel weer weg te fladderen. Soms keerden ze een paar keer terug, in hun nopjes met dit wollige nestmateriaal. In gedachten stelde ik me tientallen babykamers met wolvenbehang voor en glimlachte.

Ik trok mijn vieze, stijf geworden kleren uit en hees me in het schone jongenshemd, de broek en het vest. Ze roken naar zeep, naar zorg.

En ze pasten precies.

Terwijl ik de pet op mijn hoofd zette, tilde een oprukkende wind mijn oude krullen op en strooide ze uit over de duinen.

Ik keek ernaar tot ze uit het zicht waren verdwenen.

Aanhoudende regen had onze slaapkuil veranderd in een modderpoel. De aangedrukte takken en bladeren die als 'dak' dienden boden beschutting tegen een normale bui, maar niets was opgewassen tegen deze gigantische neerslag. Ik ving de regen op in lege conservenblikken om later op te drinken, maar verder was het vooral heel erg vervelend. Alles was doorweekt.

Mijn tas, mijn kleding. Ikzelf.

En de donkergrijze lucht boven me zag er niet uit alsof het snel beter zou worden.

Het vooruitzicht om voor de derde nacht op rij onder een waterval te liggen... om verkrampte pogingen te doen met de pet over mijn gezicht in slaap te vallen, waardoor ik eigenlijk alleen maar het gevoel kreeg dat ik stikte... was niet te verdragen.

Maar wat waren mijn opties?

Het kleine holletje onder de omgevallen boom zou me in dit natuurgeweld niet droog houden. En de uitgegraven opening in de dijk was geen geheime plek meer. Wat bleef er dan nog over? Schuilen in een boerenschuur was nog steeds te gevaarlijk, hoe vaak en lang ik er ook over nadacht. Het comfort van één droge nacht woog niet op tegen het risico ontdekt te worden.

Uiteindelijk sloeg ik het keukenzeil als een cape om mijn hoofd en lichaam en kroop ermee weg onder de bosjes, waar de rode kleur vanuit de lucht niet zou opvallen. De regen kletterde ertegenaan, oorverdovend als spijkers tegen metaal, in verwoede pogingen mij alsnog te bereiken.

Ineengedoken onder het zeil keek ik naar Chaver, die nog steeds op het open stuk lag en zich niets van het weer leek aan te trekken.

Slechts het voortdurende draaien van zijn oren, zodat daar geen water in zou komen, verried dat ook hij geen liefhebber van hondenweer was.

Toen ik nog maar een paar blikken overhad, stopte ik met het openmaken ervan. Zolang ik mezelf in leven kon houden met frambozenblad, sleutelbloem, bieslook en al het andere dat in de lente voorhanden was, deed ik er verstandig aan deze laatste blikken te bewaren voor wanneer ik eens een paar dagen niet op pad kon om groenvoer te sprokkelen, óf voor wanneer de kou terugkwam.

Al hoopte ik dat de oorlog dan toch eindelijk voorbij zou zijn.

Hield vader het nog vol, daar in Polen? En Miriam? De lente was haar favoriete seizoen, maar mijn herinnering aan hoe we samen bij haar thuis op het balkon zaten, in onze korte broek en met onze benen voor ons uitgestrekt in de hoop dat ze bruin zouden kleuren – 'Even de melkflessen buiten zetten,' noemde Miriam dat – leek zo ver weg dat die bijna aanvoelde als een verzinsel.

Alles was toen nog zo... normaal geweest.

Het leven had bestaan uit alledaagse dingen die nu exotisch leken in hun luxe. Eten van een bord... Een schone handdoek van een opgevouwen stapeltje in de kast pakken... Slapen in een bed... Naar de bioscoop gaan. Jilles en Stans die hand in hand over de Coolsingel liepen. Werken in de bibliotheek, wat vaak te mooi leek om waar te zijn en dat uiteindelijk ook werd.

Ik was onwetend geweest, zonder het kleinste benul van wat er allemaal te gebeuren stond.

Intussen groeide mijn verlangen om dit kleine, stekelige stukje bos te kunnen verlaten. Om de zee, die ik hier zo vaak rook en zelfs kon hóren, weer van dichtbij te zien. Om het dorp in te lopen, gewoon op een zonnige dag en in het volle zicht.

Om weer gewoon een volwaardig mens te zijn.

'De natuur kan je grootste vriend maar ook je grootste vijand zijn,' had vader gezegd. 'Je moet nooit denken dat je haar te slim af kunt zijn. Maar je kunt wél leren om samen te werken. Om op de elementen in te spelen. Wie wil overleven, moet verder kijken dan alleen vandaag.'

Dat deed ik.

Juist nu het steeds warmer werd en er voedsel in overvloed was, was het belangrijk om niet alles direct op te eten. Om voorraadjes aan te leggen voor de winter. Ik liet de planten en vruchten drogen in de zon en bewaarde ze in lege conservenblikken, die ik aandrukte met hun losse deksels en in de jutezak wikkelde. De zak stopte ik weg, onder een van de struiken die onze plek omringden. Ideaal was het niet, maar het was de beste voorraadkast die er hier mogelijk was en zou me later dit jaar helpen wanneer ik weer honger kreeg.

Wie had ooit gedacht dat vaders natuurlessen van vroeger me op een gegeven moment letterlijk in leven zouden houden? Zou híj het weten, als hij tegenwoordig aan me dacht? Alles zou ik ervoor overhebben om even met hem te kunnen praten, om zijn stem te horen of zijn woorden te lezen in een brief. In plaats daarvan sloeg ik alles wat ik hem wilde vertellen op in mijn hoofd. Voor later. Zoals ik een voedselvoorraad in de jutezak had opgeslagen, zo legde ik in mijn brein een gespreksvoorraad aan, waarin ik dialogen opsloeg die ik voerde met vader, met moeder, Siem, Miriam, tante en Jilles. Er waren zelfs momenten dat ik in mijn hoofd met Matz sprak, ook al hadden we elkaar in het echt nooit veel te vertellen gehad.

Maar zelfs in mijn verbeelding waren al die toekomstige gesprekken eenzijdig.

Ik was de enige die aan het woord was.

Want hoe hard ik hun stemmen ook opriep in mijn hoofd, ze zeiden niets.

Intussen had ik er een gewoonte van gemaakt om twee keer per week na zonsondergang naar de opening in de dijk te sluipen om te zien of Aad nog iets voor me had achtergelaten. Meestal lag er niets, maar een enkele keer lagen er wat blikken, en gisteravond zelfs een schoon jongenshemd, deze keer met korte mouwen. Vanmorgen had ik het aangetrokken, de huid op mijn armen voor het eerst bloot in de warmte van de zomerzon. De welkome stralen voelden als een streling.

Ik rolde mijn mouwen nog wat verder op en strekte me uit.

Op deze manier was het hier nog best vol te houden.

Chaver lag op zijn zij naast me, zijn bek licht geopend zodat het leek alsof hij tevreden glimlachte. Zijn vacht gloeide in de zon.

Nu het al voor zes uur 's ochtends licht werd, konden we steeds eerder vertrekken om water te halen, waardoor we het goederentreintje niet meer hoorden en de stoet met bunkerbouwers niet meer zagen. Het weinige water dat nog in de boomkommetjes lag, liet ik staan voor de dieren; zelf dronk ik alleen nog uit het meertje voorbij het riet. Zo hoog als tijdens de wintermaanden stond het water daar niet meer. Het leek langzaam maar zeker in de grond te verdwijnen en ik moest steeds verder vooroverbuigen om erbij te kunnen. Soms schraapte ik per ongeluk wat zand mee van de bodem, waarna ik mijn fles weer moest omspoelen.

Zo bleek maar weer dat elk seizoen zijn eigen uitdagingen had.

Er dobberden eenden en ganzen op het water, maar dankzij het vroege tijdstip zagen we er gelukkig geen soldaten meer. Dit maakte de schrik extra groot toen Chaver vandaag op de weg terug naar onze struik ineens stokstijf stilstond. Zijn ogen staarden zo strak voor zich uit dat ze bijna uit zijn kop leken te blinken. Maar hij dook niet weg, wat hij deed wanneer hij mensen bespeurde, en dus bleef ik ook staan zonder dekking te zoeken.

Ik zag alleen niets.

'Wat is er dan?' fluisterde ik, en ik voelde mijn schouderbladen klam worden onder mijn rugzak. Chaver hield zich alleen maar zo star wanneer er gevaar dreigde, maar dat hij geen enkele moeite deed zichzelf te verschuilen was nieuw. Ik had geen idee wat dit betekende.

Hij gromde zacht naar iets of iemand die ik nog steeds niet zag.

Voor de zekerheid ging ik toch maar op mijn hurken zitten.

Chavers lange, lage bromtoon deed een rilling over mijn rug lopen.

Toen zag ik eindelijk wat hij al van verre had geroken. Op het pad, een paar meter beneden ons, liep een donkerbruine herdershond in draf voorbij. Hij had geen soldaat bij zich en leek precies te weten waar hij naartoe moest. Aan zijn halsband hing een metalen kokertje.

Een berichtenhond.

Zijn bruine ogen stonden helder, vrolijk zelfs. Het onschuldige dier had geen idee aan welke kwaadaardigheid hij met zijn werk bijdroeg. Dat kon hij ook niet weten. Hij was blij een taak te hebben en deed wat er van hem gevraagd werd.

Zodra hij uit zicht was, stopte Chaver met grommen.

De natuur bloeide alsof alles waar ze de hele lente naartoe had gewerkt nu tot een hoogtepunt kwam. Ik warmde mijn water op in de zon en zette thee met naalden van de grove den. Soms vroeg ik me af of iemand ooit zou weten dat ik hier geleefd had, dat Chaver en ik dag in dag uit hier op deze paar vierkante meter zaten, nu al meer dan een halfjaar. Ik vertelde mezelf dat elke nieuwe dag een overwinning op de vijand was, dat ik ze met elke nacht die ik in vrijheid sliep te slim af was.

Maar wat was vrijheid?

Was het vrijheid om niet eens te kunnen zwemmen nu het zo warm werd? Om vastgeketend te zijn aan dit kleine open stukje, in de wetenschap dat ik met elke stap die ik buiten deze stekels plaatste mijn leven op het spel zette? Was het vrijheid om gescheiden te zijn van mijn familie, niet eens te weten hoe het met ze ging?

Toch wist ik dat dit bestaan nog steeds beter was dan ergens bij vreemden in een kamertje te zitten. En honderden malen beter dan in de kampen. Dus ja, het was vrijheid. Het was een kleine, voorzichtige vrijheid, een smalle rivier die op een dag zou uitmonden in de wijde zee.

Als ik maar lang genoeg mijn hoofd boven water hield.

Doordat mijn armen niet langer beschermd werden door moeders dikke mantel, waren er krassen en wondjes in mijn huid ontstaan. Ze werden niet alleen veroorzaakt door de stekels van de duindoorn, maar waren ook souvenirs van Chavers liefkozingen. Want ook al voelde ik dat hij zich elke keer opnieuw enorm inhield – met zijn kaakkracht kon hij immers, als hij dat wilde, mijn hele arm in één hap doormidden bijten – toch was mijn dunne mensenhuid er niet goed tegen bestand. Ik had nu eenmaal geen dikke vacht, zoals hij.

'Avonds, voor het slapengaan, was hij het voorzichtigst en voelde ik hoe hij behoedzaam zijn tong tussen mijn arm en zijn tanden plaatste voordat hij me beetpakte. Maar als hij terugkwam van de jacht, was hij zo enthousiast over ons weerzien dat zijn liefdesbeten onstuimig waren.

Vaak begon ik te bloeden, waarop hij het bloed geschrokken weglikte.

De kleine littekentjes die achterbleven waren lelijk en mooi tegelijk.

Mijn armen waren een boek vol liefdesverklaringen.

Intussen gingen de dagen alsmaar trager voorbij. Nu het hoogzomer was en de scholen grote vakantie hadden, vermoedde ik dat ook de kinderen in het pension niet langer les kregen. Zou Siem buiten spelen, in de achtertuin waar de vele bomen hem onzichtbaar hielden?

En was dat genoeg, of begon het ook voor hem toch wel erg lang te duren nu?

Urenlang staarde ik naar de blauwe lucht, naar de vogels, naar de wolken, en vroeg me af of hij hetzelfde zag. Soms beeldde ik me in dat de wolken een verborgen boodschap overbrachten. Als ze overtrokken in de vorm van een dier, betekende het dat de oorlog snel voorbij zou zijn. Als ze stil boven mijn hoofd hingen en de vorm van een mens hadden, zou het nog lang duren. Meerdere kleine wolkjes dicht bij elkaar betekende dat ik vader weer zou zien.

Grote wolken ver uit elkaar betekende dat hij niet uit Polen zou terugkeren.

Naar die wolken keek ik niet.

Op het heetst van de dag vond ik zelfs in de diepe kuil niet genoeg verkoeling. De kleiachtige uitgegraven grond was wel kouder dan het zand, maar bood geen enkele bescherming tegen de genadeloze zon. Steeds vaker kroop ik weg onder het met takken en bladeren bedekte gedeelte in de struik om iets van schaduw te ervaren. De stekels had ik er zo goed mogelijk weggesneden.

Mijn armen waren diep gebruind, bruiner dan ze ooit geweest waren. Vermoedelijk had mijn gezicht dezelfde kleur. Ik had mezelf al in geen maanden gezien en vroeg me af of ik mijn spiegelbeeld zou herkennen wanneer ik dat ooit weer zag.

Zou íémand mij nog herkennen?

De dagen leken eindeloos. Ik kroop door mijn tijd, herlas in mijn hoofd lange passages uit favoriete boeken, at bramen tot ik misselijk was en ging er samen met Chaver elke ochtend vroeg opuit om drinkwater te halen. Het water in het meertje stond nu zeer laag, en er dreef een troebele blauwgroene zweem aan het oppervlak. Als we die blauwalgen dronken, zouden Chaver en ik allebei flink ziek worden, maar gelukkig wist ik wat ik moest doen. Samen groeven we een gat van zo'n vijftig centimeter diep náást het meertje, omdat op die diepte het water door de grond gezuiverd was en nog geen blauwalg bevatte. Daar vulde ik mijn fles. Op de weg terug zagen we vliegtuigen overvliegen, hoorden het afweergeschut vanuit de duinen. Chaver kroop op die momenten vaak weg in een struik of onder een laaghangende tak, en ik liet hem. Om de een of andere reden maakte die handeling hem rustig.

Het waren telkens dezelfde rituelen, dag na dag na snikhete, eindeloze dag.

Vandaag was het al volledig licht toen ik met mijn gevulde fles bij de duindoorn terugkwam. De blauwe lucht, strak als een gesteven laken, verried dat de zon ook vandaag weer fel zou branden. Nu al prikte het zweet in mijn nek.

Chaver had me geleerd dat je in deze hitte het best maar gewoon kon slapen.

Al weken sliepen we het grootste gedeelte van de broeierige dag, al lagen we nu niet tegen elkaar aan zoals we in de winter gedaan hadden.

Toen ik deze middag wakker werd, had de zon al haar stralen opgebruikt. Plotseling ging ze schuil achter een donkere lucht. Ik keek omhoog, waar zwarte wolken overkookten. Een sterke wind had de drukkende hitte compleet verjaagd. Het leek wel avond.

Chaver lag naast me, diep verzonken in zijn droomwereld.

Ook ik voelde de slaap aan mijn wimpers trekken, me terugroepen, en ik besloot eraan toe te geven. Als het ging regenen, zouden we vanzelf wakker worden en dan konden we altijd nog –

Een scherpe lichtflits sneed door de lucht.

Pal boven ons knalden wolken open in een bulderend gedonder.

Chaver sprong met vier poten tegelijk overeind. Met wilde ogen keek hij om zich heen.

'Rustig maar,' zei ik sussend, 'het is gewoon onweer.'

Hij trilde over zijn hele lijf.

Ik stak mijn armen uit om hem beet te pakken, hem te kalmeren. Maar hij dook onder me vandaan alsof ik een vreemde was. Zijn ogen waren zo wijd opengesperd dat het wit rondom glimmend zichtbaar was.

'Chaver, hoor je me? Er is niets aan de hand, echt niet.'

Weer een bliksemschicht, zo fel dat het een vuurpijl leek.

De klap die erop volgde, klonk alsof de hemel naar beneden kwam en op ons neerstortte.

Chaver kromp ineen.

Toen rende hij hard weg.

CHAVER

Hij stoof door de wildtunnel, het duinbos in, rennend, alsmaar sneller zonder te zien waarheen. Alle voorzichtigheid was vergeten. Hij wist alleen maar dat de wereld ontplofte en dat hij weg moest, ver weg. De lichtflitsen, de explosies, hij had dit eerder meegemaakt, en ook al wist hij niet meer precies wat er toen was gebeurd, de allesoverheersende angst en paniek stonden in zijn geheugen gekerfd als nagelkrassen in een gesloten deur.

Nu werd die deur ingetrapt, wijdopen, en viel alle houvast die de afgelopen jaren om hem was heen gegroeid weg. Hij raasde door de opspattende modder, zijn tong scheef uit zijn bek, en bij elke nieuwe donderslag kromp hij in elkaar alsof de duivel hem een pak rammel gaf. Regen stroomde in zulke harde stralen in zijn gezicht, dat hij zijn ogen tot smalle spleetjes kneep.

De dikke druppels belemmerden zijn zicht, dropen in zijn oren en verstoorden zelfs zijn reuk maar hij bleef rennen.

Blind of niet, in zijn kop draaide alles nog maar om één ding: vluchten.

DEBRA

Met opgetrokken knieën zat ik onder de zelfgemaakte overkapping. Net als tijdens de vorige regenbui had ik het tafelzeil over mijn hoofd en schouders getrokken, waar het noodweer nu in een oorverdovend geraas op neerkletterde. Maar er was één heel groot verschil: de vorige keer was Chaver gewoon hier geweest, in zijn kuil.

Dat het nu niet alleen regende maar ook onweerde veranderde blijkbaar alles.

Het had, zoals niet ongewoon was in de zomer, wel vaker geonweerd, maar niet zó hard.

Gelukkig leek het gedonder nu eindelijk weg te trekken, verder het land in, richting Rotterdam. Maar het ging nog altijd veel te langzaam.

Nu ik gezien had hoe Chaver erop reageerde, was elke knal er een te veel.

Waar was hij? Wat als hij in zijn paniek vol in een afzetting met prikkeldraad was gerend, of op een landmijn was gesprongen, of bij een bunker terecht was gekomen? Wat als er in die wilde storm een zware tak op zijn kop was gevallen?

Het voelde verschrikkelijk fout om hier te zitten, schuilend onder mijn dakje, terwijl hij daar ergens doodsbang rondrende. Ik moest hem zoeken, hem hélpen, maar hoe kon dat als ik geen idee had waar hij was? Hem roepen zou niet gaan.

En zomaar kriskras door het bos rennen was levensgevaarlijk.

Eindelijk was de lucht uitgeraasd. Grijze wolken hingen leeg en slap in de lucht, uitgeput van het geweld. De wereld was weer stil. Ik stond aan de buitenzijde van onze hoge struik en keek om me heen op zoek naar Chaver. De felgroene bladeren aan de bomen dropen nog na. De gewassen met hun gekleurde besjes en vruchten glommen alsof ze waren opgepoetst. Zonlicht keerde voorzichtig terug.

Ik bestudeerde de grond in de hoop Chavers pootafdrukken te zien, maar de heftige regenval had elk spoor van de kaart geveegd. Waar kon hij toch zijn? Terwijl de modder aan mijn laarzen zoog, liep ik door het duinbos en ging linksaf naar de hoge heuvel hier niet ver vandaan. Ik wist dat ik vanaf daar een weids uitzicht had over het gebied, dat ik zelfs het Breede Water kon zien, evenals de topjes van de strandduinen.

Dus misschien, heel misschien, zou ik op die manier ook Chaver ontwaren.

Met de verrekijker om mijn nek begon ik te klimmen. Onderweg zette ik mijn voeten horizontaal neer om niet uit te glijden op de steile, glibberige ondergrond en greep me vast aan hangende takken. De kruinen in het sterretjesmos, glinsterend als dauwdruppels in een spinnenweb, waren spiegelglad. Twee keer slipte ik een stuk terug naar beneden en moest ik me vastgrijpen aan sterke heesters om toch weer op te klimmen. Maar op handen en voeten bereikte ik uiteindelijk de top van de heuvel, waar ik langzaam rechtop ging staan.

Volledig in het zicht.

Maar het was voor Chaver.

Snel drukte ik de verrekijker tegen mijn ogen en keek om me heen. Ik zag de aalscholvers dobberen op het Breede Water, de vele bunkers om de plas heen, het lelijke beton vernuftig weggewerkt onder groene netten, aarde en zand. Soldaten liepen in mijn ronde vergrootglas als groene poppetjes heen en weer, en een bittere misselijkheid dreef mijn keel in terwijl ik naar ze keek. Wat waren ze akelig dichtbij! Ik zocht verder, speurde de wijde omtrek af en zag de bomen, de open vlaktes...

Maar nergens Chaver.

Langzaam ging ik zitten en daalde de gladde heuvel af alsof het een glijbaan was. Ik had liever een nat achterwerk dan dat ik voortdurend onderuitging. Eenmaal beneden probeerde mezelf ervan te overtuigen dat het heus wel goed ging met hem. Chaver was niet iemand die in de problemen raakte, anders zou hij het hier niet al zo lang uit houden.

Dat was niet iets wat ik mezelf wijsmaakte, het was een feit.

Misschien was hij zelfs al teruggekeerd naar onze schuilplaats en stond hij daar nu op me te wachten, zich afvragend waar ík gebleven was.

Ik begon te rennen.

CHAVER

De lucht, die gebruld had als een tijger, was weer rustig. Chaver keek omhoog. De diepe scheuren en barsten waaruit vlammen naar beneden waren gesprongen, waren nu naar elkaar toegeschoven en dichtgegroeid alsof er niets was gebeurd. Een moment lang leek de wereld haar adem in te houden. Toen kwam met een schok het gehele duinbos weer tot leven. Bijen zoemden luider dan ooit. Felgekleurde vlinders fladderden naar bloemen die niet eerder zó zoet roken. Muizen schoten vanuit de grond omhoog. Vogels kwetterden in een duizendstemmig koor. De bomen slaakten een diepe zucht van verlichting, en boven Chavers kop ramde een specht driftig tegen een boomstam. Te midden van al deze geluiden duurde het langer dan gewoonlijk voordat hij zich realiseerde dat hij stemmen hoorde.

Meteen was hij alert.

Hij sloop geruisloos achter de dichtstbijzijnde struik en gluurde daar door de bladeren heen. Nu pas drong het tot hem door waar hij was: tijdens zijn vlucht was hij blijkbaar terechtgekomen in het gebied dat hij juist altijd zo zorgvuldig vermeed, het gedeelte van het duinbos waar hij zich zelfs op zijn allereerste dwaaltochten niet gewaagd had. Nu rook hij het, die vreselijke stank van mannen met helmen op hun hoofd, in groene pakken met laarzen. Hun lijflucht kwam hem tegemoet, hun adem, en hij hoorde ook hun stemmen, hun grauwende taal.

Het waren twee mannen, zag hij nu. Ze hielden een stuk papier in hun hand, keken erop, zeiden er iets over. Het leek er niet op dat ze zijn kant op kwamen; ze bleven in de buurt van het stenen bouwwerk waar nog meer mannen rondliepen, sommige met een brandend staafje in hun mond waar rook vanaf kwam. Ze zagen hem niet, geen van hen wist dat hij hier was.

En toch voelde Chaver dat iemand naar hem keek.

Hij merkte het aan de waarschuwingsprikjes in zijn nek, de manier waarop zijn ademhaling vertraagde en zijn oren nog strakker omhoogkwamen. Chaver stak zijn neus in de lucht, snoof een paar keer. En daar, tussen de miljoenen andere geuren die na de regen zo sterk aanwezig waren, was het. Een bekende lucht. Chaver wist wát hij rook, maar niet wíé hij rook.

Langzaam draaide hij zijn kop naar links.

Daar stond hij.

Het dier waarvan hij er in het duinbos al meerdere had gezien en vooral geroken. De geur die hem zelfs na al die jaren nog deed denken aan Black, al voelde hij nu niets van de blije emoties die hij vroeger had ervaren wanneer Black langs het hek van het wolvenperk liep. Hij kon zich die momenten niet concreet herinneren, en het wolvenperk al helemaal niet, maar flarden ervan spookten nog altijd door zijn hersenen en vertelden hem dat hij ooit een welp was geweest die opgetogen gepiept had bij de aanblik van een grote hond. Nu was hij zelf groot, en sterk, en hij wist dat hij niets, nee werkelijk níéts, zou dulden van een andere reu. Chaver vertrouwde erop dat de koele, onvermurwbare blik waarmee hij de lichtbruine hond aankeek dit meer dan duidelijk maakte. Hij was niet op zoek naar een conflict, maar hij zou het ook zeker niet uit de weg gaan als de situatie daarom vroeg.

De hond staarde met ronde, donkerbruine ogen terug.

Chaver zag de mondhoeken trillen, de neusvleugels zich verwijden, en even leek het erop dat het beest zou gaan grommen, dat hij werkelijk de durf had een groot roofdier zijn gedomesticeerde tandjes te tonen. Toen legde de hond zijn oren plat in de nek en draafde met de staart tussen zijn poten terug het stenen mensenhol in.

Chaver urineerde tegen de struik.

Ook hij liep weg, terug naar zijn eigen territorium.

Tijdens het lopen schudde hij zich een paar keer flink uit, niet alleen om de nattigheid van zich af te werpen, maar ook de laatste restjes paniek die hij de afgelopen uren had gevoeld. Nu al waren die gevoelens aan het vervagen en kon hij zich niet precies herinneren wat er was gebeurd. Hij was afgedwaald, dat was duidelijk. En hij moest terug naar Debra, dat wist hij ook. Maar de aanleiding voor zijn vlucht was niet iets waar hij actief over nadacht.

Een wolf bewoog zich vóóruit.

Hij rook haar al ver voordat hij het wolvenhol had bereikt. Ze stond aan de buitenzijde, haar hals gestrekt en zijn naam zacht op haar lippen. Hij hoorde de fluistering, voelde zijn onderbuik tintelen met het gevoel dat alles weer was hoe het moest zijn. Debra zag hem nu ook en spreidde haar armen. Hij sprong naar haar toe. Nu stond hij rechtop tegen haar aan terwijl hij haar wangen likte en zachtjes in haar oren beet.

Ze lachte.

Al het andere was vergeten.

DEBRA

Zo geleidelijk als rood in een regenboog overging in oranje, veranderde de zomer in de herfst. De dieren in het duinbos waren druk bezig zich voor te bereiden op de naderende kou. Gaaien verstopten eikeltjes, eekhoorns plukten paddenstoeltjes af om ze hoog in een boom te laten drogen. Ook ik besteedde geleidelijk aan meer tijd aan het aanleggen van mijn voedselvoorraad.

Ik vermoedde dat het inmiddels begin september was.

Terwijl ik eten sprokkelde, zag ik me in mijn herinnering samen met vader langs een eikenboom lopen, zijn stem in mijn hoofd zo duidelijk alsof het moment zich nu afspeelde. 'De eikel is een van de compleetste soorten voedsel en heeft de meeste voedingswaarde. Sterker nog, de eikel is het enige eten in dit hele bos dat zowel koolhydraten als proteïne als vetten bevat.' Hier liet vader een pauze vallen, alsof hij wachtte tot ik de informatie goed had opgeslagen. Toen vroeg hij: 'Debra, wat is de eikel?'

Woord voor woord herhaalde mijn negenjarige zelf wat hij had gezegd.

'En aan welke boom groeit de eikel?'

'De eik,' zei kleine Debra.

'Heel goed,' zei vader tevreden.

Nu raapte ik ze, at ze en bewaarde ze. Deze komende winter zou overleven me beter afgaan dan de winter toen ik hier net was. Alles draaide nu om voorraad, voorraad, voorraad. Frambozen en kruisbessen waren al bijna niet meer te vinden. De weinig overgebleven bramen werden hard en bitter. Aan paddenstoelen waagde ik me niet, zonder vaders boeken met voorbeeldtekeningen kon ik het verschil tussen veilige en giftige exemplaren niet goed genoeg zien. Maar noten sprokkelde ik elke dag, en ook die spaarde ik op. Telkens wanneer ik honger had, at ik een paar hazelnoten, die ik op smaak bracht met de feloranje duindoornbessen die nu overal om ons heen groeiden. Ook Chaver leek de zure vruchten te waarderen, want hij trok ze met zijn tanden van de takken af. Zelf moest ik mijn mes gebruiken, aangezien de besjes zo strak tegen de takken aan zaten dat ze tussen mijn vingers uiteenspatten als ik ze zo probeerde te plukken. Doordat ze veel olie bevatten, werden ze de olijven van het noorden genoemd, en samen met de vele noten schonken ze me de hoognodige brandstof om de winter mee in te gaan. Hopelijk zou het allemaal niet nodig zijn, zou de oorlog voor die tijd eindelijk voorbij zijn, maar die zekerheid was er nooit.

Wel vlogen er steeds meer en vaker vliegtuigen over, zowel overdag als 's nachts. Het waren nog altijd bommenwerpers, op weg naar Duitsland.

Hoeveel bommen moesten er nog vallen voordat dit allemaal voorbij was?

1944

DEBRA

De eerste dagen na een regenbui was het niet nodig om de riskante route naar het meertje af te leggen. In de kuiltjes van boomstammen en op grote laaghangende bladeren bleef altijd wat regen achter om van te kunnen drinken. Veel was het niet, maar ik nam er genoegen mee.

Zo liet ik ook geen modderige voetsporen achter in gevaarlijk gebied.

Als mijn berekeningen klopten, zaten we inmiddels in een nieuw jaar. Het was bijna niet te bevatten hoelang ik mijn familie al niet had gezien. Geen dag ging voorbij zonder dat ik me afvroeg hoe het met vader ging. Of Siem nog steeds op de Molendijk was. Of het moeder en Tess lukte om door te gaan met het normale leven. Hoe Miriams dagen in Polen eruitzagen. En of Jilles, voor wie ik elke keer dat de bommenwerpers op weg naar Duitsland overvlogen een schietgebedje deed, zich wist te redden. Ook meneer Pacht dook regelmatig in mijn gedachten op. Lag het boek waaraan we samen zo intensief hadden gewerkt al in de winkels, of wachtte hij tot de oorlog voorbij was? Was hij al bezig met een nieuw manuscript? Het idee dat er nu iemand anders achter de typemachine zat, iemand anders aan wie hij zijn woorden dicteerde, stak als een pijnscheut in mijn hoofd. Ik drukte de gedachte weg, iets waar ik steeds beter in werd. Zelf bepalen waar ik wel en niet aan wilde denken was een specialiteit geworden, een onmisbaar onderdeel van het overlevingsplan. Wanneer ik merkte dat ik aan de kampen in het oosten dacht, brak ik die gedachtestroom direct af. Want in plaats van me voor te stellen hoe zwaar vader, tante, Miriam en Matz het daar wel niet moesten hebben, stelde ik me liever onze hereniging voor. Dát waren beelden die ik kon verdragen en die me bovendien de kracht gaven om het nog steeds vol te houden hier.

Hopelijk werkte het voor hen ook zo.

Nog steeds keek ik tweemaal per week bij het gat in de dijk om te zien of Aad er iets voor me had achtergelaten. Aangezien ik er bijna nooit iets aantrof, overwoog ik om deze bezoekjes terug te brengen naar eens per week, zodat ik nog minder risico liep dat iemand me zag. Maar als er wél wat lag en ik zou dat pas na zes dagen ophalen, dan was de kans dat een soldaat of een van de militaire honden er toevallig op stuitte te groot.

Het zou meteen duidelijk zijn dat iemand zich hier schuilhield.

Bij elke stap die ik zette, lag de vraag of die stap het risico wel waard was als een blokkade voor mijn voeten. In dit geval leek het me het beste eroverheen te stappen en te blijven doen wat ik deed, zolang het maar wel altijd in het donker was.

Ik had geen bijzonder hoge verwachtingen van de oogst van vandaag, aangezien er vorige week nog een blik linzen in de opening had gelegen, evenals tonijn, en tot mijn grote verrassing zelfs een blikje gecondenseerde melk. Een sensationele luxe! En toen ik de blikken had gepakt om in mijn rugzak te stoppen, hadden mijn vingers achter in de groef plots nog iets anders gevoeld, iets zachts. Snel had ik het naar me toe getrokken.

Het waren dikke, gebreide sokken. Droog en wollig en zonder gaten.

Mijn voeten waren nog nooit zo blij geweest.

Dus nee, ik verwachtte vandaag niet veel, maar je wist maar nooit. Soms lag er een hele maand niets, dan weer was Aad een paar keer kort achter elkaar langs geweest. Ik vroeg me af voor hoeveel mensen hij en degenen met wie hij samenwerkte nog meer voedsel regelden. Wanneer de oorlog voorbij was, zou ik hem opsporen, hem fatsoenlijk bedanken voor al zijn hulp.

Ook voor hem was het gevaarlijk om dit bos te betreden, zelfs in het donker.

Maar ook voor hem woog het doel blijkbaar zwaarder dan het obstakel.

Nu het winter was en de dagen steeds korter werden, sloop ik vaak in de verduisterde namiddag al naar de dijk. Ik lette er steevast op te zigzaggen terwijl ik liep, om niet steeds langs dezelfde bomen en door dezelfde struiken te glippen en onbewust een platgetreden strook door het kreupelhout aan te leggen. Voor verdwalen was ik niet bang meer; Chaver wist altijd precies waar we naartoe gingen, en zijn zilveren schim was nooit ver bij mij vandaan.

Ook nu weer liep hij een paar meter voor me uit en keek hij na elke bocht of splitsing even over zijn schouder om te zien of ik nog volgde.

Het viel me op dat hij het laatste stuk vandaag sneller aflegde dan anders. Met langgerekte zweefsprongen rende hij voor me uit en hield zijn neus daarbij hoog in de lucht zoals hij deed wanneer er een ree in de buurt was. Maar waar hij op die momenten zijn neus ook telkens aan de grond zette, bleef zijn kop nu hoog en zijn blik vooruit. Hij kwispelde zelfs.

Wat rook hij in vredesnaam?

Ik moest me haasten om hem bij te houden. Er dreigde geen gevaar, daar zou Chaver nooit op zo'n manier op afgaan, maar toch was ik er niet helemaal gerust op. Wat als...

Aha. Ik zag het al.

In het donker was alleen de zwarte massa van zijn omtrek zichtbaar, maar Chaver maakte duidelijk dat het niemand anders dan Aad kon zijn die daar stond. Onbevreesd liep hij op hem af. Niet helemaal, nét niet dichtbij genoeg om zich door de man te laten aanhalen, maar ook zeker niet bang.

'Hallo,' zei ik.

'Kom eens hier, bij de dijk,' zei hij zacht maar dringend. 'Je staat te erg in het zicht daar.'

In een paar stappen stond ik bij hem, en ik fluisterde: 'Zijn er Duitsers in de buurt dan?'

'Dat weet je nooit.'

We gingen op de rand van de bedstee zitten, het hangend gewas als een opengeschoven gordijn naast ons. Aad drukte me een in bruin papier verpakt pakketje in handen. 'Hier zit wat eten in. Doe er zuinig mee, want het is voorlopig het laatste wat ik je kan brengen. Ik kan even niet meer komen. Ik weet niet voor hoelang.'

'Wat is er gebeurd?' Ondanks mijn fluistering schoot mijn stem omhoog van schrik.

'Nog niets, maar als ik niet oppas, zijn we er allemaal bij.' Aad boog zich naar me toe om nog zachter te kunnen praten en vertelde me over Jan Spaan, dezelfde NSB'er over wie de boerin ook al gesproken had. Blijkbaar hield deze akelige man Aad en zijn kameraden al een tijd in de gaten. 'Het is daarom te riskant voor mij om hier nog naartoe te komen, dat snap je. Ik weet dat Spaan vandaag in Den Briel is, dus nu gaat het nog, maar we moeten allemaal goed oppassen. Die rotzak ziet alles. Een maat van mij is politieagent, een "goeie" om het zo maar te zeggen, en die vertelde me dat Spaan ook al heeft ontdekt dat er kinderen ondergedoken zitten in een villa op de Molendijk.'

'Nee!' Mijn te harde uitroep sloeg in op de duisternis.

'Jawel. Spaan loopt daar al een tijdje te gluren, hangt telkens rond in de buurt van een nabijgelegen schuur waar goederen liggen opgeslagen. Daarna komt hij steeds even langs bij het tehuis, zogenaamd om zijn handen te wassen, maar hij kijkt dan altijd meteen sluw en uitgebreid om zich heen. De dames die daar de leiding hebben kuchen op die momenten hard, zodat de kinderen weten dat ze zich moeten verstoppen. Maar nu is hij er blijkbaar toch achter gekomen dat ze daar zitten, en het schijnt dat er vanavond laat een inval gaat komen. Ik ga er nu heen om ze te waarschuwen.'

'Néé. Als ze jou zo strak in de gaten houden, kun jij niet naar de Molendijk! Dat begrijp je toch wel? Als ze jou daar zien, bewijst dat voor hen alleen maar dat er op die plek echt iets illegaals gebeurt.' Ik haalde diep adem en zei: 'Laat míj het doen.'

'Wat? Ben je gek geworden of zo?'

'Ik weet waar het is. En ik zie er tegenwoordig uit als Pietje Bell. Mij zullen ze veel minder snel van iets verdenken dan jou, al probeer ik er natuurlijk voor te zorgen dat niemand me ziet.'

'Maar –'

Ik stond op. 'Ik ga nu direct.'

Aad kwam ook overeind en zei dringend: 'Je wéét dat dit levensgevaarlijk is.'

'En jij weet waarom ik het tóch doe.'

Even keken we elkaar in het donker aan.

Toen knikte Aad. 'Ja, natuurlijk weet ik dat. Luister, laat je tas hier, voor het geval iemand je toch ziet. Met dat grote ding op je rug val je te veel op. En als je bij het tehuis aanbelt, druk dan één keer lang en twee keer kort op de bel. Dan weten ze dat het veilig is.'

Zwijgend duwde ik mijn rugzak diep in de opening van de dijk.

'Nou, ga je broertje redden,' zei Aad. 'Maar kijk in vredesnaam uit.'

Chaver liep mee tot aan de rand van het bos, toen greep hij mijn pols.

Ik hurkte bij hem neer.

'Wacht jij hier?' zei ik zacht. 'Denk erom dat je niet achter me aan komt.'

Met hangende kop liet hij mijn pols los. Toen pakte hij mijn hand beet, sloot zijn grote bek eromheen en klemde zacht zijn kaken aan. Het voelde warm en vochtig, de scherpe punten van zijn tanden een vertrouwde liefkozing in mijn huid. Ik drukte mijn neus tegen die van hem en sloot een paar tellen mijn ogen.

Toen stond ik op.

Chaver piepte zacht.

Er was zoveel dat ik wilde zeggen. Dat hij goed op zichzelf moest passen als ik niet terugkwam, dat hij uit de buurt moest blijven van de Duitsers, dat hij mij vooral niet moest gaan zoeken. Maar ik deed het niet. Want dan zou het voelen als een afscheid, en dat was dit niet.

Ik zou terugkomen.

CHAVER

Mensen beweerden graag dat dieren 'geen besef van tijd' hadden, maar dat was niet waar. Chaver had wel degelijk besef van tijd. Hij dacht er alleen niet over na zoals een mens dat eindeloos geneigd was te doen. Toch wist Chaver heel goed dat er een dag was, en een nacht, of zoals hij het zag: een zon en een maan, en vervolgens opnieuw een zon. Hij wist dat er seizoenen waren, dat de natuur in winterslaap was geweest en nu weer aan het ontwaken was. Wat hij op dit moment echter meer dan alles wist, was dat hij Debra niet meer had gezien sinds ze hem aan de rand van het bos had achtergelaten.

Hij was daar blijven staan tot hij haar niet meer zag. Boven zijn kop waren ganzen overgevlogen op weg naar hun slaapplaats op het water. Chaver had lang gestaard naar de v-vorm waarin ze vlogen, tot ze door de duisternis werden verzwolgen en ook hun gakkende echo's het hadden verloren van de zwarte stilte. Alleen de krekels hadden toen nog geklonken, en het getjilp van de laatste avondvogel. Langzaam was hij terug naar hun schuilplek gedraafd. Terug in het wolvenhol, waar alles naar Debra rook, was hij in zijn eentje naast hun slaapkuil gaan zitten. Daar had hij zijn neus naar de hemel geheven, klaar om het lied van zijn familie te zingen, de ongetemde melodie zo oud als de wereld zelf. Hij wilde zingen zodat zíj hem zou horen, zodat ze zou antwoorden.

Zodat ze zou terugkeren.

Maar nog voordat hij de eerste noot had ingezet, stopte hij.

Iets hield hem tegen, het voortdurende besef dat hij stil moest zijn, op zijn hoede voor een onafgebroken gevaar. Uit zijn keel klonk daarom slechts een zacht gejammer, als dat van een pasgeboren welp die blind zijn weg naar de moedermelk zocht.

Chaver haatte het wanneer Debra weg was. Ze moesten bij elkaar blijven, zoals het hoorde. Dat hij soms zélf even wegging, was anders. Hij ging immers jagen. Eten was extreem belangrijk. Bovendien was dat een situatie waaruit hij elk moment kon terugkeren. Maar nu? Er was niets wat hij kon doen behalve wachten. Hij wist niet waar ze was, hij wist niet hoelang ze nog wegbleef, alleen maar dat ze zich in vijandelijk territorium bevond. Een plek waar het naar mensen rook.

En dat maakte hem onrustig.

Want waren ze niet altijd juist uiterst voorzichtig bezig geweest mensen te vermíjden?

DEBRA

Niet rennen, niet rennen, sprak ik mezelf toe. Ik mocht niet opvallen, moest normaal lopen, alsof ik een doodgewone inwoner was die een doodgewone avondwandeling maakte. De urgentie die zo brandend door mijn aderen joeg, moest ik onderdrukken en mocht ik in geen geval naar buiten laten komen. Zo kalm mogelijk liep ik over de Zeeweg en toen over de Dorpsweg, gekleed in mijn dikke jongensvest, mijn lange broek, mijn geruite boerenpet.

In de zak van mijn vest zaten nog wat besjes die ik vanmorgen had geplukt. Ik stak er eentje in mijn mond en zoog er langzaam op om te voorkomen dat mijn kaken gingen klapperen van de spanning. Het was stil op straat, al zag ik aan de overkant een echtpaar wandelen en verderop twee jonge knullen de weg oversteken. Bij sommige dorpswoningen kwam rook uit de schoorsteen. Mensen waren thuis, bemoeiden zich met hun eigen problemen, in hun eigen wereld, waar ze wachtten tot de oorlog voorbij was en het dorp weer van hen.

Eindelijk bereikte ik de Molendijk, waar de witte, stenen villa al van veraf zichtbaar was.

Als ik nog maar op tijd was...

Bij het tehuis aangekomen keek ik snel om me heen. Hier was niemand op straat. Geen soldaten, geen burgers. Ik haalde diep adem en liep de weelderige voortuin in, waar een stenen pad en een klein trappetje naar de voordeur leidden. Terwijl mijn hart tegen mijn ribben ramde, drukte ik op de bel. Eén keer lang, twee keer kort. Vanuit mijn ooghoek zag ik een gordijntje heen en weer schieten. Er klonk gestommel achter de deur. Toen werd er opengedaan.

Een vrouw van onbestemde leeftijd stond in de deuropening.

Ze keek me vragend aan.

Duizend woorden zaten klem in mijn keel. *Ik ben de zus van Siem. Van Steef, bedoel ik! Is hij daar? Mag ik hem zien? Hoe gaat het met hem?* Maar ik wist dat er geen seconde te verliezen was. Dat elk moment waarop de kinderen nog hier waren de Duitsers dichterbij kwamen.

'Ik kom u waarschuwen,' zei ik daarom, zacht maar duidelijk. 'De Duitsers komen vanavond huiszoeking doen. U moet de kinderen zo snel mogelijk in veiligheid brengen.'

Even knipperde de vrouw met haar ogen. Haar gezicht trok wit weg. Toen zei ze: 'Begrepen. Dank voor het doorgeven.'

De deur viel dicht.

Ik draaide me om. Hoe graag ik mijn broertje ook wilde zien, dit was niet het moment. Misschien had hij míj gezien, mijn stem gehoord. Dat was genoeg.

Snel liep ik het trappetje weer af, de tuin uit.
Terug naar Chaver.

Ik was nog maar net de Molendijk af toen ik verstijfde.

Op de Dorpsweg, ter hoogte van café Rockanjes Rots, kwam een groep Wehrmachtsoldaten mijn kant op. Het waren er zes, en ze liepen met stevige pas. Hun laarzen tikten tegen de straatstenen.

Ze hadden mij nog niet gezien.

Moest ik omkeren, mezelf snel tegen de zijmuur van een huis drukken en daar wachten tot ze mij nietsvermoedend gepasseerd waren? Of zou ik kalm doorlopen alsof ik niets te vrezen had? Wat moesten de Duitsers immers met een boerenknecht? Nu ze zo duidelijk op weg waren naar Huize 't Meertje hadden ze helemaal geen tijd voor mij. Maar –

'*Ey, du da!*' klonk een zware mannenstem. 'Waar ga jij zo laat nog naartoe?'

Ik keek om alsof ik dacht dat ze het tegen iemand hadden die achter mij liep en trok mijn pet wat lager over mijn voorhoofd. Kalmpjes liep ik verder.

Maar ze stonden voor me inmiddels, gekleed in lange jassen met een dikke riem om hun middel. Ze roken naar drank. Een aantal keek ongeïnteresseerd langs me heen, maar een van hen, lang en mager, vroeg: 'Zeg eens, wat doe jij hier zo laat op straat?'

Hier had ik me op voorbereid. Ik wist wat ik moest zeggen.

Zouden ze het geloven?

'Er is een varken ontsnapt en het dorp in gerend,' antwoordde ik in mijn beste Duits en met zware stem. Ik maakte wilde armgebaren om me heen. 'Mijn baas heeft me eropuit gestuurd om hem te zoeken.'

'Een varken?' herhaalde de Duitser. Ook hij keek om zich heen.

Ik knikte driftig en was dankbaar dat ze mijn gezicht in het donker niet goed konden zien.

Maar als ze nu om mijn persoonsbewijs vroegen, was alles afgelopen.

De andere mannen begonnen ook om zich heen te kijken, op zoek naar het zogenaamde varken. Verdorie, dit werkte niet. Ik moest iets anders bedenken en snel! Zo overtuigend mogelijk begon ik te hoesten. Ik maakte de hoestbui zo heftig dat ik vooroverklapte, waardoor ik vlug mijn hand in mijn jaszak kon steken. Daarna drukte ik mijn vuist beleefd tegen mijn hoestende mond maar kneep intussen zo hard als ik kon in de besjes in mijn handpalm. Toen ik stopte met hoesten, was mijn opzet geslaagd: mijn handpalm was rood en besmeurd.

Ik keek er nadrukkelijk naar en kreunde ellendig.

'Wat is dat?' wilde de Duitser weten, terwijl hij een stap achteruit deed. 'Bloed?'

Ik knikte zo miserabel mogelijk en begon opnieuw hard te hoesten.

‘Doorlopen!’ blafte de Duitser tegen de rest van zijn groep. ‘Dit joch heeft tbc!’

Met een grote boog liepen de soldaten om me heen.

Ik veegde mijn hand af aan mijn vest en haastte me met trillende benen van opluchting naar het duinbos.

Normaal gesproken hoefde ik alleen maar te kijken waar Chaver liep en hem te volgen, mijn blik gericht op de zilveren schitteringen in zijn vacht, maar nu ik slechts mijn eigen zintuigen had om me de weg te wijzen, leek het nachtelijk duinbos donkerder en ondoordringbaarder dan ooit tevoren. Bij elke stap moest ik voelen of ik mijn voet er wel kon neerzetten en met mijn handen voor mijn gezicht tasten of ik niet tegen een laaghangende tak liep. Twee keer gleden mijn voeten onder me vandaan in de blubber, die als vette jus door het hele bos lag, en ging ik onderuit. Eén keer struikelde ik over een boomstronk en viel recht voorover.

Maar eindelijk, juist toen ik begon te vrezen dat ik verkeerd gelopen was, herkende ik ons stuk. Hier wist ik de weg, en ik begon te rennen, terug naar Chaver. Ongeveer een kwartier later kroop ik hijgend de duindoornbegroeiing in, op weg naar de smalle gesnoeide doorgang waar ik rechtop kon staan. Snel liep ik door tot ik op de open plek kwam.

Chaver sprong direct tegen me op, wild van emotie.

Ik viel achterover in het zand, waar hij niet ophield met het likken van mijn gezicht, piepend, zachtjes bijtend in mijn wangen, mijn neus. Ik klemde mijn armen om zijn nek en vertelde hem: ‘Het is gelukt! Ik heb ze kunnen waarschuwen.’

Hij liet zich op zijn rug naast me vallen, en ik aaide zijn witte buik, mijn gedachten onophoudelijk bij Siem.

Was hij op tijd weggekomen?

De vraag of Siem in veiligheid was gebracht en waar hij nu was, bleef door mijn hoofd knagen. Om niet helemaal krankzinnig van zorgen te worden, zocht ik de eerste weken na mijn reddingspoging zoveel mogelijk afleiding. Ik leerde Chaver nieuwe woorden als 'spring', 'draai' en 'zoek', oefeningetjes die hij snel onder de knie had en waar hij plezier aan beleefde. Verder bracht ik vooral veel uren door in onze kuil, waar ik mijn ogen sloot en in mijn hoofd pogingen deed te lezen. Dat laatste lukte steeds minder goed. Zelfs de boeken die ik thuis zo vaak opnieuw gelezen had, waren nu aan het vervagen. Telkens wanneer ik me hun zinnen probeerde te herinneren, schoten mijn eigen woorden erdoorheen.

Waar is Siem? Hoe gaat het met vader? Leeft Miriam nog?

Wanneer zullen we elkaar eindelijk weer zien?

Chaver stak op zulke momenten zijn neus onder mijn kin en duwde met zijn snuit mijn gezicht omhoog alsof hij me wilde zeggen dat alles goed zou komen.

Ik wilde dat ik zijn vertrouwen had.

Ik had geen idee hoeveel weken er verstreken waren sinds mijn bezoek aan de Molendijk. Vier? Misschien vijf. En ik wist nog steeds niets.

In de dijk trof ik nooit meer wat aan.

Toen vandaag de zon achter de bomen wegzakte, was ik er weer eens gaan kijken, maar de opening bleef leeg. Toen we omkeerden om terug naar onze schuilplaats te lopen, vlogen tientallen vliegtuigen over. We waren hier intussen zo aan gewend geraakt dat Chaver niet eens meer wegdook zoals hij voorheen altijd deed.

Ik keek strak naar de grond om de zoeklichten in de lucht niet te hoeven zien. 'Laten we doorlopen,' zei ik tegen Chaver. 'Hoe eerder we in onze struik zijn, hoe beter.'

Maar plots brak er een hels kabaal los.

Ik drukte mijn handen tegen mijn oren, maar de harde knallen van het afweergeschut drongen er dwars doorheen. Nu keek ik wel omhoog. Er verschenen vlammen in de lucht.

Een toestel was geraakt!

Met grote ogen keken Chaver en ik toe hoe het Amerikaanse vliegtuig ter aarde stortte.

'Nee...' bracht ik uit. 'O, wat verschrikkelijk. Die arme jongens.'

Chaver drukte zich dicht tegen me aan. Hij hijgde nerveus.

Even leek de wereld verstomd.

Toen hoorden we, zo duidelijk alsof de Duitsers pal naast ons stonden, een daverend gejuich.

Met opgetrokken knieën zat ik in de kuil. Ik kreeg het beeld van het neerstortende vliegtuig niet uit mijn hoofd. Het was zeker dat niemand van de inzittenden een dergelijke crash had overleefd. Dit waren mannen die als doel hadden Europa te verlossen van de vijand, mannen die iemands vader, zoon, broer of geliefde waren, neergeschoten als spreeuwen in de lucht.

In mijn oren klonk nog altijd het *hurra! hurra!* van de Duitsers.

Ik sloeg met mijn vuist in het zand.

Tegelijkertijd gloeiden er in mijn hart vonkjes opluchting omdat déze bommenwerper in elk geval Bremen, en daarmee Jilles, niet meer kon bereiken. Maar maakte dat het goed wat er gebeurd was? Of nog steeds slecht?

De feiten hadden zoveel kanten dat ik niet meer wist van welke zijde ik ze moest bekijken.

CHAVER

Zijn dagen verliepen al zo lang volgens hetzelfde patroon dat het ritme met hem vergroeid was geraakt, zo soepel als de tred waarmee hij door het bos draafde. Ook al was zijn wereld klein, voor Chaver was die groot genoeg, en zolang de vijand op afstand bleef en hij zijn maaltijden kon vangen, was hij tevreden.

Althans, zo was het tot nu toe geweest.

De laatste tijd was het anders.

Chaver werd beslopen door een onrust die hem voortdurend plaagde. Een gejaagd gevoel, ergens diep in zijn onderbuik, vertelde hem dat hij iets móést. Maar wat?

Hij wist niet dat hij ditzelfde probleem vorig jaar en het jaar daarvoor ook al had gehad.

Ook toen was het in deze periode geweest, want waar voor Chaver alle dagen op elkaar leken en tijd niet bestond, wisten zijn hormonen wel beter. Het was namelijk februari: het paringsseizoen voor wolven was aangebroken. Chaver voelde dit in zijn achterlijf, waar een strakke spanning zijn denkvermogen vertroebelde. Het zorgde er ook voor dat hij slecht sliep en zelfs dat zijn eten hem minder goed smaakte dan anders.

Op sommige dagen sloeg hij de jacht zelfs helemaal over.

Nee, wat er met hem aan de hand was, wist Chaver niet, maar hij hoopte dat het snel over was.

Toen de avondschemering viel, draafde hij voor Debra uit naar de dijk. Zoals gewoonlijk liep hij met zijn neus aan de grond, waar hij altijd alle informatie opsnoof. Hun eigen voetsporen van eerder die week, het vogeltje dat aan de vrieskou bezweken was, de das die uit zijn winterrust tevoorschijn kwam om snel wat te eten, de opgewonden eekhoorn die wild achter een vrouwtje aan rende.

Maar vandaag...

Chaver gromde verontwaardigd.

Vandaag rook hij ook iets anders.

DEBRA

'Wat is er, Chaver?' vroeg ik zacht.

Rook hij misschien iemand uit de verzetsgroep van Aad?

Zijn gegrom maakte goed duidelijk dat het in elk geval niet Aad zelf was. Misschien zijn broer? Ik ging sneller lopen. Ook Aads broer, hoe onsympathiek hij ook was, zou hopelijk weten waar Siem naartoe was gebracht, of ander nieuws hebben.

Maar Chaver gromde harder nu, en de haren in zijn nek en op zijn rug stonden recht overeind. Even stond ik stil. Er waren nergens stemmen. Er was nergens beweging.

Ik was bijna bij de dijk.

Zo geruisloos mogelijk wurmde ik me door het kreupelhout tot ik er was. Met mijn vingers voelde ik in de opening. Weer niets.

Chaver gromde nog steeds.

'Wat ruik je toch?' fluisterde ik. 'Ik begrijp het niet.'

Ik tuurde nogmaals de schemering in. Liep er misschien weer een berichtenhond voorbij, op weg van de ene naar de andere eenheid?

Plotseling schoot Chaver weg. Hij drong zich door het struikgewas en tussen de bomen door, tot ik hem niet meer zag. Ik stond nog steeds bij de dijk, waar ik mijn hals strekte om te kunnen zien waar hij naartoe was gegaan.

Toen mompelde ik een verwensing en ging hem achterna.

Alles was beter dan alleen zijn wanneer er blijkbaar iets aan de hand was.

Ik vond Chaver bij de greppel.

Hij stond met zijn voorpoten in het water, woest grommend, zijn bovenlip zo hoog opgetrokken dat zijn tandvlees zichtbaar was. Zijn ogen fonkelden. Blaffen deed hij niet, maar hij stootte een soort kort, brullend geluid uit dat angstaanjagender klonk dan de hardste blaf ter wereld.

Zo kwaad had ik hem nog nooit gezien.

Voorzichtig deed ik een paar stappen zijn kant op om te zien tegen wie of wat hij zo tekeerging. Wat als het een Duitser was? Misschien waren ze gaan drinken, dol van triomf om het neergehaalde vliegtuig, en was een van hen aan de wandel gegaan en hier in de modderige greppel terechtgekomen.

Maar... ik zag niets.

Chaver sloeg kwaad met zijn voorpoot in het water. *Graaah!* klonk het diep vanuit zijn keel. *Graaaah!*

Ik plaatste mijn voeten schuin voor me zodat ik niet uitgleed in de modder en bewoog me nog wat dichter naar de greppel toe. Toen deinsde ik met zo'n schok achteruit dat ik alsnog viel.

Snel krabbelde ik overeind.

Er lag inderdaad iemand in het water, het wit van zijn gezicht was duidelijk zichtbaar geweest. Maar hij bewoog niet.

Was hij... dood?

Wegwezen, schoot het door me heen. Dit was niet mijn probleem. Als er hier een dode Duitser lag, dan moest hij daar vooral blijven liggen, en ík moest zorgen dat ik me hier zo snel mogelijk uit de voeten maakte voordat ze hem kwamen zoeken.

Maar ik bleef staan.

Want om een lijk zou Chaver zich niet zo opwinden.

Voorzichtig liep ik naar de rand van het slootje tot ik naast Chaver stond en boog voorover om goed te kunnen kijken.

De man in de greppel keek me recht aan.

'H*elp me, please,'* bracht hij uit. 'En kun je je hond terugroepen?'

Een Amerikaan!

Mijn blik vloog over de bruinleren vliegen helm op zijn hoofd, het korte leren jack.

Chaver, die zolang als ik hem kende juist afstand hield van mensen, schraapte weer met zijn poot door het water en gromde nog altijd vreselijk. Ik kon alleen maar bedenken dat hij de angst van deze vreemdeling rook en daarop reageerde.

Het was duidelijk dat de piloot deze conclusie ook had getrokken, want hij verroerde zich niet. Hij was nog jong, zag ik nu. Mijn leeftijd, misschien iets ouder.

'Chaver,' zei ik kalm. 'Het is goed, lieverd. Rustig, rustig.'

Maar hij ging alleen nog maar harder grommen en deed een stap verder de greppel in. Maanlicht weerkaatste op zijn tanden.

'*Whoa!*' klonk het vanuit het water. 'Alsjeblieft, knul, laat me gewoon gaan. Ik ben niet veilig in deze omgeving.'

Knul. Soms vergat ik hoe ik er tegenwoordig uitzag.

'Chaver,' zei ik, mijn toon streng nu. 'Het is klaar. Hoor je me? Kom. Wij gaan weg.'

Ik draaide me demonstratief om en liep bij de greppel vandaan, terug in de richting van de dijk. Toen ik omkeek, zag ik Chaver twijfelend van mij naar de Amerikaan staren.

'Kom mee,' zei ik weer.

Hij liet nog één grom horen, maar kwam toen naar me toe.

Samen liepen we weg.

'*Wait!*' hoorden we enkele minuten later achter ons.

Chaver en ik stonden tegelijk stil.

Het had nogal onaardig gevoeld om de jonge piloot zomaar in het water te laten liggen, maar de enige manier om Chaver bij hem vandaan te krijgen was door zelf óók weg te lopen.

Nu drong de Amerikaan zich tussen de bomen door tot hij vlak bij me stond.

Meteen schoot Chaver weg, al wist ik dat hij me ergens vanachter een struik strak in de gaten hield.

'Ik heb hulp nodig,' zei de piloot dringend. 'Ik moet dit gebied zo snel mogelijk uit voordat de Duitsers me vinden. Heb je een plattegrond voor mij?'

Het was de eerste keer dat ik iemand in het echt Amerikaans hoorde praten. Bijna leek het alsof we in een speelfilm waren beland. Maar Chaver, die opnieuw was gaan grommen, en de urgente klank in de stem van de piloot maakten behoorlijk duidelijk dat dit echt gebeurde.

‘Nee.’ Ik keek om me heen. Het was niet veilig om hier te blijven staan, zelfs niet voor een paar tellen. Maar ik kon deze jongen ook niet aan zijn lot overlaten. Hij kende de omgeving niet en zou rechtstreeks in de armen van de vijand lopen.

‘Kun je me naar iemand brengen die een telefoon heeft?’ vroeg hij. ‘Mijn vliegtuig is neergehaald en...’ Hij kromp in elkaar alsof er een plotselinge pijnscheut door zijn lichaam trok.

Met zijn hand wreef hij over zijn schouder.

Dit was iemand die zijn leven waagde om ons van de vijand te verlossen.

Nu was het míjn beurt om te helpen. Dat was mijn plicht, het minste wat ik kon doen.

‘Volg mij maar,’ zei ik.

Snel maar voorzichtig sloop ik terug naar mijn schuilplek achter de duindoorn, op de voet gevolgd door de Amerikaanse piloot. Ik wist dat ik een enorm risico nam: een extra persoon betekende extra kans op ontdekking. Dat hij een Amerikaanse piloot was hielp ook niet echt. Als de Duitsers me in zijn gezelschap aantroffen, dan was het afgelopen. Maar wat moest ik anders? Dit was de enige plek die ik kon bedenken.

Hier hadden we in elk geval een kans onzichtbaar te zijn.

Chaver was verdwenen, al dacht ik hem af en toe nog te horen grommen.

‘De ingang is hier,’ zei ik, terwijl ik bukte en gebaarde naar de oude wildtunnel aan het begin van de struik. Toen ik omkeek, zag ik dat de Amerikaan, die een heel stuk langer was dan ik, op handen en voeten achter me aan kroop. Zodra we in het gesnoeide gedeelte van de doorgang kwamen, ging ik weer rechtop staan, maar voor hem was het nog altijd te laag.

Een paar meter verder kwamen we eindelijk in het open gedeelte.

Met opgetrokken wenkbrauwen keek de piloot om zich heen. Hij nam de grote, diepe kuil in zich op, de jutezak, de lege blikken in een hoek. ‘Hier... wóón jij?’

Ik knikte.

‘Wauw,’ mompelde hij, en hij bekeek me nog eens goed. ‘Mijn god, je bent een meisje.’

Weer knikte ik.

‘Joods?’ vroeg hij.

‘Ja.’

Hij zuchtte, mompelde iets over de vervloekte oorlog en vroeg toen, terwijl zijn blik onrustig heen en weer schoot: ‘En, eh... waar is je hond?’

‘Maak je om hem maar geen zorgen.’

T.J., heette hij. T.J. Wagner. Hij was geen piloot maar een radio-operator, degene die in het toestel achter de piloot zat. Zijn vliegroutes waren van Blyton naar Berlijn, en het was belangrijk dat hij zo snel mogelijk terugkeerde naar zijn basis in Engeland. Hij was de enige overlevende van de crash.

Een spiertje in zijn kaak begon te trillen toen hij dit vertelde. Hij wreef een paar keer ruw met zijn hand over zijn gezicht.

Toen schudde hij zijn hoofd om aan te geven dat hij er verder niet over wilde praten.

Hij was jong, niet veel ouder dan ik. Zijn stem was laag, zijn wenkbrauwen waren vol en donker. Nu zweeg hij en staarde in het niets. We zaten tegenover elkaar in het zand, hij met zijn benen voor zich uitgestrekt. Af en toe kneep hij in zijn schouder.

'Doet het pijn?' vroeg ik.

'Niet ernstig. Ik heb denk ik gewoon een spier verrekt toen ik...' Hij haalde diep adem en maakte zijn zin moeizaam af. '...toen ik de copiloot uit het vliegtuig probeerde te trekken. Hij was de enige die op dat moment nog leefde.'

'O,' zei ik zacht. 'Wat verschrikkelijk.'

T.J. knikte langzaam. 'We zaten met zijn negenen in het vliegtuig toen het toestel werd doorzeefd met kogels. Alle munitie die we aan boord hadden ontplofte. Zeven van ons waren al dood voordat het vliegtuig de grond raakte. Maar Jake... de copiloot... híj leefde nog. Amper, dat wel, maar hij was nog bij bewustzijn. Toen het toestel de grond raakte, wist ik dat ik weg moest, want het was een kwestie van tijd voordat het hele ding zou ontploffen. In de lucht zei Jake al: "Je moet mij achterlaten, anders gaan we er allebei aan!" Hij had een zeer ernstige hoofdwond, dus hij ging het hoe dan ook niet redden.' T.J. groef met zijn vingers in het zand. Zijn gezicht verstrakte. 'Maar weet je... hoe goed ze je ook trainen, niemand leert je om een kameraad achter te laten. Dat doe je gewoon niet. Dat kán niet. Dus ik probeerde hem uit dat verdomde toestel te krijgen, terwijl de vlammen om ons heen raasden. Maar het lukte niet. En toen zag ik hem voor mijn ogen zijn laatste adem uitblazen.' Hij slikte en bleef een lange tijd stil. Toen zei hij, zo zacht dat ik hem bijna niet kon horen: 'Ik kroop naar buiten, net op tijd, want een paar tellen later explodeerde het toestel. Het is een wonder dat ik niet geraakt ben door de rondvliegende scherven.'

Achter hem zag ik Chaver zijn neus door de opening steken en ons fronsend gadeslaan.

T.J. had niets in de gaten.

'Ik ben gaan rennen,' vertelde hij verder, 'door velden en weilanden. Toen ik bij een boerderij aankwam, bonsde ik op de deur, maar er werd snel een grendel voor de deur geschoven. Uiteindelijk kwam ik in het bos terecht, waar ik onderuitging in de sloot en...' Ondanks alles deed hij een poging te grinniken. 'Nou goed, de rest weet je.'

'Heb je dorst?'

'Uitgedroogd.'

Ik gaf hem mijn veldfles, maar toen hij die aannam en voelde dat er niet veel meer in zat, vroeg hij: 'Heb jij dan nog wel water voor jezelf over?'

'Drink maar. Morgenochtend vul ik mijn fles weer.'

Hij keek me even aan, nam toen één slok en schroefde de dop weer terug. 'Hoelang leef je al zo?'

'Een jaar.'

'Maar hoe doe je dat dan? De Duitsers zitten overal, toch?'

'Niet in dit gedeelte. Hier is het te onbegaanbaar voor ze. Dus zolang ik tijdens het eten sprokkelen en water halen goed uitkijk, ben ik veilig.'

'Ongelooflijk.' Hij schudde zijn hoofd. 'En je bent hier helemaal alleen?'

'Nee, hij is er ook.' Ik wees naar Chaver, die nog steeds onder de takken door stond te gluren.

Nu pas zag T.J. hem. Hij schoof in een reflex achteruit in het zand. Toen kneep hij zijn ogen samen en bekeek Chaver nog eens goed. 'Krijg nou wat, het lijkt wel een wolf.'

Chaver trok waarschuwend zijn lip op.

'Je moet hem niet recht in zijn ogen aankijken,' zei ik snel. 'Dat vindt hij niet fijn. Daar kennen jullie elkaar nog niet goed genoeg voor.'

'O.' Snel keek T.J. de andere kant op. 'Maar... Is hij echt een...'

Ik knikte.

'Werkelijk ongelooflijk.' Hij trok zijn pet van zijn hoofd en legde die naast zich in het zand. Zijn bruine haar was kort opgeschoren, en zijn oren stonden een beetje van zijn hoofd af, waardoor ze uitstaken. Het gaf hem een jongensachtige uitstraling. 'En nu?'

'Nu gaan we proberen te slapen. In de ochtend, voordat het licht wordt, leg ik een briefje neer op een geheime plek waar iemand uit het verzet soms eten voor me achterlaat. Hij komt niet elke dag, maar uiteindelijk zal hij mijn boodschap vinden. Aad, heet hij. Hij zal je verder kunnen helpen en ervoor zorgen dat je komt waar je moet zijn.'

Het verbaasde me hoe kalm ik klonk terwijl mijn hersenen een marathon liepen in hun poging te bevatten dat er plots iemand bij was gekomen op mijn geheime plek, een vreemdeling nota bene, die ook nog eens een man was. Maar ik kon mezelf niet toestaan in paniek te raken. Ik wist dat Chaver mijn gemoedsrust aanvoelde, dat hij mijn emoties rook, en zodra ik nerveus werd, zou hij dat ook worden. Dat hij die spanning vervolgens op T.J. zou afreageren, moest ik hoe dan ook voorkomen.

‘Maar is er hier geen *safe house* of andere veilige plek in de omgeving waar ik naartoe kan om vandaar verder te trekken?’ vroeg hij. ‘Begrijp me niet verkeerd, ik ben ontzettend dankbaar voor je hulp, maar ik moet zo snel mogelijk contact leggen met mijn eenheid.’

‘Niet dat ik weet. En zoals je zelf al zei: de Duitsers zijn overal. Zodra jij dit gedeelte van het duinbos uit loopt, ben je een doelwit. Je had eens moeten horen hoe ze...’ Snel slikte ik de rest van mijn woorden in.

T.J.’s frons maakte duidelijk dat hij pijnlijk goed begreep wat ik niet zei.

Dat de Duitsers zo hard hadden gejuicht toen zijn vliegtuig werd neergehaald, dat ik hun opgetogen kreten helemaal bij de dijk had kunnen horen.

Langzaam liet hij een hoopje zand tussen zijn vingers doorsijpelen en balde zijn handpalm tot een vuist.

Ik gaf hem mijn wollen deken.

'Maar jij dan?' vroeg hij.

'Ik slaap daar,' zei ik, met een gebaar naar de kuil. 'Chaver houdt mij warm.'

T.J. trok zijn wenkbrauwen op. 'Dit meen je?'

'Ja.' Ik ging in de kuil liggen en rolde mezelf op. Dit was normaal gesproken het moment waarop Chaver bij me kroop. Door zich half op, half naast me te nestelen hield hij de ergste kou op afstand. Mijn jas was inmiddels zo grijs van al zijn haren dat die op een vacht leek. Maar nu kwam Chaver niet. Hij bleef staan en keek met laaghangende kop naar de Amerikaan, die nog steeds met de deken in zijn armen stond.

'Je kunt het best gaan liggen,' zei ik. 'Dan kom je minder bedreigend op hem over.'

'Dat beest vindt mij bedreigend?' T.J. stootte een geforceerde lach uit. 'Heeft hij zichzelf weleens gezien?'

Toch sloeg hij de deken om zich heen en ging op het zeil liggen. Toen ik het voor hem had uitgespreid, had hij verbaasd naar het rode tafelkleed met de witte bloemetjes gestaard, maar er niets over gezegd. Nu probeerde ik me voor te stellen hoe het voor hem moest zijn om in een door de vijand bezet bos een verwilderd meisje aan te treffen dat erbij liep als een jongen, geflankeerd werd door een wolf met wie ze in haar schuilplek sliep op een gebloemd keukenzeil.

Ondanks alles kon ik een glimlach niet onderdrukken.

Chaver liep een langzaam en nadrukkelijk rondje om de kuil, waarbij hij T.J. een paar keer strak aankeek. Toen liet hij zich voorzichtig op mij zakken. Ik snoof de vertrouwde geur van zijn vacht op, een mengeling van bos, aarde en de zoetheid van zijn huid onder al dat haar.

Toen sloot ik mijn ogen.

Die nacht werd ik een paar keer wakker van T.J., die in zijn slaap de naam van Jake mompelde, onrustig lag te woelen en *God no, o please God no!* prevelde.

Ook Chaver hoorde het aan, en hij piepte zacht.

'Het is denk ik het beste als jij hier wacht,' zei ik de volgende ochtend. 'In deze struik zal niemand je vinden. Als we met zijn tweeën door het bos gaan lopen, vallen we meer op dan ik in mijn eentje, en bovendien ga ik alleen maar even deze brief neerleggen.'

In mijn handen hield ik het vel papier waarop T.J. op de achterkant zijn naam had gezet en in het kort zijn situatie had geschreven. De voorzijde bestond uit een lijst met zinnen, zoals *I am an American airman / Where am I? / Please take this letter to the American consul*, met daarachter de Duitse, Franse en Nederlandse vertaling van die zinnetjes.

Hij had een potloodje en zes aan elkaar vastgeniete portretfoto's van zichzelf uit zijn zak gehaald. Op de foto droeg hij normale burgerkleding: een wollen jas met een wit overhemd en stropdas. De portretjes zagen er precies zo uit als de foto op een persoonsbewijs. *Escape pictures*, stond met potlood op de achterkant van de foto's geschreven.

Eentje had hij losgetrokken en in de brief gevouwen.

T.J. legde me uit dat hij de portretten bij zich droeg voor het geval er in vijandelijk gebied valse papieren voor hem gemaakt moesten worden. Helaas was de rest van zijn spullen verloren gegaan tijdens de crash, behalve zijn pistool. Die haalde hij nu tevoorschijn met de woorden: 'Ik blijf niet hier. Ik ga met je mee.'

Ik deinsde achteruit. 'Haal dat ding bij me vandaan.'

'Hiermee kan ik ons onderweg veilig houden.'

'Het lukt mij al een jaar lang prima om mezélf veilig te houden. Dus jij blijft gewoon hier, en ik ben over een uur terug.' Toen hij zijn wenkbrauwen fronste, voegde ik eraan toe: 'Het is voor je eigen bestwil, en ook voor die van mij. Ik weet precies hoe ik me hier ongezien kan voortbewegen.'

Nu gleed er een geamuseerde trek over zijn gezicht. 'En je denkt dat ik dat niet kan? Denk je soms dat GI's geen training hebben gekregen?'

'Ik denk dat we geen onnodig risico moeten nemen.' Ik keek naar de lucht. 'En hoe langer we hierover blijven bekvechten, hoe lichter het wordt, dus ik ga nu. Tot straks.'

Ik liet het opgevouwen vel papier met de foto erin achter in de holte en legde er voor de zekerheid een steen bovenop. Nu maar hopen dat Aad het zou vinden. Als de Duitsers het ontdekten, hadden we een groot probleem. Zelfs als T.J. zijn situatie in codetaal op het briefje geschreven zou hebben, zouden ze direct begrijpen wat er aan de hand was, want op de andere kant van het vel stond immers letterlijk dat hij een bemanningslid was. We moesten er maar gewoon van uitgaan dat het niet in de Duitsers opkwam om hier bij dit deel van de dijk te gaan rondsnuffelen.

Tot nu toe hadden ze dat immers ook niet gedaan, anders zou Chaver het wel geroken hebben.

Zelf zou ik vanaf nu twee keer per dag, in de vroege ochtend en tijdens de avondschemering, gaan kijken of Aad het al gevonden had.

Op weg naar het meertje om water te halen liep Chaver met een zacht zwiepende staart voor me uit, duidelijk opgelucht dat we weer alleen waren. Hoewel hij T.J.'s aanwezigheid had geaccepteerd op de plek die al een jaar lang alleen van ons was, kon T.J. nog steeds op een grom rekenen als hij een onverwachte beweging maakte of te lang naar Chaver staarde.

Toch vond ik dat hij goed met deze grote verandering omging.

'Ik ben trots op je,' vertelde ik hem. 'Dit is onze kans om iemand te helpen, begrijp je?'

Chaver draaide tevreden met zijn oren.

Maar toen we terug bij ons struikgewas waren, bleef hij voor de ingang staan. Hij snoof en brieste, duidelijk niet blij dat hij T.J. nog steeds rook.

'Het is goed,' vertelde ik hem, terwijl ik de wildtunnel in kroop.

T.J. zat met zijn gezicht in de zon. In zijn handen hield hij...

'Een boek!' riep ik uit. 'Zie ik dat echt goed? Je hebt geen idee hoe ik lezen mis hier.'

Hij stond op en reikte me het boek aan.

The Grapes of Wrath, stond er op de voorkant. Van John Steinbeck. Met mijn duim streek ik over de bladzijden. Het boek was zacht en van dun papier.

'Ze noemen dit een *Armed Service Edition*, dat zijn boeken die in extra compacte paperbacks worden uitgegeven zodat de GI's ze makkelijk mee kunnen nemen. Je zou het misschien niet verwachten, maar lezen is een zeer populair tijdverdrijf bij ons. Voor sommige jongens zijn hun boeken nog belangrijker dan hun pin-ups.'

Ik sloeg het boek open.

'Houd het maar,' zei hij.

'Maar jij dan?'

T.J.'s gezicht betrok. 'Lezen lukt me op dit moment niet. Ik probeerde het, net. Maar ik kan alleen maar de hele tijd terugdenken aan mijn kameraden. Zij hadden het ook moeten redden, verdomme. We waren samen op een missie. Sámen.'

Zijn stem brak bij het laatste woord, en ik ging naast hem zitten.

Een moment lang zeiden we beiden niets.

Toen stak Chaver voorzichtig zijn kop naar binnen en keek ons aan.

'Hallo daar,' zei T.J. zo vriendelijk mogelijk.

Meteen was Chaver weer weg.

'Geen zorgen,' zei ik toen ik T.J.'s bezorgde gezicht zag. 'In de ochtend gaat hij altijd even jagen. Hij draait wel bij.'

'Dat dier vertrouwt mij niet.'

'Het ligt niet aan jou. Wolven zijn nu eenmaal terughoudend naar mensen. Hij sprong bij mij ook niet direct op schoot, hoor.'

'Ik wist niet eens dat er in Nederland wolven leefden. In Louisiana, waar ik vandaan kom, hebben we vooral coyotes. Al woont de rode wolf er ook, maar die wordt helaas met uitsterven bedreigd.'

'Chaver komt uit een dierentuin. Hij is ontsnapt tijdens het bombardement.' Ik gaf hem het boek terug en vertelde in het kort over Chavers geschiedenis en hoe we elkaar hadden ontmoet. 'Zonder hem zou ik het hier niet volhouden,' voegde ik eraan toe.

'Dat begrijp ik. Ik zag jullie, vannacht.' Hij keek naar de kuil en schudde verbaasd zijn hoofd. 'Zoiets heb ik in heel mijn leven nog nooit gezien.'

'Chaver is erg bijzonder.'

'Ja, dat blijkt. Echt schitterend, de band die jullie met elkaar hebben.' T.J.'s maag maakte een borrelend geluid, en hij lachte schaapachtig. 'Aan honger is op dit moment niet echt wat te doen, vermoed ik?'

'Fout.' Ik pakte een van de conservenblikken op en wilde er rammelend mee schudden, maar bedacht me net op tijd dat we nog steeds stil moesten zijn. In plaats daarvan hield ik het blik naar hem op. Er zaten noten in, en wat bessen die ik in de zon had laten drogen om ze langer houdbaar te maken. 'Het is niet veel, maar het stilt de ergste honger. En ik heb de veldfles net ook weer gevuld.'

T.J. keek naar het blik en schudde zijn hoofd. 'Dat is van jou, daar kom ik niet aan.'

Dat mijn voedselvoorraad bij lange na niet genoeg was om twee personen voor langere tijd in leven te houden, was inderdaad nogal duidelijk. Dat er op dit moment weinig nieuws te plukken viel, ook. Maar toen ik aandrong, at hij toch een paar noten.

We konden alleen maar hopen dat Aad de brief snel zou vinden.

CHAVER

Zijn adem zweefde in wolkjes langs hem heen. Hij bewoog zich sluik tussen de bomen door. Zoals altijd wanneer hij jaagde, stond elk zintuig op scherp en wist hij precies waar hij op moest letten om in te schatten of hij een prooi kon overmeesteren. Een ongewone manier van lopen kon zo'n aanwijzing zijn, het ritme van een afwijkende ademhaling eveneens, of een kermend geluid. Ook doffe ogen of een vale vachtkleur waren details die hem direct opvielen, evenals een lucht die niet klopte of gedrag dat niet paste bij het betreffende dier. Zoals dat konijn van een paar manen geleden, dat niet was weggesprongen toen hij de wolf zag maar roerloos tussen de duinplanten was blijven staan, zachtjes wiegend als een slaapwandelaar.

In nog geen twee tellen had Chaver het diertje uit zijn lijden verlost.

Deze manier van jagen leverde hem misschien niet de vetste prooien op, maar wel de zekerheid van op tijd iets te eten hebben. En door zich vooral op oude, zieke en zwakke individuen te concentreren bewees hij de gezonde dieren een dienst: er bleef nu meer voedsel voor hen over en de kans op ziektebesmetting werd verkleind. Zelf werd hij er niet ziek van, al waren dit geen zaken waar hij over nadacht. Waar het hem om ging, was dat hij zijn eten rap naar binnen kon schrokken zodat hij zo snel mogelijk terug kon naar Debra, voordat de mannen-met-laarzen hem zagen. Maar nu...

Zijn rugharen begonnen te prikken.

Nu was alles anders. Debra had iemand toegelaten in hun wolvenhol, een man-met-laarzen nota bene. Chaver begreep er niets van. Debra wist net als hij dat ze zulke mannen moesten ontwijken. En toch had ze er eentje mee naar hun veilige plek genomen. Iemand die telkens naar hem staarde wanneer hij dacht dat Chaver het niet doorhad. Iemand die hier helemaal niet hoorde.

Maar tegelijkertijd iemand die, dat voelde hij, niet gevaarlijk was.

Debra wist dat ook, want Chaver zag hoe ze naar de onbekende man keek. Die blik in haar ogen had hij tot nu toe alleen nog maar gezien wanneer ze onverwacht op eetbare besjes stuitte.

Chaver bromde zachtjes voor zich uit.

Nee, hij begreep er niets van.

DEBRA

'Waar is je familie?' vroeg T.J., kauwend op een beukennootje. 'Zijn zij ook aan het schuilen?'

Nu het helemaal licht was, kon ik hem voor het eerst echt goed zien. Hij had groene, amandelvormige ogen en de gewelfde lippen van iemand die gemakkelijk lachte. Over zijn kaken lag een stoppelschaduw. En misschien leek het zo door het bruinleren jack, maar zijn schouders waren enorm.

'Mijn moeder is thuis,' vertelde ik. 'Zij is niet Joods. Maar mijn vader...' Even sloot ik mijn ogen. 'Mijn vader is meegenomen, en ik zal heel blij zijn hem snel weer te zien.' Ik sprak deze woorden heel vlug achter elkaar uit, zonder pauze ertussen.

T.J. knikte begrijpend.

'Ik heb ook nog een jonger broertje. Die zat hier in de buurt ondergedoken, maar waar hij nu is weet ik niet.'

'Man, dat is zwaar. Dat je het al zo lang volhoudt hier vind ik ongelooflijk knap.'

'Ik heb geen keuze.'

'Waar zijn we nu precies?' Hij ging rechtop staan en keek om zich heen, maar dit kleine open stukje was aan alle kanten omringd door de metershoge duindoornstruiken. 'Waar zitten de Duitsers?'

De manier waarop hij zijn woorden uitsprak leek in niets op het Engels zoals ik dat op school had geleerd. Dit was niet de keurige, bijna onderkoelde Britse manier van spreken. T.J. rekte zijn woorden en maakte er warme klanken van die prettig waren om naar te luisteren. Ik kende het zuiden van Amerika uit boeken, zoals die over Tom Sawyer en Huckleberry Finn, en stelde me er altijd een ruig landschap voor waar coyotes door de velden renden en alligators in de rivieren zwommen. Nu was daar nog een beeld bij gekomen. Breedgeschouderde mannen zoals T.J., bij wie elke zin die ze met hun diepe stem uitspraken klonk als een gesproken lied.

Pas toen hij me afwachtend bleef aankijken, herinnerde ik me dat hij een vraag gesteld had.

Ook ik ging staan. Ik wees in de richting van de zee. 'Dat ze dáár zijn weet je natuurlijk, want dat zul je vanuit de lucht vaak genoeg gezien hebben. Maar hier in het bos bevinden ze zich eigenlijk vooral op de wat meer open gedeeltes, dus waar het niet zo dichtbegroeid is. In de duinen, en rondom een groot meer die kant op.'

Toen hij stil bleef, vroeg ik: 'Denk je dat ze naar je op zoek zijn?'

'Nee, dat verwacht ik niet. Het toestel is natuurlijk compleet verwoest, dus...' Hij drukte zijn wenkbrauwen gepijnigd naar elkaar toe bij de herinnering. 'Ik denk dat ze ervan uitgaan dat niemand het heeft overleefd.'

'Je hebt geluk gehad.'

T.J. ging met zijn hand door zijn geschoren haar en schudde zijn hoofd. 'Maar waarom ik? Waarom de rest van de jongens niet?'

'Er gebeuren zoveel dingen in deze oorlog die we nooit zullen begrijpen.'

'Een paar uur voordat het gebeurde, zaten we nog te kaarten,' mompelde hij. 'We lachten, plaagden elkaar wat. Ik kan gewoon niet... Het is niet...'

'Kom zitten,' zei ik zacht. 'We kunnen niet te lang rechtop staan. Je weet nooit wie het ziet. Zelfs hier.'

T.J. liet zich weer naar de grond zakken. 'Dat is dus wat we nu moeten doen? Zitten... en wachten? Meer opties zijn er niet?'

'En hopen dat Aad snel wat van zich laat horen.'

Hij knikte, de frons tussen zijn wenkbrauwen nog steeds aanwezig.

Natuurlijk had ik vannacht liggen nadenken of er wellicht een andere manier was om T.J. te helpen. Een betere manier. Ik had zelfs even overwogen om terug te gaan naar de boerderij waar Siem gelogeerd had. Die vrouw was aardig geweest. Behulpzaam. Maar het was gewoon niet veilig. Stel dat iemand me zag. Stel dat niet zij degene was die opendeed maar een knecht of iemand anders. Stel dat... Nee, het risico was te groot.

Aad zou weten wat er moest gebeuren.

En daar moesten we inderdaad op wachten.

Na al die tijd alleen te zijn geweest voelde het vreemd om te praten. Om een gesprek te voeren dat zich buiten mijn hoofd afspeelde. Al zo lang leefde ik hier als een dier, tussen de andere dieren, dat ik bijna vergeten was dat ik een mens was.

T.J. en ik spraken zacht, bijna op fluistertoon.

We zaten dicht naast elkaar zodat we elkaar goed konden verstaan.

'Hoe ben je ertoe gekomen om te gaan vliegen?' vroeg ik. 'Wilde je dat altijd al?'

'Ja, eigenlijk wel. Vanaf het moment waarop ik als kleine jongen voor het eerst een vliegtuig in de lucht zag. Toen ik klaar was met school, meldde ik me direct aan bij de militaire luchtmacht, maar ik was nog zo jong dat er een handtekening van mijn moeder nodig was.' Hij glimlachte bij de herinnering. 'Ze weigerde me toestemming te geven om als piloot te gaan werken, want dat vond ze te gevaarlijk. Maar ik liet me niet tegenhouden, en zo werd ik radio-operator.'

'Je zult haar wel missen.' En wat wist ik goed hoe dat voelde.

'Zeker. Ik weet dat ze bezorgd is als ze een tijd niets van me hoort. Ik hoop haar snel weer te kunnen schrijven.'

'En je vader?'

'Die is helaas overleden toen ik nog klein was. Maar ik heb wel een oudere broer.'

Op dat moment stak Chaver zijn kop naar binnen. Toen hij mij zag zitten, kwispelde hij en drukte zijn kop tegen mijn wang. Boven zijn mondhoek zat een veeg bloed. Daarna draaide hij een paar keer in het rond en liet zich naast mij in het zand ploffen. Ik streelde zijn kop, zijn rug en zag vanuit mijn ooghoek dat T.J. verstijfd toekeek.

'Rustig maar,' zei ik kalm, en het voelde alsof ik tegen allebei tegelijk sprak. 'Alles is goed.'

Die namiddag, zodra de schemer op ons neerdaalde, slopen Chaver en ik opnieuw naar de dijk.

Maar de brief lag er nog.

Na twee dagen had Aad mijn brief nog altijd niet gevonden.

Ik zag T.J. onrustig worden.

Hij ijsbeerde op onze paar vierkante meter heen en weer, en toen er vanmorgen Amerikaanse vliegtuigen overvlogen, keek hij zo lang en zo stil naar de lucht dat ik zijn heimwee voelde alsof het de mijne was.

'Ik krijg bijna het gevoel dat ik je hier gegijzeld houd,' merkte ik op, niet eens als grapje.

T.J. wendde zijn blik af van de hemel en zei ernstig: 'Ik ben extreem dankbaar voor je hulp. Zonder jou hadden de Duitsers me vroeg of laat gevonden; daar ben ik van overtuigd.'

'Maar nu ben je hier en kun je geen kant op.'

Hij kwam weer naast me zitten.

Chaver, die aan mijn andere zijde lag, was sinds gisteren gestopt met grommen.

'Laten we hopen dat jouw contactpersoon snel wat van zich laat horen,' zei hij, en ik knikte alleen nog maar want dit zeiden we zo'n beetje elk uur tegen elkaar.

'Het voelt alleen zo... passief,' merkte ik op. 'Dit wachten, terwijl we niet weten voor hoelang. Er zou toch iets anders moeten zijn, een andere manier om je te helpen.'

Van opzij keek hij me aan en vroeg zacht: 'Wil je dat ik ga? Vind je het vervelend dat ik hier ben? Zeg het maar gerust, want dat zou ik volkomen begrijpen.'

'Nee, nee, dat bedoel ik absoluut niet.' Ik vertelde hem niet dat hij me deed denken aan een gekooid dier en zei in plaats daarvan: 'Maar ik hoor nu al twee dagen je maag tekeergaan en vraag me af hoelang jíj dit nog volhoudt.'

'Je hoort mijn maag?' Nu schoot hij in de lach. 'Tja, wat zal ik zeggen, ik ben inderdaad niet gewend om te leven van nootjes en bessen of die groene blaadjes die je me vanmorgen gaf. Maar vergis je niet, hoor, ik kan het heus nog wel een tijdje uitzingen.'

Ik lachte mee, maar wat hij niet wist was dat ik serieus overwoog om tóch naar die boerderijwoning terug te gaan. Die vrouw kende de juiste mensen, en ze had misschien nog wat te eten over ook. Misschien kon T.J. bij háár onderduiken totdat het mogelijk was hem veilig terug naar Engeland te krijgen. Ondanks het gevaar was dat plan op dit moment misschien wel zijn enige kans om hier weg te komen. Want of Aad de brief ooit zou vinden, was nog maar de vraag.

Had hij de laatste keer dat ik hem zag niet verteld dat hij in de gaten gehouden werd?

Misschien was hij wel opgepakt!

Nog één dag, besloot ik.

Als de brief morgenavond nog steeds in de dijk lag, zou ik de ochtend erna naar de boerderij gaan.

Die middag, nadat we als lunch ieder drie noten hadden gegeten, zaten we dicht tegen elkaar aan met de wollen deken over ons heen. De snijdende kou en onze krappe behuizing maakten de intimiteit niet vreemd maar vanzelfsprekend, al kon ik niet helpen me af te vragen hoe sterk ik rook. Omdat ik spaarzaam moest zijn met het water uit mijn veldfles, waste ik me slechts sporadisch, en ik had al meer dan een jaar geen stukje zeep in handen gehad.

Gelukkig leek T.J. zich er niet aan te storen.

Hij hield zijn hoofd dicht bij het mijne terwijl we samen verder lazen in *The Grapes of Wrath*. De sensatie om eindelijk weer een boek in handen te hebben was onbeschrijfelijk. Iedereen begreep dat je van gebrek aan voedsel een lege maag kreeg, maar er bestond ook een ander soort honger. Mijn hersenen zogen de woorden op van de pagina's met de intensiteit van een hoofd dat een jaar lang gedwongen was geweest te vasten. Voordat ik een bladzijde omsloeg, vroeg ik telkens aan T.J. of hij ook zover was, waarop hij een bevestigend geluid maakte.

Maar toen ik vanuit mijn ooghoek naar hem keek, zag ik dat hij helemaal niet aan het lezen was. Sterker nog, hij keek niet naar het boek maar strak voor zich uit, alsof hij heel andere dingen zag dan het verhaal dat zich op het papier afspeelde.

'Gaat het?' vroeg ik voorzichtig.

Hij knipperde met zijn ogen alsof ik hem met mijn vraag terugtrok naar het hier en nu.

'Ik wil er niet aan denken,' zei hij, 'maar ik zie telkens weer Jake voor me... Hoe ik hem moest achterlaten... Steeds weer hoor ik de knal van de explosie.'

'Hij is als een held gestorven.' Ik hoorde zelf hoezeer mijn woorden tekortschoten, maar wist niet wat ik anders moest zeggen. 'En de rest ook.'

T.J. wreef langs zijn ogen. 'Ik weet het... Mijn hoofd weet het. En toch...'

Ik legde het boek naast me neer en greep zijn hand.

Een tijdlang zaten we zo, zwijgend, ieder met onze eigen gedachten.

Aan mijn andere zijde sliep Chaver rustig verder.

Toen het te donker werd om te lezen, vroeg ik: 'Waar staan jouw initialen eigenlijk voor? Of heet je letterlijk T.J.?'

'Mijn volledige naam is Timothy Joseph Wagner. Vroeger heette ik Tim.' Hij trok de deken wat strakker over ons heen en vertelde: 'Maar ik had als kind last van bronchitis, waardoor ik vaak moest hoesten. Op school waren een paar vervelende kinderen die het daardoor grappig vonden om mij Tiny Tim te noemen. Je weet wie dat is?'

'Uiteraard,' zei ik. 'Timothy Cratchit uit *A Christmas Carol.*'

'Nou, je kunt je natuurlijk voorstellen dat ik het helemaal niet stoer vond om zo genoemd te worden, dus op dat moment besloot ik om voortaan door het leven te gaan als T.J., wat veel stoerder klinkt. Gelukkig groeide ik uiteindelijk over mijn bronchitis heen, maar die naam is blijven hangen.'

In het halfdonker luisterde ik naar de ontspannen toon waarop zijn diepe stem de zinnen uitsprak, hoe hij zijn woorden rekte terwijl het tempo gewoon vlot was. Zijn uitspraak was als honing die werd uitgeschonken, snel en dan weer langzaam, maar voortdurend zoet. Ik liet hem praten en stelde steeds opnieuw vragen in de hoop dat hij dan even niet zou hoeven denken aan wat er was gebeurd. Maar zelfs wanneer we stilvielen, voelde het niet ongemakkelijk.

Vreemd genoeg was het net alsof ik hem al heel lang kende.

Was hij hier drie dagen of drie jaar?

Het leek plotseling allemaal mogelijk.

'T.J.!' Zo snel ik kon, schoot ik door de wildtunnel en de smalle hoge doorgang tot ik hijgend op de open plek stond. 'De brief is weg, de brief is weg!'

Hij sprong op. '*Yes!*'

We spraken nog altijd zacht, maar onze vreugde voelde als gejuich.

Ik greep zijn handen beet en sprong op en neer. 'Dit betekent dat Aad nu op de hoogte is. Ga er maar van uit dat hij nu alles in het werk aan het stellen is om jou hier weg te krijgen.'

T.J. keek me aan. Het was vroeg. De zon was nog maar net bezig met haar ochtendklim. Zijn vingers sloten zich om die van mij. Hij zei niets.

Langzaam vloeide de euforie uit me weg.

'Ga met me mee,' zei hij ernstig. 'Ik weet zeker dat deze Aad, als hij echt zulke goede contacten heeft, ook voor jou wat kan regelen. Dan kun je weg hier. Heb je al naar boven gekeken? Er is sneeuw op komst. Misschien nog niet vandaag, maar het zal niet lang meer duren. En dan?'

'Ik heb hier eerder sneeuw meegemaakt en leef nog steeds.'

'Maar als er een warme, veilige plek voor je gevonden kan worden, waar je te eten krijgt, en –'

'Het gaat nu niet over mij.' Ik liet zijn handen los. 'Waar het om gaat, is dat jij binnenkort op weg terug naar Engeland kunt gaan. Dat wilde je toch?'

'Wat ik wil, is dat jij ook veilig bent.'

'Ik red me heus wel.'

We brachten de dag door met lezen en praten, praten en lezen. Nooit eerder was ik zo lang met een man alleen geweest. Soms voelde het alsof hij hier helemaal niet werkelijk was, alsof ik hem verzon zoals die onderduikster met haar denkbeeldige kat had gedaan. Kon aanhoudende eenzaamheid de hersenen aantasten? Maar de tinteling in mijn onderbuik wanneer hij naar me keek en de warme gloed die door me heen trok alleen maar door dicht tegen hem aan te zitten, waren echt. Hij was echt.

Ik vertelde hem over mijn voormalige werk als bibliotheekassistente, hij sprak over zijn jeugd in Shreveport. Toen ik het bombardement op Rotterdam aan hem beschreef en vertelde dat tante bij ons was ingetrokken, vertelde hij dat hij als kleine jongen meemaakte dat de Mississippi buiten haar oevers trad en veel mensen dakloos raakten. 'Mijn oom en tante trokken toen ook bij ons in, dus ik weet een beetje hoe het is, al is een natuurramp natuurlijk altijd beter te verkroppen dan de gevolgen van menselijk geweld.'

Hier vielen we stil.

Nooit zou ik vergeten wat er op 14 mei was gebeurd, hoe ik de wereld had voelen trillen, hoe gebouwen waren ingestort en hoe ik op straat wanhopige mensen had zien rondrennen. Maar in Duitsland gebeurde dit nog steeds, en T.J. had daaraan meegewerkt. Sterker nog, hij zou terug naar Blyton gaan, waar hij opnieuw aan boord van een bommenwerper zou stappen, en...

Ik huiverde.

T.J. sloeg zijn arm om me heen alsof hij wist waar ik aan dacht.

Terwijl hij me dicht tegen zich aan trok, bleven we allebei stil. Ik wilde niets liever dan dat de oorlog voorbij was, dat Nederland weer vrij was. Maar de gedachte aan de vele bommen die daarvoor nodig waren, maakte zelfs een uitgehongerd lichaam misselijk.

Een groep meeuwen vloog schreeuwend over, richting de zee.

We keken ernaar tot ze uit het zicht waren.

Toen pakte T.J. een stokje op en tekende een vogel in het zand. 'Zie je wat dit is?'

Ik keek naar het figuurtje met de lange snavel. 'Een reiger?'

Hij wierp lachend zijn hoofd achterover. 'Nee, het is een pelikaan. Deze vogel is het officiële symbool van Louisiana.'

Er klonk een trots in zijn stem door die me nieuwsgierig maakte naar zijn wereld, zijn thuis. Eerder had hij me verteld dat hij niet kon wachten om weer terug te gaan en de lucht van zijn geboortestad in te ademen. '*There ain't no air like Southern air*,' had hij gezegd.

Ik vroeg me af hoe die rook en in welk opzicht die dan anders was dan de lucht in bijvoorbeeld Rotterdam.

Veel tijd om erover na te denken was er niet, want Chaver sprong met een onverwachte beweging overeind, griste het takje uit T.J.'s hand en hield het triomfantelijk tussen zijn tanden terwijl hij een victorierondje om ons heen liep, zijn bek met het takje daarin hoog in de lucht. Zijn staart zwiepte uitbundig heen en weer.

Toen ging hij in het zand liggen en begon tevreden op het stokje te kauwen.

Het was een duidelijk teken dat hij zich eindelijk echt op zijn gemak voelde bij onze gast.

'Wat een beest,' zei T.J., en voor het eerst klonk er geen angst meer in zijn stem maar affectie.

Ik stak mijn arm in de opening van de dijk zoals ik al tientallen keren eerder had gedaan. Maar ditmaal was het anders, ditmaal zou er hoogstwaarschijnlijk een bericht van Aad liggen. Met ingehouden adem liet ik mijn vingers door de donkere ruimte gaan, zoekend, tastend. Eerst leek er nog steeds niets te liggen, de holte leeg als een vogelnest in december. Maar toen raakten mijn vingertoppen plotseling iets hards.

Snel trok ik het naar me toe.

Het was een conservenblik, omwikkeld met bruin pakpapier. Verder niets.

Ik fronste mijn wenkbrauwen. Dit kon toch niet? Had Aad mijn boodschap misschien niet begrepen? Dat kon ik me bijna niet voorstellen. Ik klom in de uitholling, ging er op mijn rug in liggen zoals toen het nog mijn bedstee was, en duwde met mijn handpalmen tegen de achterkant, de zijkant, de bovenkant van de groef. Vochtige aarde schoot los en landde plakkerig op mijn gezicht.

Ik blies die weg.

Maar er was niets. Niets.

T.J. stond me al op te wachten voor de ingang van de duindoorn. In het donker, zoals nu, liep hij af en toe kleine stukjes langs de struik heen en weer, om zijn benen te strekken.

Chaver glipte langs hem heen de doorgang in.

'En?' vroeg T.J. 'Wat zei Aad? Wat is het plan?'

'Stil, niet hier.' Ook ik kroop het dichte struikgewas in. Aan het geritsel vlak achter me hoorde ik dat T.J. me volgde. Toen we tegenover elkaar in de opening stonden, ritste ik mijn rugtas open en haalde het conservenblik eruit. 'Dit is alles wat er lag.'

T.J. nam het blik in zijn handen en hield het op naar het maanlicht. 'Doperwten? Is dat alles?'

'Ja.' Ik liet mijn rugtas met een plof op de grond vallen. 'Ik begrijp het niet. Jij?'

'Weet je heel zeker dat hij verder niets heeft achtergelaten? Heb je echt goed gekeken?'

'Natuurlijk.' Het kwam er bozer uit dan ik bedoelde.

'*Hey*...' T.J. zette het blik op de grond en sloeg twee sterke armen om me heen. 'Kom eens hier. Het komt wel goed, hoor. Echt. Dat weet ik zeker.'

'Hoe dan?' Mijn stem klonk gesmoord tegen zijn borst, maar ik bleef staan. Ondanks de kou voelde hij warm aan. 'Vertel me eens hoe dit goed gaat komen? Hoe gaan die erwten jou terug naar Engeland brengen?'

T.J. zei niets, maar drukte me nog steviger tegen zich aan.

Toen vroeg hij: 'Stond dat blik zo in de opening, of zat het ergens in verpakt?'

'O!' Snel maakte ik me los. 'Dat ik daar niet meteen aan heb gedacht! Het was verpakt in bruin pakpapier. Maar ik dacht... Ik stond er niet bij stil dat...' Ik hurkte neer bij mijn tas en haalde het papier eruit. Nadat ik het met mijn vingers glad had gestreken, pakte ik mijn knijpkat uit mijn tas.

'Wacht.' T.J. raapte vlug de deken van de grond en drapeerde die over onze hoofden zodat we samen een dak vormden waaronder het schijnsel van de zaklamp niet zou opvallen.

Ik scheen op het papier, maar we zagen niets.

Slechts de textuur van het bruine papier verscheen in de lamp, als nerven in een herfstblad.

'Draai het eens om.' T.J.'s stem klonk nog lager dan anders, alsof ook hij vreesde dat er niets was, geen boodschap, geen instructies. Alleen maar erwten.

Ik keerde het inpakpapier om, en allebei zogen we onze adem in.

Daar, heel klein en in een hoekje van het vel, stond onmiskenbaar wat geschreven.

Morgenavond, 23.30, korenveld.

'Wat staat er?' T.J. keek me vragend aan. 'Wat betekent het?'

T.J. en ik aten de doperwten alsof het kaviaar was en dronken daarna om beurten van het in het blikje achtergebleven vocht. Het was zijn laatste nacht hier. We spraken er geen van beiden over, maar het feit hing als een gordijn om ons heen. Het maakte een vacuüm van de schuilplaats, een eiland tussen toen en straks.

We bleven lang op.

Zo lang zelfs, dat Chaver op een gegeven moment als eerste in onze slaapkuil ging liggen.

'Ga je me schrijven?' vroeg ik. Ik had mijn adres op het bruine pakpapier geschreven met T.J.'s potlood. 'Je moet dan natuurlijk wel wachten tot na de oorlog, zodat de Duitsers niet doorkrijgen dat ik nog steeds besta. Maar ik zal het fijn vinden om iets van je te kunnen lezen als ik weer thuis ben.'

'Zeker weten.' Hij zweeg even en zei toen: 'Ik ga je missen.'

'Ik jou ook,' gaf ik toe, want hoe onzinnig de emotie ook was, het was de waarheid. 'Maar we moeten blij zijn. We wilden dat je gered zou worden. Dat je terug kunt naar je basis.'

'Dat kan wel zijn, maar... Het besef dat jij nog steeds hier bent...' Hij schudde zijn hoofd. 'Dat klopt gewoon niet. Het gaat tegen alle logica in. We zitten midden in de winter, wat als je hier doodvriest? En wie weet hoelang de oorlog nog duurt. Laat Aad toch gewoon een onderduikadres voor je zoeken! Doe het anders voor mij.'

Ik schoof een stukje onder zijn arm vandaan. 'Dit kun je niet van me vragen. Luister, T.J., ik redde het hier prima voordat jij kwam, en dat zal ik ook doen als je straks weer weg bent.'

Hij maakte een hoofdgebaar naar de slapende Chaver en merkte op: 'Dat híj zich redt, daar heb ik geen twijfel over. Met zijn dikke wintervacht en het overschot aan konijnen hier. Maar jij bent kwetsbaarder. Begrijp je dat dan niet?'

'Ik laat hem hoe dan ook niet in de steek. En ik zou willen dat je niet zo bleef aandringen. Dat is zonde van je laatste avond hier.'

T.J. zuchtte. Hij pakte mijn hand en vervlocht zijn vingers met de mijne. 'Sorry.'

We draaiden onze gezichten tegelijk naar elkaar toe, waardoor onze wangen elkaar schampten. Het was maar een lichte aanraking, die nog geen seconde duurde, maar de schok die ik voelde, was zo heftig dat ik terug naar achteren schoot.

'Debra...' T.J. legde zijn hand tegen mijn wang en draaide voorzichtig mijn gezicht weer zijn kant op. Ik wilde opnieuw terugdeinzen, me niet branden aan de gloeiende intimiteit die ons zo plotseling te pakken had, maar ik bleef zitten. Ook toen zijn lippen de mijne raakten, even maar, nog geen seconde, dook ik niet weg.

Er trok een duizeligheid door mijn hersenen, een gevoel van niet kunnen bevatten wat er gebeurde en tegelijkertijd alles zó bewust meemaken dat het te groot was voor mijn hoofd. Het nam mijn hele lichaam over. Mijn hartslag versnelde, en ik drukte mezelf dichter tegen T.J. aan, nog dichter, om zijn warmte te voelen, zijn volledige aanwezigheid.

Opnieuw vond zijn mond de mijne, langer deze keer.

Zijn volle lippen waren ruw, maar smaakten zoet.

Laat dit moment eeuwig duren, dacht ik. *Deze avond. Jij en ik. Ga niet weg.*

Maar ik wist dat ik niet van hem kon verwachten dat hij bleef, evenmin als hij van mij kon verwachten dat ik meeging.

Toen ik de volgende ochtend terugkwam van water halen, gaf T.J. me een van zijn foto's. 'Voor jou. Om me te herinneren.'

'Alsof ik die flaporen van jou ooit kan vergeten,' zei ik plagend.

Ik kuste hem en keek naar het portretje, naar zijn hoekige gezicht met de volle wenkbrauwen en amandelvormige ogen, zijn lippen met de omhoogstaande mondhoeken. Zijn haar was iets langer op de pasfoto, en met zijn burgerkleding leek hij op iemand die ik vroeger gewoon op straat had kunnen tegenkomen. Maar ook al had ik in mijn leven genoeg jongens en mannen gezien, en ook al had ik net als ieder meisje afspraakjes gehad en was er zelfs een vriend van Jilles geweest met wie ik een paar maanden serieus was gegaan, geen van hen had deze uitwerking op me gehad. Zelfs op een kleine zwart-witfoto en met de kou om ons heen slaagde T.J. erin mijn lichaam te laten gloeien. 'Maar wat kijk je hier boos, joh,' merkte ik op.

T.J. knikte ernstig. 'Ik was boos omdat ik jou nog niet kende.'

Ik rolde met mijn ogen om het flauwe grapje en liet het portretje in de zak van mijn jas glijden. Nu al wist ik dat ik er vaak naar zou kijken, zo vaak dat de scherpe randen van het fotopapier uiteindelijk zacht zouden worden en de grijstinten nog valer.

'Ik ga je zo erg missen,' zei ik, terwijl ik me tegen hem aan drukte.

T.J. maakte een kreungeluid.

Deze keer was onze kus niet teder, zoals gisteravond.

Hij was warm en onstuimig en wild en vroeg om alles wat niet mogelijk was.

Die avond trokken we om halfelf de duisternis in. Van tevoren had ik T.J. uitgelegd dat hij achter mij moest blijven en dat we vooral Chaver goed in de gaten moesten houden. 'Hij ruikt gevaar lang voordat wij zelf iets doorhebben. Zodra hij stilstaat of gromt, duiken we naar de grond.'

T.J. had geknikt.

'Hoe dichter we in de buurt van het korenveld komen, hoe riskanter het wordt,' vertelde ik. 'De begroeiing is daar een stuk minder dicht dan hier.'

'En je weet wel zeker dat we naar de juiste plek gaan? Er zijn hier nogal wat akkers en velden.'

'Aad bedoelt de plek waar ik hem voor het eerst heb ontmoet. Daar kunnen we redelijk veilig op hem wachten, want het graan staat daar zo hoog dat we ons ertussen kunnen verschuilen.'

'In geval van nood heb ik deze vriend bij me.' T.J. klopte op zijn wapen. 'Maar laten we hopen dat we die niet nodig hebben.'

Dat hoopte ik inderdaad.

'Daar zul je hem hebben,' fluisterde ik.

We zaten gehurkt in het graan, T.J. met zijn arm om mij heen en Chaver een paar meter bij ons vandaan. De maan was wazig, wat ons zicht troebel maakte. Meer dan schimmen en schaduwen viel er niet waar te nemen.

'Waar dan?' vroeg T.J. zacht. 'Ik zie niets.'

'Ik zie hem ook nog niet, maar kijk eens naar Chaver, de manier waarop hij zo strak voor zich uit kijkt, met zijn oren naar voren en zijn neus in de lucht. Dat betekent dat Aad eraan komt. Als het iemand anders was, zou hij er heel anders bij staan. Chaver kent Aad en weet dat hij geen gevaar vormt.'

Toch voelde ik dat T.J.'s hand naar zijn pistool ging.

Zelf was ik kalm. Ik had een blind vertrouwen in Chaver.

Als hij geen dreiging zag, was die er niet.

En kijk, daar in de verte verscheen een silhouet. Het bewoog zich langzaam voort, behoedzame stappen die me aan de in het duister tastende meneer Pacht deden denken.

'Is dat hem?' vroeg T.J. dringend.

'Ja.'

Ik ging staan, heel even maar, zodat Aad me zou zien, en dook daarna weer weg tussen het koren.

Zodra Aad ons had bereikt, liet ook hij zich tussen de halmen zakken, dichtbij genoeg zodat we zacht konden praten. 'Hallo, Debra.' Tegen T.J. zei hij: '*Hello, my name is Aad.*'

'Ik ben T.J. Bedankt dat je me wilt helpen.'

Aad wendde zich tot mij en zei: 'Mijn Engels is niet zo best, dus als ik er niet uitkom met hem, moet jij het even vertalen, goed? Jeetje joh, ik kon mijn ogen niet geloven toen ik zag wat je in de dijk had achtergelaten. Hoort hij bij dat neergehaalde vliegtuig van afgelopen week?'

Ik knikte en vertelde hem alles. 'Kun jij hem helpen?'

'Ja. Ik neem hem mee naar een veilig adres, en vanaf daar wordt er een overtocht naar Engeland voor hem geregeld.' Aad deed een hakkelende poging zijn boodschap te vertalen naar het Engels, en ik vulde die voor hem aan, waarop T.J. dankbaar knikte.

'Luister, Aad,' zei ik toen, 'ik moet weten hoe het met Siem is. Heb jij nog iets gehoord? Is hij –'

'Je broertje is veilig. Maak je geen zorgen. Hij is ondergebracht bij een gezin in Zeeland.'

Tranen van opluchting sprongen in mijn ogen.

'En dat heeft hij aan jou te danken,' ging Aad verder. 'Ik heb begrepen dat jouw waarschuwing precies op tijd kwam. Ze hebben op het nippertje alle kinderen kunnen wegbrengen.'

'O godzijdank,' fluisterde ik. Het enorme risico van die avond was dus niet voor niets geweest. Ik liet het nieuws tot me doordringen. Siem was in orde! Hij was veilig.

Aad keek van T.J. naar mij, naar de arm die nog steeds om me heen lag, naar hoe dicht we tegen elkaar aan zaten, maar hij zei er niets van. Wel vroeg hij: 'Ik denk dat het moment is gekomen waarop we ook voor jou iets moeten regelen, denk je niet, Debra? Vanmorgen heb ik al wat rondvraag gedaan in mijn netwerk, en er zijn mensen in Geervliet die –'

'Ik blijf hier.'

'Maar dat is toch niet slim? Dat je het al zo lang hebt volgehouden is een wonder. Je was hier omdat je in de buurt van Siem wilde zijn, toch? Maar hij is hier niet meer. Dus nu kun je jezelf in veiligheid brengen. Jij weet dit nog niet, maar de situatie hier wordt met de dag grimmiger. De moffen nemen extreme maatregelen om het eiland te verdedigen. Ze slopen woningen, zetten zelfs hele gebieden onder water, allemaal omdat ze weten dat ze aan het verliezen zijn. En dan is er ook nog een tekort aan bijna alles. Gas en licht zijn afgesloten, boeren breken hun schuren af om hout te stoken zodat ze het toch nog warm hebben. De Duitsers zijn op dit moment tot alles in staat. En jij vertelt me dat je nog steeds in je dooie eentje in hun achtertuin wil blijven zitten? Waanzin!'

'Ten eerste ben ik niet alleen, en ten tweede laat ik Chaver niet in de steek. Hij is al een keer eerder iemand kwijtgeraakt, dat zal niet nog eens gebeuren.'

'Verdomme, Debra, die wolf redt zich wel. Maar als de Duitsers jou vinden, overleef je dat niet.'

'Ze vinden me niet.'

Aad vloekte opnieuw. 'En als de oorlog straks voorbij is, wat dan? Dan blijft Chaver toch ook alleen achter? Heb je daar al over nagedacht?'

'Dat is anders. Dan is hij vrij om door te trekken naar een geschikter leefgebied. Of hij kan, wanneer Saul terugkomt, weer bij hem gaan wonen. Jij zei dat hij het daar goed had.'

'Saul komt niet terug.'

'Dat kun je niet weten.'

'Helaas wel.' Aad zuchtte diep. 'Er bereiken ons steeds meer verhalen over de kampen in het oosten en wat zich daar afspeelt. Ik weet vrijwel zeker dat Saul niet zal terugkeren.'

'Mijn vader is ook in een kamp.' De woorden sneden in mijn mond alsof ze van glas waren. 'En mijn beste vriendin ook.'

'Hopelijk heeft je vader dan geluk. Het schijnt dat gemengd-gehuwden niet naar een vernietigingskamp worden gebracht, maar naar een concentratiekamp. Er is dus kans dat jouw vader de oorlog overleeft. Maar jouw vriendin... We kunnen alleen maar op het beste hopen.'

'Verníétigingskamp? Wat is dat voor een afschuwelijk woord?'

'Wat is er?' vroeg T.J. naast me. 'Wat zegt hij allemaal?'

Maar ik schudde mijn hoofd. Het lukte me niet om wat te zeggen.

'Wil jij wat ik nu ga zeggen even voor hem vertalen, Debra?' vroeg Aad. Hij richtte zich tot T.J. en zei in het Nederlands: 'Het belangrijkste is nu dat jij met mij meekomt. Dat we jou hier weg krijgen. Er is een boerderij niet ver hiervandaan waar je de nacht kunt doorbrengen. Daar liggen ook onopvallende kleren voor je klaar, en de papieren die je nodig hebt. Morgen kan je reis beginnen.'

Terwijl ik de boodschap in het Engels herhaalde, trok T.J. me steviger tegen zich aan.

Ik pakte zijn hand. Dit was het. Dit was het afscheid.

Hij stond op, trok me overeind en drukte me tegen zijn borst. 'We zullen elkaar weer zien,' beloofde hij. 'Zodra deze puinhoop voorbij is.'

We kusten elkaar, maar onder het toeziend oog van Aad bleef het snel en vluchtig.

Toen we elkaar loslieten, wierp Aad me een mandarijn toe en begon te lopen.

T.J. volgde hem.

Met de mandarijn in mijn vuist geklemd liet ik me terug in het graan zakken en zag hun vormen vervagen. *Wacht*, wilde ik roepen, en bijna sprong ik op, klaar om ze achterna te rennen, om te zeggen dat ik tóch meeging. Maar vanuit mijn ooghoek zag ik een zilveren glinstering in het sterrenlicht, zilver dat dichterbij kwam en met een schuine kop naar me opkeek.

Even later voelde ik een troostende neus tegen mijn wang.

Ik duwde mijn gezicht in zijn dikke wintervacht.

Zachtjes likte Chaver mijn tranen weg.

De volgende ochtend ging ik geen water halen en Chaver ging niet jagen. We lagen in de slaapkuil, de lucht boven ons grijswit.

De sneeuw die T.J. had voorspeld kwam eraan.

Zelf zou hij die niet meemaken. Niet hier, in elk geval.

Nu al voelde de herinnering aan hem als iets wat ik had gedroomd. Het was allemaal zo snel gegaan, zo onverwacht, en nu was het alweer voorbij. In een oogwenk was T.J. in en uit mijn leven geglipt, me achterlatend met een leegte die meer ruimte innam dan ik had.

'*We'll meet again,*' had hij gezegd.

Het voelde als een loze uitspraak. Ik, die juist zo goed was geworden in mijn gedachten niet scherp te stellen op het gemis maar op het vooruitzicht van hereniging, kon me niet voorstellen dat T.J. en ik elkaar echt zouden terugzien. Natuurlijk hóópte ik het.

Maar ik voelde het niet.

Het weerzien met vader, en tante, en Miriam kon ik me zeer gedetailleerd voorstellen, omdat we dan weer thuis waren, waar we allemaal hóórden te zijn, waar we elkaar altijd al hadden gezien. Dat was een werkelijkheid die nu tijdelijk onderbroken was, maar die zich weer zou herstellen. Maar T.J keerde wanneer de oorlog voorbij was ongetwijfeld terug naar zijn eigen thuis en dat was in Shreveport, Louisiana.

Mezelf iets anders wijsmaken zou valse hoop zijn, gebakken lucht. Kauwen op niets maakte honger alleen maar erger. Dus het was beter om te doen alsof hij inderdaad een droom was geweest, een bitterzoete hersenschim. Waar twee verschillende temperaturen elkaar raakten, ontstond een fata morgana, had vader mij ooit geleerd, en zo zag ik het nu: T.J. als een moment van warmte in de ijzige kou.

Een luchtspiegeling.

Ik zat in kleermakerszit op het zeil, met Chaver dicht tegen me aan en *The Grapes of Wrath* in mijn schoot. Om zo lang mogelijk met het boek te kunnen doen las ik langzamer dan anders. Tijdens het lezen probeerde ik niet te denken aan T.J.'s handen die ditzelfde papier hadden beroerd, al bleek dat onmogelijk: elke dialoog werd in mijn hoofd uitgesproken door zijn diepe stem. Het was alsof zijn schaduw hier nog was, maar op de plek waar hij gezeten had, was nu alleen maar kou.

Ik trok de kraag van mijn jas nog strakker om mijn nek.

Er hing een kou in de lucht die niet van vorst kwam, en een vocht dat geen regen was. Het verkilde mijn ogen, deed zeer aan mijn wenkbrauwen en kroop in mijn botten.

Al snel dwarrelden de eerste witte vlokjes naar beneden.

Ik pakte de wollen deken op, propte hem als een soort voering in de jutezak en stak mijn voeten erin. De zak was zo groot dat ik hem kon ophijsen tot aan mijn middel. Ik ging ermee onder de zelfgemaakte overkapping van aangedrukte takken en bladeren zitten, ineengedoken met mijn armen om mijn opgetrokken benen, warm in de geïmproviseerde slaapzak.

Naast me, in het open stuk, sprong Chaver enthousiast op en neer in zijn pogingen sneeuwvlokjes uit de lucht te vangen.

Terwijl ik naar zijn capriolen keek, hoorde ik mezelf zachtjes giechelen.

Blijdschap bestond nog.

De winter was zo mogelijk nog kouder dan die van vorig jaar. Niets hielp. Ik sprong op en neer, deed gymnastiekoefeningen, alles om mijn bloed sneller te laten stromen en iets van warmte te voelen, maar het was alsof ik een lucifer in een bak met ijs gooide. De brandnetels, die ik nog altijd tot balletjes draaide om te eten, wreef ik uit over mijn armen zodat mijn huid in de fik vloog en ik misschien toch iets van warmte zou ervaren.

Er ontstond alleen maar ondraaglijke jeuk.

Ik rolde mezelf strak op, kneep mijn ogen dicht en probeerde me uit alle macht in te beelden dat ik ergens anders was. Niet hier, in deze bevroren wereld. Soms werkte het. De scenario's in mijn hoofd, voornamelijk die van de langverwachte bevrijding, werden een speelfilm die ik telkens opnieuw bezocht.

Inmiddels kende ik elke scène uit mijn hoofd.

Op een dag zou er plotseling geen treintje meer door het duinbos rijden en liepen er geen arbeiders meer naar de bunkers. Het zou me opvallen dat Chaver zich zorgeloos door het bos bewoog en zelfs de paden niet langer schuwde. Ik zou hem volgen, eerst huiverig maar met een groeiend vermoeden van vrijheid. Want ik zou beseffen dat er minder vliegtuigen overvlogen en dat ik de nacht ervoor geen lichtbundels meer had gezien. Opgewonden zou ik me naar de dijk haasten, waar ik de boerderijen kon zien. Daar zou de vlag uithangen, de Nederlandse vlag! Victorie! Ik zou gaan rennen, het dorp in, en daar zou iemand zijn die naar Rotterdam moest en met wie ik kon meerijden. Chaver zou in het duinbos op me wachten, wetend dat ik weer terugkwam maar dat ik echt eerst naar huis moest. Op de goede oude Beukelsdijk zou ik moeder om de hals vliegen, en Tess knuffelen tot we erbij neervielen, en ook Siem zou die dag thuiskomen, blakend en blozend van zijn verblijf in Zeeland. Daarna zouden we wachten tot vader terugkeerde uit het werkkamp, maar omdat ik wist dat zijn thuiskomst nog wel een paar dagen kon duren, zou ik eerst op de fiets springen en terug naar Rockanje rijden, de twee uur durende rit die ik als kind zo vaak had afgelegd, en daar rustig met Chaver onder een dikke boom neerstrijken. Ik zou hem vertellen dat hij eindelijk vrij was, écht vrij.

Dat de grenzen van zijn leefgebied waren weggevallen.

Chaver zou het begrijpen, ook als hij mijn woorden niet letterlijk verstond. Zijn instinct zou hem aansporen eindelijk verder te trekken en een soortgenoot te zoeken om samen een gezin mee te stichten. Ik wist dat een wolf op doortocht in één nacht met gemak zeventig kilometer kon afleggen, dus Chaver kon in enkele weken al in Tsjecho-Slowakije zijn of in een ander land waar wolven de ruimte hadden om goed te kunnen bestaan.

Ik zou hem vreselijk missen, een wond die al bij voorbaat zeer deed. Maar ik zou beseffen dat hij in zijn natuurlijke habitat leefde. Ik zou hem in gedachten voor me zien als trotse vader van een onstuimig stel jonge welpen en weten dat hij mijn liefde voor altijd bij zich droeg zoals ik de zijne.

Al deze toekomstbeelden zag ik, keer op keer, als figuren in een draaimolen die nooit stilstond.

Het kon niet anders dan dat het nu écht niet lang meer zou duren.

Maar natuurlijk duurde het wél lang.

De sneeuw smolt, de lente kwam en ging. Muggen deden zich op elk stukje onbedekte huid dat ze maar konden vinden tegoed aan mijn bloed, en Chaver en ik hielden 's nachts weer afstand van elkaar in onze poging verkoeling een kans te geven. Geurende bloemen, sappige bramen, stekende vliegen... Alles vertelde me dat het inmiddels augustus was. De fiepende reeën en de wilde achtervolgingen die daarop volgden, bevestigden dit. Al twee keer was het gebeurd dat Chaver en ik in alle vroegte water gingen halen en op het laatste open stukje, vlak voordat we het meertje bereikten, bijna omver werden gerend door een reebok die driftig achter een bronstige reegeit aan rende, blind van hartstocht door haar lokroep en geur.

De grond trilde van hun stampende hoeven.

Beide keren had Chaver gefascineerd naar de roodbruine hertachtigen gestaard, zonder erachteraan te gaan. Niet omdat hij geen ree lustte – ik had hem al een paar keer een poot zien begraven, en een paar maanden geleden had hij de hele middag op een gewei liggen knagen – maar meer omdat hij respect leek te hebben voor hun bronsttijd.

Vandaag was het later dan gewoonlijk toen we bij de plas wegliepen; de ochtend was al begonnen, en zonnestralen schenen als spinnenpoten door de bomen heen. Door de teruggekeerde blauwalg moest ik tegenwoordig weer diep graven om schoon water te vinden, en zelfs dan was het vaak zo weinig dat het lastig was mijn veldfles te vullen zonder dat er modder en zand meekwam. Deze ochtend had ik maar gewoon zoveel mogelijk water met mijn hand naar mijn mond gebracht in de hoop dat ik het daar de rest van de dag op zou uithouden.

In bramen zat gelukkig ook vocht.

Chaver liep met zijn tong uit zijn bek. Het zou opnieuw een snikhete dag worden.

Eenmaal terug in onze struik zouden we ons tot aan de avond zo rustig mogelijk houden, ik met mijn pet ver over mijn gezicht getrokken en Chaver weggekropen in de schaduw van ons zelfgemaakte dak. Waarschijnlijk zou ik mijn boek er weer bij pakken. Ik was nu voor de vierde keer bezig in *The Grapes of Wrath*. Ook al kende ik het verhaal inmiddels van a tot z uit mijn hoofd, het bleef fijn. Door te lezen over andere mensen, die hun eigen problemen hadden en net als ik een manier vonden om ze te overkomen, was ik even niet alleen. Vaak staarde ik langdurig naar de laatste bladzijde, waar T.J. met potlood '*I love you*' had gekrabbeld. Ik streek dan met mijn vingers over de woorden, vroeg me af of hij er nog steeds zo over dacht.

Tijd was als water: het verdunde waar het mee in aanraking kwam.

Ineens stond Chaver stil, zijn oren gespitst.

Meteen dook ik naar de grond, waar ik op mijn buik en ellebogen naar de dichtstbijzijnde struik kroop. We bevonden ons in het open gedeelte van het duinbos, nog lang niet in de buurt van de veilige begroeiing van ons eigen stuk. Gelukkig stond de zwarte bessenstruik die ik als dekking gebruikte in volle bloei, maar wie goed door de takken heen keek, zou me alsnog gemakkelijk zien.

Chaver stond strak van spanning naast me, zijn nekharen recht overeind.

Wat het ook was wat hij had opgemerkt, ik bad vurig dat het ver bij ons vandaan was.

Maar nu hoorde ik het ook.

Het waren Duitse mannenstemmen en ze kwamen dichterbij.

De soldaten liepen op het pad, slechts een paar meter bij ons vandaan. Ik kon ze door de struik heen zien. Ze waren jong, droegen een veldpet op hun hoofd en spraken over iets wat klonk als '*Heimatfront*', '*Verlobte*' en '*nach dem Krieg*'.

Sigarettenrook kringelde boven hun hoofden en zweefde prikkend mijn neus in.

Chaver was gaan hijgen om zijn hitte kwijt te raken. Ik begreep het natuurlijk, want net als honden konden wolven niet zweten, maar ik wist ook dat als de mannen zijn puffende ademhaling hoorden, ze ons meteen zouden ontdekken.

'Ssst,' fluisterde ik dringend.

De Duitsers waren nu bijna bij de struik, zo dichtbij dat ik het leer van hun laarzen kon ruiken. Ze zouden Chaver horen! Ik voelde mijn voorhoofd klam worden, een straaltje zweet trok tussen mijn schouderbladen naar beneden.

En Chaver hijgde nog steeds.

Mijn hand trilde terwijl ik hem om Chavers snuit vouwde en deze zachtjes dichtdrukte.

Sorry, zei ik in gedachten tegen hem. *Het kan echt niet anders.*

Zijn ogen werden groot, niet-begrijpend, maar hij bewoog zich niet.

Ik ging nog harder zweten. De mannen waren letterlijk aan de andere kant van de struik.

Maar ze liepen ons voorbij.

Opluchting spoelde zo sterk door me heen dat ik bijna een luide zucht slaakte.

Ik hield Chavers snuit dicht tot de soldaten echt buiten gehoorsafstand waren. Toen liet ik los. 'Het spijt me zo,' fluisterde ik, terwijl ik zijn kop aaide. 'Wat moet je het benauwd gehad hebben. Je bent braaf, heel braaf.'

Chaver schudde zich uit en trok van frustratie wat bessen van de struik, die hij direct uitspuugde. Zelf ging ik langzaam rechtop zitten, trillend over mijn hele lichaam. Dit had veel te weinig gescheeld. Ik had de Duitsers geróken, niet alleen hun laarzen en hun sigaret, maar ook hun lijflucht, het zomerzweet in hun tenue.

En als ze niet zo druk in gesprek waren geweest, hadden ze mij ook geroken.

Duizelig stond ik op en veegde het zweet van mijn gezicht.

Chaver gaf een kort likje op mijn hand om aan te geven dat alles weer in orde was.

Hij was een wolf, maar ik was blijkbaar een kat met negen levens. Alweer was ik ternauwernood ontkomen. Tegelijkertijd vroeg ik me af hoe vaak ik nog met de schrik zou vrijkomen. Ik zou nóg voorzichtiger moeten zijn.

Voortaan zou ik nog maar eens in de drie dagen water halen.

Net als in de zomermaanden van vorig jaar liet Aad ook deze keer slechts sporadisch iets achter in de dijk. Waarschijnlijk omdat hij ook wel wist dat er in deze tijd van het jaar genoeg in de natuur te vinden was om mezelf ook zonder zijn hulp in leven te houden. Maar het incidentele blikje tonijn was niet de enige reden waarom ik nog steeds een paar keer per week bij de dijk ging kijken.

Ik hoopte ook dat ik er behalve voedsel misschien eindelijk eens een bericht over T.J. zou aantreffen. Sinds die avond in het graanveld, nu alweer zes maanden geleden, had ik Aad niet meer gezien. Ik had geen idee hoe het T.J. sindsdien vergaan was. Telkens wanneer er Amerikaanse vliegtuigen overvlogen, vroeg ik me af of hij in een van de toestellen zat. Maar de kans dat hij was overgeplaatst naar een ander gebied was net zo groot.

Deze oorlog woedde immers over de hele wereld.

De eerste paar weken na T.J.'s vertrek had ik overwogen een briefje voor Aad achter te laten met daarop alleen maar de vraag: *alles goed gegaan?*

Hij zou begrijpen wat ik bedoelde.

Maar omdat veiligheid altijd het belangrijkste was, had ik het niet gedaan.

Ik hield mezelf voor dat geen nieuws goed nieuws was.

Pas toen de herfst zich kenbaar maakte, lag er weer wat in de opening: twee blikken, verpakt in pakpapier. Papier! Zo'n verpakking had Aad pas één keer eerder gebruikt, en ik wist nog heel goed wat dat toen had betekend.

Vlug liet ik het pakketje in mijn rugtas glijden en haastte me terug naar de duindoorn.

Chaver leek mijn gejaagdheid te voelen en draafde sneller dan anders. Ik sprong over de smalle moerasbeekjes, hoorde bosvogels kwetterend wegvliegen en was in mijn hoofd al bezig het bruine papier los te maken en te zien wat Aad op de binnenzijde had geschreven.

Toen we eindelijk onze schuilplaats bereikten, trok ik mijn tas van mijn rug en haalde snel de verpakte blikken eruit. Ondanks het feit dat voedsel het hoogtepunt van mijn bestaan was, keek ik ditmaal niet eens wat er op de etiketten stond. In plaats daarvan draaide ik het pakpapier om, veegde met de palm van mijn hand de kreukels eruit en zoog mijn adem in.

Er stond inderdaad iets geschreven.

Het was klein, en in potlood, en het stond helemaal aan de rand van het papier, maar het was onmiskenbaar een boodschap. Ik boog mijn gezicht naar de woorden toe, en las: *Frankrijk en België bevrijd. NL zal spoedig volgen. Houd vol.*

Tranen sprongen in mijn ogen.

Zou het… Zou het écht? Was het binnenkort dan eindelijk allemaal voorbij?

Elke ochtend werd ik wakker met de gedachte: zijn we bevrijd, is de oorlog afgelopen?

Maar er veranderde niets.

Zelfs na een maand bleven de vliegtuigen overvliegen – overdag de Amerikanen en 's nachts de Britten – en werd er op ze geschoten alsof de Duitsers werkelijk geloofden dat ze nog steeds kans hadden deze oorlog te winnen. Hun acties waren niets meer dan spartelen voor het verdrinken, daar was ik van overtuigd.

Ik had Aads briefje weggegumd met het uiteinde van het potlood dat T.J. bij me had achtergelaten. De boodschap die me zo hoopgevend had toegezongen, was nu net zo onzichtbaar als ik, maar je hoefde niet gezien te worden om mee te tellen...

Je hoefde alleen maar te bestaan.

Opnieuw werden de nachten ijskoud, gevolgd door een kleurloze dageraad. De kale bomen in het bos illustreerden dat we intussen in november zaten. Een doorzichtige sluier van grondmist bevroor op de takjes van de duindoorn, en de vorst bracht een nieuwe schittering op hun oranje bessen. Winter was mooi, maar ik kon de schoonheid niet langer waarderen.

Het was klaar nu. Genoeg geweest. Ik wist niet of ik nóg een winter hier zou overleven.

Van Aad had ik na het briefje niets meer vernomen.

Wat gebeurde er in de wereld?

En hoe ging het met Siem, daar in Zeeland? Had híj het wel warm? Was er genoeg te eten daar? En vader... Hield hij het nog vol? Ik hoopte dat hij in staat was warmte te vinden, deze kou te trotseren, nog even vol te houden. Nog even... Nog even.

Hoelang kon een mens 'nog even' blijven rekken tot het knapte?

Elke dag probeerde ik door te gaan, mezelf overeind te houden, een voedselvoorraad aan te leggen voor de komende maanden. Doordat de bessen nu bevroren waren, lieten ze gemakkelijker los, en ik had inmiddels al meer dan tien conservenblikken gevuld. Tegelijkertijd voelde elk volgepropt blik als verraad aan mijn toekomstige zelf. Alsof ik er een realiteit mee in het leven riep die niet bewaarheid mocht worden. Misschien moest ik helemaal géén voorraad aanleggen en leven in de volle overtuiging dat ik binnenkort echt thuis zou zijn. Zou dat het geheim zijn om hier eindelijk weg te komen? Moest je de wendingen van het lot soms gewoon afdwingen, laten zien dat je durfde te sturen in plaats van alleen maar mee te bewegen met de bochten in de weg?

Ik wist niet of ik dat risico durfde te nemen.

En zo bleef ik in rondjes cirkelen.

Het werd elke dag kouder. Niet eerder had het zó sterk gevroren, dat wist ik zeker. Ik was begonnen alle kleding die ik had over elkaar heen te dragen. Als onderste laag de jongenskleding, daaroverheen mijn eigen kleren en tot slot moeders dikke mantel. De vele laagjes deden hun uiterste best mijn temperatuur op peil te houden. Wanneer ik 's nachts in de slaapkuil lag met mijn benen in de zelfgemaakte slaapzak en Chaver met zijn warme gewicht boven op me was de vrieskou bijna te verdragen. Natuurlijk waren er nog steeds momenten waarop ik me afvroeg of ik ooit nog warme tenen zou hebben, of gevoel in mijn vingertoppen, maar het leek wel alsof het me niet meer zo raakte.

Ik voelde de kou, maar tegelijkertijd drong die steeds minder tot me door.

Misschien had ik de energie niet meer om het koud te hebben.

Over een paar maanden was ik hier al twee jaar. Twéé jaar. Wat als dit nooit ophield? Als er in Europa een soort compromis werd gesloten waarbij de Duitsers zeiden: *goed dan, goed dan, Frankrijk en België zijn vrij, maar wij houden Nederland, ons Germaanse broederland, en als jullie daarmee akkoord gaan, dan leggen we onze wapens neer en is de oorlog voorbij.*

Wat moest ik dan?

Toch maakte zelfs die gedachte me niet zo bezorgd als ze enkele maanden geleden gedaan zou hebben. Het was alsof mijn hersenen net als de rest van het bos in winterslaap waren gegaan. Alles lag stil. Ook het afspelen van de grote herenigingsshow, de voorstelling die zo lang en met zoveel reprises in mijn hoofd te zien was geweest, bleef nu weg. De lampen waren uit, er verscheen niets op het toneel. Met dichtgeknepen ogen probeerde ik me de gezichten van mijn dierbaren voor de geest te halen, maar ze smolten als sneeuwvlokjes weg zodra ik ze aanraakte.

Een stille leegte kwam ervoor in de plaats.

Misschien was het wel goed zo.

Als het nu klaar was, als ik morgenochtend niet meer wakker werd, dan was het prima.

De laatste weken dacht ik regelmatig terug aan wat ik ooit gelezen had in *Jane Eyre*. De exacte woorden wist ik niet meer, maar ik kon me herinneren dat de zieke Helen Burns op haar sterfbed aan Jane had gevraagd: 'Waarom zouden we ons door verdriet laten overweldigen, als het leven spoedig voorbij is en de dood ons zo'n zekere toegang biedt tot glorie en geluk?'

Destijds was ik zestien geweest. Ik had de boodschap niet begrepen. Hoe kon de dóód je nou gelukkig maken? Iedereen wilde toch juist léven, vooral als je nog zo jong was. Maar nu wist ik wat Helen bedoeld had.

Ja, ik wist het.

Natuurlijk wilde ik Chaver niet in de steek laten, ik kon hem niet achterlaten, dat wist ik ook. En er was nog zoveel om naar terug te keren straks, als ik maar volhield, nog één dag, nog één week, nog één winter, nog één leven lang. Ik wist het allemaal.

Maar ik was op.

Misschien had ook ik, net als Helen, lang genoeg gevochten.

1945

CHAVER

Er was een verandering in zijn kop geslopen... Het gebeurde heel geleidelijk, waardoor hij het eerst niet doorhad. Maar nu merkte hij het. Het gevoel kwam hem vaag bekend voor, wat hem deed vermoeden dat hij zich eerder zo had gevoeld.

Wanneer, dat wist hij niet.

En ook zijn lichaam was niet meer hetzelfde. Plotseling stond er een voortdurende druk op zijn achterlijf, een geladenheid die hij maar niet kwijtraakte, hoe ver hij ook rende. Het was begonnen toen de dagen alsmaar korter werden, alsof zijn lijf werd aangestuurd door licht of juist het gebrek daaraan.

Het maakte hem brommerig.

Dat Debra tegenwoordig niet meer met hem danste en speelde, niet meer zachtjes voor hem zong en dat hij haar al in geen tijden had horen lachen, vertelde hem dat ook zij zich niet goed voelde. Maar waar hij het voorheen prima had gevonden om dagenlang stilletjes bij haar in de slaapkuil te blijven liggen, was hij daar nu te onrustig voor. Hij wilde in beweging zijn, rondzwerven, en vanmorgen had hij zich zelfs niet verscholen toen er mannen-met-laarzen in zijn buurt waren. Onbewogen was hij een paar meter van het pad blijven staan, zijn kop hoog en trots, klaar voor de confrontatie, benieuwd wat ze zouden doen. Maar ze waren doorgelopen, hun simpele mensenneus zo onderontwikkeld dat ze hem niet eens hadden geroken.

Grommend had hij ze nagestaard.

Hij joeg op muizen en konijnen en ving af en toe een vogel, maar de opwinding ervan bleef uit. Soms staakte hij zijn jacht zelfs halverwege, zijn zintuigen te troebel om door te zetten. Het was om moedeloos van te worden. Als hij nu toch eens wist waaróm hij zich zo verdoofd voelde.

Waarom plotseling niets er meer toe leek te doen, behalve...

Plotseling stond hij stil. Zijn hele lijf begon te trillen. Dáár, hij rook het! Het bevond zich zo'n vijf kilometer bij hem vandaan maar het was er duidelijk, die ene geur waar alles om draaide en waar hij zonder het te weten al die tijd naar op zoek was geweest.

Hij had in het duister rondgedoold, maar nu begreep hij het.

Dít was waar het allemaal om ging.

Chaver snoof nog een paar keer, zijn neusvleugels wijdopen. Druppels schuim liepen uit zijn bek, en hij voelde zijn achterlijf nog strakker worden, de spanning daar nog meer toenemen. Het puntje van zijn staart bewoog zachtjes heen en weer.

Hij zette het op een rennen.

DEBRA

Vanonder mijn pet keek ik naar de hemel, waar de waterige winterzon steeds verder wegzakte. Schemering trok op om de naderende avond te verwelkomen, en nog steeds was Chaver er niet.

Waar hing hij uit?

Hij bleef nooit zo lang weg.

Natuurlijk had ik gemerkt dat hij al een tijdje onrustig was. Waar hij eerst alleen in de vroege ochtend of het begin van de avond jaagde, sloop hij nu ook midden op de dag weg uit onze schuilplek. Maar als hij terugkwam, had hij geen bloed op zijn wangen, geen dikke, verzadigde buik. Waren zijn prooidieren hem soms te slim af?

Of was er een andere reden waarom hij er telkens vandoor ging?

Hij was in elk geval steeds teruggekomen, dat was voor mij het belangrijkste.

Maar nu... Er was iets aan de hand. Ik kon het voelen. Voor het eerst in weken, misschien zelfs maanden, raasde er emotie door mijn lijf. Het voelde alsof ik heen en weer werd geschud, tot ik er draaierig van werd en van spijt en ellende mijn ogen sloot.

Mijn hemel, wat had ik gedaan?

Ik had me de afgelopen maanden gedragen alsof ik halfdood was. Op de ochtenden waarop ik naar het meertje slofte, had ik amper nog moeite gedaan om onzichtbaar te blijven, simpelweg omdat ik er niet langer de energie voor had. De rest van de dagen had ik als een slappe vaatdoek in mijn kuil gelegen en zo nu en dan op bessen gekauwd. De keren dat Chaver me trots een veertje had laten zien, of een takje op mijn schoot had gelegd om samen mee te spelen, had ik hem genegeerd. En één keer, toen hij mijn pols had gepakt en had geprobeerd me overeind te trekken, had ik hem zelfs een grote mond gegeven. De gekwetste verwarring in zijn blik achtervolgde me nu nog steeds. Het was niet verwonderlijk dat hij was weggegaan.

Maar waar was hij dan?

Waar kon hij naartoe?

Hij zou terugkomen, verzekerde ik mezelf. En dan zou ik het goedmaken. Ik zou weer met hem spelen, en knuffelen, en lachen. Ik zou hem tussen zijn oren kriebelen en hem vertellen hoe blij ik met hem was, dat hij een brave wolf was, een grote jongen, en zo slim. Nooit zou ik me weer zo diep laten wegzakken in mijn wanhoop dat ik vergat dat hij er ook nog was.

Toen de avond het laatste restje daglicht opslokte en Chaver nog steeds niet terug was, stond ik op. Er was iets mis.

Ik moest hem zoeken.

Zijn afwezigheid voelde alsof ik er zelf maar voor de helft was, hier in het donkere bos. Het was niet alleen dat ik hier zonder hem liep, dat ik de zachte tikjes van zijn neus tegen mijn hand miste en zijn scherpe zintuigen die me waarschuwden wanneer er gevaar dreigde... het was ook de knagende bezorgdheid. De koude klem om mijn hart. Dat ik niet wist waar hij was, wat er aan de hand was. Of ik er wel goed aan deed om hem te zoeken terwijl ik helemaal niets zag. Wat als hij op de een of andere manier gewond was geraakt en strompelend zijn weg terug naar onze schuilplek maakte, alleen maar om er daar achter te komen dat ik er niet was?

Of, nog erger: wat als hij helemaal niet meer terugkwam?

Nee, zo mocht ik niet denken. Dat zou namelijk niet gebeuren. Chaver zou terugkomen, we zouden elkaar weer vinden, en wanneer we straks samen in de slaapkuil lagen, zou ik mijn armen om hem heen slaan en hem nooit meer loslaten.

Alleen zou ik hem hier in het donker nooit kunnen vinden.

Ik had geen idee waar ik naartoe liep.

De enige route die ik zonder zicht kende, was die naar de dijk. Maar wacht eens even, wat als Chaver besloten had om dáárnaartoe te gaan? Naar onze andere schuilplaats? De plek die we al heel lang niet meer als slaaphol hadden gebruikt, maar waar we toch nog steeds af en toe naartoe slopen om te kijken of Aad er iets had achtergelaten?

Het was onwaarschijnlijk, maar niet onmogelijk.

Als hij inderdaad gewond was geraakt en de kracht niet had om zichzelf terug naar de duindoorn te slepen, dan was het een logische gedachtegang van hem om naar onze voormalige bedstee te gaan, omdat hij daar ooit veilig was geweest.

In gedachten zag ik hem voor me, bloedend, wachtend op mij.

Ik ging sneller lopen. De dijk was hier niet ver meer vandaan, zodra ik voorbij deze bomen was, zou ik er zijn. Chaver had me nodig! Nog groter werden mijn stappen en –

'Debra,' klonk plotseling een mannenstem, laag en dringend.

Ik stond stil, dook in een reflex ineen.

'Hierzo.' Een paar meter verderop schoot een arm achter een boom vandaan. Daarna kwam de rest van Aads donkere schim in beeld.

In een paar stappen was ik bij hem. De dijk lag een paar meter bij ons vandaan, maar Aad gebaarde naar een hulststruik drie essen verderop. Daar hurkten we neer. De struik was precies hoog genoeg om ons aan het zicht van wie dan ook te onttrekken.

'Wat doe je hier?' vroegen we allebei tegelijk.

'Jij eerst,' zei hij.

'Ik wil weten wat jíj hier doet. Zocht je mij? Is er nieuws over Siem? Of T.J.? Weet –'

'Maak je geen zorgen. Met je broertje gaat alles goed, anders zou ik het wel gehoord hebben. En ik ga ervan uit dat die yank van jou gewoon weer in de lucht is.'

'Hij is geen yank. Hij komt uit een zuidelijke staat.'

'Een redneck dan. In elk geval heb ik daar niets meer van gehoord. Maar ik kwam hier inderdaad omdat ik jou zocht, om te kijken of alles nog wel goed gaat. Want toen ik Chaver opeens in het dorp zag rondlopen, sloeg de schrik me om het hart, dat zul je begrijpen. Ik weet natuurlijk dat waar hij is, jíj bent, en andersom. Dus ik vreesde dat je in een of ander onbezonnen moment besloten had om –'

'Wacht.' Met moeite hield ik mijn stem gedempt. 'Chaver is in het dórp?'

'Ik heb hem met mijn eigen ogen gezien. Tenzij we nog een wolf in de omgeving hebben.'

'Waar zag je hem?'

'Ik was op weg naar de Rots toen ik hem bij de Duinzoom vandaan zag komen. Geen idee of andere mensen hem ook hebben gezien. Ik hoop het niet.'

'Maar...' Ik probeerde na te denken, te begrijpen wat Aad me vertelde, maar het was alsof de kou mijn hoofd was binnengedrongen en mijn hersenen bevroren had. 'Ik begrijp het niet. De Duinzoom is een straat, met huizen, met ménsen. Chaver blijft juist altijd op afstand van iedereen. De bewoonde wereld is zijn grootste nachtmerrie.'

'Tja, ik weet het verder ook niet. Ik wilde hem roepen, maar hij glipte de begroeiing in en was weg. Ik schrok me een ongeluk omdat ik dus dacht dat jij daar ook ergens rondliep, en je weet zelf ook wel dat het levensgevaarlijk is om...'

Zijn woorden vervaagden, drongen niet langer tot me door. Elke gedachte ging nu naar Chaver. Wat bezielde hem in vredesnaam om onze veilige plek te verlaten en zich tussen de mensen te begeven? Het was niet eens het gebied waar hij met Saul had gewoond, want dat duinhuisje stond aan de andere kant van het bos, niet in het dorp.

Was hij daar nu nog steeds? Wat als iemand hem zag?

'Ik begrijp er niets meer van, maar ik ga terug naar onze schuilplek,' zei ik. 'Ik wil daar zijn wanneer hij terugkomt.'

Aad greep mijn arm voordat ik overeind kon komen. 'Beloof me dat je níét naar het dorp gaat om hem te zoeken.'

Ik zweeg.

'Beloof het,' drong hij aan.

'Maar ik moet weten of hij veilig is. Dat snap je toch wel? Ik denk dat hij achter een ree aan is gerend, zonder te beseffen dat hij ineens in het dorp was. En nu is hij verdwaald. Waarschijnlijk loopt hij rondjes door de straten, helemaal in de war, niet wetend hoe hij terug bij het duinbos moet komen. Er kan van alles gebeuren! Als iemand hem –'

'Als jij het dorp in gaat, word je opgepakt en zien jullie elkaar nooit meer terug,' zei Aad tussen zijn opeengeklemde tanden door. 'Denk je dat hij dáár wat aan heeft?'

Boos trok ik mijn arm los. 'Wat was dat een paar maanden geleden dan voor bericht over Frankrijk en België? En dat Nederland ook snel bevrijd zou worden? Daar was niets van waar, of wel?'

'Jawel.' Hij zuchtte. 'Maar het duurt allemaal langer dan we hadden gehoopt. Het zuiden van Nederland is al een tijd vrij, dus we dachten allemaal... Enfin, het is blijkbaar nogal lastig. We zitten intussen al in februari maar de geallieerden lijken vooral bezig om Duitsland te veroveren.'

Voor ons was er dus nog steeds helemaal niets veranderd.

Hoofdschuddend stond ik op en begon te lopen.

Een paar keer keek ik over mijn schouder om er zeker van te zijn dat Aad me niet volgde. Niemand mocht weten waar onze schuilplek was, zelfs hij niet. Maar ik was alleen.

Geen Aad. Geen soldaten.

En geen Chaver...

De vraag wat hij in het dorp deed, bonsde als een hartslag door mijn hoofd.

Ik had Aad moeten vragen hoe Chaver eruit had gezien. Was hij gewond geweest? Had hij misschien mank gelopen? Was er ergens bloed te zien?

En wat nu?

De kans was groot dat ook andere mensen hem hadden opgemerkt. Misschien hadden ze hem in de val gelokt of had iemand van schrik zelfs op hem geschoten. Wolven boezemden zoveel angst in. Of –

Een zacht duwtje in mijn rug deed mijn adem stokken.

'Chaver?' Ik draaide me om.

Wild van vreugde sprong hij tegen me op en legde zijn poten op mijn schouders.

Met beide handen pakte ik zijn kop beet en drukte een stevige kus op zijn snuit. Plotseling was ik in tranen. 'Je bent er weer,' fluisterde ik, lachend en huilend tegelijk. 'Je bent er weer.'

Chaver beet zachtjes in mijn oor.

Hij was er weer.

Waar hij geweest was, zou ik waarschijnlijk nooit weten. Wat hij had uitgespookt ook niet. Maar het had hem overduidelijk volledig uitgeput. In een diepe slaap lag hij naast me in onze kuil hard te snurken. Er lag een tevreden glimlach om zijn bek. De onrust die hem de afgelopen weken zo hard had getroffen, leek van het ene op het andere moment verdampt. Chaver was zichzelf weer. Ik streelde de donkere haartjes in zijn nek, en voor het eerst in weken of misschien wel maanden voelde ik iets warms opborrelen in mijn buik. Het was een gevoel dat gestorven leek te zijn toen alles nog hopelozer werd. Maar nu was het alsof er een luikje openging daarbinnen, op een klein voorzichtig kiertje. Opeens was er weer ruimte.

Ruimte om gelukkig te zijn.

Ik herkende het gevoel als een oude vriend die ik niet verwacht had ooit nog te zien.

En op dit moment had ik niets anders nodig. Chavers slapende kop op mijn buik, mijn hart dat zich langzaam weer opende, het was genoeg. Ik sloot mijn ogen en concentreerde me op de warmte die zich, ondanks de onvoorstelbaar ijzige kou om ons heen, vanuit mijn buik door de rest van mijn lichaam verspreidde. Op mijn lippen, die de laatste tijd zo'n harde, strakke lijn waren geweest dat mijn kaken ervan verstijfden, maar zich nu weer opkrulden. De ijsklomp in mijn hoofd verdween. Ik voelde de bevroren tranen in mijn hoofd smelten en het zware gevoel dat zich daar had gevormd wegvloeien.

Of het mijn angst om Chaver was geweest die me deed inzien dat er nog steeds zoveel was om voor te leven, om voor vol te houden, dóór te gaan, wist ik niet. Maar ik wist wel dat ik de allesverwoestende wanhoop niet langer voelde. Liefde overheerste.

En voor nu was dat alles.

'Je mag nooit meer weggaan, hoor je me?' zei ik zacht. 'Ik kan niet zonder je.'

Elke ochtend zorgde het fluitconcert van de vogels ervoor dat we voor zonsopkomst wakker werden, maar vandaag leek het alsof de roodborst, zwartkop, goudvink en staartmees nog krachtiger floten.

De geluiden klonken zo aanstekelijk dat ik bijna met ze meezong.

Langzaam, té langzaam, was de kou de afgelopen weken weggetrokken en werd de wereld weer groen. Alweer had ik een winter overleefd, de zwaarste tot nu toe. En ik wist dat ik het grotendeels te danken had aan Chaver. Hij was het die mij 's nachts warm hield, hij was het die mij aan het lachen maakte wanneer er toch weer duisternis in mijn hoofd sloop, en hij was het die me al lang geleden had geleerd dat er zelfs in de lelijkste tijd iets ongelooflijk moois kon ontstaan: onze vriendschap, onze liefde, onze band.

Die kon geen Duitser ons afnemen.

Zijn 'uitstapje', zoals ik Chavers escapade in het dorp maar was gaan beschouwen, was alweer enkele maanden geleden en sindsdien was hij amper van mijn zijde geweken. In de ochtenden ving hij snel en behendig zijn ontbijt en keerde met de prooi in zijn bek terug naar onze schuilplek om die daar op te eten. Hij was weer helemaal zichzelf, levendig en alert en op de een of andere manier opgelucht.

En dat was ook precies hoe de vogels vandaag klonken: opgelucht.

Alsof ze tijdens eerdere zang massaal hun adem hadden ingehouden en nu voor het eerst ongeremd hun liederen ten gehore brachten.

Ik realiseerde me dat het al een paar nachten vreemd stil was geweest. Dat er geen vliegtuigen waren overgevlogen. Of leek dat maar zo? Waren ze er echt niet geweest, of was het gewoon niet tot me doorgedrongen nu ik er zo aan gewend was geraakt?

Vandaag keek ik voortdurend naar de lucht.

En ik hoorde ze al voordat ik ze zag.

Zou T.J. erin zitten? Dacht hij aan mij als hij hier overvloog, zoals ik aan hem dacht? De paar dagen die we samen hadden doorgebracht leken nu zo lang geleden dat de herinnering steeds meer de vorm aannam van een vervaagde droom. Als ik zijn foto niet nog steeds bij me droeg en zijn paperback hier niet lag, zou ik steeds sterker geloven dat ik mezelf alles maar had wijsgemaakt.

Ik keek de vliegtuigen na tot ze uit beeld verdwenen.

Overdag vlogen de bommenwerpers dus nog wél. Maar... er werd niet meer op geschoten.

Waarom niet? Hadden de Duitsers het eindelijk opgegeven?

'Zou het kunnen?' fluisterde ik tegen Chaver. 'Zou het echt zo kunnen zijn?'

Liep de oorlog dan eindelijk, eindelijk, éíndelijk op zijn eind?

Maar nu dan? Plotseling wist ik niet wat ik moest doen. Al die honderden, misschien wel duizenden keren dat ik dit moment in mijn hoofd had afgespeeld schoten weg nu het ineens werkelijkheid werd. Want waar moest ik heen? Of moest ik juist nergens naartoe en was het beter om te wachten? Op wat dan? Nee, ik moest niet wachten, ik moest weg.

Ontdekken of het écht zo was. Bevestiging zoeken.

Ik glipte onze struik uit en klom met ingehouden adem de hoge heuvel naast onze schuilplek op. Toen ik bovenaan het uitkijkpunt stond, sloeg ik mijn hand voor mijn mond. 'Chaver,' fluisterde ik. 'Zie je dat?'

Groepjes Duitse soldaten liepen bij hun bunkers vandaan, zo te zien met rugzakken, veldflessen en opgerolde slaapmatten op hun rug. Ze liepen in ordelijke rijen van twee, en ze zagen eruit alsof...

Alsof ze wegtrokken.

Ik kon het bijna niet geloven. Liepen ze echt zo rustig, zo gedisciplineerd bij hun posten vandaan? Het leek haast wel een toneelstuk. Een valstrik. Of op zijn minst een dagdroom.

Er was maar één manier om te ontdekken of de oorlog echt voorbij was, besloot ik. We moesten doen wat juist al die tijd zo gevaarlijk was geweest.

We moesten het dorp in.

Daar zouden we snel genoeg weten wat de werkelijke situatie was.

Tot mijn verbazing liep Chaver met me mee. Ik had verwacht dat hij net als de vorige twee keren aan de rand van de dijk zou blijven staan, maar in plaats daarvan volgde hij me de open wereld in. Al draafde hij niet voor me uit, zoals hij in het duinbos deed. In plaats daarvan bleef hij de hele tijd achter me lopen.

Elke paar minuten porde hij zenuwachtig met zijn neus in mijn onderrug.

Ook ik was nerveus, natuurlijk. Om na meer dan twee jaar mijn schuilplaats te verlaten, in de buitenwereld te lopen... Iedereen kon me zien. Voor de zekerheid verschool ik me elke paar meter achter een boom, een gewoonte die ik misschien wel nooit van mijn leven zou kunnen loslaten. Het voelde alsof ik elk moment kon worden aangehouden. Gearresteerd. Opgepakt en op een trein naar Polen gezet. Maar tegelijkertijd werd ik vandaag voortgeduwd door een overtuiging die ik niet eerder had gevoeld, een verheugd gevoel dat meer was dan alleen maar hoop. Het was een soort 'weten', een intuïtie die me vertelde dat ik door moest lopen, dat het veilig was, echt.

Hoe ongelooflijk ook.

'Chaver, ik denk werkelijk dat we vrij zijn,' zei ik over mijn schouder. 'Vrij! Eindelijk! Wat vind je daarvan?!'

Kijk, daar waren de eerste huizen op het Kreekpad al.

En daar... Mijn ogen vulden zich met tranen... Daar hing hij uit het raam, glanzend en trots: de Nederlandse vlag! Onze vlag! Het symbool van alles waar ik zo lang op had gewacht. Zegepralend in het zonlicht schitterde het rood-wit-blauw me tegemoet.

Ik ging sneller lopen.

Het was nu niet ver meer naar het dorpscentrum. Een halfuurtje, hooguit. Terwijl ik op de onverharde weg liep, zag ik nog meer vlaggen, en nog meer. Toch keek ik nog steeds voortdurend om me heen, verwachtend te worden ingehaald door de verslagen Duitsers die ik in zulke groten getale had zien wegtrekken, terug naar het platgebombardeerde vaderland.

Maar ik zag ze niet.

Ik zag eigenlijk helemaal niemand.

Waar was iedereen? Waren de mensen allemaal op weg naar de dorpskern, net als ik?

Chaver raakte langzaam verder achterop. De contactmomentjes met zijn neus in mijn rug verdwenen. Telkens wanneer ik een blik over mijn schouder wierp, zag ik hem schichtig om zich heen kijken, klaar om weg te schieten zodra dat nodig was. Ook bij mij groeide de drang mezelf weer onzichtbaar te maken. Want elke stap die me dichter in de buurt van het dorp bracht, bracht me ook dichter bij alles wat fout kon gaan. Was het écht veilig? Bestond dat wel, zo ineens, na al die tijd? Moest daar niet eerst nog veel meer tijd overheen gaan?

Kon ik me écht weer in het openbaar laten zien? Gewoon zo, op klaarlichte dag?

De vragen vlogen me naar de keel tot ik geen lucht meer kreeg. Ik stond stil.

Een overweldigend verlangen spoelde over me heen, een sterk heimwee naar de plek waar we steeds beschut en behouden waren geweest. Waar niemand ons zag.

Onze eigen afgeschermde wereld op een paar vierkante meter.

Maar mijn blik werd getrokken door het huis een paar meter voor me uit. Ook daar hing zo'n schitterende vlag.

De boodschap was duidelijk.

Ik liep door.

Via de Vleerdamsedijk liepen we het dorp binnen. Rechts van ons was de Zeeweg. Even stond ik stil om te bevatten wat ik zag. De vlaggen waren nu óveral, en er waren mensen op straat, gewone burgers! Wat had ik lang geen vrouwen gezien, en kinderen, en wat een vreugde lag er op ieders gezicht! Iemand had zijn koffergrammofoon mee de straat op genomen zodat trompetmuziek langs de huizen schalde, samen met een donkere stem die in een opzwepend ritme *When the Saints Go Marching In* zong. Ergens anders klonk het Wilhelmus. Mensen dansten met elkaar, en iedereen had het zo druk met praten en lachen en het hijsen van de vlaggen, dat niemand op mij leek te letten.

En al deden ze het wel... het maakte blijkbaar niet langer uit!

Ik liep naar de menigte toe. Ik wilde het ze horen zeggen, letterlijk de woorden horen dat de oorlog voorbij was. Dat we vrij waren. Pas dan zou ik het echt geloven.

Achter me tikte Chaver nerveus met zijn neus tegen mijn hand. De drukte die hij vanuit de dierentuin had meegemaakt, was nooit zo dichtbij geweest als deze drukte hier, en bovendien was dat al jaren geleden. Ik draaide me naar hem om zodat ik hem gerust kon stellen, hem kalm kon toespreken en zeggen dat alles goed was, maar hij stond ineengedoken, zijn poten gebogen en zijn buik laag bij de grond, alsof hij geslagen werd. De arme jongen trilde over zijn hele lijf. Hevig hijgend draaide hij zijn uitpuilende ogen weg van de massa opgetogen mensen. Ik hurkte bij hem neer en hield zachtjes zijn kop vast in een poging het beven te stoppen. 'Blijf maar gewoon dicht bij mij,' zei ik. 'Het komt allemaal goed. Ik laat jou niets gebeuren.'

Maar vlak bij ons klonk opnieuw gejuich, en iemand rinkelde hard met een fietsbel.

Chaver kromp in elkaar van ellende.

Oké, dit was genoeg. We moesten weg. Nu pas besefte ik de vreselijke fout die ik had gemaakt. Het was ondoordacht van me geweest hem mee het dorp in te nemen, ook al had hij er zelf voor gekozen me te volgen. In mijn hoopvolle euforie over de bevrijding had ik niet goed genoeg stilgestaan bij hoe dit allemaal voor hém moest zijn. Maar nu telde er nog maar één ding: Chaver moest terug naar de rustige plek die hij kende, waar hij zich veilig voelde. En snel, nu direct, voordat hij aan zijn zenuwen bezweek. Hoe geweldig het ook was dat de oorlog werkelijk voorbij leek te zijn, op dit moment kon ik daar verder niets mee. Chaver was belangrijker.

'Kom maar,' sprak ik rustig in zijn oor. 'We gaan terug naar –'

Achter me klonk een woest geschreeuw.

Mensen stoven wild opzij en renden hun huizen in. Met een klap sloegen ze hun deuren dicht.

Geschrokken keek ik om.

Drie Duitse soldaten kwamen aangerend, hun gezichten zó rood en hun bewegingen zo tollend dat het duidelijk was dat ze dronken waren. Met slingerende armen zwaaiden ze met hun wapens in de lucht. Intussen rukten ze vlaggen van de stokken en sloegen met hun geweer de opgehangen spandoeken naar beneden.

Een moment lang keken Chaver en ik elkaar verstijfd aan.

'Vlug,' zei ik toen. 'Wegwezen hier!'

Maar waarnaartoe? Snel en koortsachtig keek ik om me heen. De vlaggen, de huizen, de rennende mensen... Ineens draaide alles zo hard in het rond dat ik op mijn benen wankelde. Waar waren de bomen, de struiken, het kreupelhout?

Hoe konden we ons híér in vredesnaam verschuilen?

Twee oorverdovende schoten dreunden door de lucht.

CHAVER

Hij twijfelde geen moment.

Dit geluid kende hij. Hij wist wat er ging gebeuren. Dit had hij immers al eerder meegemaakt. Flitsen die hij zo lang niet had gezien dat ze bijna waren vergaan, sprongen nu met volle kracht tevoorschijn in zijn kop. Hij zag alles, hij hoorde alles, zo sterk alsof het nú gebeurde, en dat was ook zo, het gebeurde nu! De knallen waren echt.

Chaver rende.

Hij hoorde niets meer, zag niets meer. Het enige wat overbleef, was de vluchtdrang die door zijn bloed raasde en hem vertelde dat hij weg moest. Hij bleef rennen, met grote sprongen, ver bij de mannen-met-laarzen en hun knallen vandaan. Pijnlijke flarden vlogen door zijn hoofd, kwamen met geweld terug naar de oppervlakte: Moeder Wolf die naar de grond stortte.

Haar geschokte kreet.

Chaver kon wat hij zag niet exact ontcijferen, maar hij voelde opnieuw de angst van toen, en díé begreep hij wel degelijk. Daarom moest hij vaart blijven maken, anders kregen ze hem óók te pakken. Hij moest weg, wég.

Weg.

DEBRA

'Chaver!' Mijn stem sloeg over. 'Chaver!'

Tegelijk met een plotselinge beweging in mijn ooghoek voelde ik hoe een sterke hand zich om mijn arm klemde. Ik werd naar achteren getrokken, een woning in.

'Naar binnen, knul,' sprak een mannenstem. 'Het is nu niet veilig op straat.'

'Laat me gaan!' Ik greep de deurknop beet en probeerde open te doen. 'Ik moet –'

'Je hond roepen? Ja, ik zag het. Maak je daar maar geen zorgen om; die komt wel weer terug als het rustig is. Daar moet je nu niet achteraan gaan rennen, want die haal je toch niet in. Je moet niet op straat zijn zolang die moffen op de Zeeweg lopen. Ze hebben gezopen en zijn tot alles in staat. Ze zien niet eens waar ze op schieten. De bedoeling is dat ze zelfstandig en geordend het eiland verlaten, maar sommigen zijn het daar duidelijk niet mee eens.'

De vrouw des huizes kwam nu ook in het halletje staan. 'Hemeltjelief, je bent helemaal geen knul, of wel? Kind toch, wat hebben ze met je gedaan?'

Ik bedacht hoe mijn jongenskleding op haar moest overkomen. De korte krullen die onder mijn pet vandaan staken, mijn ongetwijfeld met zand en modder besmeurde gezicht. Maar hier was nu geen tijd voor. Ik gluurde door het venstertje in de deur naar de straat. De Duitsers waren voorbij, ongetwijfeld op weg naar het dorpsplein om daar nog meer onrust te veroorzaken.

'Blijf nog maar heel even binnen.' De vrouw legde zacht haar hand op mijn schouder. 'Kom, ik schenk een glas water voor je in.'

'Nee.' Ik deed de voordeur open en zei: 'Dank u wel, mevrouw, maar ik kan hier niet zijn als ik niet weet waar mijn vriend is. Ik moet hem zoeken!'

'Je... vriend?'

'Haar hond,' zei de man, en ik zag hoe het echtpaar een blik van medelijden met elkaar wisselde. Ze dachten ongetwijfeld dat ik ze niet allemaal op een rijtje had.

Maar het kon me niet schelen.

Chaver had me nodig.

Zo snel als ik kon, rende ik in de richting waarin hij was verdwenen. Het bleek de weg naar het strand te zijn. Was dat toeval? Of had Chaver bewust een open vlakte gezocht, weg van de bebouwing, zodat hij meer overzicht had? Misschien zou hij proberen om via het strand terug in het duinbos te komen.

Ik had geen idee of alles nog steeds was afgezet, maar daar zou ik snel genoeg achter komen.

Zwarte vlekjes sprongen voor mijn ogen terwijl ik rende, en een paar keer struikelde ik bijna over mijn eigen benen. Mijn lichaam had bij lange na niet genoeg brandstof om dit allemaal aan te kunnen. Maar dat was dan jammer. Het moest.

'Chaver!' riep ik hijgend. 'Chaver!'

Hij zou terugkomen, vertelde ik mezelf. *Hij zou terugkomen. Hij zou terugkomen.* Toen hij tijdens die onweersbui in paniek was weggerend, was hij óók teruggekomen. Dus nu zou hij dat weer doen. Ik bleef dit feit herhalen en herhalen terwijl ik rende, en rende, zo hard nu dat mijn laarzen amper de grond raakten. Mijn hart raasde tegen mijn borstkas. Mijn longen voelden alsof ze elk moment zouden gaan barsten, maar ik bleef vaart maken. Ik moest hem vinden voordat er iets ergs gebeurde. Want we mochten nu dan wel bevrijd zijn, als de achtergebleven Duitsers er allemaal zo aan toe waren als die idioten op de Zeeweg, was het hier levensgevaarlijk.

'Debra!' klonk het ineens hard.

Wat? Hoorde ik werkelijk mijn naam? Ik probeerde om te kijken, maar ik was nu zo duizelig dat mijn knieën onder me vandaan klapten.

Het volgende moment kwam de straat op me af.

Alles werd zwart.

'Jezus! Debra!' Iemand hurkte naast me neer en duwde een schouder onder mijn arm om me overeind te tillen tot ik rechtop zat. 'Debra. Hoor je me?'

Ik opende een oog. Nog steeds draaide de wereld om me heen.

Maar daar, als een trillende vlek, was het gezicht van Aad.

'Kun je staan?' vroeg hij. 'Lukt dat?'

'Natuurlijk,' zei ik, hijgend maar met alle waardigheid die ik kon opbrengen.

Aad pakte mijn arm en legde die om zijn schouder heen. Toen kwam hij zelf overeind en trok mij met zich mee omhoog. Eenmaal rechtop zei hij: 'Waar was je voor op de vlucht?'

'Niet...' bracht ik uit, nog steeds buiten adem en duizelig. 'Niet... op... de vlucht. Ik... Chaver.'

'Chaver? Waar is dat beest nu weer?'

'Duitse soldaten... Ze schoten zomaar... Hij schrok.'

'Aha,' zei Aad grimmig. 'Ja, de oorlog is voorbij, maar dat willen ze nog niet allemaal onder ogen zien. Sommige van die mannen zijn erg jong en zijn verbitterd. Die jongens zijn verblind door de jarenlange propaganda en blijven daarom ook nu nog fanatiek.'

'Ik moet... Chaver vinden.'

'En je denkt dat hij op het strand is?'

Ik knikte.

'Dan ga ik met je mee.' Plots grinnikte hij. 'Wat ben jij trouwens snel, joh.

Je had het misschien niet in de gaten, maar ik rende al vanaf de Zeeweg achter je aan. Toen ik hoorde dat er daar geschoten was, ben ik er, samen met wat andere mannen van de LKP, meteen op afgegaan. En vervolgens zie ik tot mijn grote verbazing jou een huis uit stormen en wegrennen alsof de duivel je op de hielen zit.'

Ik lachte niet om het beeld dat hij schetste, en ik vroeg niet wat de LKP was.

Het was allemaal niet belangrijk.

Op dit moment telde maar één ding.

Het strand lag bezaaid met mijnen. Daartussen was een laag draadje met doodshoofdvlaggetjes gespannen. Aad keek ernaar en zei: 'We kunnen niet verder. Het is nog niet veilig, dat zie jij ook wel.'

Ik liet mijn hoofd zakken om op adem te komen. Toen riep ik uit: 'Kijk!'

Aad volgde mijn blik naar beneden, naar het zand voor onze voeten, en zag waar ik naar wees. 'Is dit van hem?' vroeg hij. 'Weet je het zeker?'

'Heel zeker. Dit is niet de pootafdruk van een hond.'

'Goed dan. Jij blijft hier, nee, geen discussie nu, en ik zal Chaver zoeken en rondvragen of iemand iets heeft gezien. Luister goed naar me, Debra, het is níét veilig op het strand. Dus kan ik erop vertrouwen dat je hier blijft wachten? Of niet?'

'Ja,' antwoordde ik schor.

Alles was bijna goed, ik wist het zeker. Chaver was hier geweest, hij was niet ver.

Ik keek toe terwijl Aad in de richting van de bunkers liep, het strand waar ooit kleedhokjes en rieten strandstoelen naar badgasten hadden gelonkt, en wachtte.

Hoelang ik hier al stond, wist ik niet. Het kon een kwartier zijn, een halfuur.

Of een paar minuten?

Het voelde in elk geval als een eeuwigheid.

Maar daar kwam Aad.

'En?' Ik rende hem tegemoet. 'Heb je hem gezien?'

Aads ogen stonden donker. Diepe verticale lijnen trokken aan de huid naast zijn mond. 'Het spijt me,' zei hij.

'Wat spijt je? Heb je hem niet gezien? Dan moet ik nu direct naar het duinbos, want de vorige keer is hij ook uit zichzelf terug naar onze plek gegaan. Ik denk dat hij daar –'

'Chaver is niet in het duinbos.'

'Nou, waar is hij dan?' Ik ging op mijn tenen staan en tuurde langs hem heen. De bruingrijze zee flikkerde in de namiddagzon.

'Luister even naar me.' Aad sprak langzaam. 'Sinds gisteren, dat was 5 mei, is de oorlog officieel voorbij. Iedereen dacht dus dat we vandaag de bevrijding konden vieren, maar helaas is dat niet het geval. Sterker nog, er zijn ook nu nog steeds mannen uit Rockanje die verplicht moeten wachtlopen bij de bunkers op het strand.'

'Ja, en? Heeft een van die mannen Chaver gezien? Is dat wat je wilt zeggen?'

'Ik vertel je dit om uit te leggen dat de oorlog hier nog niet is afgelopen. Niet volledig. De situatie is te onrustig. Er zijn kanonniers die gelaten wachten tot het moment van vertrekken komt, vaak de wat oudere mannen, maar er zijn ook jongere militairen die er wat meer moeite mee hebben. Begrijp je?'

'Dit heb je net ook al gezegd.' Zijn woorden waaiden langs me heen als hinderlijke wind in mijn oren. Wat kon mij dit allemaal schelen? Wat de Duitsers wel of niet deden moesten ze zelf weten. Dat was niet langer mijn probleem. Nogmaals, en nu zo dringend dat ik ervan schreeuwde, vroeg ik: 'Waar is Chaver?!'

'Debra...' Aad legde zijn hand op mijn arm. 'Wat ik probeer te vertellen is dat de Duitsers op dit moment onderling ruzie hebben met elkaar. De jongens die nog willen doorvechten zijn kwaad op degenen die zich hebben neergelegd bij de capitulatie. Ze hebben het op een zuipen gezet... Ze draaien door. En een van hen –'

'Aad!' Ik trok zijn hand los. 'Wáár is Chaver?'

Hij keek me zo gepijnigd aan dat ik achteruitdeinsde.

'Ik vind het gewoon heel moeilijk om te zeggen,' zei Aad zacht. 'Maar ik snap dat er geen makkelijke manier is om je dit te vertellen. Dus hier komt het.' Hij haalde diep adem. 'De deur van een van de bunkers was voorzien van een boobytrap. Een granaat. Vermoedelijk is dit gedaan door een van die jonge knullen, die wist dat zijn commandant zich wilde overgeven aan de Binnenlandse Strijdkrachten en daar zo kwaad om was dat hij met hem wilde afrekenen. Toen die man een halfuur geleden aankwam en de deur opende, werd hij door de explosie weggeslingerd. Hij belandde gewond tussen de deur en een stapel zandzakken, en het interieur van de bunker raakte compleet verwoest. Er is nu een hulpdienst bezig om hem daar weg te halen. Maar...' Hij slikte een paar keer. 'Er is ook iemand anders gewond geraakt. Ik weet niet hoe het kan, of wat hij daar precies op dat moment deed, maar... Helaas heeft Chaver het niet overleefd.'

'Je liegt! Dat is een leugen!'

Ik wilde wegrennen om zelf te gaan kijken, maar Aad greep me stevig vast.

'Een van de wachtlopers zei dat het allemaal heel snel ging. Hij vertelde me dat de hond, zoals hij Chaver noemde, in een blinde paniek kwam aangestormd, alsof hij niet zag waar hij was of wat hij deed. Hij scheurde overal langs, en...' Aad zuchtte diep. 'In elk geval wijst alles erop dat Chaver geen pijn heeft gehad. Hij is direct overleden, doordat er een granaatscherf in zijn hart schoot.'

'Wat wil je met hem doen?' vroeg Aad voorzichtig.

Ik zat over het levenloze lichaam van Chaver gebogen, dat door Aad naar mij toe was gedragen. Met trillende vingers streelde ik zijn lieve, mooie kop. Zijn zachte bek, die zich zo vaak liefdevol om mijn hand had gesloten en die nu half openhing, voor altijd bevroren in de schrik van zijn laatste moment.

Dit had nooit mogen gebeuren.

Juist nu we de oorlog samen hadden overleefd, sâmen!

Een snik welde op in mijn keel, toen nog één. Ik liet me vooroverzakken en begroef mijn gezicht in Chavers nek zoals ik eerder zo vaak had gedaan. Dit was het ogenblik waarop hij zachtjes zou kermen, me zou troosten met zijn liefdesbeetjes. Tranen stroomden over mijn wangen in zijn vacht, de dikke pels die me twee winters warm had gehouden.

'Chaver...' bracht ik uit. 'Vriend.'

'We kunnen hem hier niet laten liggen,' klonk het achter me. 'En het wordt straks donker.'

Ik nam Chavers poot in mijn handen en streelde zijn voetzool. Zijn tenen met de dikke plukken wit haar ertussen. Wat had hij het elke avond druk gehad met zijn dagelijkse wasbeurt. Wat was hij fier op zichzelf geweest.

En nu lag hij hier.

Aad schraapte zijn keel. 'Debra...'

Door betraande ogen keek ik naar Aad op. 'Kun jij hem weer dragen? Ik weet waar hij naartoe moet.'

Aad had zich stilletjes uit de voeten gemaakt.

Ik kroop in de kuil, dicht tegen Chaver aan, alsof we gingen slapen.

'We hebben het gered...' fluisterde ik. 'De oorlog is voorbij.'

Een zuchtje wind deed de blaadjes van het struikgewas ritselen als fluisterende stemmen.

Hoe vaak hadden we hier niet samen gelegen, onder de sterrenhemel, onze ademhaling synchroon? Dit nest, door hem zelf gegraven, waarin we ons veilig hadden gevoeld, elke nacht opnieuw. Voorzichtig ging ik half op hem liggen, zoals hij altijd op míj gelegen had, en sloeg mijn armen om hem heen. Zijn altijd zo warme lijf was koud. Zijn kop, die zich zo graag met pretoogjes naar mij toe draaide om me een lik over mijn wang te geven, bleef roerloos.

'Mijn vriend,' fluisterde ik opnieuw en opnieuw. 'Mijn kracht.'

Wat moest ik zonder hem?

Hoe kon ik hem loslaten, hem hier achterlaten, helemaal alleen? Ook voor hem was de oorlog voorbij. Ook zíjn leven mocht nu eindelijk verdergaan.

Ik wreef met mijn wang over de dikke, wollige plukken van zijn nek.

Chaver bleef bewegingloos liggen.

Nog steviger klemde ik mijn armen om hem heen, maar zijn grote sterke lijf leek gekrompen, weerloos bijna. Ik streelde zijn neus en tikte er met mijn handpalm kort tegenaan om de contactmomentjes na te bootsen die hij zelf zo graag maakte.

Maar zijn snuit voelde droog.

Zachtjes drukte ik een kus op het zwarte figuurtje in het midden van zijn voorhoofd.

'Je bent vrij,' fluisterde ik.

De bevrijding was eindelijk gekomen.

Alleen kwam die voor hem in een andere vorm dan ik had verwacht.

De zon stond laag toen ik de laatste hoeveelheid zand vanuit een conservenblik over Chavers lichaam uitstrooide. Hier, op deze plek, in onze kuil, zou zijn lijf langzaam weer een worden met de natuur. Dit was waar wij samen hadden geleefd, samen hadden óverleefd. Hier kon hij rusten.

Zijn ziel was al gevlogen, meegevoerd door de aantrekkende wind, ik voelde het.

De jonge wolf was terug bij zijn familie, bij zijn vader en moeder, zijn broer en zusjes.

Bij Saul.

Allen waren zij te vroeg heengegaan, en ieder van hen door toedoen van de mens.

Ik besloot dankbaar te zijn dat Chaver in zijn veel te korte leven in elk geval genegenheid had gekend. Dat hij liefde had mogen geven en ontvangen.

En ik wist dat ik onze connectie altijd zou voelen.

Waar ik ook was.

Nog eenmaal keek ik om. De kuil was dichtgemaakt, zand en aarde als deken voor Chavers eeuwige slaap. Ik had het veertje waar hij zo graag mee speelde erbovenop gelegd, met daarop het takje dat hij van T.J. had gepikt en dat altijd bewaard was gebleven.

'Vaarwel, vriend,' fluisterde ik tussen mijn tranen door. 'Ik zal je nooit vergeten.'

Voor de allerlaatste keer baande ik me een weg door de doorns, de jutezak met daarin de overblijfselen van twee jaar onderduik over mijn schouder.

De halve ster stond aan de hemel.

Aad wachtte me op bij de dijk.

'Gaat het?' vroeg hij.

Ik maakte een beverige hoofdbeweging, mijn gezicht plakkerig van opgedroogde tranen.

'Kom je even met me mee?' zei hij. 'Ik wil je wat laten zien.'

'Niet nu,' zei ik, mijn stem zo uitgeput dat ik hem zelf nauwelijks hoorde. 'Ik wil naar huis. Mijn eigen huis. Ik wil mijn moeder zien, en...' Mijn woorden zakten terug mijn keel in.

Ik had de kracht niet meer.

'Hier.' Aad drukte me een dikke snee witbrood in handen. 'Van de geallieerden gekregen.'

Ik nam een hap. Er zat een soort sinaasappelmarmelade op die mijn kaken deed samentrekken. In een paar tellen was de hele boterham op.

'Goed zo. Dan kun je nu een beetje doorlopen, voordat het straks écht donker is.'

We waren bijna bij het dorp toen ik mijn stem terugkreeg. 'Waar gaan we naartoe? Is Siem soms weer in Rockanje?'

'Met je broertje gaat alles goed. Hij is nog steeds bij de familie in Zeeland. Ik verwacht dat hij morgen naar huis wordt gebracht, en ik probeer te regelen dat ze jou onderweg ook oppikken.'

Naar huis. Ik kon het bijna niet geloven. Hoe vaak had ik die woorden in mijn hoofd wel niet geproefd, de afgelopen jaren? Wat een wilde voorstellingen had ik me ervan gemaakt. Naar huis, het leek ineens zo onwerkelijk. Ging iedereéén nu terug?

Ook vader? Ook Miriam?

'We zijn er bijna,' zei Aad, terwijl we de Duinzoom op liepen. 'Nog een klein stukje.'

De Duinzoom was een lange weg, niet ver bij het strand vandaan. Ook hier hingen vlaggen buiten, en tussen twee woningen in was een grote oranje doek over de straat gespannen.

'Ik begrijp het niet,' zei ik. 'Wat doen we hier?'

'Nog heel even geduld, dan zul je het vanzelf zien. Ik weet het ook pas sinds gisteren, en ik had het je vandaag willen vertellen als ik je kon vinden, maar...' Hij schudde spijtig zijn hoofd en mompelde: 'Dat liep helaas anders.'

Een diepe steek sneed door mijn hart. Hoe kon het dat Chaver er enkele uren geleden nog was geweest, dat we samen het bos uit waren gelopen, dat hij zo dapper mee het dorp was in gegaan? Had ik toen maar geweten wat er zou gebeuren, dan had ik...

Aad hoorde me slikken en gaf een klein kneepje in mijn arm. 'Die wolf is als een held gestorven. Twee jaar lang heeft hij jou gesteund. Dat mag nooit vergeten worden. Zo iemand verliezen doet vreselijk veel pijn, maar jullie samenzijn geeft je tegelijkertijd de mooiste herinneringen.'

Voorzichtig keek ik opzij naar zijn gezicht. Zijn woorden deden vermoeden dat hij zelf ook dierbaren verloren was, iets waar ik nu niet naar durfde te vragen.

Maar hij had gelijk. Ik wist het.

Het maakte de pijn alleen niet minder.

Aad liep het erf op van een wit, stenen huis en gebaarde dat ik hem moest volgen. Hij ging naar de achterzijde toe en klopte daar op de keukendeur, zachtjes, alsof er iemand sliep.

Een vrouw van een jaar of veertig deed open en glimlachte toen ze Aad zag.

Hij liep naar binnen en wenkte mij mee te komen.

'Wat is dit?' vroeg ik. 'Waarom...'

'Sst.' Hij wees naar de hoek van de keuken, waar een lage houten kist stond. Daarin lag een zwarte herdershond. 'Kijk daar eens.'

Nog steeds begreep ik niet wat er aan de hand was. Dacht Aad nu werkelijk dat mijn verdriet om Chaver minder zou worden als hij me naar een hónd bracht? Zelfs het vooruitzicht om morgen eindelijk Tess weer te zien, mijn lieve, zachte, slimme Tess die ik zo had gemist, veranderde niets aan mijn gebroken hart.

Een hoog, piepend geluid kwam uit de bak op de grond.

De zwarte hond schoof voorzichtig opzij. Ze trok haar voorpoot op, en...

Hemel!

Daar, bij haar in de bak, lag een pupje. Een piepklein donkergrijs pupje.

Als vanzelf hurkte ik erbij neer.

'Schattig, hè?' zei de vrouw. 'Vorige week zijn de oogjes opengegaan. Ze is nu vier weken oud.'

Ik keek op. 'Is er maar één pup geboren?'

'Ja. We denken dat het komt omdat onze Mina al wat ouder is. Maar ook omdat het al tijden zo lastig is om aan voer te komen. We hadden eigenlijk ook helemaal niet verwacht dat ze... Nou, goed, we hadden dit dus helemáál niet verwacht. Mina leeft voornamelijk buiten. Ze is een erfhond. We hebben daarom niet eens gemerkt dat ze loops is geweest.'

Het pupje begon luid smakkend te drinken, waarbij het de kleine voorpootjes tegen moeders buik drukte en de achterpoten recht naar achteren strekte. Glanzende zwarte nageltjes glommen in het lamplicht.

Ik ging weer staan en deed een paar stappen naar achteren. Ik wilde de moederhond niet onrustig maken door te dicht bij haar pup in de buurt te komen. 'Dit is werkelijk heel snoezig, inderdaad,' zei ik tegen Aad. 'Maar kunnen we nu gaan?'

Aad deed of hij me niet hoorde. Tegen de vrouw merkte hij op: 'Dit is het meisje over wie ik je gisteren vertelde.'

'Dat had ik al begrepen. Kan ik jullie iets te eten aanbieden misschien?'

Vragend keek ik naar Aad. 'Je hebt haar over mij verteld? Wat is hier aan de hand?'

De vrouw trok een houten keukenstoel naar achteren en zei: 'Kom even zitten.' Toen we met zijn drieën aan de ronde tafel zaten en ze surrogaatthee had ingeschonken, keek ze me een lang ogenblik aan. 'Ik heb van Aad begrepen dat jij... In het bos? Samen met een...' Ze maakte een paar verwonderde klikgeluidjes in haar mond. 'Het is onvoorstelbaar. Ik kan het bijna niet geloven.'

Wat moest ik hierop zeggen? Ik nam een slok van de thee. De warmte voelde onwennig aan in mijn keel, en ik slikte voorzichtig.

'Debra,' zei Aad, 'je weet vast nog wel dat Chaver er een maand of drie geleden even vandoor was?'

'Ja, natuurlijk.'

'En je kunt je ook nog herinneren dat ik hem toen op de Duinzoom heb gezien?'

'Ja...' zei ik langzaam, omdat ik heel voorzichtig begon te begrijpen waar hij naartoe wilde met deze vragen. Maar nee, dat kon niet. Vast niet.

'Ik ken Corry al een tijdje,' ging Aad verder, 'eigenlijk mijn hele leven al, want we zijn allebei in Rockanje opgegroeid, en toen zij me een paar maanden geleden vertelde dat ze aan haar verstand begon te twijfelen omdat ze toch echt zou zweren dat ze een wolf in haar achtertuin had gezien, ach, toen wist ik natuurlijk meteen over wie ze het had. Maar ik kon haar daar niets over vertellen, want jij zat toen nog in het bos ondergedoken en het was uiteraard belangrijk dat zo min mogelijk mensen daarvan wisten. En aan Corry uitleggen wie Chaver was zonder daarbij ook jou te noemen, tja dat ging natuurlijk niet.'

Ik zette mijn theekopje neer. 'Maar... je denkt toch niet werkelijk dat Chaver...'

'Ja, dat denk ik dus wel. Vergis je niet, een hond kan een loopse teef op kilometers afstand ruiken, en bij een wolf zal dat nog een stuk meer zijn. Tel daarbij op dat Chavers uitstapje naar de Duinzoom precies samenviel met het paringsseizoen van de wolf. Ik vermoed dat elke wolf het voelt wanneer die periode aanbreekt, of die nou uit de dierentuin komt of niet.'

Ik fronste mijn voorhoofd, dacht terug aan Chaver. Hij was destijds inderdaad een paar weken zichzelf niet geweest. Maar...

'Aad vertelde me dat jouw Chaver bij Saul heeft gewoond,' merkte Corry op. 'Dat was zo'n aardige man. En zijn vrouw Katharina... Het hele dorp was dol op haar. Ze maakte haar eigen lavendelzeep die ze vanaf een kraampje in haar voortuin verkocht. Ik heb nog steeds een stuk liggen.'

'Lavendelzeep?' herhaalde ik.

Corry knikte.

Opnieuw werd ik duizelig. Hoe was het allemaal mogelijk? Mijn hoofd draaide van alles wat ineens samenkwam, herinneringen van toen, van nu, van alles wat ooit was geweest en nog zou zijn, en wat voorgoed weg was.

'Chaver is vader geworden,' zei Aad.

'Hoe weet je dat zo zeker?' vroeg ik. 'Waarom kan het geen hond uit de buurt zijn geweest? Of misschien is Mina wel door een hond van de Duitsers gedekt! Die liepen altijd heen en weer, met van die briefjes om hun nek, dus die konden makkelijk even wegglippen om –'

'Kijk eens goed naar het pupje, Debra. Of naar het welpje, kan ik misschien beter zeggen.'

Langzaam schoof ik de hoge houten stoel naar achteren en ging weer bij de moederhond zitten. Ze liet mijn aanwezigheid rustig toe, kalm in haar vertrouwen. Het pupje was gestopt met drinken en waggelde op stevige pootjes rond in de bak. Het was mollig en grijs, met donkerblauwe puppyogen. 'Hoi,' zei ik zachtjes. 'Ik ben Debra, wie ben jij?'

Het wollige wezentje liep naar me toe en piepte zachtjes.

'Ze heet Jane,' zei Corry. 'Pak haar maar op, dat vindt ze niet erg.'

'Jane...' herhaalde ik zacht. Een naam uit een van mijn lievelingsboeken, net zoals Tess. Hoe was het allemaal mogelijk? Voorzichtig strekte ik mijn armen uit en tilde het pupje uit de bak. Ze was ongelooflijk licht. En wat was ze zacht! Ik drukte haar tegen mijn borst, liet haar zachtjes op mijn vinger sabbelen. Ze rook zoet, naar warme melk. En naar... naar...

Naar Chaver.

Jane liet mijn vinger los, nestelde zich steviger tegen me aan en sloot tevreden haar ogen.

Nu pas zag ik het kleine, zwarte stipje op het midden van haar voorhoofd.

'Wat denk je ervan?' vroeg Aad, toen we weer richting het dorp liepen. Ik kon vannacht bij hem en zijn vrouw slapen, had hij gezegd. Morgen zou ik Siem weer zien en samen met mijn broertje terug naar huis gaan. 'Dit is wel heel bijzonder, vind je niet?'

Bijzonder was nog zwak uitgedrukt. Ik kon niet geloven wat er vandaag allemaal was gebeurd. Eerst stond de tijd twee jaar lang stil, vervolgens gebeurde alles in één keer tegelijk.

Het was niet bij te houden.

Boven ons hoofd vlogen bommenwerpers over. 'Waarom vliegen die nog steeds?' vroeg ik. 'Duitsland wordt nu toch niet meer gebombardeerd?'

'Deze gaan niet naar Duitsland. En ze lossen ook geen bommen, maar doen voedseldroppings. Operatie Manna, noemt men het. Er is sinds de afgelopen winter veel honger in Nederland.'

'Aha,' zei ik slechts. Ook dit drong niet volledig tot me door.

'Chaver heeft dus een dochter,' ging Aad verder. 'En als je het mij vraagt, is er maar één persoon op de hele wereld bij wie dat diertje thuishoort.'

Zoiets hadden hij en Corry zojuist ook al laten doorschemeren, maar ik was er niet op ingegaan. Ook nu lukte het me nog niet om helder na te denken. Mijn verdriet om Chaver, de enorme schok, het afscheid, die wond was nog zo diep, zo rauw. En toch was er nu ook dit aan de hand. Een pup van vier weken, die over nog eens vier weken bij de moeder weg mocht.

'Waarom willen ze haar zelf niet houden?' vroeg ik.

'Ze vinden één hond genoeg. En bovendien... ze is een afstammeling van Chaver. Hij zal voortleven, in haar! Daarom hoort ze bij jou.'

'Maar, hoe dan?' Alles voelde aan als één grote maar. Niets klopte meer. Zoals het nu ging, had het allemaal helemaal niet moeten gaan. 'Besef je wel dat dit dier halfwólf is? Dat is allemaal leuk en aardig als je in het bos leeft, maar ik woon vanaf morgen weer in Rotterdam, midden in de stad. Dat kan toch nooit goed gaan? Hoe kan ik zo'n dier daar gelukkig maken?'

'Ze is halfwolf, maar ook halfhond. Dus als ze van jongs af aan niets anders gewend is dan Rotterdam... Als jij ervoor zorgt dat ze genoeg beweging krijgt zodat ze verzadigd is... Dan verwacht ik eerlijk gezegd geen gekke problemen. Vergeet ook niet dat ze van jouw oudere hond het goede voorbeeld krijgt. En bovendien, Chaver leefde bij Saul ook gewoon binnen, in huis.'

'Ja, en hoe! Je hebt me zelf verteld dat hij daar alles gesloopt heeft wat los en vast zat.'

'Ach, dat zijn details. Waar het om gaat, is dat ik denk dat het goed voor jou zal zijn om je over Jane te ontfermen. Een nieuw leven, te midden van zoveel...'

'...verlies,' vulde ik aan, mijn stem schor.

Aad knikte spijtig.

Een tijdlang liepen we zwijgend verder.

Ik dacht terug aan het grijze bolletje dat in mijn armen in slaap was gevallen. Haar geur, haar warmte. Chaver had een dóchter.

Wat zou hij ongelooflijk trots zijn geweest.

Samen met Siem zat ik op de achterbank van een auto.

Siem had zijn mond vol met chocolade die hij van een Engelsman had gekregen en kletste honderduit, over de kippen op de boerderij, over de andere kinderen in het gezin. Dat ze hem daar ook weer 'Steef' hadden genoemd, net als in het eerste gezin en in het tehuis, en dat hij die naam niet erg vond want hij wist dat zijn schuilnaam maar tijdelijk was en dat die hem veilig hield.

Ineens werd hij ernstig en zei: 'Het duurde best lang, hè?'

'Ja,' zei ik. 'Het duurde best lang.'

Ik wilde hem zoveel vragen over de afgelopen twee jaar, maar het lukte niet. Niet nu. Daar zou nog genoeg tijd voor zijn. Op dit moment was ik moe, zo ontzettend moe. Toch kon ik ondanks mijn zware ogen niet stoppen met naar mijn broertje kijken. Hij was enorm gegroeid. Zijn blonde krullen waren korter dan ze geweest waren toen ik hem de laatste keer zag. Maar hij had volle blozende wangen en zag er gezond uit. Heel anders in elk geval dan de magere schim die ik gisteravond in de badkamerspiegel had gezien, toen Aads vrouw daar een tobbe voor me had laten vollopen. Ze had me kleren van zichzelf gegeven, een zachtroze blouse die om me heen zwabberde en een beige pantalon die zonder de ceintuur direct naar beneden zou glijden, maar ze hadden schoon gevoeld, en de stof voelde zacht op mijn huid. Met de keukenschaar had Aads vrouw een poging gedaan mijn krullen in model te knippen, en daarna had ze er aan de zijkant twee bloemspeldjes in geschoven om het minder jongensachtig te maken. Alles om me weer wat op een mens te doen lijken in plaats van op een wilde.

Maar vanbinnen had ik meer tijd nodig.

De wereld aan de andere kant van het glas trok in vliegend tempo aan ons voorbij. Het was pas de derde keer in mijn leven dat ik in een auto zat, maar ik was niet in staat de ervaring echt in me op te nemen. Er raasden te veel gedachten door mijn hoofd, vlugger nog dan de snelheid waarmee het voorbijrazende landschap achter ons verdween. Toch stond tussen alle drukte één besef muurvast op de voorgrond: met elke seconde die verstreek, raakte ik verder bij de afgelopen twee jaar vandaan. Verder bij mijn leven met Chaver vandaan. En hoe blij en dankbaar ik ook was dat de oorlog eindelijk voorbij was, het voelde tegelijkertijd alsof ik een deel van mezelf achterliet.

Een deel dat nooit meer zou aangroeien.

Ik zou terugkeren naar een wereld die ooit vanzelfsprekend was geweest. Een wereld vol met mensen, en huizen, met lawaai en verkeer. Waarschijnlijk zou ik terugkeren naar de bibliotheek, en Siem zou weer naar school gaan, vader terug naar zijn plek voor de klas.

Maar het zou nooit meer hetzelfde zijn.

De Beukelsdijk stond er nog precies zo bij als in mijn herinnering.

Siem stuiterde op en neer op de leren bekleding. 'We zijn er weer, we zijn er weer!'

Moeder had de vitrage opzijgeschoven en keek verwachtingsvol naar buiten. Zelfs vanaf hier zag ik dat ook zij afgevallen was. Haar gezicht was smal, haar wangen waren ingevallen. Maar ze lachte en zwaaide opgetogen toen we uitstapten.

Tess stond met haar voorpoten op de vensterbank en drukte haar neus tegen het glas.

Toen verdween moeder uit beeld, om een ogenblik later de benedendeur open te doen.

Siem rende op haar af en brulde: 'We zijn er weer!'

Tess wurmde zich langs moeders benen naar buiten en kwispelde zo hard dat ze bijna omviel. Wat leek ze ineens klein. En wat was ze net als moeder ontstellend mager geworden. Haar lange vacht die altijd zo had geglansd was dof, haar ribben staken uit. Maar ze was er, en daar ging het om. Ook zij had de oorlog overleefd. Nu kon ze gaan aansterken, net als ik.

Met grote blije sprongen rende ze op me af.

Ik ging zitten, midden op de stoep, en spreidde mijn armen.

2010

EPILOOG

Daar, een leeg bankje. Eindelijk. Zo rechtop mogelijk liep ik ernaartoe, alsof ik niet volledig buiten adem was en het mij geen enkele moeite had gekost me een weg door het stekelige kreupelhout te banen. Hemel, ik was er helemaal buiten adem van.

BLIJF OP DE PADEN, had er op het bordje bij de ingang van het natuurgebied gestaan, vlak voordat ik het hekje doorging. HONDEN AAN DE LIJN. TOEGANG TUSSEN ZONSONDERGANG EN ZONSOPKOMST VERBODEN.

Overal hekken. En bordjes. En regels.

Het maakte goed duidelijk dat er veel was veranderd sinds de laatste keer dat ik hier geweest was, nu maar liefst vijfenzestig jaar geleden.

Maar ik bleef níét op de paden.

Dat had ik al die jaren terug niet gedaan en dat deed ik vandaag nog steeds niet, al waren mijn redenen van nu anders dan toen. Destijds had ik geen keuze gehad; om in leven te blijven had ik immers onzichtbaar moeten zijn. Maar nu, nu was er geen gevaar meer. En ik begreep de moderne regelgeving heus wel, hoor. Als iedereen maar van de paden afweek, had de natuur geen enkele rust meer, en met zoveel mensen op de wereld waren er nog maar weinig plekken waar wilde dieren zich konden terugtrekken. Het was goed dat de bordjes er hingen. Ik had dan ook een zachte verontschuldiging gepreveld toen ik alsnog tussen de bomen door liep en me met mijn oude lijf langs struiken wurmde, met opgerolde broekspijpen door een moerasstroompje waadde en over greppeltjes sprong alsof ik weer vijfentwintig was in plaats van negentig.

Maar de inspanning was voor niets geweest...

Want ook al wist ik zeker dat ik toch echt in de buurt van de juiste omgeving was, alles was nu zo overwoekerd en veranderd dat het onmogelijk bleek de exacte plek terug te vinden.

En dat terwijl ik zo graag nog één keer het graf van mijn oude vriend had willen bezoeken.

Het duinbos was overigens niet het enige wat veranderd was. Op plekken waar vroeger boerderijtjes hadden gestaan, stonden nu grote villa's met rieten daken. En ook in het dorp waren er veel nieuwe huizen bij gekomen, net als winkels en verharde wegen.

Ik had het gezien vanuit de taxi die me hiernaartoe had gebracht.

Met het openbaar vervoer was het wat lastiger om in Rockanje te komen, had Siems kleindochter opgemerkt. Ze had verteld dat ze op zonnige dagen graag naar het strand ging met haar vriendinnen, maar dan altijd voor Scheveningen of Hoek van Holland koos omdat je daar met de trein zo was. Rockanje had nog altijd geen treinstation. Susanna was zeventien jaar, en ze deed me met haar blonde krullen erg aan haar grootvader denken. Ik had met haar zitten kletsen na de begrafenisplechtigheid, omringd door Siems vrienden en familie die cake aten en herinneringen aan hem ophaalden. Een deel van hen was ook míjn familie, allemaal jongere generaties uiteraard, maar ik herkende bijna niemand.

Ik was al meer dan twintig jaar niet in Nederland geweest.

De eerste jaren na mijn huwelijk met T.J. in 1946 was ik nog regelmatig terug naar Rotterdam gegaan, maar de bootreis was prijzig en de vliegtickets later ook. Wel schreef ik vader en moeder wekelijks een brief, en zij deden hetzelfde. Ik stuurde foto's mee van ons leven in Louisiana, zij van het wel en wee in Rotterdam. De polaroids van vader, genietend van een welverdiend pensioen, plakte ik met extra zorg in mijn album. Dat hij heelhuids uit het werkkamp was teruggekomen, was een wonder waar ik altijd dankbaar voor bleef.

Ook Miriam was teruggekeerd, als enige van haar familie.

Ze was bleek en stil geweest en woog nog maar vijfendertig kilo.

Jilles was eveneens teruggekomen. Hij wilde niet praten over wat hij als trambestuurder in Bremen had meegemaakt. Aangezien ook hij meer dan twintig kilo was afgevallen en hij een schrik in zijn ogen meedroeg die er eerst niet was geweest, kon het niet veel goeds zijn. Zo gauw als hij kon, trouwde hij met zijn Stans, en een klein jaar later kregen ze hun eerste kind: een zoon.

Enkele jaren later zou er ook een prachtige dochter volgen.

De eerste maanden na de oorlog woonde ik gewoon bij vader en moeder op de Beukelsdijk, waar ik lange brieven schreef aan T.J. In die van hem sprak hij voortdurend over de dag waarop hij me zou komen halen. Daar keek ik naar uit.

Ik had het nodig een nieuw begin te maken, weg van de verwoestingen, van al het verdriet.

De lange overtocht werd een uitdaging voor Jane, toen een jaarling, maar onze band was sterk genoeg om de overtocht te overbruggen. Zolang we samen waren, was ze tevreden. Eenmaal in Louisiana had ze een reusachtige tuin tot haar beschikking om in te rennen en spelen en veel meer groen en wilde natuur om zich heen dan in Rotterdam ooit mogelijk was geweest. Kleine Tess was bij vader en moeder gebleven. De Beukelsdijk was immers haar thuis.

Toch miste ik haar verschrikkelijk.

Het leven in Amerika was goed. Ik vond werk bij de NLS, de National Library Service, een bibliotheek voor blinde en slechtziende mensen die zich toelegde op een gevarieerd leesaanbod in braille en gesproken boeken. De bezoekers die er kwamen, deden me denken aan meneer Pacht, die ik na de oorlog nog eenmaal had bezocht om hem te bedanken en te laten weten dat het goed met me ging. Hij had inmiddels, heel begrijpelijk, iemand anders in dienst om zijn werk uit te typen, maar hij had vaak aan me gedacht. Toen ik hem bij het afscheid de hand drukte, zag ik achter zijn donkere brillenglazen tranen glinsteren.

'Dat het u goed mag gaan, juffrouw Debra,' had hij gezegd. 'Dat het u heel, heel goed mag gaan.'

Zijn redacteur was niet teruggekeerd.

Zóvelen waren er niet teruggekeerd.

Ik had geluk gehad, dat besefte ik heel goed. Maar overal in Europa spookten de schaduwen rond van de miljoenen mensen die vermoord waren. Schaduwen zo tastbaar dat je er bijna over struikelde.

Zelfs nu ik na al die jaren weer terug was in dit deel van de wereld, voelde ik dat.

Even sloot ik mijn ogen en haalde een paar keer diep adem.

De dennenlucht die ik hier rook, ook die was nieuw. Die naaldbomen waren er vroeger niet. En dan die stemmen, overal. Wat was het hier druk! Groepen wandelaars met rugzakken om. Fietsers met kleurrijke helmen op. Gillende kinderen die blijkbaar nooit geleerd hadden het bos met respect te betreden. Ze renden in het rond, sloegen met stokken tegen bomen, gedroegen zich alsof de natuur een pretpark was en hadden ouders die het allemaal prima vonden en vooral druk waren met het schermpje van hun mobiele telefoon.

Ondanks alles glimlachte ik om mijn eigen gedachten.

Als ik niet uitkeek, werd ik nog een zure, oude vrouw.

En dat terwijl er zoveel was om dankbaar voor te zijn. Dat ik nog fit was, bijvoorbeeld. Dat mijn hersenen het nog deden, al dacht ik de laatste tijd vaak na over een manier om mijn herinneringen te conserveren voor later wanneer ik misschien níét meer zo helder was.

Ik had van dichtbij meegemaakt hoe het was als je brein je in de steek liet...

T.J. was in zijn laatste jaren verstrooid geworden. Hij kon soms ineens urenlang in de tuin staan en naar boven kijken tot er eindelijk een vliegtuig overvloog, ondertussen onverstaanbaar in zichzelf mompelend. Daar had ik gelukkig nog geen last van. Soms werd ik 's nachts wakker en dan wist ik niet waar ik was, maar dat was altijd al zo geweest. Vanaf het moment dat ik op 6 mei 1945 het duinbos had verlaten, hadden de dromen zich aangediend, dromen waarin ik weer in de slaapkuil lag, samen met Chaver. Maanden later, járen later, droomde ik dat nog steeds. Wanneer ik dan verward mijn ogen opende, duurde het soms een hele tijd voordat ik doorhad dat het in werkelijkheid Jane was die op mij lag...

Steeds weer keerde ik in mijn hoofd terug naar Rockanje.

En nu was ik er echt.

Ik strekte mijn benen voor me uit in een poging mijn steunkousen te laten drogen in de zon. Ze waren besmeurd met modder uit de greppels en het moeras. Díé waren nog wel hetzelfde, maar verder leek er hier erg weinig op het duinbos van toen. Zelfs het bankje waar ik op zat, was nieuw. Het uitzicht, met het aangelegde watertje en het witte schelpenvoetpad, was nieuw. De groene duinheuvels, keurig opgeschoren als jongenskoppies, en de gemoedelijk grazende wilde pony's waren ook nieuw. Maar achter mij...

Ik keek niet om, al was ik me voortdurend bewust van hun aanwezigheid.

Achter mij waren de bunkers.

Die waren niet nieuw. Ze lagen tegenwoordig verscholen onder de Oostenrijkse dennen, maar hun vormen waren nog altijd zichtbaar in het landschap. Bulten die nooit meer weggingen. Ze zouden altijd blijven, zoals de littekens op mijn armen, al waren die voortgekomen uit liefde en niet uit haat. De witte sterretjes in mijn huid vormden een tastbare herinnering aan de liefkozingen van mijn dierbaarste vriend. Soms streek ik met mijn vingers over de plekjes en dan was het alsof ik Chaver weer bij me voelde. En op die momenten was hij er ook echt. Wanneer je iemand zó intens had liefgehad, bleef je ziel er voor altijd mee verbonden.

Ook T.J.'s liefde voelde ik nog steeds bij me.

Morgen zou ik terugvliegen naar huis, óns huis waar we samen zoveel schitterende herinneringen hadden opgebouwd. Kinderen waren er nooit gekomen, maar ik had met veel plezier de rol van Auntie Debra op me genomen voor de tweeling van T.J.'s broer.

Ook die waren nu volwassen, bejaard zelfs, en hadden zelf grote kinderen.

Het was onvoorstelbaar hoe snel het leven aan je voorbijtrok.

Ik hief mijn gezicht naar de zon en voelde hoe de stralen mijn oude wangen streelden. De zon was een ster, vanaf de aarde gezien zelfs een géle ster, een term die me nog altijd deed huiveren. Ook nu dacht ik aan tante, die uiteindelijk zo rustig haar ster had losgewrikt en geweigerd had nog langer aan de vernederingen mee te doen.

Tante, die nooit was teruggekeerd.

Om het leven gebracht in Auschwitz, evenals Matz.

'Gaat alles goed, mevrouw?' klonk plotseling een stem.

Ik opende mijn ogen, keek voor me.

Een jonge vrouw met lang, donker haar stond bij het bankje. Even dacht ik dat ik het niet goed zag, dat de zon mij verblindde, maar het leek wel alsof...

Och lieve hemel, werd ik dan toch seniel?

Ik zou zweren dat er naast de vrouw een wolf stond.

'Mevrouw? Kan ik iets voor u doen?'

Ik knipperde. Wreef in mijn ogen. Als een van de weinigen van mijn generatie had ik nog steeds geen bril nodig, iets waar ik altijd trots op was geweest, maar nu begon ik ook daaraan te twijfelen. Ik schraapte mijn keel en zei zo helder mogelijk: 'Ik was even weggedommeld, denk ik. Alles gaat goed, hoor, dank je zeer.'

Ze gaf me een vriendelijk knikje met haar hoofd en liep door.

De wolf volgde. Hij was echt.

'Wacht,' zei ik.

De jonge vrouw keek om.

'Is dat...' Ik wees naar het prachtige dier dat me met amberkleurige ogen aanstaarde. 'Is dat een wolf?'

Een geduldige glimlach. 'Nee, maar ik begrijp wel dat u dat denkt, hoor. Ik krijg deze reactie dagelijks. Dit is een wolfhond. Een mix dus, van wolf en hond.'

'Aha.' Ik ging wat meer rechtop zitten en zei: 'Ik had het kunnen weten. Ik heb zelf ook ooit een wolfhond gehad. Lang, lang geleden. Jane, heette ze.'

De blik in de ogen van de vrouw veranderde: geoefende beleefdheid werd oprechte interesse. Ze deed een stap terug naar me toe. 'O? Vertelt u eens?'

Ik klopte met mijn vlakke hand naast me op het bankje, het hout warm van de zon, en vroeg: 'Heb je tijd?'

Ze leek even na te denken, maar antwoordde toen: 'Ja, waarom ook niet.'

De wolfhond snuffelde aan mijn modderige seniorenschoenen.

Naast me keek de vrouw me afwachtend aan.

Vertelt u eens, had ze gezegd. *Vertelt u eens.*

Maar... waar moest ik beginnen?

'Mijn naam is Debra,' begon ik. 'Debra Wagner.'

'Ik ben Jasmijn Vink,' zei ze, terwijl haar wolfhond rustig ging liggen.

Even was ik verward. Waarom kwam deze naam mij zo bekend voor? Ik had hem eerder gehoord, niet eens zo heel lang geleden. Snel spitte ik mijn geheugen door.

En toen wist ik het.

Vanaf het moment waarop ik naar Amerika was geëmigreerd, had Jo er een gewoonte van gemaakt mij twee keer per jaar een pakketje op te sturen met Nederlandse boeken die ze mooi vond. Ik op mijn beurt stuurde haar de boeken die op míj indruk hadden gemaakt. Het werd een traditie die me telkens weer deed uitkijken naar haar pakketjes en die had voortgeduurd tot Jo drie jaar geleden, op zeer hoge leeftijd, was overleden. Bij de laatste boeken die ze me had gestuurd, had een roman gezeten van...

'Jij bent die schrijfster,' zei ik.

Ze kleurde licht. 'Klopt.'

Ik boog me voorover om haar hond te aaien. Het dier had dezelfde kleuren als Chaver, dezelfde blik. Even was ik weer het meisje van toen en was het alsof híj me aankeek hier, in deze omgeving waar we samen zoveel hadden meegemaakt. Snel veegde ik een traan weg.

Jasmijn legde haar hand op mijn arm. 'Weet u zeker dat het goed met u gaat?'

Ik knikte. 'Jawel, het is gewoon dat... Deze hond doet mij zo sterk denken aan een wolf, een echte wolf, met wie ik een onvergetelijke vriendschap had.'

'Dit klinkt als een heel bijzonder verhaal,' zei ze zacht.

Weer knikte ik, door mijn tranen heen.

Zou ik het haar vertellen, álles vertellen? Duizend gedachten schuurden tegen elkaar en maakten opgewonden vonkjes in mijn oude hoofd. Nooit had ik in mijn nieuwe leven met iemand gesproken over wat ik tijdens de oorlog had meegemaakt. Mensen wilden niet horen hoe je in een bos had geleefd, want wat stelde dat nou helemaal voor vergeleken met de gruwelverhalen die de kampoverlevenden met zich meebrachten? Dat begreep ik maar al te goed. En toch... misschien was het nu tijd om alsnog te praten. Want plotseling begon ik te geloven dat mijn ervaringen wél telden. Al was het maar omdat de wereld nooit mocht vergeten wat er gebeurde wanneer een bepaalde groep mensen ineens besloot dat een andere groep niet meer mocht bestaan.

Bovendien verdiende Chaver het dat zijn herinnering levend gehouden werd.

Mijn verhaal zou een eerbetoon zijn aan hem.

Naast me keek Jasmijn me geduldig aan, met dezelfde blik in haar ogen die ík waarschijnlijk had gehad toen ik achter de typemachine zat bij meneer Pacht en wachtte tot hij ging spreken. Wat als mijn onverwachte ontmoeting met deze schrijfster geen toeval was?

Wat als dit allemaal zo had moeten zijn?

Ik haalde een paar keer diep adem en besloot te beginnen bij het begin.

In mijn hoofd werd de band teruggespoeld, ver terug, nog verder, tot het 1940 was en we thuis op de Beukelsdijk de eerste scheurtjes zagen ontstaan in onze veilige wereld. Wat leek het lang geleden. Wat wás het lang geleden. En toch zag ik het allemaal voor me alsof het nu was.

Even sloot ik mijn ogen. Toen schraapte ik mijn keel en begon te vertellen.

'Het laatste scheutje daglicht liet zich maar moeizaam uitschenken over de krant. Vader had zijn stoel dicht naar het raam geschoven...'

NAWOORD

Beste lezer,

Een vraag die mij vaak wordt gesteld, is: hoe kom je op het idee voor een roman? Dat is eigenlijk met elk boek anders, maar in dit geval is het zo dat ik al bijna twintig jaar rondliep met het plan om een verhaal te schrijven dat zich afspeelt tijdens de Tweede Wereldoorlog. Ik heb me in interviews door de jaren heen ook regelmatig over dit verlangen uitgelaten, zo vaak zelfs dat ik op den duur steeds de vraag kreeg: 'Vertel eens, ben je al bezig met je oorlogsroman?'

Het antwoord luidde telkens: nog niet.

Wel ontstond in al die tijd het ene idee na het andere... Maar niets voelde precies goed, dus ik werkte het ook niet uit.

Er moesten blijkbaar eerst veertien andere boeken verschijnen, voordat ik als schrijver 'klaar' was voor een verhaal over de oorlog.

Nu zul je misschien denken dat ik, vanaf het moment waarop ik dan eindelijk tóch begon met het schrijven van deze roman, het manuscript in één vloeiende beweging op papier kreeg. Dat was niet het geval. Sterker nog: het schrijven van dit verhaal heeft me meer moeite gekost dan al mijn vorige boeken bij elkaar. Ik heb het zelfs een tijdlang aan de kant gelegd om tussendoor een kinderboek (*Fontana Banana*) te schrijven... Misschien komt dat júíst doordat ik er in mijn hoofd al zo ontzettend lang mee bezig was. Of doordat ik in mijn leven vele honderden oorlogsromans las en me telkens afvroeg: kan ík daar nog wel iets aan toevoegen? En ook: mág ik daar eigenlijk wel iets mee? Het thema is zo ontzettend beladen, zo heftig, en tot op de dag van vandaag raakt het nog steeds zoveel mensen.

Dus ik twijfelde.

Ik was huiverig me eraan te wagen of, zo vreesde ik, me eraan te branden.

Een klein stukje achtergrond. Zolang als ik me kan herinneren, ben ik, net zoals natuurlijk vele anderen met mij, gevoelig geweest voor het onvoorstelbaar grote onrecht dat er tijdens de Tweede Wereldoorlog heeft plaatsgevonden en het verdriet dat nog altijd aanwezig is. Het is een donkere wolk van achtergebleven energie die je tot in je botten voelt als je daar vatbaar voor bent. Toen ik als klein meisje op school voor het eerst hoorde over de Holocaust en vernietigingskampen, kreeg ik er vreselijke nachtmerries van. Ik had een extreme verbeeldingskracht. Er was zelfs een tijd dat ik niet in de buurt van hoge hekken met prikkeldraad durfde te komen omdat het in mijn hoofd beelden opriep van gruwelijke foto's die ik in geschiedenisboeken had gezien en die ik op mijn jonge leeftijd helemaal niet kon verwerken. Ik heb er nooit met iemand over gepraat, zelfs niet met mijn ouders, omdat ik natuurlijk wel aanvoelde dat het niet normaal was hoe heftig ik reageerde. Ik had zélf immers niets van die vreselijke dingen meegemaakt. Ik had geen enkel recht op andermans trauma. Dus ik zweeg. Maar de gruwelijkheden van de oorlog en met name de Jodenvervolging bleven door mijn hoofd spoken.

En ze gingen niet over toen ik volwassen werd.

Op de meest onverwachte momenten kan het me ineens overvallen. Wanneer ik op de trein sta te wachten en er raast een goederentrein voorbij, bijvoorbeeld. Ook al lijken de moderne treinen van nu uiteraard niet op die van tachtig jaar geleden, toch moet ik altijd direct denken aan al die mensen, zo'n duizend tegelijk, die in een soortgelijk raamloos voertuig gedwongen op weg waren naar een gitzwart lot. Op zo'n moment vraag ik me af of de andere mensen op het perron, die de goederentrein óók zien rijden, dezelfde gedachten hebben als ik. Waarschijnlijk niet. Ook was er die keer dat ik thee dronk en mijn blik nietsvermoedend viel op het woord 'rooibos' op het labeltje. Meteen riepen mijn hersenen: 'Als je de tweede o vervangt door een b en je draait het woord om dan staat er Sobibor.' En hup, daar doemden de verschrikkelijkste beelden weer op in mijn hoofd... Een andere keer zat ik in de metro toen ik plotseling een hakenkruis opmerkte dat met zwarte stift op de stoel voor mij was gekalkt. Meteen kreeg ik geen lucht meer en moest ik ergens anders gaan zitten. Helaas zou ik nog vele pagina's kunnen vullen met dit soort voorbeelden.

Ik weet natuurlijk heel goed dat deze overgevoeligheid abnormaal is en dat mijn extreme gevoelens overdreven zijn. Ooit sprak ik er met Michael (mijn man) over, en hij zei: 'Maar er is nog steeds oorlog, er is altijd oorlog, op meerdere plekken in de wereld. Waarom fixeer jij je dan alleen maar zo sterk op dit specifieke deel van de geschiedenis?'

Tja, dat weet ik zelf ook niet. Natuurlijk vind ik het, net als iedereen, vreselijk dat er op dit moment nog steeds mensen zijn die in oorlog moeten leven. Maar tegelijkertijd raakt niets mij zó erg als de beelden van en verhalen over de Holocaust. En dat terwijl ik niet eens Joods ben (ook al betekent de naam Judith letterlijk 'Joodse vrouw'), de oorlog niet heb meegemaakt en mijn emoties op een ander blijkbaar als buitensporig drama overkomen. Maar toch... Ik heb het nu eenmaal niet in de hand. Later, toen ik de diagnose autisme kreeg, kon ik een en ander trouwens wel iets beter verklaren. Sommige indrukken komen bij mij zeldzaam heftig binnen en gaan in mijn hoofd een eigen leven leiden. In elk geval: het laatste wat ik wil, is een tragiek 'claimen' die overduidelijk niet van mij is. Dat zal nooit mijn intentie zijn en is ook de reden waarom ik, tot nu toe, bijna nooit over deze vreemde 'aandoening' heb gepraat. Wel wil ik graag altijd alles begrijpen, weten waarom dingen gebeuren of gebeurd zijn. Het grote probleem in dit geval is dat ik op geen enkele manier kan bevatten hóé (!) het mogelijk is dat er in de recente geschiedenis zulke vreselijke dingen zijn gebeurd, dat men het heeft láten gebeuren bovendien, en dan ook nog zo dichtbij. Deportaties die plaatsvonden in ons eigen land! Vaak met medewerking van onze eigen politie! Diep vanbinnen ben ik nog steeds dat kleine meisje dat huilend naar foto's van vernietigingskampen kijkt en er 's nachts niet van kan slapen...

Al hoop ik wel dat ik er nu, door er eindelijk over geschreven te hebben, iets beter mee kan omgaan. Dat dít misschien mijn manier van verwerken is.

Daarom is *Het meisje met de halve ster* waarschijnlijk het eerste boek dat ik net zoveel – of misschien nog wel meer – voor mezelf heb geschreven als voor jullie, mijn lezers.

De Tweede Wereldoorlog is nog altijd overal...

Het huis waarin ik woon (in Rockanje) staat schuin tegenover de plek waar destijds het hoofdkwartier van Duitse leidinggevende militairen zich bevond. Als ik uit mijn woonkamerraam kijk, is het voor mij onmogelijk om daar níét aan te denken, ook al staat het pand van toen er allang niet meer en ook al is mijn eigen huis pas zes jaar na de oorlog gebouwd. Een groot deel van de huizen links van mij stond er in die tijd wél al en werd door de bezetter opgeëist om Duitse militairen in onder te brengen. Dit zijn huizen waar ik dagelijks langsloop wanneer ik met mijn honden richting de duinen trek. Bij één huis zitten zelfs de schietgaten nog in de muur die er op zolderhoogte zijn ingehakt.

Het is voor mij onmogelijk om me er niet steeds weer over te verwonderen dat het allemaal nog maar zo kort geleden is.

Zelf ben ik geboren en opgegroeid in Rotterdam, waar mijn opa en oma van mijn moeders kant twintig jaar waren toen de oorlog uitbrak. Zij hebben het bombardement op 14 mei 1940 dus van zeer dichtbij meegemaakt, en ik kan me hun verhalen nog heel goed herinneren. Omdat mijn grootouders in mijn jeugd tegenover ons woonden, zag ik ze dagelijks. Als kind kon ik geen genoeg krijgen van hun herinneringen aan die tijd. Steeds weer kwamen er nieuwe details naar boven, waarschijnlijk ook omdat ik nooit ophield met vragen stellen. Omdat zij niet Joods waren, gingen hun verhalen gelukkig niet over de Holocaust (want daar had ik al genoeg nachtmerries over), maar hoofdzakelijk over de Hongerwinter (oma) en dwangarbeid (opa). Soms werden er zelfs móóie herinneringen opgehaald, zoals die van hun hereniging na de bevrijding en hoe ze kort daarna eindelijk konden trouwen. Al besef ik achteraf natuurlijk wel dat er ook heel veel geweest moet zijn dat ze mij nooit hebben verteld...

Hoe dan ook, als schrijver word je gevormd door alles wat je hoort, door wat je ziet en wat je voelt. Je slaat (vaak onbewust) informatie op om jaren later te verwerken in een verhaal. Dat is hoe het personage Jilles in deze roman terechtkwam. Het verhaal van de Rotterdamse trambestuurder die in 1942 voor dwangarbeid naar Bremen moest, is namelijk gebaseerd op de geschiedenis van mijn opa. Net als Jilles weigerde ook mijn opa de twee eerste oproepen en kreeg hij uiteindelijk een dwangbevel. Daar moest hij gehoor aan geven, omdat er anders maatregelen tegen zijn ouders getroffen zouden worden. Jaren later, in 1989, heeft mijn opa een uitgebreid verslag geschreven over zijn tijd in Bremen.

Hij heeft het daar, op zijn zachtst gezegd, niet gemakkelijk gehad.

Mijn oma Christina (Stien) werd in haar jonge jaren door haar vriendinnen Stans genoemd.

Ik was bij aanvang van dit schrijfproject helemaal niet van plan mijn grootouders een bijrolletje in dit verhaal te geven, maar aangezien het zich afspeelt in de tijd en de stad waarin zij jong waren, kwamen ze tijdens het schrijven van de eerste hoofdstukken spontaan 'hoi' zeggen.

Voor mij een aangename verrassing en uiteraard besloot ik direct dat 'Jilles en Stans' mochten blijven.

Nog meer achtergrond...

Toen ik in 2006 debuteerde als schrijver, zocht ik op internet eens naar 'Judith Visser', benieuwd of er ergens een bespreking van mijn prille werk te vinden zou zijn. In een van de zoekresultaten stuitte ik op een naamgenoot: een Joodse vrouw die tijdens de oorlog in Rotterdam had gewoond. Een Rotterdamse Judith Visser, net als ik!

Dat gegeven fascineerde mij.

Ik deed pogingen om te achterhalen wat het verhaal van deze vrouw was, om daar dan wellicht eindelijk de roman over te schrijven waar ik zo vaak aan dacht. Ze bleek in Amsterdam geboren te zijn, als oudste van vier zussen, en woonde in de oorlog als ziekenverpleegster in het Joods Ziekenhuis aan de Schietbaanlaan te Rotterdam. In 1943 werd het hele ziekenhuis op ruwe wijze leeggehaald door de Duitse ordepolitie, waarbij iedereen in volgeladen vrachtwagens werd gepropt en naar Kamp Westerbork werd gebracht. Vandaar ging Judith Visser, op de dag van haar eenendertigste verjaardag, op transport naar vernietigingskamp Sobibor, waar ze, evenals haar drie zussen, bij aankomst direct werd vergast. Haar jongste zusje was toen zeventien jaar.

Omdat het me niet lukte om méér over haar te weten te komen dan deze vreselijke feiten en ik het niet gepast vond om de rest van haar geschiedenis dan maar op te vullen met fictie, liet ik het idee los. Maar mijn naamgenoot van toen heeft er wel voor gezorgd dat mijn plan om ooit een oorlogsroman te schrijven zich nóg steviger in mijn hoofd nestelde.

Toen collega-schrijver Alex Boogers op een dag, tijdens een wandeling met onze honden, voor de zoveelste keer opperde dat ik toch echt eens een 'wolvenroman' zou moeten schrijven (ik leef immers omringd door wolfhonden en voel me al mijn leven lang aangetrokken tot wolven), ging ik daar ook eens over nadenken. Maar ik zag eigenlijk vooral veel obstakels. Zo wilde ik graag dat een dergelijk boek zich dan zou afspelen in Nederland, maar daar leefden op dat moment (dit was in 2015) geen wolven. Heel toevallig was er in maart van dat jaar voor het eerst sinds anderhalve eeuw weer eens een wolf in ons land gesignaleerd, maar dat was een buitenlandse zwerver die na vier dagen weer weg was. Dat in de jaren daarna steeds meer wilde wolven ons land zouden bezoeken en dat ze zich hier zelfs zouden gaan vestigen, kon ik toen nog niet weten.

Wel las ik in diezelfde periode bij puur toeval een artikel over het bombardement op de Rotterdamsche Diergaarde en over de dieren die toen ontsnapt zijn. Natuurlijk stelde ik me direct voor dat een van die dieren een wolf was. Zo werd het uitgangspunt voor deze roman geboren. Aangezien het verhaal zich dus zou afspelen in 1940... en ik toen nog steeds rondliep met het plan 'ooit' over de oorlog te schrijven... ligt het voor de hand dat ik me afvroeg: wat zou er gebeuren als ik de wolvenroman en de oorlogsroman samenvoeg tot één verhaal?

Vijf jaar lang liet ik deze vraag zachtjes sudderen in mijn hoofd, terwijl ik in de tussentijd de autobiografische romans *Zondagskind* en *Zondagsleven* schreef. De epiloog die je zojuist gelezen hebt, waarin Jasmijn Vink het verhaal binnenwandelt, kun je overigens zien als een schrijversgroet aan mijn dierbare lezers van die twee boeken! Deze cameo paste er mooi in, aangezien Jasmijn aan het eind van *Zondagsleven* liet doorschemeren dat ze een roman zou gaan schrijven die zich afspeelt tijdens de Tweede Wereldoorlog.

Maar goed, uiteindelijk kwam daar dan dus het moment waarop ik besefte dat ik er gewoon voor moest gaan zitten en dit boek moest maken. Door ook een wolf in het verhaal te verwerken, wist ik dat ik eindelijk de manier had gevonden om míjn eigen oorlogsroman te schrijven.

Met mijn stem, op míjn manier.

Ik legde het idee voor aan mijn redacteur Lisanne Mathijssen, en zij was direct enthousiast.

Dat bleek het laatste zetje te zijn dat ik nodig had.

Ik rekende erop dat de wolf me door het schrijfproces zou slepen... en dat deed hij inderdaad. Tijdens het schrijven ging ik van Chaver houden, en als ik 's ochtends mijn schrift pakte (ja, ik schrijf al mijn boeken met de hand) dacht ik: *hier kom ik weer, Chaver!*

Toen hij stierf, heb ik een hele middag zitten huilen.

Voordat ik mijn pen pakte, was er echter eerst een periode van onderzoek. Ik las, zoals elke auteur in zo'n geval doet, torenhoge stapels boeken en naslagwerken over de oorlog, het merendeel specifiek over Rotterdam en Rockanje, de Jodenvervolging en de situatie van de gemengd-gehuwden. Ik volgde survivalcursussen bij Siegurd Bushcraft en bij Wildernisschool Outback en ik kreeg in Rockanje en Oostvoorne privérondleidingen van militair historicus en gids Jeroen Rijpsma, die me meenam naar (en in) de vele achtergebleven bunkers en die bovendien drie jaar lang uitgebreid de tijd nam om al mijn vragen te beantwoorden en mee te denken over bepaalde details in deel twee van het verhaal.

Ik sprak met Arie Moree, die als kind de oorlog in Rockanje had meegemaakt. Telkens weer verwelkomden hij en zijn vrouw Alvine me bij hen thuis, met thee en wat lekkers (ook voor de honden!) en met een ontzagwekkende helderheid van geest. Arie is inmiddels negentig jaar, maar hij beschrijft zijn oorlogsherinneringen alsof hij over gisteren spreekt. Niet alleen voelden onze gesprekken voor mij aan alsof ik mijn in 2005 overleden opa weer een beetje terug had (die in het echt heel toevallig óók Arie heette), hij en Alvine hielpen me bovendien om alle boeken over Voorne-Putten in oorlogstijd te bemachtigen, inclusief titels die allang niet meer verkrijgbaar waren. Wat ben ik deze mensen dankbaar voor hun hulp en hun persoonlijke vertrouwen in mij.

Wel vermoed ik dat ze zich regelmatig hebben afgevraagd of dit boek ooit af zou komen... waarschijnlijk omdat ik telkens wanneer ze ernaar vroegen antwoordde met: 'Ik moet nog beginnen.'

Maar hier is het dan eindelijk.

Toen ik besloot dat mijn verhaal zou gaan over een 'gemengd' gezin, kwam ik erachter dat de gemengd-gehuwden nogal onderbelicht zijn gebleven in de geschiedenisboeken. En dat terwijl zij in het bezette Nederland altijd onderworpen zijn geweest aan dezelfde wetgeving en maatregelen als die voor alle Joden golden en hier zelfs een stuk slechter zijn behandeld dan de gemengd-gehuwden in Duitsland. Zij werden in 1942 bijvoorbeeld eveneens verplicht de Jodenster te dragen. En ook al zijn er onder de gemengd-gehuwden minder dodelijke slachtoffers gevallen, dat wil absoluut niet zeggen dat de bezetters hen met rust hebben gelaten. Ze werden even erg getreiterd en gediscrimineerd. Bijna allemaal verloren ze hun werk en van bijna allemaal werd hun bezit afgepakt. Bovenal was daar de altijd aanwezige angst voor deportatie. De niet-Joodse gezinsleden moesten toezien hoe (deels) Joodse familieleden werden opgepakt. De angst waarin deze mensen hebben verkeerd was nooit aflatend. Zij waren overgeleverd aan de willekeur van het vernietigingssysteem, van Duitsers die verstrikt raakten in hun zelfbedachte rassentheorieën. Dan weer waren de gemengd-gehuwden wel vervolgbaar en dan weer niet. Niemand die ooit precies wist hoe het zat.

Ik vond dat een interessant gegeven voor dit boek.

Wie hier meer over wil weten, raad ik onder andere de volgende boeken aan: *De legale rest* van Coen Stuldreher, *Voor de nazi's geen Jood* van Petra van den Boomgaard en *Ondergang I* en *II* van Jacques Presser.

Realiseer ik me dat ik met *Het meisje met de halve ster* aansluit in een kilometerslange rij van oorlogsromans? Dat eigenlijk alles al gezegd, gedaan en geschreven is? Jazeker...

Is het dan eigenlijk wel mogelijk om nog origineel te zijn? En waarom zou je als schrijver zo nodig óók met een roman over deze periode willen komen, als zoveel andere auteurs jou al zijn voorgegaan en lezers zullen denken: dit weten we allemaal al?

Kortom: zijn er niet al genoeg oorlogsboeken verschenen?

Mijn antwoord op deze laatste vraag is: ik vind van niet.

Dit is een onderwerp waarover nooit genoeg gesproken, gelezen en geschreven kan worden. Simpelweg omdat niemand ooit mag vergeten wat er in die donkere periode is gebeurd.

Want ook al is het verhaal in deze roman fictief, het afgrijselijke toneel waarop het zich afspeelt heeft echt bestaan.

Nu we het toch over fictie hebben: als je een boek schrijft dat zich afspeelt tijdens zo'n uitvoerig gedocumenteerde periode in de wereldgeschiedenis, dan kun je research plegen tot je een ons weegt, er zullen tóch altijd historische onjuistheden in het manuscript sluipen. Dat is onvermijdelijk, en dit boek vormt daarop geen uitzondering. Soms heb ik er bewust voor gekozen, heb ik mijn dichterlijke vrijheid gebruikt om bijvoorbeeld het tijdsverloop binnen dit verhaal beter passend te maken. Maar op andere plekken zal het gewoon een stomme blunder zijn omdat er nu eenmaal zóveel is gebeurd en er zóveel details zijn, soms ook tegenstrijdige omdat de ene bron dit zegt en de andere dat, dat je als schrijver niet anders kunt dan accepteren dat je hier en daar een steek laat vallen. Ik hoop daarom dat mij dit vergeven wordt en dat je wilt onthouden dat dit boek in de eerste plaats een roman is en geen geschiedenisboek. *Het meisje met de halve ster* is geen journalistiek werk, net zoals een speelfilm geen documentaire is.

Sommige feiten en bijzonderheden waren helemaal niet meer te achterhalen – wat vooral geldt voor die stukken die zich afspelen in de omgeving van Rockanje – en die heb ik daarom zelf moeten invullen. Ook was er in de jaren veertig minder dichte bebossing en begroeiing in Rockanje dan in dit boek het geval is. Veel plekken waren destijds nog behoorlijk kaal. Verder heb ik ernaar gestreefd om historisch kloppende details en een waarheidsgetrouw decor te gebruiken.

Een paar voorbeelden hiervan:

Het pension aan de Molendijk, waar Siem ondergedoken zat, heeft echt bestaan. In totaal zaten er in Huize 't Meertje zo'n drieëntwintig Joodse kinderen ondergedoken, tot er in januari 1944 verraad dreigde nadat een achterdochtige NSB'er met de Duitsers had gepraat. In allerijl werden de kinderen elders ondergebracht. In kleine groepjes en met verband om hun gezicht werden ze weggebracht via de voedseltram die 's morgens vroeg van Oostvoorne naar Rotterdam vertrok. Om ze over de zwaarbewaakte Spijkenisserbrug te smokkelen werd er tegen de Duitsers gezegd dat de kinderen waterpokken hadden en dat dit zeer besmettelijk was. De Duitsers hadden daar een heilig ontzag voor en waren blij dat zulke zieke kinderen van het eiland weggingen... Huize 't Meertje werd gerund door twee zeer dappere dames: Martina Adriana Molewijk en Adriana Johanna van Dongen. Helaas is er over deze heldinnen maar weinig bekend. Wel heeft het Israëlische staatsinstituut in Jeruzalem Yad Vashem (te vergelijken met ons NIOD) deze dames in 1976 geëerd met een speciale onderscheiding voor verzetsstrijders. Zij werden hiervoor voorgedragen door de inmiddels volwassen geworden kinderen, die dankzij de moed van deze twee inwoners van Rockanje in leven zijn gebleven. In mijn schrijversfantasie vind ik het mooi om me in te beelden dat Siem een van deze dankbare overlevenden is...

De bewoners van de Rotterdamsche Diergaarde die ik in dit boek bij naam noem, zoals Black de zwarte herdershond en haar vriend Tammo de tamme leeuw, het aapje Josephine, de krokodillen Hakuna en Matata, de beren Hans en Grietje, en vele anderen, hebben ook werkelijk bestaan. Het bombardement op de diergaarde heeft echt plaatsgevonden. Tammo en Black zijn helaas, net als in mijn verhaal, samen gestikt en levend verbrand. Er zwommen echt zeeleeuwen in de Diergaardesingel en er liepen werkelijk zebra's door de stad. Maar in 1940 leefden er, voor zover ik heb weten te achterhalen, geen wolven in de Rotterdamsche Diergaarde. Wel was er het zogeheten wolvenperk, maar de dieren die daarin gehouden werden, waren coyotes, ook wel prairiewolven genaamd. Deze zijn níét doodgeschoten door het leger, omdat zij het geluk hadden dat ze tijdens het bombardement tijdelijk ergens anders ondergebracht waren. Chaver is dus geheel en al in mijn voorstellingsvermogen ontstaan, toen ik me afvroeg: maar wat als er wél wolven waren geweest? En wat als zij op die vreselijke dag nog wél aanwezig waren geweest in de dierentuin? Wat als een van hen vervolgens had weten te ontsnappen? Over de dierentuin in oorlogstijd zijn meerdere boeken en artikelen geschreven, waaruit ik voor deze roman dankbaar heb geput. Wie er graag meer over wil lezen, raad ik onder andere *Een aap op de wc* van Joukje Akveld aan.

Het incident met de dronken en teleurgestelde Duitse soldaten op de Zeeweg, waarbij er werd geschoten, is echt gebeurd.

Kort na de bevrijding is er in Rockanje helaas ook echt een hond overleden door een explosie op het strand. Een Rockanjenaar die die nacht voor het laatst moest wachtlopen had zo'n hekel aan één specifieke Duitser, van wie hij wist dat hij er spoedig aan zou komen, dat hij bij wijze van boobytrap een handgranaat in die bunker heeft geplaatst. De Duitser sneuvelde inderdaad en helaas trof men er later ook een dode hond aan. Wie de hond was, heb ik niet kunnen achterhalen.

Ook werden er in diezelfde periode pupjes geboren op de Duinzoom. De moederhond was een zwarte herder, de vader bleef een mysterie...

Toen de oorlog uitbrak, woonden er in Rockanje geen Joodse mensen. Als Saul echt had bestaan, zou hij er dus net als in mijn boek de enige Joodse inwoner zijn geweest. In de omliggende dorpen en steden woonden wel Joodse families. Tot augustus 1942 woonden er op het hele eiland Voorne-Putten in totaal vijfenveertig Joden, onder andere in Oostvoorne, Den Briel en Hellevoetsluis. Tussen augustus en oktober 1942 werden zij allemaal gedeporteerd. Niemand van hen kwam terug... Bij hun woningen zijn onlangs *stolpersteine* (gedenkstenen) geplaatst.

Het personage Aad in mijn verhaal is verzonnen, maar er waren in Rockanje wel degelijk (twee) verzetsgroepen actief, die veel mensen in nood hebben geholpen. Dat zij hun werk hebben kunnen doen in een klein gebied waar honderden Duitsers zaten, is buitengewoon.

In 1944 hebben in de duinen van Rockanje fusillades plaatsgevonden waarbij zes dappere mensen zijn omgebracht. Deze uiterst tragische gebeurtenis en ook de geschiedenis daaromheen heb ik in dit boek, uit respect voor deze helden en hun nabestaanden, bewust niet meegenomen. Het zou dan namelijk een zijspoor in deze roman geweest zijn, een terloops vermelde bijzaak, en dat doet af aan de grootsheid en impact van wat er toen is gebeurd. Dat wilde ik niet.

Ik realiseer me dat inwoners van Rockanje en de buurtdorpen na het lezen van dit boek wellicht zullen zeggen: 'Ja maar wacht eens even, dit en dat is ook gebeurd, en wat dacht je van toen en daar?'

Graag wil ik dan opnieuw benadrukken dat *Het meisje met de halve ster* een roman en geen geschiedenisboek is.

Wie graag meer wil weten over de oorlogsjaren in (de omgeving van) Rockanje raad ik onder andere de volgende boeken aan: *Rockanje in oorlogstijd* van Hendrik van der Graaf, *Opdat wij niet vergeten – Oostvoorne en omgeving tijdens de bezetting* van C.D. Moulijn, *Oorlogsongerief en bevrijding – Westelijk Voorne* van Historische Vereniging Westelijk Voorne, *Hellevoetsluis tijdens de bezetting* van A.H.C. van den Heuvel, *Voorne-Putten in oorlogstijd* van Bob Benschop en Jeroen Rijpsma, *Radarstelling Biber – kustverdediging op Voorne 1940-1945* van Jeroen Rijpsma.

Dan nog wat feiten over toen en nu:

Wanneer je tegenwoordig het Centraal Station van Rotterdam aan de voorzijde uit loopt en het drukke verkeer en de wildgroei aan moderne hoogbouw ziet, ben je op de plaats waar vroeger de Rotterdamsche Diergaarde was. De dieren die tijdens het bombardement zijn gesneuveld, zijn met zijn allen in een diepe kuil gegooid waar nu het Groothandelsgebouw bovenop staat. Hun botten liggen daar nog steeds onder...

De bekende Tenellaplas, een van de toeristische trekpleisters in Rockanje, is ontstaan door de Duitsers. De vele bunkers die tijdens de oorlog werden gebouwd, moesten aan het zicht onttrokken worden en werden daarom afgedekt met zand en graszoden. Voor dit doel werd zand ontgraven uit een duingedeelte ten westen van de Duinstraat, en na de oorlog is deze onordelijk gegraven put verder uitgediept en vergroot. De oever werd rondom opnieuw beplant, et voilà... de Tenellaplas zag het levenslicht!

Het merendeel van de bunkers die in de duinen werden gebouwd, zijn na de oorlog dichtgemetseld en onder het zand gewerkt. Er groeit nu gras overheen, paden zijn beplant, en mijnenvelden zijn natuurlijk allang verdwenen. Maar wie in dat gebied gaat wandelen, kan aan de onnatuurlijke duinvorm nog steeds de weggewerkte bunkers herkennen. Ook achtergebleven stukken steen en prikkeldraad herinneren ons aan wat er daar is gebeurd. Wie wel eens in de duinen van Oostvoorne is geweest, zal gezien hebben dat die omgeving bosachtig is. Dit is te danken aan de vele Oostenrijkse dennen die er staan. Wist je dat deze dennen kort na de oorlog op de bunkers zijn geplant, om zo de lelijke betonnen bouwwerken te maskeren? Deze bomen wortelen namelijk niet diep en zijn dus bij uitstek geschikt om het op de bunkers gestrooide zand vast te houden. De volgende keer dat je daar een Oostenrijkse den ziet, dan weet je wat zich eronder bevindt...

Tot slot een woord van dank!

Ik ben veel mensen dankbaar voor hun hulp, onder wie:

Mijn man Michael, niet alleen voor het bouwen van mijn intussen beroemde 'schrijfhut', waarin ik het grootste gedeelte van dit boek heb geschreven, maar ook voor zijn constante liefde en steun

Jeroen Rijpsma, voor de privé-excursies en brainstormsessies

Arie en Alvine Moree, voor hun liefdevolle tijd, hun eindeloze gastvrijheid en hun boeiende verhalen

Peter de Jong, die tijdens het schrijven van *Het meisje met de halve ster* burgemeester was van Rockanje, Oostvoorne en Tinte en die me in het prilste beginstadium van dit schrijfproces in contact bracht met verschillende mensen die mij hielpen met research

Mark Decker, schrijver van onder andere het boek *Alles behouden*, die me een indruk gaf van het werken in een bibliotheek in 1940 en die uitgebreid tijd vrijmaakte om antwoord te geven op mijn vragen

Bob Benschop van het streekarchief Voorne-Putten

Proefleesvriendinnen Danielle Hoogwerf (die vanuit haar achtergrond als kindertherapeut goed oplette of de manier waarop Siem de oorlog ervaart klopt met iemand van zijn leeftijd) en Felicita Vos (schrijfster)

Mijn wolfhonden Yuriko, Fontana en Marshall, die altijd bij me zijn en in wie ik verschillende stukjes 'Chaver' zie

Iedereen bij mijn uitgeverij HarperCollins Holland voor hun literaire verloskunde. Ik ben oneindig dankbaar voor het feit dat zij mijn geesteskinderen ondanks mijn soms wat lange draagtijd toch steeds weer blakend op de wereld zetten

Boom Rodenburg, Alek Dabrowski, Nico Eland, Natalie Lagstrom, Ingrid Smits, Tania Heimans, mijn oom Arie Wezemer en al die vele anderen die vragen hebben beantwoord, van wie ik boeken mocht lenen, of die op andere manieren tot hulp zijn geweest bij het maken van deze roman

Mijn opa en oma Arie en Christina Wezemer, voor hun verhalen over de oorlog en met name het bombardement. Wat heb ik me tijdens het schrijven van dit boek vaak gerealiseerd dat ik ze nog zoveel zou willen vragen...

En natuurlijk mijn lezers! Een paar pagina's terug bekende ik al dat ik dit boek voor een groot deel voor mezelf heb geschreven (en de lengte van dit nawoord verraadt ook nog eens dat ik het blijkbaar maar moeilijk los kan laten...), maar ik wil heel graag iedereen bedanken die tijd heeft gemaakt om *Het meisje met de halve ster* te lezen. Aan iedereen die heeft meegeleefd met Debra, Chaver en de andere personages in dit verhaal: dank jullie wel! Het betekent veel voor mij.

JV

Lees ook *Zondagskind* en *Zondagsleven* van Judith Visser

‘Visser raakt de lezer recht in de ziel.’
Noordhollands Dagblad

‘Invoelbaar en eerlijk.’
Trouw

Overdonderende romans over opgroeien met autisme en daarna je eigen weg vinden.

Voor meer informatie: **www.harpercollins.nl**
HarperCollins Holland @harpercollins_holland